U0022767

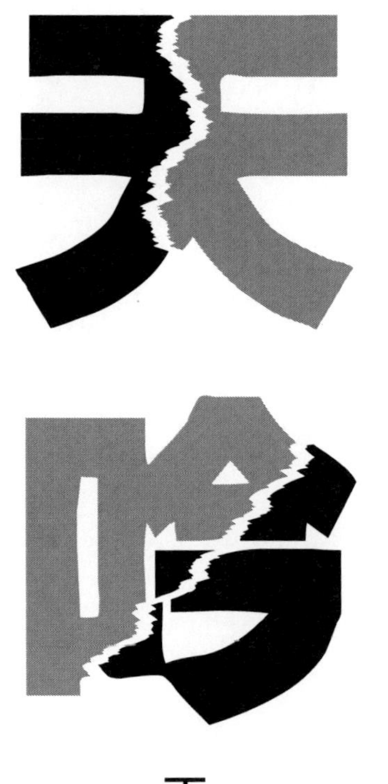

丁酉引蛇記

房文齋 著

目次

題記

彷彿是神祇的偶然震怒，或者心血來潮。一條上拄天、下觸地的孽龍，自天外兜頭撲來。掀天揭地，盤旋扭結，洶湧咆哮。一剎時，沙飛石走，天昏地暗。順之者彎，逆之者折，避之者生，當之者死！

孽龍所到之處，樓毀廈倒，檣折舟傾，房飛人死，樹拔鳥亡……好一場恐怖至極的人間慘禍！

這慘禍的製造者，便是大自然的得意傑作——龍捲風！

建國三十年間，一個緊接一個的政治運動，愈演愈烈的極左洪禍，多麼像毀滅財物、慘殺生靈的龍捲風！

又多麼像萬里海疆上悄然而來的赤潮。它陵波駕浪，血紅一片，浩浩蕩蕩，渺無涯際……陽光被遮擋，氧氣被吞噬，水底生物統統被窒息而死！

此種災難一旦頻頻發生，世間萬物，萬物之靈的人類，無異於倫入萬劫不復的十八層地獄。不論是以黨的化身自居、以頤指氣使為生命的幸運兒，還是獻出血肉之軀誓死報效的追隨者，統統難以逃脫被摧折、被窒息的命運。而人類的精英——憂國憂民、誠篤執著的知識份子，更是首當其衝，在劫難逃……

透過一滴海水，可以窺見整個大海。本書所描繪的，雖然只是幾個愛國知識份子的坎坷際遇、生離死別，但卻是千千萬萬個受難知識份子不幸命運的真實寫照。記得顧准先生說過：

「苦難是不能遺忘的。而不遺忘苦難的惟一途徑，就是讓歷史發出真實的聲音。把歷史的真實過程，連同它所有的隱秘角落都袒露給人民，不要給歷史留下可供塗抹的空白。這是培養健全的民族性格的前提條件。我們對歷史經驗的汲取，從來不是從乾癟的幾條結論中得到教益的，而是從歷史的發展細微處，從歷史血脈活生生的跳動中才能感受到其深厚的引導力量。」

這是一部飽蘸著眼淚和血水寫成的書。是歷史發出的真實的聲音。東方旭的愛國情操，苦難遭際，休說是華夏子孫，連蒼天也要為之歎息動容！

海不揚波

一

「嗚——」

彷彿一頭不願離開槽頭外出挽車負重的老牛，折騰了足有二十分鐘，引航船方才使油漆斑駁、準備離港的永安號客輪調過頭來。終於發出一聲低沉壓抑的長吼，哆哆嗦嗦離開了香港維多利亞灣七號碼頭。

碼頭上送行的人不多，充其量不過三五十個人，卻有好幾個婦女一面向船上招手，一面在揩淚。一位拄著拐杖的白髮老婦人，搖搖晃晃，朝前急追。似乎她那沙啞的呼喊，能使轟隆隆前進的龐然大物掉頭返回。可惜，他們的呼喊聲越來越微弱，終於被強大的機器喘息聲淹沒得無影無蹤。站在甲板上揮手告別的旅客，也先後放下疲憊的手臂。有的緩緩回到艙內，有的掉頭欣賞起港灣的景色。

輪船甲板的左側，立著一位中年男子。中等身材，發際略微後退，更顯得額頭飽滿。他身穿白西服，左手扶船欄，右手拿著一頂草帽，白淨的方臉上，露出幾分悵惘的表情。他立在那裏一動不動，宛如一尊高手雕出的漢白玉石像。他久久盯著岸邊迅速後退的高樓廣廈，不知是尚未從離別的傷感中解脫出來，還是對此次旅行興致不佳。直到過了許久，他才開始注意周圍的一切。

清新涼爽的海風，拂面而來，不由令人精神一振。時令已是八月下旬，但香港的天氣，仍像三伏一般，悶熱得喘不過氣。處處濕漉漉，空氣像能攢出水來。輪船剛離港，便覺得燥熱頓減，到達目的地，該是涼爽的初秋天氣了。

幾片淡雲，輕紗似的，停在頭頂上，一動不動，宛如街頭摩登女郎的曳地白紗長裙。

大海平靜得像一位溫順的處子，在初陽的照耀下，波光粼粼，像無數隻眨動的眼睛，一齊打量這位遠行者。輪船在平穩地滑行，彷彿不是在海上航行，而是在平原上馳馬，西子湖上蕩舟。水面上游來一片圓圓的海蜇，像一把撐開的油紙雨傘，悠然漂動。兩隻海鷗被引了過來，俯身衝下，連連猛啄，直到那圓盤隱沒不見，方才翩然掉頭，去尋覓別的獵獲物。

輪船駛出港灣，來到寬闊的大海上。剛才還像一池打皺春水的十裏平湖，頃刻間變成波濤連天的瀚海：一排排急驟高大的波峰，前推後擁，互不相讓，競相向岸邊猛撲。直到在山腳岩石上撞成粉末，方才悄然無聲，隱身海底。而後繼者，仍然不肯示弱，繼續翹首猛撲……

殉道者的無畏犧牲，給蔚藍的大海鑲嵌上了一道變幻無窮的銀色花邊，漂亮極了。

驀地，一塊一丈多長的破木片從船舷邊迅速向後漂去。一會兒，又有一具只剩下骨架的屍體從船旁擦過。東方旭忽然記起，五天前曾經刮過一場颱風，兩天兩夜，大雨傾盆，波濤連天。報紙上說，由於風暴來得突兀，不少漁船葬身汪洋。這塊大木片，分明就是一艘罹難漁船的肢體，而那漂來的屍體，八成就是遇難的漁民弟兄。

大海的胸膛廣闊無比，而他的性格，竟是集溫柔暴戾於一身。它隱藏自己的企圖，不暴露詭秘的行蹤。剛剛還坦露著溫柔的胸膛，眨眼之間變得恣肆暴虐，任意打碎木船，隨即把它們掩藏起來。接著露出笑容，彷彿一切都沒有發生。那鑲嵌在岸邊的「花環」，不就是它的微笑嗎？

他急忙閉上雙眼，不由長歎一聲。

「耀之，你咋啦？」

不知什麼時候，妻子雅妮來到他的身旁。剛開船的時候，她被兒子大衛拖著去船尾看那被船身耕出的波谷。

「沒，沒什麼。」

「別瞞我！」

他搖頭掩飾道：「剛才我看見一具屍體——慘不忍睹！」

「大海嘛，那有啥奇怪的。」她向海面上注視了一陣子，忽然指著前方的水面嚷道：「看，又漂來一具！」

大衛嚷到：「媽媽，漂來一具什麼？我也要看。」

「傻孩子，有啥好看的！」

「不嘛，我要看，要看！」

「是一條大魚，已經遊走了。」東方旭急忙打岔。「甲板上風涼，咱們回船艙去吧。」

「不，我還要看海鷗捉魚。」孩子雙手把住欄杆，扭著身子不肯走。

「我先下去歇一會兒。你們不要在上面待的太久，免得孩子受涼。」他剛要轉身離開，忽然站住指著兒子說道，「雅妮，我忘記告訴你，回到國內以後，不要再叫孩子『大衛』。」

「爸爸，我的名字就叫大衛嘛，幹麼不能叫呀？」兒子扭頭問道。

「大衛是你的乳名，你的學名叫東方曉，以後我們就喊你小曉。」

「那是為什麼？喊大衛，不是更親切嗎？」

「大衛洋味太濃，還是……」

雅妮打斷了他的話：「我喜歡這名字。」

「不，一定要改。入鄉隨俗，不然，人們聽了會不習慣的。」

「不可思議！」

「以後你就會明白的。」囑咐完，他自己離開了甲板。

二

回到二等艙，身子重重地向窄鋪上一仰，他疲憊地長舒一口氣。

「唉！還猶豫、矛盾什麼？輪船已經啟錠，一切都晚了。現在已經成了踏進轎門的出閣女子，花轎已經上路，由不得自身了。」

像一隻被蜘蛛網纏緊的飛蛾，在做著無益的掙扎，他的一顆心被無數的蛛絲纏得緊緊的。胸口發堵發悶，呼吸也感到不流暢。

自己並不是憂柔寡斷的人，一向不喜歡吃後悔藥。當初，盧溝橋的槍炮聲，驚醒了國人的「友邦」夢，善於背誦「建國方略、建國大綱和三民主義」的信徒們，熟稔地叨念著「寧贈友邦，勿與家奴」的「保國」經，卻不能夠從煙硝彌漫、屍橫遍野的土地上，拔掉幾杆膏藥旗。為此，他曾爬上香港的最高峰，遙望北天，雙手拍著岩石，痛哭一場。他深知，他在所編的報紙副刊上，聲嘶力竭的聲討呼號寫得再多，也變不成槍炮子彈。他聽說，在西北的黃土高原上，有一支熱血男兒，正在做著堅韌的、力量懸殊的生死搏殺。他只能致以遙遠的祝願和崇高的敬禮。他曾經產生過投身到他們行列中去的念頭。但是，他又懷疑沒有衝過層層封鎖線、安全到達目的地的機智和本領。如其折戟中途，將寶貴的生命丟在自己的同胞手中，何如保存自己，走另一條救亡之路？況且，一介書生，與虎狼男兒為伍，除了增加累贅，還能「貢獻」什麼？而對那前撲後繼驅寇復國的英雄，他也心存疑慮：只怕是獨木難支天傾，只手難挽覆舟。到頭來，為莊嚴的抗戰英雄陵園，增加一個土堆而已。

無奈，他存身的香港，也不是安全之地。急欲建立「東亞新秩序」的武士道野獸們，絕不會將一塊肥肉放在嘴邊，而不伸出鋒利的牙齒。無奈，他只能另僻蹊徑。保存自己，充實自己，等待報效祖國的時機到來。在一個英國朋友的幫助下，他毅然放棄安定的工作，抛下妻子葉萍，負笈遠行，求學英倫。

十年前，正是在這同一個碼頭，也是這樣一個梅雨將盡的季節，他吻別愛妻，登上一艘名叫瑪里亞的輪船，去了英國。一面在劍橋大學作旁聽生，一面在倫敦大學東方學院教授中國文學。他沒有忘記苦難祖國的抗戰事業，幾乎把所有的休息時間，變成一篇篇新聞稿，寄回上海、重慶和香港等地的報刊。讓祖國人民及時瞭解西歐戰況，以及友邦國家對中國抗戰的關懷和支援。同時，也把祖國人民艱苦卓絕的抗日戰果，寫成英文稿，發表在英國的報紙上，讓歐洲人民知道，中華民族是打不倒的。後來，他又去英國廣播公司，充任義務播音員，用華語和英語兩種語言，把歐洲戰場上的最新消息，告訴祖國抗戰軍民以及東南亞、美國等國家的人民。他聽說，一些英國青年組成了一個名叫「援華會」的志願組織，要到中國支援抗戰，便主動去為他們補習漢語。正是在從事這件神聖工作的時候，他險些付出了年輕的生命。

那是一個陰霾滿天的假日早晨，他去單獨輔導三位志願者。正在集中精力領著說漢語，傳來空襲警報聲。他來不及去防空洞，慌忙躲到樓梯底下。恰在這時，一顆炸彈落到了房子的中央。「轟」的一聲巨響，周圍的一切，頃刻化為烏有。等到他醒過來，發現一塊大樓板正壓在右腿上。他用盡全部力氣，仍然掙不脫。四周烈火熊熊，火舌已經開始噬舔他的褲子，過不了多久，他將化為灰燼！在這千鈞一髮的時刻，一位上了年紀的民防隊員聽到他的呼喊，將他救了出去。而那三位聽他講課的志願者，兩人當場死亡，一人被炸成重傷。所幸，他的右腿傷得不重。到救護站作了簡單的包紮，他又一瘸一拐地和民防隊員一起，忙著去救護別的傷員。

直到此時，他的自卑心理方才有所減緩。他始終覺得自己是一名逃兵，一個怕死鬼。現在卻投身到了反對侵略戰爭的行列中來。雖然手裏沒有一支置侵略者於死地的鋼槍，卻不愧是一名戰士。對國內的新聞界來說，自己為戰爭所發揮的作用是獨特的，也許不是一名普通戰士所能比擬的。

撫摸著時刻作痛的右腿，他感到幾分安慰。

漫長的七年終於過去，祖國迎來了抗戰勝利。他決意啟程回國，投身醫治戰爭創傷的恢復工作，與長別七載的愛妻重聚。不料，他正收拾行囊準備啟程，傳來「雙十協定」被撕毀，內戰的烽火已經燃遍祖國大地的不幸消息。他驚詫，困惑，不知所措。正在這時，從朋友的來信中得知，當初留在香港，後來失掉聯繫的愛妻，三年前就去了延安。據說，去了不久，便作了一位高級將領的妻子！當初約定他在英國有了可靠的收入，便接她同去。不幸，戰爭使他們失掉了聯繫。痛別時的山盟海誓，分手前的牽衣痛哭，至今歷歷在目，她卻再穿嫁衣，睡到了他人的懷抱裏！他不由生出幾分怨恨……

轉念一想，他又原諒了她。四載空衾獨守，朝朝淚眼對鏡，對一個弱女子來說，該是多麼難耐的折磨。一個受到新文化薰陶的現代女性，畢竟不同於封建時代的烈女，她的移情別戀，應屬意料中事。可是，一想到自己七年獨受，苦苦等待，從二十七等到三十四，到頭來竹籃打水一場空！他只能哀歎自己命運之不幸。不僅沒有怨恨她，反而久久惦記著她，擔心她的選擇未必幸福。那個從槍林彈雨中滾爬過來的男人，是否會毫不吝惜地把全部感情傾注到她的身上？

內戰再起，愛妻改嫁。雙重打擊，接踵而來！他失去了自持。一連許多天，長夜無眠，飲食難進，雙眼昏瞀，頭疼難忍。直瞪瞪地在床上躺了三天，方才漸漸恢復了平靜。只得重回劍橋，作正式研究生，等待雲開霧散那一天。正在這時，另一位風姿綽約的女性，進入了他的生活。

他在倫敦東方學院任教時，有一位名叫雅妮的學生。父親是華僑，母親是英國人。她出生在英國，由於受到父親的影響，十分鍾情於璀璨的東方文化，深情嚮往生養父親的古老中國。每當他講課時，雅妮兩隻眼窩略深的大眼睛，總是瞪得圓圓的，一眨不眨地望著他，彷彿害怕漏掉他的一舉一動，隻言片語。課外時間，常常跑到他的住處，瞭解有關中國的一切。聽到動情處，常常眉飛色舞，用不太流利的漢語，發述她的感慨：「中國真了不起，她的古老文化，世界第一！作為半個炎黃子孫，我感到很驕傲！將來，我一定要到中國去，看看屈原自殺的汨羅江，司馬遷受宮刑的長安城。」正是這個單純而美麗的學生，一得知他被原配妻子拋棄，立刻提出結婚的要求。原先，雅妮的過分親近，他認為是出於學生對於老師的崇拜，是被他流利的英語，豐富生動的講課內容所折服。充其量，對自己的儀表、談吐頗有好感。想不到，不但她早已愛上了自己，而且勇敢地提出以身相許！像觸電一般，他一聽便從坐椅上彈了起來。語無倫次地推辭道：「雅妮，別胡思亂想，這是不可能的！」「為什麼？」「我不配。」「你哪裡不配呀？」「年齡，地位，國籍，統統不合適！」「愛情跟年齡、地位、國籍有什麼關係？我媽媽當初不也是愛上了一位中國的家庭教師？而且，先生不過比我大十來歲，我又不是貴族小姐，不過是個職員的女兒。」「你是英國人，我要回到祖國生活——那豈不是枉作牛郎織女？再說，你的雙親，也絕不會同意。」「不，不！莫說是回到我最喜歡的中國，就是去荒漠的非洲，我所愛的人到哪裡我跟到哪裡。愛情是我自己的事，由不得父母！」「雅妮，你可不能憑著一時的衝動呀。」「傻瓜，我怎麼是一時衝動呢？」「不管怎麼說，我不能同意。」儘管他也很喜歡這位金髮碧眼的異國姑娘，但仍然故作冷淡地搖頭。「這麼說，你不愛我？」姑娘的雙眼滾動著淚花。「不，你誤解了我的意思。我是為了你的幸福。」「愛你就是我的幸福！是你不愛我，才四處找理由拒絕我。是吧？」她抽抽噎噎地哭了起來。勸說無效，他只得找別的學生幫忙，說服幼稚的姑娘。不料，幾班人都沒能勸轉癡情者，她的父母卻被她說服了。一場意外的幸福降臨到東方旭的頭上。他不是基督教徒，不能到教堂舉行婚禮。請來十幾位朋友，喝了「喜酒」，便算是完成了婚姻大禮。第二年春天，他們的愛情結晶——兒子大衛，呱呱來到了人間。

他又在英國整整等了三年！三年之中，世界上發生了許多他意料不到的事情。

他飽受戰爭蹂躪的祖國，變化之大，堪稱是地覆天翻。眨眼之間，從黃土高原走向各抗日根據地的八路軍，不但成了驅逐日寇的堅強力量，而且把裝上美式鋼牙的八百萬「國軍」，趕到了江南一隅。幾乎成了神州的主宰。時機到了，他還有什麼可猶豫的？當初背井離鄉、遠涉重洋，為的是什麼？不就是等待華夏重振這一天？把自己的年華和智慧，獻給祖國的建設事業，使泱泱四萬萬五千萬同胞兄弟，不再做被踏在列強腳底下的「東亞病夫」，不正是夢寐以求的宿願嗎？

為了這一天的到來，他苦苦等待了整整十年！

那麼，已經踏上了歸途，他的惆悵和矛盾，又是從何而來呢？

三

離開倫敦的前夕，許多英國朋友一再挽留，坦陳胸臆，諄諄告誡，勸他審時度勢，切不可輕易踏進不可知之地。

他的朋友，著名漢學家查理，更是焦急憂慮。認為他的貿然歸國，至少有四不可：第一，他的大量用英文寫出的小說、散文，頗受西方讀者歡迎。他的許多有關歐洲心理小說的研究論文，使許多英法學者頷首稱讚，甚而驚詫歎絕。有的甚至認為，如不急起直追，在這個黃臉皮黑頭發的東方小個子面前，勢必低下高昂的頭顱。可以毫不誇張地說，他在英國文壇已經穩穩地佔有一席之地，他在英倫三島的知名度，遠遠超過國內。對於一個非本土學者來說，這成就來之不易！第二，他沒有愧對博士頭銜，他在大學教壇上的講授，縱橫捭合，深刻精僻，深受學生歡迎。使許多名震一時的教授，相形見絀。第三，他的已經取得了極高成就的西方心理小說研究，接近完成。而劍橋大學有著濃厚的學術空氣，一流的圖書館，豐富的參考資料，這是在中國無處可覓的。一旦歸國，勢必功虧一簣，還有最為重要的一條，他在英國有著那麼多朋友，國內的朋友再多，只怕也難以達到如此坦誠相見，休戚相關的程度。

最後，查理歸結道：「總而言之，閣下光輝燦爛的前程，是在我們英倫，而不是在貴國。唉，你們中國，實在使人不敢恭維！東方先生，希望你認真考慮我的意見。」

朋友們的挽留、苦勸，句句是肺腑之言。

既然陸沉後出現的「新世界」，將帶給中國人民什麼樣的民主、自由和幸福，仍然煙籠霧罩，茫然不可知。一時間，看不徹，猜不透。而留在海外的諸多有利條件，又是如此地顯而易見，放棄明晰可知，貿然追求迷茫不可知，分明是冒失之舉。

他決定，等到情況明瞭之後，再定行止。

正在這時，一封國內來信，像一陣掃蕩秋葉的勁風，吹散了心頭的迷團，使他下定了必走的決心。

這封信，發自中國太行山區的一個農村，是經香港輾轉而來的。寫信的，是一位比他大三歲的異性朋友。這位早已投身革命的朋友，不僅是一位老熟人，而且與自己有著一段非同尋常的交往。

初次相識時的種種情景，至今歷歷如在目前……

他依靠親戚的資助，完成了大學學業。二十三歲那年，以優異的成績從燕京大學畢業。無奈，經綸滿腹，卻找不到一件糊口的工作。他的一位同窗好友，原籍上海的沈從恪，勸他一起南下「尋求發展」。通過親戚關係，沈從恪給他在《民聲報》謀到了一個副刊編輯的職位。沈從恪自己，則依仗著源源不斷的家庭支援，做了自由撰稿人。有一天晚上，他在租住的亭子間裏，只穿著褲叉和汗衫歪在吱嘎作響的窄竹床上，貪婪地讀著托爾斯泰的《安娜•卡列尼娜》，門板被急驟地敲了三下。沒等他起身開門禮讓，敲門人側身而入。進來的竟是一位氣喘吁吁的靚妝美麗女子。一頭濃密的齊肩短髮，鵝蛋臉上，熱汗涔涔，顯然是走得太急促的緣故。他身穿時髦的黑色香雲紗長擺旗袍，衣服似乎略瘦了一些，將俏麗身材上的迷人線條，毫不吝嗇地盡情顯露無遺。腳下是一雙高跟黑涼鞋，隱約露出幾點丹彩，原來那是染紅的腳指甲。

他倏地跳下床，一時愣在那裏。

「怎麼，不認識啦？」不速之客閃動著迷人的大眼睛，一面從手提包內摸出手絹揩著臉上的汗水。「東方旭先生，我們見過面呀，難道連老主顧也忘記啦？」

「啊，啊……原來是金女士呀！」他記起來了。一面急忙從牆上取下麻布衣褲穿上。「您怎麼知道我住在這裏？」

「打聽唄。」

這是經常給《民聲報》副刊撰稿的女作家金夢，聽說與左聯的作家來往密切。他與她的一面之識，是在報社的辦公室裏，她來找副刊主任，兩人擦肩而過，跟他只是點頭為禮，並沒有相對交談。他在副刊上編發過這位女作家不少作品。那清新的文筆，優美的辭彙，雖然不時流露出女性的柔媚，鋼筆字也嫌太纖巧，但文章卻不乏雄視一切的陽剛之氣，對於社會人生，國家的前途，與自己有著諸多的相同觀點。這一切，都給他留下了美好的印象，很想有機會結識。如能跟如此有見識的女性，經常在一起談談人生、理想和共同的愛好，互相交流寫作經驗，豈不是令人十分愉快的事。但見她走路昂首挺胸，嘴角掛著驕矜的微笑，一副拒人於千里之外的高傲派頭，加之聽說她是一位已婚的女人，為防止瓜田李下之嫌，他又打消了結交的念頭。不料，今晚她不期而至，其中必有特殊的緣故。

「金女士，大駕光臨，不知有何見教？」

「唉！一言難盡！」

他讓她在竹床上坐下，遞給她一把芭蕉扇，自己坐到一邊，聽她敘述了午夜來訪的緣由……

她的丈夫夏雨，是個安分守己的銀行小職員，業餘時間不過是打打牌，逛逛街，偶爾給報紙寫點文章。不知是張冠李戴搞錯了人，還是哪篇文章冒犯了當局。十天前的傍晚，他外出會朋友，竟徹夜未歸。第二天一大早，她到朋友家裏一問，才知道頭天晚上，來了幾個便衣，將她丈夫和三位牌友，一起抓走了。後來才得知，都被捉進了龍華監獄。她和朋友的家屬們，正在多方奔走，設法將人保釋出來。昨天忽然得知，夏雨和他的朋友，早已被秘密殺害。一起被害的，據說有七八人之多。她正在聯絡難屬，計畫將被害人的屍體弄出來，買棺材殯葬。不料，被害人的家屬也接二連三地失蹤了。今天下午，她疲備不堪地從朋友家回來，剛進弄堂口，遠遠望見弄堂內有可疑的人探頭探腦，便急忙掉頭逃走。一時間無處可去，就近去找東方旭的上司牟主任，要求在他家裏躲避一陣子。不料，老牟得知她的來意，連稱「家裏人多嘴雜，實在不安全！」她一再懇求，老牟方才給她出了個主意：東方旭的住所，既偏僻，又嚴密，到那兒躲避十分安全。絕處逢生。她立刻鑽進一輛東洋車，按照老牟提供的位址，找上門來，請求在這裏躲幾天。

一位年輕女性，深更半夜往一個年輕的單身漢住處鑽，這行動實在冒失，使人難以接受。他正想堅決拒絕，她的兩隻大眼睛閃動著淚光，可憐兮兮地懇求道：

「東方先生，我知道您是一位俠肝義膽的偉丈夫，諒您不會也像你的上司那樣——見死不救，趕走我吧？」

俗話說，勸將不如激將。金夢一句「見死不救」，使東方旭想好的推搪之詞，全部哽在嗓子眼裏。

「那……怎麼辦呢？」他攤開兩手，指指低矮如獸籠、不足十平方米的房間，為難地答道：「金夢君，朋友有難，理當相助。可是，你看，我這『寓所』，小得像狗窩，如何安置大駕？」

「那有啥關係！我不也是在這十裏洋場裏討冷飯吃嗎？」她把手提包扔到床頭的小桌上，伸手從竹床上拿過他看的書，指著破竹椅說道：「你儘管在床上安歇。有了它，這漫漫長夜，不難打發。再說，徹夜讀書，在我已是家常便飯。即使缺了覺，也沒有關係，白天你去上班，我可以在你的床上找補回來。時候不早啦，你請吧！」她從床上站起來閃到一邊，示意他上床困覺。

「那怎麼行！你是客人，你睡床上。我到外面想想辦法。」說罷，他轉身往外走。

「慢著！」她側身堵在門口擋住他的去路，「深夜外出，惹人生疑——自找麻煩嘛！恭敬不如從命，完全之策，是照我說的辦！」

彷彿她是這裏的主人，她的話，沒有商量的餘地。

他站在那裏沒動，一面在心裏暗罵老牟：「狡猾的笑面虎，竟然以鄰為壑：深更半夜，打發一個年輕女人到一個光棍漢的住處找宿，真想得出來！即是我這裏有空閒的臥室，也難免給別人留下猜忌的口實呀，況且是區區數尺容身之地。既然不忍心攆走危險當頭的不速之客。現在早已過了午夜，自己到哪裡找宿頭去？看來，只有秉燭待天明了。

他終於說服得客人讓了步：她睡床，自己拖條涼席睡到床前的地板上。

萍水相逢，沒有多少話說。一旦達成協定，立即熄燈睡覺。

今天晚上可以這樣湊合，明天怎麼辦？自己可以另找地方睡，把地方讓給這位不速之客。既然是躲藏，不能出頭露面，我離開了，誰給她買飯吃呢？左思右想，也想不出個妥當的辦法。不知過了多久，床上忽然傳來抽泣的聲音。他急忙驚訝地問道：

「金夢君，您沒睡？」

「難過……睡不著。」

「金夢君，人生如同走夜路，說不定啥時候就會摔跟頭，碰牆角，甚至掉進陷阱裏。災難既然已經降臨，過分傷慟，除了傷害身體，與事毫無補益。希望您節哀自持，多多保重。」

「嗯——唉。」

傳來一聲既像答應又像歎息的聲音。過了好一會兒，她又問道：「東方君，請您陪我說說話，行嗎？」

「……好吧。」

「請你上床來，好嗎？」

「不，不！我聽得見。」

「那我下來啦。」

話到人到，她麻利地從床上溜下來，躺到了他的身旁。一條窄窄的單人涼席，哪裡容得下兩個成年人的身體！立刻，陣陣溫熱的熏風，向他襲來。一個散發著女性特殊氣味的身體，靠在了他的身側。他驚駭得不知所措，急忙向後閃躲。無奈，床下的空間左右不過一米，剛一挪動，脊背便抵到了牆壁上。後退無路。而那軟玉溫香的玉體，卻步步逼近。他連聲說「別！」，一面雙手向外推。可是，她卻反方向運動，眨眼之間，半個赤裸的身體，已經斜壓在了他的身上。自己尚且穿著汗衫、長褲，她卻脫得一絲不掛！他驚呼一聲，身子一挺想坐起來，可是，她的雙臂牢牢地摟住了他的脖子，動也動不得。

「請你回到床上去！」他粗暴地掙扎著。

「咳，我有秘密話告訴你。」

「你在床上照樣可以說嘛！」

「隔牆有耳——那怎麼行？」

「好吧，請你快說。」他推開她，坐了起來。

「躺著別動！」她又將他按了下去。

「金夢，我求你啦——這成何體統！」

「哼，假正經！你認為我是個外出打野食的下賤女人？我心裏恐懼，睡不著。一個人在床上害怕。東方，我的一顆心在流血。一個失掉親人而又被追捕的弱女子，最需要的，是別人的安撫和鼓勵。你難道一點都不能體諒她的苦楚？」

「那……你要我做什麼？為朋友我願意兩肋插刀！」他被感動了，一派大義凜然的語氣。

「我害怕，你先摟緊我，我再跟你說。」

「別胡說——除此之外，你叫我幹啥都行。」

「哼，舉手之勞的事都不肯做，能為朋友兩肋插刀？」她抽抽嗒嗒地哭了起來。

「金夢，這是兩回事嘛！」

「我的命運——為何這麼不幸喲？」她的哭聲更高了。

「別哭，別哭。你不是說隔牆有耳嘛。我依你還不行？」

他只得緩緩伸出右手摟抱。可是，剛一觸到她溫熱而富有彈性的裸體。他的手像被毒蜂螫著一般，立刻縮了回來。心頭緊張得砰砰直跳。

她停止了哭泣，再次靠到了他的身上。他木然地躺在那裏，一動不動，傻了一般，任憑她的一雙手在自己身上遊動……

頭腦眩暈，熱血賁漲，他感到危險在逼近。漸漸地，他已經無力控制自己。不由呻吟道：「金夢，你不應該，做出對不起你死去丈夫的事！」

「哼，好一位道學先生！你認為我是在乞求？我是憐憫你，懂嗎？」

「我不需要憐憫！我求您啦，請您放開手，好嗎？」他雙手捂住自己的僵硬的下體。

「可我需要。只有您的愛撫，才能減輕我的恐懼。」她用力扒開他的手，坐上他的身子，大動大搖不止。

「哎呀，金夢，你這是……強人所難嘛！」他無力地呻吟起來。

四

堅硬的冰塊，被融成了一池春水。用精神力量築起的脆弱防線，在渴求者的巧妙進攻面前，徹底崩潰。東方旭成了一隻任人宰割的羔羊，一匹勇士胯下自由驅馳的馴馬！

陌路苟且，自踏污濁！一夜風流，使他終生背上了解脫不開的禮教十字架！

第二天，在頂頭上司探詢的目光下，他感到臉頰發燙，心頭砰砰直跳。極力強迫自己，做出平靜怡然的樣子，隻字不提女客夜半光臨的事，彷彿什麼事情也沒有發生。正像他所預料的那樣，客人並不立刻動身，為防不測，在他的「公寓」裏，一住就是半個多月。每天下班後，他不但要給她買回第二天一天吃的東西，還要趁著夜幕降臨，偷偷摸摸給她出去送信，或者探聽消息。為了逃脫再次被「憐憫」，他索性天天睡到報社門房的地板上，直到一個西裝革履的中年人把客人接走為止。分手的時候，金夢表現得很大方，當著陌生人的面，緊緊握住他的手，許久不放開。雙眼深情地望著他，語氣坦誠而豁達地說道：「東方旭先生，感謝你半個多月周到的照料。你所做出的貢獻，是的，這是不小的貢獻。我們永遠不會忘記！」

他不理解，她為什麼用了「我們」這個詞。但卻清楚地感覺到，金夢跟他握手時，白晰柔軟的小手特別用力，不知是表示感謝，還是傳達無限留戀之情。而她的面部表情卻是那樣的坦蕩與自然。足見她的成熟與練達。

這是一個不可思議的女人！他百思不得其解，她所說的「貢獻」，指的是什麼？

客人被接走之後，他如墮五里霧中。扶困救危，乃是做人的本分。僅僅十多天的食宿招待，更是極其平常。她連稱「貢獻」，實在是言過其實。如果指的是以身相委，半夜銷魂，這女人諒不至於如此地厚顏知恥！既然兩者都不是，這「貢獻」又是從何說起？而且是對「我們」而言？

分手許多天後，他仍未找到答案。心頭的懷疑卻日漸加深，所謂丈夫被害、自己被追捕云云，不過是為放肆的深夜追求異性尋找口實，為饑不擇食的醜態施放煙幕而已。果真是丈夫被害，自身被追捕，痛苦惶恐尚且來不及，哪來的如許閒情？這位頗有名氣的女作家，竟然如此不珍惜自己的名聲！分明是遭到丈夫遺棄，耐不住空房寂寞，方才饑不擇食，急忙抓住僅有一面之識的單身漢，一解饑渴。他從心底鄙視這個女人！不料，一個多月以後得知，金夢離開他的住處不久，便被捉進了監獄。後來又聽說她被保釋出獄，但不知去向。有人估計是去了延安。此刻他才如夢初醒，悔恨自己以小人之心度君子之腹，胡亂猜疑，冤枉了大難當頭的俠女！

儘管這樣，他仍然覺得她的行動太輕佻：一個剛剛失掉丈夫和戰友的新寡，竟然有如許閒情，說明這個女人，太善於遺忘，至少缺乏自律的品德。

他極力想忘掉這段不堪回首的往事。

不料，時隔十餘年，金夢仍然沒有忘記一夜邂逅的陌路人。不但輾轉來信，備及關注，而且殷殷相邀，如同對待至親故友。信中說，早在他們認識之前，她已經是「光榮的無產階級先鋒戰士」。由於在上海期間，做出了一些「微小的貢獻」，到了革命勝地延安之後，得到組織上的充分信任，委以文藝方面的重任。現在，祖國全部解放在即，一個自由、幸福、民主的新中國，即將出現在古老神州大地上。驚天地、泣鬼神的偉大歷史畫卷，要用革命者的雙手去繪製。落在共產黨人以及革命者肩頭上的擔子，將更加沉重和光榮。為了不辜負黨和人民的重托，她迫切希望異國飄零的老朋友，以及所有的舊雨新知，親密攜手，鼎力相助，回國投身革命事業。她向他發出了親切的召喚：

「歸來吧，我的朋友。我站在太行山之巔，向您發出由衷的邀請：在我們革命陣營裏，你將得到終生追求，卻不可一得的一切，包括事業、前途、友誼和愛情。您的老朋友會視你如兄弟手足，將不遺餘力、始終如一地全力關注和幫助您。況且，您的豐富學識和具有國際影響的知名度，都足以成為我黨的寶貴財富。而當年你在滬上時，對革命所做出的令人讚賞的貢獻，我們黨也絕不會忘記！」

來信最後寫道：「親愛的朋友，您是聰明人，絕不會放著新國家的主人不做，而繼續做那下賤的『敵視僑民』！我相信，一定會信至駕起，天外遊子飄然而歸。我將在北平中山公園的來今雨軒為你接風洗塵。當大駕光臨那一刻，我們肯定已經成為北平的新主人了。天涯遙寄，不盡一一，祈盼著我們並肩戰鬥的時刻早日到來！」

熟悉的娟秀字體，滾燙的言語，使他止不住兩眼發熱，心頭顫動！還有什麼比被視為朋友更令人興奮的？況且，念念不忘舊誼的，竟是一位共產黨的重臣！人生得一知己足矣。這樣的「老朋友」，不但足可信任，而且堪稱是背後的靠山，遮風擋雨的保護傘。

金夢說得對，他的前途在故國，那裏才是他的歸宿。

他不再猶豫，謝絕了英國朋友的苦勸，在妻子雅妮的支持下，毅然踏上了東歸的航程。

不料，他前腳回到香港，當初苦勸他留在英國的劍橋大學教授查理，緊跟腳飛來了。這位著名的漢學家，是他過從甚密的老朋友。他受劍橋大學的委託，專程趕來，想搶在他去解放區之前，把他再次勸回英國。

查理一到香港，便將他接到下榻的酒店，開宗明義，申明他專程趕來香港，接他回英國的誠意。並把一份古色古香的劍橋大學聘書，展放在他的面前。聘書上面清楚地寫著，以高薪聘他為劍橋文學院教授。這個職位，在這所世界著名的學府裏，多少人奮鬥幾十年猶不可得。足見校方對他是多麼的器重！可是，他只將聘書瞥了一眼，便雙手遞回到老朋友的手中。

「查理教授，十分感謝劍橋大學對鄙人的盛情相邀。不過，我既然已經歸國，不打算中道而返，請您向劍橋校方以及朋友們，轉達我的歉意。」

「東方先生，多年來，能得到劍橋如此禮遇的教師，堪稱是鳳毛麟角。如此難得的機會，豈可錯過！」查理用漢語說道。這位著名的漢學家，可能感到用漢語不及用母語流暢，改用英語焦急地勸道：「東方先生，作為老朋友，我不得不提醒你：共產黨絕對靠不住！他們的那些花言巧語，不過是誘騙人們為他們賣命的誘餌，欺騙天下人的煙幕，煙幕！」

他把手中的雪茄用力地揮了一下，望著嫋嫋升騰的青煙，皺眉繼續說道：「坦白地說，共產主義的出現，是當今世界的大不幸，大災難！把他們形容為洪水猛獸，再恰當不過。共產黨人會說，這是資本主義以及帝國主義對他們的誣衊。可是，你們的孔夫子說得好：『始吾與人也，聽其言而信其行；今吾與人也，聽其言而觀其行。』老夫子的這番感慨，顯然是從沉痛的教訓得來。閣下是聖人信徒，難道忘記了老夫子的教誨？」

「查理先生，我欣賞您的坦率，十分感謝您的關懷。」東方旭用英語答道，「我何嘗忘記聖人的教誨。滯留貴國十餘載，我無時無刻不在關注國內的政局變化。中國有句古語：得民心者得天下。中國共產黨由小到大，由弱到強。九百五十萬平方公里的國土，幾乎全部成了他們的地盤；八百萬美式裝備的國軍，如今所剩無幾，如此驚人的偉績，必將永垂青史！連國軍的高級將領傅作義、龍雲等等，都相繼率部起義，足見共產黨的勝局，乃是大勢所趨，人心所向。國民黨早已腐朽不堪，人心盡失。拯救我中華民族者，非共產黨莫屬。這一點，我毫不懷疑。」

「哈哈哈……」查理扯著大鬍子，仰頭大笑。

「真想不到，聰明如東方先生者，竟發出此等高論，足見先生中赤毒之深！」

「難道這不是有目共睹的事實嗎？」東方旭對自己的回答感到驚訝。

「先生一葉障目，而不見泰山！」

「此話怎講？」他很想聽個究竟。

查理朗聲答道：「誠然，得民心者得天下。這是顛撲不破的真理。可是，迷惑民心，從而騙得民心者，同樣可以得天下。」

「教授這話，令人費解。」他疲憊地仰靠到沙發上。

「有啥費解的？一句『迎闖王，不拿糧』，或者『打土豪，分田地』，足以招募到成千上萬的追隨者。那些『要作天下主人』的奴隸所追求的，不過是分田地，不拿糧。一句話，為了吃飽穿暖而已。為了實現這個像他們自己標榜的目標：把舊世界打個落花流水，他們可以掀翻地球，殺盡同類。如此一群亡命之徒，得到一時、一地，甚而一國的『勝利解放』，有何稀奇？先生只見其轟轟烈烈、興旺發達的表像，而不見其冷酷殘忍、淫樂腐朽本質！恐怕等到玉石俱焚、神州面目全非之時，奴隸依然是奴隸，只不過是換了個更加專橫跋扈的『神仙皇帝』而已。」

「教授先生，您越說越離譜啦。」他不由坐直了身子。

「東方先生，這絕不是危言聳聽！我與共產黨人無怨無仇，怎會無故醜化那些滿口民主平等的英雄？我何嘗不希望，這多災多難的世界上，出現幾個真正的救世主？很不幸，他們的『英雄業績』，教訓了世界人民。自本世紀二十年代以來。所謂『英特那雄耐爾』，『解放全人類』云云，不過是愚弄奴隸們的符咒，麻醉人心的鴉片；到頭來，貧窮，黑暗，壓迫，殺戮，遠勝過被他們打翻的『舊世界』。將奴隸的黑袍，換成囚徒的紅袍，便是他們對那些萬死不辭的追隨者們的最高獎賞。法國的巴黎公社是如此，蘇聯的十月革命更是如此！閣下堪稱東方文化的驕子，古今歷史爛熟於心。那些殺完敵人便掉轉頭來殺戮戰友、貶謫功臣的『救世主』，試問，貴國哪朝哪代沒有？」

東方旭皺眉嘟嚕道：「唉！那都是過去的事啦，還提它幹啥呀。」

「現今的中國共產黨，難道會例外？閣下耐著性子聽我把話說完。」查理揮揮手，用力抽了一口雪茄。從西服的內口袋裏摸出一片紙頭，展開來，緩緩說道：「閣下難道沒聽說，革命領袖史達林殘殺革命戰士和親密戰友的偉大業績？鄙人瞭解的情況有限，只能概而言之：自從列寧逝世之後，短短十數年間，社會主義的蘇聯，竟然進行了三次大清洗。托洛茨基、季諾維耶夫、加米涅夫，以及被列寧譽為『布爾什維克優秀理論家』的布哈林等，身居高位的數百名老牌布爾什維克，眨眼之間，成了『帝國主義的間諜』、『人民的敵人』，殺害的殺害，監禁的監禁。在蘇共黨內，威信遠遠高於史達林的基洛夫，也被『潛伏的季諾維耶夫分子』殺害。只有上帝知道，真正的兇手是誰！到了三十年代的『肅反』，更是一場震驚天地、血流成河的大屠殺：被捕的人數估計上千萬，從一九一九年到一九三五年，聯共中央共選出三十一名政治局委員，其中二十人倒在戰友的槍口下。一九二二年，聯共十一次代表大會（請注意，這是列寧主持的代表大會），所選出的二十六名中央委員中，有十七人在『肅反』中被流放、處決或暗殺。至於十七大的代表和選出的中央委員，其命運，更是令人膽顫心驚：一千九百六十六名代表，一千一百零八人成了『人民的敵人』！所選出的一百三十九名中央委員和候補中央委員中，有八十三人，即將近三分之二被逮捕和處決。身經百戰的高級將領，也未能倖免：五名蘇聯元帥，三人被殺；十五名兵種元帥，十三人被殺；八十五名軍長，被殺五十七名；一百九十五名師長，被殺死一百一十名。直到希特勒將屠刀對準了史達林的脖子，對自己人的殺戮，方才暫時停下來。可是，二戰之後，重振殺機：先是所謂什麼『盜竊國家計委機密檔』的『列寧格勒案』，繼而是『殺害領導人的克里姆林宮猶太醫生案』。史達林將滴血的屠刀，直接指向了知識份子。就連一直親共產黨的外國人，也未能倖免：你所敬仰的名記者安娜・路易士・斯特朗，就以莫須有的間諜罪，被投進監獄，由於是美國人，僥倖逃得一條性命。」說到這裏，一直注視著談話對象的老人，見對方一會兒緊咬下唇，一會兒雙眉緊皺。緊盯著問道：「東方先生，莫非我所說的不是事實？」

「查理先生，您所說的情況，早在貴國時，本人即一再聽到過。那慘狀確實令人……令人毛骨悚然，不寒而慄！」

「所以說，閣下如果真的要北上，無疑自投羅網！」查理朝前探著身子，焦急地期待他改變初衷。

東方旭喃喃說道：「當初，我何嘗沒有同樣的疑慮呀。」

「這麼說，閣下答應跟我一起回英國了？」

「不，一棵樹上的葉子，尚且沒有兩片絕對相同的，天底下的政治，人事，更是紛紜複雜，千差萬別。發生在蘇聯的事情，未必出現在禮儀之邦的中國。毛澤東不是史達林，不僅他的業績光輝耀目，他的來源於實踐的理論，也令人折服。況且，那麼多知識份子，紛紛投奔到他的麾下，包括我的許多朋友和同學，難道他們都是害了短視病的傻瓜？依鄙人之見，中國唯一的希望，只能是在共產黨人的身上。」

「我敢斷定，中國的災難與不幸，也必然發生在共產黨的身上。現在是，李自成尚未進北京成為大順皇帝，洪秀全還沒登上天王寶座。一旦功成名就，就將是另一副面目！」查理仰靠到沙發上，痛苦地搖頭。「根據鄙人幾十年的觀察，自由、平等、博愛、民主等，從來跟共產黨不搭界，共產黨對人類美好的東西，有著天然的免疫力。休想從它的身上，得到一絲一毫。而嗜殺，摧殘，才是它們的本性！」最後，查理加重語氣說道：「朋友哇，請相信我的話：共產黨跟知識份子的蜜月，絕對長不了！」

「我心匪石，不可轉也；我心匪席，不可卷也。」東方旭自語似地念了一句《詩經》上的詩句，站起身來告辭。其實他內心的防線已經動搖，他擔心繼續談下去，歸國的決心，將徹底動搖。他握住老朋友的手，不無歉疚地說道：「查理先生，請諒解我的苦衷：我已經答應了北方朋友的邀約，豈可失信於人！」

「不，不，東方先生，你們的孔聖人說過：『擇其善者而從之，其不善者而改之』。擇善而從，乃是聖人的教導——我希望你三思，再三思！我的事情很多，不能在香港多停留，請你務必在三天之內給我答復。好嗎？」

五

回到旅社，他把查理教授的來意和談話的內容，跟妻子雅妮作了簡單的敘述。不料，自始至終積極支持他歸國的雅妮，滿面驚恐地喊著他的表字說道：

「耀之，查理教授的話，有道理呀！萬一中國跟蘇聯一樣，革命成功了，便殺自家人，入了網的魚兒，可就逃不脫啦！到那時，悔之晚矣。耀之，你可不能固執呀。」

「雅妮，你坐下，聽我跟你說。」等到妻子坐下後，他語氣肯定地說道：「查理教授的觀點，可以理解。但，中國乃聖賢禮儀之邦，諒中共做不出蘇共那樣慘無人道的蠢事。」

「那朱元璋坐了皇帝便殺忠臣，不也是出在中國？」

「那是封建帝王幹的事。放心吧，共產黨信奉馬列主義，追求的是解放被壓迫的人民，絕不能與專職暴君同日而語。」

「耀之，我可是有些害怕。我們還是跟查理先生一起回去吧。」

「雅妮，放心吧。共產黨那裏，有我的許多朋友。有他們的保護，就是有危險，也絕對落不到咱們的頭上！」

「要是朋友們也自身難保呢？」

「怎麼會呢？再說，史達林那麼殘暴，都不敢殺害安娜•路易絲•斯特朗。你跟大衛是英國人，他們想對我行無禮，還要考慮國際影響呢。」

「唉！但願，這不是你的一相情願。」無比信任丈夫的愛妻，一聲長歎，沒再堅持。

第二天，東方旭便去酒店，謝絕了查理的誠邀。

可是，另外的阻攔，卻接踵而至。

自從他抵達香港後，著名學者東方旭自英倫載譽歸來，稍事停留即將北上的消息，在香港的幾家報紙上一披露，接連有好幾位朋友，到旅社拜訪。言談之間，或直接，或委婉，所表達的幾乎是同樣的意思：他的歸國決心下得太冒失。勸阻的理由，與查理教授，大同小異。但他仍然不為所動。直到一位熟人來訪之前，他的歸國決心，始終沒有動搖過。

這位燕京大學時期的老同學，姓高，名明遠，字洞三，現任香港大學中文教授。東方旭拒絕了查理教授的當天晚上，高明遠來到他的下塌處。故人相見，沒有多少客套。飲過一杯咖啡，談話立即進入了正題。不料，一夕長談，使他眉頭緊鎖，方寸紛亂，脊背發冷，心頭陣陣顫動。老同學語氣逼人，言之鑿鑿。說什麼，擺在他面前可供選擇的，有三條利害昭然的路：

第一，上策：立刻回到英國，作一名共產黨始終想爭取、並給予優厚禮遇的海外學者；第二，中策：留在香港作一個自由職業者；退，可以再次出國；進，可以北上解放區，如果真像共產黨許諾的那樣，「解放區的天是明朗的天，民主政府愛人民」；第三，下策：立即回大陸，作一名紅色政權下的臣民，如果中國共產黨步蘇聯共產黨的後塵，故技重演，除了成為刀俎之間任意宰割的魚肉，絕無其他選擇！

他何嘗不知，擺在眼前可以任憑自己挑選的路無非是這三條，問題的焦點是，「利害」並不「昭然」。怎能斷定回大陸，一定是下策呢？看來，蘇聯的荒唐鎮壓和肅反，實在是遺患無窮，令天下人望而生畏，以致對共產主義，產生了如此深刻的偏見。

「洞三兄，」他親切地喊著高明遠的字，「你的話，恐怕只說對了一半。擺在我面前的路，固然有三條，可是，將回大陸說成是下策，恐怕是猜測之詞。解放區是不是明朗的天，至少現在還是個未知數。」

「不，不！我有根據。」

「那好，請閣下細說其詳，在下洗耳恭聽。」

高明遠對共產黨偏見之深，使東方旭十分驚訝。在大浪淘沙、神州陸沉的年月，擺在人們面前的選擇，不是逃遁，便是投奔新的靠山。莫非這位老同學，一改不黨不派的初衷，成了國民黨的成員，奉命前來作說客？不然，語言如何如此偏頗！不過，他給指出的，為何沒有去臺灣這條路呢？那就沉住氣，看看他的葫蘆裏面賣的是什麼藥。

「耀之兄，您長期生活在國外，不瞭解國內的情況。我實話告訴你，中國出了共產黨，是神州的災難和大不幸！老兄先別搖頭，聽我把話說完。這共產黨雖然是按照馬克思的學說所創立，但從它的本性看，它既不姓『馬』，也不姓『共』……」

他冷笑問道：「那，他們姓啥呢？」

「它們姓黑，姓魔！它們是一幫子黑心肝的吃人惡魔！」

「洞三，你盡可以不喜歡共產黨，何必如此，如此地對人家不友好，甚至極力加以醜化呢？看來，老兄受了太多的反面宣傳的影響。」

「這怎麼是醜化？這是鐵的事實，是誰也抹不掉的、淋淋鮮血寫下的歷史！」高明遠用力捺滅了手中的煙蒂，提高了聲音說道：「可以不誇張地說，從共產黨誕生那天起，就以荒唐、野蠻、摧殘、殺戮為能事。它們不但和蘇聯共產黨是一對孿生兄弟，與德國法西斯，也毫不遜色！」

「老兄這話，更離譜了：古今中外，哪一個革命的組織不是依靠武力起家？不殺戮怎麼取得勝利？」

「那要看是對誰。對敵人，不但要殺戮，而且要徹底消滅。可它們卻是對自己人，即它們所說的『革命戰友』，竟然不惜一再下毒手！」

「這話從何說起？」他俯身向前，側耳細聽。「洞三兄的高論，令人驚訝。我覺得天地間，不會出現這樣的政黨。」

「書生之見！當初，在下對共產黨，不但沒有成見，差一點投奔延安而去。我何嘗不希望，能出現一個嶄新的政黨，來挽救我們災難深重的國家。可是，一件件觸目驚心的傳聞，嚇破了我的膽。」

「俗話說，十裏無真信，何況是在國軍嚴密封鎖的蘇區。只怕那些傳聞，離不開對立面的捏造攻訐，老兄千萬不可為其所惑呀。」

客人望著他，露出了惋惜的表情：「耀之，我所說的，並非猜測之詞，乃是確鑿的事實：我有一個姓劉的朋友，從上海偷偷跑到江西蘇區，投奔『光明』。你猜怎麼樣？去了不久，便遇上了所謂『肅托』運動。屠刀對準的全是共產黨員和幹部。只要懷疑誰是敵人，不問青紅皂白，抓起來就殺。從開闢根據地的有功之臣，到投奔去的忠心追隨者；從戰功卓絕的將軍，到普通士兵，一批批被以革命的名義殺掉。據估計，被殺害的不下十多萬人。有的根據地被殺得只剩下四五個黨員。那些國民黨懸賞幾千大洋買不到的人頭，一個個滾在了它們自己同志的屠刀之下！我的那位朋友，是和兩位同道一起投奔蘇區的，另外兩人都被當做特務殺掉了。多虧他逃得快，免去了刀下作鬼——你說可怕不可怕？」

「聽說，那是極左路線搞的。後來，換成了毛澤東的正確領導，情況不會再那樣荒唐吧？」

「不，情況絲毫沒有好轉！老兄難道沒聽說，在陝北的『解放區』裏，也曾搞過蘇區式的『肅反』？」

「啊！陝北解放區也有這事？我在海外為何沒聽到一點消息呢？」

「這正是共產黨的高明之處——好事一千倍、一萬倍地宣揚，壞事則捂得嚴嚴實實，透不出一絲信息！要不然，怎麼證明他們英明偉大，大慈大悲，乃是天地之間獨一無二的救世主呢？」

「喂，先別發議論。我倒想聽聽你的獨家新聞。」

「不，現在已經不是獨家新聞啦，在香港，知道情況的人並不在少數。這也是一個從延安逃出來的當事者親口告訴我的——我們已經作了三年同事。此事，在所謂老解放區，知道內幕的人恐怕更多！事情發生在一九四二年，在延安以及華北解放區，開展了「整三風」運動。這個運動，以『整三風——黨風、學風、文風』開始，後來卻變成了『搶救運動』：把好幾萬名從國統區投奔去的熱血青年，打成了國民黨的『特務』。他們組成專門班子，大搞逼、供、信，甚至先信後逼，美其名曰『搶救失足者』。那些受難者，被逼不過，只得連編帶謅，把自己描繪成『特務』、『壞蛋』、『階級敵人』。有人實在編不出是『特務』、『壞人』的來由，便成了『不自覺的特務』。連許多地下黨員，也紛紛成了『國民黨特務』。儘管後來證明都是假案，但是已經晚了，許多人逃亡、自殺。活下來的，也是家破人亡，不少人離了婚。因為在『搶救』期間，一方被迫揭發另一方是『特務』，傷了感情，事後忿而離異……」

「造成這麼大的損失，難道就沒有受到法律的懲處？在國外，作假證是嚴重的犯罪行為，是要連坐的！」

「『連坐』？在共產黨人的字典裏，根本找不到這個詞。據說，主其事者，是個叫什麼『社會部』的衙門，後來毛澤東站出來承擔了責任。在一次大會上，當眾舉手敬禮，還用上了他特有的幽默：『我們的出發點是好的嘛。目的不過是為了治病救人。亂軍之中，難免有人被馬蹄子踏那麼一下子。大家受了委曲，責任在我。我給大家賠禮了。不過，我給你們打了敬禮，你們可得還禮喲——不然，我的手怎麼能落下去呀？』」

「天哪！這也叫賠禮道歉？」東方旭幾乎從沙發上跳起來。

「倘若有誠意，倒也情有可願。可是，後來，還是把一些「頑固不化的危險分子」殺掉了，其中就有著名的作家王實味。」

「啊！王實味被他們殺了？聽說這人是地下黨員，很激進呀，他犯了什麼罪？」

「不過寫了幾篇小雜文，總題目叫什麼《野百合花》。」

「什麼樣的文章，如此厲害，以至於連性命也搭上？」

高明遠緩緩答道：「據說，文章分四個部分：第一部分，指出延安也有太陽照不到的角落——上下之間缺乏愛心；第二部分，要求學會保護青年人的熱情和勇氣，即使他們發牢騷，也可以從中發現工作中的缺點；第三部分，是說革命集體內部要防微杜漸，把黑暗面削減到最低限度；第四部分，是說他並不反對等級制度，但在艱苦的革命歲月，應該依照合理的原則來解決，不可搞得差別太懸殊。」

「這些話，句句出自關愛，堪稱是苦口的良藥，何錯之有？莫非……」

「欲加之罪，何患無辭！史達林的拿手傑作，被他們完整地繼承下來啦。」

「唉，太不可思議了！」

「正因為不可思議，我才記得這麼牢，過一百年也不會忘記。可見，共產黨從來就是以神靈、聖人自居。我就是神，我就是聖。哪個膽敢說神聖無比的朕躬所統轄的地方有『陰暗面』就是大逆不道，罪該萬死！那些僥倖活下來的『失足者』，都是些聰明人：刑訊之下，不但一一招承，而且大罵『罪臣當誅』。那王實味，竟然不識事物，一味為自己辯護，大喊冤枉，自然就成了反馬克思的主帥。直到被砍掉頭顱，扔進枯井埋掉，方才閉上了他的冤口！

「太可怕啦！」東方旭驚恐得雙手抱頭，久久不語。過了好一陣子，自語似的說道：「但願今後再不會發生此類事情。」

「耀之兄，你的美好願望很可愛。」

「怎麼？難道他們還沒有接受教訓？」

「很不幸，被閣下言中了。共產黨是一群冷血動物，不亞於吃人的生番。他們崇尚的是鬥爭哲學。整人，摧殘人，是他們的拿手傑作。老兄諒必還蒙在鼓裏，連蔣委員長統治下的大上海，英國人統治的香港，他們鋒利的觸角，也早已伸了進去！」

東方旭無言以對。索性從沙發上站起來，緩步踱到窗前。用力地長長呼出一口氣，久久仰望長天。幾隻白鷺從濃重的雲層下飛來，低聲鳴叫著，惶急地向東南方飛去。左下方，正有一艘懸掛著英國旗的客輪，緩緩駛出港灣。莫非那上面就有著，來而復返的生悔遊子？右下方不遠處的一座別墅中，傳來悠揚悅耳的鋼琴聲。彈奏的是一支英國民歌。他在英國鄉間旅行時，常常聽到這支節奏輕快跳躍的曲子。鋼琴反覆彈奏著，彷彿召喚他舊地重遊。唉，這淪為殖民地半個多世紀的地方，生活卻是如此地祥和安寧。自己真不知該何去何從！

「老兄，坐下來，我還有話跟你說呢。」背後傳來老同學的呼喚，他只得重新坐回到沙發上。

高明遠告訴他，今年夏天，著名作家蕭乾就成了眾矢之的，作了一場勇士們練武的靶子。由於他在《大公報》上寫了幾篇文章，一篇是看不慣給大文豪郭沫若慶壽，認為人在中年便大張壽筵，是宗派主義的偶像崇拜。因為真正的大政治家、大作家，他的政績和作品才是不朽的紀念碑。另一篇是談文藝的前途，認為文藝要有民主，在法定的範圍內，作家應有寫作的自由。還有一篇是談信仰，他主張信奉自由主義，不論『坐在沙發上與挺立在斷頭臺上』，對自由的信仰，都應該堅定不移。誰知，這幾篇不乏憂患意識的文章，竟給他帶來了意想不到的災難。就在這自由世界的香港，對他展開了猛烈的圍攻。眨眼之間，蕭某人成了替舊勢力，也就是他的主子，作無恥宣傳的尖兵。說他，由於無力在人民的心目中重建反動舊勢力的幻想，只好著眼於動搖人民對新勢力的信心。那位大文豪，更是大筆如椽，指名道姓贈給蕭乾一大堆桂冠：標準的買辦型，貴族，御用文士等等，不一而足。

著名記者、作家蕭乾，是東方旭十分敬佩的學者型作家。上述文章，東方旭在英國即曾讀過，認為見解精僻，觀點中肯，恰好表達了自己的心聲。並且立刻放下手中的事情，寫了一篇歡呼叫好的文章，寄給了上海《大公報》。既然蕭先生的幾聲嚶嚶之鳴，成了『舊勢力』的成員和幫兇。他這個擁戴者，豈不是同樣逃不脫口誅筆罰？即便用的是筆名，過幾天文章登出來，只怕也難以逃脫「桂冠」加冕！

惶惑加上恐懼，雖然氣溫在攝氏三十五六度，他仍然感到脊背陣陣發冷。

分手時，他以感戴的語氣說道：「洞三兄，我一定認真考慮您的告誡。」

在雅妮的催促下，第二天一大早，他便去輪船公司，買好了返回英國的船票。

不料，一邁進旅社的大門，門房便告訴他：有客人來訪。

六

他急忙上樓回到房間，只見一個身材瘦削、西服革履的中年人，正坐在沙發上逗兒子大衛玩。一見他走進房間，客人立刻站了起來。在一旁陪坐的雅妮介紹說：

「耀之，這位先生從內地來，找你的，已經等了許久了。」

「東方先生，久仰，久仰。」陌生人一面打量他，方盤臉上露著驚喜的微笑，不等他開口，搶先說道：「在下卓然，已經恭候大駕多時啦。」

「卓先生，請坐。」

客人在沙發上重新坐下，自己在下首相陪。雅妮端來兩杯咖啡，放在兩人面前，伸手扯著兒子往里間走，孩子站著不動：

「不嘛——我還要跟伯伯玩哪。」

「大衛，伯伯要跟爸爸說話呢，咱們到裏屋去。」

「不，我也要聽。」

「咦，你不是愛聽《列那狐的故事》嗎？來，媽媽講給你聽。」

妻子和兒子進了里間之後，東方旭恭敬地問道：

「卓先生，我們素不相識。不知大駕光臨，有何見教？」

「不敢，不敢。東方先生的大名，如雷貫耳，切望識荊久矣。最近，從報紙上得知，先生蒞臨香港，便急於登門拜訪。可是，直到昨天方才打聽到先生的下榻之處。今天終於見到先生，鄙人殊感榮幸！」

東方旭知道，自己雖然有著一定的知名度，但「切望識荊」，已是謙辭，「如雷貫耳」更屬過譽。不速之客的不期而至，必有別的緣故。來到香港之後，他聽說，國民政府派出專人四處動員國內的名流學者去臺灣，莫非這位卓先生，也是肩負同樣任務的一位說客？再不就是邀請自己在香港某部門做事，或者像查理、高明遠一樣，動員自己立即返回英國。想到這裏，他開門見山地問道：

「多謝卓先生屈臨。先生有何見教，請直說就是。」

客人望著主人，誠懇地答道：「東方先生，鄙人冒昧造訪，乃是奉命而來。」

「哦，不知是奉何人之命？」

「自然是我的上級咯。」客人俯身向前，略微壓低了聲音：「我從內地華北來，專程邀請先生等滯留香港的社會名流，知名學者，教授等北上，投身到我黨所領導的新中國創立與建設事業。東方先生也是一位知名學者，自然在邀請之列。望閣下笑允我們的誠懇相邀。」

「也是一位學者」的話，傷害了東方旭的自尊心，他感到心頭被猛地刺了一下。略一猶豫，不動聲色地問道：「卓先生，既然閣下邀請的都是名流學者，貴黨怎會想到一個流浪海外的窮書生呢？「

「這不很自然嗎？」對方似乎察覺了他的弦外之音，加重語氣答道：「閣下集學者、教授於一身，文名遠播，解放區的領導層，幾乎無人不知。說『如雷貫耳』也絲毫不誇張。不然，怎會榮列為我黨首批恭邀的客人名單呢？」

雖然對方的態度很誠懇，但「榮列」二字，不無誇飾的成份，仍然使人感到有些刺耳。他低頭望著地板，冷冷地答道：「卓先生，抱歉得很，鄙人此次返港，只是想看看幾位久別的老朋友，玩幾天，放鬆一下，並無北上的計畫。不瞞卓先生，英國劍橋大學正催促我早日回去呢。我在那裏的聘期尚未屆滿，所擔任的課程也未完成，突然改變行止，不但有違與校方的契約，而且有負眾學子的期望。」

「這些情況，我們當然瞭解。不過，我黨對先生的期望，卻非區區劍橋可比！」

對於他所敬重的劍橋大學的貶低，再次使東方旭感到不快。他冷淡地答道：

「很遺憾，已經答應了的事，豈可自食其言？」

他從西服內袋裏摸出兩張船票，展放到客人面前：「卓先生，您看：我的返程船票都已經買好了。」

「閣下，現在您首先需要考慮的，不是別人的需要或期望，而是自己的前程與事業。」

「這麼說，只有跟隨先生北上，才是前程和事業的最佳歸宿啦？」他冷冷地反問。

「是的。我們所從事的，乃是解放全中國，拯救全人類的偉大事業。能夠參加到這樣的行列中來，難道不是人生最大的幸事？要不然，我怎會在去延安之前，變賣了全部家產交給組織，用到抗戰中去。並動員年近花甲的老母和兩個弟弟，三個妹妹，一同投身到這個偉大的隊伍中去呢？」

「怎麼？年近花甲的令堂大人，也投身到了抗日的隊伍中去？」

「是的，不論年齡、地位，只要想投身革命和抗日，都可以找到發揮力量的崗位。不瞞先生，當初家母走到哪裡，哪裡便是我黨的一個地下聯絡站。」

「毀家紓難！先生的愛國精神，端的是令人欽佩。」他不由連連點頭。

談話似乎有了轉機。客人兩眼盯著主人，親切地改變了稱呼：「耀之兄，恕鄙人直言：船票可以退掉，允諾過的事，也不是不可以改變。兩國之間訂立的契約，尚且隨意撕毀，更何論一紙聘書呢！」

「不，我不這樣看。」他望著客人，略微提高了聲音。「無論一個國家，一個政黨，還是一個人，如果連信用都不講，那就狗彘不如。到頭來只能是眾叛親離，甚而導致自身的滅亡！」

談話陷入了僵局。

卓然吮了兩口咖啡，字斟句酌，緩緩說道：「不錯，人固然不可無信義。但『信義』二字，也要權衡輕重。我們應當服從的只能是大義，而不是一己私義。當年我已經答應去美國留學，手續已經辦妥，可是為了抗日救國，還是毅然決然地去了延安。」

見主人沉思不語，客人忽然掉轉話頭，自語似的說道：「看來，世間萬事都要有一個『緣』字。當初，我們同在一地讀書，又一起投身到『一二、九』運動中去，竟然失之交臂，無緣結識！」

「哦？卓先生當時也在北平？」

「是呀。閣下在燕大讀文學時，鄙人在清華讀哲學——相距不過一里之遙嘛！您出國的前一年，我就到了延安。鄙人在太行山跟小日本殊死搏鬥的時候，閣下正在倫敦挨德國法西斯的炸彈呢。」

自己的情況，對方如此熟稔，他感到彷彿是坐在一名密探面前。不由瞪大了雙眼，驚訝地問道：

「喲！先生對鄙人的情況，竟是如此地熟悉？」

「是的。先生近期要自海外歸來，也在我們的意料之中。」

「貴黨怎麼知道我要回來？」

「我們不但知道閣下要回來，而且知道，香港並不是大駕的終點站。」

「那……鄙人的終點站在哪裡呢？」

「回大陸作我們的革命戰友，跟我們共產黨人一起戰鬥呀。」客人深邃的雙眸中閃動著期待的光輝。「我們正在為閣下的正確選擇而高興，閣下為何突然改變了初衷呢？」

「卓先生，恕我直言：你們的估計錯了。」他聽到自己的聲音有些發顫。

「耀之兄，我們的估計是對，是錯，並不重要。要緊的是閣下的人生選擇：在這神州陸沉，大動盪、大變革的時代，我們應該抓住千載難逢的時機，把穩舵杆，向著光明的彼岸揚帆前進。」客人點上一支香煙，連抽幾口，感喟地說道：「唉，我們不幸的祖國喲！數千年的封建統治，老百姓不過是踏在『聖君』腳下的草芥塵土：是任憑驅使，卻無權開口的牛馬。辛亥革命推翻了封建統治，上演的依然是搶權奪地、軍閥混戰，赤地千里，哀鴻遍野。國民政府賜給『國民』的，是一黨專政，黑暗統治，宗派傾軋，貪污腐敗；捐稅多如牛毛，內戰十數年不歇，人民窮困遭剝削，民主自由被戕害。一句話，除了共產黨，沒有第二個政黨能夠救中國。現在，豔陽即將普照全中國，一個自由、民主、幸福的新世界，就要在共產黨人的手中創建出來。我們盼望了整整大半個世紀的新時代，就橫正我們面前。我們盼望著當家作主人的新中國，正在向我們招手。我們為祖國母親效力的時刻已經到來。先生既然已經到了家門口，豈可扭頭而去呢？閬苑雖好，不是久留之地。機會難得，時不我與。與其異鄉飄零作客，何如回歸故國，當家創業？更何況，閣下所在的那個異鄉，正把我們中國人視為劣等公民！」

卓然結束了演講般的長篇大論，見主人雙眉緊鎖，低頭吸煙，加重語氣繼續說道：「所以，自從去年秋天以來，看到國內大局已定，便有那麼多的名流學者，迅速地做出了明知的選擇。像李濟琛、沈鈞儒、張瀾、柳亞子、章乃器、羅隆基、張伯鈞、史良、郭沫若、茅盾等，紛紛結伴北上。識事物者為俊傑。他們是看透徹了中國的前途和命運，方才義無反顧、擇善而從。不過，也有一些朋友，至今遲疑猶豫，舉棋不定，恐怕是被帝國主義和反動派的惡毒宣傳嚇住了。如誣衊蘇聯三十年代的肅反，如何大加殺戮，解放區四十年代的『搶救』運動，如何大批株連無辜等等。以致對我黨和我們的事業發生了誤解。閣下的遲疑，莫非原因也在於此？」

對方彷彿知道他心中存在著疑慮，以致語語中的。對於這樣敏感的問題，他本來沒有勇氣當面質問。既然對方主動提出，索性看看他對共產黨的整人「業績」有何解釋。他沒有正面回答他的問話，極力平靜地反問道：

「卓先生，鄙人不解：蘇共以及貴黨，為何有那麼多的把柄，讓帝國主義和反動派抓了去呢？」

「他們為了詆毀和消滅共產黨，自然是不遺餘力造謠詆毀。加之共產黨人所從事的是前無古人的偉大事業，沒有現成的經驗可資借鑒，免不了犯下右的或左的錯誤。可是，我們有著正確的指導思想，有著一大批英明偉大的領航人，不僅有了缺點和錯誤能夠及時改正，那駛向新世界的航船，也總是從勝利走向勝利。」見他靜聽不語，卓然繼續說道：「當初，列寧在一國建成了社會主義，四周被帝國主義包圍，他們的敵情觀念嚴重、警惕性特別高，是可以理解的，儘管出現了一些偏差。就延安和華北解放區的『搶救』運動來說，開始確實是『左』了些，一度傷害了一部分同志的感情，可是，黨中央及時發現了問題，不但立即急剎車，而且認真復查平反。事情雖然是下面人搞的，毛澤東主席卻主動承擔了責任，在廣場上當著成千上萬人的面，誠懇地向被誤解的同志賠禮道歉。這是何等的氣魄和胸懷？耀之兄諒不知情：由於本人來自敵佔區，家庭出身又是大地主，自然也被『搶救』了一通。隔離審查了幾個月。一開始，像是對待洪水猛獸。可是，一旦搞清了問題，不但所有罪名一風吹，而且照樣得到信任和重用。不然，今天我也不會坐到閣下的面前，您說是吧？」

現身說法，勝似長篇說教。卓然彷彿知道，阻礙他北上的癥結在哪裡，說出的話，句句富有針對性。他防範於心的壁壘，一個個被擊破。既然對方如此坦誠地向自己傾吐肺腑，他索性將心中的疑團一併說出：

「卓先生，我還有一事不明：貴黨既然知過必改，為何還殺了許多人呢？」

「哈哈哈！」客人輕鬆地笑了起來。「我們黨向來實事求是、有錯必糾，但卻不是搞一風吹！幾個被鎮壓的，不是漢奸、特務，就是頑固不化的託派分子！」

「卓先生，恕在下冒昧：那王實味，不過是一介書生，多年為貴黨效忠，而且是貴黨的黨員，為何僅僅因為幾篇短文章，就置之於死地呢？」他直率地逼問。

「我可以將真相告訴先生：那王實味，不但是個託派分子，而且對於共產黨充滿了刻骨的仇恨，搞了很多破壞活動——他是敵人安插在革命隊伍中的一顆定時炸彈！如果我們不及時清除他，不知要給革命造成多大的危害！」

「噢，原來如此！」一陣勁風吹散了彌漫天空的烏雲，他心裏的疑團似乎被全部解開了。

「東方先生，請放心，鄙人以身家性命作擔保，閣下到了北方，不但人身安全無需擔心，而且保證閣下能得到發揮聰明才幹的理想崗位。」客人趁熱打鐵，明亮的雙眼緊緊盯著他，把話頭拉回到正題上：「倘若鄙人此番請不動大駕，不僅有負上級組織的委託，也難以向您的老朋友交代呀。」

「老朋友？是哪一位？」

「金夢呀！」

「她怎麼說？」

「她估計你已經到了香港，囑咐我一定把大駕迎回去。『思家步月清宵立，憶弟看雲白日眠。』」卓然吟起了杜甫《恨別》中的兩句詩。然後微笑說道：「閣下諒不知曉，您的老朋友，夜夜『清宵立』，翹盼先生歸來呢。況且，先生離開北平這麼多年，也該回家鄉看看呀。今日的北平，可是我們自己的城市啦。」

見他再次沉吟不語，卓然沒有緊逼。仰靠在沙發上，談起了解放區的種種新氣象和美好前途。像老百姓的生活如何幸福美滿，革命陣營中如何民主、平等、友愛，領袖的治國方略如何的光輝燦爛，共產黨人即將建立的新中國，更是普天之下、前無古人的理想世界等等。末了，語重心長地說道：

「耀之兄，人生之路千萬條，唯有回歸之路，才是賢達者最正確的選擇。這些話，前幾天我在上海，也跟那位在英國赫赫有名、你所敬仰的蕭乾先生談過。不過，沒等到我說完，他就下定北上的決心，並且立即收拾啟程。此刻，估計早已到達北平了。」

「怎麼，蕭乾先生已經北上了？」他感到十分驚訝。「卓先生，讓我再考慮一下，好嗎？」

「耀之，既然卓先生做了擔保，你還有什麼好顧慮的呢！你所敬仰的蕭乾先生，都毅然去了北方，你還猶豫什麼哪？」不知什麼時候，雅妮領著兒子來到了他們的身旁。她靠在丈夫的身邊催促道：「耀之，你說話呀！」

「好吧，」他緩緩點頭。「那就有勞卓先生做鄙人的引路人啦。」

「不敢當——讓我們做休戚與共的朋友吧。」卓然溫熱的大手，把他的手緊緊地握住，許久未鬆開。

「噢——我可以去看皇帝的金鑾殿和萬里長城咯！」大衛拍著小手歡呼起來。

雅妮近前握住卓然的手，興奮地說道：「卓先生，非常感謝您對耀之的開導——謝謝！」

這次談話，改變了東方旭的旅程，更改變了他的人生選擇。

剛剛過去了三天，他便站到了北上輪船的甲板上……

「唉！卓然這人誠摯深沉，肯定靠得住，絕不能把他的話，視為共產黨的宣傳。那就把自己的後半生，交給共產黨吧！」

可是，耳畔忽然傳來另一個尖利的聲音：「東方旭，你所踏上的，是一條冒險的路，知道嗎？一失足成千古恨——你上了賊船啦！」

他急忙睜開眼，周圍什麼人也沒有。妻子和兒子，大概還在甲板上「看海」，只有雜踏的腳步聲從頭頂上方的艙板上傳來。那些腳步匆匆的人，不都是跟自己一樣，是結伴「北上」的嗎？為何自己偏偏如此多慮呢？塞翁失馬，焉知非福？劍橋的薪水再高，乃是為異邦效力，怎能與將美好年華與學識獻給夢寐以求的祖國，相提並論！」

他轉過身子，再次閉上雙眼，隨口哼起了心愛的「平劇」：

平生志氣運未通，
蛟龍困在淺水中。
有朝之日春雷動，
得會風雲上九重！

魂歸故園

一

海風勁吹，波濤奔湧。永安號客輪像一位哮喘病人，一聲接一聲地喘息著，顫顫抖抖破浪前進。第四天凌晨，輪船便在天津港泊岸。

雖然輪船的顛簸帶來了身體的不適，此次旅行卻頗為愉快。三天當中，得到了禮貌周到的服務，全體旅客像在自己家裏一般，舒適自在。而與許多同行者的攀談，更使他瞭解了許多解放區的情況，頗有疑慮頓消，心胸廓然之感。這些新結識的旅伴，大都來自海外和香港。他們和東方旭一樣，都是為了追求光明，效力祖國，放棄了心愛的工作和優厚的待遇，毅然投奔解放區的。雖然境遇相似，但他們跟自己迥然不同，幾乎個個談笑風生，神采飛揚。不但看不出任何疑慮和恐懼，而且憧憬與幸福之情，溢於言表。彷彿自由、平等、民主、博愛的新政權，正在向他們頻頻招手。而自己，已經登上了北來的航船，依然瞻前顧後，顧慮重重。眼光短淺，不識時務，以至如此！此刻，登船時的諸多疑慮，宛如花樹落英，遮日烏雲，被一路上強勁的海風，吹拂得乾乾淨淨。

懷著遊子歸來的急切與希望，東方旭一家，當天便登上了西去的火車，向著夢縈魂繞的故都北平馳去。

長別十餘載的北平喲，你的兒子歸來啦！

使他特別感奮的是，共產黨人的一雙巨手，居然揮退戰神，讓一場迫在眉睫的大廝殺，變成了碰杯聲中的握手和歡笑！歷經金、元、明、清，四代戰亂的古都北平「和平解放」，逃脫了戰火的洗劫，實在是歷史之幸，國家之幸。不然，迎接他們的將是九城一片焦土，滿目斷壁頹垣。就像圓明園劫遺的「大水景」，幾根雕花石柱在西風殘陽中抖索啼泣，以巧奪天工的雕飾，記載著往昔的尊榮與繁華；那東倒西歪、殘破的雕花石塊，刺激著憑弔者的神經，警示人們，永遠不要忘記堂堂中華民族的歷史孱弱與恥辱！

而由一代名將傅作義指揮，雄兵據守的北平，守軍裝備精良，城高濠深，戒備森嚴，竟然不勞共產黨一槍一彈，三十萬人齊解甲，拜倒在「土八路」的腳下！古城爽然易主，聖跡毫毛未損！正如他的名字——傅作義。這位傅將軍終於被迫作出了一件名垂青史的大義舉。足見，共產黨內不乏縱橫捭合的大智大勇者。投靠如此具有生命力的政治力量，絕對不可能是錯誤的選擇。

「咯噔，咯噔。」列車有節奏的吟唱著，向西北急馳。不久，齒齒齧齧的古城漸漸映入眼簾。伏窗遙望，宋人黃庭堅的《思親汝州作》驀地浮上心頭：「五更歸夢二百里，一日思親十二時。」十年來，他做了多少思鄉的「歸夢」呀，今天夢境終於變成了現實。他不由感歎道：

「啊！十載暌違的北平喲，終於看到您了！」

伏在他肩後的兒子東方曉問道：「爸爸，北平在哪兒？」

「小曉，看到了嗎？」他指著列車的右前方，「那高高的城牆，就是我們的家鄉北平呀。」

「——我看到萬里長城啦！媽媽，快來看呀！」小曉探頭車窗外，拍著小手，歡呼起來。

「小曉，那不是萬里長城，那是北平的城牆。」

「哎呀，北平的城牆這麼高，這麼雄偉呀！」妻子雅妮目不轉睛地朝外望著，連聲驚呼。「那萬里長城，豈不是更加雄偉壯觀？」

「那偉大的工程，可謂是前無古人，後無來者！較之倫敦塔橋、巴黎鐵塔，更加令人驚訝。所以，我們中國有一句古語：『不到長城非好漢！』將來你們看了就會知道，那工程之浩大，氣勢之壯觀，堪稱世界第一，無與倫比！」

雅妮坐回到座位上，感歎道：「耀之，你們的國家，不，我們的國家——真了不起！」

「是的，是的。」他彷彿在自語。「我們的歷史，文化，我們的人民，還有我們要投靠的政黨，統統了不起。唉，了不起呀！」

他恨不得立刻回到故鄉，擁抱戰爭業績震驚世界、並將譜寫神州新篇章的偉大政黨，投身到她所開創的治國宏業中去。

東方旭彷彿沒有意識到，短短數日間，中國共產黨的形象，在他的心目中，竟然發生了如此曲折反覆的巨大變化：由虛幻飄渺，到猙獰可怕，再到業績煌煌、令人折服。他覺得，對於共產黨瞭解得越深入，肯定還會發現它更多的「崇高」與「偉大」，就像一路上列車的廣播中以及車窗外牆壁上反覆出現的歌頌辭彙一樣。是的，得民心者得天下。共產黨之所以所向披靡，勢如破竹，偌大神州，即將盡歸麾下，天下英雄紛紛入其彀中，沒有使四萬萬五千萬人民折服的善策，是不可能的。往後，他要把自己的一切，智慧，才能，甚至身家性命，統統交給它，無條件地聽從它的差遣和安排。鞠躬盡瘁，死而後已。

投之以桃，報之以李。共產黨並沒有辜負東方旭的耿忠之心。

剛走上北平火車站的站臺，便有統戰部的人來迎接。一家人被客氣地接到美制吉普車上，沿著破敗的前門箭樓左側，向北馳去。眨眼來到天安門前。舉頭上望，斗拱油漆剝落，黃硫璃瓦殘破不全。比當初離開北平時的情景，更加令人不忍卒睹。

汽車在天安門前向西拐去，不久來到毗鄰長安大戲院的「長安旅社」。陪同的張同志告訴他，條件更好的旅社，已經住滿。他們只能在這裏暫時委屈幾天。好在不久就會給遠道而來參加革命的同志，安排長久的住處。他們的住宿費用有公家負責，一日三餐，也不須自己操持，只要自己去飯堂打來就是。餐費也不需要自己支付，革命陣營裏實行的是供給制。

東方旭滿心歡喜。雖然一家三口，住在一個小房間裏，嫌擁擠一些，但這是暫時的困難，革命徹底勝利後，會有漂亮的大房子住。飯菜也嫌粗糙單調，一日三餐，幾乎是不變樣的小米稀飯，蒸饅頭，外加兩樣放上幾片豬肉的蔬菜。吃慣了西餐的愛妻雅妮和兒子大衛，對於這裏的「飲料」（小米稀飯）和「中國麵包」（黑面饅頭），極其不習慣，幾乎每餐都吃不飽。但是，想到現在已經是「參加了革命」，革命戰士豈可以計較待遇？他一面悄悄溜到街上，買來點心、刀切糕、炸麻花、芝麻燒餅等，給妻子和兒子吃。卻強迫自己接受考驗，堅持喝小米稀飯吃黑面饅頭。過了十來年資產階級生活，到了進行一番改造的時候了。他不但自己心安理得，進行改造，而且教育妻子和兒子，學會過「革命陣營」的艱苦生活。

讓他最為高興和感到安慰的是，昨天下午的迎接新同志歡迎會。會議由中央統戰部召開，一位姓李的、身穿中山服的統戰部負責人，致歡迎詞。代表黨中央，對來歸者表示熱烈的歡迎和謝意。他誠懇地說道：我們衷心感謝各位先生，北上參加革命。革命不分先後。偉大領袖毛主席教導我們說，我們來自五湖四海，為了一個革命的目標走到一起來了。凡是今天在座的諸位同志，不論是來自香港，還是國外，甚而去而復返來自國民黨的新巢穴——臺灣。今後，大家都成了無產階級革命陣營的同志，都是一條戰壕裏的戰友。希望同心同德，攜手把臂，為解放全中國，為徹底消滅國民黨殘餘匪幫，為建設一個自由、民主、繁榮、昌盛的新中國而共同奮鬥。……

熱情的態度，滾燙的話語，宛如奔騰的激流，將歷史河床上的所有污垢，滌蕩得乾乾淨淨。又像炎熱的三伏天喝下幾瓶冰鎮汽水，使人感到無比的痛快與清爽。

「革命不分先後」，「大家都成了無產階級革命陣營裏的同志，都是一條戰壕裏的戰友」！落伍者的沉重自卑感，無黨派身份所帶來的重重疑慮，像滿天烏雲，被一陣強勁的秋風，頃刻之間掃蕩得乾乾淨淨！

妙極啦——終於成了一名值得驕傲的革命者！他雖然出身貧寒，但卻是受了多年資產階級教育的知識份子，今朝卻被無產階級接納了，成為他們當中的一分子！

他想放聲歌唱，當眾狂舞！

他要永遠記住這個使他從一名自由職業者，變成一個革命戰士的寶貴時刻！

他要掃除一切私心雜念，急起直追，不但不能玷污「革命同志」，這個光榮而寶貴的稱號。而且要做一名合格的無產階級革命戰士。

當天晚上，他在日記本上寫下了三首「感懷」詩。其中一首寫道：

漫道遊子識歸途，
城頭高揚斧頭旗。
幾千萬人齊換甲，
藍衫秀才成戰士！

二

東方旭在海貨店買了一斤海參，一斤魚翅。又在一家名叫「榮記」的糕點鋪，買了兩斤蜜三刀，兩斤核桃酥。然後，叫來一輛洋車，向德勝門奔去。他要去看望十多年未見面的大姨媽。他早已想好，回到北平後，第一個要拜訪的就是這位對自己有著深恩厚澤的親戚。

拉車的，是個大約五十出頭的老者，身材瘦削，腰背傴僂。雖然作出低頭快跑的架勢，但腳步緩慢，顯得力不從心。走了不遠，土褐色的無袖衫便全黏到了身上。叫車時，有三輛車等在那裏。他特意選擇了個年紀最大的車夫，意在使他多掙幾個買棒子麵的錢。不料，卻給自己帶來了深深的不安。出國前，自己從來沒坐過這種「東洋車」。在海外，這種交通工具早已絕跡。出門時，只想到天熱路遠，便拿出三千元錢（舊人民幣，合三毛）雇車，結果，卻讓一位老者，拉著一個中年人流著大汗蹣跚！正不知如何是好，忽然意識到，一個無產階級革命戰士，安坐在車上，卻讓勞動人民，同樣是一位無產階級朋友，在下面當牲口，不僅於心不忍，而且喪失了一個革命者應有的覺悟。多幸沒讓熟人看到，不然成何體統！

「老伯，快停下，快停下！」他低聲喊了起來。

「先生，不，同志，離德勝門還遠著哪。」車夫繼續朝前走。

「我知道。老伯，你快停下！」

「這是為啥？」老人站住了。

「我有別的事，不去了。」

「這……」老人將車放到了地上，臉色明顯不悅。

「沒關係，」他麻利地從車上跳下來，「車費我照付。」

「喲，那可不合適！」

他不再說話，從口袋裏掏出五千元錢，塞到老人手中。說了聲「不用找了」，扭頭就走。他要像一位長途行軍的戰士，徒步奔往目的地。

不料，來到親戚住的地方一看，房子換了主人。姨母一家，早在三個月前，即解放軍入城的前夕，即將房子賣掉搬走了。至於去了哪裡，問遍了四鄰，沒有一個人回答得出。

東方旭幼年喪父。患上嚴重哮喘病的老娘，看他念書用功，靠給人家拆洗縫補，供給他進了中學。勞累加上病重，兩年後，竟然撒手西去。失掉了僅有的經濟來源，他只有含淚輟學，進一家印刷廠當上了揀字工。工餘，他如饑似渴地讀書，練習寫作。在清華大學任教的大姨父得知他好學上進，卻因貧窮輟學，便勸他繼續學業。盛情難卻，他辭掉工作，以優異的成績考入燕京大學。在姨父的全力支持下完成了大學學業。後半生的人生途程，因此而改變。涓滴之恩，自當湧泉相報。四年大學的全部學費、食宿費，不是個小數目。如此慷慨援助，即使是至親，也很少有人能做到。此前關山阻隔，孝敬不便，如今已經回到恩人的身邊，在兩位老人有生之年，他要像親生兒子那樣，對他們克盡孝道。可是，姨媽一家，卻不知去了哪裡！

站在巷口，躊躇了許久。他忽然想起，姨父有一個本家族弟名叫陳阿大，因在江蘇老家生活無著，來北平投靠本家。姨父幫他在一家大飯莊覓到個幫廚的差事。後來姨父又幫他安了家，生了兒子。從此，陳阿大視姨夫為恩人，一直保持著密切的聯繫。如能找到他，說不定他能打聽到姨夫的去向。他彷彿記得，陳阿大住在北新橋，便掉頭向那裏走去。

來到北新橋，在一條窄胡同盡頭的一個大雜院裏，好歹找到了陳阿大的家。這是兩間低矮的西廂房。露出木紋的兩扇木板門虛掩著，說明家裏有人。他走上前，輕輕敲了兩下，輕聲問道；

「屋裏有人嗎？」

他連喊兩聲，無人答應。懷疑屋裏的人在睡覺，又用力敲了幾下門。

「幹麼呀！」屋裏傳來一聲粗魯的問話，「要債沒有，要命有一條。敲什麼敲？」

「表叔，我是東方旭呀。我來看你老人家來啦。」

略停了一會兒，裏面答道：「哦？是東方旭！進來吧。」

他推門走了進去。屋內光線昏暗，過了一陣子方才看清，北炕上斜躺著一個瘦弱的老人，赤裸著上身，條條肋骨露在外面。手裏拿著個破芭蕉扇，緩緩揮動著，驅趕著前赴後繼的蒼蠅。只見他臉色灰暗，兩腮凹陷，滿臉污垢，鬍子拉茬，本來嫌高的額頭，更加凸現。他幾乎認不出，這就是當年那個健壯的陳阿大。不由驚訝地問道：

「表叔，你病了嗎？」見老人痛苦地閉目不答，他順手將禮品放到鍋臺上，近前問道：「不知道得的是啥病？」

兩行熱淚流下病人枯瘦的臉頰：「唉，要命的病——肺結核！這口氣喘不了幾天啦！」

他不由得往後倒退了兩步。旋即走近床前，在一把破杌子上坐下來，勸道：「表叔，不必擔心：這病如今已經不是絕症——有一種特效藥，名叫盤尼西林，能夠根治。」

「唉！藥再好，沒有錢，也是白搭呀。咳，咳，咳！」病人劇烈地咳嗽起來。

「表叔這病是從什麼時候得的？」

「不知道。被人家開走，也半年多啦。唉！開頭我瞞著，不讓東家知道。誰知那王八蛋看出來啦。一盤問，知道我得的是這個倒楣病，當天就逼著我捲舖蓋滾蛋！」

「表嬸呢？怎麼不在家裏照顧你哪？」

「照顧？那不是咱們窮人享的福。嘿嘿！」病人發出兩聲淒慘的冷笑，「他們娘兒倆揀破爛、拾煤核去啦。要不，眼瞪著一家三口都得餓死。咳，咳，咳，……」

「你沒去找我姨父想想辦法嗎？」

「找你姨父？」病人半晌無語。過了好一陣子，方才忿忿說道：「哼！門檻不齊，不能作親戚。第一次我去借錢，人家害怕傳染上病，客廳沒讓進，給了兩塊大洋，打發出來。再去求，人家窩都挪了——想找都沒處找！」病人吃力地喘著氣，說完，雙眼緊閉，不再言語。

「表叔，您知道吧，我姨父搬到什麼地方去啦？」

「哼！老侄子，你忘了那句老話：『富在深山有遠親，貧居鬧市無人問』？人家躲都躲不贏，能把新窩告訴咱？」

「表叔在病中，不宜多想不愉快的事。」他只能勸慰。

「人都快死啦，哪有高興的事好想喲。」

他覺得，姨夫不是個嫌貧愛富、見死不救的人，他的突然搬遷，並且對新址秘而不宣，其中必有隱情，陳阿大肯定是發生了誤解。於是溫語勸道：

「我姨夫一向很關心你。他放著那麼好的宅子不住，突然搬走，絕對不是為了躲避您老人家。等到他在新的住址安排妥當了，肯定會繼續幫助你的。」

「那就求老天爺保佑啦。」

這時，東方旭指著鍋臺上的禮物說道：「表叔，我帶來一點海貨和糕點，給你老人家補補身子。」

「喲，這咋好吶！」病人這時才發現，不速之客並非空手而來。扭頭望著頂面閃著紅光的四包禮品，第一次露出喜悅之色。「老侄子，你可不像你大姨父，至今沒忘了我這個窮表叔。不怕傳染，特地來看我，還這麼破費。咳，咳，咳……」

老人顫顫巍巍掙扎著想爬起來。他急忙搖手制止：

「表叔，您別動。我走啦。改天，我還會來看望你老人家。」

說罷，他心情沉重地走了出去。

第二天，他給陳阿大送去了一百萬元人民幣（舊幣，相當於現在一百元），讓他拿去治病，並囑咐家屬買些米麵魚肉之類，給病人增加營養。

三

統戰部歡迎新戰友大會之後，參加會議的名流學者，都上了報紙頭版，東方旭的大名自然榮列其中。

近幾天來，到旅社來拜訪的人，雖然稱不上是車水馬龍，卻是絡繹不絕，或一人，或結伴，有時一天數起。來訪者，除了幾位故交舊友，大多是燕京大學老學友，甚而是白髮幡然的扶杖師長，有的則是同船北上新結識的朋友。還有幾個素未謀面的年輕人，因為讀過他的文章，而成為誠篤的崇拜者，專程登門「識荊」，「以解渴念」。敘舊誼，話思念，抒敬仰，發感慨……咖啡接著香茶，沖了一杯又一杯，香煙換成雪茄，抽了一根又一根，客人仍然留戀不去。快馬馳騁征途，大鵬翱翔雲端，期待與鼓勵的話，說了一遍又一遍，依然沒有動身的意思。為中國人的熱情多禮而大受感動的愛妻雅妮，漸漸露出了疲憊的神色。

東方旭卻是志得意滿，整日沉浸在多年來少有的歡快興奮之中。彷彿自己真的成了一匹站在起跑線上的駿馬，只待一聲發號槍響，立即奮蹄奔騰。又似一隻升到雲端的大鵬，沐日禦風，豪氣萬丈，正欲加入戰友的行列，舉翮遠翔。他慶倖自己的正確選擇。無比感戴敦促他踏上革命征途的引路人，尤其感激金夢和卓然等同志。沒有他們的循循善誘、殷殷苦勸，自己必走回頭路，此刻，早已踏上了大英帝國的土地，再做那無有盡期的「劣等國民」！

他的引路人，也同樣時刻關注著他。

今天上午，卓然來旅社看望他，對於他的毅然歸國、投身革命陣營，大加讚賞，認為「有此大智大勇之舉，堪稱是卓識遠見」。同時徵求他對將來工作的意見：作為文教口的一位負責人，卓然已向上級有關領導建議，讓他創建一個大型文學刊物，獨立主持，以發揮他在文學方面的功養與影響。同時安排他參加即將成立的作家協會的領導工作。對於前一個建議，他滿口答應，自信有能力辦好一個刊物，當即表示愉快的接受並連致謝意。共產黨對於一個海外歸來的舊知識份子不但毫無嫌隙，而且視同自己的親信，一開口即委以重任，這是何等的胸懷與氣魄？一時間，他幾乎找不到合適的字眼，表達激蕩於胸的感戴之情。但對於兼任作協領導職務的建議，他卻連連推辭。他希望做一個作家協會的會員，而不是領導成員。自己是一個非黨員，擔任黨所領導下的一個重要部門的領導職務，絕非是合適的人選。卓然告訴他，任何黨所領導的部門，都有大量的非黨員群眾。何況，安排一個非黨員擔任領導，正是統戰工作的需要。但他仍然堅辭不受。他深知自己性格剛直，缺乏領導者的涵養與機變。直到卓然答應讓他兼任個不須親臨視事的委員，他才勉強點頭允諾。

臨分手的時候，卓然語重心長地勸道：「耀之兄，據瞭解，自海外剛剛歸國的朋友中，思想上大多存有不同程度的顧慮甚至誤解。有人出身成份不好，或者社會關係複雜，有人歷史上有過這樣那樣的缺陷或錯誤，甚而結交過某些不宜交往的人等等，因此擔心得不到我們黨的信任。這一切，完全是不必要的：我們共產黨人是徹底的唯物主義者，從來是辯證地看問題。家庭出身不能選擇，社會關係大多身不由己。從舊社會過來的人，為了吃飯活命，違心地做出一些於革命無益甚而有害的事情，結識幾個不得不結交的朋友，往往是事與願違，完全可以理解。像老兄這樣，出污泥而不染，久居異邦而不忘家國，此等高操潔行，誠屬不易！譬如本人，在學生時代，許多年間，迷惘徘徊，甚而向『蔣委員長』頂禮膜拜。但這並不能說明，我今天不是站到了蔣介石的對立面。足見，歷史只能說明過去，不能證明現在，更不能證明未來。我們的著眼點，是每個人的現在表現。絕對不會把一個人歷史上的一點問題，一個污點，當成阿Q頭上永遠閃著晦光的癩瘡疤！」

見他頻頻點頭，卓然繼續說道：「我的話，只是就一般情況而論。據本人瞭解，閣下又跟別人不同：您出身貧寒，歷史清白，不黨不派，對於國家和民族，始終無比熱愛。就是寫過某些觀點有所偏頗的文章，那也不過是區區小節，於黨的大膽信任，放手使用，毫無影響。希望您放掉一切思想包袱，甩開肩膀大幹！怎麼樣？」

客人的話，謙和禮貌，坦誠真摯，令人心悅誠服。他驚異黨組織對自己的瞭解，竟是如此地透徹。更為新生力量的政策寬容和英明而歡呼。他緊緊握住客人的手，激動地答道：

「老卓同志，請您轉告領導，我東方旭，投身革命，決無三心二意。一定要放棄小我求大我，將自己的一切，貢獻給無比偉大、壯麗的革命事業——鞠躬盡瘁，死而後已！」

分手的時候，卓然還告訴他，組織上考慮安排他的愛人雅妮到高校教英語，順便徵求她的意見。他覺得這是最恰當的安排，不等妻子表態，便滿口答應，並再三致謝。

四

剛剛送走了卓然，「咚咚咚」傳來一陣樓梯響，緊接著是一聲清脆的女高音：

「東方旭同志在嗎？」

「是哪位？」東方旭急忙迎到門口。

「耀之——我看你來啦！」老熟人金夢，沿著窄窄的走廊，邁著輕快的小碎步走來，一面親切地向他打招呼。

「喲，原來是金夢同志！」他急忙迎上去，抱拳施禮。「聽說你在華北領導文藝工作，何時來到北平的？」

金夢左臂上掛著一個時下在北平極難看到的白色小挎包。左手提著一個覆蓋著大紅商標的紙包。伸出右手緊緊握住他的手，連搖幾搖，興奮地說道：

「前天剛到。聽說你已經來到了北平，自然是第一個先來看你咯。」她熱情的目光一直停留在他的臉上。「耀之，你一點沒變，還像十年前那樣瀟灑，那樣氣宇軒昂！」

「多謝您時刻記著鄙人。」一面說著，東方旭側身向屋裏禮讓。

「喲！忘了哪個，我也不能忘記了……」金夢放低聲音，正語意雙關地作答，忽然瞥見他的妻子和兒子在房間裏，立即提高了聲音說道：「我就是忘記了所有的人，也不能忘記了您這位大作家呀。」

進了房間，她來到雅妮和孩子面前，親切地問道：「耀之，不用說，這就是尊夫人和令郎啦？」不等他回答，她向雅妮伸出了手：「夫人，您好？」

「您好？」雅妮熱情地握住客人的手，「快請坐。」

「雅妮，這位就是著名作家金夢同志。」他在一旁介紹。

雅妮打量著風度翩翩的來客，不無驚訝地說道：「金夢同志，耀之經常跟我講起您。他說你是個老革命、大作家——真了不起！想不到，您還這麼漂亮。您給我們女人爭氣啦！」

一陣紅暈掠過金夢的雙頰。她轉向孩子問道：「小傢伙，你叫什麼名字呀？」

「阿姨好？我叫大衛，不，東方曉，爸爸給我起的名字。」

「好一個聰明的乖孩子！」金夢俯下身子，在孩子的左腮上親了一下，直起腰，將左手高高揚一揚，然後將紙包遞到孩子手中。問道：「小曉，你看阿姨給你帶來了什麼？」

「我知道：一定是好吃的東西。對吧，阿姨？」

「乖孩子，你猜得對極了——看看裏面都有什麼，你喜歡嗎？」

孩子抱著禮物，去了裏面的桌子上。金夢扭頭向東方旭說道：「這孩子真可愛，要不是革命陣營不准拉扯『封建關係』，我一定要認令郎做我的乾兒子。」

東方旭含糊地向兒子喊道：「小曉，趕快謝謝阿姨對你的誇獎。」

「謝謝阿姨。」

讓客人坐下來以後，東方旭問道：「金夢同志，想不到你這麼喜歡孩子。難道你自己沒有孩子？」

「『革命尚未成功，同志仍需努力。』那是孫中山先生的教導。我們的偉大領袖更是教導我們，破除私心雜念，一心想著革命工作。你想哇，先是八年抗戰，緊接著又是三年解放戰爭，工作千頭萬緒，千斤重擔壓在肩膀上，哪裡顧得上考慮個人問題呀！」

「呵，公而忘私——你們這些老革命實在是令人欽佩！」東方旭肅然起敬。

「耀之，您能毅然歸國參加革命，不是同樣令人欽佩嗎？」金夢興奮地答道。「聽說你回到了北平，你絕對想不到，我是多麼的高興！在此之前，我一直擔心，你捨不得國外優裕的生活，聽不進我的勸告呢。」

他不願提起歸國途中的種種思想鬥爭，轉移話題答道：「金夢同志，我聽說您到陝北之後，一帆風順，所擔任的職務，都是方面重任。我衷心地祝賀您。」

金夢接過雅妮端來的咖啡，緩緩飲下一口，仰靠在椅背上，不無感慨地答道：「咳，哪裡是一帆風順喲——差一點沒能過去那火焰山！那場『搶救運動』不但沒有冷落我，還幾乎死在被關押的黑窯洞裏。不過，幹屎抹不到人身上，後來證明本人紅心向黨，一身清白，全是某些聰明人神經過敏！多幸，我咬緊牙關沒有在窯洞裏自戕，不然，爾後組織上對我的信任與重用，統統付諸汪洋咯！」說道這裏，她的話鋒一轉，「現在，我總算混出了點眉目，你想呀，要是連我自己都混得不像樣子，我會那樣焦急地動員你回來嗎？萬一你也遇到什麼麻煩和問題，我怎麼幫助你，保護你？」

金夢一派保護人的口氣，東方旭頗為不快。他生性倔強，始終以個人奮鬥創業為榮，從不喜歡扶著別人的肩膀上樓梯，更不願接受他人的恩賜。但他極力隱匿不快，順水推舟地答道：「我新來乍到，對革命陣營可謂一竅不通。往後，還望金夢同志，多多提攜，幫助。」

「這還用得著說嗎？」金夢興致勃勃，「我之所以急著交代了工作，趕回北平，就是要搶在你的工作安排之前。不然，萬一分配不當，一旦公佈了，要想改動牽扯到方方面面，那就困難了。況且，對於當年你在上海時，對革命所做出的貢獻，也需要我向組織上作進一步的說明和鼓吹。要求組織上在安排你的工作時，全面綜合考查，一定不能忽略當年所作出的貢獻。昨天，我跟部裏，就是統戰部的幾位頭頭，專門研究了你的工作安排問題。他們對我的意見，作了充分的考慮，肯定會對你加以重用的。在正式公佈之前，先向你透點消息，想聽聽你個人的要求。」

宛如吞下幾隻蒼蠅，東方旭感到胃口在翻騰。他絕對想不到，金夢不但以自己的恩人自居，而且將當年的放浪不羈，當成光榮的革命行動。一而再，再而三地宣揚他的「貢獻」，簡直是厚顏無恥之極！久別重逢，一見面便使人如此不快，實在出乎意料！不由粗魯地答道：

「剛才卓然同志來過，談到了我的工作安排，充分考慮了我的要求。」

「啊？他倒搶先來啦！」金夢像在自語，臉上露出不快的神色。停了一會兒，扭頭問道：「不知你的意見怎樣？」

「希望過大，失望必大。鄙人才疏學淺，不堪重任，只怕有負於領導的過高期望。」

「東方同志，恕我直言：這就是你的小資產階級思想在作怪。對於黨所交付的所有任務，一個革命者只可以嫌其輕，哪有畏難怕重之理？」見他沉默不語，金夢繼續說道，「往後，你一定要加強自我修養，努力學習馬列主義毛澤東思想，徹底改造自己的資產階級世界觀，脫胎換骨，爭取作一個無產階級先鋒隊的戰士。」一面說著，金夢從放在膝蓋上的挎包裏取出兩本書放到他面前，指著說道：「這兩本書，都是我們黨傑出的領導人和理論家劉少奇同志的傑作。說理雄辯透徹，文字流暢優美。《論黨》是談黨的性質、任務，和她的光榮、偉大。《論共產黨員修養》則是教導我們如何做一個合格的無產階級先鋒戰士。這是所有革命者的必讀書。它就像我們天天要喝水吃飯，每個人的身體都需要維他命一樣，不可或缺。已經入黨的人要讀，沒有入黨的人也要讀，想爭取入黨的人更要認真地、反覆地讀。所以我才特地買了來送給你。」

「謝謝您對我的關心。」東方旭只能敷衍。雖然來到解放區不幾天，但知識份子需要改造世界觀的高論，不知聽到了多少次，每次都感到很刺耳。自己一向思念祖國，熱愛人民；看問題，自信既辯證，又唯物。對於國民黨的腐敗無能，有著切腹之恨；對於共產黨神奇的領導能力，深深的理解與讚歎；能放棄海外的優厚待遇，回國過艱苦的供給制生活，私心過重、世界觀不端正的人能夠做得到？真不知道還要他「改造」什麼，脫什麼胎，換什麼骨？話不投機，只得說點非說不可的話題。他神色嚴肅地說道：「金夢同志，我對您也有個要求，您願意聽聽嗎？」

「當然願意，你快說！」

「我對於黨所領導的革命事業，瞭解得尚且十分膚淺，剛剛來到革命陣營不幾天，絕對談不到有點滴之功。往後，千萬不要在別人面前提起我有什麼所謂的『貢獻』——可以嗎？」

「咳，在白色恐怖的敵佔區，你能不顧個人安危，挺身掩護一位地下工作者，而且是那樣周到體貼，不是貢獻是什麼？這，不但不須回避，還應該大說特說呢。」

「金夢同志，我可不這樣認為。我恨不得把那件事，忘個乾乾淨淨！」他粗魯地答道。

「耀之，謙虛太過，便是虛偽！那是實實在在為革命作出的貢獻嘛。」金夢突然壓低聲音：「當然，說歸說，絕不能說溜了嘴，忘了應有的分寸！」

東方旭自然知道，所謂「分寸」，指的是什麼。使他不解的是，既然害怕別人失去「分寸」，為何自己卻對那件往事念念不忘，而且表現得那樣坦然呢？他再次感到，十年前，那個情摯如火、輕易地將自己俘獲到手的圓臉美目女人，端的是非同尋常。自己生平粗魯疏直，凡事缺少機心。此後跟她交往，必須小心謹慎，絕不能重蹈覆轍！

這時，金夢又耳語似的囑咐道：「耀之，你可一定要記住，也包括對你老婆的枕邊秘語！不然，後患無窮，懂嗎？」

「這還用得著囑咐嗎？」

五

彷彿晴朗的天空，忽然飄來一片烏雲，遮住了光芒四射的豔陽。一連好幾天，東方旭一直陷入惆悵和不快之中。這是回到北平後，唯一出現的情況。

金夢不忘故人，專程遠道歸來，登門造訪，畢竟使人感動。可是，這位善於描寫女性心理的名作家，根本不瞭解一個男子漢的心態。處處以領導者的口吻，教育啟迪。彷彿只有她，才是他的引路人、保護者，甚至是救他脫離苦海的救世主！殊不知，她的教誨與關注，深深傷害了他的自尊心。

直到買下了一處比較趁心的房子，彌漫心頭的不快方才漸漸消退。

他半生漂泊，四海為家。不論在國內還是國外，不是住公寓，就是賃私房。如今回到了家鄉，依然是有鄉無家。落葉歸根，總得有處讓葉子駐足的位置呀。當初，母親像陳阿大一般，租住著了人家兩間廂房。母親去世後，早已被房東收回。漂泊十餘載，久住高樓大廈、花園洋房。但他夢寐一求的，卻是一處有著垂花門樓，庭院寬敞，花木扶疏的四合院。他知道，供給制幹部一切由組織安排，用不著自己操心住處。許多知名的民主人士，已經住進了公家安排的四合院，有的甚至住進了風景名勝區。他知道自己聲望不逮，不會有那樣的禮遇。況且，即使有幸分配到一處，那也是別人的產業。他知道，共產黨所要領導的革命，其終極目標，是消滅私有制，實現共有制。今天購置自己的產業，將來一切將化為烏有，眼前則會被視為覺悟太低。他並不在意什麼「產業」，區區一處住房，算不得什麼產業；也不是因為他在海外有些積蓄，有著自己解決住處的經濟能力。而是一種執著和癖好。他只是夢想在自己的四合院裏，建起一個聽憑自由佈置的溫暖的小巢。

深深地愛著北平的四合院，可能正是他難以改變的故鄉情結。他永遠不會忘記，幼年揀煤核的時候，有一天，路過一條胡同，被一處四合院深深吸引。那院落，四面磚牆合圍，兩扇黑漆大門閃著油光，雪白的粉皮牆前，浮動著離離竹影。大門洞開，他不由信步走了進去，正站在塗著五彩油漆的垂花二門前，往裏張望。一聲斷喝自背後傳來：「小叫花子！你想幹什麼？滾出去！」一個穿長衫、管家模樣的中年人正虎視眈眈地盯著他，分明把他看成了乞丐。他一聲不吭低頭溜了出去。從此以後，四合院在他的心目中，更增加了幾分神秘。

今天上午，終於在東城九道彎，找到一處房子。這是一個破落戶的四合院，地點遠離大街，甚是僻靜。小院坐北向南，進了大門是迎壁，向左一轉，便是垂花門樓襯托的中門。北房三間，兩邊是耳房，東西兩廂各是三間，倒房連同過道是五間。雖然房子陳舊一些，只要略加修葺，便可居住。眼下是三口之家，有著充裕的空間安排書房、臥室、儲藏室等。即使將來有了廚子和僕人，倒房做僕人、廚子的住處十分寬敞。只是院子略小一些，除了一棵石榴，一棵夾竹桃，沒有多少花草。這也好，給自己留下了栽花種竹的空間。天下沒有十全十美的事，這已經夠理想的了。唯一不便的是，院內沒有自來水，要到胡同口去挑水吃。好在這件累差事，有僕人可以承擔。

想到僕人，他忽然意識到，一個革命者，如果仍然呼婢喚奴，豈不成了剝削人的地主老財？只怕萬萬使不得！看來，還是住到一個有公共食堂的地方，生活要便利許多，可是，吃慣了西餐的雅妮和兒子小曉，對於大食堂的飯食，早已牢騷滿腹。

這實在是一個難題！

轉念一想，他去卓然等老革命家裏回訪時，發現他們家裏都有老媽子端水沖茶，有的家裏好像還用著廚子。足見，革命陣營裏也准許雇工。後來一打聽，那些老革命的傭人，都是組織上給配備的，是一定等級幹部的生活待遇。不過，對於海外歸來的民主人士，仍然法外施恩，考慮到他們多年養成的習慣，允許他們雇幾個傭人。

這樣，一切困難煙消雲散。

不料，他帶著愛妻和兒子來看房子時，卻遇到了新的阻攔。

一進院子，小曉被那棵彎曲的石榴樹吸引，試探著往上爬。雅妮卻大搖其頭。

「喲！院子這麼小，怎麼搞草坪呀？」

「雅妮，我們中國人的院子裏只興栽花木，卻沒有種草的習慣。」

「花木也太少呀！」

「我們可以種嘛。放心，用不了多久，我就會讓滿院翠綠，鳥語花香，花木扶疏。」

進到正房和廂房以後，雅妮又提出了一系列的問題：「耀之，這裏沒有自來水，沒有電話，沒有衛生間，也沒有煤氣供應——我們怎麼生活呀？不行，不行！」

「雅妮，北平可不能跟倫敦比。這是一座古老的城市。現在剛剛解放，一切都來不及做到現代化。放心吧，有了共產黨的正確領導，很快一切都會有的。你不是學過『入鄉隨俗』這個成語嗎？有這樣漂亮的四合院住，整個北平市，不知有多少人家可望而不可及哪。我們應當感到慶倖才是。」

「我當然知道你們中國的貧窮，可是這樣糟糕的條件，你不覺得太受難為嗎？」

「受難為？哈哈，」他揮手朝院子劃了一個大圈兒，「這才是我夢寐以求的家哪！」

「那……好吧。」妻子終於讓步了。「只要你們父子兩個喜歡，我就服從。我想，隨著時間的推移，我會慢慢習慣的。」

「雅妮，你要知道，這四合院可是非同尋常：它是我國勞動人民的智慧創造，又是古都北平的一大特色。與國外相比，儘管有著這樣那樣的不便，但它不僅十分美觀，而且最適合居住：那黑漆大門上的黃銅獸環，白粉照壁上的花姿竹影，隔牆中部的垂花門樓，甬路兩側的玫瑰花壇，配合的是多麼協調，在你們英國絕對找不到如此幽雅的民居！加之，四周高瓴合圍，阻擋了外面的喧囂；周遭是大小不同的房間，可以安排不同的用途。一旦住進來，該是多麼的愜意喲？你想，要是北平光有故宮、天壇、北海、頤和園，而沒有各種胡同和四合院，北平就不成其為北平。它的古色古香的古城之美，哪裡尋去？」

雅妮笑道：「耀之，你真不愧是個大作家，一個普通的院落，幾間舊房子，讓你這麼一描繪，竟成了天宮，仙……仙什麼來著？」

「仙闕。」

「不錯，天宮仙闕！」

「這絕不是故弄玄虛。北平四合院的獨特韻味，絕非倫敦的高樓大廈可比！」

丈夫的得意與耐心解釋，使妻子的繃緊的臉，漸漸露出了笑容。她朝著攀在石榴樹上的兒子喊道：「小曉，快下來——慢一點呀，當心摔著！」等到兒子來他們身邊，她鄭重的問道：「小曉，你聽到爸爸的話了嗎？」

「聽見了呀。」

「你同意爸爸的話嗎？」

「爸爸說得對——四合院真漂亮。我喜歡這棵彎彎石榴樹，也喜歡那個花門樓。等到咱們搬過來，我要叫爸爸給我在那上面拴個秋千。」

「傻兒子。」他哈哈大笑，「那可不是拴秋千的地方。」

雅妮瞥丈夫一眼，笑道：「小曉不愧是你的兒子——好浪漫喲！」

「人要是沒有點浪漫氣息，生活不是太沉悶了嗎？」

雅妮抿嘴一笑，上前緊緊挽住了丈夫的臂膀。

六

接連忙碌了一個多星期，九道彎新居初步佈置就緒。

東方旭親自指揮工匠，油漆了門窗，粉刷了牆壁。屋頂損壞的瓦片，也一一進行了更換。就像一個蓬頭垢面的乞兒，一朝洗盡塵垢，立刻煥然一新。

時令已屆初秋，過了栽花種樹的最好季節。他仍然急於使他的院子「花木扶疏」。他請人幫忙，買回一些喜愛的花木，裝點他的院子。正房前，甬路兩側各栽上一棵木樨，一株臘梅。夾竹桃前種幾株芍藥，石榴樹旁栽一叢紫竹。此外，還有梔子、茉莉、蘭花、杜鵑等四季花草，以及八株含苞待放的秋菊花。

一番忙碌，小院景色大變：滿目凝翠滴綠，彌漫著淡淡的清香。

此刻，兒子小曉坐在正屋廊下看小人書，妻子雅妮在南房幫著新來的女僕劉媽收拾廚房，東方旭漫步來到院子裏，欣賞他一個多星期來的勞動成果。隨手扶正一株角度不雅的盆花，摘去幾片泛黃的梅葉。又來到輕輕搖曳的竹叢前，久久凝視。梅幹虬曲，竹枝峭拔，引起無限遐想。

這新宅，深藏在幽曲的九道彎中，雖然位置偏僻，卻是鬧中得靜，遠離車馬喧囂。這便是他平生嚮往的雅居，縈繞心頭的「桃花源」！這裏花木雖少，卻是名花雅集。被古人譽為「四君子」的梅蘭竹菊，盡彙數步之內，群芳雅集，清新幽獨。小院可謂占盡四季秀色。此後，筆耕累了，閒庭信步徜徉，花叢駐足品賞，寫作的勞頓頓消，靈感聯翩而來，不啻是鬧市隱者，人間神仙……

他想給新居取名「君子廬」，進而一想不妥。本意是頌花，卻有以「君子」自比的不謙之嫌。那就取名「竹梅軒」吧，以他最為喜愛的梅竹，為新居命名，既寄託了戀竹、愛梅之意，又表達了自己追求堅貞高雅的品性。

心恬意適，詩興勃發，他不由隨口吟成了一首「七絕」：

十載漂蓬雲海間，
新巢喚來舊時燕。
院幽何妨路九曲，
桃花源是竹梅軒。

新居就緒後，東方旭興致勃勃地投入了新的工作。他為上司命他籌辦的刊物積極進行謀劃。就刊物的名稱、宗旨、經費來源、人員組成、辦公地點、出刊時間等，寫出了一份詳細的計畫。

刊物的名字叫《朝花》，像清晨的花朵那樣清新宜人。刊物的性質是綜合性的文藝期刊。以發表各種樣式的文藝作品為主，又刊登一定數量的理論文章。既刊登知名作家的作品，也發表初出茅廬、甚至是業餘作者的習作，以便扶持新人成長。利用個人的積蓄，作為開辦經費，辦過幾期之後，作到以刊養刊。為了步行上班方便，可以在附近找一處閒房，作為辦公地點。開頭先出季刊，如發展順利，可以考慮改成雙月刊或者月刊。最費斟酌的是編輯部的人選，沒有高水準的編輯，不可能編出高質量的刊物。要堅持少而精的原則，至少邀約一位知名作家，協助自己。再添三四位筆底流暢、深諳文藝創作規律的人員相佐。他準備首先從熟悉情況的老同學當中物色。此外，再加上兩個輔助人員，一個擔任校對及印刷聯絡等事項；一個負責供應開水、清掃和看門。有了這七個人，一個比較理想的編輯班子便組成了。再加上自己全力投入，他相信，有著充分的把握，將《朝花》辦成一份高質量、有特色的刊物。

他對擬定的計畫很滿意。第二天，便帶上計畫，興致勃勃地去向頂頭上司卓然彙報。前幾天剛剛公佈，卓然被任命為宣傳部副部長，部長是著名理論家陸舟。此人不僅馬列主義理論水平極高，而且原則性極強。當年在上海時，就是革命文藝界的中堅力量。有人與他的觀點相左，不論名氣多大，威信多高，都會受到他的嚴厲批評，甚至在報紙上公開批判。東方旭對這位鐵面無私的理論家，心下頗有惶恍之感，不由敬而遠之。他明知應該先向他彙報，卻揣上計畫去了卓然家。從幾次接觸中，他深刻地感到，此人操行高傑，學養極深，態度誠懇，平等待人。與他交談，像會見久違的老朋友，絲毫沒有仰視壓仰之感。他希望卓然能對自己的計畫提出寶貴意見，待修改得完美無缺時，再向那位著名的理論家彙報。

不料，卓然看過他的計畫之後，雙眉緊皺，沉思許久，然後緩緩說道：

「東方同志，這份計畫寫得很全面，對於辦刊物的方方面面，都考慮到了。你的認真負責態度，令人感動。不過……」卓然似有難言之隱，「不過，有些方面，還需要再加斟酌：因為，組織上讓你籌辦的，既不是私人刊物，也不是同仁刊物，而是在黨組織直接領導下的一個革命文藝陣地。因此，辦刊經費，不需動用你個人的積蓄；人員組成，組織上也會考慮。」

這是他始料不及的！不由惶恍地答道：「很抱歉，我沒有想到，這是黨的一個文藝陣地。」

「沒關係。你來到解放區時間太短，對於革命陣營的許多規矩與制度，自然不甚明瞭，以後慢慢就熟悉啦。對刊物的具體操作，也怨我沒有給你講清楚。」

他又問道：「卓部長，你看還有哪些地方不妥當？」

「我個人認為，刊物的名稱叫『朝花』，似也欠妥。改成『北方』為宜。就叫《北方文藝》你看怎麼樣？」

「想不到，領導上竟如此看重這份刊物！」他不知該如何回答。

「意識形態領域，是我們首先要佔領的陣地嘛。部裏研究決定，這份刊物不但要面向北方，而且要推動全國文藝事業的發展呢。」

東方旭如夢初醒。所謂要他一手籌辦刊物，全力負責云云，不過是做一名高級雇員的托詞。一個念頭驀地浮上心頭：他要推掉這副「重擔」，離開這個陣地。正不知如何開口，卓然加重語氣說道：

「東方同志，組織上不讓別人插手，而單單請你領銜籌辦，正是對你的信任與倚重呀。」

「卓部長，如此重大的擔子，我挑不起來。我請求組織上允許我退出這個刊物！」

「喲？莫非老兄有了更理想的去處？」卓然驚訝地望著他。

「卓部長，您上次要我籌辦一個刊物，我當時就感覺自己功力不逮，只是不好意思拒絕。其實，我一直希望重操舊業，到高校去做一名教書匠。我相信不會辜負組織上對我的期望。」

「我們一直認為，閣下的最大理想，是在文學方面，而不是作一名教師。何況，這也正是組織的需要。」對方分明看透了他的內心世界，含而不露地予以譬解。「您想，一個重要的文藝刊物，沒有一位享譽海內外的著名作家主其事，怎麼能撐得起局面呀？」

「正因為未來的《北方文藝》如此重要，不僅是重要的文藝陣地，而且是黨的喉舌，我這個普通群眾，實在難以勝任！」

「東方旭同志，我早就知道您仍然有顧慮。不過，這是毫無必要的。計議中的中國作家協會，就準備請茅盾先生出任主席。你知道，他也是黨外群眾呀。我們未來的中央人民政府中的許多重要領導職位，同樣要安排許多黨外人士出任。其中有不少是與老兄同船北上的。足見，對於擁護我們黨的事業的大量黨外民主人士、著名學者名流，我們黨不但充分信任，而且準備全部加以重用。試想，如果沒有成千上萬黨外同志的參入，經天緯地的革命事業，能這麼快便取得決定性的勝利嗎？那是不可能的！」卓然有力地揮著手，語氣興奮地繼續說道：「已經籌備完畢、即將召開的中國人民政治協商會議，就有著大量的黨外同志參加。他們許多人都要成為委員。國家的大政方針要他們舉手通過，中央的主要領導人，要他們親自選舉。難道這不是絕頂的信任？喔，我可以提前告訴你，這個無比重要的會議，還要請閣下光臨，並且還要擔任委員重任呢。」

「怎麼，要我擔任政協委員？」他脫口而出，

「不可，不可！我可不是參政的材料！」

「名單早已定下了，只是尚未公佈而已。相信組織上的選擇不會錯。」卓然用鼓勵的目光望著他，「所以，一切的自卑、猶豫、動搖、顧慮，統統要不得。萬事俱備，只欠東風。只待閣下披掛上陣啦。東方同志，您就放手大幹吧。我們正期待著拜讀閣下親手主編的、高水準的刊物吶！」

「卓部長，我誠懇地要求組織上另選高明。我自己的政治覺悟太低，又缺乏主持刊物的經驗，實在難以勝任。」

「放心吧，東方同志。我們正在物色組成人員。一定找一位政治可靠、卓有成就的作家協助您，做您的副手。估計三兩天內，就會向您報到的。至於你準備邀請的幾位先生，由於我們不熟悉他們的情況。等我們瞭解過之後，再與你商定。好嗎？」

自己並未要求的人，硬要派來，自己認真挑選的人員，卻要經過黨組織的「瞭解」。他知道，所謂「瞭解」，也就是政治審查。這樣的「信任」，在他的心目中也大打折扣。於是，他堅定地搖頭答道：

「卓部長，組織上對於刊物的關注，很使我感動。不過，回國途中，我就打定主意，回到北平到高校教書，同時作些西方文學的研究工作。務必請卓部長向組織說明，答應我的請求！」

「東方同志，分配給你的任務，是組織集體研究決定的，並非是我一個人的意見。我可以向組織反映你的要求。不過，沒得到組織同意之前，你還是要抓緊刊物籌備工作。好嗎？」

這時，有位秘書模樣的人，輕輕推開門，向裏探了探頭，又悄悄掩上門，退了回去。不等他回答，部長抱歉地說道：

「東方同志，對不起，有個會正等著我參加呢。有什麼想不通的，回頭咱們再細談。好嗎？」這是對他的要求的禮貌回絕。

「請領導上，准許我再考慮考慮如何？」

「東方同志，難道您願意讓組織上失望嗎？」話說到這個份上，繼續推辭下去，不但不識事物，而且得罪組織。他站起來握住上司的手，不無痛苦地答道：「卓部長，那就，讓我試試看吧。」

「哈哈哈！不是試試看，」部長詼諧地笑著，「而是快馬加鞭，正式蒞任視事！」

七

東方旭陷入了進退維谷之中。

他生平厭惡黨派紛爭，始終抱定不黨不派的宗旨，寧肯作一個離群索居的自由職業者，也不願意進入某個群體，謹奉他們的宗旨，服從他人的意志。他認為，那就意味著失掉自我，失掉獨立的人格。他親眼看到，許多加入到群體中的人，在接受個人不願苟同的「真理」，從事那些身不由己的事業時的痛苦之情。儘管他們往往表面上裝出一副一往情深、英姿勃發的氣勢。他在歸國還是重回英倫的矛盾鬥爭中，之所以前者戰勝了後者，其主要的推動力，是共產黨威信，是她以弱勝強，一舉打敗國民黨的銳利雄風和神奇力量！古人云：得民心者得天下。共產黨能成為中國的主宰，顯然是得到了人民的支持。他願意在這樣的政黨的領導下，為祖國效力。當時矛盾顧慮的焦點，是共產黨是否繼續幹那些抓「AB團」，搞「搶救運動」，開展所謂「肅反」鬥爭等自相殘殺的活動。他厭惡一個陣營內部的嫉恨猜疑，痛恨戰友之間的突然反目，無情殺戮。是卓然的現身說法、循循善誘，打消了他的重重疑慮，下定了歸國的決心。想不到，激揚的熱情未冷卻，出乎意料的冰水劈頭澆來。剛要打起精神做事情，便遇到了重重阻力。一個非黨人士，不論做什麼事情，竟然統統要置於黨組織的規範之下。當初，「黨組織」，是個陌生的字眼。如今卻有了深切的體會。原來，這是一個無所不在、君臨自己頭頂之上、法力無邊的神祇！馬王爺生著三隻眼睛，自己的腦後，如今也長上了第三只眼睛。但不像馬王爺那樣向外看別人，而是時刻盯著自己的一舉一動。他不但不習慣這樣「無微不至的關懷」，甚至十分反感。

魚兒落網，飛鳥入籠。從今往後，個人一切的一切，都要聽從他人的擺佈！

東方旭是個不善於隱匿內心感情的人。一回到竹梅軒，前來送咖啡的雅妮，便發現他神色不對。她偎在他身邊，拉過他的一隻手，緊緊握住，問道：

「耀之，你怎麼啦？莫非，卓部長不批准你的計畫？」

「不，」他極力做出平靜的樣子，「不但批准了，還鼓勵我放手大幹吶。」

為了掩飾不快，他只得低頭飲咖啡。

「那你為啥不高興？」她搖著他的胳膊，「別瞞我，快告訴我嘛。」

看到妻子焦急的樣子，他不忍心再瞞她。極力平緩地答道：「他們把刊物的名字給改了。」

「改成什麼啦？」

「將《朝花》，改成了《北方文藝》。」

「北方文藝？」她眨了眨深邃的眼睛，揚起長睫毛笑道：「哈哈，那樣一改，不是氣魄更大了嗎，幹麼不高興呢？」

「我擔心力不勝任。」

「耀之，你總是自己輕看自己——你不勝任誰勝任？」

他伸手摟住妻子的腰，緩緩答道：「雅妮呀，他們還不同意我提出的人選吶，而且還要派一位黨員來，說是協助，實踐上是來領導、監督。你想呀，那樣以來，我豈不是成了一頭被帶上籠頭的牲口？」

「那，咱們可不幹！你是主編，幹麼要他們來領導？」

「現在我才明白，這是共產黨的規矩。唉！」他無力地仰靠在沙發上。

「耀之，你答應了嗎？」

「上命難違——只有照辦咯。」

「哼！那不行！說好啦叫你辦刊物、當主編，再派人來管著你——共產黨不講信用！」

「怨我糊塗，當初就該想到這一層。一開始就不接受這差事，直接提出到高校任教，哪有這麼多麻煩！」

「現在提出來也不晚呀——一個國家的公民，有選擇職業的自由嘛！」

「我反覆提了，人家不答應。」

「豈有此理！我們又不是他們的賣身奴隸，誰給他們這麼大的權力？」雅妮倏地身站了起來吼道：「我去找那個姓卓的，跟他講道理！」

八

殊不知，此刻，卓然正在黨組會議上，為東方旭的事受到了的委婉地批評。

從與東方旭的談話中，卓然清楚地意識到，這位剛剛歸國的學界名流，對於黨的組織原則毫無所知。而知識份子的清高孤傲，在他身上卻表現得特別鮮明。東方旭之所以先允而後悔，無疑是擔心將刊物置於黨的領導之下，並派黨員與之共同主其事，使他失去了獨立決策的權力與自由，甚至認為是黨組織派人監視他。一直想教書云云，不過是藉以抽身的搪詞。為了打消東方旭的顧慮，充分調動他的積極性，卓然建議，不妨作一些讓步：暫緩派副手，並且儘量少派黨員進去。

不料，他的話一出口，就遭到了部長陸舟的反對：

「怎麼？將一塊極其重要的思想文化陣地，交給一個非黨員，甚至我們不知其是否可靠的人一手控制？這可是個原則問題。請大家討論一下，並提出看法。」

「我完全同意陸部長的意見。」發言的是黨組成員金夢。她瞥一眼卓然，仰頭望著部長，語氣莊嚴地說道：「東方旭這個人，我瞭解的最多。此人雖然與國民黨並無瓜葛，但思想一直比較落後，常常以不黨不派為標榜。在階級鬥爭的年代，彷彿惟有他自己是生活在真空之中。當初他在上海之所以冒險掩護我，並不是有多高的階級覺悟，充其量是出於一種人道主義思想。因此，黨對《北方文藝》的領導，不但不能削弱，還應該特別加強。一個統領全國的文藝大刊，非同一般陣地，豈可讓一個非黨人士，為所欲為？在原則問題上，如果我們放鬆了警惕，將來出了問題，怎麼向黨交代？」

這時，另一個黨組成員石樑措辭強硬地說道：「我認為，副手不但要派，而且要派一名有威望、有能力、黨性特別強的同志去加強控制。哼！這些剛剛回國的舊知識份子，資產階級世界觀絲毫不改，臭清高，自外於黨。竟然不知天高地厚，夢想脫離黨的領導，組建自己的同仁刊物，這不是要搞獨立王國嗎？我們絕不能遷就！」

「有道理，有道理。」黨組成員隋鋒連連點頭，「應該做做東方旭的工作，讓他愉快地服從我們的決定。」

陸舟朝卓然含而不露地問道：「卓部長，你看呢？」

卓然輕咳一聲，語輕理重地答道：「我認為，東方旭是一位有著國際影響的作家，人才難得。請他出任刊物的主編，對於擴大刊物的國際、國內影響，其意義不可低估。由於他剛剛歸國，一時不適應我們的一些制度，完全可以理解。為了團結黨外的知識份子，充分發揮他們的積極性，我們作一些讓步，對工作肯定有好處。這也是符合我黨一貫堅持的統戰精神的。」

「我覺得，我們請一個非黨人士主持一個刊物，這已經是極大的優待和讓步啦。如果無限度地讓步下去，只怕要犯右傾機會主義的錯誤吧？」

陸舟的話，柔中含剛。他估計曾經被批判為「右傾」的卓然，自然不會再堅持自己的觀點。但卓然仍然擔心，東方旭的思想疙瘩解不開，必然影響工作和團結。於是不顧上司的警告，不無憂慮地說道：

「那也必須將他的思想疙瘩解開。不然，對於開展工作不利。我跟他談了許多，可是，仍然沒能說服他。是否請陸部長親自跟他談一次話呢？」

「是的，這是一個需要解決的問題。」陸舟環顧眾人，含糊作答。「為了加強黨對《北方文藝》的領導。我同意大家的意見，應該派一批政治可靠，有業務能力的同志到刊物去工作。請大家各抒己見，推薦合適的人選。」

片刻靜場。委員們分明都在積極思考。

石樑接著說道：「我反覆考慮，派金夢同志去擔任支部書記兼副主編最合適。她不但是名作家，而且早在十年前，就得到過東方旭的幫助。舊情加上新誼，便於合作。」

「我同意！」隋鋒首先表示贊同。「金夢同志是名作家，老黨員，老延安，而且經歷過白色恐怖的鍛煉。經驗豐富，領導能力強，是不可多得的理想人選。」

「讓金夢同志駕禦一個東方旭，我認為遊刃有餘！」石樑又補了一句。

「唔，我同意石樑同志的建議。我也覺得金夢同志是一名最佳人選。理由不再重複。」陸舟扭頭向卓然問道：「卓部長，你的意見呢？」

「我沒意見。」卓然低聲答道。

陸舟又向金夢問道：「金夢同志，你看，大家都贊成你去挑大樑，不知你個人有什麼意見？」

「我沒有意見。」金夢肅然作答。

其實，早在前幾天，她就毛遂自薦，要求去刊物工作。那是一個既可以發揮才能、又能擴大知名度的最佳場所。她擔心有人搶佔這塊理想的陣地，便搶先跟陸舟做了遊說。不料，出乎意料地順利，當即得到一把手的首肯。現在又被黨組一致通過，可謂如願以償。但她極力掩飾內心的高興，宣誓似的答道：

「作為一個黨員，我無條件地服從組織分配！」

「你有什麼困難和要求，可以在會上提出來。」陸舟說道。

「困難我不怕。只是仍然有些擔心，怕領導不了那個桀傲不訓的傢伙。」

「告訴他，不服從領導，就讓他滾蛋！」石樑提高了聲音。「哼！死了鄭屠戶，不吃絨毛豬。能人不只他一個。我們這些老革命，不論調動工作還是接受任務，一向是『通不通，三分鐘』。對於那些自以為了不起的資產階級洋博士，我們不能太手軟！」

「不，細緻的思想工作，還是要耐心做的。」部長對部下的話進行了糾正。「金夢同志，你去挑這副重擔，組織上不但放心，而且大力支持。刊物內黨組織的力量，一定要加強。人員組成，由你全面瞭解，報部黨組研究確定。東方旭的思想工作也由你負全責。」部長駕輕就熟，把一件大事，處理得十分圓滿。

「請陸部長放心，我將盡力而為。」金夢再次表了態。

「好啦！這事就這樣定下了。下面的議程，是研究其他刊物以及國慶文藝演出問題。」

九

東方旭站在庭院中，百無聊賴地舉目遙望。遼闊的天宇間，幾片自在遊動的白雲，緩緩向西方飄去。「嗡嗡嗡——」一陣輕柔的鴿哨聲，自遠而近傳來。隨著聲音的愈來愈清晰，一群鴿子，約有十多隻，自西南方結伴飛來。在他的頭頂上方，盤旋翱翔。他與這悠揚悅耳的鴿哨聲，已經暌違了十餘載了。前些日子，先是忙於應酬、開會，買房子佈置新居，然後又忙著謀劃辦刊物。似乎沒曾注意這些自在來去的小生靈。鴿哨聲聲，白翎映日，堪稱是古城的一大風景。較之倫敦和巴黎等城市廣場上，和遊人友好相處的大批鴿群，少著一些熱鬧，卻有著更多的詩意與遐想。他不由羨慕起這些凌空飛翔、飛累了便悄然返巢，飽享主人慷慨饋贈的小生命。

驀地，他想到了自身。自己眼下的境遇，不正是這些小寵物的寫照嗎？飼養家們之所以能讓這些生長著堅強翅膀的飛行家，飛累了，玩夠了，乖乖地返巢，其訣竅，恐怕就是米缽水盂中的饋賜吧？自己不正是與它們一樣，在「享受」嗟來之食嗎？

正在這時，僕人劉媽從二門外走進來，近前說道：「先生，外面來了個女人，不，是個女同志，說是要見先生。」

「哦，會是誰呢？」他在心裏嘀咕，心想，可千萬不要是她。一面邁步往外走，一面低聲答道：「我去看看是誰。」

他剛剛轉過中門，便見金夢風度翩翩地走了進來。

「好哇，門禁森嚴——門官盤查得緊喲！」熟不拘禮，金夢一見面便調侃。

「原來是金夢同志。」陪著客人往裏走的時候，他問道：「您怎麼知道我搬到了這裏？」

「大作家的行止，哪個不關心呀？」也許見他的臉色不悅，金夢立即斂起笑容說道：「怎麼？住上如此幽雅漂亮的新居，就不准老朋友前來參觀、瞻仰一番？」

「嘿！五步小園，半丈蝸居，談何『幽雅漂亮』？聊避風雨而已。」他不願跟她多閒話，往屋裏讓道：「金夢同志，屋裏請吧。」

「不，我要先欣賞一下『似這般姹紫嫣紅開遍』的大花園吶！」她在中庭站下，隨口將《牡丹亭》中的佳句，與小院連在了一起。

此刻，東方旭方才注意到，金夢今天不但顯得興致勃勃，而且穿著也比往日更加講究。黑褂，黑裙，半高跟黑涼鞋，使她略嫌矮挫的身軀，顯得高昂了不少。宛如一隻黑天鵝，翩然飛來眼前。剛剛過膝的黑綢裙下，一雙玉腿生輝。腳下沒穿襪子，涼鞋間隙中，露著白裏透紅的小巧腳趾。黑綢襯衫領口特低，將一大片半圓形雪白胸脯，展示在對方面前。如果不是革命陣營強調艱苦樸素，她肯定會再掛一條項鏈在白晰豐滿的脖頸上，那就會壓倒一切北平城的時髦女郎。她手裏拿的，是一隻比往日更加精緻的咖啡色手提包。解放後的北平街面上，再也見不到那些招搖過市的闊太太、嬌小姐。分明是她們知道共產黨喜歡什麼，重新將自己進行了「包裝」。那些進城的幹部，包括在歡慶盛典上的負責幹部，男人不過是一身做工粗糙的細布中山裝，女人是一身掩盡女性線條美的「列寧服」。金夢這身「行頭」，夠得上標新立異了。走在路上，滿街筒子的人，肯定會「少年見羅敷，脫帽著俏頭」的。轉念一想，他在統戰部的招待會上，所見到的參加到革命陣營來的人，男人並不都是清一色的中山裝，女人也不都是灰不溜丟的列寧服。偶或見到幾個西裝革履的男人，身著長裙的女仕。看來，共產黨對於「參加革命」的名流，還是頗為寬容的。金夢是知名女作家，自然在特別優待之例。但東方旭仍然佩服金夢善於突出自己的勇氣。

金夢心不在焉地將院子裏的花木瞥了幾眼，轉身向屋裏走去，一面大聲笑道：「想不到呀，蜚聲國內外的大作家，還是一位園藝家呢。不用說，屋裏的陳設，更會讓人吃驚嘍！」

進到正房，不等主人禮讓，金夢便將客廳、書房和臥室，走馬觀花地流覽了一遍。在主人的催促下，方才在八仙桌旁的一把紅木靠背椅上坐了下來。

「房間的佈置，清新典雅，古色古香。想不到，一個在海外生活了十來年的人，竟然未改舊中國的老習慣，實屬難得！」

金夢這句明褒實貶的話，深深刺痛了東方旭。他加重語氣答道：「所以，我需要好好地改造思想吶。」

金夢彷彿沒有聽出他的言外之意。拍著椅子扶手，沉思有頃，黯然說道：「唉！我們這些光榮的『老革命』、『老延安』，何時有力量置上一套如此高貴的傢俱呀？」

東方旭急忙叉開話頭，「金夢同志，您是大忙人。今天屈臨捨下，一定是有所教誨吧？」

「是呀。無事不登三寶殿，我是來向領導報到的呀。」

他不由一驚：「報到？報啥到？」

「向《北方文藝》大主編報到呀！」。

「金夢同志，您真會開玩笑。」他覺得自己的心跳加速了。

金夢正色答道：「咋是開玩笑呢——組織決定派我來，在閣下的麾下聽命吶。」

「……」

「怎麼，不歡迎？」見他低頭不語，她一雙漂亮的大眼睛盯著他，逼問道，「我何嘗不擔心自己的水平太低、能力有限。可是，革命陣營裏的規矩是，個人服從組織。領導的決定，我不得不服從呀。既然老兄不歡迎，我打退堂鼓可就有了充足的理由。現在我就跟領導說去。」金夢站起來要走。

「金夢同志，您請坐下。」他欠身擺手阻止。等到她重新坐下，他頹然地說道：「您是名作家，又是老革命，能在您的領導下工作，我們求之不得。不過，您肩負著多項重要職務，到一個小小刊物工作，豈不是大材小用？」

「東方同志，您錯了。我剛才說過，來刊物工作，不但不是大材小用，而且有著不勝惶恍之感呢。我還擔心挑不起這副重擔哪！」金夢的語氣莊重而真摯，「第一，《北方文藝》是一個重要的大期刊，肩負的任務特別艱巨；第二，我來刊物工作，是做您的助手，虛心拜師學習來的；第三，十年前，我們是生死相依的老朋友，在革命鬥爭中結下的友誼，什麼力量也破壞不了。我相信，我們一定會合作得既協調，而又十分愉快！」

金夢言過其實的表白，不但沒有打消東方旭的疑慮，而且「合作」二字，一語洩露了天機。「拜師學習」云云，不過是淺薄的矯情而已。東方旭暗暗在心裏叫苦。他覺得自己真的成了一隻被縛住手腳的猴子，今後，只能隨著鑼聲的急驟與舒緩，作著各種表演。

「我是一個舊知識份子，豈敢作您的老師。」他有氣無力地說道。

「老兄，您就別客氣啦。閑言少敘，咱們書歸正傳，好不好？我還有許多事情，要跟你彙報吶。」

「不敢當。」他隨口答道，「您儘管吩咐好啦。」

「主編同志，往後，可不准這樣跟自己的部下說話喲！再這樣，我可要生氣啦。」金夢一面說著，從提包裏拿出一份文件。打開來說道：「你的辦刊計畫，部裏進行了認真的研究。你想得很周到。總的來看，還是不錯的。組織上充分地採納了你的意見。只是感到，在人員的組成方面，略有不妥。除了你提出的余自立，可以吸收到刊物工作之外。其他的人，似乎都欠妥。」

「這麼說，他們都不可靠？」

「是的。經過組織瞭解，他們都有著這樣那樣的問題：柳風，主編過國民黨《北平日報》的副刊，多年來，為中央社積極撰稿——對國民黨盡忠效力過；沈從參加過三青團，擔任過中隊長，至今沒有主動向組織交代；杜君恒，家庭出身是大地主，而且社會關係複雜，他的親表哥，就是傅作義手下的一名師長；陳道的家庭出身、社會關係等方面，雖無大問題，但此人資產階級意識特別嚴重，他的作品，除了言情，就是無聊的琴棋書畫，是個標準的鴛鴦蝴蝶派；這樣的人，怎麼能到革命刊物中來工作？」

「你們不是經常說：『家庭出身看個人，社會關係看影響嗎』？為什麼抓住人家的家庭出身，或者社會關係不放呢？」

「是呀。可他們並沒有進步的表現呀！」

他粗魯地問道：「你們有什麼根據？」

「東方同志，請原諒：現在黨組織沒公開，我也不知道組織上的根據是什麼。」

東方旭上報的編輯人員組成名單，只有五個人，竟然被否定了四個。而塞進來的其他人，都是他根本不瞭解的人。這算什麼「略有不妥」並且「充分採納了」自己的意見？他極力抑制內心的不快，用平靜地語氣答道：

「金夢同志：如此說來，第一個不夠格的不是別人，而是我。我不但家庭出身是地主，父親也擔任過國民黨的縣參議。而且我在海外時，同樣給中央社寫過不少稿子。所以……」

「咳，老兄怎麼能跟他們比！」金夢打斷了他的話，「我們黨的政策，歷來是：歷史問題看現在。當初，你是身在曹營心在漢。十年前，你就經受了重大的考驗，早已站到革命立場上來啦。我們對你是絕對放心的。你看，還有什麼問題嗎？」

說起在上海的那一幕，金夢坦然得像在說別人的事。似乎那不是一樁緋聞，而是一件了不起的革命創舉。東方旭卻像被揭了癩瘡疤，感到坐立不安，兩腮發熱，慌忙答道：

「既然由你來領導刊物，你覺得妥就妥。本人一切服從你們的決定就是。」

「同志呀，你又錯了不是？這不是『我們的決定』，而是組織的意見。你有啥意見，我們仍然可以商量嘛。」

「不必啦。」他知道多說無用，低頭喝茶，不再吱聲。

金夢拍著他的肩頭，關注備至地勸道：「耀之，你想呀，既然我也要來刊物工作，那些沒能力、甚至政治上靠不住的人，我能接受嗎？」

換了人間

一

湧來一大片烏雲，將本來多雲的天空，遮擋得更加嚴實。天光不泄，大地頓時變的無比黑暗，彷彿暴風雨即將來臨。

金夢的突然來訪，就是這片烏雲。使得滿懷惆悵的東方旭，陷入更加憂慮的境地。他感到，自己已經成了一頭被戴上鐵嚼子和皮籠頭的毛驢。此後，人家往哪裡牽，他就得乖乖地朝哪裡走。讓他拉碾就得拉碾，讓他推磨就得推磨。而且，那一手牽著韁繩的，不是別人，就是他躲之猶恐不及的「老朋友」金夢。他來到解放區不過一個多月，接觸最多的共產黨的領導幹部就是卓然和金夢。相識不久的卓然，尚能平等待人，坦誠剖心曲。地位在卓然之下的金夢，一個陌路相逢、曾經為之冒過風險的浪漫女人，口口聲聲來當「助手」，「虛心學習」，卻是一派師長、領導口氣。出言如號令，沒有絲毫商量通融的餘地。就像主人差遣奴僕，大人吩咐孩子。她那黑亮而深邃的雙眸中所閃動的弈弈光輝，寫滿了智慧與果斷；連那白晰豐滿的眼角上半隱半顯的魚尾紋，也顯示著高人一等的驕矜與傲慢。

東方旭生平最討厭的，就是驕傲和自以為是的人。對金夢，還多了幾分厭惡和恐懼。「助手」，「助手」，只怕不是「助」人的「手」，而是能夠掐指妙算、使對手稀裏糊塗便交械投降的巨手！當年，正是這雙豐滿玉潤的手，使一個初諳人間風情，卻無勇氣以身體驗的小夥子，輕而易舉地失去了抵抗能力，敗在了她的手中，成了一匹聽憑驅馳的馴馬……

是的，絕對不能跟這樣的「助手」共事。不是擔心舊劇重演，而是一種身不由己的感情排斥。經過幾天的思想鬥爭，他決定，再次面見卓然，痛陳苦衷，堅決辭掉《北方文藝》主編職務。如得不到恩准，就棄職而去！即使被指責為「無組織、無紀律」（這是他剛剛學會的新詞），也在所不惜！

他在部長辦公室，找到了卓然。一見面，不等他說明來意，卓然便連致歉意：有個重要會議，要立刻出席，沒有時間跟他交談。說罷，用力地握了握他的手，匆匆走了。

第二天晚飯後，他索性去東四七條胡同卓家拜訪。卓然正在看報紙，一見不速之客，不由一愣。接著，將在報社編副刊的妻子白雪，向客人作了介紹。並親手拿過竹殼暖瓶，給他沖上茶。白雪熱情地給他端來了糖果和瓜子，然後退到了里間。一面飲著茶，卓然詳細地詢問起他的新居情況。然後又詢問雅妮是否已經去外國語學院上班，孩子是否已經送進新成立的機關幼稚園？如果沒送，還是及早送去的好，幼稚園條件不錯，有利於培養孩子的集體主義思想，與請保姆帶孩子不可同日而語。他只得耐心地一一作了回答。終於等到談話有了間隙，他立即提出了自己辭去《北方文藝》主編的要求。他特別強調說，金夢不僅是有名的女作家，而且是延安來的老革命，這樣的人才實在難得，決非一個對於無產階級文學一竅不通的人可比。由她主持刊物，再理想不過。再加上有一個經過組織認真考查的編輯班子，相信不但會把刊物辦好，而且一定能夠辦出特色。因此，對於刊物，他已是可有可無，領導上沒有理由不批准他去做一名教師。

卓然一言不贊地耐心聽著。他談完了許久，方才緩緩說道：「東方同志，你的心情我理解。但是，革命陣營對它的每一個成員的要求是，下級必須無條件地服從上級，個人無條件地服從組織。組織上既然已經做出決定，你還是接受的好。不然，一開始就會給人造成一種不太好的印象，對於以後的工作沒有好處。因此，我衷心希望你委曲求全的為好。」

「這麼說，卓部長也不同意我的要求嘍？」

卓然沒有正面回答他的話，輕歎一聲說道：「東方同志，我何嘗不認為，一個人，只有從事最為喜愛的工作，才能更好地調動他的積極性和創造力。雖說文學工作對你來說，再合適不過，但我理解您的苦衷。所以，上次我們談話之後，我立刻向領導提出過你的要求。可是……」他沒有說出自己被當作「右傾」批判的事，改口說道：「組織上考慮，還是由你擔任比較合適。因為，你的影響，並非金夢可比，不僅在國內，而且在國外……」

「這話，卓部長已經說過多次了。教文學比辦刊物，對於我來說，也許更適合。」他打斷了部長的話。「既然卓部長不答應，我只有去找陸舟部長啦。」

「東方旭同志，我勸你不必去。我相信陸部長也不會答應。因為已經在會上研究定下的事，就是集體的決定，何況已經向上面作了彙報。您知道，做一個永不生銹的齒輪和螺絲釘，是我們黨對於自己黨員和非黨幹部的起碼要求。所以，我勸老兄，還是稍安勿躁為好。」見他右手捏著額頭，不快地低頭不語。卓然又勸道：「我的意見，你先按照組織的決定執行。好在金夢同志是個有能力、熱情很高的同志。她會替你分擔很多事情。你不妨多放手讓她去幹，將更多的精力放到自己的創作上。您出身貧寒，歷經坎坷，又歷經十多年的海外流浪，相信生活體驗十分豐富。對於一個作家來說，這是一筆十分寶貴的財富，應該將它寫下來，給中華文壇留下一筆財富。過一段時間，如果仍然不適應，我們再想辦法。好嗎？」

「到那時，就有辦法啦？」

「是的。我們將安排作家、藝術家到農村參加土改、反霸，或者到工廠、礦山體驗生活。那時也派您一起去，就可以趁機將工作完全交給金夢。當然，這只是我個人的意見。希望老兄不要跟任何人談到這一點。不用我說，你也明白，革命陣營最為忌諱傳播尚未公開的消息，輕者被視為自由主義、小廣播，重者則以違犯紀律論處！」

卓然語重心長的話，使他感動，他緊緊握住上司的手，激動地說道：

「對不起，卓部長，您為我……費心啦。請您放心：我接受組織的調遣……啊，分配就是。」他第一次使用「分配」這個陌生的字眼，感到很彆扭。剛剛糾正了前一句，後面的話又說錯了：「一定與金夢同志攜手……不，虛心接受她的幫助，盡力辦好刊物！」

「不，是儘量好好與她團結。」卓然釋然地笑了。

二

「喂，矯敦，再往脊椎左側一點。對啦，就是那個部位。多按一會兒。輕一點……再輕一點。好，這樣很舒服！」

陸舟伏臥在老式羅漢床上，正接受妻子的按摩。兩年前，胡宗南進攻延安，在轉移的路上，他掉進深溝，跌傷了脊椎骨。轉戰路上，沒有條件治療，留下了腰疼的毛病。囂囂不可一世的胡宗南，被土裏土氣的彭德懷所率領的解放軍，很快趕出了黃土高坡。胡匪幫饋贈他的腰傷，卻自告奮勇地留了下來。彎腰疼，坐久了疼，連坐在舒服的美造吉普車上，不到半個鐘頭，便又酸又疼。進城後，請了一位老中醫按摩了幾次，頗見成效。但因工作千頭萬緒，沒有時間天天泡醫院，索性讓部隊文工團員出身的妻子矯敫，去跟老醫生學藝——專攻治腰。聰明的矯敫，只用了十多天，便將按、點、揉、拿、推、摩、滾、搖，一整套技術學會了。現在，她正附身站在丈夫身旁，輕舒雙臂，用兩根拇指，在他的腰椎中部，緩慢地來回推著。她只穿著一件短袖漂布衫，但額頭上已經滲出了細細的汗珠。聽到丈夫說「舒服」，這不誇獎的誇獎，她得意地望著丈夫說道：

「咋樣？這會兒相信我的技術很過硬了吧？」

「嘻！我們趕走胡宗南，還用了一年多吶。你不過學了十天半月，哪裡談得到過硬呦？略知皮毛而已。」

「你不是說，我幹啥事都不扎實嗎？」

「這一回，總算有所長進。」

「超出了你的預料吧？」

「有啥超出的？免了一次批評而已。」他扭頭深情地望著妻子：「往後還得繼續努力。」

「這麼說，你答應我去《北方文藝》工作啦？」

「誰說的？」

「你不是說，只要我有了長進，才考慮派我去嗎？」

「一個人要變得成熟，可不是一朝一夕的事！」他輕歎一口氣：「矯敫呀，矯敫！你啥時候能學得老練一些，我就不愁啦。」

她停止了推拿，一扭屁股坐到床旁的椅子上，噘著小嘴嘟嚕道：「哼！我就不懂，那個喳喳呼呼的金夢，能比我姓矯的老練多少！」

「那不單純是老練問題。人家寫了好幾本書，你哪，出版過一個字嗎？」

「我也發表了好幾十首詩歌呀！」

「那也值得沾沾自喜？充其量作張打油的徒弟。」

「哼！我的鋼筆字，就比她那『亂草體』好得多！」

「水平高低，可不是光體現在字寫得好壞上。」見妻子一時回答不上來，他和藹地勸道：「矯敫，你想過沒有？驕傲，清高，自由，散漫，本來是知識份子的通病。從海外歸來的資產階級洋博士，更是難以駕禦。金夢跟知識份子打交道畢竟多……」

「是吶：人家當然比我好得多！至少擅長灌迷魂湯，還會撒嬌，放浪！」

「你！胡說些什麼呀？」他提高了聲音，「對待革命同志，豈可用這樣不友好的語言！」

「哼！你用不著包庇她！她那副妖裏妖氣的打扮，革命陣營裏能找出第二份嗎？哪個女同志不是穿著『緊身子』，把胸膛勒得平平的。她吶？恨不得把奶子墊高半尺。她在你跟前，翹著兩隻奶子搖來搖去的那副騷相，我看著就噁心！」

「你……」他翻身坐起來，握緊了右拳。旋即又鬆開了，佯怒道：「哼！不像話！再這樣不懂道理，組織處你也別想去。讓保姆走，給我待在家裏看孩子！」

他重新躺下去，把頭扭到一邊，不再理睬。

「哼！動不動擺官架子——不民主！」她的聲音哽咽了。

過了好一陣子，丈夫仍然不理不睬。她只得站起來，扭過身子重新按摩。一面自語似地嘟嚕道：「人家只喜歡搞文學，卻非得要人家去管人事。名義上是手握組織大權，還不是領導做了決定，我們這些做具體工作的，去出力，跑腿，磨嘴皮子！」

「你如果覺得屈才，那就讓別人去幹。不知道多少人眼紅得賽過得了結膜炎呢。」

「哼！拿著別人比自己的老婆好，還口口聲聲要死要活地愛人家吶！」

兩行熱淚，從她美麗的雙眼中流上了臉頰。

矯敫是陸舟的第三房妻子。十七歲那年，陸舟在湖南瀏陽老家，跟一個從未謀面的姑娘結了婚，婚後生下兩個男孩。自從離家外出後，再沒有回過家。第二任妻子，是在上海做地下工作時的假夫妻，不料弄假成真懷了孕，生下一個女孩。因為性格不合，結果分手了。後來，跟比自己小十八歲的矯敫，在延安的窯洞裏舉行了婚禮。婚後夫妻感情熾烈，在丈夫的幫助下，不幾年，矯敫便從一個只會唱歌跳舞的文工團員，升到了「縣團級」。雖然成了領導幹部，但他仍然像孩子一般地寵她。

矯敫第一次受到了如此嚴厲的訓斥，本想狠狠頂撞一番，但懼於丈夫的威嚴，沒敢再回嘴。不平被憋進肚子裏，立刻把眼淚擠了出來。雙手不停地忙活著，委曲的淚水，卻順著臉頰滾滾而下。

淚水滴上了他赤裸的脊背。知道妻子在流淚，急忙扭過頭，心疼地望著愛妻，溫語勸道：「咳，有啥子值得哭的嘛？倘若是個美差，我會不首先想到自己的老婆？」

「哼，說的比唱的都好聽！」

「難道不是這樣？」

他長歎一口氣，翻身坐起來，將身材嬌小的愛妻擁進懷裏。伸手給她揩乾眼淚，響響地吻著她的臉頰，喃喃勸道：

「我們的戰士，在槍林彈雨中，輕傷不下火線，重傷不哭叫。膽小、軟弱，絕不姓共！動不動哭鼻子，哪像個延安來的老革命？」見妻子露出羞愧的神色，他鼓勵道：「國民黨的八百萬大軍，不是眼看著叫我們消滅光了嗎？壓在中國人民頭上的帝國主義、封建主義、官僚資本主義這三座大山，也即將被我們徹底推翻！我們共產黨人，沒有克服不了的困難。莫非區區金夢，就能阻擋我的小矯敫前進的步伐？」

她佯怒地掙扎著往外掙：「哼，人家的水平那麼高，可比那三座大山厲害得多！」

「她有啥厲害的？嘿嘿！」他不屑地冷笑，「你認為文藝陣地是一片世外淨土，波瀾不興的平湖？幼稚！井崗山上的往事，你可能沒聽說過，延安的情況，你可是親眼見過的。那些跟文藝沾邊兒的傢伙，有幾個沒被揭去幾片硬鱗？丟了小命的也不少呀！王實味不就是例子嗎？這些年來，我之所以按照毛主席《在延安文藝座談會上講話》的精神，只作評論，不搞創作，無往而不勝，永遠立於不敗之地，就是接受了歷史的教訓。金夢自恃黨齡長、名氣大，驕傲得忘乎所以，難保不會重蹈延安被『搶救』的覆轍！你去跟他們摻和什麼？」

三

卓然將來訪的東方旭直送到大門外，方才返回。回到客廳，剛剛拿起報紙，妻子白雪突兀地問道：

「喂，老卓：派金夢到《北方文藝》工作，是哪個明白人的主意？」

「是她自己首先提出要求的。」

「你們都同意？」

他答所非問：「陸舟部長認為，金夢跟東方旭早在十年前，即有著深厚的友誼。而且東方旭之所以能夠毅然回國，也全賴金夢的推動之力。可見，兩人是符合理想的最佳搭檔。」

「我可不這麼看！」

「為什麼？」

「根據我在延安對她的瞭解，她的水平和工作方法，根本領導不了東方旭那樣的著名學者、名作家。」

「這是什麼觀點！」卓然將目光從報紙上移到了妻子的臉上，彷彿觀察一個陌生人：「難道成就高，名氣大，就可以不接受黨的領導？郭沫若、茅盾、老舍、巴金、冰心等大作家，總比東方旭名氣大得多吧？不是照樣要在各級黨委的領導之下工作嗎？試問，哪個部門黨的領導，有他們的知名度高？」

「難怪人家心裏不服！」

「你呀——你在代表什麼人講話？」

「代表真理和正義唄。」

「只怕是代表無政府主義和自由主義吧？」

妻子抿著嘴唇，不再反駁。他繼續教訓道：「白雪，難道歷史的教訓還不夠深刻，不夠驚心動魄？當初在延安，不就是因為你的嘴上沒遮攔，加之社會關係複雜，引起人家的懷疑，才成了「搶救」重點，差一點把性命交付給一條紮腿帶？怎麼至今老毛病不改呢？」

「我是替我們黨擔心：咱們對知識份子如此地不放心，毫沒道理，只能使人家離心離德！人家在蔣介石的黑暗統治下，尚且能夠不怕殺頭坐牢，堅持真理，追求光明。莫非一來到解放區，腦袋上立刻長出了反骨，非得派個黨員去監視著，才出不了亂子？這樣子搞法，怎麼調動人家的積極性？莫非中國的解放和建設事業，光依靠我們共產黨人就能完成？」

「咳！那怎麼是『監視』？那是，為了更好地貫徹黨的各項方針政策，為了更有利於資產階級知識份子的思想改造。」

「得啦，得啦！這套老生常談，讓我的耳朵起了老繭！哼！不論人家什麼出身，只要多念了幾天書，便有了贖不完的『原罪』，連成份也改變了，統統成了『資產階級』。這算啥唯物主義？」

「難道你能否認，他們絕大多數人，都有著嚴重的資產階級思想？像自由主義，個人主義……」

「哼！依我看，共產黨員的個人主義並不比人家少。就拿婚姻來說吧：為何一參加革命，便爭先恐後地換老婆？當然你是例外。有的換了一個又一個，口號冠冕堂皇，『為了革命的需要』。說穿了，無非是喜新厭舊而已！」

「住口！白雪，你忘記了自己是共產黨員！」卓然雙眼瞪著妻子，厲聲斥責。說罷，繼續低頭看報。剛過了不一會兒，抬起頭來補充道：「白雪，偉大領袖毛主席一再警告我們，在拿槍的敵人被消滅之後，階級鬥爭並沒有停息。今後，我們的對立面，就是不拿槍的政治敵人、經濟敵人以及思想敵人。而一個人政治態度，又是劃分營壘的重要標誌。像你這樣無原則的瞎議論，吃虧還在後頭呢。」

「這不是在自己家裏嗎——怕啥？」

「在自己家裏也不行！」丈夫義正辭嚴，「隔牆有耳。古人尚且有『慎獨』的涵養，難道一個為無產階級革命事業無條件獻身的共產黨員，竟然沒有這點水平？」

剛說到這裏，一聲「報告」自門外傳來。兩人一齊抬頭，只見是陸舟的夫人矯敫，搖著兩隻胳膊，飛燕展翅似的，快步闖了進來。

「原來是矯敫呀，你報的啥告呀？」丈夫是老同事，妻子之間早已熟不拘禮。白雪站起來，拉著矯敫的手調侃起來。「部長夫人大駕光臨，我們應該遠迎才是吶。」

「矯敫同志，請坐。」卓然站起來禮讓，「這麼晚了，咋不在家裏陪陪部長呢？難得他今天晚上沒有會。」

「哼！還不如去開會好，我一個人待在家裏聽聽收音機，也不至於挨剋漲肚皮。」

白雪調侃道：「不用說，你又惹部長生氣啦？我說，矯敫，陸部長雖然是你的丈夫，可不是你的私有財產。他是黨的重要負責幹部，大夥兒敬愛的領導，氣壞了他，我們可不答應呀！」

「大姐，我可沒有那樣的膽量，一天到晚，陪小心還來不及吶。」矯敫漂亮的鵝蛋臉上，露著委屈的表情。「天天滿頭大汗給他推拿，推拿完了，低頭捧他的馬列主義厚本本。好像身邊再也沒有別人！」

「聽聽！這哪像堂堂縣團級幹部說的話！你又不是小孩子。部長肩上挑著那麼重的擔子，不成放下國家大事不管，陪著你捉迷藏，拍花巴掌？」白雪忍住笑，一本正經地答道。

「我用不著他陪著我玩兒，更不希望他拿著我當小孩子。」矯敫身子扭向女主人，壓低了聲音：「我只是希望他，平等待人。白雪，我後悔當初沒找個年齡、地位相當的，自自在在地生活一輩子。」

「言不由衷！陸部長一表人才，有理論，有黨性，地位又高。多少女同志饞涎欲滴哪。恕我直言，沒有那麼個好愛人，你才二十二歲，就能混上個縣團級？再不滿意，可就應了那句古語：『狠心不足蛇吞象』啦。」

「既然你早已『饞涎欲滴』，我就把他讓給你。就怕卓部長捨不得。」矯敫轉向卓然：「卓部長，你同意吧？」

「同意什麼？」卓然正在想別的事。對於女人的調侃玩笑，並沒有注意聽。

矯敫嬌滴滴地問道：「怎麼？你沒有聽到我們剛才說的話呀？」

「沒在意。」

「好，那我就不保密啦——尊夫人看好了我們老陸，要我讓位，她好取而代之吶。咯咯咯……」

「飽食終日，言不及義——亂彈琴！」卓然佯怒道，「矯敫同志，陸部長批准你出來，不會是讓你來閒聊的吧？」

「哼！一開口，就來了大男子主義。幹麼啥事都得他批准，我們就不興自己出來散散心？」

「好哇，一句話洩露了天機：分明是看上了我們老卓，卻聲稱出來散心。沒關係，我可以慷慨地出讓。」白雪如法炮製，將球拋了回去。

矯敫在白雪的肩頭上擂了一拳：「越說越下道，不像個大姐的樣子！」

「矯敫同志，你是否有什麼想不開的事？」卓然再次把談話引上正題。

「你看，人家卓部長多麼瞭解部下的活思想。」矯敫討好地瞥一眼白雪，「其實，也不關我個人的事。不過，我是一個管人事的幹部，為了對黨負責，我覺得還是應該將個人的一些看法，向組織彙報，以免給工作造成損失。」

「好吧，我們到里間談談。」

「用不著，白大姐又不是外人。」嘴上這麼說，矯敫卻極力壓低了聲音：「卓部長，請問，組織上準備派誰到《北方文藝》，擔任黨的領導工作？」

「咦？陸部長沒有告訴你？已經決定了，派金夢同志去擔任支部書記，兼副主編。」

「果然是派她去！」

「怎麼，不合適嗎？」卓然耐著性子問道。

「我覺得組織上欠考慮。」

矯敫的神色很莊重，說到這裏，她附在卓然的耳朵上，嘀咕了好一陣子。然後略微提高了聲音問道：「卓部長，您說，這樣的搭檔，能不出亂子？」

「會有這樣的事？」

「我絕對有根據！」

卓然沉吟半晌，抬頭問道：「矯敫同志，這事你跟陸部長談過沒有？」

「沒有呀。他的原則性那麼強，我哪敢越級彙報呀，那不是自己找著挨剋！您是具體分管刊物口的領導，自然應該首先向您反映啦。」

「好吧，我會向陸部長彙報的。」

「我就知道，卓部長對於用人的事，從來都是特別慎重的。時候不早啦，我該走啦。回去的晚了，又要被審問啦！」話裏露著委曲，臉上卻是得意的神色。說罷，矯敫站起來，邁著輕快的步子，飄然而去。

「如果她反映的情況是真的，還真得認真考慮吶。」卓然在心裏嘀咕。

送客回來，一坐下，白雪便急不可待地問道：

「老卓，她跟你嘀咕些什麼？」

「與你無關，不要問。」

「我聽到了個半截子話，好象說金夢跟東方旭曾經有過不正當的關係。」

「只怕是無稽之談。」卓然從心裏不希望那會是真的。

「矯敫此舉，恐怕不單純是反映情況吧？」

「與你無關的事，你少過問，好不好？」

卓然重新抓過報紙，低頭看報。可是，過了好一陣子，目光卻仍然停留在原處。

四

剛剛解放不到兩個月的古都北平，除舊佈新，百廢齊舉。從機關、部隊，到工廠、學校，人們都在忙碌。走在大街上，目光所及，到處是面露欣喜、腳步匆忙的行人。古城易主，不知有多少人需要重新選擇自己的生活道路和生活方式。

東方旭同樣不例外。他懷著投靠光明、尋求自由的深切祈盼，經過反覆激烈的思想鬥爭，終於打消疑慮，毅然歸來。書生報國，無非貢獻智力。他希望在文化方面，對於雲開霧散、豔陽當頭的祖國，做出自己應有的貢獻。至於具體做什麼，是教書，編報刊，作學術研究，還是做一個自由撰稿人？連他自己也沒有拿定主意。那就讓領導上決定好啦。所以，卓然叫他編刊物，他慨然應允辦出高水準、有特色的一流刊物，決定的因素是人，沒有一個高水準的編輯班子，是辦不到的。不料，自己所選定的人，除了一個余自立，竟然統統被否定。領導上給派來的，除了金夢，全是一些陌生人。那金夢，嬌態讓人生厭，聲氣使人生畏。雖然筆底不乏韻致，只是激情超越才氣。加之，不時地點染一番花前月下的浪漫，以致使許多年輕讀者傾倒崇拜，仰望追隨。

無奈，十年前的一夜風流，至今銘刻於心，追悔不已。因為，那不是自己的追求，而是身不由己的失足！他不是封建道學先生，更不是坐懷不亂的柳下惠，對羅密歐與朱裏葉的勇敢反抗，把愛情看得比生命還重的犧牲精神，始終懷著十二分的敬佩。甚而，偷香竊玉的放浪，也曾經經歷過。早在與雅妮結婚前，就曾經有一次形似而質異的奇遇。一個月明星稀的仲春之夜，他正在沉睡，月移花影玉人來。「篤篤篤」幾聲輕響自窗外傳來，驚醒了他遲到的春夢。他知道，站在外面的，必是對自己心儀已久的學生雅妮。他心頭忐忑，雙手顫抖，佇立門後許久，冰冷的鐵插銷，被他的一隻手握得溫熱了，卻仍然沒有勇氣將它撥開。並非不思念、不情願，而是擔心重蹈覆轍，有失師道尊嚴。無奈，越來越急驟的敲門聲，終於迫使他用力拉開了插銷。他的質問和制止剛出口，便被滾燙而激烈的親吻堵了回去。他失去了反抗能力，身不由己地跟著上了床……

不料，急風驟雨過去，海浪逐漸平靜，她竟嚶嚶哭泣著，埋怨他遲遲不開門是不愛她。他只得耐心地解釋，輕輕撫摩著她的脊背，請求原諒。她在他的懷裏越偎越緊，終於使他不能自持。忘記了師道尊嚴，再一次扳鞍上馬，放轡馳騁。直到雲開雨停，激浪回岸，她才幸福地偎在他的臂彎裏，酣然睡去。不久，歷經一番挫折，心愛的學生，終於成了他的妻子。雖然同屬輕佻之舉，他覺得與跟金夢的一夜風流，有著質的不同，那種被綁架的感覺，始終縈回腦際，揮之不去。

而這個「綁架」過自己的人，卻要來做自己的領導，繼續接受她的「關懷」！

他知道，已經上了共產黨的革命大船，要想下去是不可能的了，只能忘卻自我，遵命行事。唯一的希望是，卓然能夠兌現諾言，使他早日離開《北方文藝》，拋開有名無實的主編頭銜。

但是，怎麼向那些自己邀請、卻被拒絕來刊物工作的朋友交代呢？

苦思無良策，只能向朋友們當面謝罪。他分別致函四位朋友，約請他們帶上家屬，於九月初七日，在中山公園小聚。一則向他們致歉，解釋違約的苦衷；同時徵詢自己如何應付眼前處境的高見。余自立已經被社方接受，為了談話方便，沒有約請。

不料，陳道回原籍探親去了，杜君恒可能估計到聚會的內容，藉口有事，謝絕出席。赴約的只剩下柳風和沈從二人。兩人均未帶夫人來。柳風妻子身體不適，沈從的夫人則是因為家裏有事走不開。只有他自己帶著妻子雅妮和兒子小曉來了。這樣，原定十幾個人的聚會，只剩下五個人。

東方旭在北海公園北門售票處，花了五千元錢，買了五張票。一行人緩步進入公園內。

今天雖然是星期天，偌大的北海公園竟然沒有幾個遊人。足見，人們只忙著幹革命，連休息和娛樂都置諸腦後了。歷經數百年風雨的天下名園，如今花木稀疏，圍欄破敗，處處顯露著風雨和戰亂摧殘的痕跡。使人不勝今昔之感。只有那神態生動、五彩繽紛的九龍壁，歷經數百年風雨，並沒有憔悴褪色，依然光彩熠熠，耀人眼目。它傲然挺立在湖岸上，雄視著前方的碧波白塔。像一位歷盡風霜的歷史老人，依然不減當年的風采。他們在油漆剝落的五龍亭畔登上畫舫，準備繞瓊島一周，然後登上白塔，遠眺江山易主後的北平城。

畫舫悠然滑行，碧波澄澈如鏡。一群鴿子在頭頂上方盤旋不止，清亮悅耳的鴿哨聲，忽遠忽近，將人的思緒，帶到了遙遠的碧空。無奈煩憂系心，東方旭始終高興不起來。

「大魚，大魚！爸爸，媽媽快來看吶！」一直注視著水面的東方曉忽然高聲叫嚷起來。

東方旭低頭一看，果然有幾條一尺多長的大魚，正不慌不忙地向畫舫游來。大概忽然發現，有一個龐然大物正從頭上壓過來，有的急忙隱入水下，有的向旁邊逃去。有一條竟然驚慌地躍出水面，差一點落到船舷上。

「媽媽，快把那條大魚捉住呀！」小曉大聲呼喊起來。

「哈哈！傻兒子——那怎麼能捉住呀。」雅妮大笑起來。

「哎呀！一條小魚被大船壓著啦！爸爸，它會被壓死吧？」小曉發出了驚呼。

東方旭笑道：「放心吧，兒子：木船再大，也壓不死一條小魚。」

雅妮湊趣道：「小曉，你數一數，有幾條魚，被大船壓死啦？」

「還沒有壓死的。我看見有一條魚，被壓得尾巴朝上了。」

東方旭敷衍道：「沒關係，那是它自己摔了一個跟頭。」

「耀之，什麼叫摔跟頭？」雅妮不解地問道。

東方旭答道：「就是跌跤的意思。」

雅妮搖頭說道：「這話可不準確：跌跤，跟『頭』有什麼關係呢？」

「可能是說，跌跤的時候，頭要觸地吧。」

「要是『頭』沒有觸地呢？那就不叫摔跟頭？足見，許多中國話，邏輯極不嚴密！」

東方旭一時不知如何回答。柳風接過話頭說道：

「嫂夫人，此話差矣！這正說明，我們中國話，準確的說，是我們的漢語，無比豐富、生動呢！」他得意地搖著頭，「比如『夫人』這個詞，就有妻子，老婆，太太，愛人，屋裏的，俺那口子，俺那個拌飯的，俺孩子他娘等。文雅一點的，還有賤內，拙荊，糟糠，內助等等。」

在一旁靜聽的沈從補充道：「最近我學了一個新詞——對象。既可以指丈夫，也可以指妻子。大概是老解放區人民的創造。」

「不錯，堪稱是地道的土特產品。」柳風附和道。

「你們把人弄糊塗啦！」雅妮搖頭感歎，「這麼複雜的稱呼，我敢說，你們中國人也弄不明白。」

東方旭答道：「約定俗成，怎會不明白呢。」

「『約定俗成』？那又是什麼意思呢？」雅妮瞪大了迷惑的雙眼。

「意思是，」東方旭耐心地解釋，「條約有所規定，或者人們習慣成自然的事情。」

「不可思議！你們的漢語這麼難學，對於我學好漢語的決心，打擊實在太大啦！」雅妮痛苦地望著丈夫，「我不明白，你們中國人，為什麼要把並不複雜的事情，極力搞複雜呢？」

「不是極力搞複雜，而是表明我們漢語無比豐富和深厚。」柳風搶先作答，「相比之下，貴國的英語要單薄、簡單得多！」

「柳風先生，你這是狹隘的民族偏見！試問，我們的莎士比亞、喬叟、拜倫、雪萊、狄更斯、哈代、勞倫斯等等，也『單薄、簡單』嗎？」

柳風自知失言，臉紅著，不知如何作答。東方旭正想讓飽學之士沈從作些解釋，替柳風挽回面子。雅妮卻繼續朝著柳風反問：

「不僅是你們的漢語，故意弄得特別複雜，決心不讓外國人懂。你們辦任何事情，也是不把簡單搞成複雜，不肯甘休。」她指指丈夫，面露慍色。「譬如，耀之要想辦個文學刊物，他們處處橫加干涉：刊物的名稱不合適呀，經費來源不合理呀，人員組成不妥當呀，總之，只有他們說的才處處『恰當』！他們先把自己的事情管好嘛，為什麼要對別人作那麼多的干涉呢？」

「噓！嫂夫人剛剛攻擊漢語故意複雜，你自己複雜得也可以！」柳風繼續調侃，「一個同樣結構的簡單句子，您卻用了『合適』、『妥當』、『合理』、『恰當』四個詞，這不也是故意複雜？哈哈哈……」

「咦，你們已經搞複雜了，我們不遵從行嗎？這叫入鄉隨俗。懂嗎？」

「嫂夫人不愧是漢語通。哈哈哈——不簡單

呀！」沈從大笑起來。

「要是你們不把簡單的事情故意搞複雜，節省出精力，幹什麼不好！你們說對不對？」雅妮仍然堅持自己的觀點。

這套不諳中國國情的「域外之談」，也正是東方旭今天所面對的一大難題。三位飽學之士，一時面面相覷，不知如何作答。這時，畫舫已抵南岸，船家喊下船，算是給他們解了圍。一行人前後相隨著，從南麓登上了北海公園的最高點——白塔。

站在白塔之巔，放目四極，古都風光盡收眼底：輕雲片片，隨風緩行。西山古塔，清晰可見。左前方的景山五亭歷歷在目。它雄踞山頂，通體沐浴著豔陽。不由使人想起體育競賽中的裁判，他們遠遠站在一邊，卻不放過競技場中的任何細枝末節，鐵面無私地發佈著行與止、賞與罰的如山號令。而這飽覽時代變遷的五座華亭，對於發生在它的腳下的一切：勝利的喜劇，悲痛的敗績，可笑的鬧劇，以及偉大的陰謀，統統逃不過它審視的目光，但卻像一位飽經風霜、閱歷深厚的老者，始終屹立一旁，冷眼旁觀，不動聲色。東方旭的目光，慢慢落到了景山東麓。當年，闖王的大軍進了紫禁城，崇禎皇帝被逼得「高掛東南枝」的那棵老槐樹，就在那裏。學生時代，他不止一次地親手撫摸過那棵索走一個亡國之君性命的古樹。可是，山頂綠樹蒼鬱，尋覓良久仍然辨不出究竟哪一棵是給了崇禎皇帝幫助的「吉樹」。那放射著金黃色光芒的紫金城，高高矗立的灰褐色的內外城，這些堪稱是極權淫威的衛士與幹城，不過是朝代更替，權力易位的可笑妝點與佐證。那隱藏在中海和南海濃密綠樹叢中的大內禁地，不啻是一塊釀造英雄美夢的風水佳地。遠的不說，光緒皇帝的戊戌變法夢，袁世凱的洪憲皇帝夢，傅作義的固若金湯夢……以及隨之而來的種種美夢，肯定數不勝數。夢成飛英，夢醒落紅，都在這塊極其隱蔽的寶地裏完成。

好一處造夢勝境……

走下瓊島的路上，東方旭心潮澎湃，不由隨口吟出了一首浮上腦際的新作：

清風浮雲映紫城，
扶檻八極思梟雄。
信是帝王千秋業，
煤山古槐掛黑繩。

沿著瓊島北麓下山，穿過一座太湖石砌成的逶迤幽洞，一行人來到了半圓形、環繞平湖的名飯館漪瀾堂御膳。東方旭要在這個美麗幽雅的去處，借助精美的「御膳」，減卻好友們對自己爽約的不快，並傾聽他們對於他的創作計畫的行家高見。

五

聞名天下的中國皇家御膳，平頭百姓休說是品嘗，就是看一眼，也無異於做白日夢。有權享受御膳的皇帝後妃們，成為歷史已近四十年。一批善烹御膳的禦廚，卻留了下來。不知是為了謀生，還是不忍手中的絕技失傳，便在波光塔影、景色宜人的北海公園的風光絕佳處漪瀾堂，開了一間主營御膳的菜館，對外營業，供遊人在盡賞名園幽色、大飽眼福之後，來這裏開眼界，再享口腹之福。菜館的名字叫「仿膳」，提醒著人們古城獨此一家的名菜館，「仿」的是真正的「御膳」。

現在，樓下散座已經是人頭攢動，食客們匙箸往來，大吞大嚼。靠北牆角的一張桌子上，甚而有人吆五喝六、猜拳侑酒。在當年平民百姓不敢涉足的皇家御園，品嘗只有皇帝和後妃們才能享受的御膳，不僅是時代的進步，簡直是天翻地覆。一錢不值的奴隸們，作了天下的主人！東方旭感到了多日來少有的興奮。

東方旭一行，登上二樓雅座，當窗面湖的最佳位置，已被捷足者占去。他們只得選了一處舉頭可以觀賞白塔倩影的「雅座」，坐了下來。除了柳風此前曾經光臨過這裏，今天赴宴的，都是第一次來享受這「帝王之福」。柳風是客人，又曾來過這裏，經歷過先嘗之快，主人請他點菜，他並不推辭，一個人點了全桌的菜。

每人一盞香茶獻上來了。品茶閒話不久，便開始上菜。一品品製作精美而奇特的御膳，相繼端上桌來。人們還未嘗到令朵頤陶醉的佳妙，便被菜肴的神奇造型和嬌豔欲滴的五彩色澤所傾倒。他們嘖嘖稱奇，撫掌叫絕。那彩翅高舉、凌空飛翔的彩鳳，那清波遨遊、四爪揮舞，行將行雲布雨的金龍，那綠草叢中昂首高跳的蚱蜢，那一支獨秀的牡丹，數枝並豔的玉蘭，無不微妙微肖，色香奪人，使人連連擊案浩歎，誰也不忍下箸。

「哎呀呀——好看，真好看！」

菜肴之精巧，使大人感歎不止。五歲的東方曉興致更高。他雙膝跪到椅子上，雙手扶著大理石嵌心紅木圓桌，雙眼滴溜溜，緊緊盯著典雅的青花大瓷盤，幾乎每上一道菜肴，他都要發出一陣歡呼。

「當心喲，不要讓那只大鳥飛走！」他伸著小手，指著一隻盤子高聲叫嚷。

「小曉，那不是『大鳥』，那是一隻鳳凰。放心吧，它是人做的，不是真的，它飛不掉。」柳風一面開導，一面指著另一個盤子問道：「小曉，這條四爪有鱗的動物，知道是什麼嗎？」

「像是一條鱷魚。」孩子立即作答。

「嘿，這哪是鱷魚，乃是一條金龍。」

「叔叔，我要看真的金龍。我也要看鳳凰。」

東方旭笑道：「傻孩子，世界上並沒有真的金龍和鳳凰呀。」

「爸爸騙人。世界上沒有的東西，怎麼能夠做出來呢？」

「是……」東方旭在搜索辭彙，極力回答這個三言兩語說不清的問題。「那是，人們憑著想像做出來的。」

「爸爸，他們幹麼非要把沒有的東西，做出來騙人呢？」孩子仍然不理解。

又是一個難以回答的問題！

東方旭索性轉移話題。他指著目不轉睛地望著菜看出神的妻子問道：「雅妮，你覺得這些菜，怎麼樣？」

「好看極了——簡直不可思議！」金髮碧眼的妻子搖頭感歎。她從手提袋裏拿出一個小型萊卡照相機，站起來說道：「我要把這些漂亮的畫面留下來。」

一面說著，她將臉貼在相機上，「喀嚓」、「喀嚓」，一連照了好幾張。收起照相機，瞅瞅兩位客人，轉向丈夫迷惑地問道：「不過，馬上就要吃掉的東西，卻花費這麼多的工夫，去雕刻、製作，實在是太不珍惜人的勞動了！你們中國人，不光是說話，連吃飯也要把簡單的菜，搞得這麼複雜！」

「好嘛，我的小傻瓜的『複雜』論又來啦。你對於中國的國情，還需要很好地瞭解。」東方旭苦笑搖頭。「這叫飲食文化，懂嗎？」

柳風插話道：「嫂夫人的話不無道理。我們中國的飲食文化，確實是繁瑣了些。可是，恕在下直言，貴國以及西方許多國家的飲食，實在簡單得使人不敢恭唯。一塊麵包，半根香腸，或者一匙奶油……」

「柳風先生，你誤解了。」雅妮打斷他的話，「我們英國的飲食，首先關注的是各種營養的科學搭配。當然，也不忽略口味。足見我們民族的作風是多麼的務實！」

柳風正要反駁，東方旭端起斟滿二鍋頭的小酒杯，站起來說道：「各國習慣不同，並不奇怪。再辯論下去，菜要涼了。來，大家舉杯，為十多年來的第一次暢聚乾杯。」

「好，好，乾杯！」兩位客人一齊舉杯站了起來。

接著，柳風、沈從兩人先後敬了主人夫婦。酒過三巡，東方旭方才把話題從誇獎菜肴，引上了今天聚會的正題。

他面色沉重，歉疚地說道：「兄弟我，海外漂泊十數載，剛剛回國，來到解放區，對於各方面的情況，十分陌生。前些日子，貿然提出了一個創辦刊物的計畫，而且誠邀二位與杜君恒、陳道、余自立一起加盟。不料，除了自立兄，其餘四位，全部未蒙上憲批准。他們的理由，我認為都是不成其為理由……」他覺得舌頭有些發梗。看到兩位客人期待的目光，方才不加隱晦地說道：「無非是家庭出身、社會關係、以及審美觀點的不同。」

「豈有此理！難道在他們眼裏，我們都成了危險分子？」柳風出言直露。

沈從咬著下唇，低聲說道：「這並不出乎我的意料。他們生性就是多疑的，包括對他們自己的人。我聽說，在井岡山和延安，他們都曾演出過兄弟相殘的悲劇。」

「從對於我們幾個人的態度，就充分證明，他們至今沒有接受教訓！」柳風越說聲音越高。」

東方旭看到大廳裏已經有人在注意他們的談話，急忙向柳風使眼色。柳風不加理睬，冷笑幾聲，繼續說道：

「如今已經不是國民黨的黑暗統治了，我們得到了解放，連解放區的天，都是『明朗的天』，難道我們老百姓說話，閒談幾句都不行？」

東方旭急忙指著新上的紅燒魚，轉移話題：「來來，魚要趁熱吃，涼了味道就差了。」

又喝了幾杯酒，談了一陣閒話。東方旭方才小心翼翼地回到了他要說的正題。

「上憲甚至將一切都給籌畫好了。包括刊物的名稱，經費的來源，人員的組成，刊物的社址。」

「越俎代庖！」柳風脫口而出，「別的都好說，惟有這人員的組成，是刊物成敗的關鍵。他們所推薦的人，老兄都瞭解嗎？」

「除了自立兄，本人一個也不認識。」

「那你就同意？」柳風的聲音又高了起來，「你這主編，豈不成了聾子耳朵？」

「唉！我雖曾極力反對，無奈人家不為所動。結果，使四位學兄鼎力相助之誠意，付諸東流。實在對不起。我先幹了這一杯，以表向二位，以及兩位今天未到場的仁兄謝罪！」

「耀之，言重了。」沈從神色悽楚，「此事責任不在您，談不到『謝罪』二字。」

東方旭感動地說道：「人無遠慮，必有近憂。皆因本人性急，處事太冒失，以致耽擱了四位另謀高就的時機！」

「非也，非也！要想『高就』，沒有那麼容易。這事也在我的意料之中。」快人快語的柳風，忽然壓低了聲音，「在共產黨領導下，要想追求個人的發展，無疑於緣木求魚！」

沈從緩緩說道：「耀之兄不必難過。閣下計畫的改變，對於鄙人來說，無異於塞翁失馬。」

「老兄，您是在安慰我！」東方旭痛苦地搖頭。

「我是在為自己慶倖——自從得知老兄宏願受挫，我便堅定了信心。」

「此話怎講？」東方旭被弄糊塗了。

「鄙人已經決定，從此金盆洗手，不再染指文學那勞什子。」

「喲！這是為什麼？」東方旭怎麼也難以理解，這位視文學如生命的著名作家，會說出這樣大改初衷的話。

「當年在國統區上海，鄙人尚且被指責為小資產階級，自由主義者。甚至被罵作『鴛鴦蝴蝶派』。如今已是共產黨的天下，如果繼續搞下去，後果肯定不堪設想。如其自取其禍，何如及早跳出是非坑？」

「我絕對沒有想到，老兄會有如此深重的顧慮。」

「人無遠慮，必有近憂！」

「不知老兄，從什麼時候有了改弦易轍的打算？」

「一聽說，傅作義要舉降旗，我就產生了改行的打算。老兄誠邀時，一則，決心未下定；二則，盛情難卻；故爾貿然應允。幸虧，上面推倒了老兄的計畫，不然，鄙人中途易轍，難逃失信之譴。」

「原來如此。」東方旭理解地點頭，「這更加證明，當初執意相邀，是鄙人的輕率之舉。」

「莫非沈從兄，有了高就？千萬別忘了拉兄弟一把喲！」多時未開口的柳風，調侃起來。

沈從苦笑道：「我決定去鑽故紙堆——柳老兄能夠耐得那份寂寞？」

「一個現代文學家，去鑽故紙堆？不可思議！」柳風大搖其頭。

「是的。我已求人去歷史研究所說項，爭取到那裏從事古籍研究。」

「看來，文學這碗飯，對我也不適合了。」東方旭似有所悟。

「老兄的的情況，跟鄙人不同，他們對你還是頗為器重的。」沈從說道。

「是的。你不應該動搖。」柳風誠摯地望著老朋友，「要是所有的獨立作家，都離開了文藝陣地，讀者豈不是要被窒息死？」

「柳風，恐怕你把我們這一行看重了。」為了改變一下沉重的空氣，東方旭極力掩飾自己的惆悵，以輕快的語調說道：「二位說的也是。我們的前半生，既然已經跟文學結緣，遽然分手，實在是十分痛苦的事。不過，我還決定走一陣子看看。所以，今天帶來了一份創作計畫，誠征二位高見，希望不吝賜教。」

「老兄好興致。只怕鄙人提不出什麼意見。唉！」沈從一聲長歎。

「我倒是想聽聽耀之的雄偉計畫。」柳風卻催促起來。

鑒於沈從情緒不佳，東方旭沒有拿出揣在口袋裏的提綱。只是將提綱的內容，簡要說了一下：準備以一個海外流浪學者的事蹟為素材，寫一部愛國知識份子孜孜追求的長篇小說。並將內容梗概作了說明。

沈從聽罷，許久未開口。柳風卻搖頭說道：

「此路不通：閣下將一個資產階級知識份子作為主人，不惜筆墨，大加歌頌，難道不怕犯政治路線的錯誤？」

「您的話，我不懂。」

「這有啥不懂的？在共產黨領導下，不論是文學，戲劇，電影，歌曲還是曲藝，總之，所有的文藝事業，除了歌頌領袖，歌頌黨，歌頌工農兵，別無他途！大作的水平再高，只怕也找不到地方出版。就是有幸形諸版牘，也會立即遭到批判。不信試試看！」

「沈從兄，你的意見呢？」東方旭轉向沈從問道。

沈從始終低頭沉思，聽到問話，抬起頭字斟句酌地答道：「柳風兄的話，可謂入木三分。老兄不可不謹慎從事。」停了一下，他又補充道：「耀之兄，您如果能抽出時間，我想陪您去一趟燕園，看望尚惟仁老師，聽說他身體欠佳。您也可以順便聽聽老先生的高見。如何？」

「咦？我在香港時，就從報紙上得知，他老人家已經被蔣介石派飛機接到了臺灣——怎麼會在燕園呢？」

「聽說，兩次派專機迎接，但尚老師堅絕不肯聽命呢。」

「好，有骨氣！」東方旭不由喝起采來。

六

北海公園聚會後的第三天，東方旭在沈從的陪伴下，搭乘一輛出租馬車，去了遠在海濱的燕園，專程拜訪著名教授、他們的業師——尚惟仁老先生。這位身材瘦削、布履長衫的先秦文學專家，上講臺總是帶著一個小布包，但幾乎從來沒打開過。講起課來，抑揚頓挫，條分縷析，滔滔不絕。詳細記錄下來，就是一篇漂亮的美文。

老教授青年時代，曾在美國哈佛大學得到過歷史學博士學位。歸國後一直在燕京大學文學院，講授先秦及兩漢文學。年僅二十八歲，便成了有名的教授。他的許多有關先秦諸子思想研究的論文，飲譽國內外，公認無人出其右。有鑒於他的聲譽，南京政府曾經一再盛邀他到國民政府教育部任要職，但都被他婉言拒絕：「鄙人乃是一介書生，教書授業，已感有誤學子，故紙堆裏摭拾碎屑，無非打發空閒的歲月。無補於國計民生，更不解為官督學。誤了國家教育大業，鄙人擔待不起！不敢，不敢！」繼續來人堅請，他乾脆閉門拒客，並且不合事宜地在門外貼上一張紙條，上寫：「鄙人突患眼疾，辨不清善惡清濁。為免誤會，敬請諸位屈駕者，卻步回車。」北平解放前夕，南京政府派飛機要接一批有影響的教授學者去臺灣，名列前茂的，就有他的大名。結果，再次被他嚴辭拒絕。

沈從是尚家的常客。他介紹說，燕大十分重視學有專長的老專家，不但薪水優厚，住房條件也十分優惠：講究的四合小院，房間寬敞的住宅樓，都是為飽學鴻儒所備。但尚老先生卻拒絕照顧，堅持住在燕園東北角，一所偏僻的舊平房中，閉門讀書，恬靜度日。別的教授家裏，至少用著僕人、廚子，甚至拉包月的洋車夫。尚老師卻只有一位年輕受寡、無兒無女的姨母，協助夫人寥醒，料理一日三餐。

在沈從的帶領下，經過幾處枝葉扶疏的花圃，穿過彎彎曲曲的林中小路，來到一所小院門前。沈從在門板上輕輕敲了兩下，一位頭髮花白的婦女，立刻出來開了門。沈從恭敬地說道：

「阿姨，我們來看望尚老師。」

「兩位快請進。」老人客氣地禮讓。

院落不大，正房三間，東廂三間。院內有一叢紫竹，兩棵石榴樹，一株天竺葵，一株黃花踏枝的月季，還有幾盆雖已頂蕾，卻尚未著花的秋菊，顯得幽雅清靜。

踏進正房客堂，沈從方才喊道：「尚老師，您看，是誰來看望您老人家來啦？」

「我看看，是哪位稀客呀？」

隨著響亮的話音，一位清臒的老者，自東間書房走了出來。十多年沒見，老師明顯瘦弱蒼老了。頭上留著短髮，穿一身褪了色的灰布中式短衫褲。看樣子，外出時仍然是一身長衫。時下，滿眼是中山裝，老師竟然本色不改，一如既往。東方旭不由生出幾分欽敬。他快步上前，深深地鞠了一躬。恭敬地問道：

「老師好？」

「您是？」老人上下打量來客，然後近前兩步，用力睜著佈滿皺紋的雙眼，仔細端詳來客的面容。過了好一會兒，搖頭歎道：「唉，我的眼睛……」

「尚老師，」他急忙說道，「我是東方旭，聽過您的先秦文學課呀。難道您老人家不記得啦？」

「看著有些像，原來是你呀！你是高才生，我怎麼能記不得呢？是眼睛不中用啦。二位屋裏請。」

「老師您請坐下。」進了屋，東方旭向堂屋的方桌旁邊的椅子上禮讓。

「這裏坐不下。到書房裏來吧。」

「我們還未拜見師母吶。」兩人幾乎同時說道。

「她出街買菜去了。隨我來。」

東方旭這時方才注意到，堂屋裏還是當年老北平的民房佈置：靠北牆是一張條几，前面是一張八仙桌。方桌兩側，各放著一把色澤黑紅的扶手椅。看樣子是老式紅木傢俱。這種擺設，只允許一主一客，對面飲茶交談。北牆上懸著一幅馬遠的山水。兩邊的對聯是清人紀曉嵐的手筆。寫的是：「惟大英雄能本色，是真名士自風流。」字與畫相映生輝，都是難得的精品。老人的生活如此簡樸，大概將每月三四百塊大洋的薪水，都用到他所喜愛的古版書和名家字畫上了。進了四壁擺滿書架、書籍幾乎堆到屋粱的東間書房，等到老師在寫字臺前的椅子上坐下，兩人方才在對面的一條長凳上坐了下來。看得出，這是一把登高取書的踏腳凳。

「老師身體可好？」剛坐下，東方旭搶先問道。

「身上倒沒大毛病。」老人指指眼睛：「只是這雙本來就近視的眼睛，幾乎成了廢物。不然，剛才，怎會認不出是你吶？」

「去醫院看過嗎？」

沈從替老人答道：「在大家的催促下，老師幾乎跑遍了全北平的大醫院。已經確診——青光眼。」

「哎呀，原來是這個病！」東方旭驚訝地提高了聲音。怪不得，老人的眼睛，從外表看，毫無異常，只是感到眼光飄忽迷茫，原來是得了極難治癒的頑症。他焦急地建議道：「老師是讀書人，眼睛出了毛病，可不是小事。我想還是到國外去治療，或許還有希望。英國我有不少朋友，可以提供各種便利。」

「我堅絕不去臺灣，被罵成助紂為虐的親共派，目的是為了撈取政治資本，升官發財。如果離開大陸去國外，無疑會被懷疑為別枝另棲，背叛共黨——兩頭不是人。再說，那筆可觀的經費，何處籌措？」

東方旭慷慨答道：「經費好說，我們可以替老師想辦法。」

「無功之享，老夫畢生不為。再說，我已經沒有信心啦！」

「不，倫敦就有一家著名的眼科醫院，他們的技術，世界有名，老師應該堅信……」

老人閉目搖頭，打斷了學生的話：「不必了。完全瞎了最好。我已經看夠了搬演不盡的喜劇，悲劇。出將入相，扮鬼裝人，到頭來，無非是一幕幕騙劇！眼不見，心不煩。從今以後，可以過幾天清靜日子啦。」

東方旭十分驚訝和不理解，老師在政府器重、學子仰望，威望高如當空照耀的明月星辰，為何竟然發出如此看似清醒，實則是頹唐的感慨？其中肯定有著難言之隱。但他不便深問。扭頭看看沈從，這位決定洗手旁騖的膽小君子，正在一旁頻頻點頭。似乎對於老師的話，充分理解和贊同。但他認為，他們兩人的觀點，與時下的革命大潮，背道而馳。於是焦急地勸道：

「恕學生冒昧：老師今年剛屆花甲，正是做學問的黃金時期，斷不可忽略眼疾。況且，老師的道德學問，如日方升，國人稱譽，學界仰止。豈可……」

老人又一次打斷了學生的話，突兀地問道：「東方旭，聽說你在國外有著很好的發展，學術成就享譽西歐，是這樣嗎？」

「學生哪敢稱『享譽西歐』？不過是略有收穫而已。」

「那，你為何還要捨棄而去呢？」

「為了愛國。」他脫口而出，「老師，學生一心只想為中華民族貢獻自己的微薄之力。已經盼得夠久了，現在終於盼到了這一天。別的，都沒有仔細考慮。」

接著，他把在海外一面教書，一面從事西方現代文學研究，並取得了學界讚譽的情況，作了簡短彙報。並將自己拒絕了朋友們的一再勸阻，沒有去臺灣，也沒有留在香港，終於回到了大陸的經過，詳細說了一遍。最後，他誠懇地問道：

「尚老師，不知您老人家，對於學生的選擇，有何指教？」

沉思有傾，老人猶豫地答道：「愛國之心，人皆有之。也難怪。不過……你跟我不同，我研究的是老古董，根子就在華夏沃土。舍其源泉沃土，何期繁榮成長？而你卻不同，研究的是異域文學，根基是在域外呀。」

「這麼說，學生做出了錯誤的選擇？」

「也不能這麼說。只是，只是，對於你今後的學術研究，恐怕有所不利。」老人的口氣裏露著惋惜。

「老師，從眼前看，他們對於我作學問，還是比較支持的：先是支持我創辦刊物，繼而又鼓勵我進行文學創作。」

「唔，那就好。既來之，則安之吧。士為知己者死。只要能被視為知己，並待之以禮，盡可放手去做。不然，條件再優越，也絕不屈從！」說到這裏，老人轉向一直不開口的沈從，問道：「沈從，東方旭尚且有此勇氣，莫非你的文學心，真的成了枯木槁灰？」

「老師，學生不是沒有文學心，而是沒有文學膽。說句粗話，學生是個被拖上花轎的寡婦——捨不得孩子也得嫁！」

「沈從兄，並沒有人逼你改弦易轍嘛。」東方旭從旁勸道，「我知道放棄心愛的文學，在你的心裏是多麼痛苦。笑罵由他，好官我自為之。我不信，就能把人置於死地！」

沈從有氣無力地答道：「但願我是膽小怕事，庸人自擾。不過，我勸您也謹慎一些為好。」

「放心吧，我會時刻惕厲的。」東方旭轉向尚惟仁問道：「尚老師，我想以留學西歐十幾年的經歷為素材，寫一部記實性的東西，不知是否妥當？」

「唔，那倒是很有意義的一段經歷。不過……」尚老師沉吟良久，然後說道，「寫下來是可以，但不要急於往外拿。」老師的意見與沈從不謀而合。

「為什麼？」

「要看准了，是否合時宜。」

「老師，我總覺得，新政權不至於那麼短視。」

「但願如此。」老人仰靠在椅子上閉著雙目，似在自語。「平心而論，新政權諒不至於像黑暗的舊政權那樣腐敗無能。他們能以少勝多，橫掃六合，就是明證。退而言之，他們就是有所失誤，也是為了他們的所謂『主義』，似乎不是為了一己之私利。為主義而奮鬥犧牲，甚至傷害無辜，情有可原，儘管他們的主義我們未必贊同。就像你們兩個，為了鍾愛的文學事業，而視高官厚祿如草芥塵土一樣。」

東方旭望著老師，興奮地說道：「老師的話，說到了點子上。他們非常艱苦樸素，幾乎人人惟革命利益是從，實在是令人敬佩！」

沈從突兀地說道：「但願他們不是進了北京城的李闖王。」

「老兄如此多慮，只恐要未老先衰了。」東方旭轉向老師問道：「老師，您老人家的高見呢？」

「我也希望，他們不至於。」

為了不影響老師的休息，不等師母買菜回來，他們便向老師告辭。東方旭將從國外帶回的兩筒咖啡給老師留下，與沈從一起走了出來。

臨分手的時候，東方旭感歎地說道：「尚老師的骨氣，實在令人欽敬！」

沈從意味深長地答道：「老兄的勇氣，也極其令人敬佩！」

「老兄的話，我不懂。」

「慢慢你就懂了。」

普天同慶

一

第一屆中國人民政治協商會議，勝利閉幕的喜樂聲，漸漸遠去。作為大會成員之一的東方旭，依然心潮澎湃，激動不已。

在此之前，他滿懷苦澀，宛如一個被逼上花轎暗吞恨淚的初嫁女。

人，大概都是這樣，歷盡艱險、多方努力方才得到的東西，特別為之激奮和珍惜。而唾手便得，或者不期而至的東西，便視為平平常常。當平空裏掉下個許多人求之不得的政協委員時，東方旭不但絲毫沒有興奮或者感戴之情，反而感到十二分的不情願，甚而有一種被愚弄、被挾持的感覺！

政協是怎樣產生的？它的性質和任務是什麼？自己一無所知，也對之不感興趣，但卻突然成了它的委員！政協會議前，有關領導曾經鄭重告訴他：政協委員，是黨和國家認真挑選、具柬勝邀的光榮職銜。他肩負著艱巨而偉大的政治使命，在正式的國家最高權力機構建立之前，政治協商會議代行最高權力機構的職權。諸如，國家的大政方針，制定的各種法律，國家領導人的選舉，以及首都的確立，國歌、國旗的選定，都要委員們充分協商，並投上莊嚴的一票。不僅如此，他們對於國家政治、經濟、科學、文化、以及社會人生等各個領域，都可以各抒己見，充分進行坦率而直接的批評、建議和監督。有關單位必須虛心聆聽，認真對待……

由此可見，政治協商會議，是一個舉足輕重、權力極大的機構。她的第一次全體會議，對於即將誕生的新中國，具有奠基的性質，其重要性不言而喻。因而，作為它的一個成員，不僅責任重大，而且無尚光榮。不知有多少知名人士，希望躋身其中而不可得。但，談話人的誠懇祝賀和熱情鼓勵，竟然絲毫沒有消除東方旭心中的芥蒂！

與其說，他的不快，是因為事前沒有正式征得他的同意，對榮任者不夠尊重，倒不如說是他對這個新生事物的諸多不理解。他在海外待了十多年，耳聞目睹，對於西方的議會制度，瞭若指掌。議員的產生，是由參選者報名競選，由各選區選民投票選出的，並不是什麼人想幹就可以幹的，更不是可以當禮物隨意奉送的。至於國家元首的選拔那就更難，不但要有黨派推舉，更要有全體選民直接選舉。沒有過半數選民的信任與支援，休想涉足一國之尊——總統這個重要職位。足見，這個來之不易的職位，是人民意志的凝聚。而他這個「委員」，不僅自己未報名，而且事先一無所知，完全是上面欽定的。這與國民黨的「參議」有何區別？況且，他只想做一名文學工作者，從無升階入室、廁身廟堂的企求與野心。作一名尸位素餐的「委員」，無異於聾子的耳朵，怎麼能夠設想，發揮「光榮的職責」並得到「人民的擁戴」呢？難怪，尚惟仁老師那樣的飽學有識之士，許多極其顯要的位置，都列名其間，他卻統統置之不理。寒窗陋室，花鏡孤燈，照舊做他的學問。大概就是擔心既無益於國，而又有違於心的緣故吧？

相比之下，自己卻那麼容易被說服，而且很快進入亢奮狀態。幾聲讚美，幾番握手，他的屁股便在書桌前坐不穩。等到邀請入會的車子停到門前，「大駕光臨，會議生輝」，「參議國政、義不容辭」等幾頂高帽子一戴，立刻將抵觸和不快忘到一邊，更衣整冠，登上迎接的吉普車，進入了佈置莊嚴的禮堂。等到坐上柔軟舒適的扶手椅，撫摸著印刷精美的一大疊文件，被禮遇和器重的得意之情油然而生，儼儼成了執法行令的「審判官」。

在會議開幕式上，聽罷執行主席所宣佈的各項重大議程，他再次感到惶悚莫名，如坐針氈。自己文不能論政，武不能執戈，充其量是一介舞文弄墨的書生而已。絕不是縱橫捭闔、處理國家大事的合適人選！他甚至後悔自己的輕諾：只知道顧情面，忘記了誤國事。只恨自己沒有尚惟仁老師那種巋然如山，誰也不能撼動的尊嚴與毅力。可是，上了花轎的大閨女身不由己！既然已經成了「委員」，開幕式已經參加，中途缺席有失禮貌。為了顧全大局，索性奉陪到底吧。

他矛盾重重地留在座席上，一動不動。

始料不及的是，在人人爭先恐後關心國事、勇獻血誠的氣氛中，他竟然很快進入了角色，溶彙到了火熱的集體之中。

天下英雄盡入彀中。難道人人皆濁，惟我獨清？

全體委員之中，雖然認識的人並不多，只有陸舟，卓然，金夢等幾個。但嚮往已久，未有機緣識荊的文藝界卓識之士，卻有著一大批。如：郭沫若，茅盾，老舍，巴金，冰心，胡風，曹禺，田漢，洪深等一代大作家；更有許多著名的愛國民主人士：李濟琛，沈鈞儒，陳叔通，柳亞子，張瀾，史良，張伯鈞，羅隆基；著名的畫家、音樂家、戲劇家、電影家：齊白石，劉海粟，林風眠，馬思聰，呂驥，梅蘭芳，周信芳，趙丹，白楊等，都是被邀的入會者，而且無一例外的簽名到會。他們哪個不是才高八斗，德藝雙馨，名重一時，不虧是國家精英，參天的大樹？相比之下，自己不過是芸芸眾生中的普通一員，廣袤森林中的一株矮樹。他們不都是跟自己一樣，委員也好，主席也罷，都是上面「欽定」的嗎？為什麼，在他們的臉上，看不出有任何猶疑甚至不快之色？他們有的銀須拂胸，有的顛躓扶杖，卻無不怡然而來，列班朝臣似的，熱烈鼓掌，虔誠地發言，沒有人不認真，沒有人不投入。彷彿所議論的不是共產黨的事，而是利害攸關的自身要事。每個人都伸出寬窄不同的肩膀，齊心合力地挑起建國開基的萬斤重擔。能與他們為伍，不僅無尚光榮，也是共產黨對自己的極大信任！此次會議，正是要借助這一雙雙溫熱的大手，把一個嶄新的中華人民共和國，托舉出來，並為她的光輝未來，繪製出一張美麗的藍圖。

一定要加入這個偉大的行列，挑起交付給自己的重擔！不遺餘力，耿耿以求，絕不能愧對這份光榮！

此刻，東方旭突然感到，尚老師的清高自守、明哲保身，實在是放棄一個公民應盡的責任，有違前賢修、齊、治、平的教誨。

他像絕大多數代表一樣，認真地聽報告，積極地審查各項議案，搜索枯腸，連極不成熟的意見，都積極坦陳。於是，一項項提案，順利議定；一個個決議，勝利出臺。國外議會上的指名道姓，當面譴責，甚而唾沫橫飛，大打出手的事，耳熟能詳。如此熱情澎湃、如此眾心如一的會議，東方旭生平第一次看到。他震驚共產黨的威望竟是如此之高，統轄群眾的能力竟是如此之強，使他於驚歎的同時，產生了深深的敬畏。

即將建立的新國家，定名為「中華人民共和國」；未來的首都，選定在改名為「北京」的北平；國歌選定由田漢作詞，聶耳譜曲的著名救亡歌曲《義勇軍進行曲》；國旗則是新設計的五星紅旗。這些重大事項的議定，都有東方旭莊嚴的一票。他對把自己的出生地，定為首都，感到十分的幸福與驕傲。表決時，高舉的右拳尚未落下，激動的熱淚已經流下了雙頰。那五顆光燦金星照耀著鮮紅大地的國旗創意，也引起他無限的遐思。只是，用一首悲壯淒涼的救亡歌曲作國歌，他感到不好接受：那不符合新國家的光輝形象與精神追求呀！但是，他仍像別人一樣，毫不猶豫地投了贊成票。他覺得不應該懷疑大多數同志的見解。

只有一件事，使他感到了躊躇和畏難。有一天下午，會議的議程是代表們寫提案。每人發下三張提案紙，不夠可以再發，以便廣泛向代表徵求意見。他覺得自己剛回國，對各方面的情況並不瞭解，提不出有益的建議。正在猶豫，在另一個組的金夢忽然來到面前。得知他沒有「建設性的意見」，語氣關注地勸道：「哪有沒有意見之理？沒有意見還有建議吶。如果一字不名，不但有負於黨和國家的期望，也是沒有盡職的表現呀！再說，你回國已經兩個多月，難道事事順心隨意？不順心、不隨意，那不就是意見嗎？東方旭同志，我們可不能辜負了領導對我們代表的深切期望呀！」

金夢不無教訓意味的關注，使他不快，儘管她的話無懈可擊。東方旭只得絞盡腦汁，完成黨和國家的期望。他字斟句酌，陳述了「一項陋見」，將歸國兩月來，感觸最深的、知識份子仍然有所顧慮的情況，作了委婉的陳述。他滿懷希望地建議，對知識份子要信任和寬待：有的知識份子，家庭出身不好，或者社會關係複雜，不應當看成是本人的過失。有的人解放前寫過幾篇消極甚至錯誤的文章，都應該不計前嫌，一視同仁，以調動他們的積極性。對於他們的工作安排，也應該儘量予以尊重。寫完提案，他長舒一口氣。剩下的兩份提案紙退了回去。

會議還通過了《中華人民共和國中央人民政府組織法》。將國家的性質，政府的組織原則和職能，作了明確的規定：「中華人民共和國是工人階級領導的，以工農聯盟為基礎的，團結各民主黨派和國內各族人民的人民民主專政的國家。中華人民共和國政府是基於民主集中制原則的人民代表大會制的政府。中央人民委員會對外代表中華人民共和國，對內領導國家政權。」

東方旭仔細地研究了《組織法》的內容。雖然自己無資格作「領導階級」和聯盟的「基礎」，但卻可以作團結的對象，自己無黨無派，那句「團結……國內各族人民」的話，不用說，就包括自己在內。他感到十分放心和安慰。

此次會議的重頭戲，是選舉國家和政府領導人。儘管他對大多數後選人的情況並不瞭解，但想到這是共產黨與各民主黨派之間，反覆協商的成果，加之有著毛澤東這樣的偉大人物領銜，肯定個個值得信賴。他毫不猶豫地給每個人投了贊成票。

當毛澤東被選為中華人民共和國中央人民政府委員會主席，朱德、劉少奇、宋慶齡、李濟琛、張瀾、高崗被選為副主席，以及周恩來被確定為政務院總理的表決案，被全體代表一致通過時，全體起立，掌聲雷動。東方旭久久鼓掌歡呼，手掌拍得通紅，都沒覺得疼。此刻，因金夢「關懷」所帶來的不快，早已拋到九宵雲外，溢滿心頭的，只有幸福與激動之情。

他度過了生平中最為神聖、最為莊嚴的十天。這十天，是他生命中的節日。

幾天後，他將迎來一個更加偉大的節日。

二

一九四九年十月一日。

這是一個非同尋常的日子。一個巨人，揩淨臉上的淚痕和污穢，巍然屹立在世界的東方！

這一天，一個偉大的國家誕生了！

這一天，不論是在中國歷史上，還是世界歷史上，都要濃墨重彩地加以記錄！

這一天，是無數革命先烈為之浴血奮戰，前撲後繼，用生命和鮮血換來的！

這一天，六億中國人民整整盼望了一百年！

這一天，將成為新世紀最為隆重而光輝的節日！

為了迎接這一偉大時刻的到來，整個北京市，度過了許多個不眠之夜。從中央機關到街道居民，無不沉浸在亢奮忙碌之中。跟家鄉的人民一樣，東方旭更是激動異常。十月一日凌晨，曙色尚未拂窗，他便和妻子起床盥洗整理。草草吃過頭天晚上備下的早餐，立即動手更換衣服。歡度最為隆重的中華人民共和國第一個國慶日，自然應該穿上最為貴重的服裝。東方旭穿的是一套白色西裝，下穿白色皮鞋，打一條紫紅色法國領帶。這是當年他與雅妮舉行婚禮時在倫敦特製的禮服，花去了他一大部分積蓄。婚禮過後，只穿過很少的幾次，一直珍藏在身邊。雅妮則進行了精心地化妝。是上下一身黑，黑長袖衫，黑曳地長裙，黑半高跟皮鞋。一條墨綠色紗巾，將白皙脖頸上的一條綠寶石項鏈，遮蓋得若隱若現。這身傳統的英國女士靚裝，穿在雅妮線條柔和、金髮披肩的高高身軀上，更顯得風姿綽約，光彩照人。她邁著輕快的舞步，在地上旋轉著，宛如一隻黑天鵝，飄然降臨地上，正在翩翩起舞。一面讓丈夫審視，看看有無不妥之處。不是當著兒子和阿姨的面，東方旭真想將愛妻緊緊地抱進懷裏，熱烈地狂吻。

東方旭和妻子雅妮，是應邀參加國慶觀禮的少數幸運者之一。站在高高的觀禮臺上，既是觀禮者，也是被觀瞻者，在著裝上自然更是馬虎不得。如此殊榮，他和妻子雅妮都十分興奮。其餘的人，都要加入到本單位的遊行隊伍，此刻，早該去集合地點了。

五十萬人的遊行大軍，從四面八方彙集而來，不少單位離天安門足有幾十裏路遠。聽說，午夜剛過，就要整隊出發，爭取在黎明時分，到達指定地點。等到盛典開始，列隊走過天安門廣場，接受黨和國家領導人的檢閱。而參加觀禮的人，則從容得多，不但可以遲至清晨動身，而且有大客車接送。美中不足的是，請柬上只寫著「攜夫人光臨」，而沒有寫上「攜家人光臨」。結果，兒子東方曉大哭大鬧，非要去天安門看毛主席。直到答應晚上帶他到天安門廣場看焰火，仍然有幸在那裏見到看焰火的毛主席，方才停止了哭鬧。

用毛筆恭敬書寫著東方旭大名的大紅請帖上，標明的位置是「金水橋北側東觀禮台第八排第三十九號」。能夠登上天安門城樓觀禮的，都是國家領導人和應邀前來參加盛典的外國貴賓。東方旭所佔據的位置，雖屬「叨陪末席」，但他仍然深感榮幸，頗有受寵若驚之感。不是嗎？六億中國人中，有此榮幸的不過數百人而已。其中，歸國觀光的華僑占了很大的比例。足見，這張幅面不大的請柬，其分量非同小可：不亞於一份榮譽證明書，一張立功嘉獎令。對於一個剛剛參加革命的普通知識份子來說，能夠得到這樣高規格、優禮猶加的盛邀，無疑是一大殊榮！

他是在政協會議期間收到請柬的。當時，他雙手捧著印著「貴賓請柬」四個燙金大字的精美帖子，心潮翻滾，熱淚盈眶！

剛剛作完評陟國是的主人，又被奉為參加觀禮的貴賓——雙倍的信任和尊重！

這不就是尚惟仁老師念念不忘，耿耿以求的知遇嗎？

既然被共產黨視為朋友和知己，自己再若首鼠兩端、心懷狐疑，那無異於不識好歹，自外於人！

此心懷忠義，不為二意臣！為了共產黨所領導的革命事業，東方旭甘願拋頭顱，灑熱血，兩肋插刀，在所不惜！

早晨七點的鐘聲剛敲響，迎接的汽車便在門外鳴笛喚客。二十分鐘後，他和夫人雅妮，便登上了散發著濃烈油漆氣味的朱紅色階梯式觀禮台。

廣場上早已是萬頭攢動，人潮似海；彩旗橫標，迎風招展；高亢的歌聲，此起彼伏，直逼霄漢。用響遏行雲來形容，一點也不為過。

東方旭終於聽清了，被反覆歌唱的是一首具有民歌風格的《東方紅》：

東方紅，太陽升，中國出了個毛澤東。
他為人民謀幸福，呼爾嗨喲，他是人民的大救星。
謀生存，為人民，他是我們的帶路人。
為了建設新中國，呼爾嗨喲，領導我們向前進。……
共產黨像太陽，照到哪裡哪裡亮。
哪裡有了共產黨，呼爾嗨喲，哪裡的人民得解放！

這首短歌，後來成了「紅太陽」系列的經典之作。據說，原本是一首陝北民歌，經過作曲家改編後，人人歌吟，普天同唱。流傳之廣泛，時間之悠久，在世界歌曲歷史上，堪稱是空前絕後！這恐怕是歌曲作者始料不及的。

東方旭記得，當年在上海，到他的蝸居裏避難的金夢，曾經反覆哼唱一首《毛澤東之歌》。而且執意要教給他。但他很不理解，為什麼要創作一首歌曲，專門用來歌頌一個人，而不是廣大人民，或者是一個民族。那酷似基督教的信徒們劃著十字，虔敬地念叨「我主耶穌，阿門」的肅然，使人嗅到一股濃烈的宗教迷信氣息。所以，他口應神逸，始終沒有學會。但那歌詞至今依稀記得：

密雲籠罩著海洋，海洋呼喚暴風雨。
你是最勇敢的一個，不管黑暗無邊，夜霧茫茫；
從不停息你戰鬥的號角，從不停歇你堅強的翅膀。
從南方，到北方，從中原，到邊疆；
你響亮的聲音，鼓勵著鬥爭中的人民，溫暖著受難者的心。
敬愛的毛澤東同志，
你是光明的象徵，你是勝利的旗幟。
我們永遠跟著你走，人類一定解放。……

學著你的榜樣，跟著你的火炬，
走向自由幸福的新世界！

這首歌，後來停止傳唱。據說，是因為旋律太舒緩，語調太低沉，缺乏熱烈激揚的革命樂觀主義激情。不過，他更喜歡這首歌詞中一些詞句，給人們帶來的鼓勵與希望。「走向自由幸福的新世界」——多麼令人魂牽夢繞的理想境界喲！為了這光輝燦爛的前程，拋頭顱，灑熱血，在所不惜！不過，也有使他感到不舒服的地方：對於一個人讚頌，似有過分誇飾之嫌。使人不由想起《聖經》中的「救世主」，以及「朕乃天之驕子」那句自欺欺人的帝王譫語！世上沒有神仙皇帝，奴隸們要靠自己救自己。《國際歌》中的話，更加令人信服。

正在這時，妻子雅妮的一聲歡呼，打斷了他的非非之想。

「呀！有這麼多人來參加大會！我這一生，也沒有看到這樣的大會呀！了不起，了不起！共產黨的革命，真的是得到了人民的熱烈擁護吶。」她出神地望著前方的會場，手揮頭搖地連聲讚歎。

東方旭目不轉睛地望著面前的人海，若有所思地答道：「年近不惑，我也是第一次見到如此盛大的場面。」他拉過妻子的左手用力握了握，壓低了聲音問道：「親愛的，現在你該徹底打消疑慮了吧？」

雅妮連連點頭，一面興奮地向廣場上招著手，彷彿在回答人們的致意：「我要把今天所看到的一切，統統寫信告訴我的爸爸媽媽！」

毛澤東等黨和國家領導人登上了天安門城樓。廣場上的歡呼歌唱，更是一浪高過一浪。

十時整，偉大的典禮正式開始了。

毛澤東站在天安門城樓的中央，揮著搖撼宇宙的巨手，發出了高昂而悠長的高喊：「今天，中華人民共和國中央人民政府——成立了！」

一聲春雷，挾著颶風，劃過長空，越過海洋，響徹天涯海角！

在雄壯的國歌聲中，一面五星紅旗，從城樓前的銀白色旗杆上冉冉升起。彷彿一輪嬌豔的朝陽，從東方地平線上噴薄而出，光芒四射，照徹環宇！她向全世界宣佈：一個新的國家誕生了，新的一頁歷史揭開了……

黯然神州，倏地易色；匍匐在地的中華巨龍，飛身躍起。

普天下的同志和朋友，將為之歡欣鼓舞，而那些懷疑和仇視共產主義的人，則將驚恐、迷惑，不知所措！

升旗儀式之後，中國人民解放軍總司令朱德元帥，站在一輛敞蓬吉普車上，自天安門下駛出，越過金水橋，緩緩向東駛去——檢閱三軍儀仗隊。返回來之後，重新登上天安門，向海陸空三軍發佈了命令。他用高亢而渾厚的四川話說道：「堅決執行中央人民政府和偉大領袖毛主席的命令，迅速肅清國民黨反動軍隊的殘餘，解放一切尚未解放的國土，及時肅清土匪和一切反革命匪徒，鎮壓他們的一切反抗和搗亂。」

莊嚴的聲音甫歇，由三軍儀仗隊作前導的盛大的閱兵式開始了……

機器隆隆，鏈軌軋軋。塗著鮮紅五角星的坦克車開過來了。裝甲車開過來了。

跟隨其後的是由卡車牽引的溜彈炮和各種山炮。東方旭知道，這些現代化的武器，全部是「美國朋友」送給蔣介石的。本來希望用這些現代化武器，一舉消滅小米加步槍的共產黨。孰料，小米步槍戰勝了飛機大炮，消滅別人的利器，變成了葬送自家的網罟！

逆歷史潮流而動的英雄豪傑，最終難逃歷史的無情嘲笑。

用鋼鐵和齒輪組成的機械化部隊過完之後，便是徒步接受檢閱的海陸空三軍方陣。如果說，剛從眼前走過的那些現代化武器，使人大開眼界，那三軍並列則令人驚訝不止：他們不僅個個服裝整潔，身材劃一，而且步伐整齊，鬥志昂揚。一個數百人組成的方陣，其行動之嚴整，完全酷似一個人。不是親眼目睹，簡直不敢相信！

這是青春的組合，力量的組合，意志的組合，美的組合！就連緊跟其後的民兵方陣，也是威武整齊，豪情萬丈！

這樣的威武雄壯場面，東方旭見所未見，聞所未聞。這更加深了他對於中國人民解放軍之所以能夠以少勝多，以弱勝強的理解。是的，有了這樣的鋼鐵長城，徹底肅清國民黨的殘餘、解放一切尚未解放的國土，實在是易如探囊取物！

在不知不覺中，閱兵式結束了。接下來是群眾遊行隊伍。

由一眼望不到邊的儀仗彩旗作前導，後面緊跟的是載歌載舞、五彩繽紛的文藝方陣。然後是表演著各種高超技巧的體育方陣。接踵而來的是各行各業的遊行隊伍。他們不是擺成方陣，而是看不到盡頭的長蛇陣。每個人的手中，不是揮著一面三角彩旗，就是擎著一束鮮花。口號聲宛如海潮奔騰，山洪突發。然而又是那樣的整齊有序：

「偉大的中國共產黨——萬歲！」

「偉大的領袖毛主席——萬歲！」

「偉大的中華人民共和國——萬歲！」

每個人都在聲嘶力竭地呼喊，衷心希望，站在高高天安門城樓上的領袖們，能聽到他們的祝頌，看到他們的感戴與虔誠。

東方旭陶醉了。忘記了饑餓，忘記了疲勞。眼前的感情激流，激盪得他忘記了自身的存在，完全溶入了歡騰激揚的行列之中。他一動不動地在這裏站了整整六七個鐘頭，竟然絲毫沒有感到疲勞和饑餓。

直到遊行隊伍過完，廣場上南側的入會者，潮水般地湧到金水橋前，他才記起來，應該回頭看看城樓，那裏站著他所敬仰的領袖們。轉過身子，向那個萬眾傾心的地方一看，只見身著淺灰色中山裝、容光煥發的毛澤東，就站在漢白玉欄杆前，向遊行的人群揮手致意。忽然，他離開了並排站立的一大群領導人，獨自一個人走向天安門城樓東南角。右手揮舞著解放帽，身體微微前傾，向著跳躍歡呼、狂喊「毛主席萬歲」的人群，用濃重的湖南口音，反覆高聲回答：

「人民——萬歲！」

「人民萬歲」！多麼好的一聲呼喊喲！這才是人民領袖的氣魄，這才是人民領袖的偉大胸懷！

東方旭忘記了自己是站在觀禮臺上，竟然情不由己地揮臂高呼：

「毛主席——萬歲！」

「中國共產黨——萬歲！萬歲！萬萬歲！」

三

開國大典所帶給人們的振奮和鼓舞，還在人們的心頭激蕩、澎湃，一件件激動人心的喜訊又接踵而至。

開國大典剛剛過去十天，以吳玉章為首的文字改革協會宣告成立。又過了三天，廣州宣佈解放。國民黨政府剛從南京逃到這裏，立足未穩，又卷起鋪蓋倉皇逃到了重慶。蔣委員長妄圖像當年躲避日寇追擊那樣，借助壁立萬仞的環山與難於上青天的蜀道，作最後的負隅頑抗。豈知今非夕比，換了對手。在天府之國只待了五十三天，四面大軍壓境，王朝覆滅在即，惶惶然如漏網之魚，再次捲逃去了臺灣！十一月八號，國民黨中央航空公司和中國航空公司的總經理，代表四十四名職工，在廣州宣佈起義。年末，第一次全國教育工作會議在北京隆重召開，討論下一年的工作計畫，確定教育工作總方針，明確了改造舊教育的方針步驟和發展新教育的方向，對於提高教育工作者的物質政治待遇，也作了認真的研究。……

新朝初立，百廢待舉。剛剛誕生的中央人民政府，立即將發展文化教育事業，提到了議事議程。足見，這是一個具有遠見卓識、滿懷興國宏圖的政府。有了這樣的政府，受盡封建統治和列強欺壓，積貧積弱的祖國，必將乘風破浪，一日千里，很快便躋身世界列強之林！

一直處於亢奮之中的東方旭，更加感到歸國投靠共產黨，是無比正確的選擇。他要打消私心，積極學習，奮力工作，緊跟時代的步伐，不愧為革命陣營的一員。

經過幾個晝夜的突擊，十月底，他所主持的《北方文藝》提前出了創刊號。所登載的文章，大都是以慶祝解放，歡呼建國為主題。撰稿者，幾乎無一例外的是投奔新中國的名流學者。他按照金夢的要求，也是為了傾吐激揚的心聲，他寫了一篇散文：《我站在觀禮臺上》。將自己流落海外，報國無門，一朝歸來，榮逢盛典的慶倖喜悅之情，盡情宣洩。將見所未見的盛大閱兵式和宏偉的遊行場面，描繪得壯觀熱烈、真切感人。文章感情激揚真摯，文字跌宕優美。使排印在一起的許多名流的璣珠文字，相形見絀。審稿的卓然，慧眼識珠，發現這篇稿子「才氣橫溢，技勝一籌」，決定改變排版次序，將他的文章放在刊物的顯著地位。緊接著，首都各大報紙紛紛轉載。一時間，東方旭善寫精美散文的美譽，不脛而走。有人甚至說，東方旭的散文，堪與朱自清相伯仲！支部書記金夢，不僅「代表上級領導」當眾予以表揚，而且誠懇勸他，暫時放下手中的長篇創作，多寫一些為新中國歌功頌德、搖旗吶喊的短文章。就像當年的魯迅那樣，寧肯放棄計畫中的長篇，卻緊緊抓住手中的匕首和投槍，向黑暗勢力開戰，以表達人民的呼聲。她希望東方旭多寫一些獨領時代之風騷，擅執文章之牛耳的美文，對黨做貢獻，為自己揚名。

東方旭自己，何嘗不感到幾分得意。歸國後的首次試筆之作，不過是一篇急就章，居然換來好評如潮，文名鵲起。連一向自負、極少誇獎別人的金夢，也一反常態，當眾表揚，私下裏表示「衷心的祝賀」，這是始料不及的。不過，將自己與散文大家朱自清相比擬，實在有失公允。他自信，在新聞報導，文藝理論研究，以及小說創作方面，略有體驗，堪稱入門。而散文小品之類，反倒是自己的弱項。盛名之下，其實難副。那撲面而來的讚譽之詞，恐怕是豔羨勝於心儀，禮貌多於折服，有著太多的水分在內。他最瞭解自己。

他也希望自己多寫一些散文，但不想接受金夢的建議，放下小說創作，專攻散文。已經構思完成，並且開筆寫了數萬字的長篇，一旦中途停下，思路被打斷，激情被冷卻，前功盡棄的可能性非常大。何況，他不相信一大堆短篇應景文章，會比一篇長篇更有價值。金夢自己就是以小說起家，而且成了解放區著名小說家，為什麼反倒要求別人改弦易轍呢？況且，視文學為歌功頌德、搖旗吶喊的利器，他也不敢苟同。文學應是給人以美感的同時，起到激勵教化作用，只宜潛移默化，豈可填鴨似的強填硬塞？一味強調功利，鼓吹主義，視文學如喇叭，無疑是對文學的戕害和閹割！

他決定，我行我素，不改初衷。但仔細一想，又產生了懷疑：這建議，雖然出自金夢之口，似乎不是她一人的主意。近兩個月的事實證明，金夢的許多「初步建議」，往往就是上面的最終決定。

不遵從上面的決定，用他剛剛學會的詞句來說，就是自外於組織，至少是組織觀念不強。並非缺少勇氣，剛剛回國，投到人家的麾下，把關係搞僵，以後如何處事？這是需要認真對待的。他缺乏義無反顧的勇氣。

他對剛剛開筆的新作，已經醞釀了許久。恨不得立即脫稿，出版付梓。所謂思之愈久，愛之愈深。要他忍痛割愛，實在難以辦到。那就散文小說兩不誤，散文寫出來及時發表；小說創作暫時轉入地下，什麼時候氣候合適了再拿出來，造成全力投入散文寫作的印象，以免得罪當局。找到這樣一條退路，他方才感到釋然。他為新作擬定的題目是：《炎黃之子》。以自身經歷為素材，表現一個貧寒家庭出身的知識份子的半生求索歷程。東方旭在親戚的資助下，完成了大學學業。不幸，報國無門，畢業即失業，歷經尋找飯碗之艱難，無端被解雇的悲愴。流落海外十餘載，受盡「下等公民」的輕賤。最後，終於如願以償回到祖國懷抱，得到大展抱負的寶貴機遇。

幾天後，他出席一個時事報告會，作報告的是卓然。散會後，卓然從主席臺上走下來，請他留步。熱情地握著他的手，希望他到他的辦公室談談。領導熱情想邀，他自然立即答應。

來到卓然的辦公室，卓然給他倒了一杯白開水，請他談談對報告的意見。他如實談了自己的感受：對國際形勢更加清楚明瞭，為國內的大好形式備受鼓舞等等。談了一會兒，話題便回到他的工作上。他知道，前面的談話是引子，現在才是找他談話的中心主題。卓然對剛出版的《北方文藝》創刊號，表示十分滿意。尤其是，對他那篇描繪國慶觀感的散文，更是讚不絕口，連稱「神情並茂，難得，難得！」

東方旭推辭道：「卓部長，謬獎了。寫點記實性的新聞稿，似乎難不住我，寫抒情散文，只能說是勉為其難。不是金夢同志催促，只怕我不會寫這篇東西。」

卓然搖頭道：「東方同志，自家人不要客氣嘛。古人云，見一葉而知秋。我讀了大作《我站在觀禮臺上》，才驚訝地發現，原來閣下竟是散文高手。以後是否可以多寫一些為新中國禮贊、貼近時代的洪流、傳達人民心聲的文章呢？」

話說到這裏，東方旭索性談出了自己的打算，希望能夠得到這位善解人意的頂頭上司的支持。他充滿期待地說道：「寫，當然可以寫一點。不過，我不想放下已經開筆的長篇。」

「東方同志，組織上，還是希望你專注散文創作。」

「卓然同志，難道寫小說，就不能夠傳達人民的心聲，貼近時代的洪流？」

「東方同志，散文、小說，雖然都是文學作品，由於體裁不同，散文的時效性和戰鬥性，非小說可比。我們知道，你是個多面手，你的散文寫得那樣出色，沒有多少人可以望你的項背。幹麼放著鋒利的匕首和投槍不用，非得留戀那柄極其遲鈍的長劍呢？」

想不到，卓然的意見與金夢的建議如出一轍！東方旭低頭沉默了好一陣子。抬起頭，粗魯地答道：「卓部長，我的意思並不是一篇散文也不寫。只是不想停下已經寫了好幾萬字的長篇而已。」

「當然，能兼顧，也不是壞事。不過，輕重，應該有所區別。」

他是個不善於隱瞞內心世界的人，一聽這話，脫口說道：「可是，金夢同志，不是將主要精力放在長篇創作上嗎？」

「那不一樣。」

「卓然同志，您的話，我不懂。」

「咳，題材有別嘛！她寫的是農民的覺醒與鬥爭。」

「原來是題材決定論！」他感到很意外。停了好一陣子，自語似的說道：「原來，我寫知識份子的覺醒，是不合時宜！」

「也不是不合時宜。我們的著眼點是，希望報刊上的所有文章，都成為號角和揚聲器。我估計，陸舟部長也是這麼看。東方同志，你還是回去好好想想。如何？」

他只得點頭告辭。

回到家，他往沙發上一靠，一杯接一杯地喝悶茶。

妻子雅妮輕快地走了進來。她坐到丈夫身邊，用漢語興奮地說道：「耀之，好消息！」

在歸國的輪船上，他們就約定，歸國後，全家人儘量說漢語，以便及早提高雅妮跟兒子的漢語水平。雅妮便於跟中國人交流，小曉在幼稚園，不至於受到中國孩子的奚落或歧視。

見丈夫並無驚訝的表示，她偎在他的身邊問道：「你猜，是什麼好消息？」

「我猜不出！」他頭也沒抬。

四

「不，我讓你猜猜嘛。」雅妮撒嬌地摟著丈夫的脖子，腦袋蹭著他的下巴。「你快猜，你快猜呀！」

害怕妻子不高興，他嘿嘿一笑，裝出一副興奮的樣子：「我猜——是你的英語課，受到了學生的歡迎。」

「不是。」

「要不就是得到了上司的表揚。」東方旭仍然不習慣使用「領導」這個字眼。

「也不是。比上司表揚還重要得多。」

「那……我就猜不著啦。」

「真的猜不著？那，我就告訴你。」妻子抬起頭，興奮地望著丈夫，「今天下午，我們學院的副院長，名字叫王士奇，跟另外一個人，到辦公室訪問，叫我擔任英語教研室的主任。」

「不是訪問，應該是通知，或者商量。」他糾正妻子用詞不當。

「是的，是商量。」

「你是怎麼回答的？」

「我說，我很願意多做一些事情。既然你們信任我，我就不客氣啦。我相信不會使你們失望的。」可能見丈夫蹙起了眉頭，雅妮忽閃著長睫毛問道，「怎麼？耀之，我不該這樣回答？」

「雅妮，你勇敢地承擔責任，這是好的。不過，你就是願意做一室之長，而且也有那個能力，話也不能那樣回答呀。」

「那，應該怎樣回答呢？」

「你應該說，自己剛剛來到中國，對於各方面的情況都不熟悉，尤其是缺乏教學經驗，漢語也不熟練，不利於英漢對照教學，不適合擔任一個教研室的頭目，不，領導。」他自己也不適應，解放區的許多口頭語。

「耀之，我覺得，那樣回答是虛偽。因為，我能夠勝任教學。而且我也願意多做一些事情呀。」

「即便是這樣，也不能那樣回答呀。」

「不照實說真心話，太不誠實啦！那不成了莫里哀筆下的偽君子？」

他坐正了身子，把妻子的左手從肩膀上取下來，雙手握著，慢慢說道：「雅妮，你剛到中國來，不瞭解中國的國情。咱們中國是禮儀之邦，特別推崇謙遜，即使滿腹經綸之士、經天緯地之才，也要處處以淺陋無知、才疏學淺做謙辭。不像你們西方人，不論私下裏交談，還是登堂講演，談起想幹的事情，總是像總統競選似的，能夠如何勝任愉快，能如何幹得出色漂亮，彷彿他是天底下最為合適的人選。講起自己熟悉的學術課題，不是研究深入、洞察入微，就是成果輝煌、無人企及。總而言之，不論幹事情，還是做學問，都是一副老子天下第一的派頭！讓我們中國人聽起來，不但很不舒服，而且有失謙謙君子之風。所以，你來到咱們中國之後，要學會中國人的習慣，對人處事，時刻要謙遜當頭。不然，人家會笑話你淺薄無知的。」

「我就不明白，把有能力說成無能，有知識說成無知，明明是天大的虛偽，到了你們這裏，倒成了一種美德！我看呀，你們那不是君子之風，而是標準的偽君子之風！」

「不。從表面上看，似乎不無虛偽之嫌，仔細想想，也不無道理。我們中國有句俗話：天外有天，強中還有強中手，說的就是這個意思。誰敢說自己的成就和學識天下第一、無人企及？中國還有句老話，叫做『滿招損，謙受益』。只有看到自己有所不足，才會拼搏不止，收益多多。」

「耀之，你說的雖然有些道理。但是，我擔心，你們那一套，我永遠也學不會！」

「我的小鴿子，我們中國還有句俗語，叫做『入鄉隨俗』。你跟隨我來到中國，就得學著做中國的知識份子，學不會也要學。不然，不但會被視為狂妄，淺薄無知，而且要處處碰壁，做不成事情的！」

「親愛的，那麼嚴重嗎？」

「人無遠慮，必有近憂！」

雅妮眨著大眼睛，無奈地望著丈夫。雖然結婚已經五年多了，她至今仍把丈夫視為導師，總認為丈夫的話，永遠佔有真理。即使一時想不通的事，也願意無條件地服從。聽到丈夫把「不謙虛」說的那麼不合時宜，而且會產生嚴重的後果，不由後悔不迭，抬起頭問道：

「耀之，你看這樣好不好？明天我就去找王士奇，跟他說，我淺陋無知、才疏學淺，加之剛來中國，許多情況不熟悉，那個教研室主任，要他們另找合適的人幹。」

「哈哈哈！」他不由大笑起來，「雅妮呀，雅妮。你不愧是聽話的好學生。現躉現賣，來得可夠快的。」

「要是不辭掉那個主任，人家不是會繼續說我淺薄狂妄嗎？」

「我的傻孩子，你可真可愛！」他在她的右腮上，響響地吻了一下，「已經答應的事，怎麼可以隨便推掉呢？」

「你們的孔聖人，不是說，要『知過必改』嗎？」

「雅妮，這跟改過不一樣。你已經答應了的事，立刻辭掉，是言而無信。再說，他們也不會同意。就像我那個極不情願的『主編』，辭不掉一樣。」

「你把我弄糊塗了——那該怎麼辦？」

「努力幹下去，並且力爭幹好。特別要跟中國的同事，尤其是老教師搞好關係，處處虛心向他們請教。我想你會勝任的。過一陣子，實在不行再辭掉。那就不是我們不想幹，而是真正幹不了。到那時，他們也就無話可說了。」

「這麼說，他們讓你放棄長篇，專寫散文，你也答應啦？」

「是的。」他苦澀地一笑。

「這也是你的謙虛？」

「是不得已而為之。」

「那就是強迫——剝奪你的自由咯？」

「唉——」他發出一聲長長地歎息。

俗話說：害人之心不可有，防人之心不可無。雅妮是自己的愛妻，不是外人，論說無須防她。但她年輕單純，生就一副通體透明的性格，加之生長在國外，絲毫沒有中國人通常的機心和戒備，說不定什麼時候，不經意間就會把秘密洩露出去。輕則落個個人主義，重則落個自我膨脹、目無組織的罪名。他拍拍妻子的脊背，溫語說道：

「雅妮，今天不談啦，以後我會把原因，詳細告訴你的。」

「不嘛。你不是說，不論是我們之間哪一個人的事，都是我們兩個人的事嗎？我要你現在就告訴我。快呀！」妻子搖著他的肩膀不依不饒。

「雅妮，你呀！」

五

金夢勸東方旭放棄小說創作，集中精力寫散文的事，雅妮已經知道。東方旭便將卓然找他談話的經過，作了敘述。並且告訴妻子，除了閒談，卓然表達了與金夢完全相同的意思。

雅妮聽罷，不解地搖起頭：「耀之，他們兩個的觀點如此一致，難道是巧合？」

東方旭尷尬地笑道：「不可能是巧合，肯定是他們事前做了研究。要金夢代表領導找我談話。」

「哪些領導？是陸舟和卓然嗎？這麼說，是他們兩個人干涉你的創作啦？」

「恐怕不能這樣理解。」

「那怎麼理解？」

「我估計是經過了集體研究，形成了官方……不對，是形成了組織意見。」他用上了「組織」這個不太熟悉的字眼。

「『組織』是什麼？」

最為簡單的事情，司空見慣的字眼，有時候要想給它下個準確的定義，找准明確的指代，反倒不是很容易的事。比如「組織」這個詞，既可作動詞用，有召集安排的意思，又可做名詞用，指某一集群或團體。雅妮的尋根問底，一時使飽學的文學博士，不知如何回答。他猶豫了好一陣子，方才含糊地解釋道：

「組織嘛，就是上級領導所處的機構。比如，你們的院長、系主任等上級領導所在的學院和系，就是你的組織。」

「這麼說，你的組織是黨委宣傳部了？」

「大概可以這麼說吧。」他覺得這樣回答比較準確。

「耀之，我衷心地祝賀你！」雅妮突然在丈夫的右腮上，落下了一個響吻。

「咦？我有啥值得你祝賀的？」

「你成了領導政黨的一員，難道不值得慶賀？」

他坐直了身子，驚訝地問道：「雅妮，這話從何說起？」

「你不是說，到共產黨領導下的《北方文藝》編輯部就職，就是參加了革命嗎？『參加革命』，不就成了共產黨的一員嗎？」

他仰靠在椅背上，哈哈大笑。

「耀之，你笑什麼？」雅妮瞪大了驚訝的雙眼，「難道我說的不對嗎？」

「雅妮，這麼說，你也是共產黨員嘍？」

「我跟你可不一樣。」

「為什麼?」

「我是謀職做了教師，去學校裏教書。你可是參加了革命，在黨的機構工作，怎麼會是一樣呢?」

他止住笑，沉思有頃，正色說道:「當初，我何嘗不是以為參加了『革命』，就是參加了共產黨，後來才知道，那完全不是一回事。要在煉獄裏經過一番淨火的燒煉，徹底脫胎換骨，才能成為一名光榮的共產黨員哪!」

「那我們就努力進步，爭取早日成為一名光榮的共產黨員。」

他輕歎一聲，自語似地感歎道:「像我們這些從舊社會尤其是海外歸來的知識份子，離那個境界，只怕是遙遠的很哪!」

「耀之，既然你不是共產黨，為什麼，你比共產黨員都聽他們的話?連寫什麼體裁的文章，都要他們批准，他們說什麼，你服從什麼!」

他一時語塞，許久沉默不語。歷歷往事，一齊湧上心頭……

他在英國待了近十年。充分呼吸過那裏的民主祥和的空氣。在著名的海德公園裏，三教九流混雜，各種觀點咸集。不論什麼人，都可以拖過一個包裝木箱，站上去隨意發表演講。他漫步這個著名的公園時，常常駐足傾聽，每每驚歎這些演說者的慷慨激昂、滔滔不絕。精闢獨到的學術見解，關注國計民生的憂患意識，對當局的尖銳攻擊，遊戲人生的無聊調侃……可謂是五花八門，應有盡有。但聽眾不論是由衷的感喟，熱烈的鼓掌，還是搖頭哂笑，轉身離去，都表現得溫文而雅，一派紳士風度。從未見有人指斥漫罵，更沒有人出來干涉驅散。他應邀到各個學校和團體發表演講時，總是想講什麼，便講什麼，用不著事前請示別人，演講的內容也不須得到誰的審查恩允。這都給他留下了終生難忘的印象。大英帝國，是老牌的資本主義，在那樣的體制下，竟然有著學術的自由，輿論的寬容。即使在最為殘酷的第二次世界大戰期間，英國政府也不限制新聞自由，更不約束個人直抒己見。在共產黨領導下的新中國，理應比老牌的資本主義更自由，更民主才是。為什麼連一個人的創作體裁都要加以限制呢?他不敢設想，往後怎樣順應這樣無所不至的『組織關懷』!

他深刻地意識到，自己過慣了自由主義的生活，耳濡目染，無形中成了一個自由主義者。民主與自由，似乎已經融化到血液中，成了難以改變的意識。正像當年《大公報》在一篇社論中所說的:「自由主義不是一面空泛的旗幟，下面集合著一批牢騷專家，失意政客。自由主義者不是看風駛船的舵手，不是冷門下注的賭客。自由主義者是一種理想，一種抱負。信奉此理想抱負的，坐在沙發上與挺立在斷頭臺上，信念都一般堅定。自由主義不是迎合事勢的一個口號，他代表的是一種根本的人生態度。」當初，他讀著這篇社論，拍案叫絕，慶倖社論說出了自己的心聲，感歎君子所見略同。決心像對待一篇座右銘那樣，牢記於心，身體力行！

一九四七年「五四」前夕，《大公報》又發表了一篇社論，題目是：《中國文藝往哪裡走？》據說，這篇雄文乃是著名作家蕭乾的大筆。不謀而合，文章竟然將東方旭的夢想，變成了簡明扼要富蘊警策的文字。他對於下面一段話，尤其擊節稱歎：

> 我們希望政治走上民主大道，我們對於文壇也寄予民主的期望。民主的含義儘管不同，但有一個不可缺少的因素，那便是容許與自己意見或作風不同者的存在。民主的自由有其限度，文學的自由也有其限度。以內容說，戰前親日戰後親法西斯的作品，也應該擯棄，提倡吸毒或歌頌內戰的也不應容納。但在「法定」範圍內，作家正如公民，應有其寫作的自由，批評家不宜橫加侵犯。這是說，紀念「五四」，我們應該革除只准一種作品存在的觀念，而在文藝欣賞上，應學習民主的雅量。

這些表達中國人民心聲的話，其核心就是民主自由！「作家正如公民，應有其寫作的自由，批評家不宜橫加侵犯」！不幸，現在領導們正對他的創作「橫加侵犯」，他實際上已經失掉了寫作的自由！儘管拒理力爭，他們仍然沒有「民主的雅量」。「五四」運動已經過去了整整三十年。可是，我們的社會，在政治思想領域，即使沒有倒退，至少還是在原地踏步。難道非等到年輕的學子們義憤填膺，忍無可忍，憤怒地走上街頭，振臂高呼，喚醒民眾，再來一次新的文化革命運動？

他迷惘，痛苦。胸口憋悶，呼吸不暢。一種陷身泥淖而無力逃脫的恐懼感，緊緊地擠壓著他。他不由長長地歎了一口氣。

每當他皺眉枯坐，或者踱步沉思，雅妮總是靜坐一旁，不來打擾他。這已經是多年的習慣了。今天，丈夫對自己提出的疑問，不但不立即回答，而且仰靠在沙發上，閉目沉思，面色凝重，似有難言之隱。現在又長長地歎氣，分明有很重的心事，不由心痛地勸道：

「耀之，我知道你心裏難過。別著急，我們慢慢想辦法，好嗎？」

他睜開眼，將妻子摟進懷裏，安慰道：「雅妮，沒有什麼值得難過的，我已經想出了脫離眼前困境的兩全之計。」

「耀之，什麼兩全之計？」

「明修棧道，暗渡陳倉。」

「我不懂。」

「這是借用劉邦大將韓信用兵的典故。」

「耀之，你快給我講講！」

「我給你講出秘密，你可不能跟外人講喲。」

「我發誓！」

創業維艱

一

轉眼到了第二年的春天。上級決定《北方文藝》正式出版雙月刊。出版時間，定在每逢單月的五號。全部人選已經到位，編輯部的組成也全部敲定。事前，金夢將一份編輯部人員組成名單「初步意見」交給東方旭徵求他的「高見」。東方旭接過來一看，名單是這樣寫的：

主編：東方旭
副主編：金夢（兼編輯部主任，主持日常編務）
小說散文組正副組長：高揚，余自立；組員七人。
詩歌戲劇組正副組長：龍雲飛，綠莽；組員六人。
理論研究組正副組長：時喚雨，馬行遠；組員五人。
行政事務組組長：畢崇禮；組員三人。

東方旭原來以為，編輯一本十幾萬字的中型雙月刊，充其量用不了十個人。想不到這個「初步名單」，竟然列著二十多個人！用人在精不在多，他感到這是一種人才浪費。既然人事決定權不屬於自己，又不是他的私人刊物，不便說三道四，他決定表示沉默。而對金夢的職務安排，使他感到十分意外。名為副主編，卻不但兼任著編輯部主任，而且「主持日常編務」，實際上是將自己架空了。好！這正是他求之不得的事。當個掛名的甩手「主編」，擺脫日常事物，集中精力寫自己的長篇，何樂不為？但對於余自立的安排，他頗為不快。輕賤了朋友事小，用人不當事大。他總共推薦了五個人，四個被否定，只留下一個余自立！這是一個功底深厚，筆底生花，小說散文均稱高手的理想人選。這樣的人不被重用，只安排個副組長，實在沒法向朋友交代。余自立是個自尊心很強的人，這樣安排，必然影響積極性的發揮，還擔心他拂袖而去。他握著名單，沉吟許久，終於點頭說道：

「金夢同志，上級確定的這份名單，我提不出多少意見。」

「不，現在只是我個人的意見。你有何看法，一定要毫無保留地提出來。我們兩個，一定要保持一致呀。」

「……」

「咦，同志，不要有顧慮嘛。我們是老朋友啦，有話儘管說，有啥抹不開的。」

「不是有顧慮。因為，名單上的人，除了您和余自立，我一個也不瞭解。」

「那，您對我和余自立是瞭解的，對於我們兩個的安排，你有何意見？」

「我提不出什麼意見。尤其是對您的工作安排，我認為太合適啦。」他回答得很爽快。

「那，對余自立呢？」金夢聽出了弦外之音。

「對於他的安排，我認為，似乎還有再考慮的必要。」

「哦，你的根據是什麼？」

金夢口頭上是徵求意見，實際上是一錘定音。她那不容質疑的口氣，使東方旭頗為不快，他指著名單，語氣僵硬地說道：「我惟一的根據，是他的人品和水平。」

「東方旭同志，我們觀察一個人，首先是他的政治思想和階級立場，而不是他的人品和水平。高揚同志在政治上是，」金夢想說高揚在政治上是黨員，因為黨沒公開，急忙改口道，「他在政治上是可靠的，立場是堅定的，水平也不低。你對他還不瞭解，慢慢地你就會知道，我的意見是有充分根據的。」

這再次提醒東方旭，在用人問題上，共產黨首先考慮的是政治條件。他們手中時刻握著一把政治尺子，對誰都要量幾量。他推薦的五個人之所以被否定了四個，就是這把政治尺子的偉大作用！鑼鼓聽聲，說話聽韻。勉強留下一個余自立，在他們的心目中，仍然是不可靠分子！他瞥一眼面色莊重的金夢，徑直問道：

「金夢同志，這麼說，你認為余自立在政治上也是不可靠的人嘍？」

「還不能這樣說。」

「那又能怎麼說呢？」

「只能說我們對他瞭解得還很不夠。」

金夢的解釋，進一步證明了他的猜測：他所瞭解的人並不能使他們信賴。這反倒激起了他的不滿。他正在考慮如何措辭，進行反駁，金夢又問道：

「東方同志，如果您沒有別的意見，就這樣定了？」

「不，對余自立的安排，一定請您重新考慮。」

「東方旭同志，您認為怎樣安排他才合適呢？」

「我認為，至少要讓他擔任小說散文組的組長。希望您把我這個意見，向上級反映一下。」

「東方同志，用人問題，可是個嚴肅的政治問題。我們可不能感情用事呀！」

「不，我是為工作考慮。決策失誤，會失掉寶貴的人才。我們應該有蕭何追韓信的精神。」

金夢分明懶於再解釋，點頭答道：「好吧，我一定向部領導如實彙報你的意見。」

不料，五天後，以宣傳部的名義正式下達的文件裏，對金夢的「初步意見」，竟然一字未改，全文照發。多說無用，東方旭一言未贊。

他不知道該怎樣安撫那位性格倔強、自尊心極強的老同學。

二

東方旭正在考慮，找一個地點僻靜、檔次較高的酒店，請余自立小酌，以便作一次推心置腹的深談。不料，星期天的早晨，余自立卻登門拜訪來了。

「自立，你來得好，來得好。」一見面，他握著老同學的手許久沒有放開，極力做出高興的樣子。「我正想找你玩玩呢。」

「是嗎？那我可得謝謝您啦。」余自立苦笑答道。

「喲，老同學！什麼時候學會客套啦？」

「怎麼是客套呢？我是專程向主編大人致謝來的。」

他不由一驚。極力用調侃的語氣答道：「好嘛，接下來，就該躬身下拜了吧？」

「承蒙主編大人大力提攜，三拜九叩也是應該的嘛！」

「走，要叩頭，也要進屋去。」他拉著老同學的手，往屋裏走，「不過，磕頭的不知該是哪個。」

進屋之後，雅妮上前熱情地打招呼。她知道余自立此來必有一場嚴肅的談話，給客人沖上一杯咖啡，端到客人面前，立刻領著兒子到外面玩去了。

東方旭見余自立靠在沙發上，滿面陰雲，一言不發，長歎一聲說道：

「自立，你今天不來，我也要登門拜訪——向你致歉。」

「主編言重了——你向我致的什麼歉？」余自立將身子斜到一邊，「你應該向在下祝賀才是呢！鄙人升了大官——小說散文組的大副組長，難道不值得祝賀？」

因為自己的介紹，使朋友受了委屈，東方旭的痛苦之情，絲毫不亞於老同學。余自立能當面向他發洩出來，反而覺得心裏好受一些。

他端起咖啡杯，放到余自立手裏，愧疚地說道：

「自立呀，我知道你心裏有委屈和不滿。昨天晚上，我也難過得大半夜沒睡著……」

「怎麼？你給了在下個副組長，又後悔啦？」

「是的，我是後悔了，深深的後悔！」

「那好哇！我正想把那勞什子，讓出來呢！」余自立把咖啡杯重重地放回到茶几上。

東方旭拍拍胸膛，仍然按照自己的思路說下去：

「我後悔的是，當初不該自做多情，往裏面介紹朋友。結果，介紹了五個人，被拒絕了四個。您是剩下來的惟一的一位，我還為您暗自慶倖呢。想不到，一眨眼的工夫，好端端的朋友，卻成了冤家對頭。唉！」

他的自怨自艾，反倒使余自立滿肚子的怨氣，打消了一半。他語氣和緩地答道：「我可不想做誰的冤家對頭！至少您得承認，對朋友，提攜不夠吧？」

「豈止是提攜不夠，簡直是，簡直是深深地傷害！」

「那，您身為主編，為什麼作那樣的安排？」

「自立，你誤會了。」到了這個地步，他不得不照實回答。「你想，我會讓自己介紹的朋友，到我的眼皮子底下受委屈嗎？」

「我本來以為你不會。」

「我是無能為力呀！」

「可，你是刊物的主編呀。」

「是的，是給了我一個主編的頭銜。可是，我對個別人的安排，提出一點意見，人家都置之不理！」

「那還叫什麼主編？」余自立俯身向前，「你提的什麼意見，能告訴我嗎？當然啦，如果需要保密，你也可以不說。」

東方旭長歎一聲，答道：「唉，除了為閣下，還能為誰？我堅持要你擔任小說散文組組長，可人家充耳不聞。你說，我有什麼法子？」

「他們這是排斥異己！」余自立猛拍坐椅扶手。「為什麼他們介紹來的人個個都安排在重要位置上？」

「也不儘然，本人不就當上了『主編』嗎？」

「不錯，你是榮任了主編。可一切實權都在人家手裏。說得好聽是被架空，說的難聽是聾子的耳朵——有名無實！」

「自立，你可能不理解，這正是我求之不得的。」

「你真的甘心情願做一隻聾子的耳朵？」

「面對真人，不說假話。」

「不可思議！」

「也許是因為在海外待得太久，思想落伍了，對於國內的事不習慣。回國以來，我所遇到的不快事，比你多得多。」

「我倒是一直生活在國內，還不是照樣不習慣？」

「可能你是長期生活在『國統區』的緣故。」

「屁！什麼國統區、解放區？」余自立站起來，在地上走著，憤然地繼續他的話題。「我乃一介草民，憑著本事吃飯，誰掌了權，也不能把老百姓餓死。管他誰勝誰敗呢！」

「自立兄，我問你，」東方旭回頭望望窗外，急忙把話岔開。「事情已成定局，我說的是你的工作，不知你有何打算？」

「打算？」

「是的。可以告訴我嗎？」

「此處不養爺，自有養爺處。士為知己者死，我不想吃這份嗟來之食。」

「自立兄，你想過沒有？現在你已經不是生活在政令不行、各自為政的國統區，而是在解放了的新中國。領袖英明，號令森嚴，只怕哪裡也是這個規矩。何況，你從這個部門，無端離去，說不定到了別的部門，就成了一個污點。因此，我希望你三思而行。」

余自立重新坐下來，仰頭將杯中的咖啡喝幹，喃喃說道：「是的，我們天天吆喝獲得了解放，從此生活在無比幸福的新中國。我卻覺得不但沒有得到所謂的解放和幸福。連找個吃飯的地方，也得仰他人的鼻息。我恨不得今天就離開《北方文藝》編輯部。我不相信會餓死！」

「自立，你是明白人，用不著我來開導。人生就像走路，有幾人能夠得到一條陽關大道走到黑的幸運？百事順遂、一生得意的好事，只是人們的美好願望而已。智慧高如韓信者，不得地的時候，尚且乞食漂母，何況我輩庸人耳。所以，我勸老兄稍安毋躁。

說不定，不久就會出現轉機。」

「耀之，你在給我打強心針。」余自立的口氣緩和下來，「可我實在忍受不了那些低能兒，一天到晚在我面前指手劃腳。」

「正因為如此，你更應該留下來。」

「那是為什麼？」

「道理很顯然，詩家功夫在詩外，小說家、散文家的功夫何嘗不是如此？文章是做不得假的。不論是自己寫，還是給別人改，紙上文字，高低昭然。用不了多久，那些充數的濫竽，就會馬腳盡露。到那時，他們就是不想重用你，只怕也得考慮刊物的水平和影響吧？」

「依照老兄的高見，小弟走不得？」

「不但走不得，還要抖擻精神，拿出全副水平。把委屈化作力量，幹出個樣子來。不但要幹好本職工作，還要充分利用任務不重、餘暇時間較多的有利時機，搞一點有價值的研究或創作。我記得你在學生時代，即對《紅樓夢》有著特別的愛好，還得了個「紅樓迷」的雅號，不知後來興趣是否改變？」

「我對紅樓的偏愛，可謂是病入膏肓，怎麼會改變呢？」說到這裏，余自立搖頭長歎，「可惜呀，至今也沒搞出啥名堂來，徒具虛名而已！」

「自立，我認為執著的愛好，是搞好一切事業的基礎。我如果不是偏愛西方現代派，也不會在繁忙的教書和新聞報導間隙，投身其中。數載探索，最終取得一點被西方人嘉許的成果。你有了多年愛好的基礎，出成果自在意料之中。不過，要想超過前人，也不是一朝一夕的事。要有十年磨一劍的思想準備，性急不得。」

「耐心我有。不過，在紅樓夢研究領域，有俞平伯那座高峰擋在前面，只怕區區小子，難以逾越咯。」

「不，有了高峰墊腳，你不用翹腳不就比他高了嗎？」

余自立沉思有頃，抬起頭答道：「好吧，我一定謹遵老兄的教誨，編輯、研究兩不誤。爭取及早做出成績。」

「好，我期待著。你放心，只要有機會，我還是要說話的。」

「耀之，也請你放心，只要你留在編輯部一天，我就不會離你而去。」

「自立，我衷心感謝你！」

「這話從何說起？」

「這不是很明白的事嘛，要是連唯一的知己朋友，都拂袖而去，我豈不成了孤家寡人？那可真成了百分之百的聾子耳朵啦！」

「哈哈哈！」余自立釋然地大笑，「耀之，你不但會做思想工作，還是個秋後算賬派呢。」

「是閣下趕著鴨子上架的呀！有啥法子？哈哈哈！」

正在這時，雅妮匆匆走進來，臉色不快地說道：「你們別高興得太早啦，我遠遠望見，金夢向我們家走來啦。」

「我得馬上走。」余自立站了在起來。

「咦，聽聽她的高論受點教育也好嘛，急啥？」

「我不想見那位盛氣凌人的政治家。」余自立站起來準備往外走。

「自立，坐下！」東方旭以不容商量的口氣，「她一來你就走，會讓她不快的。再說，好像我們之間有啥怕人的事情似的，豈不是無私也有了弊？」

「唔，也是。」余自立只得重新坐了去。

三

聽到劉媽稟告有客人來。東方旭立刻迎了出去。金夢一見主人出迎，快步上前，握著他的手，用力地搖著，一面連聲問好。東方旭將她迎進客廳，她一眼瞥見站起來恭迎的余自立，不由一怔。立刻上前握手，十分親切地說道：

「喲！余自立同志也在呀！你好，你好！」

「金夢同志，您好？」余自立不自然地笑著。

金夢回頭跟雅妮親切地握手問好。又俯身在小曉的腮上響響地吻了兩下，然後轉身說道：「耀之，你們有事先談著。我是來玩的。我先跟嫂夫人一起，到院子裏欣賞一番盛開的臘梅。」

「我沒有正經事，星期天閑得慌，隨便過來找他玩玩。」余自立搶先作答。

「金夢同志，您請坐。自立是隨便來玩的。我搬來這裏三個多月，他還是第一次屈臨寒舍呢。」東方旭極力把兩人的關係說得冷淡些。

金夢一聽，收起笑容朝余自立說道：「余自立同志，不是我批評你。你們是老同學，耀之又是我們的領導，應該經常走動，多加關心才是呢，這麼長的時間，怎麼可以只來一次呢？連我，都來過好多次呢。」

「金夢同志，您的教導，我記下了。以後我會經常來走動的。」余自立作出一副虔誠的神色。

「咳！這怎麼是我的教導呢？這是同志之間友好

的勸告。你這樣說，可就見外了。」

「不，應該這麼說，要不然，豈不是目無領導！」

「這個余自立！我們的領導在這裏嘛！」金夢指指坐在一旁的東方旭，「余自立同志，我們可真得向這位領導虛心學習，不論他的人望還是學養，都堪稱是我們的師長。你說對嗎？」

「那當然。」

劉媽端著紅木託盤獻上茶來以後，金夢啜著茶，有一搭無一搭地扯起了閒話。余自立知道，金夢是當著自己的面，有話不便說。便起身告辭走了。

金夢站起來跟余自立握手，算是告別。東方旭將客人送到大門外，又鼓勵了幾句，方才握手告別。回到客廳，向金夢問道：

「金夢同志，無事不登三寶殿。你是個大忙人，一定有事傳達吧？」

「你呀，耀之，你那老同學的陰陽怪氣，怎麼也把你傳染啦？」她親切地拍拍他的肩頭，「沒有事，我就不興來府上玩玩？莫非怕嫂夫人吃醋？」

「她是英國人，對於男女之間的友好往來，可不像我們中國人那麼多禁忌，那麼多表面文章。你喜歡來，儘管來。只要不怕傳染上自由主義和落後思想。」

「好哇，又來啦。真拿你沒法子！」她嬌嗔地瞥他一眼，「耀之，說正經的，你覺得咱們編輯部的班子怎麼樣？」

「編輯部的班子？」他一時不知如何回答。

「是呀，你覺得怎麼樣？有沒有不太理想甚至有問題的地方？」

東方旭不知對方問話所指，自然沒法回答。就是知道她問的什麼，對於編輯部的事，他也不想多問多管。於是，佯裝糊塗地答道：「經過你反覆斟酌，又經過上面認真研究批准，怎麼會不符合理想呢？」

「難道你一點問題也看不出來？」

「一點也看不出來。」

「耀之呀。」金夢輕歎一聲，「您身為領導，政治嗅覺可不能太遲鈍呀！」

「我何嘗不想政治嗅覺十分靈敏，可一時做不到呀。金夢同志，你就不要給我打啞謎了。班子有啥問題儘管說，屬於我的問題，我立即改正。不屬於我的問題，我也盡力而為，設法解決。好嗎？」

「不過，這僅僅是我個人的意見，是否正確，僅供你參考。」

「你痛快地說就是嘛。」他不耐煩地皺起眉頭。

「我們的班子是初創階段，總的說來，是團結的，生機勃勃的。過多的問題，還沒暴露出來。已經暴露出來的問題，是個別人的革命人生觀還沒有正確地確立。表現為，個人主義，患得患失。嚴重一點說，就是向組織鬧山頭主義。」

「哦，這麼嚴重？」

「從眼前看，是處於萌芽狀態，尚不十分嚴重，如果任其自由發展，我們做領導的又不能防患於未然，及時加以制止，必將影響團結和工作。所以，我們必須好好研究，採取有力的措施加以解決。」

東方旭催問道：「金夢同志，你說了半天，這個鬧山頭主義的人到底是誰？」

「余自立！」

「原來是他。」

「難道你一點都沒有察覺？」金夢眨著明亮的大眼睛，望著對方。「他來找你，一點都沒有露出對於人事安排不滿的意思？」

「沒有。他只說來玩。問我如果有興趣，一起去逛舊書店，淘點有用的廉價書。正說著，你就大駕光臨了。」

「噢——」金夢含而不露，「耀之呀，我相信我的觀察不會錯。不論他表現出來沒有，他的不滿情緒肯定存在。我專程來找你，就是希望你忙中抽暇，做做他的工作。防微杜漸，以免發展到不可收拾的地步呀。」

「不錯，自立這個人，自尊心極強，做事不甘人後，所以，我們應該儘量體諒，絕不能挫傷他的積極性。這是做領導應該注意的事，不知我的陋見對不對？」他望一眼微微點頭的金夢，加重了語氣，「不過，他也是個心胸開闊、識大體、顧大局的人。諒他不會耍小性子，更不會影響工作。」

「耀之，我們可不能麻痹大意呀。儘管他是你的老同學，以前比較瞭解他。但人是發展變化的，你們兩個十多年不見面，焉知他沒有變化？我覺得還是慎重一點為是。」

「放心吧。如果余自立出了問題，惟我是問！」

「那就好。不出問題就好！」

臨分手的時候，金夢用上司吩咐屬下的口氣說道：「耀之，為了提高我們刊物的知名度，吸引更多的讀者，我考慮，第一期上至少要有一篇是你的大作。」

金夢的口氣使他不快。他本來就打算寫一篇，卻用極不情願的口氣答道：「文章要有感而發，硬擠牙膏，那不是無病呻吟嗎？我考慮考慮再說吧。」

「咳，一篇短文，會難著你這一揮而就的大家？不是考慮，是一定要寫！我可給你留著版面喲。」

他一聽，更加反感：「要是我寫不出來呢，你讓刊物開天窗？」

「我的主編，你今天怎麼啦？」金夢的目光在他的臉上停留了許久，加重語氣答道：「東方同志，這可不僅僅是我個人的意見喲。」

「噢——明白了。」

客人還沒有告辭的意思，東方旭便站了起來。金夢只得訕訕離去。

四

甘居人下，涎著臉吃嗟來之食，在真正的中國的知識份子中，恐怕沒有幾個人有這份「修養」。而自尊自珍，清高獨守，倒是他們的通病，幾乎成了無藥可醫的「痼疾」！這可能就是知識份子身上所謂的劣根性吧？東方旭剛剛勸余自立安於現狀，忍辱負重，顧全大局，其實，在作違心之論。他自己同樣對現狀難以忍受。並非是他的心口不一，學會了耍兩面派，而是不得不如此。人到中年，歷練漸多。他知道，任性而為，不但於事無補，反會走到出發點的反面，把事情搞壞。但一遇到金夢的頤指氣使，立刻心生反感，忘記了對自己的告誡。滿臉冷霜，出言僵直，賺得金夢說他陰陽怪氣。他拒絕海外的高薪誠聘，毅然歸國，無非是想將一腔熱血、滿腹經綸，貢獻給新中國的建設事業。馳騁文壇，實現自己的人生價值，是自己的唯一人生追求。廁身廟堂，追求功名利祿的美夢，他從沒做過。政協委員也好，刊物主編也罷，都是不求自至，從天上掉下來的。如其說是「榮耀」，倒不如說是苦差。一開始，他就覺得不勝其累。他在政協會上，只提了一條提案：應該對待知識份子放心。當時得到個「上報有關部門認真研究」的「處理意見」，後來如何，不得而知。自從編輯部組成以來，越來越被證實，自己不過是一隻不能充饑的畫餅，一頂裝點禮賢下士門面的漂亮冠冕。而堂而皇之恩賜給的「主編」，竟然要時時仰望「副主編」的臉色，在她的嘴巴底下討生活！如果一開始就讓他在金夢的領導下作一名普通的編輯，他會克盡職守，勉力而為。絕不會像余自立那樣，計較誰正誰副，誰高誰低。他覺得，不被重用是不相知、不信任，而名義上重用，實際上架空，則是欺蒙和玩弄。比之不被重用，更加讓人接受不了。現在，連寫一篇小文章，都要俯首聽命，唯餘馬首是瞻，這與拉磨的驢子，挽車的轅馬有啥兩樣？

歸國剛剛過了五個月，他就嘗盡一連串的苦澀。

悔不該聽不進查理、高明遠等朋友的苦勸，卻把卓然的遊說，當成金玉良言。怕的是，一步走錯，全局皆輸。果真那樣，完全是自食其果，怨不著他人！

他甚至萌生了走回頭路的念頭。既而一想，不由苦笑搖頭。共產黨似乎有一條不成條文的律令，堪稱是極其絕對的兩極論：不是左，就是右；不是朋友，就是敵人。投奔而來，是摯愛的同志和朋友；中途離去，則是仇恨的異類和敵人。二者必居其一，沒有中間道路可走。當初，他們對自己營壘中那些被懷疑是敵人的戰友，尚且關押審訊，無情刑罰，甚至不惜將他們置於死地，對於一個域外歸來，匆匆加盟的陌生人，能夠手下留情嗎？

一股寒流，掠過脊背。他不由打了一個冷顫。

他真想找一個沒有人的地方大哭一場。

他極力掩飾內心的苦惱，不讓雅妮發現。比自己年輕十多歲的英籍妻子，不顧家庭的阻攔，無視年齡的差異，勇敢地投身到自己的懷抱中，說明她是多麼傾心地愛著自己。雅妮始終主張一個人的事，就是兩個人的事。夫妻是一個天然的結合，不可分割的整體，是磁力強大的陰陽兩極。就像聖經上所說的，她是丈夫身上的一根肋條。他的痛苦自然就是她自己的！性格開朗、頭腦單純的雅妮，眼下正處於受到禮遇的亢奮之中，彷彿飛翔在五彩雲層之上的一隻歡快的雲雀。他不想把她從理想的烏托邦中拖回來，尤其不想讓她對於古老文明中國的崇拜和嚮往蒙上陰影。當著愛妻的面，他常常用漫步吟詩，擊節哼平劇，掩飾縈回於心的無名惆悵……

無奈，妻子的賞心樂觀，容易維繫。自己心中的鬱悶坎崎，卻一時無法消弭。口裏吟著古詩，一顆心早已飛回了英倫。苦惱擠走了靈感，本來構思將成的文章，忘了個乾淨。有時強迫自己坐下來，枯坐許久，依然文思枯澀，面前的稿紙，空空蕩蕩。

一周後，金夢在編輯部再次催著要稿子，他仍然一字未著。看到金夢焦急的樣子，他本想以「文思枯竭，寫不出來」作答。旋即想到，那樣不但會把金夢和她的後臺一齊得罪，也有失自己的面子：一個被謬獎為「名作家」的人，一周多的時間居然寫不出一篇短文，豈不是有欺世盜名之嫌？有一副對聯說得好：「退一步天高地闊，讓三分心和氣平。」看來，往後非得以這副對聯作為行動的準繩不可，不然便寸步難行。想到這裏，他狡黠地一笑，爽快地答道：

「噢，我倒忘了。早就寫好了一篇東西，但很不滿意。害怕佔用刊物的寶貴篇幅，被人譏笑為近水樓臺，濫竽充數。這一期就免了吧。」

「咦，閣下的大筆，無不是抗鼎之作，怎麼會是『濫竽』呢？快給我吧。」金夢伸出了美麗的小手。「耀之，客氣什麼，快給我呀！」

他雙手一攤：「我的習慣是，不滿意的文章，隨手扔進字紙簍，怎會帶在身上？您一定要，我回去找一找，找到了明天帶來就是。」

「當然一定要，可不能再忘了帶來呀！」

他只得含糊答應。

他經歷過海外十幾年奔波、又親眼目睹過建國盛典，所見，所聞，所感，可寫的題材有的是。只要心情好，一篇短文，不過是唾手之勞。現在逼到頭上，心情不佳也得寫。當天晚上，他在忽明忽暗的電燈底下，動筆寫這遵命文章。還好，用了不到三個小時，一篇兩千多字的散文告成。題目是：《告別維多利亞港》。寫他自香港歸國途中，在永安號輪船上的見聞與思考。第二天，他一上班就把文章親手交給了金夢。

「金夢同志，這就是拙文。」他把文章放到金夢的寫字臺上，「請您先審閱一下，看看可不可用，千萬不可勉強。」

「不敢，不敢。」金夢客氣地站起來，將文章拿到手中。「哈哈，先睹為快，我先認真拜讀後，再交給散文編輯。」

五

不料，當天下午，金夢便拿上他的文章到他的辦公室來找他。她在他的寫字臺對面坐下來，指著手中的稿子說道：

「耀之，大作我看了。文筆很優美，題材也不錯。我準備仍然用在第一期的顯著地位。」金夢一口氣說完了開場白，話鋒一轉，「不過，有幾個小地方，似乎還需要作些推敲。你看呢？」

「好哇，請不吝賜教。我將根據閣下的高見，再作必要的修改。」

「咳，什麼閣上、閣下，高見、低見！我們是老朋友啦，以後又要長期在一起共事，就不要這麼客套好不好？」金夢把椅子往前拉拉，親昵中露著驕矜：「這只是我個人的陋見。你知道，我的水平有限，談出來僅供你參考。」

「您不是說，不再客套嗎？有啥問題，直說就是嘛。」

金夢輕咳一聲，清清嗓子，輕柔地說道：「第一，文章的題目，似乎還須斟酌。『告別維多利亞港』，不但太直白，也容易產生誤解。」

「哦？」他感到很意外。

「香港是冒險家的樂園，地地道道的資本主義的骯髒世界，離開得越快越遠越好。閣下離港北上，屬於棄暗投明的性質。用『告別維多利亞港』作題目，不但缺乏厭惡、鄙棄的情感，也容易使人理解為對那個罪惡的淵藪有所依戀。你說是嗎？」

像吞下了一把蒼蠅，東方旭極力忍住噁心，平靜地問道：「您說，改個什麼題目好呢？」

「我的意見，改成『輪船，向著黎明開去！』後面再加上警嘆號，加以強調。」金夢見他微笑不語，接著說道，「這樣就能含蓄地體現你到解放區投奔革命，追求光明的深層意義。還能給人一種積極追求、樂觀向上的鼓舞。你看呢？」

他莫測高深地笑道：「好，就讓輪船『向著黎明開去』。第二呢？」

「第二是：文中寫到漂浮的屍體和木版，聯想到是颱風給漁民造成的災難。這固然說出了問題的一方面，但是，還應當明確地指出，除了大自然的原因，港英當局不關心漁民的生命疾苦，方才造成那場災難。」

東方旭想反問：莫非颱風肆虐，還要選擇地點和對象？它刮到光明的解放區，就變得溫良恭儉讓？一想不值得和她爭論，轉而改口道：「文章中已經點明受災的是香港的漁民，那不就是暗示，是英國當局造成的嗎？」

「我覺得，還是筆觸明晰、筆鋒更尖銳些，不要讓讀者猜謎的好。因為，一個革命者時刻都不能忘記自己是資本主義的掘墓人，他所寫的文章，應該從頭到尾，充滿了戰鬥精神。」

「還有第三吧？」他不動聲色。

「第三，文章的格調，也嫌太低沉。革命的文風，應該充滿了蓬蓬勃勃的朝氣，高昂的革命的樂觀的精神。既不能是鴛鴦蝴蝶派的花前月下，卿卿我我；更不能是頹廢落伍者的無病呻吟，今昔之歎！」

他忍不住反問道：「金夢同志，文章最忌惑的是平淡和雷同，這是常識問題。如果千人一面，都照著一個規範去寫，所有的文章都是一道湯，像一個模子裏鑄出來的，我們的刊物怎麼體現特色、提高質量？」

「東方呀，我們當然不忽略每一篇文章的質量和特色。但是我們兢兢以求的，首先是它的政治立場和戰鬥性。因為我們的刊物不是一個平平常常的同人刊物。而是黨在文學領域的一個戰鬥堡壘，一個極其重要的思想陣地！我建議你把毛澤東那篇光輝的論著《在延安文藝座談會上的講話》，認真讀幾遍。那時，你對我的話就理解啦。」見對方望著自己，沉默不語，她耐心解釋道：「東方同志，組織上把這樣重要的陣地交給我們負責，是對我們最大的鼓舞和考驗。我們可不能辜負黨對我們的信任呀。」

「金夢同志，我早就感到力不勝任，所以一再向領導要求，退出刊物，去學校教書。可是，領導至今沒給答復。經過您這麼一解釋，我更加認識到刊物的重要性非同尋常，也更加堅定了迅速離開的決心！」

「東方同志，一個革命者人生哲學是，勇往直前。要是知難而退，可就辜負了黨對我們的信任。你可不能當逃兵呀！」

「如其濫竽充數，何如卸任讓賢？」

「嘿嘿！您不就是黨所請到的一位大賢人嗎？」

「金夢，你在挖苦我！」

「這怎麼是挖苦？除了你我，你說誰是賢人？」金夢的語氣咄咄逼人，「偉大領袖毛主席教導我們，要在戰鬥中學習打仗嘛。同志呀，革命沒有現成的例子可資借鑒。我們辦刊物同樣是這樣，要在實踐中摸索學習。為了少走彎路，避免犯錯誤，我們要無條件地虛心向蘇聯老大哥學習。」見他低頭不語，她繼續啟發道：「你現在應該理解了，我們肩上的擔子，不但十分沉重，而極其艱巨，一不留神，就要犯政治性的錯誤。歷史的教訓不可記取呀！」金夢以過來人的感悟，誠心地幫助老朋友。

「我們的刊物，剛剛創刊，哪來的歷史教訓？」東方旭明知故問。

「你參加革命晚，這也難怪。唉！」金夢忽然一聲長歎，「我說的是，從前的教訓。井岡山的，延安的。」

井岡山的「肅托」，延安的「搶救失足者」，那些使人毛骨悚然的運動。他多次聽到過。始終懷疑是否真能那樣殘酷無情。金夢的凜然變色，證實了以前所聽到的傳聞，不是流言。他想聽聽這位過來人的觀感，試探著問道：「那時候，對報刊的要求也很嚴？」

「豈止是嚴，簡直是不可理喻，動輒得咎。一旦沾上右傾的邊兒，可不得了。我就曾經因為一篇短文，寫了延安的幾個缺點，就成了大毒草！革命勝地延安，怎會有陰暗面，有缺點，這與國民黨的反共宣傳有何區別？結果，不但被批判了好幾個月，差一點跟反革命分子王實味、丁玲等扯到一起。唉，至今想起來都後怕。」

「咦？那王實味我知道，當年在白色恐怖的上海，我讀過他的文章，文筆犀利，很革命的嘛？聽說還是共產黨員、左翼作家呢。怎麼？到了革命的大熔爐裏，反倒變成了反革命？」

「唉，人是不斷變化的嘛。」金夢的回答有氣無力。

「有根據嗎？」

「一句話說不清楚。閑言少敘，我們還是研究閣下的大作怎麼修改吧。」

六

《北方文藝》第一期出版後，東方旭一拿到手，便急於翻找自己的文章。文章登在卷首第二篇的位置。第一篇是部長陸舟的大作，署的是筆名——「長風」。文章通篇謳歌黨的英明偉大，革命勝利來之不易。文筆豪放，格調高亢。大概這就是金夢所教導的，革命樂觀主義精神。仔細閱讀後，他更加感到自己望塵莫及。

來到解放區不久，他被通知享受「縣團級」待遇，談話的人事幹部見他一派茫然的神色，笑著給他打了一個比方：「縣團級嘛，相當於封建時代的七品縣令。」除了每月的津貼多幾萬元，最明顯的等級優待就是「吃中灶」。而一般幹部只能「吃大灶」，職位再高，則「吃小灶」。主要是以菜的粗精多少，體現各灶之間的差異。中灶是一個小炒，小灶是兩菜一湯，聽說黨中央的主席和政務院總理，也不過是四菜一湯；大灶則是一碗大鍋菜。這是他第一次體驗到官階的差別。他對自己被賜予不高不低的「中灶」待遇，很不安。每當見到一些出生入死的老同志，端著一隻飯碗，到伙房的窗口上，領出半碗清湯蔬菜，他的臉上都有燥熱之感。自己對革命並沒有做出絲毫貢獻，竟然享受到七品官的待遇，實在是無功受祿！好在很快遷進了新居，有劉媽燒飯，徹底告別了令他愧疚的七品中灶。

他還發現，講究平等的革命陣營裏，依然等級森嚴。表現在報刊上，文章的排位，首先看官階，其次才是文章的質量。自己既然是個吃中灶的七品芝麻官，排在吃小灶的大幹部後面，不但理所當然，甚至有受寵若驚之感。因為有好幾個知名人士的大作，連同金夢的一篇文章，都排在自己的後面，說明金夢確實很重視這篇經過她大筆「潤色」的文章。不料，看完文章之後，他將刊物往寫字臺上重重地一摔，仰靠椅背，發出一聲長長的浩歎。

金夢跟他商量文章修改時，只有第一條，即文章的題目，他勉強同意。原題「輪船離開維多利亞港」，含蓄深沉，無可指責。而改成「輪船，向著黎明開去」，確實更富於革命樂觀主義精神。古人云，文章合於時而作。不合時宜的文字，豈可公之於眾？他只得點頭同意。但是，金夢對於文章內容的「斟酌」，他卻不以為然。當時懶於解釋，又不想依照金夢的指點進行修改，便讓她代為斧正、潤色。不料當年最善於寫激情文字的大作家，竟把文章改得牽強、直露。不但把颱風造成的災害，全部歸罪於港英當局，連他離開香港，也寫成是忍受不了英國帝國主義的壓迫和「窒息難忍」，方才毅然歸國投奔光明的。文章的結尾，竟然加了這樣一段：

「輪船在不久前回到人民手中的天津港泊岸，我的一顆心狂跳不已。啊，我終於踏上了祖國的土地！光輝燦爛的新中國，正在向我熱烈的招手，我怎能不歡呼跳躍呢？」

「好一個淺薄矯情的女人！她的生花妙筆照這樣揮灑下去，刊物不被她糟蹋了才怪呢！」

他正在悶悶不樂，宣傳部一個姓叢的人來找他。寒暄過後，來人以辦公事的語氣告訴他，陸舟部長有一部譯自俄文的書稿，要找人校閱一下。雖然精通俄文的人不少，但想到他的俄文同樣很過硬，願意讓他給校勘一下。言外之意，部長對他很賞識。他接過厚厚的一包稿子，只見牛皮紙大封袋上，空空如也，不著一字。打開封套，裏面不但沒有信，連一張紙條也沒有。私人相求，又不是上司分配任務，竟然一派公事口氣，他感到十分不快！

他極力不讓自己失態，向來人和氣地說道：「叢同志，請您稟告陸部長，對於俄文，我可是個門外漢，幾乎一竅不通。請您把稿子帶回去吧，就說東方旭力不勝任。」

「東方主編，您太客氣啦。誰都知道，您精通英、法、俄等數國外語。再其一說，這是陸部長吩咐的事，我們……我怎能再帶回去呢？」來人一副以勢壓人的架勢。

東方旭頓時火冒三長。他提高聲音，粗魯地答道：「叢同志，並非是我不識抬舉，我說幹不了，就是水平不行，難道會是假的？如果我為了服從領導，勉強去幹，胡校亂勘，把文章搞壞了，怎麼向陸部長交代？」

「那……我只能回去向陸部長，如實彙報了。」

「請吧。」東方旭站起來送客。

來人只得悻悻而去。

第二天，換了另一個人，又把稿子送了回來。解釋道，叢同志沒有勇氣將稿子退還給陸部長，他只得再次送來，並且堅持要他校勘。不然，對手下辦事的人和所請托的人都不好。他來了拗勁。不顧情面，不計後果，說什麼也不接受，再次將稿子退了回去。

臭知識份子，把領導的要求，看成一張廢紙！如此倨傲無理，可謂是登峰造極。說得客氣一點，是不識抬舉；說得嚴重一點，是目無領導，鬧個人山頭主義！

這是不能容忍的。

激流回瀾

一

兩次派人給東方旭送稿子，竟然被毫不客氣地退了回來，大出陸舟的意料。在他直接領導下的任何部門，任何一個成員，從來沒有人敢於違抗他的差遣。而這個東方旭，居然將本來可以愉快勝任的任務，以「力不勝任」為藉口，頂了回來。如此公開大膽的對抗領導，在他的記憶中，從來沒有遇到過。早在上海時代，他就是地下黨的領導成員之一，到了延安之後，更是一帆風順，步步高升。多年來，不論他調到哪個部門，擔任什麼領導職務，部下們哪個不是唯領導的馬首是瞻，雙眼緊緊盯著自己的臉盤，密切注意那上面「寫出」的好惡與需求？一旦探知底裏，個個奉命惟謹，爭先恐後奉獻熱忱！不料，這個資產階級

青年時代，他留學日本，因為宣傳抗日，從事左翼文藝活動，被驅逐回國。回到上海後，他還是個二十幾歲的小夥子，就成了著名的理論家。就典型問題，曾與胡風等幾個理論家進行過筆戰。後來，在「國防文學」和「民族革命戰爭的大眾文學」兩個口號引起爭論時，他緊步周揚等左翼理論家的後塵，揮筆上陣，毫不畏懼。跟主張後一個口號的大文豪魯迅，展開過激烈的論戰。長期革命鬥爭的磨練，他的革命堅定性和馬列主義水平，飛快地提高。加之思維敏捷，口才出眾，演講起來，引馬據列，滔滔不絕，被認為是頗具水平的青年文藝理論家。到了延安之

後，他更加得到重用，肩負新聞出版方面的重責。從此，耳畔吹拂的，儘是悠悠熏風，令人醺然陶醉的頌揚讚美曲。唱著勝利的凱歌，進入北京城之後，他的職務更上一層樓，肩負起宣傳理論陣地的重任。人們印象最深的是他的報告，那白淨的方臉上，漾著忽深忽淺的微笑。不用講稿，頂多只拿著一塊紙片，就能滔滔不絕地講上半天，恣肆汪洋，雄辯精闢，聽眾無不為之折服。而在私下裏交談，他的話反而少得多。臉色莊嚴，字斟句酌，似乎對誰都懷有戒心，絕不會吐露半點人們感興趣的「內部消息」。話愈少，反而會引起更多的興趣和咀嚼。他的片言隻語，往往被視為上層領導的聲音，甚至是黨中央的指示。他雖然不像創建新中國的領袖們那樣，頭頂上閃耀著灼目的光環，但說他是一顆耀眼的明星，絲毫也不是誇張。他習慣於一呼百諾，言出令行。幾乎忘記了「充耳不聞」、「置之不理」這些詞是什麼含義。而對於體現「俯首聽命」、「奉命唯謹」等詞句精髓的馴服和順從，卻視為乃是部下們天經地義的職分。現在，一個剛剛歸國的資產階級知識份子，竟然置他的青睞、器重於不顧，當眾抹他的面子，實在是太出格了！

「不識抬舉、恩將仇報的傢伙！」他在心裏狠罵起來。「不是新中國剛剛建立，需要各方面的人才；統一戰線，也需要這類人裝點門面，讓他滾蛋，才是他應得的下場！」

陸舟的咒罵和發恨，並非沒有道理。不是他的點頭恩允，多少人垂涎的文藝大刊的主編寶座，怎會輪到東方旭的頭上？充其量給他個編輯組長的位子！

現在看來，將一塊極其重要的文藝陣地，交給那傢伙主持，實在叫人不放心。雖說派了老黨員金夢坐陣把關，但這個女人，小資產階級情調嚴重，右傾思想更是根深蒂固。在延安受到嚴厲的批評時，到處求情哭鼻子，此後雖然有所收斂，只怕要根除不是那麼容易。派這樣一個黨性不強的人，去做東方旭那頭強牛的馭手，只怕像當年在上海一樣，「馭手」變成「牲口」胯下的坐騎！咳，當初派她去，竟然沒想到這一層，這不能說不是一個失誤。事不宜遲。如果不及早採取措施，《北方文藝》的航向，就要偏離無產階級革命文藝路線，黨的重要思想陣地，就要落到資產階級知識份子手裏。這是多麼可怕的事情！他絕不允許自己所領導的理論宣傳陣地以及他領導下的任何一個部門，出現哪怕是最小的紕漏或失誤！

陸舟在客廳地上漫步了許久，忽然停下了腳步，自語起來：「看來，對他們這些人，估計得太樂觀了。從今天起，必須對他們加強監督。哪個不識時務，就給他點眼色看看。這怨不著我們不講仁義，怨他們自己堅持反動立場。誰與黨的方針政策為敵，決沒有好下場！」

「好哇，我的大領導又在罵人啦。」

他剛說到這裏，妻子矯敫悄然走了進來。聽到丈夫後面的話，來到他面前，雙手吊著他的肩膀，撒嬌地問道：「久遠，是誰『沒有好下場』？」

「電影散啦？」陸舟顧左右而言他，「怎麼樣，好看嗎？」

「咳，《清宮秘史》棒極啦！」她拉著丈夫坐到沙發上，滿臉興奮之色。「戍戌六君子，真了不起！」

「什麼『戍戌六君子』？」他一時不解。

「咳，就是譚嗣同他們嘛！」

「咳！那是戊戌六君子。我的可愛的矯敫呀，啥時候，你這白字大王的帽子能夠摘掉呢？」

「嘿！俺沒見過那兩個鬼字嘛，能怨得著俺們識白字？」她理直氣壯。「他們的革命犧牲精神，我看不比我們革命者差多少。可惜呀，那場轟轟烈烈的革命，被滿清統治者扼殺了。不然，我們中國早就富強啦，絕不會是今天這個樣子！我在看電影的時候，不住地給他們鼓掌。當他們被綁赴刑場，斬首示眾時，我都流淚啦，我恨不得揮拳高喊：打倒腐敗殘忍的滿清政府！」

「矯敫！」陸舟重重地喊了一聲，「你這個延安來的『老革命』，說起話來，使人感到像個中學生。那些儒家經典薰陶出來的舊知識份子，根本稱不起是革命者，充其量，不過是一批改良派！你認為，他們的改良行為，能夠改變中國的命運？不能！絕對不能！孫中山領導的資產階級革命，同樣不能！這已經是被歷史所證明了的。能夠改變中國命運，從根本上救中國的只有一個，那就是用馬克思列寧主義武裝起來的、工人階級的政黨——中國共產黨！也就是我們。懂嗎？」

「就算他們的改良不能成功，最終救不了中國。難道他們的勇敢犧牲精神，不值得我們敬佩？至少有著喚醒民眾、推動歷史前進的作用吧？」

「矯敫，」陸舟再次教育妻子。「《清宮秘史》這部電影，前些日子，我就看過了，雖然覺得片子拍得不錯，但絕不像你說的那麼完美無缺，那樣令人感動。你應該將滿腔的熱情，投放到我們偉大的黨，敬愛的領袖毛澤東身上。無限制地謳歌歷史人物，當心有借古非今之嫌，說不定什麼時候就要犯錯誤的！」

「喲，那麼嚴重？」

「你沒見賊吃食，難道沒看見賊挨打？你忘了延安那些因言，或者因文，而犯錯誤甚至成了反革命的人嗎？」見妻子不再反駁，他將她摟進懷裏，溫語勸道：「往後，一定要注意，對於初次接觸的事情，不論是人物，事件，新聞，傳說，還是書籍、電影，都不能急於表態。因為我們的水平畢竟有限，看問題有偏差是難免的。只有上面表了態之後，我們才能證明自己的意見是否正確。那時再公開發表議論也好，執筆為文也好，方才萬無一失。懂嗎？」停了一會兒，他自語似的繼續說道，「我永遠不會忘記，一九四二年的教訓：當王實味發表了反動文章《野百合花》時，我認為文章雖嫌尖刻一些，但針砭時弊，字字有據，對於克服根據地的許多不良作風不無教益。於是寫了一篇文章，給予肯定，並且打算及早投給解放日報。由於對文章不太滿意，想修改一番再送出。不料，批判開始了，而且逐步升級。王實味由思想右傾、觀點錯誤，升級成了反革命！幸虧，我那篇文章沒投出去，也沒有告訴旁人，便偷偷把它燒掉了。不然，後果不堪設想！結果，不但沒和王實味等捆到一起，還成了隨之而來的大批判運動的積極分子和骨幹力量，經受住了考驗，得到了領導的表揚和重用。你應該從這件事情上，吸取教訓，任何時候，都要看准了風向再表態。不過，這話只能跟你說，絕對不准說出去！記住了嗎？」

「放心吧，我知道什麼該說，什麼不該說。」

「哼，說的容易！你能把握住說話的分寸，我就不替你擔心了。你想呀，要是我也跟你這樣，一遇到什麼事，就迫不及待地表態，到處瞎嚷嚷，能脫掉干係？就是不跟著一起挨批鬥，作檢查，甚至坐牢殺頭，也絕不會有今天呀。這事，至今想想都後怕！」

「哎喲！太可怕啦！」她緊緊地偎在丈夫的懷裏。

「好的。你知道害怕就好。人，要是都像俗話說的那樣，天不怕，地不怕。心裏不時刻裝著個『忌』字和『怕』字，就要到處碰壁，甚至將性命也搭上。王實味就是活生生的例子！往後，不但你對《清宮秘史》的觀點，不能隨便散佈，任何事情都要看准了氣候再表態，那才能萬無一失，永遠立於不敗之地。對於王實味的事，以及延安的肅反，也不准隨便議論，懂嗎？」陸舟像對孩子一樣，不厭其煩地開導愛妻。

「我知道。」過了好一陣子，她又試探地問道，「那……光緒和珍妃愛情，說說總無妨吧？我覺得他們之間的愛情，很感人，人情味特濃呢。」

「那也少說為佳。」

「為什麼？」

「帝王、後妃之間，哪來的真正的愛情？持有這種觀點，那不是美化封建統治者嗎？」

「我的天哪！這不能說，那不能說，不得把人憋死？」

「這就是你幼稚、不老練的地方！一個人要有城府，如果淺薄得如一盆清水，讓人一眼看穿，倒楣就要跟你成為結拜弟兄咯。矯敫，你要是不抓緊學習和鍛煉，要想在工作上獨當一面，差距還不小呢。」

矯敫一聽，扭頭撅起了小嘴：「哼，抓緊又有啥用？反正是在別人的手下跑腿打雜，永遠成不了獨當一面的材料！」

「只怕組織上要你去獨當一面，你還幹不好呢。」

她聽出了丈夫的弦外之音，直起身子莊重地答道：「別把人看扁了！要是能讓我獨當一面，我保證不會捅漏子給你丟臉。」

「你敢保證？」

「當然！」

「措施呢？」

「照你的教導辦——抓緊學習和鍛煉！」

「唔，我倒是十分希望你首先做到不給我丟臉。」

「你告訴我，要派我到哪裡去？」

陸舟搖搖手：「咦，組織還沒研究嘛。就是研究啦，只要是尚未公佈，就不准打聽！」

「這是在家裏嘛，用得著跟自己的老婆來這一套！」她搖著丈夫的肩膀，「我要你現在就告訴我。唔——快說嘛！」

二

宣傳部黨組會議，在小會議室裏召開。會議由宣傳部長、兼黨組書記陸舟主持。

不知是為了便於全體起立鼓掌歡迎，還是考慮到領導的時間特別寶貴，不知從什麼時候起，形成了一個至今相沿成習的慣例：不論大會小會，必須出席會議的人員全部到齊之後，發表講演以及坐到主席臺上的領導或貴賓，方才登堂升階，依序就座。今天雖然只是六七個人的小會，這慣例依然嚴格遵循。出席會議的六個人卓然，金夢，隋風，石樑，以及另外兩位成員早已到齊，主持會議的陸舟方才在秘書小顏的前導下，緩步走進會議室。小顏回身將會議室的門掩上，快步來到會議長桌邊，等到陸舟坐好，方才挨著他坐下來。打開記錄本，準備做記錄。小顏名珍麗，是陸舟的文字秘書，雖然今年剛剛二十一歲，卻成了陸舟須臾不離的得力助手。不然，像今天這樣重要的會議，她是無緣參加的。

陸舟環顧到會的人員一眼，從公事包裏拿出一個紅皮面的筆記本，打開來放到面前，舒緩而清晰地說道：「人到齊啦，我們就開會啦。今天的會議，經過會前與卓然等幾位同志個別交換意見，決定研究三個問題：第一，中共中央於四月十九日作出了「關於報紙刊物上開展批評和自我批評的決定」，我們要制定出認真貫徹中央這一英明決策的步驟和措施；第二，回顧檢查前一階段《北方文藝》的出版情況，以及它的成就與失誤；第三，下一步加強《北方文藝》政治思想工作的具體措施。」說到這裏，他扭頭向卓然問道，「卓部長，你看，是否還有別的問題，需要一起研究？」

見卓然搖頭說「沒有啦」，陸舟接著說道：「好，現在進行第一項議程。研究如何貫徹中央決定的具體步驟與措施。大家知道，我們新中國雖然成立了剛剛半年多，從中央到地方，各級報刊上發表的文章看，大部分是好的和比較好的，但是，存在的問題並不少：一些沒有改造好的舊知識份子的文章發得太多，一個黨所領導的文藝刊物，好像成了他們的自由論壇。不僅小資產階級個人主義，資產階級自由主義，甚至沒落階級的頹廢思想，大有氾濫之勢。有的甚至妄圖用資產階級的文藝觀，取代我們無產階級革命的文藝觀。情況相當嚴重。別看他們口口聲聲擁護共產黨，擁護偉大領袖毛主席。但他們骨子裏，並不甘心舊靠山國民黨的失敗。為了掩飾他們的狼子野心，大部分人以退為進，極盡阿諛奉承之能事。也有少數人心懷二志，或者旁敲側擊，或者明褒暗貶。有的甚至裝死躺下，等待時機，以求一逞。我們共產黨人一定要擦亮眼睛，不被他們頭上的假面，身上的畫皮所迷惑。不知在座的同志，有什麼看法？」

黨組成員隋風首先發言。他雙眼望著陸舟，語氣中充滿了喜悅：「中央的文件，雖然會前我已經認真看了好幾遍，但對於文件的精神理解得不深不透。原來認為，中央所說的批評和自我批評，主要是針對我們這些進城的老革命的，是為了打消我們身上的居功自傲、脫離群眾等不良思想作風，深刻領會毛主席的偉大教導，奪取革命戰爭的勝利，只是萬里長征走完了第一步。經過陸部長剛才深刻而精闢的分析，我豁然開朗，突然認識到自己的階級覺悟太低，竟然沒有意識到，中央主要是針對那些沒有改造好的知識份子而發的。」

「隋風同志的意見非常有道理。」石樑接著說道，「過去我對那些資產階級和他們的知識份子，總認為是我們團結的對象。但就是沒有記住革命領袖『又團結，又鬥爭』的偉大教導。經過陸部長的分析，我認為，團結雖然是我們所要達到的目標，但鬥爭的重要性絲毫不能忽視。因為不對那些資產階級知識份子，進行嚴肅而不懈的鬥爭，他們就轉變不了頑固的資產階級立場，就要對革命事業造成嚴重的危害。所以，我們的批評絕不能手軟，不把他們批得體無完膚、服服貼貼，絕不甘休！」

隋風和石樑發言時，陸舟面露微笑，頻頻點頭。但卓然很不以為然。他覺得中央的文件，並不是要整知識份子，而是針對不符合馬克思列寧主義思想的所有問題進行批評。批評並不是目的，而是手段，團結才是所要達到的目的。革命事業是調動千千萬萬革命群眾，齊心協力完成的偉大變革，知識份子應該是這個隊伍裏的中堅力量。把他們視同異類，動輒進行鬥爭，絕對是對團結的危害，而不會有其他的結果。現在，一些進城的老同志，尤其是那些文化水平不高的工農幹部，處處以革命功臣自居，時刻擺出一副惟我獨革、別人皆不可靠的架勢。而不能團結廣大知識份子，投入到前無古人的偉大改革中，我們的建設事業絕不會成功。而念過大學、留過洋的陸舟，竟然也欣賞石樑等人的無知瞎說，實在不可思議。他知道，要使他們轉變這種短視的觀點，決非一朝一夕的事。他沉思有頃，扭頭向陸舟問道：

「陸部長，中央文件的精神，恐怕需要我們反覆認真學習，才能正確領會它的深刻意義。為了不影響後面兩個問題的研究，是否體會就談到這裏？下面轉入研究貫徹落實的措施？」

陸舟向入會者掃視一周，然後問道：「大夥看呢？」

「我同意卓部長的意見。」金夢向卓然嫣然一笑，扭頭望著陸舟。「有了陸部長開頭的分析，對於我們正確體會中央文件的重大意義，非常有幫助。就拿我們《北方文藝》編輯部來說吧，那些從舊社會過來的知識份子，不但沒有自我批評精神，而且尾巴翹得老高。我們對他們的使用，可謂是寬之又寬，重之有重。他們還是不滿意，好象受了多大的委屈，處處擺出一副大才小用的架勢。他們寫的文章，彷彿完美無缺、窮盡真理。要他們略加改動，都得磨破嘴皮子，費盡力氣。那東方旭就是這樣一個人。組織上委任他做主編，他不但絲毫沒有感戴之情，陸部長要他審閱一部譯稿，在別人是求之不得的榮耀，他竟然托辭不幹。連續兩次相請，依然不理不睬，真是豈有此理！」

「不識抬舉的傢伙！」石樑重重地拍著筆記本，「我們給他飯吃，給他那麼高的職位，他竟敢拒絕陸部長交代的任務，這是絕對不能允許的！我的意見……」

陸舟打斷了部下的話：「僅僅是對我個人，倒無所謂。他這是對待組織，對待我們黨所領導的革命事業的態度問題！論說，絕不能置之不理。不過，我們不能性急，只能慢慢解決。現在是否轉入研究貫徹中央決定的措施？」陸舟把話題引回到第一個問題上。「過幾天，《人民日報》就要發表幾篇文章，批判阿壟在《論傾向性》等文章中，所散佈的資產階級文藝觀。這個阿壟，歪曲政治標準第一，藝術標準第二的正確關係，與胡風的資產階級文藝觀，如出一轍，公然與偉大領袖毛主席的「講話」精神唱反調。這是不能容忍的。那個胡風，早在抗戰時期的重慶，我們就向他伸出友好的手，可是，他對於我們卻總是貌合神離。我們希望他不要再跟阿壟一樣，繼續堅持資產階級立場。現在，《人民日報》已經走在前面，給我們做出了榜樣，我們必須迎頭趕上。我的意見是：第一，各報，各刊，在一周之內，首先選定一至兩個錯誤觀點比較嚴重的對象，請人寫出有針對性的批判文章。交給我們審查後，安排在有關報刊上發表。第二，文章見報後，再動員被批判的人寫出自我批評稿子，經過我們審查修改後，予以發表。第三，對於那些檢查不深刻，想蒙混過關的人，則發動讀者進行大批判。直到他們認識了錯誤為止。這只是我的初步意見，請大家議一議。」

部長的「初步意見」就是「中心意見」，自然是一致叫好，無人反對。接著，進入下一個議題，回顧《北方文藝》創刊以來的功過得失。陸舟要金夢首先發表看法。金夢似乎沒有思想準備，猶豫地說道：

「我們的刊物，連同試刊號一共出了三期。總的看來，還是不錯的。中心話題，是對於新中國成立的謳歌與讚美，對領導革命成功的領袖們由衷的愛戴和擁護。文章的作者，主要是社會名流，以及作家教授等。社會反響很熱烈，刊物的定數直線上升，眼下已經超過了五萬份，很令人鼓舞。」

「不容易，不容易。」隋風感歎地說道。

「還有存在的問題嗎？」陸舟問道。

「有，當然有。存在的問題，我覺得，主要是，有的文章，格調不太高，有的，似有個人主義傾向。總是突出個人，宣揚個人。」

陸舟說道：「你能說得具體一點嗎？」

「具體嘛……」金夢一時不知從何說起。「譬如說，東方旭同志的文章，就有突出個人的傾向。」

「有這種傾向的，恐怕不止他一個人的文章吧？」陸舟又問。

「是的，是的。」金夢回答得很麻利。

「原因是什麼，你考慮過嗎？」

「考慮過。是我沒有盡到責任，沒有把好關。」

「不錯。金夢同志，我認為你能認識到這一點很好。組織上派你去，就是要你把好政治關的。」石樑環顧眾人，朝陸舟頷首一笑，「不過，文藝這個關口也不是很好把的。首先得把關的人自己有著靈敏的政治嗅覺。金夢同志，恕我直言：你的文章，我覺得也有你所說的突出個人等問題的影子。不知道對不對？」

石樑的話，使金夢感到很意外。正想進行質問，忽然想到，他的話可能並不代表他個人，立刻用誠懇的語氣，模棱兩可地答道：

「是的。我回去，要認真進行檢查。」

陸舟緊接著說道：「金夢同志，希望通過檢查，將刊物上所存在的右傾主義傾向，徹底克服掉，不辜負黨對你們的殷切期望。不然，我們就要犯錯誤。這也不能怪你們，領導也有不可推卸的責任。那些資產階級知識份子呀，就是那麼淺薄、那麼不認識自己，總是要抓住一切機會，頑固地表現自己，彷彿不是黨對他們的挽救與教育，他們才走上了革命的道路，而是他們天生就有極高的覺悟。真是恬不知恥！」說到這裏，陸舟露出一副自責的神態，「前幾天，有關領導，嚴肅指出了《北方文藝》的右傾主義傾向。對我進行了嚴肅地批評，我當即承擔了全部責任，並做了深刻的檢討。」

「責任完全在我，與領導無干！」金夢神色肅然，搶著承擔責任。

「金夢同志，現在不是追查誰的責任。上級對我批評，也是希望我們有所認識，並立即進行改正。你難道沒有看見，朱光潛、費孝通、馮友蘭等著作等身的所謂大學者、大知識份子，都在人民日報上登出了檢查，承認從前思想錯誤，甚至反動立場。表示，要痛下決心進行世界觀的改造，爭取早日脫胎換骨，跟上革命的步伐。我們的刊物，卻連一篇這樣的文章都沒有登。就是上面不責怪，我們自己也應該感到落後於形勢呀！」

「我回去馬上解決。我向組織保證：下一期刊物，一定用新面貌向廣大讀者見面。」

「時間不早了。這個問題，就研究到這裏。」掌握著會議航向的陸舟，轉向石樑問道，「石樑同志，你分管人事工作，關於加強《北方文藝》政治思想領導的問題，請你先發表個意見吧？」

「好吧。」石樑禮貌地欠欠身子，接著坐下去，神色嚴肅地說道，「無產階級革命的洪流滾滾向前，形勢逼人。如不急起直追，就要落後於形勢。從前一階段的情況看，確有加強《北方文藝》編輯部領導力量的必要。我個人的意見，可以分作兩步走，第一步，從機關內部進行調劑，先派一位同志去。下一步，再根據需要，從各協會進行調劑。」

「石處長，你準備從機關裏派誰去？」金夢緊接著問道。她最為關心的是編輯部的人事變動。

「我考慮，人事處的矯敫同志，比較合適。她雖然是個年輕女同志，但是上進心強，思想覺悟高，有朝氣，有魄力，尤其是政治上十分可靠。我個人認為，是比較理想的人選。」

「矯敫同志我瞭解，這位同志，各方面都不錯，非常值得信任。不過，」金夢望著陸舟，字斟句酌：「她對文藝，恐怕，不是太熟悉吧？」

不等陸舟表態，石樑搶先答道：「我考慮到了這一點。我認為這並不是大問題，從前我們只會打仗，現在我們不是照樣領導經濟建設嗎？矯敫同志年紀輕，接受新事物快，加之愛好學習，我相信，一定能很快掌握業務，從外行變成內行。況且，你們編輯部，最缺乏的不是不懂業務的人，而是政治上靠得住，能夠把握大方向，使你們那艘文藝小船，不至於偏離航線的人。」

話說到這個份上，金夢低頭瞅著面前的記事本，不再言語。陸舟雖然不希望別人再提不同的意見。仍然不失風度地問道：「現在僅僅是醞釀階段，有不同意見儘量提出來。集思廣益嘛，以便做到所有被派去的人，都是最佳人選。」

對此事最為關注的金夢，低頭不再說話。事不關己，高高掛起，別的人，明知派一個小學文化的年輕女同志，去領導學富五車的洋博士，無疑是綿羊馴老虎，泥鰍充龍王，根本不可能勝任，但誰也不再提反對意見。矯敫是陸舟的老婆，誰願意說些不識時務的話，得罪頂頭上司？幾乎異口同音地說：「這樣決定很妥當，沒有別的意見啦」。

「既然大家一致通過，就這樣決定啦。」陸舟一面收拾皮包，一面謙遜地繼續說道：「如果哪位同志仍然有不同的看法，可以直接向石樑同志反映，當然，直接跟領導個別反映也可以。散會。」

三

散會後，金夢一面往家走，一面在心裏罵：「哼！在私底下捅咕好啦，擺到會議桌上裝正經，別人還有什麼好說的？——假惺惺！」

一回到家裏，丈夫夏雨迎上來，接過她手中的公事包，掛到牆上，回頭問道：

「今天散會這麼晚？」見妻子臉色不悅，丈夫近前關注地問道：「怎麼，碰到了不愉快的事？」

金夢坐到椅子上，沒頭沒腦地說道：「哼！錯誤缺點都是別人的，自己一貫正確。就是謀個人的私利，也要借別人的口，來一套冠冕堂皇！」

「你說的啥呀？」夏雨被弄糊塗了。「我不是好好的，沒惹你生氣嘛！」

「咳，關你啥事呀？坐下，聽我給你講。」

夏雨是金夢的繼夫，原本是金夢的秘書。金夢自從前夫被國民黨殺害，一直過著單身生活。到了延安後，她的美麗面龐，曲線鮮明的身軀，文雅的談吐，特別是優美的文筆，不知傾倒了多少男人。多少忙著幹革命，來不及婚娶，或者急於更換留在農村或者敵戰區的老婆的那些老革命們，對她青目頻看，甚至綺夢連連。無不希望繡球拋來，立刻成為滌除她閨房寂寞的勇士。據說，有好事者作過統計，短短數年內，通過寫信、談話、或者介紹人正式提出求婚的，足可組成一個加強排。金夢卻一概不為所動，穩坐釣魚舟，統統婉言謝絕。人們正在懷疑，這位步入而立之年的女革命家，要將美麗的年華，獻給無產階級的革命事業。追求者的愛火還未完全熄滅，忽然傳來「喜訊」，有的則接到了參加婚禮的邀請：金夢的彩球已經有了歸宿，即將吃著延安大棗，舉行婚禮。新郎官，原來是她的秘書、比她小五歲的夏雨！這時人們才如夢初醒，後悔早沒有留意她與助手之間的親密關係。結婚後，夏雨繼續做她的秘書。五年多來，他像關心小妹妹一般，照料著不善於處理生活的「大姐」。從窯洞裏進到城市之後，夏雨才官升一級，成了一家電影刊物的副主編。……

夏雨給妻子倒了一杯水，遞到她手中，小心翼翼地問道：

「夢姐，你今天遇到了什麼不愉快的事，能告訴我嗎？」

「咳，不告訴我的討厭鬼，我還能告訴誰呀？你坐下，聽我跟你說。」丈夫的關懷，使她的火氣平息了不少。

金夢把今天宣傳部黨組會議上，所討論的三個問題，以及陸舟對自己的批評等，仔細向丈夫做了敘述。末了，忿忿地說道：

「哼！竟然批評我一貫右傾，難道時時『左傾』就對？使人不能忍受的是，他們竟然派斗大的字識不了一籮筐的毛丫頭矯敫，到我的編輯部『加強領導』！半文盲領導作家、學者，豈不是天大的笑話？也是對我極大的不信任。難道我也需要那個半文盲官太太來『加強領導』嗎？」

「陸舟他們，這不是在假公濟私嗎？」

「不然，作何解釋？所以，我怎麼也想不通。」

「簡直是厚顏無恥！他們這樣幹，如何調動別人的積極性？」

「想不到哇，進城了，成了國家的主人，有的人，身居高位，處處以馬列主義革命家自居，卻仍然改不了做荒唐事的延安習氣。」金夢彷彿在自語。

「哼，豈止是一般領導幹部！「

「哦，你說的是……」

「我今天也遇到了一件想不通的事。」

「啥事？」

「聽說，大家都認為拍的相當不錯的《清宮秘史》，卻遭到了嚴厲的批評！」

「胡說！這是哪位大馬列家的高超眼力？」

夏雨附在妻子的耳朵旁：「是『今上』。」

「什麼？不可能！」

「錯不了，我們聽了傳達，怎麼會有假呢？」

金夢久久無語。她不相信，自己極其熱愛和崇拜的領袖，會作出如此荒唐的評語。過了許久，她才問道：

「總得指出它的缺點或者錯誤在哪兒吧？」

「帽子大得很——賣國主義！」

「天哪，這麼嚴重？」

「是的。夠嚇人的！可我怎麼也想不通。固然，改良不同於革命，變法不是要推翻滿清舊政權。但是，康有為、梁啟超等的維新運動，其目的不是為了積貧積弱的中國，走向富庶和強大嗎？這不是愛國又是什麼？怎麼能跟『賣國主義』沾上邊呢？譚嗣同等六君子的勇敢犧牲精神，難道不值得全中國人民崇敬和效法？面對統治者的屠刀，面不改色，凜然無畏，不是革命英雄主義精神又是什麼？」

「夏雨，不要說了。」金夢搖手制止，

「事實如此，我憋不住！」

「憋不住也得憋。由不得我們自己。」她愛撫地拍著丈夫的肩膀，「往後，不但這類言論不能再說一句，你還要把所有發表過的那些讚美《清宮秘史》的文章，認真檢查一遍，作好寫檢討的準備。」

「哼，要我不說可以，我可以把嘴緊緊閉上。要我批評自己——沒門！」

「那也得看形勢的發展。到了非檢查不可的時候，立即把自己拋出來。一旦錯過機會，麻煩更大。當初我要不是瞅准了機會，狠狠痛罵自己，那關口恐怕絕對過不去。還不得跟王實味、丁玲他們搞到一起，現在想想真後怕呀。」金夢痛苦地閉上了眼睛，許久不吭聲。

「你用不著為我擔心。實在頂不過去，大不了寫篇應景文章，往自己的頭上潑幾盆污水。」夏雨扭頭望著妻子，「夢姐，我倒是替你擔心：那個無知的娘們，到了編輯部，成事不足，敗事有餘。新官上任三把火。要是不懂裝懂，來上幾手高招兒，就夠你招架一陣子的。」

「唉，衝著她們那股得寵的勁兒，肯定會那麼辦！」

「你準備怎麼對付？」

「下級服從上級，個人服從組織，這是組織原則。派她們來，我無力抗拒。不過，姓金的，也不是個軟柿子，由著她們捏。逼極了，我也有通天的本領。當然，那是最後的一著棋。眼下，只有以退為進，一開始，儘量跟她們配合，同時巧妙地跟她們周旋。相信，用不了多久，那個無知的丫頭，就會被我調教得服服貼貼。」

「但願如此！」夏雨長舒一口氣。「不過，他們派個無知的窩囊廢來，實在讓人費解：這不是明擺著對你的不信任嗎？」

「這確是我沒有料到的。唉！」

四

宣傳部黨組會議對於《北方文藝》的批評，使卓然陷入了深深的思考。

北平和平解放之後，他隨著浩浩蕩蕩的勝利大軍，進入北平城。先是忙於接收國民黨遺留下的文化出版機構，繼而為開國大典的各種準備工作忙碌了兩個多月。響遏行雲的大典禮炮聲悠然遠去，古都北平，已經成了新中國的首都——北京，他仍然沉浸在勝利的喜悅之中。串山溝，住窯洞，吃小米，穿土布的日子永遠成為過去。地大物博的五億神州，數不盡的通衢和廣市，統統回到了人民的手裏。這奇跡，是共產黨人一手創造的。他本人就是創造奇跡的成員之一。在他們這些勝利者列隊入城的時刻，他覺得自己成了凱旋而歸的英雄。

他覺得，北京的天空較之黃土高原更加蔚藍，北京的太陽較之小城延安更加嬌豔。他們親手創建的新中國，就像東方地平線上噴薄而出的一輪朝陽，充滿生機和希望。他恨不得腋下生雙翼，振翅遠翔，將獲得新生的神州大地看個仔細。不是工作太忙碌，他真想登上景山之巔，俯瞰北京，放目八極，拍欄高歌。唱東方紅，唱信天遊，唱「沒有共產黨就沒有新中國」……

走在大街上，偶爾碰到個西裝革履的紳士，看到照相館櫥窗裏，那些還沒有來得及撤去的、扭捏作態的女士玉照，這是他青年時代非常熟悉甚至喜歡的東西，這時感到特別彆扭，不由地要在心裏詛咒：「等著吧，我們很快就會把這些資產階級垃圾，掃蕩乾淨的！」

正是懷著這樣的豪情壯志，他投入了部屬各文藝刊物的創建工作。在他的直接籌畫下，找房子，選人員，定宗旨，約稿子，短短數月間，《北方文藝》、《北方戲劇》、《新電影》、《新曲藝》等刊物，紛紛籌備就緒，相繼出版。這些被指定歸他分管的刊物，一創刊，即普遍得到讀者的歡迎，定數直線上升，他自己深深為之欣喜。有關上級領導，也不斷給予肯定和表揚。

孰料，讚美之聲未歇，批評接踵而來。《新電影》上發表的一系列美化《清宮秘史》的文章，成了歌頌「賣國主義」的同意語。始料不及的是，這批評不是空穴來風，而是來自最高層！不容推委，不必作無益的解釋。作為分管領導，沒有迴旋的餘地，只有認真檢討的份兒。對於《清宮秘史》的批判消毒，準備工作尚未就緒，《北方文藝》又出了漏子——發表了不少自我擴張的文章，散佈了大量鼓吹資產階級個人主義的謬論！今天的會議上，表面上批評的是金夢，實際是批評自己。他是分管領導，手下的任何一個角落出了問題，他都難辭其咎。

他覺得戰爭勝利給自己帶來的喜悅太短暫，數月奮鬥，創建直接在黨的領導下的各種刊物所取得的成績，有統統變成「錯誤」的危險。一想到這裏，他的心裏不由打起了鼓。事情來得太突然，他沒有接受它們的思想準備。陸舟有著通天的本領，他之所以緊跟響應，證明《人民日報》所要開展的批判，來頭不小，絕不可以等閒視之。他們安排自己的老婆到《北方文藝》去「加強領導」，無疑是想去敏感的地方，尋找表現的機會。對於弄潮兒們的競占潮頭爭彩兒，他佯作不知，只在心裏暗笑。不過，身為部級領導，事前既不跟他通氣，也不統一認識。到了會上，借石樑之口將策劃好的事情說出來，作出一副臨時動議的樣子。小聰明耍得太笨拙了，一眼便可看穿其中的貓膩。好一套政治把戲！

自從在延安被「搶救」之後，他在黑暗潮濕的窯洞裏，被關了三個多月。一旦被告知那是「一場誤會」，他從「危險的敵人」，變成「自己的同志」。他跑到一個無人的山溝，大哭一場，從此像換了一個人。「一二・九」運動的領導骨幹，抗日戰爭時的毀家紓難，親自動員並率領一大批知識青年投奔延安等，從前引為驕傲和功績，並且認為能夠給自己帶來榮耀和信任的光榮歷史，突然之間變成了幾撮輕飄飄的羽毛，失去了從前的所有重量。他知道那些光輝的業績，統統成了過去，充其量在檔案上留下幾行輕描淡寫的文字。不但失去了驕傲資本，而且再也不是逢凶化吉的擋箭牌或護身符。一切都要從頭開始，去獲得信任和重用。尤其是發生了丁玲、王實味等因文罹禍的案件以來，文字獄的陰影，在他的心頭始終抹不掉。從此時刻警勵自己，務必學會藏巧守拙、韜光養晦，非不得已，絕不貿然做出頭鳥，更不隨意舞文弄墨。無奈，修養老練，喜怒不萌於心，並非一日之功，今天遇到了不被尊重的事，仍然頗為不快。

當天晚上九點鐘，散了學習之後，卓然心下怏怏地回到家裏。妻子白雪已經伏在書房桌子上寫日記。

解放初期，特別強調幹部的理論學習。雖然百廢待舉，學習的內容仍然不是各種技能，而主要是馬列主義。一般幹部，學習何干之主編的《中國近代革命史》，中級幹部以上，則學習由蘇聯運來的原版《聯共黨史簡明教程》。每天早飯前和晚飯後，各有一兩個小時的集體學習。早晨是六點到七點，晚上一般是七點到九點。好在現在是供給制，不需因為一日三餐來回奔波。在各單位的食堂裏，吃完個人應該享受的不同灶別的飯菜，立刻便可投入工作或學習。等到散了晚學習，回到家裏洗洗臉，刷刷牙，也就過了十點。急忙收拾睡覺，以免耽擱了第二天的「早課」。至於歇禮拜，那是以後才有的事。所以，此時可供幹部們自由支配的業餘時間，少得可憐。

白雪聽到丈夫回來，頭也沒抬，只問了一句「回來啦？」依然手不停筆，繼續低頭揮灑。

卓然並不近前，拿出帶回的報紙，坐在一邊看。過了足足一個多小時，仍不見妻子住下。白雪有寫日記的習慣。風雨無阻，不把當天的所曆，所聞，所感記下來，絕不睡覺。但總是記得很簡短，數百字而已，每次都不會超過半小時。今天忽然寫個不住，卓然感到奇怪，站起來近前問道：

「怎麼還沒寫完？好長的日記呦！」

「我哪裡是在寫日記喲。我在寫一篇稿子。」

「睡覺──那不是一個晚上的事。」

「我何嘗不想睡覺，可，上司限期交卷呀！」

「什麼稿子，這麼重要？」卓然近前拿起妻子已經寫出的幾張稿紙，一看題目：《反動影片〈清宮秘史〉是一部徹頭徹尾的賣國主義的影片》，立刻驚訝地問道：「這稿子，是奉哪家之命寫的？你不應該急急忙忙就答應。」

「咳，不答應能行嗎？人家手握尚方寶劍哪，要求明天一上班必須交卷。再說，批判稿件乃是御筆欽點的，我可沒有膽量抗拒聖旨！」她依然手不停筆。

卓然半晌無語。放下稿子，坐下去說道：「難為你能寫出來！」

「順著杆子爬唄。無限上綱，借題發揮，誰不會？只要昧著良心。」

他有氣無力地答道：「我擔心，又像當年那樣，批過了，回頭又給人家賠禮道歉。」

「卓然，」白雪放下筆，抬起頭，說出了心中的疑惑：「我怎麼覺得有點當年批《野百合花》的味道呢？」

「不至於。」他回答得很肯定，「已經不是當年了。如今，我們的黨更加成熟，我們的領袖也更加英明偉大，絕不會再犯從前的錯誤。」

「這麼說，你也認為《清宮秘史》是一部賣國主義的影片啦？」

「繼續寫你的文章吧！」他不肯回答。

「你回答我的問題嘛！」

「我們應該努力追尋領袖的意圖，去思考，去想問題，去奮鬥拼搏。懂嗎？」

她低頭寫稿子，不再言語。

五

正像金夢所預料的那樣，矯敫，這位文工團出身的年輕女幹部，來到《北方文藝》編輯部上班之後，在她的小心配合下，並沒有發生多少齟齬或不快。矯敫似乎很有自知之明，每天早晚兩次學習，她都把念文件、讀社論的差使，主動讓給別人。但在討論時，或者在白天的工作會議上，為了像個骨幹分子的樣子，總是積極發表意見。大概是從她丈夫那裏學來的作報告的氣派，故意拖長腔調，放慢節奏，使尖細的嗓音儘量變得渾厚，紅潤白皙的瓜子臉上，極力露出莊重和老練。用修飾遮掩無知，靠技巧裝點高水準。她在文工團學來的表演本領，在這兒派上了大用場。無奈，根底太淺，水兒不深，動不動就露出了馬腳。每次發言，她總是喜歡引經據典，故作高深。結果給自己提供了貢獻白字的機會。如：為了形容自己對工作充滿必勝的信心，因而歡欣鼓舞、意興遄飛，她引用毛澤東的詩句加以映襯，結果讀成了這樣：「張（悵）謬（寥）郭（廓），問蒼茫大地，誰主沈（沉）浮？……到中流擊水，浪過（遏）飛舟。」她不但善於讀白字，而且善於挖掘別人所不知曉的微言大義。如：將「馬蹄聲碎，喇叭聲咽」一句，作了這樣精彩的解釋：「聽到淒涼的軍號聲被淹沒了，連無知的戰馬，都感動得亂了馬蹄」。至於看稿子，一些普普通通的常識問題，被她的巧舌一點化，立即「奇趣」紛呈。她的另一個可愛之處是，初生牛犢不怕虎的勇氣。不論誰的稿子，她都敢大筆一揮，改得「更具水平」。害得金夢事後不得不再偷偷地改回去。

足見，矯敫雖然當上支部委員，成了編輯部的領導成員，人們不但並沒有感覺到領導力量的「加強」，反而成了嚴重的干擾。倒是她所鬧出的一連串笑話，給人們提供了談資和笑柄。好在金夢早有預見，私下裏跟大家打了招呼，對於新來的領導，一定不准露出絲毫的冒犯和不尊敬。不然，誰捅出漏子，追查誰的責任！所以，每當矯敫的馬腳頻頻伸出，連連搖動時，人們憋得臉紅脖子粗，卻不敢笑出聲來。實在憋不住了，便跑到茅廁裏，將大笑跟屎尿一起解決。難怪有人給她起了一個綽號——「馬蹄亂」。有人感到這名字「不雅」，私下另取一名：「浪過非洲」。但矯敫自己卻被蒙在鼓裏，仍然十分得意，歌聲不離口，走路翹著腳跟，飄然而來，飄然而去。

平安無事地過去了幾個月，發生了一件誰也不曾料到的，「包庇反革命」事件，終於打破了編輯部的平靜。

事件的當事人，是小說組組長高揚。

兩個月前，高揚的三舅，從江蘇沛縣來北京醫治肝病，找到了分別十幾年的外甥。發達不忘故舊，高揚不但熱情招待老舅，而且積極幫他求名醫，找偏方。因為這位老者，不但是他的親舅父，還是他走上革命道路的引路人。十年前，三舅安排他到自己擔任教導主任的一所中學裏讀書。舅父常常在星期天，帶上他到黃河故道的叢林中，或者野外的山崗上郊遊。實際上是趁機向他講解抗日救國的道理。舅父告訴他，真正抗日的力量，是遠在陝北的朱德和毛澤東的隊伍。有一次，舅父還把一本毛澤東著的《論持久戰》偷偷地交給他，叫他認真閱讀。這時他才知道，舅父早已是一名地下黨員。不久，舅父約他一起投奔延安參加抗日。臨行前，舅父又走不成了，組織上決定讓他留在徐州開展工作。要高揚和另外兩個受到舅父影響的青年學生一起走。他帶上舅父給的十塊銀元做路費，去了陝北根據地。抗戰勝利後，舅父通過朋友關係，到國民黨徐州城防司令部當了一名參謀，給我黨送過不少重要的情報。後來他的單線聯繫人，被敵人逮捕殺害了，從此與組織失掉了聯繫，成了斷線風箏。這時，他已經是一位中校軍官。他正想和一位同道者，跑到山東解放區尋找組織，不料事情敗露，被國民黨抓起來，嚴刑拷打。國民黨逃跑時，沒有來得及槍斃他們，他從死囚牢裏揀回了一條命。跑回老家養了幾個月的傷。傷好了，討厭的肝炎又來光顧他。他想到了在北京做事的外甥。千里迢迢，來到北京，打算一面治病，一面尋找組織。不料，一切還沒有個眉目，便被家鄉來的人，捉了回去。日本人的走狗，國民黨的中校，雙料的反革命！事實俱在，他渾身是口辯不清。老鄉們，怎麼也不相信，堂堂國民黨中校，會是個共產黨的地下黨員。但高揚相信舅父是個堅定的革命者。一旦恢復組織關係，不但一切誤會全消，還會得到黨的重用。直到家鄉來人將舅父捉了回去，他才感到問題的緊迫和嚴重。連忙向公安部，國家安全部等單位發信，請他們抓緊查清舅父的身份和真實面目，搭救處於危險之中的老人。不料，信件剛發出，家鄉傳來了舅父被鎮壓的消息……

結果，他的信沒能搭救舅父，卻使自己犯下了雙重錯誤：窩藏反革命和為反革命喊冤叫屈！

在革命陣營內，犯下這樣的錯誤，幾乎等於將自己推到了敵人的營壘中！

金夢奉命處理高揚的問題。一開始，她感到問題很嚴重。等到高揚將事情的來龍去脈講清楚，金夢長舒一口氣。不知者不怪罪。何況，高揚的舅父是否真的是漢奸反革命，還有待於調查來證明。她認為高揚沒有多大的錯誤，不須給予處分。跟高揚談了幾次話，讓他寫了一份詳細的交代完事。為了維護高揚的威信，她逐個找部下談話，告誡：在事情的真相沒有搞清楚之前，任何人不得隨意傳播和議論。否則，要追查責任！

但是，支部委員矯敫堅絕不同意。她認為，高揚的一面之辭不足信，他的舅父是個歷史反革命分子無疑。金夢輕信高揚的表白，不但太溫情，而且不相信群眾，不相信黨，犯了右傾機會主義的錯誤。這一次，金夢忘記了忍耐，對於這位有背景的年輕「老幹部」的高論，竟不予理睬。結果，矯敫向上面一彙報，枕邊風向陸舟一吹。嚴厲的批評劈頭打來。城門失火，殃及池魚。金夢被指責為，革命警惕性不高，立場不穩，包庇犯了嚴重立場錯誤的幹部，是不可原諒的政治性錯誤！要她一面堅持工作，一面寫出認真的檢查。至於是否給予處分，視檢查是否深刻而定。而包庇、美化雙料反革命的高揚，則要停職反省，老老實實寫出交代，視其交代情況，再決定組織處理！

停職反省，沒有改變高揚的信念。他堅持自己的舅父不但不是反革命，而且從抗日戰爭時代起，即對革命做出了巨大的貢獻。沒有舅父的啟導和指引，自己絕不會走上革命道路，成為一名光榮的共產黨員。他的「反省」，成了繼續對於反革命的美化！

上司被激怒了。

高揚始終堅持自己的意見。

態度惡劣，公開對抗組織，高揚由停職反省，升格為隔離審查。

他被關進了黑屋子，晝夜有人輪班看守，成了監獄之外的真正囚犯……

六

跟矯敫的第一次較量，以金夢的失敗而告終。這使她認識到，要把比自己幾乎小二十歲的文工團員「調教」好，並非易事。往後的路，還真得時時遵照這位上司太太的意志行事，不然，還得栽跟頭。

她上繳的檢查，雖然被認為「比較深刻」，總算躲過了處分關，但她並沒有感到多少輕鬆。弄來一頂「立場不穩，政治嗅覺不靈」的帽子，往後，領導對於自己的信任，必然要大打折扣。與受到組織處分，並無本質的區別！

一塊石頭壓在她的心上。進城以來，始終彌漫心頭的驕傲與得意，像一件褪了色的鮮豔外套，頓時減卻了許多耀眼的色彩。她自怨自艾，後悔不該為高揚辯護。為了挽回影響，她極力維繫與矯敫的關係，並且準備搞幾件讓上司點頭稱善的事情，以改變對自己的不利看法。

眼前最能體現自己能力的事，就是積極回應中共中央「關於在報紙刊物上展開批評和自我批評的決定」。

近一個時期以來，文藝界的批評和自我批評，成為文壇的熱點。各種文藝刊物上，連篇累牘，不是對於作家作品的批評，就是作家自己的檢討。僅被點名批判的著名詩人，就有林庚、臧克家、徐遲、卞之琳、沙鷗、王亞平等。《說說唱唱》上登載的一篇

《金鎖》，受到了作家鄧友梅的專文批評，趙樹理代表編輯部，連續兩次做檢討。碧野的《我們的力量是無敵的》，受到了企霞的點名批判。不幸，鄧友梅、企霞，兩位極富政治敏感的作家，七年後，相繼掉進了反黨反社會主義的泥淖，成了妖魔鬼怪。掙扎滾爬了二十餘年，方才從鬼變成人！這是後話。

批評者，心懷虔誠。被批評者，同樣惶恐虔誠。大家為了一個共同的目標：建立無比美好的健康新文藝。在這個大目標下，一切個人的思想，個人的藝術主張，都無一例外地受到了檢驗。條條溪流，在彙入浩浩蕩蕩的大河之前，都要經過一番過濾和改造。相較而言，自己負責的《北方文藝》，在這方面行動遲緩得多。不但批評的文章發的太少，而且缺乏有影響的重頭文章。不行，一定要緊跟批判大潮，迎頭趕上。把對於知識份子的批評，搞得有聲有色，轟轟烈烈。她吩咐各編輯組成員，走出編輯部，四處約稿。特別是那些知名人士和高級知識份子的自我檢查，儘量多拉一些回來，及早登出。

使金夢感到意外的是，身為總編的東方旭，對於開展批評和自我批評，竟然無動於衷。不但自己遲遲不進行檢查，對於別人的自我批評稿件，也露出不以為然的態度。似乎，他的立場觀點，思想感情，一切的一切，已經徹底的無產階級化了，跟標準的共產黨員一樣，沒有瑕疵，無可挑剔！

他決定親自做東方旭的思想工作。這位從海外歸來的著名資產階級知識份子，在社會上頗有影響。能從他的身上打開缺口，讓他寫出幾篇有分量的自我批評稿子，在她主管的刊物上予以登載，不但可以消除刊物跟不上時代步伐，彷徨猶豫的指責，她自己在領導面前，也可以挽回因為對高揚的溫情所失掉的面子。

作好了充分的思想準備，她才將東方旭請到自己的辦公室裏。親手泡上一杯香茗，雙手捧著，恭敬地放到東方旭面前，緊挨著他坐下來，開始了她的啟發式的談話。為了不使談話顯得太突兀，她先談了有關編輯部辦公用品購買，以及編輯人員近來的思想情況等題外話，順勢轉入了正題。

她手捧茶杯，娓娓而談：自從新中國建立以來，短短半年間，各條戰線，捷報頻傳。共產黨又取得了一系列巨大的勝利。戰爭已經接近尾聲，除了臺灣和西藏之外，大陸已經完全解放，在軍事上，只剩下剿滅殘餘土匪的任務。因此，黨立即要把注意力轉移到經濟工作上。為了爭取國家財政經濟狀況的基本好轉，要抓緊完成土地改革，調整工商業，以及節儉國家機構的經費開支，改造舊教育、舊文化事業等。這就不僅要全黨全國人民共同努力，還要爭取一切愛國的知識份子，放下包袱，輕裝前進，全心全意地為人民服務。她特別指出，後面這一條特別重要。因為，偉大的經濟建設和文化事業，沒有大批知識份子的積極參入，要想取得勝利是不可能的。但是，大批從舊社會過來的知識份子，身上不同程度的打著舊社會的深刻烙印，許多人的立場觀點還不是無產階級的。令人感到欣慰的是，不少人已經開始認識到，不把自己身上的缺點、錯誤和資產階級思想消滅掉，不但跟不上革命的步伐，還會犯新的錯誤，甚至被滾滾前進的歷史車輪拋棄。於是，他們紛紛拿起筆，檢討自己的模糊認識和嚴重的資產階級立場觀點。他們的態度是那樣的誠懇，言辭是那樣的真摯樸實。讀過之後，使人甚為感動。說到這裏，金夢話鋒一轉，問道：

「東方同志，有關批評和自我批評的文章，不知道你讀過之後，有什麼感想？」

「我讀了一點，但不是很多。」東方旭答所非問。

「應該多讀一些。很有啟發喲！」見對方臉色冷淡，金夢委婉地問道，「怎麼，您不同意我的意見？」

「哪會呢。」金夢的說教，他早已聽得不耐煩。盯著對方反問道：「金夢同志，我們是老熟人啦。有什麼事，你儘管吩咐就是嘛，幹麼繞那麼大的彎子呀？」

「東方，別誤會喲。我們只是老朋友之間談心，不存在吩咐的問題嘛。請允許我把話說完。」一面說著，金夢從手提包裏拿出一張報紙，指著說道：「在我所讀過的所有自我批評的文章中，我最為欣賞費孝通先生在《人民日報》上發表的《我這一年》和《解放以來》。他的文章寫得誠懇喲，可以說是代表了許多知識份子的共同心聲。請您看看這一段：」她指著報紙說道。

「那篇文章，我已經讀過了。」他頭也沒抬。

「很短，就幾句話。我念念你聽聽，好吧？」見對方目視地面，不再言語，她展開報紙念道：「『知識份子的包袱是重的，傳統的思想是深刻的。這個包袱是要一個一個暴露出來，加以清除的。一年，二年，十年，二十年，是這樣一個過程。指出一個思想根源，拋去一個包袱，是走了一步。這路程就得一步一步地走，沒有翅膀，不必想飛。只要是在走，路程還是有走完的一天。』——您看，人家說的多好呀！」

東方旭知道，費孝通是一位名教授，著名社會學家。早在青年時代，即因一篇全面而深刻反映農村情況的《江村調查》，享譽海內外。想不到，如此德高望重的著名學者，竟然摭拾他人的餘唾，屁股顛顛，誠惶誠恐地自譴起來。為了獲得憐憫，不惜往自己身上抹黑，把自己說的一無是處，彷彿在他身上，除了「傳統思想」和「包袱」，再也沒有別的！他不想緊步這位名流的後塵，更不屑於借別人的化裝品，往自己臉上塗抹討人喜歡的色彩。

見他久久不語，金夢催促道：「怎麼？您不同意費先生的觀點？」

「這不存在同意不同意的問題。每個人有自己的情況，每個人也有自己的愛好嘛！」

「您不覺得，他的觀點，很有代表性嗎？」

「也許是。不過，他代表不了我！」他的回答很粗魯。

「東方，恕我直言，你這樣看問題，很不合時宜。如繼續抱殘守缺，自我欣賞，是十分危險的呀！」

他彷彿沒聽見對方的警告，由著性子說道：「金夢同志，請恕我直言：我在資本主義社會待了十多年，過夠了寄人籬下的生活。資產階級雖然把我看成無產階級窮光蛋，卻並不認為我的思想有什麼可怕之處。反而到處請我去散佈所謂的『無產階級思想』。現在回到了自己的國家，我這個揀過煤核的窮孩子，反倒成了『資產階級』，成了渾身散佈著臭氣的腐屍爛肉！自己不動手把自己罵倒，也得讓別人罵個人仰馬翻。我不明白，這到底是為什麼？莫非『淮南為橘，淮北成枳』的晏嬰詭辯，倒成了今日中國的現實？」

「東方，你……」金夢被驚呆了，「並沒有人說你是什麼『腐屍爛肉』嘛！我們只不過是認為，從舊社會走過來的知識份子，身上都有一些需要克服的缺點和錯誤而已。」

「缺點誰沒有？莫非共產黨員們，個個立場堅定，眼明如炬，身潔似玉，心清如水？」

「共產黨人當然不會沒有缺點。但，那不過是個別人的問題，絲毫不妨礙黨組織的光榮和偉大。」

「我何嘗不認為身上同樣有著這樣那樣的缺點，但我不認為，那就成了剝削階級，成了集體肌體上的贅瘤！」東方旭提高了聲音，「費孝通們，願意打破腦袋抹紅臉，爭一頂積極上進、足堪重用的紅帽子，那是他們的事。眼下，我還沒想好，怎麼寫他那樣的自我批評。」

東方旭自然想不到，那位極力想掙頂紅帽子戴在頭上的社會學家，數年後，竟然鐵枷鎖身，掙來一頂戴不動、掙不脫的黑帽子，成了天下聞名的「大右派」！

談話不歡而散。

當著大紅人金夢的面，將半年多來壓抑在心中的不滿，一股腦兒發洩出來。將自己的「錯誤觀點」暴露無遺，主動授人以柄，東方旭非常後悔。他知道，金夢乃是奉命而來，對她發脾氣很不應該。後悔歸後悔，對於她所希望的「自我批評」，他卻遲遲不想動筆。他始終相信，視知識份子為異己，甚至是洪水猛獸的人，絕不是洞幽燭微，雄視千載的聖賢。而是一群自以為聖明的短視小人！

他彷徨，痛苦。在彷徨中，衡量自己的價值；在痛苦中，檢討自己半年前作出的選擇。

他不知道應該隨眾俯仰，還是潔身自好，保持自己獨立的人格。

一九五〇年六月二十三日，毛澤東在全國政治協商會議一屆二次會議的閉幕詞中，明確指出，今後的一項重要工作，就是知識份子的改造。緊接著，全國知識份子的思想改造運動，此起彼伏，一浪高過一浪。他感到了問題的嚴重。莫非真的是自己錯了，已經成了被歷史車輪拋棄的落伍者？

他知道，在今日的中國，毛澤東，這位開國明君的威望，正如日中天。他口含天憲，任何一句話，都是真理和天警聖旨，甚至等同於法律。拒不遵諭而行，無異於自絕於共產黨，自絕於人民。因為毛澤東是代表共產黨和人民的……

經過一個階段的反思，東方旭終於明白了，回到國內僅僅半年多，已經淪落到了什麼「品位」。他失掉了「抱殘守缺、自我欣賞」的勇氣。閉門三日，挖空心思，終於寫出了一份《初步檢查》。在《北方文藝》上發表後，居然平靜無波，沒有人要他作進一步的檢查。

他天真地認為，自己的「初步檢查」，取得了最終的勝利，闖過了批評的關口。從此，可以鉗口不語，安安靜靜地寫他的長篇了。

不久，金夢奉命去河北農村參加土改。分手時告訴他，她是帶著創作任務下去搜集材料，體驗生活的。金夢剛走，卓然便找他談話，告訴他，組織上決定派他參加西南土改團。當初，他不願意擔任《北方文藝》主編時，卓然曾經許諾，利用參加土改的機會，給他另行安排工作。現在機會來了，他自然是滿口答應。不料，卓然後面的話，引起了他極大的不快。

「東方同志，對於一個知識份子來說，這是一個很寶貴的鍛煉機會，也是組織上對你的考驗。希望你到四川後，經受土地革命大潮的洗禮，思想上來一個質的飛躍。並且希望你能將參加運動的體會寫出來，在報刊上發表，以推動知識份子的思想改造。」

一瓢涼水澆下來，他再次從雲端跌到了地下！唉，人家是下去體驗生活，搜集創作素材，進行創作。自己卻是去「經受土改革命大潮的洗禮」，推動思想改造。逃不掉的『改造』喲！

他再次品味到親疏有別，身為異己的苦澀。給農民土地，實現孫中山先生「耕者有其田」的偉大革命目標，他自然是舉雙手擁護。自己不配做一名分給農民土地的神聖使者，他不在意。而叫他到土改大潮中去，所扮演的竟是一個接受改造的角色，他於心不甘！

他不知道該哭還是該笑。

七

一回到家，東方旭便把領導上要他參加土改團到西南地區參加土改的消息，告訴了妻子。雅妮一聽，高興地說道：

「耀之，你可真成了職業革命家啦。你去親手分地給農民，使中國的老百姓有田種，再也不愁餓肚子——了不起呀！」

「對於中國來說，解決土地問題，不但是一件廣大農民求之不得的大事，也是利國利民的大好事。很好地解決土地問題，與中國的未來和經濟發展，至關重要。所以，我們都應該為之高興。」

「那，你為什麼不高興呢？」妻子突然問道。顯然，他談話時悵然欲失的語氣，引起了妻子的注意。

「不。去幹前無古人的大事業，我怎麼會不高興呢？」

「撒謊！你一回來，我就看出，你有不高興的事藏在心裏。對不對呀？耀之，你幹麼要向自己的妻子隱瞞內心的秘密呢？你不是經常說，夫妻雖然是兩個人，但他們想的、做的，應該像一個人一樣嗎？」

東方旭知道，自己是個最不善於隱瞞內心秘密的人，妻子肯定是從他沉重的臉色上，看出了他心中的不快。但又不願將真情向她吐露，一則是三言兩語說不清楚，二則是不願讓妻子為自己擔憂。只得假意掩飾道：

「我是擔心走得太急，家裏的事情安排不妥貼。」

「你們什麼時候走？」

「三天以後。」

「那有啥關係！耀之，你儘管去好啦，家裏的事情有我哪。放心吧，我們的兒子，我也會給你照顧得非常好的。」

「好，那我就放心啦！」他極力作出高興的樣子。

「喂，耀之，你還沒有告訴我，你要去多少時間哪？」

「大約，最多半年吧。」他極力將時間說的短一些。

「半年？不就是把土地分給農民嗎，幹麼要那麼長時間呀？」她不解地瞪大了雙眼。

「也許是幾個月。放心吧，我很快就回來了。」他近前握住妻子的手，一起坐下來，安慰道：「雅妮，我知道，自從我們結婚以來，你從來沒有跟我離開這麼長的時間，你會感到寂寞的。不過，我相信，你是個堅強的女性，一定會生活得很愉快。」

「不，我不會。你還沒有走，我已經感到很不愉快了。」

「啊，為什麼？」他的驚訝絲毫不比妻子差。

「我害怕寂寞，還有那些沒完沒了的政治學習。」

「政治學習，有啥值得不愉快的？莫非有人借政治學習，發表對你不夠友好的言論？」

「那倒沒有。所有的人，對我還是很尊敬的——像對待客人似的，我還不習慣呢。」

「那我就不懂了。」

「耀之，你不說實話——故意跟我裝糊塗。」

他正色答道：「親愛的，我怎麼會不跟你說實話呢？」

「難道你一點都沒有感到厭煩？」

「我們不應該感到厭煩。學學總有好處的。」是違心地勸慰，「如果你實在不願意，也可以不參加嘛。你跟我們不一樣，你是外國人。」

「你不是叫我一定不要搞特殊化嗎？」

「是的。應該儘量跟中國同事們打成一片。人家不是每天都高高興興地參加學習嗎？」

「根本不是那麼回事！我看得出來，他們口是心非。那些千人一口的所謂討論，簡直是在演戲。可笑極啦！在我們國家，每個公民都有自由發表意見的權力。海德公園裏那些自由演講的人，哪個沒有自己的獨到觀點？請問，哪個是在摭拾他人的餘唾？」

「這是共產黨的規矩。目的是為了提高大家的政治思想覺悟。」東方旭極力解釋。

「哼！什麼叫思想覺悟？思想覺悟可不是坐在那裏喝著茶水，人云亦云，鸚鵡學舌似的空話連篇。而是愛祖國，愛同胞，熱愛自己的事業！我認為許多人所從事的事業，像工程，經濟，交通，體育，舞蹈，氣象等等，以及我所從事的語言教學，就與政治絲毫沒有關係。非逼著這些人天天學習政治，簡直是對生命的極大浪費！」

東方旭怵然而驚：「雅妮，現在正在開展知識份子思想改造運動的風頭上，雖然你是外國人，可你是中國人的妻子！你要入鄉隨俗，學會習慣。不然，要惹麻煩的！」

「我不相信，說幾句實話，就會有那麼嚴重的後果！」她站起來，在地上走著，激動地揮動著右臂，「耀之，你為什麼忽然變得膽子這麼小呢？莫非被毛澤東『改造知識份子』的豪言壯語嚇怕了？我簡直不理解，堂堂新中國首屈一指的領導人，怎麼能說出這樣的話！『改造知識份子』！天大的笑話！知識份子是什麼？是人類的精英，知識的寶庫，社會進步的火車頭，國家復興大廈的棟樑。對於這樣的人，卻要他們改造，難道說，要把他們『改造』成愚昧無知、膽小怕事的軟毛毛蟲？他們這樣搞，恐怕，吃虧的不僅是廣大知識份子，是他們的國家，他門自己的事業！」

「雅妮，不要說了！不要說了！」他連連擺手制止。

妻子的話，句句都是替自己說出來的。但卻像一陣急驟的寒潮，倏地掠過他的脊背，他不由打了一個寒噤。一種莫名的恐懼感彌漫心頭。他一生中只有一次有過這種感覺，那就是德國法西斯的炸彈在倫敦的大街小巷猛烈爆炸，他被埋在廢墟裏面掙扎不出的時候。回國剛剛半年多，開始的歡欣鼓舞，意氣風發，對新政權竭力謳歌的激情，很快煙消雲散。從創辦刊物、組織編輯班子時的一再被「關注」，終於悟出了自己在共產黨心目中的分量。等到寫所謂「自我批評」的懺悔文，立場不對，思想異端，甚而滿身陋習，淺薄無知……都成了自己筆下的罪狀。總而言之，拼命往自己的頭上潑污水，以換取當權者的寬宥，以免成為眾矢之的。他痛苦地感到，這比基督教的「懺悔」，更加不近情理。「懺悔」乃是有「悔」可「懺」，而且完全出於自願。現在所做的一切，卻是不得已而為之。自我完全失掉，任何一件事，都由別人作主！就像海外那些太太小姐們手中牽著的哈巴狗，吃的是罐頭香腸，睡的是彈簧軟床，有了病可以上狗醫院，要受教育可以進狗學校，它們的「畢業證書」就放在太太們的挎包裏。但是，它們仍然擺脫不了頸項上那跟閃閃發光的鐵鏈子。一切行止，統統聽由那根漂亮的鏈子差遣……

他不能將這些內心的隱秘告訴妻子，他不想使她對於古老文明的中國產生不良的印象，更不忍心增加她的恐懼。她生長在海外，中國的「國情」，對她來說，太陌生，太殘酷了。加之太年輕，涉世不深，而且過於敏感。讓她得知真相，一切會更遭。他把頭掉向一邊，偷偷揩掉溢滿眼眶的熱淚，掉轉話頭勸道：

「雅妮，剛才說的這些事，人人都在幹，我們也不應該例外。你坐下來，我們還是研究一下我下鄉的事情，好嗎？」

「耀之，許多人都在幹的事，未必是合理的事。當年多少人替法西斯賣命，難道他們幹的都是合理的嗎？」她激動得臉色殷紅，繼續大聲地辯論：「我們的教研室有好幾個老師的妻子在外地，有的在遙遠的黑龍江和昆明！就像神話傳說中的牛郎織女那樣，被滔滔的天河隔在兩邊，夫妻一年見不上一兩次面，然後匆匆分手。不僅不近人情，違反人性，簡直就是殘忍！他們號稱是新制度、新國家，為什麼卻要充當殘酷無情的王母娘娘呢？」

「為了國家和人民的利益，哪個國家沒有拋家舍業的勇者？你不是很欣賞匈牙利裴多菲，那首著名的詩歌嗎？」說到這裏，他緩緩吟了起來：「『生命誠可貴，愛情價更高；若為自由故，二者皆可拋！』現在正需要我們拿出這種精神。」

「不！那是在喪失自由、頗不得已的時候。現在可是革命取得了偉大的勝利。上帝為啥要給亞當製造出個夏娃？人性的需要呀！難道萬能的上帝也錯了？」

「亞當夏娃，不是也有失掉樂園的時候嗎？」沒有細想，他脫口而出。

「可，他們兩個人仍然在一起呀？」他的話，果然被妻子鑽了空子。「所以，你們，不，是他們，隨便做王母娘娘，是不能忍受的，也是不能原諒的！我打算立刻向領導反映，馬上讓我的那些同事，夫妻團圓！」

「雅妮，你知道嗎？這種事，不要說全中國，就是北京市，也是成千上萬，數不勝數。你不要少見多怪！」

「可我是教研室主任呀！共產黨號召為人民服務，教研室的全體老師，不就是我的『人民』嗎？難道為他們謀福利，不應該？」

「雅妮，這事不但你區區教研室主任管不了，校長也管不了。我們還是研究自己的事要緊。」見妻子不再堅持說下去，他回到正題上，「我去了四川之後，希望你能跟咱們的兒子生活的很好，跟我在家裏一樣。」

「你去那麼長時間，我不答應。除非你將我和兒子一起帶上！」

「雅妮，你想呀，一個工作團，有幾百口子人。人們都不帶家屬，我們怎麼能夠鬧特殊呢？」

「他們是他們，我們是我們。要我幾個月、半年多，沒有丈夫，我受不了。」雅妮滿臉淚水，賭氣地把身子扭到一邊，「我支持你們鬧革命。可，要人家不管妻子兒子，不是太不人道了嗎？」

妻子仍然用西方的價值觀，對待中國的事。他長歎一口氣，耐心地勸導：「現在，革命陣營都是這個規矩，我相信你慢慢就會習慣。」見妻子低頭不語，他繼續勸道，「只要情況允許，我會經常請假回來看望你們的。」

「好吧，只要你能答應經常回來看我們。我就答應。」她終於讓步了。

「好。我一定爭取做到。」

安撫好妻子，又反覆囑咐兒子聽媽媽的話。東方旭滿懷惆悵，登上了奔向大西南的列車。

土改插曲

一

東方旭所在的土地改革工作團，是西南土地改革工作團第二分團。

到達成都後，集中學習了五天。聽報告，學文件，統統是與土地改革有關。目的是使他們認識到，土改的偉大意義，這是廣大農民的迫切要求，只有徹底地解決了土地問題，中國的經濟建設才有可能。同時學習有關土改的政策，並請當地有關領導介紹四川農村土地佔有情況。提高了認識，明確了政策界限之後，工作隊員分赴各地展開工作。東方旭所在的工作組，一共三個人。組長是當地的一名年輕女幹部，姓包名菜花，還有一個是來自戲劇學院的教授姓傅名叢。他們被分配在一個小山村，全面負責那裏的土改。小山村座落在一條南北走向、長約十多裏的峽谷中。在兩面山峰夾峙的山谷底部，東一家，西一戶，分佈著八十多家零散農戶。雞犬相聞，大喊一聲能聽到，算是近鄰。如其說，這裏是一個村莊，倒不如是一些分散的農戶更恰當。正是這些農戶，組成了一個行政村——烏石埡。

一條山溪潺湲而來，叮叮咚咚，從峽谷中穿過。小溪的中部，有一塊方不方、圓不圓，像碾台般的大石頭。石頭黑黢黢，紅越越，表面挺光滑，與周圍的岩石迥然不同。人們稱它是大烏石，村子由此而得名。也有人說，那是一塊「星石」——隕石，是從天上掉下來的。但是，誰也不知是真是假。

按照工作團的部署，工作隊員進村之後，一定要住在佃農家，與他們同吃、同住，打成一片。這樣，可以方便地瞭解當地的土地佔有情況，他們所遭受的剝削、壓迫、貧困和不幸，以啟發他們的階級覺悟。使他們認識到，地主階級對他們的壓迫剝削，是如何的不合理，如何的罪惡深重。地主們依仗著手中佔有土地，過著華堂高屋、珍饈美味，不勞而食的寄生生活。他們不但毫不留情地收租逼租，甚而打罵欺侮佃戶，姦污他們的妻女。而廣大佃農們，披星戴月，櫛風沐雨，一年忙到頭，卻吃不飽、穿不暖，祖祖輩輩過著牛馬不如的生活。佃農們有了這樣的認識，證明他們的階級覺悟已經提高。只要絕大部分佃農對地主充滿了階級仇恨，第一步，即發動群眾階段，便告一段落。第二步，便是對罪大惡極的地主進行鬥爭和清算。屆時，將全村老老少少統統召集到鄉場上，把清算對象拉來，面向群眾，垂首恭立，聆聽苦主們的控訴。要作到控訴者義憤填膺、聲淚俱下，使被控訴者啞口無言，低頭認罪；甚而倉皇戰慄，暈倒在地。這時，群情會更加激奮，連事前有過顧慮，害怕變天的佃戶，也會奮勇向前，指著鼻子，戳著腦殼，痛罵地主老財種種不可饒恕的罪惡。成功地完成了第二步，第三步可謂水到渠成：將沒收來的地主土地，丈量造冊，分給無田或者少田的農民。至此，土地改革便算全部完成。工作組可以勝利撤出，向上級彙報來之不易的業績。

可是，進駐烏石埡的工作組，一開始便遇到了困難。

烏石埡村共有土地二百九十畝，其中約有二百畝，分散在六十戶農民手中，平均每戶三畝多地，他們是自耕農，土地的收穫足可自給。少數半自耕農，自家的土地不夠耕種，再租來一點。其餘近百畝土地，歸兩戶地主所有。最大的一戶姓恭，佔有土地六十畝，除了靠地租生活，還在鎮上開了一爿土產雜貨店，是一個地主兼工商業者，稱得上是山村的「首富」。另外三十畝土地，為一個姓孟的教書先生所佔有。兩家地主的土地，由近二十戶佃農租種。

該村佃戶與地主的比例是十比一。佃戶人多勢大，論說群眾容易發動。工作組花費了五六天的時間，逐個訪問佃戶，進行啟發教育。反覆說明，靠剝削佃戶血汗養活的地主，連同他們的家屬，都是不可饒恕的罪人。可是，工作組費盡了口舌，這裏的佃農們，竟然像木頭疙瘩，沒有幾個人買帳。一開始，個個是沒嘴葫蘆。後來，被他們的耐心和誠意所感動，漸漸吐露了真情：儘管他們十分渴望有自己的土地，但他們所期望的是省吃儉用、自己攢錢值地，而不是「去搶人家的」。人家的土地，不是老輩子上留下的，就是花大錢買來的，沒有一分半厘是從佃戶手裏奪去的。現在，紅口白牙，硬說是人家從自己手裏搶去的，咋說得出口呀？那不是成了流氓無賴嗎？唉！別人身上的肥肉，長不到自己的瘦脊樑上。硬要割人家身上的肉，往自己身上貼，那不是比地主還壞嗎？再其一說，共產黨把地分給俺們，國民黨回來怎麼辦？說一聲「地是共產黨分給的，與俺們沒關係」，就能脫掉干係、萬事大吉嗎？

嚴重的變天思想，再加上對於剝削的模糊認識，像兩道深溝高壘，阻擋著佃戶們的覺醒歷程。不越過這兩道屏障，下一步工作便沒法進行。工作組長包菜花急中生智，決定三個人分頭包乾作思想工作。她自告奮勇包七戶，兩個高級知識份子，每人包六戶。限期三天完成群眾發動任務！

包組長告誡說，必須不厭其煩地反覆講道理，直到打消他們的顧慮、提高他們的階級覺悟為止。跟他們說明，國民黨已經被趕到了孤島臺灣，眼下除了海南島和西藏之外，全國已經解放。當初，他們擁有八百萬大軍，尚且抵不住戰無不勝的解放軍；如今，只剩下幾十萬殘兵敗將，反攻大陸的調子唱得再高，不過是黃粱一夢！足見，害怕變天，毫無根據。而要讓佃戶們認識剝削有罪，從眼前說起即可。地主家沒有一個人扶犁挽車、下地流汗。卻住在高牆大屋內，穿綢著緞，吃香喝辣。他們的錢從哪兒來的？不就是佃戶們交出的地租嗎？沒有從佃戶們那兒剝削來的租米，他們非餓死不可。足見，是佃戶們養活了他們。他們割了佃戶身上的肉，補在了自己的身上。現在，佃戶們將本來屬於自己的東西要回來，不僅應該，而且天經地義！

經過三個晝夜的說服動員，絕大多數佃戶的階級覺悟，都有了很大的提高。紛紛表示，一定爽爽快快接受分給的土地。兩大難題，工作組順利解決了。

但是，要想搞好第二階段的重頭戲——地主罪行控訴會，卻遇到了更大的阻力。開好控訴會的關鍵，是要有一批苦大仇深的佃戶，勇敢地站出來進行控訴。把自己所受的剝削壓迫，聲淚俱下地往外傾吐，其他佃戶的義憤便會被激起，一呼百應，燎原之火熊熊燃起，控訴會便成功了一大半。等到控訴人訴完了苦，地主的氣焰肯定已被打下，往日的威風掃蕩殆盡，除了低頭認罪，聽憑處理，決沒有別的選擇。

可是，又花了五六天的工夫，烏石埡竟然找不出一個勇敢的「苦主」。佃戶們幾乎一口同韻：「無苦可訴！」

據他們說，那個姓恭的地主，像他的姓氏一樣，始終謙恭得很。雖然在鋪子裏的時間多，回鄉的時間少。但見了佃戶，總是笑容滿面，搶先拱手施禮問候。佃戶每有所求，無不慨然允諾。自他爺爺起，每逢遇到大災之年，都開鍋舍飯。是個遠近聞名的善人。那個姓孟的教書先生，一直在本鄉設館。烏石埡一帶，凡是上過學的孩子，無一例外地是他的學生。他身為師表，不僅教書認真，關懷學生，貧困學生交不起學費，他總是主動減免。鄉鄰之間，每有所求，不論是代筆寫信、立契約，還是解決鄰里、家庭之間的糾紛，更是有求必應，盡心盡力。多年來一直得到學生和家長的尊敬和愛戴。誰見了，都是恭恭敬敬，不提名姓地稱幾聲「先生」。

像這樣的地主，佃戶們仇恨不起來，是極其自然的事。難怪，工作組所聽到的，儘是他們不希望聽到的話：

「怎麼？要我上臺去控訴？那不是雞蛋裏挑骨頭，恩將仇報嘛。咱不能幹那喪良心的事！」

「嘿，跟善心人過不去，那怎麼是訴苦？那是大瞪著眼欺負人家——咱不能幹！」

「要說他們剝削有罪，俺們現在認識到了。可，要說人家欺男霸女、耍強梁啥的，俺可不知道。你們另找別人吧，那個頭兒，俺可帶不了！」

說話的口氣不一，措辭不一，但一個人接著一個人，都是拒絕發言。骨子裏都是在「同情地主」！

解放初期，流傳著一個民謠：「遊擊隊的棍兒，八路軍的會兒。」工作組長包菜花雖然參加革命不到兩年，但悟性極強。她從所參加的數不清的會議中，學到了開好會議的個中三昧。要想開好控訴會，必須有一批勇敢的控訴者。現在，工作進展快的組，已經進入第二步——鬥爭地主階段，他們卻連一個苦主都沒找到，實在不好向上面交代。

包菜花一時沒有了主意。

東方旭、傅叢兩位組員認為，對地主也應該區別對待，實事求是，不搞一刀切。是否可以請示上級，烏石埡的控訴會不開，而直接進入第三階段——分地？

「咳，你們這是右傾！」包菜花一雙大眼睛瞪得滾圓，「天下的烏鴉一般黑。我就不信，地主會成了大善人！大邑縣能出劉文彩那樣的大惡霸地主，烏石埡絕對會有像劉文彩那樣的小惡霸。受小惡霸欺壓的人肯定不會少，找不出來不等於沒有，是我們無能——工作方法有問題！」

兩個中年人不敢再堅持己見，只得聽從年輕組長的吩咐。三個人再次深入到佃戶中去發現「問題」，結果一無所獲。東方旭主張實事求是地向工作隊領導彙報，但包菜花害怕上面說她無能，堅絕不同意。可是，合乎要求的積極分子一時又找不出。無奈，她只得一個人跑到附近的另一個工作組去取經。第二天歸來後，一見兩位組員，便眉飛色舞地嚷道：

「同志們，別發愁。三座大山都叫我們推翻了，眼前的困難，不過是小菜一碟——我有了妙計！」這「妙計」是她自己想出來的，還是從別的組學來的她沒有說。

「那好呀！快講給我們聽聽。」兩位隊員幾乎同聲作答。

「嘿！我不但要講給你們聽，還要你們兩個很好地配合我呢。」

二

包菜花所說的「妙計」，是發現積極分子苗子，然後重點加以「培養」，使之成為不講私情、不怕報復，義無反顧，勇敢衝鋒的土改骨幹。她向兩位組員開導說：

「儘管佃戶們口口聲聲說，沒有人受過那兩家地主什麼欺壓。但是他們代表不了烏石埡全體受壓迫的老鄉。我相信，跟兩家地主有仇恨的人肯定有。我們絕不能被表面現象所迷惑，鼠目寸光，只把目光盯在各家佃戶身上。」包菜花莫測高深地望著兩位組員。

「既然是控訴地主，不找他們的佃戶找誰？找別人，那不是風馬牛不相及嗎？」東方旭不解地發問。

「組長，你是說，到東山找石頭，去西山打狼——借助外力？」傅叢同樣不解。

「不，借外力影響不好。我們必須找到與兩個老地主有直接關係的人！」

「那……恐怕不好辦。我們不是跟佃戶們都談過話了嗎？」傅叢搖頭問道。

包菜花反問道：「你一個不拉地跟所有的老鄉都談過話嗎？」

「那倒沒有。」

「還是的！」包菜花用力地一揮右手，「說你們鼠目寸光，一點沒說錯。你們只想到現在承租的幾個佃戶，烏石埡有幾百口子人呢。我就不相信，找不出幾個對那兩個老地主有意見甚至是有仇恨的人。不管是什麼仇恨。只要能找到三五個，當然越多越好，認真加以教育培養，不愁他們不衝鋒陷陣。有了這樣一批骨幹力量，會議的成功就有了一大半的把握！」

組長的決定，兩位組員只得遵辦。兩天後，果然找到了兩棵比較理想的「苗子」：一個是四十歲的常來，是個遊手好閒的酒鬼懶蟲。當初租種了恭家五畝好地，由於他愛酒勝過愛莊稼，田裏的草永遠比苗深。收穫不到穀米，酒錢尚難打發，哪來的力量交租？幾年拖下來，恭家終於上門通知他：往年欠下的地租不要了，但地也不再租給他種了。常來醒了酒，跑到恭家下跪磕頭、賭咒發誓，再欠下一粒租米，天打五雷轟！恭家不再相信他的廉價保證，堅持將地收了回去。常來失去了衣食之源，對恭家恨之入骨。只得四處流浪打短工，過著半饑半醉的生活。常來肚子裏蹩著一口氣，多年來一直想狠狠報復恭家，無奈，找不到合適的機會。不料，天從人願，「機會」自己找上門來。包菜花剛剛說明來意，沒等進行教育啟發，他便一蹦老高，跺著腳咬牙切齒狠狠罵起來：「那老地主比狼還狠，平白無辜把地抽了回去，一心想要餓死俺們一家子。俺恨不得打他個燕子不吃食，一口咬下他的耳朵！」

苦大仇深，勇敢無畏，好一個理想的發現！包菜花對自己的「深入挖掘」十分滿意。

另一個，也是她親自發現的。此人名叫丁六，五十三歲。五年前，從外地逃荒來到烏石埡落了戶。開了幾塊荒地不夠吃，想向孟家租幾畝地來種。孟先生開始答應了。有一家佃戶不善耕種，老塾師心疼糟蹋了好地，想把地抽回來，轉租給丁六。不料，他的決心，被佃家的眼淚，沖淡得乾乾淨淨。哭哭哀求的話沒聽完，竟然求佃家原諒他慮事不周。丁六沒有租到地，雖然很失望，但想到人家有難處，並沒有怨恨孟先生。但，包菜花啟發說，地主拒絕租給土地，跟奪地一樣，是出心想把他一家餓死，用心險惡之極，簡直死有餘辜！丁六靜靜地聽著，不住地點頭稱是。但聽到要他上臺控訴老地主，這個黑瘦的老農卻搖起頭來：「說那姓孟的出心想餓死俺們一家，太冤枉人家。不是嗎？他真要是把地抽回來給了俺，那被抽地的人家，不是也要挨餓嗎？同志，俺老丁不是怕得罪人，是覺得不佔理。」老人的頭搖得像貨郎鼓。

包菜花一時沒有了說詞。咬了好一陣辮子梢，靈機一動，有了主意。她保證說，只要丁六能上臺訴苦，說苦苦哀求老地主，仍然不租地給他，而且滿腔憤怒，「充滿階級仇恨」，就是有了很高的階級覺悟。工作組一定多分地、分好地給他。做夢都想有地種的莊稼漢，被感動得淚流滿面，當即一口答應下來。

但是，另外合適的發言者，再沒找到。一次會議上只有兩位骨幹發言，顯得太單薄，造不成聲勢，缺乏震撼力。想到丁六轉變的原因，包菜花大受啟發。既然允諾多分地、分好地，就能使得屁股向後倔的膽小鬼，變成勇敢上陣的猛士，足見，農民視土地像命根子一樣重要。現在，兩家地主的土地都握在工作組手裏，只要如法炮製，焉愁「培養」不出一大批積極分子呢？

「好一個偉大的發現！」包菜花高興得又唱又跳。

經過幾天的努力，又有五六個得到分好田許諾的佃戶，成了被選定上臺控訴地主的罪惡骨幹分子。至於控訴的內容，自然有包菜花面授機宜，既可以說地主剝削有罪，侵吞佃戶的血汗，十惡不赦；也可以說他們花天酒地，浪費金錢糧食，跟抽回土地和拒絕出租土地一樣，目的是想餓死農民！別人控訴過的事，仍然可以反覆說，甚至可以把別人所受的欺壓、剝削，當成自己的親身遭遇去控訴……

三

兵法云：不打無把握之戰。有了這樣充分的準備，烏石埡的土改可以說是勝券在握了。

訴苦大會會場，設在谷底臨溪的斜坡上。埋上兩根木杆，挑著一個大橫幅，上面是十二個美術體大字：「烏石埡村控訴地主罪行大會」。橫幅下面是主席臺，對面自然是會場。一張條桌，兩條長凳，便是主席臺上的全部陳設。開會那天，全村老少幾乎無一缺席，寬大的鄉場，被擠得滿滿當當。坐上主席臺的是三位工作組成員，以及烏石埡村貧雇農團的主席，一位腰背傴僂的五旬老農。

包菜花親自主持會議。她大講了一通烏石埡村土地分配極其不合理的情況，以及地主分子對於佃戶的殘酷剝削，無情壓迫，然後宣佈訴苦大會正式開始。

兩名地主被押到主席臺上，並排站在條桌前，面對群眾，低頭肅立。

這時，會議主席包菜花朝下面高聲問道：「我們烏石埡村，苦大仇深的階級兄弟有的是，不知道哪位，首先上臺控訴？」

「我，我，我……」一片黢黑的拳頭，齊唰唰地高舉起來。會場成了拳頭的海洋。

之所以有這麼多的人要訴苦，是會前做了工作：工作組要求參加會議的人，不論是否上臺訴苦，都要舉手回應，以壯會議聲威，表示對於地主階級的仇恨。大會主席叫誰上臺，誰就先說。其實，控訴者早已排好了次序，名單就寫在包菜花手中的那片紙頭上。

「看吧！這麼多人苦大仇深！」包菜花露出驚訝的神色，「一個個地來——孫保，你先上來說。」

應聲上來一個矮小瘦弱的青年人。他指著孟姓地主憤怒地說道：「孟九仁，你這個狠心的壞傢伙！不是你逼著俺們交地租，俺家會賣掉老水牛嗎？害得俺老爹，自己當牲口，拉犁翻地。你還是個念書人呢，難道孔夫子是這樣教導的你？俺的苦訴完了。」

第二個上臺發言的，是一個肩膀寬寬的中年人。他來到恭姓地主跟前，指點著吼道：「恭敬三，就是你這個壞蛋，把俺們的糧食剝削了去，俺七十歲的老娘有了病，沒錢治，眼睜睜地病死啦！你還是『善人』呢——狗屁！還俺的娘！你！」他在老地主的額頭上狠狠戳了一指頭，說了聲「我完啦」，大步走下臺去。

第三個發言的是丁六。他來到孟姓地主跟前，先扇了教書匠一記響亮的耳光，然後忿忿說道：「姓孟的，你這個壞傢伙，當初你不租地給俺，俺說了多少好話，你都不答應。你說，是不是想把俺們一家子活活餓死？你不承認，我就揍死你！你說——是不是呀？」

「是，是，是！」老地主低頭躬腰，連聲答應。

繼續上臺控訴地主罪行的人，足有十來個。有的大聲吆喝、慷慨激昂，有的聲調哽咽、淚流滿面。而最為出彩的是常來。大概包菜花知道他的階級仇恨最深，控訴必然精彩，特地安排他在最後發言，以便將會議推向最高潮，獲得響亮的結尾。常來一上臺就與眾不同，揮拳頓足，嘶聲噴唾，一副痛不欲生的樣子。當他說到，地主抽走了他租種的土地，使得他全家人衣食無著，老婆孩子差一點餓死時，泣不成聲。他一面哭著，大步來到躬身閉目的恭姓地主面前。工作組目不轉睛地注視著，認為要像他事前說的那樣，上前咬老地主的耳朵。只聽他憤怒地吼道：「老狗，我要向你討還血債！」一面說著，他麻利地從破上衣口袋裏摸出一把明晃晃的剃頭刀，伸出左手，扯住老地主的右耳朵，右手一揮，半片血淋淋的耳朵已經捏在了他的左手上。老地主疼得雙手捂著右耳，嗷嗷大叫。他轉身向參加會議的人群搖搖手裏的半隻耳朵，轉回頭，高舉剃頭刀，向老地主吼叫道：「喪盡天良的狗東西，今天老子宰了你，也出不完心中的惡氣」

老地主一聽，撲通跪到地上，像搗蒜一般磕著頭，哀求不止：「常來兄弟呀，從前是俺對不起你。俺一定不敢再欺負你，你就饒了俺吧！」。

老地主的淒厲哭叫聲，在鄉場上空久久回蕩……

會場一片混亂，唏噓聲，驚叫聲，此起彼伏。傅叢嚇得將頭抵到桌子上，不敢抬頭，恨不得鑽到桌子底下。包菜花驚得滿臉蠟黃、雙手捂眼。東方旭只覺得脊背發冷、渾身打顫。他怕這個「苦大仇深的苦主」，繼續「討還血債」，克制著恐懼，快步上前，將常來扶下臺去。

等到包組長回過神來，參加會議的群眾，已經大部分走散。她只得急忙站起來宣佈，訴苦大會勝利結束。

回到住處許久，東方旭的一顆心，仍然在劇烈地跳動。他經歷過倫敦大空襲，那震耳欲聾的納粹炸彈，將自己埋在瓦礫中，腿上流出的鮮血浸透了半條褲腿。也看到過許多被炸死者血肉模糊的屍體。當時所感到的，如其說是恐怖，倒不如說是憤懣！但是，他今天卻感到極度地恐怖。當著數百名鄉親的面，拿著明晃晃的剃頭刀，割下一片耳朵，卻是令人難以卒睹！時令已是初夏，他卻感到脊背陣陣發冷，一顆心咚咚急跳。同胞相殘，從未見過的慘劇！他忘記了自己是土改工作組員，忘記了常來這個積極分子是他們工作組「挖出」來的，他的「階級仇恨」也是工作組啟發教育而來。當時，只想到應該立即結束那血淋淋、不忍卒睹的場面。不應該給剛剛獲得解放的人民，留下共產黨殘忍的壞印象。他對包組長雖然滿面恐懼卻不加制止，十分不滿。對於傳叢的窘態，感到不屑。要分地主的土地盡可以分；地主有壓迫佃農的過失，盡可以控訴；有傷天害理的罪行，可以依法懲處！但，不經審訊，不核對罪證，不聽取當事人的口供，便對一個古稀老人，進行人身摧殘，不但極不人道，簡直是無法無天！難道地主階級剝削佃戶，一定要用血肉來償還嗎？

他在痛苦地尋找答案。

不料，答案沒找到，包菜花的嚴厲批評當頭打來：「東方旭同志，知道嗎，今天你犯下了嚴重的錯誤？你不跟我們商量，擅自越權行動，不讓上臺控訴地主罪惡的積極分子把話說完，便把他強拉下去，使得訴苦大會中途夭折。這不僅是攪亂會場秩序的問題，而是公開包庇地主階級，打擊土改積極分子革命鬥爭熱情的階級立場問題。是對廣大佃農階級感情的嚴重傷害。後果嚴重，必須馬上向上級報告。不是我跟你過不去，我不想犯包庇……」她想說「包庇壞人」，想想不妥，急忙改口道，「我不想犯不誠實的錯誤。」

「包菜花同志，控訴地主的罪惡，靠的是真理，不是暴力。佃戶們要的是地主的土地，不是他們的耳朵！如果不加以制止，只怕老地主的另一隻耳朵，也要保不住吧？」東方旭紅著臉進行辯護。

「哼！保不住有什麼了不起？老地主的一隻耳朵有什麼值得珍惜的？在我們革命者看來，值得珍惜的是群眾的階級感情！要是常來能割下所有地主分子的頭，才大快人心哪！」

聽罷組長的高論，東方旭驚訝得半晌無語。彌漫心頭的驚恐，倏然間消失殆盡，代之而來的是滿腔憤懣和不解。他堅信真理在自己手裏，他的「擅自越權」，絲毫沒有錯誤。可怕的是，這個年輕的組長，聽不進勸解。於是，他粗魯地答道：

「包組長，您要是覺得我今天做的過分，盡可以向上面報告。我聽從發落就是！」

東方旭覺得，上面的人社會閱歷廣，政策水平高。他們一定會正確理解、甚至十分讚賞自己的「越權」行動。

四

五天後，烏石埡果然來了三位領導：中隊廖政委，小隊鄒隊長和一個姓胡的副隊長。他們說，出差路過此地，順便瞭解一下前一階段的土改情況。東方旭知道，他們不是「順便路過」而來，而是包菜花搬來的救兵，專程前來處理自己的「越權問題」。不然，他們不會步行數十里，來到偏僻的烏石埡。

全國政協土改工作團西南分團，下轄若干大隊、中隊和小隊。分別領導省、縣、區的土改工作。駐村的土改工作組，直接歸小隊領導。現在，中隊兩位領導親臨烏石埡，足見上面對東方旭問題的重視程度。

三位領導來到以後，先跟組長包菜花、隊員傅叢和老佃農常來談了話，然後深入到農戶瞭解情況。直到第二天晚上，方才找東方旭「閒聊」。

談話在一間空房裏進行。一張油漆班駁的桌子上，一盞冒著黑煙、搖搖晃晃的煤油燈，發出昏黃的光，將人們的影子濃重地印在了髒兮兮的土牆上。桌子兩旁，平行放著兩張長木凳。一張上坐著廖政委和鄒隊長，另一張則坐著胡副隊長。東方旭來到之後，三人站起來客氣地讓座。由於已經見過面，用不著多少寒暄，他剛在空著的半截板凳上挨著胡副隊長坐下來，左手夾著煙捲的廖政委從放在面前的一包「紅錫包」香煙裏，抽出一支遞過來，客氣地說道：

「東方旭同志，請抽煙。」

「謝謝，我有。」東方旭從口袋裏摸出「大前門」牌香煙，並不禮讓三位靜坐一旁的領導。自己點上一支，抽了起來。

「東方旭同志，我們今天請你來，是想跟你談談心，隨便聊聊。」廖政委彈彈煙灰，重重地咳嗽兩聲，朝地上用力吐了一口唾沫，方才語氣鄭重地緩緩說道：「這次，我們路經烏石埡，順便瞭解了一下土改的進展情況。深感，你們對於村子裏的土地佔有情況，佃戶們的生活慘狀，以及地主對佃戶的殘酷剝削、無情壓迫等，掌握的非常仔細準確。為第二步的工作，打下了很好的基礎。」略作停頓，政委繼續說道，「你們第二步工作，進行得也不錯，尤其是對於群眾的發動、苦主的發現培養，可以說，幹的非常出色。所取得的經驗，很有推廣價值。地主罪行控訴大會，準備的也很充分。這說明你們三個人，幹得很不錯，成績很大，領導是滿意的。」

「不，不。本人什麼都不懂，是甘當小學生，虛心學習來的。要說有成績，完全是包組長一個人的，她應當記功受表揚。」東方旭知道，欲抑先揚是政治家慣用的手法。開頭的「表揚」，不過是為後面的批評甚至處分做鋪墊。因此，他的答話不僅冷淡，而且不無譏諷成分。

「東方旭同志，話可不能這麼說呀。毛澤東同志說過，三個臭皮匠趕上個諸葛亮嘛！再說，我們大家也都是在實踐中學習嘛——在戰爭中學習戰爭，在土改中學習土改。」廖政委扭頭看看同來的另外兩個人，「我說你們三個人成績很大，並不是我一個人的意見，而是我們三個的集體意見。」

見東方旭低頭吸煙不再說話，廖政委話鋒一轉，問道：「東方旭同志，你對你們親自主持的控訴地主罪行訴苦大會，是什麼評價？」

明知故問。說的好聽一點，對方在演戲；說的難聽一點，是在耍自己的猴子。東方旭反感地答道；「我不懂政治，不知道應該怎樣做出評價。不過，既然包組長已經專程向上級作了彙報，自然是以她的評價為准啦。」

「這麼說，你完全同意她的評價啦？」鄒小隊長說話了。

「她是領頭人，我是組員，當然應該服從他！」

「服從僅僅是表面行動，我們問的是你的內心思想。」鄒隊長嚴肅地說道，「包菜花同志認為，大會的前半截開得不錯，後面——全砸啦！」

「是嗎？」東方旭很冷靜。

「東方旭同志，你是怎麼看呢？」廖政委問道。

「你一定要說出，自己內心的看法！」鄒隊長像審案似的逼問。

「我的內心看法嘛，」東方旭把「內心」二字說的很重，「跟包組長的看法，略有不同。」

「請你說的詳細一點。好嗎？」廖政委說道。

他加重了語氣說道：「我認為，前面開得不錯，後面開得也很好！」

語出驚人。兩位領導一時愣在那裏。連一直低頭吸煙沒開口的胡副隊長，也坐直了身子，面露驚訝之色，扭頭望著他。

「東方旭同志，我們不懂你的意思。」廖政委搖頭道，「請你說的具體一點。」

「可以。」他把手中的煙蒂掐滅，提高了聲音說道：「訴苦大會開頭開得不錯，不需我來多口。只是最後到了常來訴苦的時候。……」

「好！我們正想聽聽，你對常來訴苦的高見呢。」鄒隊長打斷了他的話。

他克制著不快，繼續說道：「那個常來，上臺控訴時，聲色俱厲，氣勢洶洶，可以說把會議推向了高潮。他的話，雖然不無強詞奪理之處，但氣憤之下，在所難免。可是，說到最後，他竟然摸出一把剃頭刀，割去了恭姓地主的半隻耳朵。當時包組長和傅叢同志，都驚……」他想說「都驚呆了」一想不妥，急忙改口道：「他們兩人，都無所表示。為了不使事態擴大，我只得急忙上前將常來扶下去。我所說的『後面開得也很好』，就是及時制止了常來的行兇撒野，避免了造成更壞的影響。」

「東方旭同志！」鄒隊長幾乎拍案而起，「你知道嗎？很壞的影響已經造成了，但造成影響的，不是佃農常來的發言和他的革命行動，而是你自己，是你對於會議的干擾和破壞。你必須嚴肅地認識到這一點！」

「是的。這是一件十分嚴重的事情。」政委的口氣溫和得多，「早在幾十年前，偉大領袖毛主席就在《湖南農民運動考查報告》裏，教導過我們，農民的革命行動絕不是『痞子運動』，更不是『遭得很』，而是『好得很』。這個偉大的教導，今天仍然值得我們重溫和遵循。」你說而不是？

「東方旭毫不猶豫地答道：「是的。」

「因此，你把佃農兄弟的控訴，說成是『強詞奪理』；把他的過激行動說成是『行兇撒野』，不僅喪失立場，而且極其錯誤！你在控訴者怒不可遏之時，將他中途拉下去，使得會議開不下去，使得農民兄弟不滿地紛紛離開會場，影響實在太壞啦，簡直可以說是難以挽回的損失呀！」廖政委語氣平緩，但態度十分嚴肅。

「如此嚴重嗎？」東方旭語調平靜，引而不發。

鄒隊長搶先作答：「豈止是嚴重！簡直是，簡直是……」

「不可饒恕，罪臣當誅——是吧？」他斜睨著鄒隊長，譏諷地反問。

「你！對待自己的錯誤，怎麼可以這種態度？」

鄒隊長右手點著他，滿臉通紅。

廖政委急忙擋在前面：「東方旭同志，你的態度很不端正呦。這樣是要吃大虧的。」

東方旭用力地搖著頭：「三位領導，我的嚴重而不可饒恕的錯誤，是否就是因為沒讓常來控訴……不，發洩完畢？」

「可以這麼說。不過，你用『發洩』這個詞，是很不妥當的。要知道，常來是我們的階級兄弟呀！東方旭同志，我們必須用階級的觀點，來看待這個問題呀！」廖政委焦急的望著他。

「噢——原來是我的立場有問題！」東方旭氣憤難當。「不然，怎麼會看到有著深仇大恨的佃戶，慷慨激昂地控訴，認為是強詞奪理；看到他當眾報仇，割下反動地主的一隻耳朵，便認為太殘忍，太不人道呢。現在我才明白，常來就是割下地主兩隻耳朵，再割下他的鼻子，最後連老地主的腦袋一起割掉，也是『好得很』的革命行動！」

「不，不。」廖政委搖頭變成了搖手，「我們黨的政策是，消滅地主階級，但並不主張消滅他們的肉體。」

「這麼說，那常來所割掉的耳朵，並不是地主的肉體，而是消滅地主階級的需要？」東方旭越說越快，「當時，他把握在手中的鋒利剃刀，又一次高高地舉了起來，如果不加以制止，絕不止是割掉一隻耳朵！請問，是否他割的越多，越是『好得很』的革命行動？」

「……」兩位領導一時語塞。

「東方旭，不管你怎麼善辯，你所造成的影響是極壞的，後果是嚴重的。」鄒隊長又開始反駁。「你不作出認真的檢查，廣大群眾是不會答應的，領導也絕不會答應！」

他直視著鄒隊長，粗暴地答道：「我不可能寫出認真的檢查，只怕要使領導失望了！」

「東方旭同志，請你不要激動。一開頭我就說是隨便聊聊，並沒有逼著你寫檢查的意思。」政委畢竟有水平，始終能做到怨而不怒。「您是歸國不久的知名學者，又是政協委員，我們對於你們這樣的……同志，是十分尊敬的。時候不早了，今天的閒聊，先到這裏，以後有時間我們再聊。好嗎？」

東方旭站起來，一聲不吭，大步走出了屋子。

五

可是，已經過去了三四天，再也沒有人找東方旭

「繼續閒聊」。三位領導卻仍然留在烏石埡，遲遲沒有回縣城。他們忙碌地走西家，訪東家，似乎有著瞭解不完的情況，進行不完的階級教育。

東方旭極力用挑剔的眼光，檢討自己當時的對答。除了語氣有些粗魯，態度有點不冷靜。他所說的每一句話，都是真實的內心世界的袒露。可以從語言上挑毛病，甚而可以嚴厲地批評他的態度。但是，要說他在控訴會上的行動有錯誤，他無論如何認識不到。不但認識不到，還認為自己做了一件有益於政府和常來的大好事。對政府，維護了它的威信：進行土地改革，是消滅地主階級，不是對地主進行摧殘殺戮，即廖政委所說的肉體消滅；對常來，是阻止了他繼續幹違法犯罪的事。不說有功，反說是錯，這錯誤從何而來？殺戮當前，難道可以像包組長那樣，雙手捂眼，裝做沒看見？還是像很多群眾那樣，慌忙逃離會場？那不等於慫恿暴力，使行兇者暢行無阻嗎？地主也是人，既然承認不在肉體上消滅他們，出面阻擋橫行不法者，不僅維護了國家的政策法律，還是一件人道主義的高尚行為——何錯之有？管他步步進逼，還是軟硬兼使，沒有錯誤，就別想要我假檢討！

可是，為什麼自己沒有錯，他們卻硬逼著認錯呢？是他們的水平太低、急功近利？還是有了佃農這張護身符，幹什麼都成了正義行為？當三位上峰（實際是兩位，那一位始終一言不贊）被自己噎得無話可說時，那鄒隊長一派圖窮匕首見的架勢，廖政委反倒不失風範，虛晃一槍，草草收場。那句「以後有時間再聊」，分明是以後繼續聲討的伏筆。

他們還會有什麼新招數呢？

成為上憲注意的目標，畢竟不是件好事。東方旭心裏極不平靜。而上面來的人和興高采烈的包組長，似乎把他忘了。連續三天，沒有人找他，也不分配給他任務。自恃於心無愧，他並不主動去徵求意見，靠攏組織。他要看看他們的葫蘆裏還有什麼新藥。

閑得心裏發虛，又看不下書報。索性去外面走走。到天天遙望、卻無暇登臨的山谷叢林中，看雲卷雲舒，聽嘹嚦鳥語。

走出住處不遠，便來到一條幽深的峽谷。兩岸高山夾峙，樹木茂密。各種青翠欲滴的樹木，無邊無際，直達山巔。一排虬曲的馬尾松矗立在起伏不平的山嵐上。抬頭望去，空曠的青天，成了一幅巨大的天幕，背景碧藍，樹影墨綠，宛如一副長長的宋人青碧山水畫，橫陳晴空，壯觀極了。一條清溪，由西向東，自谷底潺潺流出。遇到擋路的岩石，便迎頭撞去。碧波被撞成一堆白浪，仍然哼唱著，向另一個方向奔去。走出不遠，一座壁立的高岩，橫在面前。它再作一次失敗的衝擊，然後呻吟著扭頭奪路而去。正是這一次又一次不可逾越的阻擋，造成了小溪的九曲十八彎，增加了許多引人入勝的趣味和變化。不像平原上的河流，身軀筆直，一覽無餘，許多幽深和韻致，都在整齊和筆直中，消失無餘……

在小溪的一個急轉彎處，有一棵俯身向水的老柳樹，樹幹粗大彎曲，疤痕累累。不知經歷了多少歲月的劫難，堅強地活了下來。東方旭手扶枝杈，百無聊賴地倚著老柳樹下坐了下來。剛剛坐下，一陣感慨驀地浮上心頭：

「唉！堅硬的岩石攔路，逼出了小溪的彎曲姿致；無情的歲月刀劍，塑出了老柳的鐵幹虬枝。看來，世間萬事、萬物，有一利必有一弊！就像我阻止了常來行兇，維護了法律和道德，明明是做了一件好事，卻犯下了立場錯誤，惹出一場大亂子，囚犯似的被審來審去！」剛想到這一層，他立即苦笑自語：

「唉！可能這就是禍福相依的規律吧？不過，既有一利，何懼其弊！」

「一利雖然可取，其弊豈可不懼！」

啊？就在附近什麼地方，突然傳來一句清晰的對話！

他被驚呆了。是警勵？是指斥？他來不及細想，只感到奇怪莫名：澗深林密，空山無人，哪裡來的人語呢？

「是誰在說話？」他大聲問道。

沒有人回答。他不無驚訝地自語道：「咦？原來是空谷來音。今天莫非真的遇到了神仙鬼魅？」

這句蘊涵禪機的話，聽得更清楚。他向來不信鬼神，卻不由一陣心跳。大著膽子問道：

「鬼乃人乎，神亦人乎——何異之有哉？」

「何方仙靈，在此說話？如蒙不棄，何不顯身降臨，當面給弟子指點迷津呢？弟子這廂拜求啦。」

「好嘛，捅了那麼大的漏子，不但不跪地懺悔，請求饒恕，卻在這裏求仙拜佛。妄圖逃脫劫難，好一個不知悔改的大博士！」

隨著響亮的答話，老柳樹後面走出一個人。他急忙定睛一看，原來是胡副隊長！多虧剛才沒說犯忌的話，不然，漏子捅大啦。他急忙站起來，近前禮貌地握手，客氣地問道：

「呦！原來是胡隊長呀！你們不是忙著深入群眾嗎？怎麼有時間來山裏玩呢？」

「跟大博士一樣——心裏煩唄。」胡隊長緊緊握著他的手，一面指指身旁的一塊石頭，「閣下不是希望神仙給你指點迷津嗎？可惜呀，就像國際歌所唱的，世上並沒有神仙皇帝！來，坐下來。跟凡人談談話，也許不無裨益呢！」

「好吧。」他在大石頭上，挨著領導慢慢坐下來，一時不知怎麼開口。

「東方旭同志，您倒是滿有閒情逸致的呀？」對方見他不開口，便從閑處入筆。

「哪來的閒情逸致呀！領導不分配任務，閑著悶得慌，出來隨便走走。」

「我知道，您挨了批評心裏不痛快。」對方露出了同情的神色。

「領導是為了幫助我，怎麼會不痛快呢？」不摸對方真意，他不想吐露真情。

「談話的時候，看得出來，閣下很不以為然。現在，您，是怎麼想的？。」

「不，我這人，思想轉彎慢。事後仔細想想，也就想通了。」

「想通啦——這麼快？」

「是呀。」

「真的嗎？」

「胡隊長，您的話，我不懂。」

「唉，不是不懂，是老兄信不著胡某人呀！」

「不，不！我怎麼會不相信上級領導呢？」

「老兄說了實話，怕我給您彙報上去，是不是？放心吧，今天是真正的私人閒聊，我沒有必要去彙報。」

「彙報也是應該的嘛。」他脫口而出。

心思被一語點破，再隱瞞沒有必要。退一步講，就是這位胡隊長向上面彙報，也沒有什麼可怕的，反正自己的態度他們瞭若指掌。何況，自己正想找個人談談，發洩一下心裏的悶氣。於是，他往前挪挪身子，兩手一攤說道：

「知我者，胡隊長也！」他收起調侃的語氣，正色說道：「你們，不，是他們跟我講的那些大道理，完全是隔靴搔癢，跟我的作為對不上號！」

「您現在仍然認為自己的作為是對的嗎？」

「是的。我實在不知道，錯在哪裡？」

「好，這種堅持真理、在謬誤面前不低頭的強項精神，令人佩服。」

「可是，他們似乎並不理解。他們繼續忙忙碌碌，是不是在搜集我的新材料？」

「唉，你猜對啦！」胡隊長不無痛苦地搖頭，

「老兄，你仔細地想一想，除了那件事情之外，有沒有別的違反政策的言行？」

「胡隊長……」

「請您叫我老胡。」

「那我就不客氣啦。胡隊……老胡，我歸國不久，對於中共的性體和規矩，可以說是一竅不通。時時生怕越軌出格，一切的一切，都是嚴格遵照上面的傳達和學習過的文件去做。我反覆想過，絕對沒有違反原則的言行。」

「那就更不用怕啦。」老胡用鼓勵的目光望著他，「不管遇到什麼情況，在真理面前絕不後退半步。」

「咦？老胡，」對方的激烈態度，再次使他產生了懷疑，「我怕自己沒有那個膽量！」

「不。你不是隨風轉舵的人。我相信，您是一個有著高尚人格的人。不然，我不會主動找您談話。」

疑慮消失了，他誠懇地答道：「老胡同志，您是領導，又比我年長，希望不吝指教，下一步，我該怎麼辦？」

「我不是已經說過嗎？堅持真理、堅持自己的人格！」老胡俯身向前壓低了聲音，「他們奉命而來，連你的一紙檢討都沒有拿到，怎麼回去向上司交差？所以，才想從別的方面打開缺口。你既然沒有他們可以抓住的把柄，不用急，不用怕，由他們去，諒他們做不出無米的八寶粥！」

「老胡，我有一事不明，您連用幾個『他們』，莫非『他們』不包括閣下在內？」

「是的。因為我是外人。」

「可您是中隊副隊長呀！」

「嘿嘿！老兄，我跟您一樣，一隻聾子的耳朵！」

「請問，閣下來西南之前，擔任什麼領導職務？」

「非黨，非團，一介異己！幹不了的，人家要給，想幹的，卻偏偏不讓。至今還是一個無業遊民！我來土改工作團，跟老兄一樣，是來學習、改造思想的。給頂副隊長的帽子，不過是統戰的需要——紙糊的，不頂用。」

東方旭發出了長長的一聲「噢」。此時他才明白，為何三位領導「審問」他時，老胡雙唇抿得緊緊的，從頭至尾一言不贊。原來覺得自己不過是民主櫥窗裏的一件展品呀！

見對方兩條濃眉毛擰到一起，線條分明的長方臉上露出痛苦的表情。為了緩和自己問話所帶來的尷尬，他轉移話題道：「老胡，我始終弄不明白，西方啟蒙思想家夢寐以求的自由、平等、博愛，在我們新中國，不但沒有立足的餘地，竟然成了異端邪說。這裏所倡導的，似乎除了絕對信仰，無條件服從，就是冷落猜忌，批判鬥爭。公民的人格尊嚴，獨立的意志，自由的思想，統統成了見不得人的異端邪說。要求每個屬下，一律成為……成為一棵永不生銹的螺絲釘！照這樣下去，只怕新中國的建設事業……」

「東方同志！」老胡粗魯地打斷了他的話。他把拿在手裏摩挲許久的一塊鵝卵石，遠遠扔出去，用力吐了一口唾沫，然後憂心忡忡地說道：「這是誰的心裏都一明二白的問題。可是，你不能說出口。不然，還有更大的麻煩等著你！」

東方旭無言以對。過了好一陣子，見對方抿緊雙唇不再開口，他只得再次轉移話題：「老胡，聽說胡風先生也來西南參加土改，並且擔任我們中隊的領導，不知他住在什麼地方？」

「您打聽他幹麼？」對方低頭望著溪流，頭也沒抬。

「他跟魯迅一樣，是我十分敬佩的前輩作家。可惜，嚮往已久，未得識荊。我想就近去拜訪他，聆聽他的教誨。」

「我看大可不必。」

「怎麼？老先生很難見嗎？」

「不是難見。是他對閣下不會有什麼幫助。他不過是一條曾經要過筆桿的粗漢子而已。聽說，連他自己尚且沒有徹悟，他會有開啟人智、指點迷津的良方、法術？——當然，這只是我的估計。」

回答不但奇怪，對於一位聲名遠播的詩人作家，不啻是輕蔑和褻瀆。這引起了東方旭的懷疑。略一沉吟，他突兀地問道：「老胡，恕我冒昧，我可以請教閣下的台甫嗎？」

對方毫不猶豫地答道：「這有啥不可以的？賤人賤名——胡馬。怎麼？沒聽說過吧？」

「是的。從未聽說過。」

「要不怎麼說是無名之輩呢？哈哈哈……」

「胡隊長——胡隊長！」正在這時，遠遠傳來熟悉的呼喊聲。

兩人四處觀看，只見包菜花氣喘吁吁地沿著溪邊小路，匆匆走了上來。走近了，驚訝地喊了起來：「喲！東方旭！你怎麼也在這裏？」

「我外出溜達，恰好碰到了胡隊長。」東方旭坐著沒動。

包菜花不再理睬他，扭頭向胡馬親切地說道：「胡隊長，廖政委請您馬上回去開會。我們到處找不著你哪！」

「東方同志，咱們一塊回去吧？」老胡轉回身子向東方旭問道。

「你們先行一步，我隨後就回。」他站起來向老胡握手告別。

六

有了老胡的暗示，東方旭作好了再次被「審問」的思想準備。

工作組進進出出，走家串戶。包菜花緊跟其後，忙忙碌碌。東方旭深信，除非是雞蛋裏挑骨頭，否則，他們絕對抓不住自己的把柄。任憑風浪起，穩坐釣魚舟。他不但毫無恐懼之感，甚至期待著另一次交鋒對壘早些來到。能讓正襟危坐、以歪理服人的領導們自陷困城，甚至啞口無言，他感到幾分愉快，儘管有些殘酷。他甚至想，趁機向領導們，學些政治敏感以及上綱上線的本領。

可是，直到調查組客客氣氣地握手告別，揹起背包撤離烏石埡，再也沒有人提起他「破壞訴苦大會」的事。顯然，他們沒有抓住新的把柄，多一事，被指著腦殼審囚似的「閒聊」，總不是愉快的禮遇。他慶倖一場無妄之災順利過去。

廖政委臨走前，親口作了結論：烏石埡的階級對立情況摸的准，群眾發動的比較充分，訴苦大會開得也不錯，佃戶們發自內心的控訴，長了貧雇農的志氣，大滅了地主分子的威風。雖然發生了一點小小的意外，仍然是一個指頭和九個指頭的問題，工作組的成績還是基本的。有了這樣的評價，前面兩個階段的工作，等於獲得了一張權威的合格證書。

檢查組走了之後，包組長紅潤的瓜子臉上，始終漾著微笑，柔聲長氣，東方同志長，東方同志短，親切地喊著，好像壓根兒什麼事情都沒有發生。於是，三個人一起，積極投入到土改的第三步——分配勝利果實階段。

雖然，上級領導對訴苦大會作出了「也不錯」的結論，東方旭仍然認為，最為失敗的就是訴苦大會。在指導思想上，違背了實事求是的原則，一切從概念出發。固然，有地主就有剝削，將剝削等同於階級壓迫，已屬牽強。再將那「壓迫」，上綱成是欺凌蹂躪，就是欲加之罪了。控訴大會上，那些缺乏底氣的控訴，用力擠出的眼淚，如其說能夠激起公憤，撫慰瘡傷，倒不如說以力壓人，貽人笑柄。被控訴的人失去了發言權，盡可任意往他們身上潑污水。他注意觀察過，臺上訴苦的人慷慨激昂甚而號啕大哭，台下卻有不少人在交頭接耳，甚至竊笑。這充分證明，烏石埡的訴苦大會，不過是拙劣的導演所推出的一齣可笑的鬧劇。當然這只是「腹誹」，他不敢漏出一個字去。

佃農們對於分配「鬥爭勝利果實」，倒是表現出他極少見到的歡快。一張張滿是污垢的黑臉上，浮著甜蜜的微笑；抱著孩子的女人，仨一堆，倆一簇，閒談的笑聲分外響亮；顫巍巍，扶杖來去的老人，露出了焦急的期待。連光著屁股的兒童們，也蹦蹦跳跳，來來去去，傳遞著好消息。奴隸即將變成主人，往日的幸運者，成了臭不可聞的狗屎堆！救星降臨，天地改變，怎麼能教他們不歡笑，不跳躍呢！

必須加快分田的步伐，讓微笑變成大笑，讓焦急的期待，變成活生生的幸福收穫。萬事具備，只欠東風！分田的名單一公佈，奇跡立即出現，幾千年來先行者們夢寐以求的「耕者有其田」的偉大理想，立刻在他們的手下，變成了現實！

東方旭陷入亢奮之中。面對佃農們的笑臉，他覺得，彷彿成了一位遍灑幸福雨的使者！

不料，他的勃勃興致，立刻被澆上了一盆冷水：在分田的具體做法上，他與包菜花再次發生了分歧。

上面的文件規定，一旦訴苦大會結束，立即轉入分地階段。要儘快地將土地分配到缺地少地的貧雇農手中。同時給他們地契，使他們放心地做土地的主人。如果將全部土地打亂重分，不但工作量浩大，勢必耽擱時日。而且租種的土地種了多年，不但有了感情，對於土地的「脾性」摸得准，有利於增加生產。因此，他主張佃戶們原先租種的土地，原則上不動，只做個別的調整。不料，他的理由一提出，立即遭到了包菜花的反對：

「東方旭同志，你這是簡單化，怕麻煩！上級派我們來，就是要耐心細心，善始善終地完成土地改革這項光榮而艱巨的任務。怎麼可以圖省事，怕麻煩呢？」她神色激動，一派教訓口吻。「我們已經答應了人家，帶頭發言的，多分田，分好田。試問，個別調劑，能調劑出多少好地給他們？那不是言而無信，自己拉下自己吃，故意降低人民政府的威信嘛？東方旭同志，你可不能再犯右傾主義的錯誤呀！」

反駁的理直氣壯，振振有辭。他注意到「再次」這個措辭。原來，他上一次犯的是「右傾機會主義的錯誤」！這充分證明，破壞訴苦大會的錯誤，並沒有一筆勾銷！

除了沉默，他還能說什麼呢？

滿懷惆悵，他投入了土地丈量、確定分田名冊等工作中去。直到二十天後，分田階段方才宣告結束。

祖祖輩輩，在人家的土地上櫛風沐雨，耕種鋤割，翻土流汗。好端端的肥田沃土，今朝忽然改了姓名，永遠成了自己的財產，難道這是真的？多少人，捧著寫著自己大名的地契，驚喜得熱淚盈眶。這是共產黨和人民政府給的福分，共產黨人民政府的恩情比天高，比海深。他們敲鑼打鼓向人民政府報喜，向共產黨謝恩。

滿面春風蕩漾，嘴裏感恩聲不斷。面對翻身農民的歡呼雀躍，東方旭竟然一時高興不起來。他一時弄不清，這是剛剛被批評為右傾，心有芥蒂的緣故，還是認為農民的亢奮和喜悅來得太輕率。一年前，當他站在開國大典的觀禮臺上，望著面前海濤似的、歡呼高唱的遊行隊伍，當時的喜悅和亢奮，絲毫不亞於今天的翻身農民，彷彿從下等公民，永遠成了指點江山的國家主人。孰料，時間過去了不久，他就明白過來，自己和五百萬知識份子一樣，變成了資產階級，身負「原罪」的改造對象……

想到這裏，他不由打了一個激靈。翻身農民拿到的不僅是一張土地證，實實在在擺在那裏的土地，也已經成了他們手中的產業。這與自己所得到的彩虹朝霞般「解放」、「信任」等華美的約言，豈可同日而語？今天的高興不起來，莫非正是自己的思想需要改造的地方？看來，知識份子真的是需要改造呦。

當土改工作隊要隊員們總結參加土改的收穫時，為了證明自己與農民同呼吸，共歡樂，他在總結的末尾，極力用誇飾的語言，寫下一首《七絕》，以表達自己的歡欣與祈望：

歡歌遏雲天地動，
救世畢竟有真功。
億萬奴隸成地主，
從此神州盡春風！

獻忠鑄奸

一

西南地區土地改革工作勝利結束，土改工作團告別四川，返歸京城。為了節省時間，他們躲開了難於上青天的蜀道和長途汽車的顛簸，南下重慶，在朝天門碼頭登船，沿江而下，直奔武漢。一路上，青峰插雲，神女耀姿，白帝彩雲，巫峽猿啼……這些被歷代詩人一再熱情謳歌、無比壯麗的三峽奇觀，減卻了長途旅行的沉悶，卻系不住遊子的焦急歸心。在古人乘黃鶴遠翔的武昌，他們棄舟換車，掉頭北上。火車頭大口大口地噴吐著黑煙、吃力地喘息著，緩慢地向前方爬行，彷彿拖不動如此多凱旋而歸的英雄。三十個小時之後，一聲長笛，列車終於在北京前門車站停下，結束了漫長的旅程。

東方旭早已急不可耐。列車剛剛停穩，他急忙跳下車，扛上行李往外走。剛到出站口，便揮手招來一輛黃包車。車子一走近，他搬上行李，跨上車，急匆匆往家裏趕。往常，他一直拒絕坐黃包車，今天彷彿把這忌諱忘在了腦後。

「東四——九道彎。」他大聲吩咐。

與愛妻雅妮和兒子小曉分手不過半年，他感到，彷彿過去了一個世紀。舐犢之情，人皆有之，離家越近，愈加強烈。恨不得現在就把兒子抱在懷裏，狠狠地親上一陣子。對於愛妻雅妮，更有一股遏止不住的思念在胸中激蕩。不僅是思念，還有一種深深的負罪感，久久盤踞心頭揮之不去。妻子在自由寬鬆的環境裏長大，不懂得什麼叫克制守禮。結婚六七年來，夫妻日日廝守，須臾未離。她今年剛剛二十六歲，讓一個青春似火、熱情如潮的女人，長達半年之久空房冷衾，長夜獨守，是多麼冷酷和不近人情的事喲！那漫長而難挨的日日夜夜，真不知她是怎樣度過的！

剛想到這裏，他的雙眼一陣熱，幾乎落下淚來。恨不得讓兩個車輪子變成兩隻翅膀，立刻飛回到親人面前！

俗話說：「久別勝新婚。」他與妻子雅妮年齡相差整整十三歲。在國外時，夫妻生活一直和諧，熾烈。自從回到祖國，不知是因為年齡的增長，還是因為諸事不順心，對於夫妻纏綿，常常提不起興致，甚而有力不從心之感。有時不得不強打精神，佯作快樂亢奮狀，以換取雅妮的片刻激奮。半年之久的勞燕分飛，白日公務忙，長夜相思苦。一旦重逢，熱烈地擁抱，久久地親吻，自不必說，如饑似渴的主動，養精蓄銳後的勇武堅強，肯定會讓愛妻長空翱翔，潮頭長吟。他要為她半年清守，夜夜空夢所做出的犧牲，極力補償。他估計，寂寞難耐的愛妻，一旦見他歸來，一定會兩眼含淚，連聲驚呼，飛奔上前，熱烈擁抱狂吻。然後，一起滾到床上，顛鸞倒鳳，直到將他的脊背抓紅，肩膀咬疼……

不料，妻子一見到他，「啊」的一聲驚呼後，竟然像雙腳生了根似的，許久愣在那裏。然後，悲戚地問道：

「耀之，你回家來，怎麼不提前來個電報呢？」她的語氣裏沒有驚喜，只有埋怨。

「在四川動身時，本來想發個電報，但害怕歸期不准，讓你等得著急。不過，在此之前，倒是給你發了一封信，告訴大體返京的日期呀！」

「沒收到——你們中國的通信呀，真叫人不敢恭維！」她生氣地撅起了嘴。

「是的，眼下確實不盡人意，將來就會好的。」他近前拉著愛妻的手，歉歉地問道：「雅妮，我走了之後，想不想我？唉，我可真想你呀！」

「沒想。連丈夫是啥模樣，差不多忘乾淨啦，怎麼想？」她的雙眼滾動著淚花，「你答應經常回來看我們的，為什麼言而無信，一次也不回來？」

他坐到沙發上將妻子拉近身邊，緊緊握著她的手，動情地安慰：「雅妮，對不起，我食言了。工作實在是太忙了——脫不開身呀！」

「哼！工作，工作——你成了工作狂！只知道討領導喜歡，就不想想，妻子跟兒子……」

「唉！我是夜夜相思到三更——怎麼會不想呢？可是，工作太緊張，實在不好意思開口請假。再說，人家都能堅守崗位，我也不好鬧特殊呀！」

「哼，怎麼可以把人當成工作機器呢？他們的人道主義哪兒去了？」她偎進他的懷裏，慟哭起來，一面拿拳頭捶著他的胸膛：「耀之，我好恨你——好想你喲！嗚嗚嗚……」

東方旭勸了許久，她才揩幹眼淚，平靜下來。

兒子小曉從幼稚園回來了。一進門，見到父親，喊了一聲「爸爸」，飛跑上來。雅妮急忙閃到一邊。不等東方旭站起來，兒子已經撲進他的懷裏。雙手摟著他的脖子，連聲問道：

「爸爸，爸爸！你給我捎來好玩的玩具沒有呀？」

他緊緊摟著兒子：「小曉，對不起，四川沒有好玩具，明天我一定到王府井給你買電動汽車，和你最愛吃的金絲糕。好嗎？」

「好吧，你可不准忘了呀。」

雅妮趁機去廚房幫助劉媽準備晚飯。

由於不知道丈夫要歸來，沒有準備下接風洗塵的酒菜，此刻已經是傍晚，商店已經打烊，無法買到酒菜，晚飯出奇地簡單：炒辣椒，燒茄子，炸饅頭片，雞蛋湯，代替了豐盛的接風宴。

可能是太高興的緣故，雅妮吃的很少。東方旭建議晚飯後跟劉媽一起，四個人出去看一場電影。回家的路上，他從街上的電影廣告上看到，現在正上映故事片《武訓傳》。

這是一部他十分感興趣的片子。不料，妻子答道：

「我頭疼，不想去。」

「出去散散心，就會好的。」他認為妻子「頭疼」，是流淚太多的緣故。「《武訓傳》這部電影，是根據真實的歷史人物拍攝的。東方旭武訓，是一個徹底的利他主義者，他的事蹟很感人，在中國可謂家喻戶曉——不可不看。」

「我今天實在沒有興致。」

「爸爸，媽媽不去算啦。咱們三個一起去。」小曉興致勃勃，「反正媽媽在家裏有夏叔叔陪她。」

「哪個夏叔叔？」他驀地一愣。

「夏雨，夏叔叔呀。」

「小曉，你胡說些什麼呀！」他大聲呵斥兒子。

「爸爸，我不是胡說。夏叔叔真的是常到咱們家來陪媽媽哪。不信你問媽媽。」

他愣了半晌，扭頭向妻子問道：「雅妮，這是怎麼回事？」

「你兒子不是說了嘛。」雅妮雪白的長方臉上，驀地浮上了紅雲，低頭嘟嚕道。

「亂彈琴！怎麼可能呢？」

「是的。最近他常常來陪我。」紅雲消退，她的臉色慘白。

「爸爸，我沒有說謊吧。老師說，說謊不是好孩子。」孩子很得意，「那夏叔叔，不光陪著媽媽玩，還陪著媽媽睡覺哪。」

「哦？」

「媽媽讓我跟劉奶奶睡到一起。」天真無邪的孩子，哪裡會知道自己是在火上加油吶。「她跟夏叔叔一起，睡在你們睡覺的大床上。」

「雅妮！」他倏地站起來，極力克制著憤怒，「你能回答我，這是怎麼回事嗎？」

「很簡單：我並沒有愛上他，是他見你不在家，怕我寂寞，自動找上門來陪伴我——你能怨我嗎？」

「狗東西，乘虛而入！」他狠狠罵了一句，「雅妮，請你給我解釋，你都跟他上床啦，還說不愛他，這能自圓其說嗎？」

「跟他上床，就一定是愛上他了嗎？」她一屁股坐到沙發上，「你這文學家難道不明白——性欲跟愛情能是一回事？」她雙手掩面，不再說話。

「不可理諭！」他嘟嚕了一句，重重地跌坐到沙發上。過了許久又狠狠地罵道：「那流氓，我絕對饒不了他！」

看到丈夫被痛苦和憤怒扭歪了臉，雅妮又恐懼又心疼地上前摟著丈夫的脖子，央求道：「耀之，耀之。這事怨不著夏雨，都是我的錯。」

接著，她把與夏雨的偷情經過，原原本本地說了出來……

二

東方旭去西南土改工作團不久，副主編金夢也隨著華北土改工作團，去了河北省太行山。東方旭是到火熱的群眾運動中去經風雨、見世面，加速思想改造。金夢卻不同，她為了寫一部反映這場偉大土改運動的作品，而到鬥爭第一線去體驗生活，搜集創作素材。同樣的參加土改鬥爭，卻肩負著不同的政治使命。他們和大批幹部一樣，將丈夫或妻子留在家中，背起行囊離家遠行。夏雨和雅妮，一個丈夫，一個妻子，落到了同樣的境地——空房獨守。

乾渴的土地期待著雨露澆灌，積蓄的熱量需要及時宣洩。青春似火的雅妮，自從結婚以來，從未經歷過孤燕空巢的寂寞。正當盛年的夏雨，更是習慣了夜夜顛倒纏綿、揮鞭躍馬的馳騁。他的豐滿美麗的妻子，雖然已近徐娘半老，卻是風韻未減，閨情熾烈。從延安到北京，始終是如膠似漆，魚水和諧。多年來，解放區形成了一個不成文的傳統——競相換老婆。不須屈駕親往，一封書信寄回家鄉，只須寫上一句「為了革命事業的需要」，當地政府立即遵辦不誤，立刻將離婚證書寄到寫信人的手中。眨眼之間，那些在丈夫參加革命前結婚的半封建腳、全文盲鄉下黃臉婆，立刻失掉了做革命者配偶的權利。取而代之的是革命陣營內那些年輕美貌的「戰友」。有幸繼續做「革命家屬」的，簡直是鳳毛麟角。他們當中的絕大多數，所做出的犧牲，絲毫不亞於革命者：帶著一個，或者幾個未成年的孩子，繼續在農村苦熬，為革命事業培養後代，直到入土升天為止。夏雨就是一個扔掉了「半殖民地」的革命者。這個文化程度頗高的老革命，超塵脫俗，與眾不同。他力排眾議，愛上比自己大五歲的金夢，並與之勇敢結合。據知情人講，除了敬佩女方的才氣，還迷戀她的儀表和獨具的魅力。現在，依人的小鳥遠翔太行山，鞭長莫及，寬大的雙人床空空蕩蕩。漫漫長夜，好夢難成，叫他如何忍耐！

俗話說，好當的光棍漢，難熬的五更天。時間過去不到一個月，他的忍耐力便瀕臨崩潰的邊緣。尋花問柳他不敢，況且妓女已經被取締，無處可尋。熟悉的女性中，不乏中意的目標可供獵取，他卻不敢造次。革命陣營內雖然換老婆成風，但對於男女關係並不寬容，除了極少數處於特殊地位的當權者，一旦與「作風問題」沾上邊，立即風光盡失，只能在唾沫的旋渦裏打滾，輕則受組織處分，重則身敗名裂。不像後來，僅僅被視作「生活問題」，不是視而不見，就是敷衍潦草地檢討一番完事。到了改革開放的年代，女人竟然成了身份和金錢的專利，是報效與提攜的最佳貢品。玩女人甚至成了一種時髦，一種光彩和能力。

古語云：色膽大於賊膽。肉體折磨所帶來的痛苦，反而給精神注入了加倍的勇氣。夏雨決定鋌而走險。他不由想到了同處困城的雅妮。這個金髮碧眼的洋女人，一定跟自己一樣，夜夜輾轉難眠，渴望安撫。主動送去熱情和愛撫，不啻是久旱甘霖、雪裏熱炭。雅妮是從性解放的西方世界來的，不像那些經歷封建禮教浸染、又受到革命紀律約束的中國女人，骨頭早已酥軟，卻做出一副凜然不可犯的莊重相。是的，向一個洋女人發動進攻，不僅勝利唾手可得，肯定不會有後患。妙極啦！

主意打定，夏雨立即付諸行動——他頻繁地去東方家串門。今天帶上夾心糖，明天帶上口酥，要不就是街頭小販串著胡同叫賣的兒童玩具。花上幾角錢，買上個會爬杆竹猴，彩紙糊的花燈，或者做工精美的「空竹」，刻成小船的桃核，把個六歲的小曉哄得拍著手兒跳高，一疊聲地喊「好叔叔」。

能讓孩子高興，做母親的自然感激不盡，夏雨成了東方家十分受歡迎的常客。

頭幾次，他喝著雅妮親手煮的咖啡，儘量談些她喜歡的話題，諸如陝北的風土人情，少數民族的婚俗，北京琉璃廠稀奇古怪的古董，上海大世界花樣繁多的雜耍等。聽著引人入勝的「中國故事」，雅妮一會兒忘情地縱聲大笑，一會兒動情地感歎唏噓。他不失時機地從對面座位上，移到她的身旁。一面說著，一面輕輕朝前挪。距離越來越近，越來越近。直到兩個滾熱的身體緊緊挨到了一起。雅妮似乎並不在意，照舊催促他「繼續說」。他挖空心思，讓那些精彩的故事，波瀾橫生，高潮迭起。同時悄悄將一隻手繞過她的背後，做好了準備。然後像說相聲似的，一個包袱抖出來，逗得雅妮搖晃著身子縱聲大笑。他一面大笑，極力做出前仰後合狀，不在意地將她的細腰摟緊。雅妮不但沒有生氣，而且扭頭瞥他一眼，嫣嫣一笑，將捲曲著金髮的頭顱，靠上了他的肩頭。這給了他極大的鼓勵。立刻掉過身子，將她緊緊地樓進懷裏……

一股與妻子身上迥然不同的特殊氣息，直衝鼻端。這氣息似茉莉，似丹桂，馨香無比，深吸一口，香氣直通丹田，使人不由熱血賁漲，心跳加速。低頭察看懷裏的女人，絲毫沒有掙扎和反抗。他緊緊攫住到手的獵物，低頭貼上她的嘴唇，一陣狂吻……

雅妮雙手摟緊他的脖子，雙目緊閉，雙唇洞開，迎接他頻頻衝擊的舌頭……。

太陽無光，市聲遠去，周圍的一切隱沒不見。風急雲湧，波濤洶洶，狂吻的浪潮，將兩人席捲而去……

直到小曉喊著「媽媽」從外面跑近來，兩個粘在一起的身體，方才急忙分開。

就在這個週末，夏雨前來約雅妮去政協禮堂跳舞，雅妮自然慨然應允。

建國初期，舉國上下大學蘇聯老大哥。因為老大哥的今天，就是我們的明天。從政治經濟，到文化藝術，統統奉為圭臬，頂禮膜拜，競競以求。被視為資產階級情調的交誼舞，同樣被老大哥的勁風吹送進來。交誼舞褪掉資產階級的白皮，塗上了大紅的革命色彩，立即在全國開花。凡是有禮堂的單位，幾乎每個週末都有規模不同的舞會。北京的政協禮堂，更是得風氣之先，加之有著照顧社會名流和統戰對象的充足理由，舞會的規模更加可觀。但並不對外售票，只接待政協委員和中央機關，以及北京市的機關幹部。

金夢和東方旭都是政協委員，有權按時享受免費舞票。兩家常常在舞會上見面，夏雨也邀請雅妮跳過幾次。一則，他不太適應洋女人的舞步，二則風度翩翩的金髮女子對他並不熱情。儘管他十分留戀她身上的幽幽香氣，也只得適可而止。如今，兩位委員都奔赴土改第一線，他們的權利仍然可以由家屬繼續享受。這給夏雨和雅妮提供了極其方便的會面機會。

寬敞的舞廳，幽暗的燈光，抒情的音樂，醉人的氛圍，對於舒臂摟抱的熱血男女，與其說是放鬆休息，倒不如說是充電煽情。雅妮熟練而奔放的舞姿，大膽而熱情的顧盼，使得在大上海學會跳舞的夏雨，相形見絀。好在他的思緒並不在跳舞上，交誼舞帶給他的是宜人的春風，馨香的花朵，翩躚的燕語鶯歌，醉人的香茗醇醪。舞會進行不到一半，他便熱血奔騰，思緒飛揚，領著雅妮悄然溜出舞廳，回到他的家裏。兩人早已按耐不住，一切過渡和前奏等繁文縟節，統統被滅卻，脫衣上床，直奔主題。騰雲駕霧，如癡如醉，忘卻今夕何夕。直到午夜過後，方才將雅妮送回她自己家裏。

夏雨無比感謝週末舞會的厚賜，無比慶倖妻子的遠離。異國女人雖然沒有自己妻子的床上飛揚騰挪功夫，但她那金黃的頭髮，似玉賽雪的肌體所帶給他的興奮和新鮮感，非金夢可以比擬。而她的熱烈和纏綿，更使他忘記了身體和疲勞，恨不得永遠停留天上神仙窟，不再回歸到人間，似乎，就是把一條命丟在溫柔鄉里，也在所不惜。但每週僅有一次歡聚，實在是一曝十寒，難熬難挨。

俗話說，色膽大其賊膽。一次次雲中飛翔，長夜消魂，夏雨被洋女人的溫柔纏綿，陶醉得像吸毒成癮的癮君子，明知不妥，卻欲罷不能。索性把一切顧忌拋在腦後，拼命追求肉體的飛升。毋須西廂待月，花園琴韻。隔不上三天，他便借著隱身的夜幕，悄然溜到東方旭家，逕叩閨門。而且膽子越來越大，漸漸夜深忘歸，直到第二天早晨方才悄然離去……

除了一些難以出口的細節，雅妮幾乎說出了她與夏雨間所發生的一切。

聽罷妻子的「懺悔」，東方旭彷彿丟了靈魂，木雕泥塑似的坐在那裏，一言不發。

「這事怨不得夏雨，都是我的錯誤，怨我不能自己克制。耀之，你能原諒我嗎？」雅妮偎在他的身旁，流著淚懇求：「你說話呀，耀之！你不說話，就是不肯原諒我。」

還有什麼語言，能比沉痛認錯更能打動人？看到妻子涕淚縱橫，東方旭的憤懣頓時減輕了許多。他把一隻手放在她的肩頭上，輕輕拍著，無力地答道：

「雅妮，我能，能夠。只要你接受教訓，不再……」後面的話沒說完，他已經淚流滿面。

三

「了不起，真了不起！中國竟然出了這樣一個奇人。他的行為雖然怪誕，也使人有些費解，但是他的獻身精神十分可貴，他的人格太偉大啦！」

看罷電影《武訓傳》，雅妮激動異常。對於東方旭武訓毫不利己專門利人的自我犧牲精神，崇拜得五體投地。東方旭回到京城後，本想立即觀看的正是這部電影。但由於妻子的輕佻放蕩，鬧得他心緒不寧，而耽擱了下來。現在，各單位競相組織觀看，他也得到兩張免費入場券，終於偕雅妮看了這部人人說好的影片。聽罷妻子的話，他頗有同感地答道：

「唉！為了窮人的孩子能上學讀書，竟然終生行乞，創辦義學。這種徹底的利他精神，實在是難能可貴。儘管，他的茹苦含辛，忘卻自己生命的寶貴；他的忍辱忘怒，失掉了人格的尊嚴，使人在感情上有些忍受不了。但是，並不像某些人所說的那樣，是他自己『找賤』。他的行為未必可取，但所追求的目標十分高尚。崇高代替了低賤，光輝淹沒了卑瑣。人們並不因為他蓬頭垢面、叩頭哀乞而嘲笑他。反而為他的獨立特行所驚歎，被他得來不易的業績所折服。張思德為了革命事業燒炭，得到了毛澤東的高度評價，說他是一個高尚的人，一個脫離了低級趣味的人。武訓何嘗不是這樣？他的獻身精神，他的輝煌業績，遠非燒炭可比！」

「耀之，你為什麼不把剛才說的觀點寫成文章呢？我相信會大受歡迎的。」

「是的，我也有這種衝動。」

「耀之，你應該趁著印象深刻、激情奔湧，立即動筆，此時寫出的文章，肯定無比精彩。」

「唔，有道理。」他立刻坐到了書桌前。

一部電影轟動了神州大地。就像後來引起中央領導重視、轟動京城的《十五貫》，滿城爭說一樣，一時間，滿城爭說《武訓傳》。

武訓是清末山東堂邑縣人，出身貧寒。他對因為家庭貧寒而不能求學的孩子，極富同情之心。立志興辦義學，使他們都能獲得求學上進的機會。但他又沒有別的能力，終其一生作乞丐，行乞討錢。他自己，則食豬狗之食，衣牛馬之衣。為了多攢一個小錢，甚至放棄做人的尊嚴，甘受打罵侮辱，讓人跨上脊背當馬騎。乞討來的每一文錢，他都積攢起來，放債買田，創辦義學，讓那些窮孩子免費上學。「你積德，他行善；你一文，他一錢，辦個義學不犯難。」唱著淒涼的順口溜，他在乞討的路上走了一年又一年，走了整整的一生，直到累死在乞討路上。正所謂有志者事竟成，許多座義學，從他的乞討聲裏緩緩矗起。他的「事業」終於獲得了成功。驚歎，誇獎，感戴，敬仰，雪片似的讚譽，紛紛落到他的身上。這位「武義公」終於得到滿清王朝青睞——聖旨褒獎，欽賜黃馬褂。褒獎之崇隆，非同尋常！

早在建國前夕，原中國電影製片廠和上海昆侖製片公司，根據這個史實，先後攝製過影片，但均未完成。一九五〇年，昆侖公司終於大功告成，夙願得償。同年底，影片在全國放映，立刻引起巨大的轟動。有口皆碑，好評如潮。僅京、滬、津三地，四個月內即發表了四十余篇讚譽文章。評價之高，可謂是空前絕後。

東方旭的文章剛剛寫好，還沒有來得及仔細推敲，《人民日報》一位姓焦的中年編輯便找上門來，「向名人約稿」。希望他就引起巨大轟動的電影《武訓傳》，惠賜大作，發表高見。來人態度虔誠，語氣懇切。他只得如實相告：雖然寫了一篇短文，但只是個草稿，連題目都未想好。待文章修改定稿後，一定交給貴報。但來人以「報紙急需名人的稿子」為由，要求立即將文章帶走。其情殷殷，卻之不恭，他只得將稿子交給了來人。兩天後，文章便在《人民日報》頭版的顯著地位登了出來。編輯部給加的題目是：「不容置疑的榜樣——武訓」。

不料，剛剛過去了一個月，高昂的頌歌正在迴旋激蕩，忽然，烏雲密佈，罡風陡起！從一九五一年五月十六日開始，《人民日報》便接連發表文章，對電影《武訓傳》展開了聲討。五月二十日，黨中央機關報《人民日報》，竟然隆重發表社論：《應當重視對電影武訓傳的討論》。社論說：

「《武訓傳》所提出的問題，帶有根本的性質，像武訓那樣的人處在清朝末年，中國人民反對外國侵略者和反對國內封建統治者偉大鬥爭的時代，根本上不去觸動封建經濟基礎及其上層建築的一根毫毛，反而狂熱地宣傳封建文化，並為了取得自己所沒有的宣傳封建文化的地位，就對反動統治者竭盡奴顏婢膝之能事，這種醜惡行為難道是我們所應當歌頌的嗎？向著人民群眾歌頌這種醜惡的行為，甚至打出『為人民服務』的旗號來歌頌，甚至用革命的農民鬥爭的失敗作反襯來歌頌，這難道是我們能夠容忍的嗎？承認或者容忍這種歌頌，就是承認或者容忍污衊農民革命鬥爭，污衊中國歷史，污衊中國民族的反動宣傳為正當的宣傳。」

社論還批評「一些號稱學得了馬列主義的共產黨員」，放棄了歷史唯物主義，喪失了對錯誤思想進行批判的能力！

沒有猶豫商量，沒有絲毫的閃爍其詞，大筆如椽，一錘定音。「對反動統治者竭盡奴顏婢膝之能事」的《武訓傳》被揪上了歷史的審判台。一部普通的電影，從此不再是一部孤立的文藝作品，而是一場階級鬥爭，一場煙硝彌漫的生死搏鬥！

在中國的歷史上，以文藝為導火線而轉入思想批判，乃至政治鬥爭的範例，由此發端！

批判鬥爭的火種，在地層深處蘊藏聚集。時機一到，立即像火山噴發一樣，岩漿四射，烈炎衝天。此後，一次又一次更加猛烈的燃燒，將由它點燃。

像聽到一聲霹靂，又像劈頭挨了一悶棍，東方旭一時被震得瞢瞢懂懂。表面看去，社論只把批評的矛頭指向「一些共產黨員」，實際上是針對所有寫褒獎文章的人。他已經發表的文章，正是歌頌了武訓「醜惡的行為」。恐怕這頓棍子，是逃不掉了……

回歸祖國不久，他便陷入痛苦迷惘之中。兩年來，知識份子必須進行思想改造的警告聲，如滾滾驚雷在耳邊震響，時高時低，從未停息過。他出生在舊社會，受的是舊教育，加之長期生活在海外，對於革命陣營和剛剛建立的新中國，不僅感到陌生，而且有許多看不慣，不理解的地方。結果，一系列的「意外」接踵而來，一個接一個的軟硬釘子，將他碰得暈頭轉向。一開始，他百思不得其解，經過組織上的反覆啟發，他才認識到這是自己思想落後的緣故。深感擺在面前的思想改造任務，不僅迫切，而且極其艱巨。必須急起直追，加倍努力，不然，不僅跟不上革命形勢的發展，還有被革命列車甩出車外的危險。他時刻警勵自己，一定將革命導師的偉大教導，融化成自己的觀點，在靈魂深處鬧革命。他抓緊一切空隙時間讀書，馬列主義和毛澤東的著作，實實在在讀了幾本。他對辯證唯物主義和歷史唯物主義的一些基本道理，不但十分贊同，而且大部分能夠背誦出來。本以為，自己的觀點已經是馬列主義的，立場至少也接近了無產階級。不料，在《武訓傳》問題上，不但又一次馬失前蹄，而且不偏不倚，碰到了瞄準的槍口上！

他知道，《人民日報》是黨中央的機關報。它的社論，一直被視為黨中央的聲音。等於是上諭。它占盡了真理，以此為准，不容置疑。但是，他把社論從頭至尾讀了十幾遍，再與馬列主義書本上的理論進行對照，仍然感到，這窮盡「真理」的聲音，絲毫沒有說服力。與馬列主義實事求是的精神，更是南轅北轍。滿篇是牽強附會，強詞奪理！

難道這真的是黨中央的聲音？

東方旭思緒萬千，如墮五里霧中。正在這時，那個姓焦的編輯，又一次不期而至。

「耀之先生，您對我報一向大力支持，我代表編輯部對您表示衷心的感謝。」編輯的態度極其誠懇。

「不敢當。」東方旭已經猜到對方的來意，只能搖頭苦笑。「我不過是一個低水平的自由撰稿者，寫了文章總要找地方發表，承蒙貴報不棄多次採用，乃是本人的榮幸。需要致謝的，應該是我，而不是貴報。」

「耀之先生太客氣啦。作者永遠是報紙的靠山。」焦編輯欠欠身子，搖頭作答。「不幸的是，由於我們的馬列主義水平太低，思想跟不上，工作中出了不少紕漏，給作者也帶來許多不應有的麻煩。」焦編輯接過東方旭遞來的香煙，用火柴點上，深吸一口，語氣凝重地說道：「是的，我們出了不少的問題，有的而且很嚴重。前一段時間，我們對電影《武訓傳》就是這樣。我們竟然沒有認識到它的顯而易見的反動本質，把一個封建階級的狗奴才，看成偉大的獻身者，以致大力組織文章予以鼓吹，在全國造成了極壞的影響，犯了嚴重的政治性錯誤。當時，我登門請求您寫文章，使您也跟著我們一起犯錯誤，實在對不起。我代表編輯部向您道歉。希望……」

「不知者不怪罪，沒關係。」東方旭打斷了對方的話，「焦同志，您大駕光臨，恐怕不是專為道歉而來的吧？」

「是的，是為道歉而來。」編輯語氣顳顬，「不過，編輯部仍然，仍然希望您再寫一篇有關《武訓傳》電影的文章。」

「咳，那一篇已經給貴報抹了黑，帶來了麻煩——之為甚，豈可再乎？」

「耀之先生，請您再寫一篇，是希望您用另外的觀點。」焦編輯回答的很含蓄。

「這麼說，是要我進行檢討，並對上一篇文章進行批判咯？」

「先生是社會名流，您的表態影響巨大。」編輯用「表態」巧妙地代替了「檢討」這個字眼，「不知您什麼時候能夠寫好？」

他已經忍了許久，本想趁機發洩一番。又一想，編輯乃是奉命而來，責任不在他們。只得含糊地答道：「這可說不準。寫文章是有感而發，可不是什麼時候想寫，就寫得出來的！」

「希望先生百忙中擠時間，務必早日完成。」焦編輯的語氣，絲毫沒有商量的餘地。「耀之先生，請諒解，這並不是我個人的要求，乃是我們編輯部的意見。」

「鄙人知道了。」他點點頭，站起來送客。

四

哼，客客氣氣求「大作」，一轉身又來要檢討，而且搬出「編輯部」相要脅！區區兩千字的一篇短文，竟然換得一篇懺悔文！這是什麼樣的創作環境呀？不要說，我的文章沒有錯誤，就是有錯誤，也得我自己願意懺悔才行！

一連許多天，東方旭心情鬱悶，悵然若失。他不相信眼前發生的一切會是真的。甚至認為，是報社總編輯或者某個分管報紙的頂頭上司，腦子出了毛病。那篇社論是癡人說夢，呆子的囈語。他沒有檢討的打算。如果有人硬在他的文章裏雞蛋挑骨頭，他準備當仁不讓，立即予以反擊，直到是非明晰為止。管他是編輯部還是總編緝，真理面前人人平等，東方旭從來是行文謹慎，下筆有據，諒你們抓不到小辮子！

可是，他的副手，《北方文藝》副主編金夢，來找他個別談話了。金夢到土改第一線體驗生活，收穫頗豐。一部三十萬字的長篇小說已經脫稿，正在徵求有關方面的意見，聽說大獲好評。難怪，近來笑聲如鈴，情緒頗佳。見面後，她先打了一陣哈哈，然後又問了幾句他近來的創作情況，話鋒一轉，似乎不經意地詢問道：

「耀之主編，《人民日報》上有關《武訓傳》的社論，估計您已經看到了。不知您是否跟自己的文章作過對照？」

東方旭皺眉答道：「拿區區一篇小文，去跟堂堂大報的社論作對照？」他佯裝不解，「那不是自做多情嗎？」

「喲，話可不能這麼說！要知道，《人民日報》的聲音，就是黨中央的聲音，是應該認真學習，堅決照辦的。至少，在一個時期內，是我們思想和行動的指南。」

「對一個非黨員也是這樣嗎？」他粗魯地反問。

「豈止是非黨員，對全中國人民都是如此！」

「明白啦。」東方旭眼睛望著別處，不再言語。

「耀之主編，我認為，您對大作應該有個正確的認識。有錯誤的地方，作出個深刻的檢討，對自己還是很有好處的。古人云，知過必改，德莫大焉嘛。」

「金夢同志，莫非您是為《人民日報》來做說客？」

「不，不。我是關心老朋友嘛。何況，組織上也是這個意思。」

「那就請您轉告組織，請他們放心，我對自己的文章，會有正確認識的。」

「好哇，你把那些正確的認識寫出來，不就是一篇好文章嗎？」

「嘿嘿。只怕我寫不出好文章來啦。讓我檢討，我還沒考慮好呢。」

話不投機。不管金夢是否還有話說，他說了一句「你忙吧」，站起來轉身走出了她的辦公室。

事後一想，既然金夢是代表組織上跟他談話，自己既不虛心聽取她的意見，又不等她把話說完便拂袖而去，按照革命陣營的規矩，這是嚴重的無組織無紀律狀態。用當年延安整風的話說，革命陣營不允許有山頭，更不允許鬧獨立王國。自己既然成為革命陣營的一員，就應該受革命紀律的約束。今天的行為，分明是犯了革命陣營的大忌。可是，要想不犯忌，就只能寫遵命文章，說假話，作囈語，欺人欺己。那不成了標準的言不由衷的偽君子嗎？

好一個二難選擇！

他怕妻子雅妮知道了事情的真相，再次大叫大嚷，埋怨中國沒有創作自由，造成不好的影響。對於接踵而來的兩次談話，對她沒有漏出一句。

苦惱了整整三天，他忽然想到了卓然。嘿，早就該想到這位高級幹部。在他的心目中，卓然不僅學識淵博，而且待人坦率誠懇，是一位足堪信任的領導。於是，帶上那篇有關武訓的文章去拜見卓然。事實勝於雄辯。只要卓然讀了自己的文章，用不著多饒舌，是非一目了然。相信，他一定會對自己的態度全力支援。

晚飯後，他滿懷信心地去了卓然的家。

五

卓然在單位開會沒回來。妻子白雪坐在電燈底下的一條小板凳上，補綴一雙發了黃的白線襪。一見來了客人，急忙站起來讓座。放下手中的活計，準備去沖茶，被他婉言謝絕。白雪也不堅持，讓客人坐在自己對面沙發上，等待丈夫歸來。東方旭此時才想起，革命陣營機關裏的工作，主要就是開會，領導幹部更是如此。今天晚上，恐怕要耐心地等待了。

戰爭年代，解放區不論機關、部隊，還是工廠、學校，不存在八小時工作制，更談不到歇禮拜。有時忙起來或者遇到戰爭，可以晝夜不停連軸轉。平常日，也是白天工作，早飯前和晚飯後兩次政治學習，雷打不動。這個習慣一直延續到建國初期。後來開始歇禮拜了，早晚兩次政治學習，依然繼續堅持。許多會議，理所當然地放在了晚上。作為領導幹部，卓然晚上開會，更是家常便飯。白雪雖然也是一家青年刊物的負責人，但除了上面的統一部署，她常常「忘了」晚上的會議和學習。他覺得，許多無了無休的會議，往往只須幾句話即可解決。那些嚼過來嚼過去的文件，其實只須念一遍即可領會。把大好光陰耗在並無實效的會議和學習上，實在是對生命的浪費。不如早早趕回家補一雙破襪子，不讓腳丫子拋頭露面失體面，反倒是對於供給制的一種彌補，是實實在在的一種人生必需。

東方旭坐下後，臉色凝重，久久低頭不語。白雪知道他一定是遇到了撓頭的難題。為了打破沉悶，她隨便找個話題，打破沉默。

「東方旭同志，聽說你們副主編寫了一部份量很重的長篇，不知道水平怎麼樣？」

「聽說水平不錯。」

「怎麼，你沒有讀過？」

「沒有。」

「她應該徵求您的高見嘛。」

「幹麼要徵求我的意見呢？」

「他山之石，尚且可以攻玉，您是著名的作家、評論家，徵求您的高見，對於她的作品質量，肯定是大有幫助的！」

「不見得吧？」

「絕對是這樣！」

他搖頭一笑，沒再吭聲。

「東方旭同志，」過了好一陣子，白雪再次打破沉默。「陸舟部長的夫人矯敫，在你們那裏幹什麼？」

「好像是管人事吧？我也不太清楚。」

「咦？」白雪抬起頭，停下手中的針線。「您身為主編，怎麼會不清楚自己部下的分工呢？」

「我這主編……」

他苦笑搖頭，本想說自己不過是一隻聾子的耳朵，又一想，當著頂頭上司夫人的面發牢騷，又是違反組織紀律的行為，立刻把到了口邊的話咽了回去。

正在這時，卓然推門走了進來，給他解了圍。

「喲，是東方旭同志——讓您久等了吧？」一面說著，卓然快步上前和他緊緊地握手。

「不，我剛來不久。」

「快請坐。」

他重新坐回到沙發上，卓然緊挨著他坐下來。白雪起身去沖茶，方才想到竹殼暖瓶裏的水是昨天的，便只倒了一杯白水放到客人面前。

「對不起，沒有沖茶的水，您就喝杯白水吧。」放下水杯，她悄然退到了東里間。

屋裏只剩下兩個人，東方旭開門見山地說明來意：「卓部長，今天晚上前來打擾您，我是專門來向您請教的。」

「嘿，你我是老朋友啦，有話儘管說，不必客氣嘛。」

「一個月前，我在《人民日報》上發表過一篇短文，不知您看過沒有？」

「拜讀過。」

「您是怎樣的看法呢？」

「前一陣子，有關《武訓傳》的文章連篇累牘，我只讀了很少一部分。當時看到閣下的署名，我倒是把大作認真讀了一遍。不過，現在印象已經很模糊了。」卓然分明已經猜到了他的來意，故意給自己留有餘地。

「部長，我把拙作帶來啦。」他從口袋裏摸出一片報紙，展開來雙手呈到上司面前。「要求您再勞神讀一遍，並給我指出問題的所在。好嗎？」

卓然把剪報接過去，拿在手中，沒有立即讀，兩眼望著部下問道：「怎麼？有人發表了不同的意見？」

「豈止是不同的意見，《人民日報》一位焦編輯和金夢同志，先後找我談話，要我寫文章進行檢討呢。」

「您是怎樣回答的呢？」

「我，覺得不好回答。只得模棱兩可，含糊其辭。不過，他們都明白，檢討我是不會寫的。因為，我堅信自己的文章，並沒有他們所說的嚴重政治性錯誤。」

卓然理解地點點頭：「東方旭同志，您認真地讀過《人民日報》上那篇有關武訓的社論吧？」

「不但讀過，我幾乎可以一字不差地背誦。」

「老兄的記憶力我是知道的。」卓然向前探著身子，放低了聲音：「莫非您另有看法？」

「不。簡直像天書——讀不懂！」

「沒關係。我們是老朋友，有話儘管說嘛。放心，我是不會打小報告的。」看出對方有情緒，卓然只得進行安撫。

「部長，我不理解的是，」東方旭提高了聲音，「一個流浪漢，可憐的乞丐，他的惟一本領，就是忍辱受賤，四處行乞。怎麼可以要求他去觸動封建經濟基礎和上層建築呢？難道說，讓讀不起書的窮孩子能夠進學校，識幾個字，就是宣傳封建文化？那歷代的教育家、教書匠，包括孔老夫子在內，是否都該斬盡殺絕？」見部長靜靜地聽著並不答話，他繼續說道：「不錯，武訓的行狀，確給人一種奴顏婢膝之感，但他是向乞討的對象作笑臉，並不是對反動統治者獻媚。他忘記自身的人格尊嚴，只耿耿於廣大得不到書讀的貧窮孩子。試問，有這樣利他主義精神的人，泱泱神州有幾人？魯迅先生為什麼發出了『救救孩子』的吶喊？不就是因為他們愚昧無知，有著更大的被吃掉的危險嗎？」

說到這裏，他已是兩眼殷紅，聲音哽咽。他想起自己當年因為貧窮失學，是在親戚的幫助下，才得到讀大學的機會。他覺得那位親戚，就是一個值得歌頌的武訓！

這時，卓然插話道：「東方旭同志，您的心情我完全能夠理解。您喝口水，喝口水。別急，慢慢說。」

東方旭知道自己已經失態，儘量克制著激動，放緩節奏說道：「我們翻開一部二十四史，哪朝哪代不是標榜『民為貴，社稷次之，君為輕』？再昏庸的皇帝，也懂得老百姓不可得罪。風調雨順，物阜年豐，是盛世之德感動了上蒼；做一件有益於社稷民生的事，是聖明天子的英睿倡導。武訓辦義學成就巨大，名震一方，他們自然不會放過褒獎宣揚的機會。這恐怕不是一個文盲乞丐辦義學的初衷吧？儘管當年武訓對於朝廷『厚賜』的態度，我們不清楚。但我們從電影上看到，他對於朝廷的恩詔，並沒有感恩戴德。而對於御賜的黃馬褂——一種最高的榮譽象徵，卻視同敝屣，一副不屑一顧的神色。披在身上的黃馬褂飄然落到了地上，他頭也不回，揚長而去。當時我看到這裏，認為是電影編導者，特意為之塗上一層革命色彩，以拔高武訓的思想境界，目的是為了取悅於時代，不顧忌是否有違歷史真實。當年的武訓，未必有如此高的覺悟。」說到這裏，他停下來，喝了一口水。見卓然在不住地點頭，索性繼續說下去：「想不到呀，編導們如此煞費苦心，依然成了罪臣當誅的過街老鼠。退一步講，就算編導們在無意之中讚美了一個封建階級的孝子賢孫，像有些批評文章所罵的那樣，也犯不下彌天大罪呀！文藝創作，要是有一點失誤，就來上一通全黨共誅之，全國共討之。誰還敢舞文弄墨？那才真是一片白花花的大地真乾淨呢。難道我們英明偉大的共產黨，真的希望剛剛誕生不久的新中國，出現那種萬馬齊喑的可悲局面？況且，區區一部電影，好，不足以興邦；壞，不足以亡國。何必小題大作，興師動眾，以泰山壓頂之勢聲討圍剿，必欲置之死地而後快。連寫文章的人也不放過，一副不檢討便不予寬宥的架勢，怎麼能讓人心服呢？堂堂中央黨報，竟然發表那樣一篇無中生有、強詞奪理的社論，實在令人費解。我甚至懷疑，那位寫社論的秀才，神經出了……」

「東方旭同志！」卓然突然打斷了他的話，「您的意思是，不想寫那篇檢討文章？」

「是的。我沒有可以檢討的。至少，在《武訓傳》的問題上是如此！」

「實在不想寫，那就暫時不寫。不過，這僅僅是我個人的意見。」

「部長，您的意思是，以後還是要寫的，是嗎？」

「以後嗎？再說吧。」卓然含糊答道。

卓然送走東方旭，一回到屋裏。自語似的說道：

「東方旭火氣不小呀！他這樣認識問題，怕是要吃虧的。」

白雪把兩個人的談話，都聽得明明白白。這時從里間走出來，不無氣憤的說道：「能怨人家不冷靜嗎？又搞起了人人過關。這跟在延安搞搶救運動有啥兩樣？」

「唉！事情來得太突然，很多人怕是一時都轉不過彎來。」

「哼！一部電影有什麼了不起，值得如此興師動眾！好像泰山要崩塌，神州要陸沉似的。國民黨八百萬大軍都被我們消滅了，倒怕起一部電影來啦，莫名其妙！」停了一會兒，她又說道：「許立群不過是寫了一篇正常的電影評論嘛，他肯定沒有料到，他的一篇小文章，會挑起如此規模的一場鬥爭。有些人，對當年井岡山和延安整人的教訓，怎麼忘記得這麼快呢？不願意集中精力搞建設，卻熱衷於大呼隆搞運動，惟恐天下不亂——不知道安的什麼心！」

「白雪！」卓然厲聲斷喝。「我看，倒是你自己忘記了我們當年挨整的教訓。這樣大的事情豈可隨意妄加評論？這事肯定大有來頭。我們一定要認真學習，努力緊跟。不然，又會犯新的錯誤。如今跟在延安時期不同，你已經是一刊之長，領導幹部，更要十二分地努力，培養自己的政治銳敏。」

「哼，當初，一部《清宮秘史》沒有賣了中國，難道現在一部《武訓傳》，就能把封建統治者的亡魂召回來？」白雪仍在低聲嘟嚕。

「我何嘗不感到事情來得蹊蹺，但是當著東方旭的面，無法明確表態。你認為我喜歡和稀泥嗎？」

「不管怎麼說，你應該設法保護東方旭同志。傷害了一個高級知識份子的自尊心，對於我們國家的建設事業，損失可是無法估計。」

「我會盡力的。唉！」

六

東方旭不僅執迷不悟堅持不做檢討，連自己心中的迷惘和不解，也一股腦兒向卓然和盤托出。滿以為在他歸國時舉棋不定，給了他決定性影響的老上級，會作出正確的判斷，並充分肯定他對真理堅持到底的可貴精神。殊不知，他給卓然出了一道不大不小的難題。

要在中央一級黨報上，開展一場轟轟烈烈的批判運動，身為宣傳部門的一位領導，他不但應該事前即有所聞，對於批判運動開展的步驟和方略，他也應該瞭若指掌。但這一次卻是個少有的例外。批評文章在《人民日報》上接連登場，他仍然沒有意識到這是暴風雨來臨前的強陣風。雖然感到有些小題大做，攻其一端不及其餘的味道很濃，卻認為不過是文人圈子裏的宗派意氣，並沒在意。直到社論出來了，他才意識到來頭不小，暗笑自己患了政治幼稚病。但仍然摸不透事情的來龍去脈。在一段時間裏，只能保持沉默。不料，東方旭找上門來，慷慨陳詞，據理力爭，義憤之色溢於言表。多年的政治經驗告訴他，在沒有摸准氣候之前，擅自表態，不僅組織紀律不允許，還會給自己惹來麻煩。儘管東方旭的情緒很大，語言不無偏頗尖刻之處，他卻無力反駁。不但無力反駁，甚至暗暗驚訝與自己的觀點竟是如此地契合。但他卻把自己包裹得嚴嚴實實，一句真心話也沒暴露給對方。事後越想越不對勁，部下坦誠相告，肺腑盡傾，自己卻自始至終模棱兩可，含糊其辭。虧對同志的信任，有負於自己的職位。佔著高位，卻不敢挺起胸膛負責任，與舊時代尸位素餐的官僚，有何區別？這些年，喜怒不形於色，哼哼哈哈，以「研究研究」為遁詞的官場做派，已經相沿成習，甚至成了流行的痼疾。身處官場，靈魂不知不覺被侵蝕，人性逐漸被扭曲。用不了多久，自己也要不認識自己。有人認為這是「老練」，他卻認為是油滑和玩世！羞愧和悔意久久彌漫心頭，揮之不去。他甚至感到幾分恐懼。

是的，必須與有關方面疏通，讓他們不再向東方旭施加壓力。不管手法巧妙還是鹵莽，強人所難，不利於團結廣大知識份子。我必須盡自己的努力。

卓然正在思考，如何彌補自己的失誤，設法保護一個著名的愛國知識份子，部長陸舟派通信員傳話，請他到他的辦公室去一趟。

來到陸舟辦公室門外，他輕輕敲了兩下門，聽到「請進」聲，方才推門走進去。

陸舟端坐在寫字臺後面，面前放了一個紅色硬皮面的筆記本。分明在等候他的到來。見他進來，陸舟並沒有起身，只伸手指指對面的一把椅子，說了一個字——「坐」。這是他接見部下的老習慣。卓然坐下來，恭敬地問道：

「陸部長，您找我有事？」

「老卓，」陸舟語氣很平緩。「你注意沒有，最近一個時期，報紙上有關《武訓傳》的討論，有星火燎原之勢？」

「注意到啦。風頭之強勁，出乎意料，聽說許多人有措手不及之感。」

「事情來得太突兀，這也難怪。剛才我參加了一個會，才揭開了悶葫蘆。」陸舟伸出右手食指，向天空指一指，沒頭沒腦地說道：「他老人家一手抓，連社論都是親筆改的。」

「怪不得！」

「聽說，首先是江青同志發現許立群的文章，寫得大異其趣，立即吹了風，很快得到了支持。」

「這個女人！」卓然一副不屑的神氣。

「老卓！」陸舟急忙瞥一眼辦公室的門，以目制止。「這話，不准再說第二次！現在躲之尤恐不及呢，你就不怕引火焚身？」

卓然自知失言，喃喃說道：「我一時想不通……」

「那由不得我們的思想通不通！」陸舟往前探探身子，神色嚴肅地說道：「你想不到吧？我們都犯了嚴重的錯誤呢！」

「與我們什麼相干？電影不是在我們的領導下拍攝的，你我又沒寫鼓吹文章。風馬牛不相及嘛！」

「說得倒輕鬆！請問你我是幹什麼的？」見對方無話，陸舟加重了語氣：「批評得很尖銳：『大官不言，而小官言之』！我們這些管文藝的，雖然算不得是『大官』，但也不是「小官」吧？逃得了干係嗎？」

「噢——不言也是錯誤？」

「那就是包庇縱容！」見卓然不再反駁，陸舟繼續說道：「不管想得通，想不通。我們必須用最積極的行動，彌補已經犯下的錯誤。」

「上面要我們怎麼辦？」辯論無用，他只得服從。

「具體指示還沒有。我的初步意見是：第一，組織力量積極配合，立即寫出一批有分量的批判文章，在報紙上發表；第二，所有我們的直屬單位，凡是有人寫過鼓吹讚美文章的，一律限期寫出有深度的檢討文章；第三，各單位當前政治學習的內容，一律改為學習《人民日報》的社論和有關批判文章。每週都要寫出學習心得，貼在壁報欄上，任何人不得例外！這事由你親手抓，立即行動，一定要抓出實效來。不然，沒法向上面交代！你看怎麼樣？」

「好吧。沒有別的吩咐，我回去啦。」卓然站起來往外走。

「等等。」陸舟把他喊住了，「我差一點忘了，你回去親自做東方旭的工作，別人的話他聽不進去。你要狠狠打掉他洋博士的臭架子，社會名流的優越感。不就是一個受過洋教育的資產階級知識份子嗎，有啥了不起的！」

「陸部長，他的工作我已經作過了，收效不大。我的意見，最好由您親自出馬，效果肯定會好不少。」

「不。還是由你來做。他再不聽勸，就明確告訴他，我們的等待是有限度的，繼續對抗下去，絕沒有好處。後果自負，怨不著我們！」

原來，東方旭不檢討的事，陸舟已經很清楚。本想為他求情，看來是做不到了。卓然心情沉重地離開了陸舟的辦公室。

七

卓然只得掩藏起內心的不理解，雷厲風行地貫徹陸舟的三項指示。

普遍開展關於批判《武訓傳》文件的學習，開幾個會佈置下去就行。集體政治學習早已成為習慣，沒有人敢於抗命不遵。寫一批批判文章也不難辦，調來十幾支筆桿子，組成一個寫作組。用顯微鏡一般批判的眼光，查查武訓的歷史，把電影再看上一遍，焉愁找不出它的反動之處。再翻翻馬列和毛澤東的著作，找來一些可以據以定罪的論據，事情便成功了九分。誣衊何論情由，罵人無須學問。筆桿子們個個都是錦心繡口的秀才，不難寫出幾篇有聲有色的批判文章。退一萬步講，即使漏洞百出，滿紙荒唐言，絕沒有人敢於站出來唱反調。至於，要所有寫過歌頌文章的人，都寫出檢討，也不難完成。批判的氣勢已經造成，加之上面嚴厲要求限期完成，絕對沒有人敢於頂風而上，抗命不遵。這項工作由各單位的黨組織去做，用不著他親躬其事，耗費精力。他最感到困難的是要東方旭做檢討。陸舟點了將，上命難違呀。這事既不能交給別人去做，又不能敷衍塞責。上面點名要的檢討稿子，寫不出來，或者寫得不像樣子，自己臉上無光事小，還可能要受連累。他躊躇再三，想不出好的法子。又擔心談話不歡而散，造成不良影響。便沒有像通常那樣，將談話對象請到辦公室。他要登門拜訪，不是為了得到個禮賢下士的好名聲，而是為了減少對方的反感。儘量讓那位洋博士的火氣小一些，使談話能順利地進行下去。他推開了晚上的會議，徒步去了東方旭家。

東方旭和妻子、兒子一起，坐在院子石階上，搖著芭蕉扇驅蚊乘涼。一見上司到來，雅妮進屋泡茶去了。東方旭急忙站起來恭敬地往屋裏禮讓。

「部長，屋裏請。」

「不，就在這裏。外面涼快。」卓然在雅妮坐過的矮凳上坐了下去。

「雅妮，請把茶端到這裏來。」

雅妮用茶盤端來兩杯茶，放到石階上，向客人客氣地點點頭，領著兒子到外面涼快去了。東方旭把茶遞到客人手中，又遞給客人一把芭蕉扇，然後徑直問道：

「部長，您難得有時間來舍下坐坐。今天晚上沒有會？」

「啊，啊。……我想找您聊聊。」卓然一時不知怎樣開口。

「莫非上次求見，我給您出了個難題？」急性子人總是喜歡開門見山。

「實不相瞞，我挨了批，並且當場作了口頭檢查！唉！」卓然長歎一口氣，一副憂心忡忡的樣子。

「僅僅是因為，沒有逼著一個沒有錯誤的人作檢討嗎？」

「可以這麼說吧。唉！」部長又是一聲長歎。

因為自己不向錯誤的決定屈服，弄得一向十分關心自己的一位領導，滿面愁容唉聲歎氣，東方旭的一顆心在隱隱刺痛。沉默了一陣子，他無奈地說道：

「這麼說，我的所謂的自我批評，是非做不可啦？」

卓然知道，實心眼的東方旭吃軟不吃硬。沒想到剛剛放了一點煙幕，他就軟了下來。堅城有望被攻破，他在心中竊喜。

「您是民主人士，可以自由其事。我卻不同，組織紀律嚴的很哪。」他索性繼續迂回下去。「東方旭同志，自從您找了我之後，形勢又有了新的發展，您每天看報紙，肯定注意到了這一點。風是從上面刮下來的，而且越來越猛，躲是躲不過去的。不積極爭取主動，後果不堪設想。唉，我準備再寫一份深刻的書面檢查。不然，這一關……」

「卓部長，實在對不起。早知道會給您帶來如此大的麻煩，我會乖乖聽命的。」東方旭被感動了，「我馬上寫一篇檢查，交給領導。」

「東方旭同志，這可不是開玩笑的事。您真的想通啦？」

「請放心，明天我就交卷。」

「也不必那麼急，一定要考慮好了再寫，閣下是有社會影響的人物呀。」卓然仍然不放心，「閣下雖然是文章大家，只怕從未寫過此類文章。不妨多讀讀已經見諸報端的同類文章。您說呢？」

「好吧。」

「當然，不必兢兢於自己的風格文才，要緊的是，緊扣自己的那篇文章。即使別人已經說過的話，找到的原因，只要符合自己的情況，來上點『拿來主義』也無妨嘛。」

「哦？」他一時不解，旋即點頭應道：「我明白啦。」

卓然告辭的時候，雅妮剛好領著兒子回來。立刻問起「大官」的來意。他怕她反對自己做檢查，甚至產生恐懼，撒謊說，卓然來，是對於民主人士禮節性的拜訪。

第二天，他便關上辦公室的門，寫那篇他稱之為悔罪書的文章。不料，過去了大半天，「文章大家」的面前，仍然是白紙一張，未著一字。抓了好一陣子後腦勺，忽然想起卓然臨別時的囑咐。看來，不採取他所暗示的「拿來主義」，這檢討是完不成的。辦公桌旁邊的報架上，掛著各種報紙，他順手拿過來，很快找到了好幾篇自我批評的文章。一一展開在面前，低頭做起了文抄公。很快，一份兩千多字的文章赫然留在了稿紙上。寫完，他從頭細看。看著看著，猛地一推稿紙，無力地仰靠到椅子上。雙眼緊閉，熱淚滾滾而下。

靈魂改造

一

「牢騷太盛防腸斷，風物常宜放眼量。莫道昆明池水淺，觀魚勝過富春江。」

近來，東方旭一再吟誦毛澤東《七律》中的詩句。他想借用領袖詩中勸慰柳亞子的名言，揭開扭結纏繞的思想疙瘩，給鬱悶惆悵的心境，注入幾縷清風，帶來幾分慰藉。心病要用心藥醫。那位著名的民主人士劉老先生，絕不是因為「食無魚」，或者「出無車」，而產生「長鋏歸來」之歎。恐怕是患了心病。據說，讀了這首詩，不但不再高唱「歸去來兮」，而且高高興興擔任了中央人民政府的重要領導職務。

可是，時間過去了十多天，解頤的詩句不知讀了多少遍，他的眉頭依然緊皺，雙頰上的線條始終繃得緊緊的。

各種「心藥」，醫不好他的心病！

望著搖曳的清瘦竹影，拂階的滿月清光，他陷入了沉思。再過幾個月，他就將進入不惑之年。這標誌一個人成熟的「不惑」，理應給他帶來通達和老練。可是，他卻成了鬱鬱獨步的失意者。

古人云：「不如意事常八九，可與人言無二三。」東方旭正處在這樣的境地。回顧平生，他所歷經的坎坷，不可為不多。幼年家貧，想溫飽而不可得。少年求學，卻無可交之學費，不是親戚資助，學業必然中輟。大學畢業後，想找個安身立命的職業，多方揖求，畢業即失業的厄運，仍然落到自己頭上。寫幾篇換嚼谷的文章，稍稍說了幾句真話，一頂紅帽子便落到頭上。不是立即縮脖禁聲，嘩啦啦響的鐐鎊，就會來光顧他。留學國外十幾年，雖說風催帆急，比較順利，但也有找不到滿意工作，或者合適住處的時候……但是，困難和坎坷再多，都是同一種性質——渴求而不可得，滿懷喜冀而最終失落。自從歸國之後，一切都翻了個個兒，不是渴求而不可得，而是你不喜歡做，甚至極其反感的事，卻要強人所難。由不得你有一千條理由，最終都會「說服」得你乖乖聽命。兩年來，他的主要工作是創辦刊物。但從刊物的位址、名字，經費來源，直到人員的組成，他都得聽從別人的意見。連已經動筆的自傳體長篇小說，都一再受到委婉的勸止。本想陽奉陰違，我行我素，來個明修棧道，暗渡陳倉。但開不完的會議，學不完的「政治」，今天對照檢查個人，明天觸及思想靈魂，搞得你灰頭灰腦，戰戰兢兢，像個生怕打了盆盆罐罐，或者禮貌不周的小媳婦。在這樣的心境下，哪來的興致和創作靈感？就是讓你寫，也不可能寫下去！

他覺得自己不再是一個自由人，而成了一件被隨意驅使的工具，一隻提線木偶，一頭被勒上嚼子的牲口。參加土地改革工作團後，這種感覺更加強烈。想不到，歸來之後，惡劣的壞境，不但絲毫沒有改變，而且愈演愈烈！這一次，可以說達到了登峰造極的地步。僅僅因為一篇肯定《武訓傳》電影的短文，不合上面的口味，竟然三班人馬輪番上陣。巧妙的誘導，耐心的「幫助」，你不認識錯誤，並寫出誠懇的檢查，不肯甘休！明明是指鹿為馬，逼人違心地說假話，不但不感到臉紅，反而成了治病救人的「良醫」！這種行經，究竟是無恥，還是無知，他不敢往深處想。本想堅持真理，拒不讓步，但看到卓然那副憂心忡忡的樣子，特別是得知如果自己不檢討，卓然還要為之擔干係，他的心不由軟了下來，立即答應「做深刻檢查」。他照著報紙上的文章，東拼西湊，收起良心，拋開真理，將朱作黑、以假為真，雞蛋裏挑骨頭，清水裏抓泥鰍……很快，便完成了他的懺悔文。不料，這篇東拼西湊、摭拾牙慧之作。竟然得到了上面的表揚——「認識深刻，思想轉變較快，有改造決心。」

他真想背著妻子大哭一場！

如果說，以前那些違心聽命，不過是顧全大局的委曲求全；這一次的被迫檢討，則是喪失人格的自我誹謗！但卻要從頭至尾做出一副痛徹肺腑、追悔莫及的贖罪狀——簡直是滑天下之大稽。有著如此的道德品行，有何面目活在世界上，稱作家，做學者，著書立說？

他還沒有從苦惱中走出來，又一件大事降臨到他的頭上。命他參加以廖承志為團長，陳沂、田漢為副團長的中國人民赴朝慰問團。慰問團由五百余名各界代表人物組成，堪稱是精英彙粹，規模巨大。這年三月，代表團將赴朝鮮前線，慰問中國人民志願軍全體指戰員。

早在去年秋天，朝鮮人民軍，一舉將韓國李承晚的軍隊，趕到了朝鮮半島的南端。在以美國為首的聯合國部隊的參與下，李偽軍很快反撲過來，越過「三八」線，向朝鮮人民軍猛烈衝擊。戰火很快燒到了鴨綠江邊。中國的決策層認為，美李軍的目的地，絕不是中朝邊境，而是中國的東北甚至腹地。唇亡必然齒寒。一九五〇年十月八號，中國政府作出決定：組成志願軍，「抗美援朝，保家衛國」！以彭德懷為司令員的中國人民志願軍，星夜出國，英勇抗敵。

「雄赳赳，氣昂昂，跨過鴨綠江。保和平，衛祖國，就是保家鄉。中國好兒女，齊心團結起，抗美援朝，打敗美國野心狼！」

他們唱著激揚的戰歌，跨過國界河，戰鬥在異國他鄉。鑽山洞，飲冰雪，浴血奮戰，歷盡艱難險阻，終於將美李軍，趕回到「三八」線以南。對方在戰場上沒有占到便宜，只得坐到談判桌上來，一九五三年七月十日，停戰談判首次會議在漢城舉行。一九五三年七月二十七日，被迫在停戰協定上正式簽字。據後來的報紙報導，到停戰協定簽字前，共消滅敵人一百零九萬三千八百三十九名，其中美軍三十九萬七千五百四十三名，李偽軍六十六萬七千兩百九十三名，其他幫兇軍兩萬九千零三名。志願軍戰果輝煌，舉世震驚。向保家衛國勞苦功高，具有崇高國際主義精神的英雄兒女，表示感謝和慰問，不僅應該，而且十分必要。能參加這樣的慰問團，不但是一種光榮，還是一次難得的向英雄們學習的大好機會。對於加速知識份子的思想改造，可謂是千載難逢的良機。如此重要的活動，領導上沒有忘記他東方旭，說明武訓事件所留下的陰影，已經被檢討深刻的勁風吹散了。恩寵未滅，他照樣得到信任。

但是，他卻毫不猶豫地婉言謝絕。

他經歷過戰爭的洗禮。第二次世界大戰時，他親歷過倫敦大轟炸，險些作了納粹炸彈下的亡魂。被人從瓦礫堆中救出來，才發現自己腿部被炸傷。簡單包紮後，立即投入搶救傷員的工作。聽說朝鮮戰場較之當時的歐洲戰場，蘇德戰場，以及將一座城市化為灰燼的斯大林格勒大血戰，更加激烈殘酷。但他並不懼怕，作為充當過戰地記者的他，倒是希望重臨煙硝彌漫的戰場，再寫一批謳歌鐵血男兒的文章。可是，一想到那篇剛剛上交的、顛倒黑白、口是心非的懺悔文章，他就感到無顏面對為國忘身的志願軍。他向動員他參加慰問團的人推辭說，很希望作一名光榮的慰問團員，但是，最近一個時期以來，食欲不振，胃納極差，渾身疲乏無力，胃部有時痛得厲害。如在出發前仍然沒有好轉，怕是難以隨團出發。他所說的，有一半是真話：由於幼年家中生活困難，饑飽無常，糟蹋了胃，幾十年不敢放膽吃東西，一不小心吃得過飽，便吐酸燒心，有時胃部還隱隱作疼。最近一個時期，由於心情不佳，確有重發胃病的跡象，但並不像他所說的那樣嚴重。說不定，參加一次愉快的活動，多活動一下身子，一切就能恢復正常。但是，他仍然沒有勇氣接受那光榮的使命！

到戰爭前線訪問，不但具有一定的危險性，而且爬山越嶺，極其艱苦。身體不好，難以勝任。他的名字立刻被從名單中勾掉了。

他擔心被說成「鬧情緒」、「裝病」。馬上跑到市中醫院看病。一位老中醫給他作了認真的檢查。望、聞、問、切之後，斷定他是「脾虛」。他暗暗感歎老中醫的醫術高明。但老中醫的辨症施治，卻被他這個老病號的渲染誇張所蒙蔽。誤認為他的病情嚴重，給他開了三大包中藥，外帶一張休息半月的病假條。他將中藥扔在一旁，卻把病假條立即交了上去。生平第一次，他自覺自願，認認真真作了假。

事後越想越不對勁。哎呀，這是在虛偽的道路上跑步前進呀！照這樣發展下去，用不了多久，豈不是成了一個地地道道的偽君子？

一陣恐懼襲來，他猛地打了一個冷戰。

二

東方旭陷入了迷惘、痛苦之中。

隨著憂煩的逐步加重，他的食欲不振，睡眠減少。魁梧挺拔的身體日益消瘦，雙頰凹陷的方臉上，難得看到笑容。

「耀之，你病啦——我要陪你看醫生去。」性格粗疏的雅妮，也注意到了丈夫身體的變化。

「我不是好好的嗎，看啥病呀？」

「要是沒有病，你的身體為什麼一天比一天瘦呀？」她直瞪瞪地望著丈夫，「連夜裏上了床……你都打不起精神。」

「別瞎猜疑，我沒有病。身體有點瘦，可能是近來食欲不振的緣故。」

「不！上次看病醫生就說你『脾虛』，可能現在更嚴重啦。你可不能像成語說的那樣，『諱疾忌醫』呀！」

「什麼脾虛？我是肝火旺！」話一出口，他發覺失言，急忙糾正道：「不過，脾虛也有可能，我的胃口自幼就不大好，過幾天就沒事啦。用不著大驚小怪。」

「不，我們結婚都快八年啦，你從來沒這樣過。」雅妮走近來雙手摟著他，焦急地說道：「耀之，你撒謊──你有心事瞞著我。」

「沒有的事。你別瞎猜！」

「用不著猜，我就知道。」

「你知道什麼？」

「你肯定是因為《武訓傳》那篇文章挨了訓，心裏憋氣。」

「你別胡思亂想好不好？」

「你呀──耀之！」雅妮的目光中露著痛苦地表情。「你在《人民日報》上登的那篇檢討，我們學校的人都看到啦。教研室裏議論紛紛，有人問我是怎麼回事？我不知道該怎麼回答。可我知道你不是出爾反爾的人，一定是受到他們的逼迫，才違心地去檢討。我要是早知道，說什麼也不能讓你寫那種自我誹謗的玩意兒！我一直沒有跟你提起，是怕惹得你傷心。你可倒好，連自己的妻子都不相信，至今瞞著我！」她鬆開雙手，將身子扭到一邊。

「雅妮，別見怪。我沒有及時告訴你，是怕你替我擔心呀。」他握住妻子的一隻手，溫語勸慰。

「耀之，我真後悔，不該勸你寫那篇欣賞武訓的鬼文章。我沒想到在你口口聲聲歌頌、美化的所謂新中國，竟然連寫一篇文章的自由都沒有！」見丈夫一時無語，她搖頭說道，「唉，我不該勸你歌頌武訓！沒想到，給你惹來那麼大的……」

「不，與你無關。你不勸，我也會寫的。」他急忙打斷妻子的話。「因為我對武訓的高尚人格，十分欽佩。心情激奮之下，形之於筆墨，是很自然的事嘛。」

她盯著他問：「耀之，現在，你已經檢討了，就不再欽佩武訓了嗎？」

「我……」他答所非問，「事情已經過去了，我不想再提那個問題。」

「耀之，你變啦！」她語氣突兀，神情莊嚴。「變得我都快不認識你啦！早在十八世紀，啟蒙思想家就主張，在真理面前人人平等。你是一個光明磊落的人，怎麼可以向當權者低頭，寫出那樣口是心非的文章呢？那不是在真理面前，睜著眼睛撒謊，用自己的雙手往自己的頭上潑污水嗎？」

「雅妮，你不瞭解中國的國情。我要是不寫，就是頑固地堅持錯誤，站在反動的階級立場上，歌頌封建階級的走狗、奴才。在當今的中國，戴上一頂階級立場有問題的黑帽子，就意味著你是個階級異己分子，永遠別想有出頭之日！」

「哦？原來你是怕戴階級異己分子的大帽子，才被嚇得連真善美、假惡仇都分不清啦！」

妻子所說的淺顯道理，他何嘗不明白。兩年來，雖然天天堅持政治學習，馬列主義、毛澤東的著作，學了不止一本。可是許多問題，仍使他困惑迷惘，甚至越想越糊塗。就說人們天天掛在嘴上的「階級立場」吧。據說，有了無產階級的立場觀點，就能團結進步，革命創造，忘我利他，光明磊落，一往無前，所向披靡；反之，如果站在資產階級的立場上，註定是頑固保守，反動腐朽，損人利己，污濁醜陋，危機四布，日暮途窮。但根據他的經歷和觀察，所得出的結論，卻恰恰相反。自十五世紀以來，在西方，人本主義思想，深入人心。理解人，尊重人，成了人們的公識。資本主義原始積累時期的許多弊病，如工人階級惡劣的工作環境，過長的工作時間，微薄的薪水報酬等，普遍得到了改善。矛盾在轉化，資產階級的「掘墓人」，似乎成了資產階級的朋友。他們關心企業的興衰榮枯，為了所在企業的發展，許多人毫不吝惜自己的智慧和力量，不少勞動者，已經成了企業股東。難怪，近幾年來工潮越來越少。他親眼看到，在西方資本主義國家，知識被視為財富，人權受到極度地尊重。他們的建設速度，科學水平，文明程度，社會福利，大幅提高，日新月異。不但沒有「日薄西山，氣息奄奄」的跡象，生命力反而日見旺盛。難道這些奇跡，不是資本主義社會創造的？創造這些奇跡的人，難道不是站在「資產階級立場」上？而他回國後所看到的一切，卻大翻了個個兒，富人遭難，知識有罪。改天換地之後，最大的變化，就是灰暗和死板。滿眼是灰不溜秋的幹部服，充耳是「階級」和「政治」。地主的土地，不但被強行沒收，還要加上這樣那樣的罪過，批判鬥爭，隨意殺戮。而真正有罪惡的不過百分之幾。更為可怕的是，知識成了罪過，成了「原罪」。只要是知識份子，不論家庭出身如何，統統成了資產階級，成了無休無止的思想改造對象。人，不再像哈姆雷特所歌頌的是「大地的主宰，上帝的傑作」，而是一群被驅趕的綿羊，一堆隨手利用的對象——齒輪和螺絲釘。為了樹立一個領袖，信奉一個主義，開不完的會，學不完的文件。彷彿有了政治，有了無產階級的立場，便有了一切。什麼經濟建設，科學研究，法律道德，人的尊嚴，統統不在話下。就連文學藝術，也被緊緊套上了緊箍咒：寫黨的偉大英明，寫你死我活的階級鬥爭，圖解政策，美化現實，成了創作的金科玉律。作家們規行矩步，不得越雷池一步。殊不知，失去了性格和獨特，便葬送了藝術。輿論一律，便是對自由創作的無情扼殺。而這一切，都是在「無產階級立場」的金子招牌下發生的。衡量一個東西的進步與否，不是憑口號和呼喊，而是看他給國家、社會、歷史和民生帶來了什麼。無產階級立場，既然給國家和人民帶來的是這樣一些東西，何如仍然站在資產階級的立場上？

「耀之，你怎麼不說話呀？」

「哦？」他從沉思中被喚醒，「你要我說什麼？」

「我問你，你是否認為那份檢討應該寫？」

「已經得到了上面的肯定，還有什麼好說的？」

「這麼說，你並不認為這種創作環境是不正常的？」

「雅妮，你認為我的心裏不憋氣？我願意在這麼個地方，生活一輩子？可，自由創作的天地，在哪裡呀？」

「在我們的國家——大英帝國。你應該馬上跟著我回國！」

「什麼？你想重回你們英國？」

「是呀，難道你不想？跟我走吧，耀之。我們的那些名牌大學，會舉起雙手歡迎你歸來。」見他不住地搖頭，她不無氣憤地質問道：「怎麼？你還沒在你們偉大的國家受夠欺負？」

「怎麼能說是受欺負呢？」

「時時、事事，都得聽憑人家擺佈，不是欺負是什麼？你倒是說呀！」

他啞言了。

三

在籌辦《北方文藝》的後期，東方旭即產生過重新出國的念頭。國外讀書做事十餘年，從來都是依照自己的意願行事，不但沒有遇到或巧妙、或笨拙的干涉，連說三道四的風涼話，也沒聽到過一句。不料，回到祖國後，彷彿自己的思想突然出了毛病，所想的問題，所做的事情，幾乎沒有一件使上司滿意。不是受到委婉的勸阻，就是遭到粗暴的干涉。想幹的事幹不得，不相干的事，卻得硬著頭皮去幹。創辦《北方文藝》是如此，創作長篇是如此，參加土改工作團更是如此。連寫一篇談電影觀感的小文章，也犯了大忌，軟磨硬逼，巧妙感化，不來上一通跪地懺悔、罪臣當誅，不肯甘休。思想極度苦惱時，他甚至想到了辭職。如不蒙恩准，就給他個不辭而別！轉念一想，在革命陣營裏，從來沒聽到有「辭職」這個詞，而開除、隔離和關押卻是常常聽到。聽說共產黨內部也是這樣，任何黨員，不准退黨。發現誰有異端邪念，便被視為是對共產黨的背叛，立刻開除出黨！看來，要想擺脫使人驚恐、痛苦和厭惡的一切，只有離開中國。他想到了給自己留下美好印象、深深思念的英國。是的，那裏有自己喜愛的事業，有著自由馳騁的創作環境，還有許多值得信賴的朋友，而妻子又是英國人，她常常毫不掩飾地露出對中國的不理解甚至不滿。得知要回英國，她會非常高興的。主意拿定，他寫出了申請。正準備交給上司，忽然聽到一個傳聞，便急忙將申請捅進煤球爐子裏，燒掉了。

有一個建國前夕歸國的華僑學者，因為不習慣國內的工作和生活，幾次申請出國。不幸，他的苦苦請求，不但得不到批准，而且被大會小會點名批評了許多天。一怒之下，他偷偷跑進所在國的大使館尋求幫助。大使館沒有辦法將他安全地送出境外，只得動員他離開。一出大使館，他便被逮住，帶上了鐐銬。很快被定了個「叛國」罪，送進了監獄……

東方旭知道，如果自己堅持出國，必然遭到同樣的命運。他不想重蹈覆轍。自己坐牢並不可怕，將妻子兒子置於何地？他只能反反覆復勸慰妻子：耐心等待，另尋時機。

直到聽了赴朝慰問團的一次報告，他想出國的念頭才徹底打消。

那次報告是在政協禮堂舉行的。報告人是一個分團的團長。此人表情豐富，口才極好。不愧是一個著名的話劇演員。他先講了赴朝慰問的經過，然後重點介紹了所訪問的幾個戰場的殘酷戰鬥情況。英雄的志願軍戰士，在裝備優良的美李匪幫面前，毫不氣餒，他們所據守的山頭被敵人炮彈削低了一兩米，陣地仍然牢牢控制在自己手裏。有的部隊，被困在坑道裏七天七夜，飯送不上來，戰士們吃把炒麵，啃口雪團，繼續堅持戰鬥。有的陣地上，子彈打光了，敵人又衝了上來，戰士們用石塊將敵人打退。甚至用拳頭和牙齒，將敵人打死，咬死。有的戰士受了重傷，仍然繼續射擊，堅持戰鬥到最後一口氣。有的戰士，被敵人的燃燒彈燒著了衣服，為了不暴露周圍的同志，竟然一動不動，直到被活活燒死……

演講人非常投入，不論講到英雄們的勇敢戰鬥、凜然正氣，饑渴難當、奄奄一息，還是烈火燒身，痛楚難忍，都是聲情並茂，繪聲繪色，簡直把人帶到了冰天雪地、戰神肆虐的現場。報告人幾次流下了熱淚，會場上更是一片唏噓抽噎之聲。

東方旭被震撼了，他的心靈在顫抖。志願軍英雄們的大無畏精神，使他看到了共產黨的偉大，中國的希望。相形之下，自己是多麼自私和渺小！感動混合著羞愧，他哭得最厲害，一條手帕被淚水打濕得只剩下四個角，他擰擰水再擦。

「英雄們，你們正氣凜燃，視死如歸，我卻撒謊裝病，作了慰問團的逃兵，可恥，可恥！我的人格高尚在哪裡？我所崇拜的主義，究竟是什麼？」

生平第一次，他看到了自己靈魂的骯髒之處。

「唉，原來，黨要我們改造思想，並不是無的放矢呀！」他發出了一聲長長的歎息。

四

一九五一年九月二十二日，中央人民政府政務院總理周恩來，在北京、天津高校教師學習會上，發表重要講話。指出：知識份子必須解決立場和態度問題。他強調，知識份子的改造，要通過鍛煉，經過學習，經過實踐。在學習和實踐的過程中，分清敵我友。要努力自我改造，做到為人民服務。

總理講話的篇幅並不長，但東方旭卻覺得受益匪淺。是呀，自己對新中國的許多事情，看不慣，甚至心存疑懼，不正是立場和態度有問題嗎？如果不是對新中國無限熱愛，廣大幹部怎會沒白沒黑地幹，卻聽不到一句怨言？志願軍戰士怎會笑對強敵，置生命於不顧？而自己，不但逃避參加慰問團，甚而產生離國而去之心。與革命者的所作所為比起來，不止是有差距，簡直不可同日而語！他感到十分羞愧與焦急。

一個月後，十月二十三日，政協一屆三次會議在北京舉行，毛澤東親臨致開幕詞。東方旭端坐在會場的中央，側耳細聽，一句也不想放過。他知道，那舒緩而濃重的湖南腔，傳達著最高旨意，代表著權威和真理。語緩聲震，一聲聲敲擊著他的耳鼓：抗美援朝，土地改革和鎮壓反革命三大運動，取得了偉大的勝利。思想改造，首先是各級知識份子的思想改造，是我國在各方面徹底實現民主改革和逐步實現工業化的重要條件之一。

聽到這裏，他不由在心裏發出一聲驚歎：「啊？

我只以為，思想改造是知識份子個人的事，是轉變立場，順應時世，不被革命的列車所拋棄。想不到，知識份子的思想改造，竟是民主改革和工業化的重要條件之一！莫非知識份子的思想改造，與國計民生，真的有著如此重大的干係？」他一時不解，甚至有些懷疑。

毛澤東的講話，多次被經久不息、暴風雨般的掌聲打斷。會場上沸騰的氣氛，足以證明，他的講話，不但深得人心，而且被視為是絲毫不容置疑的真理。這充分說明，是自己的立場觀點有問題，需要認真學習和反思。懷疑遇上了勁風，疑慮被轟鳴的掌聲驅趕得無影無蹤。他不由自主地，一遍又一遍地跟著熱烈鼓掌，直到拍紅了雙手。

這次會議作出的決議，是全面地遵照領袖講話的精神作出的。談到今後的任務時，決議寫道：在今後一個時期，各民主黨派，愛國人士，和全國人民的中心工作是：「繼續加強抗美援朝和增產節約運動，廣泛開展思想改造運動。有系統地組織對馬列主義與中國革命實踐相結合的毛澤東思想的學習運動。」

「廣泛開展思想改造運動，有系統地組織學習運動！」運動，運動！他想不到，學習和思想改造，竟要開展廣泛的運動。他又增加了新的疑慮。

政協會議結束許久，東方旭仍然處於惴惴不安之中。他聽說，不論井岡山時期，還是延安時期，每來一次運動，都要有一批「運動對象」。誰要是不幸被內定為「對象」，立刻成了過街老鼠。「運動對象」就是災難的同義語。從逼供誘供，體罰侮辱，到監禁殺戮，手法不一而足，令人毛骨悚然。歸國兩年來，自己經常與上面不合調，被認為是拒絕思想改造的頑固分子。一旦運動來臨，十之八九要成為運動對象。那時，後果不堪設想。個人受難已經夠可怕的，再連累妻子兒子，可就其罪難贖了……

越是懼怕的事情，來得越快。剛剛過去了一個月，十一月三十日，中共中央發出《關於在學校中進行思想改造和組織清理工作的指示》。要求一二年內，在所有大中小學教職員和高中以上學生中，普遍開展學習運動，進行初步的思想改造。並在大中小學的教職員工和專科以上的學生中，開展「忠誠老實交清歷史的運動」。清理其中的反革命分子。東方旭回國後，雖然有著這樣那樣的不滿，但在公開場合，很少吐露。他擔心的是，在高校任教的妻子。雅妮心直口快，毫無城府。兩年來，肯定散佈了不少在共產黨人看來，稱得是「異端邪說」的東西。根據這個檔，學校裏的運動，無疑要勁風猛刮。如果不對外國人網開一面，雅妮肯定會成為運動的對象！一想到這裏，不由陣陣寒意襲上心頭。

他正在憂心忡忡，中共中央又發出《關於在文藝界開展整風學習的指示》，要求文藝界開展一個有準備，有目的的整風運動。

又是一個運動！知識份子的思想改造他逃不掉。他還是所謂著名作家，文藝界的整風運動，自然首當其衝。改造，改造，改造！擺在他面前的任務，除了改造，再也沒有別的好做啦。

一九五二年一月五日，政協全國委員會第三十四次會議，作出了《關於開展各界人士思想改造的學習運動的決定》。這一下，思想改造的任務，不光壓在知識份子的頭上，而是涵蓋了「各界人士」。緊接著，思想改造學習運動，便在全國各界廣泛展開，從教育界，文藝界，擴展到整個思想界。

既然不光是知識份子，全國各界人民都需要思想改造，說明各界人士的思想都不是無產階級的。足見無產階級立場和無產階級思想，難以企及。簡直如挾泰山，躍北海！這樣也好。眾人無罪，我個人又何必那麼恐懼呢。學習完《決定》，東方旭的心境反而平靜了許多。

「寒氣襲人須縮頸，颼風撲面且躬身。」東方旭在自言自語。

「是的，運動鋪天蓋地而來，人人都成了改造對象，身為知識份子又焉能例外！識事物者為俊傑。我一定要說服妻子跟自己一起，努力學習，過好改造關，爭取早日站到無產階級的立場上，做一名合格的無產階級革命戰士。」

「千萬大意不得呀！」望著天花板，他一遍又一遍地告誡自己。

五

一九五二年，是個非同尋常的年份。

早在上年的十二月一日，中共中央發出《關於實行精兵簡政，增產節約，反對浪費和反對官僚主義的決定》。將反貪污、反浪費，作為增產節約的重大措施。剛剛過去了七天，十二月八日，又發出《關於反貪污鬥爭必須大張旗鼓地進行的指示》。根據這一指示，反貪污鬥爭成了壓倒一切的中心任務。

這年元旦，中央人民政府舉行團拜會，毛澤東在會上發出莊嚴的號召：「我國全體人民和一切工作人員一致行動起來，大張旗鼓地，雷厲風行地，開展一個大規模的反對貪污，反對浪費，反對官僚主義的鬥爭，將這些舊社會遺留下來的污毒清洗乾淨！」

偉大領袖發出了莊嚴的號召，一個被稱為「三反」的運動迅猛展開，以燎原之勢，席捲全國。不知是否是各級當權者，害怕觸及自身的官僚主義，以及在官僚主義保護下的鋪張浪費，在具體執行當中，各地區，各部門，幾乎都把「反貪污鬥爭」，當成壓倒一切的中心任務。在一段時間內，反浪費和反官僚主義再沒有人提起。而反貪污鬥爭，不但一浪高過一浪，而且定下了明確的任務指標：貪污分子約佔單位總人數的百分之五。如此多的貪污分子到哪裡找去？人們迷惑不解。

為了打消人們的右傾保守思想，增強敵情觀念，一套推動運動前進的理論，應需而來。指導運動前進的檔，一個接一個地下發。一級級往下傳達，迅速貫徹到基層。雖然是指點迷津的密笈和法寶，語言卻是通俗生動：「常在河邊站，哪能不濕鞋？」這是說明貪污分子在「河邊」。「水深有大魚，林密藏老虎！」這是正告人們，到「水深」、「林密」的地方，去抓大貪污犯。正害愁抓不到貪污分子的人們，就像找到了開啟寶藏洞門的咒語「芝麻開門」一樣，立刻豁然開朗：嘿，「河邊」便是貪污分子的藏身之地！哪裡的錢財物資多，哪裡的水就深、林就密。「大魚」和「老虎」，就藏在那裏。在這個「理論」的指導下，那些接觸錢財物資的人，十之八九，都成了屁股不乾淨的貪污犯——老虎。哪個單位打的「老虎」多，就證明，哪個單位的運動開展得深入成功。如果水深林密的地方俱在，卻抓不出一隻「老虎」，毫無疑問，毛病一定出在領導幹部身上，他本人不是個「經濟老虎」，也一定是個右傾保守者——阻礙運動前進的「思想老虎」。根據貪污的多少，老虎還分等級：超過一億元（幣改後是一萬元）為「大老虎」，超過一千萬（一千元）為「小老虎」。可能是因為思想無法做定量統計，文件沒有給「思想老虎」劃分等級。從此，「打老虎」就成了「三反運動」的代名詞。

二十天後，中共中央又發出《關於在城市中限期展開大規模的堅決徹底的「五反」鬥爭的指示》。即：開展一個反行賄，反偷稅漏稅，反對盜竊國家資材，反對偷工減料，反對盜竊國家經濟情報的鬥爭。二月上旬，「五反」運動，在全國的大小城市中，掀起高潮。

寒潮陣陣，春意遲遲。建國以來最大的兩場風暴，同時席捲全國。「五反」涉及工商界，「三反」則在機關事業單位，以及部隊中展開。每一個部門，都從遠離「河邊」的單位，抽調精幹力量，組成了大大小小的打虎隊，投入到這場純潔經濟陣線的偉大鬥爭中。他們放下手中的工作，全力以赴，查賬盤庫、晝夜忙碌。食堂開夜餐，伙食加補貼。舉凡管錢管物的人，不管平常工作多麼積極，品行多麼優良，統統在劫難逃——交賬交庫，隔離審查，到指定的黑屋子反省交代。接踵而來的是，白天大會鬥爭，夜間小會攻心。再結合幾次「寬嚴大會」——上臺坦白者，當場宣佈寬大處理；被揪上臺仍然閉口抗拒者，立即上銬逮捕。有了這樣的震懾，許多「頑固不化」分子，紛紛繳械投降。一時間，報捷之聲不絕於耳。火線入黨、入團者，大有其人。

正像古人所說的：「人心不同，各如其面」。一個多月後，大部分貪污分子，徹底交代了罪行，得到了寬大處理。但也有個別頑固分子，硬如頑石。任你花樣用盡，費盡心機，仍然死不招承，開口便含冤，帶上手銬，仍然死不回頭。打虎隊遇上了硬骨頭。

正在這時，傳達了河北省在天津判處天津地委書記劉青山，專員張子善死刑的文件。兩人共計貪污國家財產一百五十五萬四千九百五十四萬元（舊幣）。典型的力量是巨大的。不但心懷猶疑的人，受到極大的震撼，深刻檢查自己的右傾思想。那些衝鋒陷陣的人，更是勇氣倍增。劉張案的公佈，對於全國的運動，是一個巨大的推動。不過，此時的運動，不像後來打砸搶時期，動輒以武鬥解決問題。但遇到久攻不下死硬派，氣憤不過的打虎隊員，掄幾拳頭，讓老虎跪跪板凳，脫光了鞋子在冰塊上站上一陣子等，也是難免的。如果仍然不奏效，便吸收別處的經驗，搞車輪夜戰——熬鷹。打虎隊員分成三班，晝夜輪番上陣，像戰時兩軍對壘，幾天幾夜堅守陣地那樣，不讓敵人休息和睡眠。這一著十分靈驗，幾乎無人能挨過熬鷹這一關。到了站不住，坐不穩，半睡半醒，懵懵懂懂，精神極度麻木之時，勝利的時刻就來臨了。貪污了多少？存放在哪裡？問什麼，說什麼，乖乖地繳械投降。不少人，等到清醒過來之後，知道恍惚混沌時說了假話，而且數目巨大，難逃嚴懲，立即矢口否認。正在歡呼勝利的打虎隊員們，豈能容忍老虎們狡猾抵賴、肆意翻案。於是，如法炮製，再次組織夜戰。貪污分子忍受不了更加嚴厲的打擊，不少人趁打虎隊員不在意，瞅個機會，觸電，上吊，跳井甚至割動脈，不惜用自殺尋求解脫。畏罪自殺，死有餘辜！連家屬也不通知，拖出去埋掉，運動照樣進行。那些缺少自戕勇氣者，個個供認不諱，低頭認罪。

翻案風煞住了，運動取得了決定性的偉大勝利。下一步，便是追贓定案階段。贓款贓物，都要一一追出下落，絕不能讓國家財產白白流失。而且，只有追出了髒證，才能定得案。於是，打虎隊員們，分頭出擊，足跡遍及全國，將鬥爭的火種播遍四面八方。可是，幾個月過去了，差旅費花了成千上萬，不但沒有人追回分文贓款，追贓的人卻遇到了不少麻煩。有的「窩主」家徒四壁，有的雖然開著工廠店鋪，卻矢口否認曾為貪污分子匿藏過贓款贓物。有的雖然與貪污分子是親戚，但只知其名，並未識其面。反覆追逼下，有的「同案人」以死抗爭。打虎英雄們傻了眼。

一些運動初期批判別人右傾的積極分子，終於意識到，原來是盤踞頭腦的左傾，使自己扮演了滑稽劇中的可笑演員。傷害甚至逼死了許多好同志，造成了難以挽回的政治損失！只得換副面孔，回到「老虎」身邊。聲色俱厲、殺氣騰騰的氣勢不見了。訕訕地笑著，柔聲細語地勸導，要求對手實事求是，否定假供。用實際行動來證明，真的相信黨的政策，不辜負組織上的信任和挽救。

不料，吃盡「翻案」苦頭的「貪污分子」，哪裡還敢再「執迷不悟，走向死路」。個個是一副貪污數額巨大，罪行十分嚴重的痛悔狀。動員再三，方才有人哭哭啼啼地吐露真情——所謂貪污，完全是被逼不過的胡編亂造。但也有不少的人，任你磨破了嘴皮子，始終認為是使出的新圈套。硬是不相信，那些「狠懲翻案」的勇士們，會變成動員他們翻案的積極分子。甚而，為他「匿贓」、「存贓」的親屬和朋友，已經得到了賠禮道歉，或者召開了消除影響大會，卻仍然堅決咬定：「自己是大老虎，犯下了不可饒恕的大罪」！直到解除隔離，疑慮重重地奉命回到原來的工作崗位，重操舊業，方才信以為真。流著激動的熱涕，感謝偉大的黨及時敲起了警鐘，深刻而及時地教育、挽救了自己。

據後來的材料得知，歷時半年之久的「三反」運動，真正定案的貪污分子，不及揪出來的懷疑對象人數的百分之一。全中國，夠到「老虎」的，除了劉清山、張子善兩個，沒聽說還有別人。那些一身清白、因為經不起考驗而自戕的人，究竟死了多少？上面有調查，卻沒有公佈具體數字。

東方旭做夢也沒有想到，自己遠離金錢財物，竟然成了「三反」運動的絆腳石！

早在運動開始之前，他就下定決心，努力學習政治，加速改造思想，緊跟時代的潮流，絕不在來勢兇猛的運動面前成為落伍者。不料，運動開始不久，他就成了「頂風而上，大唱反調」的運動對象——「思想老虎」！

事情緣起於他的部下，一個二十一歲的會計史倩。

史倩學的是會計專業，中專畢業後，分配到《北方文藝》擔任會計。自然成了站在河邊的人。但她經管的錢物，少的可憐。此時，國家機關還是供給制，除了發給衣食，每人每月只發一斤煙葉錢的津貼。全編輯部二十多個人每月的津貼，加上辦公費用，作者的稿費。她每月經手的款子，不過七八千萬元，兩年不過一億多元（舊幣）。除非被她全部貪污了，不然，怎麼也成不了個「大老虎」。在運動初期社領導的「排查」會上，東方旭談出了上述看法。不料，當場即受到金夢和矯敫等人的嚴厲批駁。尤其是黨支部副書記矯敫，更是言之鑿鑿，聲色俱厲：「我們的隊伍中，自從進城之後，不少人變得驕傲啦，腐化啦，墮落成了大大小小的貪污分子。不把這些絆腳石一個不漏地清除出去，我們的新民主主義建設事業，就要毀在他們的手上。這次偉大的反貪污運動，正是中央針對這種嚴重的情況，所做出的正確舉措。我們應該舉雙手贊成，絕不允許懷疑猶豫，說三道四。有人甚至把我們編輯部說成是清水衙門！說這種話的人，不是無知，就是別有用心！你們想想，許多老黨員都能墮落成貪污分子，史倩不過是一個剛剛畢業的小資產階級分子，手腳就能乾淨？她哪來的免疫力？常在河邊站，她就能不濕鞋？那豈不成了神話？總而言之，凡是猶疑觀望的同志，都是犯了右傾主義的錯誤，應該好好進行反思！」

一錘定音。東方旭被驚呆了。他噤若寒蟬，沒敢再吭一聲。後來得知自己成了「思想老虎」，更是憂慮重重，不敢再置一辭。但大小批判鬥爭會，卻少不了他。思想老虎需要陪著經濟老虎挨鬥，接受教育。

不久，小會計史倩果然成了「大老虎」。她不但清楚地交代出貪污了一億的款子，而且時間確鑿，筆筆分明：分批交給她在天津開布店的舅父入了股。史倩聲淚俱下，交代得鑿鑿可據，難過得痛不欲生。東方旭再次被驚呆了。

「咳，當初我怎麼就沒想到，這小姑娘會墮落到這種地步呢？我的右傾思想確實夠嚴重的。看來，本人的思想改造道路，漫長得很哪！」他深深地感到，當初為她鳴不平，是多麼的無知和右傾。打自己的「思想老虎」絲毫也不過分！

更使他震驚莫名的是，十幾天後發生的悲劇：史倩上吊自殺了。死前，她在一張被淚水打濕、寫交代用的稿紙上，留下一行歪斜的大字：「是你們逼死了我，我一分錢也沒貪污！」

編輯部唯一的老虎「畏罪自殺」，東方旭的陪鬥任務隨之完成。但他並沒有因為被「解放」稍感輕鬆！明明是廉潔奉公的好會計，卻被定為運動對象，並且被打成了「大老虎」。真是天外橫禍，無妄之災。繼之而來的暗室關押，無了無休的追逼。一個涉世不深的弱女子，哪裡吃得消？她除了用自己的纖手毀滅自己，實在是沒有別的選擇！如此草菅人命，究竟是誰的錯？當初，如果依照他的「右傾」思想去做，這樣的慘劇絕對不會發生！他悔恨當初自己沒有把「右傾」思想堅持到底！

繼而一想，感到這個想法十分可笑。運動一來，排山倒海、席捲全國。區區黨外人士、一個掛名的領導人，妄想阻止運動的步伐，無異於螳臂擋車。不但救不了史倩，很可能自己也進了黑屋子。那是毫無意義的犧牲！

運動後期，許多活下來的「老虎」，統統成了好同志。少數因為堅絕不承認貪污而鋃鐺入獄的死硬派，據說，因為相信黨，經得起淨火的燒煉，竟普遍得到了提拔。事實證明，他這個「思想老虎」，有著先見之明。他不希望提拔，卻想得到個明確的說法。不幸，人們分明忘記了這件事，再也沒有人提起一個字。他想找領導問一問，又怕被說成是向領導示威發難，臭知識份子翹尾巴，只得作罷。後來得知，那些被整得死去活來的「老虎」，雖然吃盡苦頭，但由於沒有文字定案，也就沒有一紙公文給予平反，統統不了了之。自己不過是一名「陪決」，一個小巫，人們怎麼會在意他的冤屈呢？想到這裏，也就釋然了。

六

東方旭粗疏有餘，精細不足，加之性情急燥，缺少深思明辨的涵養功夫，常常想到就說，興來便做，忘記影響，不考慮後果。結果，不是惹厭犯忌，就是事與願違。往往剛要舉步走，便碰壁而回。他知道自己的「病根」在哪裡。痛下過「治病」的決心，但再次遇到不平事，又忘記教訓，依然挺身而出。正如俗話所說的：江山易改，本性難移。他在不經意間，成了千夫所指的「思想老虎」，正是粗直鹵莽、直抒胸臆的後果。多虧他心地坦蕩，「思想老虎」給他帶來的壓抑和不快，還沒有淡忘，祖國各條戰線上接踵而來、一系列振奮人心的好消息，徹底打消了他心中的惆悵和疑慮。

一九五二年九月二十九日，《人民日報》發表消息：全國高校調整基本完成。對於新中國高等教育事業的發展，打下了有利的基礎。教育興，國家興。實在是令人鼓舞的大好事情。

一九五二年十月六日至十一月一日，文化部主辦的「第一屆戲曲觀摩演出大會」，在北京隆重舉行。一千七百人參加大會，七百名演員登臺演出了屬於二十三個劇種的八十八個劇目。在「百花齊放，百家爭鳴」的雙百方針指導下，總結了建國三年來戲曲改革的經驗，獎勵了優秀劇目和優秀戲曲工作者。政府出面抓文藝，正是國家興旺發達的標誌。東方旭第一次聽到「雙百方針」這個詞，更是激動萬分。看來，處處講政治，講階級，只讓一家鳴、一花放的冷清局面，將徹底改變，百家蜂起的盛世，就要到來了。用不著像作賊似的，偷偷摸摸寫自己想寫的東西。他的長篇小說，可以大膽地繼續寫下去了。

緊接著，他又聽到了「和平轉變」這個嶄新的字眼。這年的十月二十五日，周恩來同資本家代表人物談話時，給他們吃了一顆定心丸：走和平轉變的道路。他說，中國已經經歷了反帝反封建的流血革命，不會再流第二次血，而是走和平轉變的道路。要轉變得自然，水到渠成。如：經過各種國家資本主義的方式，達到階級消滅，個人愉快。這就是和平、愉快、健康地進入社會主義。要作到使每個人都能各得其所……

東方旭讀罷登載這個驚人喜訊的報紙，高興得跳了起來。好哇，偉大的共產黨！你們讓資本家都能各得其所，和平、愉快、健康地進入社會主義。作為資產階級知識份子，還有什麼可怕的！他不由隨口引起了李太白《行路難》中的詩句：

「長風破浪會有時，直掛雲帆濟滄海！」

好消息競相傳來。經濟建設的好消息，同樣不斷出現在報紙的顯著地位：

早在這年的七月一日，被難於上青天的蜀道阻隔的四川省，天塹變通途——連接成都、重慶兩大城市的成渝鐵路建成通車。

一九五二年九月二十二日，在春風不渡的大西北，連接天水和蘭州的天蘭鐵路上，一聲汽笛長鳴，第一列飛馳的列車隆隆而過。剛剛過去不到一個月，天津的塘沽，彩旗招展，慶祝新港投入使用。這年的最後一天，友好鄰邦蘇聯，將長期控制的長春鐵路，交還給中國。也是在這一年，被戰爭嚴重破壞的國民經濟得到恢復，國家財政經濟狀況基本好轉。工農業總產值達到八百二十七億餘萬元。文化教育事業同樣得到迅猛的發展，全國在校學生近五千五百萬人。全國職工人數，近一千六百萬人，職工的年平均工資達到四百四十六元。

一元復始，萬象更新。進入一九五三年，國家大規模的經濟建設開始了。《人民日報》在元旦社論上，發出莊嚴的號召：「迎接一九五三年的偉大任務」。三月份，中共中央通過了《關於農業生產合作化的決議》，對於廣大小農經濟的社會主義改造拉開序幕，緊鑼密鼓，高潮迭起。在大搞經濟建設和社會主義改造的同時，政府也沒有忘記人們的信仰。這年五月，中國伊斯蘭教協會在北京成立，鮑爾漢當選主任。同月，中國佛教協會成立大會在北京召開。達賴、班禪、虛雲等被推舉為名譽會長，圓瑛擔任協會會長。

七月一日，工業戰線又傳捷報：我國第一座大型露天煤礦——撫新海州礦正式投產。

在經濟建設取得巨大成就的同時，軍事上的勝利同樣令人鼓舞：七月十六日，臺灣蔣軍萬餘人進攻福建東山島，遭到我軍迎頭痛擊，被殲滅三千餘人。十天後，朝鮮停戰正式簽字，偉大的抗美援朝戰爭，取得了決定性的勝利。

這時，另一件大事發生了。

一九五三年九月二十三至十月六日，中國文學藝術工作者第二次代表大會在北京舉行。東方旭應邀出席會議，聆聽了周恩來的政治報告。中宣部副部長周揚，到會作了《為創作更多優秀的文學藝術作品而奮鬥》的重要講話。號召全體文藝工作者，在黨的領導下，掌握為工農兵服務的政治方向，深入實際生活，提高藝術修養，努力藝術實踐，用藝術武器，參加逐步實現國家社會主義工業化的偉大鬥爭。會議修改了文聯章程，選舉出第二屆全國委員會全體委員。用金夢的話說，「表現一直令人失望」的東方旭，竟然被增選為文聯委員。這使他倍感意外。自己仍然得到重視，不能說沒有幾分安慰。但卻沒有受寵若驚、被信任和倚重的興奮感。他覺得，自己不配做一名文學藝術界的領導人，那是出謀獻策、貢獻機杼的角色。眼下，最為迫切的，是加速自己的思想改造，爭取做一名合格的文藝戰士，寫出一點對人民有用的東西。由於會議的一切與自身工作的關係特別密切，他比參加那些可有可無的會議，更加聚精會神。認真聽報告，反覆鑽研文件，極力想把會議的精神弄懂，吃透。

不幸，迷惘和疑慮仍然緊緊糾纏著他。領導人的講話反覆強調，文藝工作者要「掌握為工農兵服務的政治方向」。可是，直到會議開完了，他仍然弄不懂這個「政治方向」應該怎樣理解。「為工農兵服務」，是否就是專寫工農兵的豐功偉績，或者只寫工農兵喜聞樂見的題材？如果是這樣，他最為鍾情的、寫知識份子命運的長篇，絕對不合時宜。那自己又怎樣去參加實現社會主義工業化的偉大鬥爭呢？

矛盾重重，疑慮纏心。他幾乎失掉了緊跟時代大潮闊步前進的勇氣……

而歷史的車輪，卻是滾滾向前：

一九五三年十二月二十八日，中共中央批轉了中宣部《為動員一切力量把我國建設成為一個偉大的社會主義國家而鬥爭——關於黨在過渡時期總路線學習和宣傳提綱》。《提綱》對於「總路線」作了這樣的解釋：「從中華人民共和國成立，到社會主義改造基本完成，這是一個過渡時期。黨在這個過渡時期的總路線和總任務，是要在一個相當長的時期內，逐步實現國家的社會主義工業化。並逐步實現對農業、手工業和資本主義工商業的社會主義改造。這條總路線是照耀我們各項工作的燈塔，各項工作離開它，就要犯右傾或『左傾』的錯誤。」

原來，需要改造的，不僅是資本主義工商業，農業和手工業同樣是改造的對象！東方旭被搞糊塗了。這些年，對於「改造」這個詞，他已經耳熟能詳。想不到，要改造的範圍竟是如此之廣。但不知這個大規模的社會主義改造運動，要多長的時間才能完成？

不久，毛澤東作出了回答。他在李維漢《關於利用、限制、改造資本主義工商業的若干問題》一文中批道：「黨的任務是在十到十五年或者更多一些時間，基本上完成國家的工業化和社會主義改造。所謂社會主義改造的部分：（一）工業；（二）手工業；（三）資本主義企業。」

東方旭本來沒有留心這個與自己沒有直接關係的檔，不料，一學習，心中的疑慮又增加了許多：第一，既然連工業都被列為改造對象，全國各行各業，無一例外的都在被改造之列，自已焉能置身改造之外？腳步踟躕，心下耿耿，不僅是不識時務，還會招來更大的麻煩！第二，改造的時間至少需要十到十五年！這意味著，要到花甲之年，自己的思想改造才能完成。那時，人已經老朽無用，改造好了又有啥用？第三，歸國以來，對於共產黨對自已時冷時熱，始終感到不理解，但卻無以名之。學了這個文件，方才豁然貫通：原來共產黨對待知識份子的政策，也是「利用、限制、改造」呀。怪不得！讓你當主編，當委員，是為了「利用」；處處把關設卡，使你畏首畏尾，俯首聽命，這是「限制」；難怪，改造之聲，四處喧囂，終日不絕於耳！

從此，他終日惶惶，如臨深淵，如履薄冰。後悔成為一名知識份子，恨不得讓無產階級出身的父母重生一次。現在醫學發展了，可以使男人變女人，女人變男人——變性。但卻沒有辦法讓一個人改變身份，改變階級屬性——拋棄那如影隨形的「原罪」。這就註定，不到昏眊傴僂甚至撒手西去那一天，「異類」的帽子休想摘掉！

一九五四年三月二十四至三十日，第四次文化工作會議在北京舉行。茅盾、周揚、劉芝明作了報告。會議指出：在過渡時期，要積極發展適合人民利益和需要的文學藝術創作。加強藝術實踐，是當前文化工作中頭等重要的任務……在為工農兵服務的政治方向和社會主義現實主義的創作原則指導下，鼓勵各種藝術的自由競賽。正確開展文藝工作的批評和自我批評，採取積極措施，改進文學藝術實踐活動和條件。加強藝術工作者的勞動紀律，以促進文學藝術創作事業的繁榮。

會議不但再次強調為工農兵服務的政治方向，還提出了「社會主義現實主義」的創作原則。現實主義這個詞，東方旭並不陌生。他對十九世紀以來西方的批判現實主義，可以說是瞭若指掌，洞悉個中三昧。眾多大師的傑作，首先是真實生動地反映現實。他們並沒有執意追求「批判」，對一個滿目瘡痍的肌體，進行細緻入微的解剖，讓其袒露曝光，自然就具有了批判的力量。現在，將「批判」擯棄，而換成「社會主義」，是否意味著文藝作品除了褒揚，就是歌頌？不然，是否會像延安的王實味那樣，因為說了幾句真話，觸及了一點陰暗面，就成了惡毒攻擊、肆意污衊的罪人，最終連一條命也搭上？如果作家一拿起筆來，首先想到的不是客觀現實，而是一味地歌頌。不該歌頌的歌頌，該抨擊的不能抨擊——到哪裡去找「現實主義」？稱之為粉飾主義，豈不是更加貼切？這樣以來，所有的文學藝術作品，不論它的標籤是什麼，華麗的包裝裏面，盛的都是一種貨色——粉飾現實的油彩。「各種藝術的自由競爭」從何說起？「促進文學藝術創作事業的繁榮」豈不成了一句空話？

一系列的問號，在東方旭的腦海裏翻騰……

紅樓新夢

一

陸舟給金夢打電話，要她馬上到他的辦公室去，「有事要研究」。她能估計到要「研究」什麼，不由在心裏急劇地思考。

陸舟是個不苟言笑，謹遵上命，嚴肅認真，特別講究原則的人。但對她這個下屬，似乎分外青睞。沒有人在場的時候，常常跟她開幾句無傷大雅的玩笑，眉目間不乏溫馨與關注。她要求來《北方文藝》工作，就是陸舟作了黨組成員的工作，才如願一償的。不過，今天可不能掉以輕心，對於上面壓下來的事，他是從來不敢馬虎的，需要認真與之周旋。不然，屎盆子扣到自己頭上，威信，特別是地位，是要大受影響的。

她極力作出一副輕鬆的樣子，腳步輕捷地走進了上司的辦公室。

自從《北方文藝》創刊以來，多次發表過有關《紅樓夢》研究的文章。幾乎所有的作者都一再引用俞平伯《紅樓夢研究》中的文字。不少人大加讚賞，認為在紅學界，俞氏堪稱是一座當之無愧的高峰，至今無人企及。解放前，胡適的紅學研究成果，被許多人奉為圭臬，自從他投靠蔣幫，寄居美國，成了准洋人，在國內，除了需要時拉出來罵上一通，再無人提及他的研究成果。對他的資產階級唯心主義的批判，倒是步步升級，直到領袖親自發話，號召再掀批判高潮。終於使胡博士成了「不齒於人類的狗屎堆」！這樣，在紅學界俞氏不但成為一支獨秀、最著名的紅學家，簡直如泰山橫空，人人仰止。

兩個月前，《北方文藝》編輯部忽然收到了一封來信，寫信人是山東大學的兩個大學生——李希凡和藍翎。信中詢問，對於俞平伯所著的《紅樓夢研究》，是否可以進行批判？金夢認為，俞平伯可以說是傾注大半生精力鑽研紅學，就是有這樣那樣的紕漏和偏頗，只怕也不是兩個年輕人所能批得了的。初生牛犢精神可嘉，亂羝犄角，傷害了統戰對象，責任非小。況且，從來信那歪斜幼稚的字體看，寫信人的水平也高不到哪裡去。他們想向一位蜚聲海內外的著名紅學家發難，分明是蚍蜉撼大樹。她沒有和主編東方旭研究，就將來信仍進了廢紙簍。一個編輯部，一天不知道要接到多少讀者來信，並不需要一一作復。這已經是常規做法。不料，這次惹出了麻煩！

後來才得知，兩個在校大學生萌生了批判俞平伯的念頭時，擔心人微言輕，便投石問路，寫了不止一封信。寄給《北方文藝》的不過是其中的一封。他們還把信寄給了作家協會機關報《文藝報》，同樣沒得到理睬。不料，一個月後，他們的批判文章，在母校的學報《文史哲》上發了出來。有人要《人民日報》予以轉載，同樣遭到拒絕。十月十日，文章又在《光明日報》上刊登出來，題目是：《評〈紅樓夢研究〉》，文章對作者俞平伯的著作，進行了猛烈的、上綱上線的批評。

《紅樓夢研究》寫於一九二三年，原名《紅樓夢辨》。解放後，作者進行了大量的修改，一九五二年四月，以現名重新發表。兩位年輕人的文章指出：《紅樓夢研究》雖有可取之處，但缺乏科學的階級分析，看不到作品偉大的反封建傾向和傑出的藝術價值。兩位學子，三生有幸，他們向權威挑戰的大無畏精神，竟然得到了毛澤東的讚賞。十月十六日，他給政治局委員們寫了《關於紅樓夢研究的一封信》。嚴肅指出，要對胡適的資產階級唯心主義和《紅樓夢研究》進行批判。言出令行，立刻在全國範圍內，掀起了批判《紅樓夢研究》和胡適唯心主義思想的高潮。

與領袖大唱反調，豈能容得！金夢的擔心不是沒有來由的。她知道，壓下那封來信的分量。她極力做出從容的樣子，甜甜笑著，說道：

「陸部長，我來啦。」

陸舟指指對面的靠背椅，冷冷地說道：「坐吧。」

「陸部長，您找我有事？」她在椅子上坐了下來。

「我想聽聽你們扣壓李希凡和藍翎兩位青年來信的情況。」

一句「扣壓」，使金夢渾身一震，極力讓自己的聲音，平靜甜潤。「是這麼回事……」

聽罷金夢談完事情的經過，陸舟抽著煙捲，一面吞雲吐霧，一面嚴肅地說道：

「金夢同志，你給自己，也給我們，惹下了大麻煩！兩位反權威青年給刊物寫信，是對刊物的極大信任。你們竟然以貴族老爺式的態度，漠然置之。你想到過沒有，這是什麼問題？」

她急忙用沉重的語氣答道：「我們看問題太膚淺。那封讀者來信，處理得……不夠慎重。」

「什麼？不夠慎重？」陸舟向前探著身子逼問。「僅僅是不夠慎重嗎？」

「我們當時只看到信寫得不長，字又寫得不怎麼樣，誤認為是年輕人狂妄無知，不知天高地厚。並沒有想到他們會有什麼創見。看來，我們的審美辨別力太差啦。」

金夢是個有心計的人，看到來頭不對，剛才彙報時，把不理睬來信，並沒有跟主編東方旭商量的情況，隱瞞過去。現在，她一再用「我們」這個詞，堪稱是春秋筆法：這樣做，主編自然成了責任的主要承擔者，她這個副主編無形當中減輕了責任。她覺得，主編東方旭是民主人士，著名的統戰對象。同樣的事情發生在他身上，上面不至於太計較。聰明人也有失誤的時候。曾幾何時，她因為東方旭寫了一篇讚美武訓的小文章，一再動員他寫檢討。

陸舟聽出了部下的弦外之音，淡淡一笑，答道：

「金夢同志呀，你可不能辜負了黨對你的信任，組織上把你派到《北方文藝》去，就是要你在其位謀其政，把關掌舵，全面負責。東方旭名義上雖然是主編，他在其位，但我們卻不一定要他謀其政——一個沒有改造好的資產階級知識份子嘛。你在心裏要明白，他實際上是在你的領導下工作。在中國，黨領導一切，你難道忘了自己是支部主要成員？」

金夢是支部副書記。她想說，支部書記矯敫才是單位黨的領導。卻改口說道：「我知道，我知道。是的，我的責任很大，我要負主要責任。不過，對待讀者來信，從來都是那樣處理的呀。沒想到，這次航船會觸了礁！」

陸舟又接上一支煙，聲低語厲：「金夢同志，你是老黨員，老作家，參加過延安文藝座談會，親自聆聽過毛澤東同志到會作的那篇繼往開來、開山奠基般無比重要的報告。那是一個綱領性的文獻，是主席對於社會主義文藝作出的巨大貢獻。我們必須用十分虔敬的態度，去學習，去領會，去運用。離開講話的精神一步，立刻就要犯錯誤！」陸舟不愧是理論家，私下裏談話，也像在做政治報告。他停下來，深吸一口煙，吐出長長的煙縷。然後說道：「我們必須牢記，文藝可不是文人的游泳池，他們願意遊到哪裡就遊到哪裡，願意遊多久，就遊多久。文藝是不起煙硝的戰場，是甜度很高的烈酒，是粉墨登場的正劇，是看似姹紫嫣紅，卻是再嚴肅不過的政治。誰任意而為，忘記約束，甚至逆流而上，誰就要摔跟頭，重蹈當年王實味的覆轍！」

領導的話，咄咄逼人。金夢心慌了：「唉！想不到呀！陸部長。一萬個沒想到，一封普通的讀者來信，怎麼就讓偉大領袖看中了呢？」

「可他們的信，並不是一般的讀者來信呀！為什麼偉大領袖一眼就看出它的不一般處，看出那當中所蘊涵的、極高的政治意義？這是個政治嗅覺問題。」

「那是，那是。」金夢連連點頭。「唉！連作家協會機關報《文藝報》的大主編馮雪峰，那樣高水準的著名理論家，魯迅的老戰友，一開始，都不理睬他們的信，我們就可想而知啦。」

「哼！管他是魯迅先生的老戰友，還是著名理論家。這一回呀，夠他消受一陣子的。」

身為作家協會副主席的馮雪峰，都為此事馬失前蹄，逃不過挨批，自己還有啥說的？她用特別沉重的語氣答道：

「是的，是的。我們確實需要好好反思，認真接受教訓。」

「金夢同志，我可以坦率地告訴你，這可不是輕描淡寫地一句『反思』，就可以搪賽過去的事。這是一個嚴重的政治錯誤，是要進行深刻檢討的。懂嗎？」

金夢不由一愣，立即點頭答道：「是的。我一定進行認真的檢討。」她站起來問道，「陸部長，沒有別的事，我回去啦。」

「等一等。」陸舟揮手制止，「有一件事，本來不想說。為了對你負責，我想，還是說一下的好。」

「不知道是什麼事？」金夢重新坐了下去。

「我還想聽聽，你對榮獲史達林獎的那幾部中國作品的看法。」

金夢又一次愣在那裏。一時不知該如何作答。事情已經過去了兩年多，為什麼要舊話重提？

兩年前，一九五二年三月十三日，蘇聯部長會議頒發了上一年度科學文化藝術史達林獎。丁玲的《太陽照在桑乾河上》，周立波的《暴風驟雨》，賀敬之、丁毅的《白毛女》，光榮獲獎。金夢認為沒有將自己的新作《太行風雲》送評，太不公平。與上述作品相比，她覺得自己這部寫土改的長篇，水平只高不低。當時滿懷希望將作品報上，不知為什麼又被拿了下來。兩年來，她始終忿忿不平。對於一個作家來說，拿到革命導師史達林的獎金，可觀的經濟收入尚在其次，對於提高一個作家的知名度，擴大社會影響，鞏固自己在政界和文藝界的地位，關係非同小可。但她憚於紀律，除了自己的愛人，和個別最親密的朋友，更多的是腹誹，跟誰都沒有暴露過。不知自己的不滿，怎麼會傳到陸舟的耳朵裏？她一時不知道該怎樣回答。

「一個語言流利的作家，怎麼不說話啦？」陸舟催促起來。

看到上司探詢的目光，她只得答道：「他們都寫得不錯，有許多值得我學習的地方。」

「哦，你真的是這麼看？」

「這是我的心裏話。」

「噢。你對自己的作品評價呢？是否也認為應該得獎？」

「陸部長，說實話，我對《太行風雲》比較滿意。也許這是貽笑大方的敝帚自珍。」後面的問話，雖然沒有作答，她的言外之意，已經很明白。

「你的書，我也認為寫得不錯。我是贊成參評的。可是最後一輪未通過。如果送出去，也許能拿個獎回來。」陸舟始終注意著她的表情，「聽說，你為此耿耿於懷？這也不奇怪。自己的勞動成果嘛，一年的辛苦勞動，誰不想一舉獲獎天下揚？不過，那可是一個人說了不算的事呀，是評委的集體意見，最後還要經過組織的批准。最後，所有送出去的作品，都是經過中央的審查。作為一個老黨員，如果仍然在私下裏散佈不滿，可是個組織原則問題，甚至是對黨中央的態度問題。你說是不是？」

金夢早就聽人說過，她的作品沒有通過，主要是陸舟的阻攔。聽到他的自我表白，克制住反感，徑直問道：

「陸部長，您是評委，為了幫助我提高今後的創作，能否告訴我，是什麼原因，涮下了我的作品？」

「這麼久了記不得啦。」陸舟又接上了一支煙，「好象是因為書中的那個知識份子，寫得不太好——資產階級情調太濃厚。」

「您是說，那個次要人物鍾青？」

「對，好像就是他。」陸舟一副剛剛記起來的樣子。

「《桑乾河上》不是也寫了一個知識份子文采同志嗎？」金夢說出了自己的不解。「我看他的資產階級情調，絲毫不亞於鍾青。」

「人家丁玲寫文采，用的可是批判的筆法呀。」

「難道我用的是欣賞的筆法？」

「金夢！我說的是評委的意見，你應該認真對待才是。」陸舟擺擺手制止了金夢的插話，「我之所以告訴你，正是為了你好。你怎麼可以用自由主義的態度，對待組織的決定呢？」說到這裏，陸舟不再開口。

金夢只得站起來告辭。她覺得陸舟今天的談話，有老賬新賬一起算的意味。心中不由緊張起來。

二

卓然家晚飯已經端上了餐桌。肉絲炒芹菜，豆腐燉白菜，蘿蔔肉片湯。外加一盤從食堂買回的黑不溜秋的白麵饅頭。在供給制的年代，雖說實行的是軍事共產主義。但，等級差別仍然是有的。卓然是吃小灶的高級幹部，妻子白雪是吃中灶的中層領導。平常日，都在各自的食堂裏用餐。兩個孩子卓黎明和卓彤，是由保姆到食堂裏去打回來吃。自從去年實行了薪金制，幹部灶取消了。他們才一日三餐回到家裏吃。這樣，可以根據自己的喜愛進行調劑，不但比吃那千人一律的幹部灶更合口味，而且多了許多樂趣。全家人圍坐在餐桌上一起用餐，添飯劑菜，細語漫話，其樂融融。比之那些仍然要蹲在食堂地上吃飯的單身漢，其幸福和溫馨感，簡直不可同日而語。所以，沒有特殊情況，他們夫婦總是爭取回家用餐。

可是，現在已是暮色凝窗，星斗閃灼，仍不見女主人白雪的影子。京城國家機關，在實行薪金制後，開始歇禮拜。除了禮拜天晚上照常有會議，禮拜六晚上一般不安排活動。今天是禮拜六，白雪遲歸，肯定有原因。卓然到門外望了兩次，昏暗的路燈映照著的長胡同裏，仍不見妻子消瘦的身影。她晚上有事，為何不來個電話呢？

「我媽幹麼去啦，怎麼還不回來呀？我的肚子都餓得咕咕叫啦！」上中學的兒子黎明，兩眼望著桌上的飯菜，低聲咕嚕。

「我的肚子也咕咕叫啦。」五歲的女兒卓彤大聲嚷著，一面用兩隻小手拍著肚子，做出滿臉痛苦的樣子：「你們聽呀——咕！咕！」

孩子的天真活潑，把卓然和保姆逗得哈哈大笑。正在這時，白雪推門走了進來。見全家人圍坐在餐桌上說笑，右手一揮說道：

「你們不趕快吃飯，坐在這兒傻笑什麼——有啥值得高興的？」

「媽媽，媽媽——你也趕快來吃呀。」兩個孩子同聲催促。

「你們先吃。我不餓，只是口渴，先喝杯水。」保姆從竹殼暖瓶裏給她倒了一杯水，她伸手接過來，坐到一邊咕嘟咕嘟灌了兩口。卓然見她臉色不好，走過來問道：

「喂，怎麼才回來？也不來個電話，發生了什麼事？」

「震驚全國的大事！」她重重地把茶杯放下。

「神經病！」

「誰神經病？」

她朝中南海的方向一指：「還能有誰！」

卓然瞥妻子一眼，向臥室一翹下巴，扭回頭說道：「阿姨，你領著孩子們先吃，我們一會兒就來。」

說罷，他隨著白雪進了臥室。妻子坐到床沿上，他回身將房門關上，緊挨她坐下來，壓低了聲音說道：「白雪，你呀！延安來的老革命，怎麼跟剛剛參加工作的毛丫頭似的？這種犯忌的話，是當著保姆和孩子的面說得的嗎？」

「我想不通——心裏著急！」

「小點聲！想不通，也不能急呀。你應該好好學習少奇同志的《論共產黨員修養》，遇事這麼不冷靜！到底發生了什麼事？」

「哼！竟然支持兩個淺薄的年輕學生，聲討德高望重的老專家——莫名其妙！」

「噢。我以為發生了什麼大不了的事哪，原來為批判俞平伯的事。你又沒寫吹捧他的文章，與你無關嘛。你著的哪份子急呀？」

「怎麼無關？我們也沒理睬那兩位英雄的來信。」

「喲？他們還向你們《青年文學》寫過信？咳！錯了就檢討嘛，又不是小孩子，用得著撅嘴膀肥！」

「檢討是小意思。我不理解為什麼要這樣小題大做。你說，神經正常的人做得出來嗎？」

「事情可不能這麼看。李、藍兩個年輕人，能看出老紅學家書中有問題和錯誤，就很不簡單。他們敢於向老紅學家挑戰，這種初生牛犢不怕虎的精神，很可貴嘛！難道不值得扶持和褒揚？」

「有啥可貴的？稍有馬列主義常識的人，誰看不出，誰寫不出？我也寫得出。寶玉是思想解放的典型，黛玉是他的同道，寶釵算得上是一個衛道者，何消說得？」

「那俞平伯，就沒有這個水平呀。」

「別忘了，人家的書，是三十年前寫的！」

「可解放後再版，他沒有進行修改呀。除了一派讚美，沒有階級分析，甚至連一點馬列主義的影子都看不到。讀者看到的儘是煩瑣考證。寶玉愛喝湯呀，黛玉愛吃……」

「那就有了罪？」白雪粗魯地打斷了丈夫的話。「固然，老先生的書，不無煩瑣考證之嫌。但，茶餘酒後，讓人們放鬆一下有什麼不好？至少可以娛耳目、悅心性吧？既然對於風景詩、山水畫都沒有下令禁止，我們豈可對一位老知識份子苛求。他的書，總沒有攻擊社會主義革命和無產階級專政吧？」

「你的意思是，俞平伯不應該批？」

「我不是這個意思。」白雪的聲音越來越高，看到丈夫給她打手勢，立刻壓低聲音說道：「兩個無知娃娃要批，那是他們的事情，與旁人無關。讓人費解的是，他們的高論，不過是一些淺薄的文學常識。別人之所以不寫文章進行批判，認為沒有那個必要。俞平伯的書，即使無益處，也不能說是有害嘛。再說，人家是從舊社會過來的人，要考慮他的思想水平。我們不是把一頂資產階級知識份子的桂冠，戴到人家頭上嗎？要是他也掌握了馬列主義，幹麼還叫人家天天改造思想？」她停下來喝口水，繼續說道：「但是，不行。一旦讓慧眼發現了，可不得了：兩個年輕人一下子被捧上了九天，立刻成了衝鋒陷陣的英雄，簡直就是兩個成熟的馬克思主義者！那個老知識份子卻在劫難逃，一無是處——在全國範圍掀起大批判！你看，就有這麼走運，那麼倒楣的！」

「白雪，身為共產黨員，無產階級先鋒戰士，應該以無產階級革命事業為己任，豈可以個人感情代替黨的政策。你是挨了批評，有個人情緒，以致不能正確地對待眼前發生的一切。」

「不，如果我處處以一己利益衡量周圍的一切，我也就白學了二十年的馬列主義。連馮雪峰那樣著名的理論家，作家協會副主席，都認為兩個娃娃的論點『還欠周密』。說明今天開展這樣一場波及全國的批俞運動，純粹是借題發揮，雞蛋裏挑骨頭，借機整知識份子。你別打斷我，讓我說完。老卓，你別站在雨傘底下，說乾爽話。我就不相信，你真的認為，這場運動發動得有理有據！」

「白雪，你這樣想，很可怕。是的，可怕得很！」

「你先回答我的話。你說呀，難道你不認為，這純粹是胡來？」

「白雪，你這樣想很危險，太危險了！作為一名共產黨員，唯一的宗旨，就是無條件地想黨之所想，緊跟黨中央的戰略部署，做一個永不生銹的螺絲釘。不然，非犯錯誤不可！眼下的當務之急，不是胡思亂想發牢騷，而是立刻寫出一份有分量的檢討，交給領導。你可能還不知道，馮雪峰不但已經作了檢討，而且沉痛地承認，貶低兩個「小人物」的文章，不但犯了嚴重的錯誤，而且有『犯罪感』。難道，人家的水平就不如你白雪？」

「啊——真的麼？連我們景仰的老一輩理論家都頂不住，違心地作了檢討？」

「我能騙自己的老婆嗎？人家可不像你，把自己看得一貫正確，永遠自我感覺良好。他的態度誠懇得很，估計上面肯定滿意。」

怔怔地望著丈夫，白雪久久無語。

三

「乖乖，又是一場大批判運動！」

掀天揭地的批俞罡風，撲面吹來，東方旭不由凜然驚懼。仔細一想，又暗笑自己患了運動恐懼症：捉蝨子還得貼近鋪襯呢，我與俞某人素無掛礙，絕對成不了一根繩上的螞蚱。好哇，這次運動再激烈，也整不到自家頭上來。可以置身圈外，作一個觀潮者，靜觀如何對別人砍殺，從中增長些見識，增加點免疫力。他深知，能逃過這一劫，並非是自己的聰明睿智，或者先見之明，完全是得益於自己的猶豫狐疑。不然，又將重蹈覆轍！

「嘿嘿嘿！幸虧，學會了懶惰！」低頭看看雙手，他發出一陣苦澀的長笑。

他自幼以懶惰為恥，終生不敢懈怠。深知，自己不是天才，後來之所以有著淺薄的學養，囂囂的虛名，無不來自於持之以恆的勤奮。早在青年時代，謀生於上海報館時，他即曾用稚嫩的隸書，自書「勤能補拙」四個大字，懸之座右時刻惕厲。不料，懶惰和遲疑，竟然不是壞事情，甚至能跟好運連在一起。人們通常所說的「多一事，不如少一事」，從前，他嗤之以鼻，視為是懶漢哲學，是對於勤奮上進的腐蝕劑。現在看來，那是失敗者的醒悟，誤入陷阱者的讖語。往後，一定牢記於心，並付之於行動。

「記住，勤快招災，懶惰免禍！」他竟然向自己提出了這樣奇怪的警告。

對於轟動全國，遭到聲勢浩大批判的《紅樓夢研究》，他不但熟悉，而且頗為欣賞。他怎麼也想不到，當初為之傾倒的作品，今天會成為全民共討之的腐屍臭肉、洪水猛獸！

兩年前，「三反」運動的火焰甫熾，他就成了「思想老虎」。除了到批鬥會場接受教育，一個靠邊站的人，沒有多少事情可做。業務已經停頓，長篇不能寫，書讀不下去。百無聊賴之下，他從書店買回再版不久的《紅樓夢研究》，佐茶消遣，聊以解憂。不料，讀了不幾頁，便被深深吸引住。那凝聚著研究者心血的巨著，讀來卻極輕鬆，不但處處是解頤的妙筆，而且蘊涵著獨到的精微和睿智。讀完全書，他產生了創作激情，決定寫一篇文章，抒發讀後心得與快慰。擬訂的題目是：「於細微處見功力——讀俞平伯先生的《紅樓夢研究》」。有感而發，筆底湧泉，眨眼之間便寫滿五張稿紙。突然，他手中的筆停了下來。唉！時下運動似狂飆，掀天揭地。人們晝夜鏖戰，團追堵截，誓將大小老虎一一拿獲。我如果寫出此等消閒文字，不唯不合時宜，讓人家知道一個「思想老虎」，不作痛徹的反省，卻有此等閒情逸致，不啻是自找麻煩。他頹喪地將鋼筆扔到一邊。為了不留痕跡，又將稿紙撕得粉碎，揉成團，仍進了煤球爐子。

不久，全部老虎幾乎無一例外地都成了好同志，他的「思想老虎」帽子，不摘自落。出於維護黨組織的面子，對於他的先見之明，彷彿已經被人們忘記。對於連續幾個月的批判侮辱，並沒有人表示半句歉意。開始他耿耿於懷，但很快就想通了：「老虎」們受了那麼多的侮辱與摧殘，不少人連寶貴的性命都搭上了。當初整人家，興師動眾、聲勢浩大。長達半年之久，機關算盡，計謀用盡，把人家整得死去活來。等到證明一切均屬子虛烏有，卻無聲無息，開鎖放人完事。相比之下，自己既沒有被熬鷹罰跪，也沒有上銬關黑房子，所受的那點委屈，不過是小巫見大巫。想到這裏，他反倒有幾分竊喜：沒有出賣良心做打虎英雄，保持了自己人格和氣節。心裏一高興，他又想起了那篇中道而輟的評俞文章。當初已經構思成熟，不妨將它寫出來。想是這麼想，卻遲遲沒有動筆。倘若立刻將文章寫完，並寄出發表，無異於自投網罟，今天《紅樓夢研究》大受其批，必然再次成為網中魚鱉！如果說，第一次中途停下是出於恐懼，這一回卻完全是因為懶惰。

可貴的懶惰啊！

他忽然想起了鄭板橋的「難得糊塗」。老先生感歎最深的，不是「聰明難」，也不是「糊塗難」，而是「由聰明而轉入糊塗更難」！如果套用他的公式，便是「勤快難，懶惰難，由勤快而轉入懶惰更難」。他想親筆寫一個「難得懶惰」橫幅，代替當年的座右銘「勤能補拙」，以時刻警厲自己。不料，剛想站起來去找宣紙，忽覺兩眼發熱，兩行熱淚滾下了臉頰。不由頹然坐了下去。

「人，一日三餐吃飽了不做事，或者只作討主人喜歡的事，與一隻搖尾乞憐的寵物狗何異？那還不如死去痛快！」他痛苦地閉上了雙眼。「俞平伯老先生何辜，一本平常的學術研究，竟招來如此災難？」

對於一部作品，既可以從宏觀研究，也可以從微觀上研究。將微觀研究以煩瑣考證名之，大謬不然。不是無知，就是有意歪曲。而把它上升到糟蹋名著，甚而是階級立場有問題，更是欲加之罪了。恐怕，俞老先生此刻正在書齋裏蹀躞漫步，感歎『難得懶惰』。

「懶惰，懶惰！全中國的知識份子，都變成懶漢，不開口，不動筆，就沒有必要開展批判運動了。」

不幸，他高興得太早了。

陸舟找金夢談話的第三天，一上班，矯敫和金夢推門而入。這是極其少見的事，因為他與支部書記矯敫，並無直接工作上的聯繫。他預感到不祥，卻極力把話說得輕鬆：

「喲！兩位一齊出馬，不知有何見教？快請坐。」

「東方同志，現在全國正開展關於《紅樓夢研究》的大批判，您肯定已經注意到了。」金夢一坐下，便開門見山。「不過，您可能沒想到：我們的刊物，在《紅樓夢研究》的問題上，同樣犯下了嚴重的錯誤。」

「我們跟它井水不犯河水——怎麼可能呢？」他驀地吃了一驚。

金夢神色嚴肅：「東方同志，我們跟它不但不是井水不犯河水，而且關係密切得很哪。」

他連連搖頭：「我不明白。」

「我要有關編輯作了認真的統計。五年以來，我們總共發了十二篇吹捧《紅樓夢研究》的文章，平均每年兩篇多——夠嚴重的。更為嚴重的是，我們把李希凡和藍翎要求批判俞平伯的來信給壓下了。犯下了壓制新生力量的嚴重錯誤。」

「有這樣的事情？我怎麼不知道呢？」

「當時編輯請示我，由於我的政治嗅覺太遲鈍，看不出來信的重大政治意義，像對待普通的讀者來信那樣，沒加理睬。結果，撞到槍口上，倒了大黴！」

「噢！原來，你們兩位是來通知我作檢討的。不知道該怎樣個檢討法？」

「東方，壓下信件責任主要在我，不須要你個人檢討。但，刊物的檢查是逃不掉的。」金夢從手提包裹拿出了一份檔遞給他，加重語氣說道：「檢查草稿我已經寫出來啦，請你過過目，並給加工潤色一下。」

「不，不。」他剛要伸手去接，急忙縮回手。「不必啦，您看著行就行。我沒有意見。」

「咦，這又不是我個人的檢查，而是刊物的檢查，你是主編，你不過目，怎麼上報呢。」

「我真的是『主編』嗎？」他想反問一句。話到了口邊，又咽了回去，改口道：「好吧，讓我看看，以便加強認識。」

「好的。」金夢再次把檔遞了過去。「不過，不光是看看，您還要認真加以修改補充。」

「那就不敢當了。」他接過文件，隨手放在一邊，並沒有立即翻看。

「東方主編，你這是推卸責任。」一直坐在一旁靜觀兩人對答的矯敫，這時開口了。「我們的刊物，連續不斷地發了那麼多有毒的文章，又扣押了兩位青年的來信，情節之惡劣可想而知。簡直太惡劣啦！你身為主編，豈可等閒視之？希望你能認真對待這個檢查。絕不能採取無所謂的態度！一定要表現出對於錯誤的痛心和堅決改正錯誤的決心。」矯敫繃緊著臉，伸出纖細的右手食指指點著，一派教訓的口吻。「而且，光認真地進行檢查還不行……」

「那，還要怎麼樣呢？」東方旭終於忍不住了。

矯敫義正詞嚴地答道：「還要付諸行動——認真地加以改正！不然，上面和群眾，都是不會答應的。東方主編，到那時，就被動啦——悔之晚矣！」

平素日，對於這位年輕處級幹部，盛氣凌人、嬌柔作態的做派，他就看不慣。現在，被她指著鼻子教訓，更像吞下幾隻蒼蠅，從胸口噁心到嗓子眼。他想回敬幾句，想到她是奉命而來，得罪了這位官太太，無異於得罪了上級。引火焚身沒有必要。他只得強忍住反感，強迫自己作出認真諦聽的樣子。

矯敫認為他已經被說服，正正身子，轉入了另一個話題：

「東方主編，還有一件事，我想聽聽您的高見。」

「不知是什麼事？」他極力用平靜的聲音問道。

「你每天看報紙，諒也知道，在批判《紅樓夢研究》的同時，還在全國的範圍內，開展了一場轟轟烈烈的批判胡適資產階級唯心主義的高潮。不知您有何高見？」

他嘿嘿一笑：「我對胡適不太瞭解。加之學習不夠，不但沒有高見，連個一二三，也談不出來。」

「不，據我們瞭解，您對胡適，不但十分瞭解，而且十分欣賞甚至崇拜。」

「這話從何說起？」

「喲，你這人好健忘呀。早在解放前，您不是就寫過讚美他的大作嗎？」

原來如此！一個不到三十歲的年輕女人，竟然知道他早在解放前就寫過評介胡適的文章！足見，自己始終在上司「關注」的視線之內。他一時愣在那裏。過了好一陣子，方才問道：

「矯書記，您的意思是，儘管我是在解放前寫過有關胡適的幾篇文章，莫非照樣需要進行檢討？」

「不，不是我要叫你進行檢討。只是作為革命同志對你的關心愛護，給你提個醒罷啦，免得你造成被動。」矯敫得意地望著他，「至於是否進行檢查，那就要看你自己的認識水平咯。」

說罷，她朝金夢得意地一笑，又朝東方旭動作優美地一揚手，站起來說道：「你們兩個再談談。我還有個重要會議要出席呢，我先行一步啦。」

東方旭站起來沒動，禮貌地點頭送行。金夢送她到門外，兩人又在走廊裏咬著耳朵嘁嚓了好一陣子，方才分手。等矯敫走遠了，金夢回身嘭地一聲掩上門，坐回到原處，拿出手絹揉揉鼻子，低聲嘟嚕道：

「狐假虎威，臭氣千里！」

東方旭聽出了弦外之音，試探地問道：「金夢同志，那本《紅樓夢研究》，真的是一無是處，臭不可聞？」

「哪裡呀！」她指指矯敫去的方向，「我是感到憋氣。」

「該檢討我們就檢討嘛，憋的啥氣呀？」為了多瞭解一些真相，他故意裝糊塗。

「我說的是另一件事。東方，你這人呀——咋就那麼糊塗呢？」

「金夢同志，我真的是被你說糊塗了！您快告訴我，到底發生了什麼事？」

四

「東方，想不到，我們會在那本勞什子書上栽了跟頭！可倒楣也就罷啦，瞎子走進水井裏，誰叫咱沒有眼來，怨不著別人。可惱的是這位太太，這一回，可找到了表現自己、整治別人的機會。哼，拿著雞毛當令箭，又使出『三反』打老虎的勁頭，朝著我們指手劃腳，耍臭威風。家雀飛到牌坊上——好大的架子。不就是個小文工團員嗎，有啥了不起？發表了兩首打油詩，彷彿成了詩人，連走路的樣子，說話的口氣都變啦——真是噁心人！你肯定不知道，她那個小小的支部書記，還是我去參加土改時，主動讓給她的，現在倒在我面前耍起了威風。哼，忘了自己值幾個錢一斤啦。這又不是封建社會，時興搞封妻蔭子那一套，丈夫的官再大，還沒坐皇帝呢，不成她就成了手拿尚方寶劍的欽差大臣？」

東方旭不便表態，只是模棱兩可地點著頭。心想：女人畢竟是女人，前一陣子，兩人好成了一個腦袋，聲氣相投，如影隨形。編輯部成了她們兩個人的天下。不知為什麼，忽然反目成仇。他一時猜不透，矯敫作了什麼傷害這位名作家的事。

黨支部書記矯敫，正像她的名字諧音——又驕，又嬌。那得意的臉色，做作的口氣，不止使人生厭，簡直是讓人噁心。東方旭知道自己的地位，卻絲毫不敢表現出來。只能是敬鬼神而遠之。今天矯敫前來找自己談話，仍然是一派頤指氣使的教訓口氣。他心裏十分不快，真想當場回敬她兩句，但想到她是遵旨行事，得罪了欽差，就是得罪了上司，只得將不快壓在心底，作出一副虛心諦聽的樣子。想不到，金夢對她的成見，竟是如此之深。女人間的事，他不想介入。話說多了，改天，仇敵成友，女人的舌頭一搖，自己反倒成了挑撥是非的長舌頭。他沒有如許的精力和能力跟女人較量。於是，隨口敷衍道：

「金夢同志，矯敫同志身為支部書記，對於上面的指示自然要認真貫徹，就是方法上有些欠缺，我們應該諒解她。她畢竟還年輕嘛。」

「嘿，還在替她打掩護，難道你還沒受夠她的氣？你應該記得，我擔任支部書記的時候，是這樣的嗎？」

他想說「各有千秋」，覺得沒有必要得罪金夢，含糊地答道：「她的水平能跟你比嗎？」

「哼，跟此等人共事，少活十年！」

見金夢火氣低了下來，他急忙轉移話題：「金夢同志，剛才您去送客人時，我把您寫的檢查粗略看了一遍。」他把面前的檢查拿到手中，「我覺得很好，提不出別的意見。您交上去就是。」

他探身將檢查遞了過去。

金夢身子靠後一仰，連連搖手：「不行，吃一塹長一智，我可不再幹那種目無領導、獨斷獨行的傻事咯！」

「嘿，我是啥領導喲！」

「你是主編嘛，不是領導是啥？」她向前探探身子，「那位太太，剛才提醒說，馮雪峰一把鼻子一把淚，把自己罵了個狗血噴頭，至今還沒有過關。她還說，我們要是檢查得不深刻，當心成為反面典型。」

「您的這份檢查，既深刻，又全面。不僅承認了錯誤之所在，連犯錯誤的根源都挖得很深。從思想意識，挖到階級立場，我都覺得有些……有些言過其實呢。」

「不，不。聽矯敫這一說，我越發覺得問題嚴重，我寫的還太輕描淡寫。」她坐直了身子，滿臉莊重之色。「東方，你回國晚，不瞭解解放區的情況。我是過來人，體會最深。歷次運動，無不是在出賣天良，扭曲靈魂。被整的人是如此，整人的也無不如此。不然，為什麼那麼多冤假錯案？為什麼平反冤假錯案，成了每次運動必不可少的響亮尾音？經驗屢屢證明，少挨棍子，少受折磨，避免和減輕處分的唯一法寶，就是違心屈招，自我醜化。否則，休想過關！所以，這檢查，你一定得認真地改一改，越是把自己罵得狗彘不如，越是上綱上線，越能證明你的態度誠肯，有悔過表現。」

「金夢同志，您這是打著鴨子上架。我的政治思想水平，您是最瞭解的。」

「咳，你客氣啥呀？你對《武訓傳》的檢討，寫的就很好嘛。」

「對不起，恕我不能從命。」他把檢查草稿推到了她的面前。

「東方同志，你可別聖人喝鹽鹵——明白人做糊塗事呀。這是以編輯部的名義寫的檢討，身為主編，你能置身事外嗎？」金夢細眉緊蹙，神色嚴肅，「再說，這絕不是我個人的請求，而是組織上的決定。懂嗎？」

「……」他愣然了。

「怎麼？還想不通？」

「既然是『組織的決定』，我怎敢不服從呢。」

「這就對了嘛。小說大家，罵起人來筆底生花，改改檢查，還不是小菜一碟。罵人用不著技巧，昧著良心，往狠裏罵就是。」她站起來，身子前傾，放低了聲音：「你就當是在罵別人，不就結了嗎。」

「啊？」他再次愣然了。

「少見多怪不是？別猶豫，馬上動手，明天就得把改好的檢查稿交給我。如果可以，就叫人謄清上繳。我走啦。」不等對方答應，她站起來就走。走到門口，她忽然又轉了回來，近前低聲問道：「喂，東方，我想問你一個問題。」

「什麼問題？你說。」

金夢略一猶豫：「夏雨最近經常到你家去玩嗎？」

「夏雨？」他倏地站了起來，粗魯地問道。「他到我家幹麼？」

「他說要跟你研究幾個……幾個，有關歐洲文學方面的問題呢。」金夢支支吾吾地答道。

一提起夏雨，他感到喉頭發堵：「請你告訴他，我早把歐洲文學忘光了啦。沒有能力，也沒有時間，跟他做什麼研究！」

「噢──原來是這樣。」

「你──這話是什麼意思？」

「沒有什麼意思。夏雨最近好像忙得很。我只是想瞭解一下，他在忙些什麼。我還認為他在跟你研究學問呢，原來並非如此。」

金夢說聲「再見」，轉身走了。過了好一陣子，他忽然用力一捶桌子，醒悟地自語：

「那兩個傢伙！莫非，依然惡習未改？」

五

「噁心！真讓人噁心！」金夢一回到家，一屁股坐到椅子上便嚷嚷起來。她的兩眼不看丈夫，像是自言自語。

「啊！你噁心？」夏雨已經做好了晚飯，坐在一旁喝茶，等候妻子回來一起用餐。一看妻子臉色不對，急忙走上前來，雙手抓住她的胳膊，仔細瞧著她的臉，關注地問道：「喂，除了噁心，還感到哪兒不舒服？走，我陪你去衛生室看大夫去。走嘛。」

金夢煩躁地推開丈夫：「什麼呀！驢唇不對馬嘴──誰說身體不舒服來？」

「身體好好地，怎麼會噁心呀？」

「我是讓那傢伙氣的。」

「誰？是哪個膽大的，敢惹夏某的夫人生氣？」

夏雨松了一口氣。

「還有誰──那位官太太唄。」

他不由一愣，立即平靜地問道：「咦，她怎麼會惹你生氣哪？」

「那傢伙，一舉一動都使人生厭！」

「對同志可不能犯印象病喲。」他來到她的身邊，撫肩相勸：「金夢，你身為一刊之長，對部下應該寬容些嘛。再說，人家孬好也是延安來的老幹部呀，不會那麼沒有水平吧？」

「延安老幹部──狗屁！她連個剛參加工作的小青年也不如。這不僅是我一個人的看法。」

「唉！你當你的主編，她幹她的支部書記，井水不犯河水嘛──你生的啥氣呀？」

「哼！你要是跟那麼個淺薄貨整天待在一起，不氣破肚皮才怪呢。」

「有那麼嚴重嗎？人家還年輕，應該多體諒嘛。」

「快三十歲的人啦，還年輕呀？」

夏雨拉著妻子坐到餐桌前，安撫道，「嘿，生氣不如攢錢，攢錢不如吃飯。氣壞了我親愛的老婆，我可就大難臨頭啦。」

「那不是你整天盼望的嗎？我要是叫那傢伙氣死，你可就來了福啦，省得整天嫌我老。」

「這話說的！你雖然比我大幾歲，可是風度翩翩，光彩照人，根本看不出年齡的差異。再說，要是嫌你老，當初我會同意跟你結婚？你認為我只是衝著你是個名作家？」

「當初是當初，現在是現在——人是會變的。」

「看吧，你的多疑症又犯了。」夏雨的一顆心在往下沉。

「夏雨，這可不是我多疑，我有根據。」

「什麼根據？」他的心咚咚跳開了。

「別人問起我的年齡，你總是閃爍其辭，說我比你大一兩歲，為什麼不能勇敢地照實說？這不是嫌我老，是什麼？」

「嘿！這就是你的根據？聽見蚊子叫便渾身起疙瘩——神經過敏！」他的心跳停止了，輕鬆地笑道：「別廢話，快吃飯。」

他給妻子盛上一碗大米飯，又舀上一勺白菜肉片湯，放到她的面前。然後自己舀上一碗，大口吃起來。為了轉移話題，一面吃著，一面說道：

「今天我們編輯部發生了一件可笑的事。」見妻子沒有表示，他又補了一句：「金夢，你絕對想不到，多麼有趣！」

金夢知道丈夫是故意逗自己開心，仍然低頭吃飯，不吭聲。

「怎麼，不想聽聽？」

「願意說就說唄，隨你自己的便。用不著我批准吧？」

「我們編輯部剛剛分配來的那個大學生肖倩，我記得你見過她。」

「她怎麼啦？」

「咳！眼下大張旗鼓地批判反動紅學家俞平伯，你猜她怎麼著？頂風而上。在辦公室裏，當著那麼多的人，大吆小喝。說什麼，」夏雨拿腔拿調地模擬起來。「『哼，像《紅樓夢研究》那樣有水平的專著，全中國有多少？叫好還來不及哪，竟然批人家是站在資產階級的立場上！試問，人人讚不絕口的《紅樓夢》，難道是曹雪芹站在無產階級立場上寫的？他知道什麼是無產階級嗎？放心吧，俞平伯批不倒。不信走著瞧，越批越香！』你看，還有這樣不看火色、引火焚身的糊塗蛋呢。」

「那肖倩，不是大瞪著眼，自己往張開的網裏鑽嗎？」

「誰說不是呢！唉，這個姑娘呀，我真替她擔心。」

「你就別替那姑娘擔心啦，哭哭自己的墳頭吧。」

「我有啥好哭的？」

「你自己的老婆，又一次撞到槍口上啦！」

「咦？這不可能呀！」

「不但可能，而且跑不掉啦。唉！俞平伯那老傢伙，又把我們拖上啦——陸舟找我談了話。這一回，至少得認真檢討一番，不然，休想過關！」

「喲，我倒忘啦！你們發了不少吹捧那老傢伙的文章呢。這事可得認真對付。風從上面來，勁頭淩厲得很哪！夢茵，你可不能由著性子呀。既不能不理不睬，更不能硬頂。可不能忘了當年的前車之鑒呀！夢茵，你說是這樣吧？」

夏雨感到了問題的沉重。親昵地呼著妻子的昵稱加以勸解。這昵稱，還是他給取的。對於比自己大五歲的妻子，當著外人的面，他總是以「老金」相稱。夫妻之間在姓氏前面加「老」，大概只要有革命陣營裏有這樣的習慣，即使二三十歲的夫妻，也多是如此。結婚之初，私底下，夏雨親切而又虔敬地稱妻子「夢姐」，但金夢不讓，說把自己叫老啦。他便改口叫「夢夢」，她又說不好聽，像大人喊小孩子。於是，他便給她取了這麼個溫馨的名字。他看得出，每當他低沉而溫婉地喊一聲「夢茵」，金夢總是露出幸福得意之色。不過，當著外人的面，是從來不這樣叫的。

「夢茵，你可不能有抵觸情緒呀！」他不放心地反覆叮囑。他知道妻子最不善於隱瞞自己的感情。

「哼，檢討還不好說？對我來說，輕車熟路，家常便飯。我已經寫好了，讓東方旭過過目，走走過場，然後就交上。可氣的是那位太太，興高采烈，彷彿遇到了節日。抓住了一切機會表現自己。在我面前，指手劃腳，滿臉得意，一副上級對下屬的教訓口氣，真讓人受不了。」

她簡單敘述了矯敫在她面前說的話，然後說道：「那小女人，竟然幸災樂禍，緊追不捨，就像我們犯下了十惡不赦的大罪似的。」

「咳，矯敫可真是——太不夠意思啦。」夏雨只得附和著埋怨。

「不僅是這樣，更為可氣的是，她挑撥是非，想讓我挨雙份子整。」

「是嗎？」

「咋不是！她向陸舟打我的小報告呢。」

「心地無私天地寬——讓她打去——你怕啥？」

「說得倒輕巧，你不怕，我還怕呢。那是無組織、無紀律，自由主義的事！」

「到底是啥事呀？」

「她端出了老皇曆：說我對於《太行風雲》沒能參評史達林文藝獎，很有意見，背後發牢騷，缺乏組織觀念。陸舟警告我，要認真反思。可，除了你，別人並不知道我的內心世界呀！夏雨，你說，她怎麼會知道，我對那事有意見呢？」

「你敢肯定是她彙報的嗎？」他沒有正面回答。

「陸舟說我在編輯部發牢騷。不是她彙報的，還會有誰？」

「你在編輯部跟她談過對評獎有意見的事？」

「沒有呀。」

「那就怪啦。」

「夏雨，你不要認為陸舟的官大，消息就靈通。我告訴你，懼怕他的人多，跟他一心的很少。他的主要消息來源，就是聽彙報，再就是靠他的老婆吹枕邊風。」

「想不到……」夏雨脫口而出，他怕金夢看到他的臉色不對，急忙扭頭去舀菜，一面說道：「我可從來沒跟別的人談過。要是真是她彙報的，那，她是怎麼知道的呢？」夏雨明知故問。

「我也認為你不會跟她說——又不是不知道因言賈禍的厲害。」

「我當然不會！」夏雨調整了心態，面不改色，話說得很堅決。

「那就怪啦？她是從哪兒知道的呢？」

六

金夢對評獎不滿的事，正是丈夫夏雨洩漏出去的。

夏雨趁著東方旭去西南地區參加土改之機，向他的妻子、早已垂涎的雅妮，大獻殷勤。空房獨守的雅妮，正愁長夜冷衾無法打發，曠夫怨婦，自然是一拍即合。跳舞場上廝磨，絡緯帳裏溫存，慾海激浪，乾柴烈火，亞賽過新婚蜜月。無奈良夜苦短，半年後，東方旭回來了。一到家，他與雅妮的私情，便讓她的兒子小曉捅了出來。他所擔心的麻煩甚至報復，沒有出現，雅妮卻從此變成了一個陌生人。見了面，不但話也不說一句，而且扭頭他顧，睬也不睬。他想不到，一個熱烈而癡情的女人，會突然變成冷若冰霜的石頭人。他想以牙還牙，忘記那個薄倖的女人，可是，一閉上眼，那一幕幕熱風吹拂、激烈癲狂的情景，立刻映顯在面前。那令人陶醉的異國風味，那讓肌體悠然飛升的雲端徜徉，已經牢牢刻在他的腦子上。他曾無數次地感歎，不枉為男人一場。無奈，大幕降落，好戲散場，不盡的韻味，只能長夜擁衾，在夢中品嘗。如今，臂彎裏的半老徐娘，儘管依然風情萬種，柔指軟舌，撫摩吮咂，戲弄挑逗，變盡了花樣，卻再也撩不起他往日的激情。為了不使妻子生疑，只得呻吟顫抖，佯作歡暢狀……

自家鍋裏的飯，已經吃膩味，不羈的野馬繼續打野食。正不知向哪裡垂鉤投餌，一條顏色光鮮的美人魚，飄然遊到面前。部長年輕漂亮的夫人，請他做寫詩的導師。有所求，必得有付出。互有所求，互相付出，乃是一樁公平交易。兔子叫門送肉來。把那十分惹人愛憐的小女人弄到手，諒不是難事。嘿，天上掉餡餅咯！

一心想當詩人的矯敫，並不甘心靠在丈夫的高位上自我陶醉。她清楚得很，自己在人們心目中的分量到底有幾斤。人們對於她的融融笑臉，彬彬禮貌，無非是出於對丈夫的敬畏。她是個心高氣盛的人，打心眼裏不願做紅漆雕花案上的花瓶，紮槍頭上的飄拂紅纓。她要體現自己的價值和聲望。她對於押韻的東西，特別感興趣，甚至有一種天然的愛好。當文工團員的時候，她說的快板，合轍押韻，甜美悠揚，特別受歡迎。詩歌不也是押韻的嗎？她覺得自己可以成為一名詩人。妙極啦！如能寫出並發表幾首有分量的詩作。那時，聲名遠播，國人盡知。在詩人作家成堆的編輯部裏，不但再不用像掃地丫頭似的，低眉順眼，踮著腳跟走路。還可以昂首闊步，巍然屹立，以高山仰止之勢，出現在人們面前。既然當年唱數來寶和快板書，幾乎是信手拈來，敲著呱嗒板隨口一唱，便換來陣陣掌聲，寫詩又怎能難得住她。於是，她開始了詩歌創作。無奈，寫出的詩，一篇又一篇，卻依然擺脫不了快板書的味道。看著一大摞退稿，愁眉苦臉地睡在抽屜裏，她的一顆心像被針刺錐紮一般。好長一段時間，茶飯乏味，書報無趣，連跟丈夫作愛也打不起精神。她想起了「世上無難事，只怕有心人」的古語。對於做一名詩人，更加充滿了信心。無奈，她再「有心」，詩歌編輯們，卻「無心」理睬她的大作。計從思考出，她終於想出了一條妙計：請人化妝，甚至借雞生蛋。有了捷徑，他立即付諸行動，丈夫的直接部下，金夢的丈夫——詩人夏雨，進入了她的視野。是的，借夏詩人做生蛋的雞，諒他不敢拒絕。

果然，夏雨對部長夫人的請求，不但滿口應允，而且心領神會。不辭「莽撞」，越俎代庖起來。不久，矯敫便有《向大海》，《想望》，《朝陽頌》等多篇詩作，出現在中央級的報刊上。有的經過夏雨的徹底修改，只借助她的立意。更多的則直接是「化妝師傅」的作品——真的借雞生了蛋！

圓了詩人夢的小女人，從心眼裏感激他的導師。正不知道，如何報答導師的提攜之恩，夏雨偷偷塞給她一首獻詩：《給所愛》。這首華麗而動人的短詩，洩露了天機。矯敫看了一遍又一遍，直到熱淚奪眶而出。原來，這個從前她不曾正眼去看的男人，不但是個悅目的美男子，而且早已鍾情於自己。丈夫顯耀的地位，雖能滿足她的虛榮心，一個年過半百的人，就是身體來得，那過分繁忙而傾心的公務，不知耗掉他多少精神。床笫之事，自然要大打折扣。俗話說，「女人三十如狼，四十如虎」。年近三十的矯敫，自然感到雨露失調的乾渴。既能沐浴春風，暢飲甘霖，又報答了人家的恩情，一舉兩得，何樂不為？讀罷夏雨的獻詩，便急不可耐地獻出了自己的身體。加之陸舟經常出差，更提供了西廂月下的方便。寒來暑往，兩年繾綣消魂，烈烈情炎愈燒愈旺，幾乎到了難解難分的地步。每當兩個身體合成一個軀體，在迷魂鄉里升騰飄蕩之際，應有的戒備，早已忘到爪窪國裏。連對方的身體，都恨不得一口吞下，還有什麼話說不出去？夏雨就是在這種時候，把老婆對評獎的不滿，毫不隱瞞地抖了出去。儘管分手時，千叮嚀，萬囑咐，不能洩露給任何人。她也一再保證請他放心。但，溫柔鄉里的喁喁許諾，如同酒宴上的旦旦誓言一樣，轉臉就忘。矯敫還是把秘密告訴了丈夫……

夏雨的沉默，並沒有引起金夢的懷疑。她繼續發洩著不滿：「哼，她覺得發表了幾首打油詩，就成了詩人？恬不知恥！他那首《望大海》，開頭幾句，我至今還記得：我站在峭石上／仰望東方／擁抱著初升的太陽／不由放聲歌唱／大海喲／你是多麼遼闊／你是多麼激揚／你的歌聲是多麼的雄壯／我恨不得跳進你的懷抱／與你一同歌唱！看，這就是大詩人的傑作！——哈哈哈，狗屎！」

「金夢，這樣刻薄可不好。人家是初學寫詩嘛。哪能那麼成熟？何況，詩歌既可以寫的深奧，也可以寫的淺顯。大詩人李白的《靜夜思》，不就連幼稚園的小朋友都會背嗎？你能說它不好？這叫風格不同，懂嘛！就是我的詩，也不都是……」

「等等，我想起來了。」她突然揮手。打斷了他的話。

「想起什麼？」

「狗東西！她那些狗屎詩，都是你給她寫的！」

她忽然想起，有一次，給夏雨洗衣服時，曾在他的口袋裏，發現過那首《望大海》的草稿。現在，人們還沒有用專門手紙的條件，工人用煙捲盒，農民用土坷拉，機關幹部則用廢紙或報紙。夏雨將廢稿裝在口袋裏，正是派那樣的用場。還有一次，她在他的上衣口袋裏發現了一首《贈所愛》，立刻變著臉盤問他。他以詩人的綺思遐想加以掩飾。金夢將信將疑，但並沒有將詩稿還給他。

「老金，你胡說些什麼呀？」

她咚地放下碗，破口罵了起來。「狗東西！不用說，我的秘密，也是你洩露給她的！」

「金夢，你瘋了？」

「哼，是我瘋啦，還是你墮落啦？」她忽然覺得許久以來的懷疑，統統找到了答案。「王八蛋！原來那女人是你的姘頭，怪不得，你處處給她打掩護，賣力氣！」

「金夢，你胡說些什麼呀！」

啪！她狠狠地抽了他一個耳光。「那首《贈所愛》還在我手裏哪，你還敢狡辯！」

「夢茵，真的是你誤會啦。你聽我解釋，好嘛。」

「我不聽——你向組織解釋去！」她開開鎖，拉出抽屜，翻出一疊紙，揣進兜裏，上前拉住丈夫的胳膊，「走，跟我去見陸舟！」

「夢茵，夢茵！你聽我一句話，再去也不遲呀。」他一手抓緊桌子，不讓暴怒的妻子拉走。一面氣急敗壞地哀求：「金夢，你認為往自己丈夫的頭上潑了污水，你就脫得了乾淨？」

「難道我還得替你揹罪名？別囉嗦，跟我走！」她繼續用力地拽他，但是拽不動。只得鬆開手，掉頭往外走。「孬種！你，敢做不敢當。這一回我饒不了你！」

「好哇，有本事，你就去告狀。大不了我被開除黨籍，降職降級。我作好了思想準備，沒有什麼了不起！」見金夢大步急走，他又大聲補了一句：「告訴你，離婚我也不在乎——姓夏的，絕對打不了光棍！」

不料，他的話音剛落，金夢忽然停下腳步，木雕泥塑似的，久久愣在了那裏。

七

五天後，文藝口的人，在政協禮堂聽陸舟做時事報告。夏雨有一個習慣，每當領導人作報告，他總是坐到最前排，希望自己讚歎的神色，熱烈的鼓掌，都能被上司看到眼裏，留下個好印象。根據多年的經驗，只有上司喜歡的人，有了好事，才漏不下自己。今天，他的情緒不佳，沒有興致做贊許擁護狀，便到後排的角落裏，找了個空位坐下來。剛坐下不久，便見矯敫也從禮堂前排站起來，向自己這邊走來，看樣子像要挨著自己坐。她已經在別處就坐了，看到他坐到後排，又來到他坐的地方。這人，怎麼不知道回避呢？他不由緊張起來。就是有緊要的事情要告訴，也不能在大庭廣眾之下，坐到一起呀。還好，她沒有近前來，在右面，離他三個座位的地方，坐了下來。他知道，矯敫也有聽報告喜歡坐前排的習慣。當初就是靠著這地利之便，被作報告的陸舟發現，並被她的美貌所動，不久便將她調到身邊工作。兩個月後，他離了婚，她從收發員變成了他的老婆。結婚後，她的習慣依然沒變。今天不知為什麼，她一反常態，也坐到了後排。他儘量裝做沒看見她，眼睛朝前看，眼梢卻始終盯著她的一舉一動。見她不斷地向左面瞟一眼，目光中露著期待，臉上不時地閃過一片殷紅。心有靈犀一點通。他明白，這是在向自己傳達渴望親熱的資訊。他不由長歎一口氣。唉，現在到了躲都躲不及的時候，這女人癮頭再大，也不能大白天想入非非呀！

轉念一想，又原諒了她。他還沒找到機會將不幸的消息告訴她，她怎麼能知道出了事，應該回避呢。報告開始了。等人們都聚精會神地翹首望著主席臺，被陸舟精彩的報告打動，熱烈鼓掌時，他向右瞟一眼，送去一個「知道了」的眼神，同時微微點點頭。等到矯敫回了個「明白了」的眼神。他裝做去廁所，悄悄溜出了會場。緊走了一陣子，在大街的轉角處，他停了下來。直到遠遠看見一個俏麗的身影，走出禮堂大門，他才不緊不慢地朝前走去。走進遊人稀少的景山公園，矯敫已經跟了上來。兩人並不說話，一前一後，徑直向山上攀去。

爬上景山東麓，來到當年崇禎皇帝被李闖王嚇得上吊自殺的老槐樹旁，矯敫停了下來。翹起腳跟，向四周反覆瞭望。綠樹鳴蟬，芳草如茵，四顧不見遊人的影子。她猛地撲上來摟住他的脖子，又啃又咂，一陣狂吻。

過了許久，方才呻吟道：「你這壞蛋，想死我啦！」

「我的小矯敫，彼此彼此——我何嘗不想你呀。」

「快來吧——我的褲子濕透了。」

一面說著，她麻利地解開褲帶，將褲子向下一推，雙手抱著老槐樹，蹶起了屁股。夏雨早已被她揉搓得熱血賁漲，直挺挺，如同鐵杆鋼杵一般。雙手捧著雪白滾圓的肉團，蹲下身去。只見，朱潭碧草，清泉潺潺。不由伸手撫弄了一陣子。擔心時間長了，公園裏不安全，顧不得那些從容的愛撫，花樣繁多的挑逗，直起身子，倏地挺了進去……

「啊——好！」矯敫低聲浪叫起來。「快，快！親愛的好寶貝，用力……再用力呀！」

「小聲點！當心讓人聽了去。」他激烈地抽送著。

「放心吧……沒有人來……我……都不怕。你，怕的啥喲？」她激烈地喘息著。

「人，要是能什麼也不怕，就好啦！啊——啊——」一句話沒說完，他也發出了呻吟聲。

空山無人。間或有幾聲清麗的鳥語，從遠處傳來。只有樹皮班駁的老槐樹，把身邊發生的一切，看了個清楚，聽了個明白。當年，紫禁城裏殺聲震天，它輕舒手臂，幫助明朝末代皇帝魂升九天，逃脫了懲罰。時移物換，三百零九年之後，北京城裏戰鼓催春，它又做了兩個多情種尋歡作樂的有力支撐。老槐有知，不知它該哭還是該笑？

整衣束帶之後，兩人挽著手，來到上方的四角亭上，倚欄而坐。矯敫偎在他的胸前，仍然不住地搖晃：「夏雨，我還想要。」她的右手，撫摩著他那個敏感的部位，他長舒一口氣，答非所問：「矯敫，只怕，咱們這是最後一次了。」

「為什麼，難道你不愛我啦？」她驚訝得變了聲音。「夏雨，你變得好快呀！」

「不是我變了心，是讓人家知道了。」

「不可能，你別嚇唬人。」她的手，繼續揉搓著。

「矯敫，我說的是真話。」

「到底是怎麼回事？」她停止了動作。

「讓金夢看出了破綻。」

「什麼破綻？」她臉上的紅雲，倏地退了，緊握著的右手也鬆開了。

「她發現了，我曾經給你改過詩。」

「那有什麼值得大驚小怪的？你是著名的詩人，不是給許多人改過詩嗎？」

「這可不一樣。她從你的詩稿上發現，我給你改動得太多，於是就……」

「那又怎麼樣？這說明你的風格高，喜歡助人為樂唄。」

「她可不這麼看。」

「不就是懷疑嗎？由她去！問急了，給她來個開水燙死鴨——不張口，她奈何不得。」

「不行，把柄已經落到了她的手裏。」

「什麼把柄？你快說呀！」

他只得如實相告：金夢認為他替她代筆寫詩，超出了一般關係。特別是那首將兩人的隱私暴露無遺的《贈所愛》底稿，讓她偷了去……為了不被埋怨，他不惜誹謗自己的妻子。

「矯敫，無論我怎麼解釋，她都不相信那是詩人的隨想。而且執拗地認定，洩密也是我洩露給你的。非要告到陸部長那裏不可。」他有氣沒力地說道：「矯敫，咱們倒楣透啦。這真是沒有料到的事！」

「完啦！」她面色煞白，像喝醉了酒的醉漢，無力地癱倒在亭欄上。「天哪！讓陸舟知道了，我就全完啦！」

「你先別那麼怕，事情還不至於那麼糟。你認為我光是哀求她？我還給了她點壓力。讓她知道，男人倒了黴，老婆沒有好下場。而得罪了上司，絕沒有她的好果子吃。她不傻，她是一個名利心很重的人，諒她不會輕舉妄動的。」

「怕的是……」她痛苦地搖頭，「怕的是，她變卦，漢子被人搶了去，女人是會發瘋的。發了瘋的女人，什麼事幹不出來？夏雨，我好怕喲。嗚嗚嗚……」她抽動著雙肩，啼哭不止。

「咳！哭有啥用嘛。倘若她真要變卦，你就是把這座亭子哭倒，能讓她憐憫咱們？關鍵是自己挺得住，拿定主意。」

「把柄在人家手裏，咱們拿主意有啥用喲！嗚嗚嗚……」

「當然有用。第一，我們最近一個階段，停止來往，不讓她抓住新的把柄；第二，回家立刻將我寫給你的那首《贈所愛》燒掉，以免後患：第三，萬一金夢的思想出現了反覆，咱們先下手為強，你就告在她的前頭。說她為了將你排擠出《北方文藝》編輯部，造謠污衊你。」

「可，證據——那首詩稿，在她的手裏攥著呀！」

「稿紙上，不是沒寫名字嗎？我不承認是寫給你的，她有啥辦法！」

「那是寫給誰的？你總得有個交代呀！」她停止了哭泣。

「寫給誰的還不行？隨便給哪個漂亮姑娘安到頭

上，就搪塞過去啦，她還能去對證？」

「夏雨，你真行！不，真壞！」她在他的胸膛上頻頻擂著，破涕為笑。

夏雨絕對想不到，他今天向情人傳授的錦囊妙計，兩年後，變成殺向自己的銳利匕首！

魔鬼集團

一

矯敫陷入了痛苦之中。

景山之巔，槐陰樹下的浪漫消魂，時間雖然短暫，可能因為饑渴太甚的緣故，竟然暢快之極。較之在平坦柔軟的雙人床上，更有一種勝利冒險的無窮韻味。俗話說，「妻不如妾，妾不如偷，偷，不如偷不著。」這話雖然是針對著男人說的。她覺得，移到女人身上，同樣是千真萬確的真理。丈夫不如情人，長情人不如短情人。她有著切身的體會。一絲不掛、跟丈夫從容不迫地在床上花樣翻新，往來馳騁，雖然暢快消魂，天長日久反覺平淡無奇。而當暮靄四合、月色朦朧的夜晚，在公園聯椅上，或者河邊樹叢中，腰帶輕解，內褲半褪，更有一種說不出的特殊韻味。想不到，在豔陽當頭的大白天，在草叢沒脛的老槐樹下，彎腰曲背地野合，仍然得到了通體癱軟的暢快滿足。端的是「別有一番滋味在心頭」，一種勝利冒險的喜悅，讓人縈回心頭，久久品味不止……

她不是個風騷的女人。在男女文工隊員混在一起睡草鋪的戰爭年代，只跟一位拉二胡的漂亮小夥子，有過幾次冒險偷情。不料，很快便引起人們的懷疑。但她只承認在一起談過心，矢口否認發生過兩性關係。那時忙於打仗，組織上無暇細究，只把小夥子調走了事。跟比自己大二十四歲的陸舟結婚後，丈夫的高高官位，前呼後擁的氣派，使她的虛榮心得到了滿足。遇到年輕瀟灑的男人，雖然禁不住偷偷顧盼，但肌膚之思，轉瞬即失，充其量是「意淫」，並無越軌行為。丈夫雖然年逾不惑，仍然是器宇軒昂，一表人才。白淨的長方臉上，兩道濃眉下，閃著一雙有炯炯有神的明目。使人於深深的愛慕之餘，產生幾分敬畏。年齡差距所帶來的遺憾，被崇敬和滿足彌補。沒用下多大的自製之力，她就做到了恪守婦道。不料，在夏雨的身上，列車滑出了軌道。當她正在思考如何報答詩人夏雨的鼎力相助時，一紙情詩塞到了她的手中。她知道，文壇揚名的價值，比之暗暗獻出自己的身體，不知重要多少倍。為了報恩，何惜奉獻！孰料，一旦委身纏綿，立刻感到丈夫與情人的巨大差距。前者甘如飴糖純蜜，後者淡似清燉蘿蔔湯。從此，被動變成主動，貢獻變成索取。尋機覓隙，幽會不斷，晝思夜想，欲罷不能。

誰知，好事多磨。瓦罐不離井沿破，不僅被夏雨的風流老婆看出了破綻，而且被抓住了把柄！她敗在了行家手裏。雖然夏雨想出的三條對策，堪稱是深思熟慮，條條不失為高著。可是，等到認真照辦，一開頭，便感到十分困難：堅持不再見面，按奈不住時時浮上腦際的思念，湧動於下體的瘙癢；燒掉那首惹麻煩的獻詩，她拿起來，又放下，猶豫再三，最後又回到了箱子底層。那不是幾張普通的紅格信箋，而是心靈的旌旗，消魂的曲譜，情愛的標記。讓那凝結著情人深情蜜意的寶貝付之一炬，她捨不得。

至於夏雨傳授給她的第三條，也是最後的殺手鐧，她還沒有考慮好該怎下手。

她在認真地觀察金夢的一舉一動。

調到《北方文藝》編輯部工作不久，她就感覺到，金夢對她的態度很不友好。人家東方旭是著名的學者、大作家，對自己春風滿面，彬彬有禮。金夢倒好，時刻不忘擺著名作家的臭架子。一貫態度冷漠，似理不理。迎面碰上，親熱地跟她打招呼，她總是在嗓子眼裏哼唧一聲，扯扯胖臉上兩隻嘴角，做出微笑的樣子，敷衍過去。她氣得恨不能跳上前，照那白臉狠扯兩巴掌。跟金夢一起研究工作，更是讓人受不了。別人的意見，儘管有理有據，完全符合上面的精神，她總是除了挑剔，就是搖頭，一副不屑一顧的傲慢樣子。彷彿只有她是諸葛亮，別人都是無知的阿斗。自己升任支部書記之後，金夢的態度絲毫沒有好轉，彷彿她的升遷，竟是她的恩賜。尤其使她生氣的是，自己接連發表了五六首詩歌，在編輯部引起了很大的震動。那金夢，不但沒有一個字的讚美，別人在她面前嘖嘖稱讚的時候，竟然滿臉是傲慢的冷笑，閉口不贊一詞！要是在戰場上，她真能將槍口瞄準她的後脊樑，狠勾扳機。

最近一個時期，金夢的傲慢無理，更加變本加厲。好多次，迎面走來，立刻收起臉上的笑容，厚嘴唇緊緊地抿著，仰頭斜視，裝做沒有看見自己。不用說，是為自己與夏雨的事情！哼！尿泡尿照照自己那副尊容吧：一張發麵饅頭似的胖臉，連矮鼻子都快淹沒了。下巴重疊著，腰粗得像大甕，尤其是那兩只要把衣服撐裂的大奶子，不由使人想起牛奶場裏的奶牛。自己已經生了兩個孩子，快三十的人啦，至今照樣是腰肢阿娜，面堆桃花，仍然是人見人愛的漂亮文工團員風采。夏雨移情別戀，怨不著旁人從她口裏搶食吃，怨她自己失去了對男人的吸引力。一想到這裏，她竟替夏雨叫起委屈來。在延安時，聽說金夢既豐滿，又漂亮，得了個綽號——「楊貴妃」，加之是延安著名的女作家，許多人垂涎三尺，窮追不捨。不知道是鍾情於美男子，還是愛惜詩才，迷魂湯偏偏往夏雨的嘴裏灌。夏雨昏了頭，迷迷瞪瞪鑽進了她的窯洞。連口風極緊的陸舟都承認，曾經設計過好幾套，向那女人進攻的方案。可惜，周密的思考貽誤了戰機，肥羊成了別人手中的獵獲物。要是當年將那胖貨追到手，只怕今天也要去打別的女人的主意。足見，喜歡美人，是天底下男人的通病。什麼風流倜儻，淫浪放蕩，主要責任在男人，與女人無關。姓金的怨恨別人，倒不如怨恨自己人老珠黃，惹人生厭更恰當！

跟一個無比討厭的人朝夕相處，是再痛苦不過的事。

她要將眼中釘趕走！

二

矯敫聽丈夫私下裏說過，上面對《北方文藝》前幾年的工作，很不滿意。不能緊跟中央的戰略部署，請示報告少，自做主張多，立場搖擺不定，日益偏向右傾。尤其是在對待「小人物」的問題上，錯誤十分嚴重。組織批判《紅樓夢研究》，極不得力。雖然，寫了一份看似很沉痛的檢討，那是在上面的壓力下，應付過關的虛假文章。誰都知道，金夢的抵觸情緒很大。這樣的人留在副主編的位子上，必然繼續給革命事業造成不可估量的損失。對，就憑這一切，足夠讓她滾蛋。

這天晚上，她給丈夫認真作了按摩，又親手給他用熱水燙了腳。上床之後，更是和風駘蕩，幽舌送香。陸舟被愛撫得熱血賁漲，忘記了疲勞和腰痛，翻身上馬，連連加鞭，放轡馳騁。等到氣喘吁吁滾鞍離蹬，煦煦輕風，又在耳邊吹拂。

「老陸，你先別睡覺。我還有要緊的事要跟你說呢。」

他無精打采的地答道：「有事明天再說不遲嘛。」

「不行，這事很緊要。」

「那就快說！」

她滔滔不絕，談出了金夢不宜繼續留在編輯部的種種理由。

「不過，一個有影響的大刊物，沒有幾個高水準的主編，是撐不起來的。金夢的水平，我們還是要承認的。」他打起精神說道。

「你不是經常在大會小會上講，我們的文藝要為工農兵服務，為社會主義事業服務，為無產階級政治服務嗎？兩個主編，一個是沒有改造好的資產階級知識份子，一個是階級立場不穩、右傾思想特重的個人主義者。你把那麼重要的刊物，交給他們你就放心？他們捅出了漏子，到頭來，上面還不是要你這主管人承擔責任？」

這話說到了點子上，陸舟被打動了。因為粗暴對待李希凡、藍翎的來信，他當面受到領導的嚴厲批評。他同意了妻子的建議。

「你的話，有道理。」他的右手，在她的乳房上，輕輕地遊動著。「不過，合適的人選，一時不好找。那得是個能壓住陣腳的人呀。」

「哼，死了鄭屠戶，不吃絨毛豬！文藝界能人有的是——我就能給你推薦個合適的。」

「誰？」

「大名鼎鼎的詩人夏雨，就是最好的人選。」

「你呀，可真想得妙。趕走老婆，拉進男人——那不是鬧笑話嗎？」

「咳，舉賢不避親嘛。」

「亂用名詞——夏雨是你的什麼『親』？」要不是她把臉偎在他的胸膛上，他會看到她飛滿臉頰的紅雲。「你的文字水平……往後，你還得好好學習提高才行。」

「哎呀，是我一時忽略用詞不當嘛，又成了不願意學習的藉口啦。」她用頭蹭著他的下巴撒嬌，「那樣做，不正說明領導上沒有意氣用事，完全是從工作出發嗎？」

「唔。也是。想不到呀，愚者千失也有一得！」

「哼，我在你眼裏永遠是個『愚者』！」她把頭扭在了一邊。

「咳。我不是這個意思。我是說，你對辦好刊物，用了心思。」

「當然啦。為了我們的刊物，我可是耗費了不少的心血。」

「那就將夏雨調過去。不過，你可不能再跟人家鬧摩擦。」

「你可真是——頑童打架，只發落自己的孩子！金夢的人品，你又不是不知道，怎麼成了我跟她鬧摩擦？你偏向別人，冤枉自己老婆——趟上這麼個男人，倒楣死啦！」

矯敫佯裝生氣，許久不再說話。他輕歎一聲勸道：

「金夢那人，連領導都不放在眼裏，她會處處尊重你？趾高氣揚，是很自然的事嘛。」

「那就不能讓她為所欲為！」她得意地擰了他的胸膛一下。「喂，我還有個想法，不知道大首長肯不肯答應？」

「我累啦，有話明天說好不好？」

「不嘛。我現在就要說。你聽不聽呀？」見他不吭聲，她認為已經默認，接著說道：「那副主編，我也要算一個。」

「什麼？你想當副主編？不行呀，矯敫。你還太嫩。」

「我都三十歲啦，還嫩呀？」她扭動著身子撒嬌。

「那擔子也太重。只怕……」

「把我放在夏雨後面，還不行嗎？」她不讓他把後面的話說下去。

「唉！讓我考慮考慮再說吧。」

「不，一言為定啦。」她扭動得像條水蛇。

「你呀，組織上的事，能那麼簡單？」

「那我不管。反正……你得答應我。好不好呀？」

「睡覺。矯敫，明天我還要作一個重要的報告，休息不好沒有精神呀！」

三

知妻莫如夫。政治家兼文藝家陸舟知道，他點點頭說一聲「好」，就能打發得年輕漂亮的愛妻，小鳥依人，鳴囀悅耳。無奈，她的資望，她的學養，與擔當副主編重任，距離實在太大。夫榮妻貴乃是封建社會的遺毒，作為每天在大眾面前進行說教的高級幹部，可不能做給共產黨人丟臉的事。況且，貿然答應妻子的不合理要求，不但怕她給自己捅漏子，而且有徇情之嫌——任人唯親。對上面，會產生不好的看法，損害自己的地位；對下面，只恐犯眾怒，影響自己的領導形象。他不能授人以柄。他知道怎樣梳理和保護自己光亮潔白的羽毛。

一周後，副部長卓然來到《北方文藝》編輯部。他隨身帶來兩份文件：一件是調金夢去宣傳部文藝處擔任處長，免去《北方文藝》副主編職務；另一件，是派夏雨來編輯部擔任副主編，免去他的《電影報》編委職務。金夢原是副縣（團）級，夏雨僅是個區（營）級。位置掉換，兩個人都是官升半級。金夢成了正縣，夏雨升成副縣。職務晉升，又調到滿意的崗位，夏雨滿心歡喜，恨不得將所有的力量，用在有功之臣矯敫身上。沒有她的遊說之功，只靠個人的拼搏，如此一舉兩得的好事，不知要等到猴年馬月！妻子金夢則正好相反。一聽完卓然的宣佈，半晌愣在那裏。嘴唇咬出了紫斑，肚子鼓得難受，不是當著上司的面，她真想大哭大鬧一場。她喜歡在文學的港灣裏游泳，討厭坐在機關的高板凳上喝茶水，翻報紙。她這「副主編」，實際上的一把手。正如魚得水，意興濃酣。如今雖然升了官，但從此成了玻璃缸裏的金魚，遊得再用力，也不過是追著尾巴轉圈圈，遊不到哪裡去。泥塑匠拜菩薩——心裏明白。她深知，這不是正常的調動，而是被「官太太」擠走的。人家是房檐下的冰凌——根子在上頭。下級服從上級，是雷打不動的組織原則；通不通五分鐘，是人事工作的萬應金丹。滿肚子委屈說不出，當著卓然的面，她用力做出笑靨，感謝組織的「信任」。並立刻收拾東西，乖乖地去新崗位報導。

夏雨到任之後，根據上面的指示，重新改組了編委會，列名的次序是：主編東方旭，副主編夏雨，支部書記矯敫，後面的兩位，仍然是小說組組長高揚，詩歌戲劇組組長龍雲飛。只有原編委、理論組組長單煥玉，被矯敫代替，排除在編委之外。原因人人心裏明白：那兩位「小人物」的來信，最先到了他的手裏，是他建議金夢不予理睬的。使他不解的是，一根繩上的兩個螞蚱，為何一個提升，一個遭貶？但他不敢漏出絲毫不滿，只得佯裝平靜，暗恨自己缺乏政治敏感，給別人提供了躋身編委的可乘之機！

矯敫雖然當副主編的夢想沒有實現，但列名在兩位老編輯之前，緊挨著副主編，離她所想望的位子，僅剩一步之遙。爾後有機會，舉步即可跨上，並非難事。經過陸舟的耐心開導，她不但沒有使氣，反而感激丈夫的良苦用心。不顯山，不露水，成了業務領導成員。不是仗著丈夫這座大山，靠自己努力表現，順順當當，也得再熬個十年八載。而吃醋撚酸、惹人生厭的金夢被趕走，情人夏雨調來身邊，更是老憨王坐北京——心滿意足。往後，天天在辦公室裏對坐，長日當窗，樹影婆娑，柔聲入耳，笑顰在目，不但減卻許多夢鄉思念，而且提供了傳書遞柬、偷閒敘情的極大方便。這叫她怎麼能不把掩飾不住的心花，綻放在粉臉上呢。

仍然留任主編的東方旭，聽完文件，卻像打翻了五味瓶，說不出是酸甜苦辣鹹。他深知，自從歸國後，幾乎沒有做過讓共產黨滿意的事。土改，被認為右傾不積極，抗美援朝慰問團拒絕參加，對於人人喊打的過街老鼠胡適，至今態度曖昧，拒不表態。在《武訓傳》和《紅樓夢研究》上，更是大忤上意，錯誤昭著。之所以至今讓他留在頗為重要的主編位置上，恐怕並不是因為他的能力與聲望，而是因為他是歸國的民主人士，是個「統戰對象」。與其說，那是一種尊重，不如說是一種特殊的需要。民主櫥窗裏的展品，眼下還需要擺在那裏，以證明，新中國的民主，多麼實實在在、多麼值得驕傲！

前些日子，他為金夢改完那份以兩個人的名義所作的檢討，越想越不是味道。處理李藍的來信，是金夢和單煥玉一手處理的，事前他一無所知。這也是很正常的事。莫說他是一個擺設，一件展品。就是有職有權，也不可能事無巨細一一過問。他不怕代別人受過。他是為刊物悲哀。一個發行全國、擁有幾十萬讀者的文藝大刊，竟然連處理一封讀者來信的權利都沒有，還談什麼新聞出版自由？「小人物」得到至高無上大人物的青睞，是他們交了好運。要那麼多的人，那麼多的刊物，因為不能慧眼識寶，使英雄一度受到冷落，就有懺不完的悔，請不完的罪？這是從哪兒學來的規矩？他不願意做一個處處唯命是從、仰人鼻息，時時準備著做檢討的「主編」。什麼文藝研究，長篇創作，統統見鬼去吧。夢寐以求的新中國，不是搞那些勞什子的地方！他找到卓然，正式提出辭掉主編職務。他再次請求，答應他做一名教書匠，以度過餘生。如不獲恩准，寧願做一名普通小說編輯，看稿子，改稿子，混碗飯吃。不料，得到的答復是，我們國家，雖有開除、辭退，卻幾乎沒有辭職的先例。將來有的話，所謂「辭職」，恐怕也是撤職的代名詞——為了給當事人留一點面子。這真是聞所未聞的奇語！在此之前，他聽說，黨員要退黨，得到的只能是開除；黨員如果自殺，則以叛黨視之。原來，革命陣營裏連辭職的自由也沒有！卓然還告訴說，雖然他在許多方面，緊跟黨的政策路線，略嫌遲緩些，也不可避免地犯了一些錯誤，但都作了認真深刻的檢討，且有悔改的決心，組織上能夠原諒他，並沒有拋棄他的意思。應該相信組織，繼續留在原來的崗位上，大膽工作，並抓緊一切時機，改造自己思想和立場。

既然已經沒有自己選擇職業的自由，他只有服從——違心地留在原來的位子上。

不料，剛剛過去了兩天，矯敫又來跟他「談心」，再次詢問他對胡適的看法。不用說，還是要他表態作檢討。現在，他聽到檢討就頭疼，毫不客氣地把「幫助」頂了回去：

「對不起，對於胡適，我並無深切的瞭解。現在隨便表態，豈不是太輕率？」他的潛臺詞是：萬一說的不對上面的口味，又是一個錯誤。何必自找苦吃？我可是作夠了檢討！

「東方同志呀，你這樣認識問題，很使我感到驚訝，也辜負了上級對你的希望喲。」矯敫的一雙美目，露著驕矜與不滿。「誰不知道，胡適那傢伙，是實用主義哲學家杜威的忠實信徒，是中國資產階級唯心主義最大的代表人物，是一個地地道道的美帝國主義和國民黨的走狗奴才！你堅決跟他劃清界限，狠狠地批他就是，怎麼還會存在輕率不輕率的問題呢？」

他不耐煩地答道：「矯敫同志，他就是臭狗屎，我也沒有能力去批他，因為不瞭解那狗屎臭在哪裡。至於我年輕的時候，胡說八道了寫什麼，幾十年啦，早就不記得啦。硬要批的話，等到我的水平提高了再說吧。」

「咳！你是著名的專家學者，我們編輯部，哪個比你的水平……」

「嘿嘿，我不過是個善於做檢討的專家。」他粗魯地打斷了她的話。

「你能從做檢討的角度寫，更好嘛！」淺薄的女人脫口而出。

「胡適跟我姓東方的，風馬牛不相及，我有什麼好檢討的？你們還有完沒有？」他第一次當面粗魯地頂撞黨領導。

「哼！你跟我發的啥脾氣呀？又不是我個人的事。」她一摔門走了。回頭又留下了一句話：「反正，不檢查，也用不著我矯某人吃虧倒楣！」

氣呼呼地待坐了半天，他方才平靜下來。忽然想到，今年二月初，中共黨內發生的一件舉國震驚的大事：在中共七屆二中全會上，揭發了高崗、饒漱石妄圖分裂黨，篡奪黨和國家領導權的陰謀活動。當時，毛澤東在外地休假。劉少奇作報告，朱德、周恩來、鄧小平、陳雲等發言，一致批判高饒的反黨罪行。不久就聽說，高崗畏罪自殺，饒漱石進了監獄。共產黨對自己內部的錯誤，尚且如此不留情面，對於黨外人士，更是可想而知。那女人最後說的吃虧倒楣的話，肯定是上面的意思。

那，為什麼，卓然一字沒漏呢？也許是引而不發？

他不由打了一個冷戰。

繼而一想，暗笑自己神經過敏。那高饒有組織，有預謀地陰謀篡權，理當受到懲處。自己跟胡適，既未謀面，又沒有直接聯繫，就是幾十年前寫過讚美他的文章，不成就有了罪過。許多共產黨人，不止是國共合作時期，就是重慶談判時，也沒少說過國民黨、蔣介石的好話？當年一提到「蔣委員長」，哪個敢不肅然起立？以今日之標準衡量，國人豈不都成了罪人？想到這裏，他的恐懼感減輕了許多。既而又想到了今年六月公佈的《中華人民共和國憲法草案》。那上面條分縷析，白紙黑字，給公民集會結社，宗教信仰，出版言論等自由。有了國家根本大法，此後以言代法，以人代法的鬧劇，大概不會再上演了。一聲號令，要批判誰，立即鋪天蓋地、群起而攻之的胡折騰，也該結束了。哪個不緊跟著胡鬧便等同於犯罪的荒唐歲月，應該永遠過去了。他感到了多年來少有的輕鬆。是的，以後用不著整天戰戰兢兢，如臨深淵，如履薄冰。願意說什麼，不願意說什麼，都是自己的自由。憲法賦予了公民神聖的權利，他人其奈我何！

回國五年來，他第一次沒有聽從黨的吩咐。直到這年的十二月二號，中國科學院和中國作家協會聯合召開會議，決定聯合批判胡適。他出席了這次會議，仍然不為所動。過了六天，中國文聯、作協主席團召開聯席會議，研究有關《紅樓夢》研究的批判，郭沫若不點名地批判了胡風。周揚的發言，則不但點了名，而且下了嚴厲的斷語：胡風先生計畫「解除馬克思主義的武裝！」一個月後，中共中央又下達檔，號召批判以胡適為代表的資產階級唯心主義思想。東方旭雖然感到雲驟風緊，陣陣寒氣襲人。甚至懷疑自己的思想有些不合時宜，但仍然沒下定改弦移轍的決心。緊跟批判大潮，持戈上陣，勇敢廝殺的勇士，他做不了。

他想作一名觀潮者。遠遠站在岸上，看那洶湧澎湃、壁立如山的狂濤，如何漫捲橫掃，如何將人一個個地吞噬掉。

不料，一波未平，一波又起。一場更大的風暴接踵而至。他的觀潮夢，被擊打得粉碎！

四

這場大風暴所要掃蕩的主要目標，是著名的老作家胡風，以及他的學生和朋友！

「這是怎麼啦？著名的左翼作家胡風，怎麼會幹出犯上作亂、使領導者動怒的事呢？」他憂心如焚，大惑不解。

像魯迅一樣，胡風的作品，直面慘澹的人生，向黑暗和惡勢力射出一支又一支利箭。多少青年在他的影響下，走上了革命的道路。他自己就十分喜愛胡風的作品，當年胡風主編的《七月》他是每期必讀，愛不釋手。一個畢生追求光明的人，怎麼會向光明的締造者——中國共產黨，作出不敬之舉呢？

曾幾何時，報刊鼓吹，大會誓師，向資產階級唯心主義者胡適發起了衝鋒。全黨共誅之，全民共討之。不批倒批臭，絕不鳴金收軍。可是，佈陣甫歇，戰鬥正向縱深發展，被圍困的堡壘還沒最後攻下，卻忽然改幟移師，將進攻的矛頭指向了胡風。胡風和他的文藝觀點，成了洪水猛獸，十惡不赦的罪人。

批判的炮火如此猛烈，一副天怒人怨、罪不容誅的架勢！

「難道真是這樣嗎？胡風與胡適，可以綁在一根恥辱柱上？不會因為兩個人都姓胡吧？不，不！中共的理論權威胡喬木，不是也姓胡嗎——怎麼可以有這樣荒唐的想法！」

報紙上，批判胡風的文章，連篇累牘。東方旭讀來讀去，百思不得其解。

現在天天謳歌偉大的魯迅，魯迅成了一尊高踞雲端的神祇，頭上光環燦燦，耀人眼目。而他的學生，同道，甚至親密的朋友，卻一個個被斬下馬來！疾惡如仇、剛直不阿的蕭軍，延安曆劫，至今銷聲文壇，不知生死存亡；樸實敦厚、正直善良的馮雪峰，因為壓制「小人物」，撤了《文藝報》主編，被冷落在一邊，寫那無了無休的檢討；敏銳執著、獨立特行的胡風，自從解放以來，不但不給他一個合適的工作，而且或明或暗，不斷對其進行攻訐。現在，跟十惡不赦的罪人似的，拉出來祭旗……

唉！「魯迅兵團」離全軍覆沒不遠了！魯迅先生泉下有知，不知將作何感想？先生如果活到今天，是否能眼看著朋友們一個個身陷旋渦，而袖手旁觀？如果伸出救援之手，或者發一通不平的哀鳴，他的金身玉體，他的耀眼光環，能夠完好無損嗎？

繼之而來的種種消息，沒有減少東方旭的迷惘，反而從迷惘進入了恐懼。

他聽說，早在去年七月，作為影響過文壇幾十年的文藝理論家，胡風曾向黨中央上書——《關於幾年來文藝實踐情況的報告》。報告共分四個部分：

第一部分，幾年來的經過簡況。他列舉了五年來，周揚、林默涵等文藝領導人對他的排擠和打擊。第二部分，關於幾個理論性的問題的說明材料。他反駁林默涵、何其芳在有關現實主義、黨性原則，創作實踐等方面，違反毛澤東思想的教條主義觀點；第三部分，事實舉例和關於黨性。他對於牽扯到自己的一些重要問題，加以辯解和說明。如宗派主義、小集團的問題，他的朋友舒蕪、阿壟、路翎等的問題，以及關於文藝的黨性問題等。第四部分，附件——作為參考的建議。他對於作家協會的組成，工作程式，刊物存在的方式等發表了自己的看法。報告條分縷析，據實論理，洋洋大觀，共計二十八萬餘字。他不遺餘力地想證明，錯誤的不是他，恰恰是他的對手。他的觀點和主張，完全符合馬列主義和毛澤東思想。如林默涵認為，社會主義現實主義者，「首先要具有工人階級的立場和共產主義世界觀」，他則認為，「通過現實主義就會達到馬克思主義」，而工人階級的立場，代表了人民大眾的立場，「是通過人民大眾的立場表現出來的」。他並且批駁了林、何只強調作家到「工農群眾中去，到火熱的鬥爭中去」，而鄙視日常生活和日常鬥爭。胡風認為，幾年來新中國文壇彌漫著的混亂、苦悶和壓抑。責任就在林、何等人的身上。他們的理論，是「在讀者和作家頭上，放了五把『理論』刀子」！

一再誠懇表示，「願意改造自己，在實踐中一步一步地爭取作毛主席的一個小學生」的胡風，天真地希望，他的血誠申述與辯解，能夠得到他所敬愛的領袖的理解和支援，給新中國的文藝事業帶來一些轉機。孰料，射出去的箭，折了回來。扔出去的石頭，打到了自己頭上。失意者的掙扎自辯，竟成了惡毒的進攻。胡風大概做夢也不會想到，他的上書，成了臭名昭著的「三十萬言書」。他所批評的「理論」刀子，變成了他向無產階級文藝進攻的「五把刀子」。

東方旭讀過隨《文藝報》附送的胡風報告的第二和第四部分。並且進行了認真的閱讀。他想用批判的眼光，找出其中的錯誤所在。他毫不懷疑，以自己在文藝理論方面的水平，胡風的胡說八道，是會一目了然的。對於胡風關於五把「理論刀子」的論述，他讀得更加仔細。

胡風所歸納的五把「理論刀子」的精髓是：第一，作家從事創作，非得首先具有完善無缺的共產主義世界觀；第二，只有工農兵的生活才算生活，日常生活不是生活；第三，作家只有思想改造好了，才能進行創作；第四，只有過去的形式才是民族形式，只有繼承和發揚優秀的傳統，才算是克服新文藝的缺點，如果接受國際革命文藝和現實主義的經驗，就是拜倒在資產階級文藝之前；第五，題材有重要與否之分，題材決定作品的價值，只能寫光明，不能寫落後與黑暗……「這是公然對於毛主席《在延安文藝座談會上的講話》精神的曲解，對於社會主義文藝的繁榮，是非常有害的。」胡風固執地這樣認為。

越讀，東方旭越覺得愕然。胡風的意見，不但無可指責，而且鞭辟入裏，一針見血，有著振聾發聵的巨大震撼力。建國以來，甚至在延安時代，不完全是公式化、概念化的東西統治著文壇嗎？革命總是從勝利走向勝利，題材必須是工農兵，東方旭一定是模範和英雄，壞人一定是蛻化變質分子或者階級敵人。這樣以來，深刻地反映時代和現實的作品哪兒找去？他自己想寫一部自傳體長篇《炎黃之子》，卻得不到允許。正面勸導，側面阻止，必欲胎死腹中而後快。究其原因，就是因為作品東方旭是個知識份子！他想轉入地下，偷偷創作，又被無了無休的思想改造和檢討，擾得了無興致。至今扔在那裏，不想動一動。但對任何人，沒敢吐露半個不字。

「唉！只有耿介如胡風先生者，方才敢於說出許多作家不敢出口的話喲！」他出聲地感歎。

話一出口，不由怵然一驚。幸虧他是自己一間辦公室，不然，這話讓別人聽了去，不把自己跟胡風捆綁到一起才怪呢！

「怎麼就不能虛懷若谷，認真地聽取一下逆耳之言呢？他們不是也諄諄教導說，兼聽則明嘛！」他繼續在心裏嘀咕。

退一步想，胡風的意見書即使一無是處，不理睬、甚至批判他的觀點就是，何必如此興師動眾，甚至和「集團」扯到一起？難道文人之間不可以交朋友，互相交流一下文藝觀點？為了慎重起見，人家上書前徵求一些朋友的意見，就成了不可饒恕的「集團」？唉，鬱鬱不得志的胡風，怕是難有出頭之日咯。

他正為胡風叫屈不迭，關於胡風的第二和第三批材料相繼公佈。

風雲突變，胡風的問題發生了質變——從反黨集團，升格為「反革命集團」！

簡直是天方夜譚！一批地地道道的進步文人，怎麼可能成了反革命呢？抗戰期間，胡風在重慶主編的《希望》，宣揚愛國，鼓勵抗戰，影響過一大批進步青年。中共駐重慶辦事處的負責人周恩來，不但在事業上支持他，在他經費支絀的時候，還慷慨伸手，給了他極大的資助。足見，他的所做所為，深得中共的讚賞。聽說三十年代在上海時，胡風與魯迅一起，跟現在的文藝主管周揚、馮雪峰等人，曾經發生過矛盾。是不是宿敵憑藉手中的權利，報當初的一箭之仇呢？如此挾嫌報復，胡亂整人，黨中央怎麼不出來干涉呢？

黨中央自然是要干涉的。

一九五五年五月十三日，黨中央主席毛澤東說話了。他在《關於胡風反革命集團的材料》所作的序言和跋語中，作了精闢的回答：

「這樣以來，胡風這批人就引人注意了。許多人認真查一查，查出了他們是一個不大不小的集團。過去說是「小集團」，不對了，他們的人數很不少。過去說是一批單純的文人，不對了，他們的人鑽進了政治、軍事、經濟、文化、教育各個部門裏。過去說他們好象是一批明火執杖的革命黨，不對了，他們的人大都是有嚴重問題的。他們的基本隊伍，就是帝國主義國民黨的特務，或是托洛斯基分子，或是反動軍官，或是共產黨的叛徒，有這些人做骨幹組成了一個地下的獨立王國。這個反革命派別和地下王國，是以推翻中華人民共和國和恢復帝國主義國民黨的統治為任務的。」

這些話，是從中國人民的偉大領袖、他所敬仰的毛澤東的口中說出來的，還能不相信嗎？看來，文人之間意氣相爭的猜測，是太不瞭解中國的國情了。

簡直不可思議！胡風竟然網絡了那樣一批反動傢伙！為他們抱屈，不是站到階級敵人的立場上去了嗎？怨不得，人們經常批評自己思想改造有差距，立場右傾，看來正說在了點子上。這一次的立場錯誤，恐怕正是右傾思想在作祟！

他不敢再想三想四，決心認真投入揭批運動，並瞪大眼睛仔細注意事態的發展，想看看胡風分子們都幹了哪些反革命勾當。

等待的結果是失望。在三批「材料」中，確有一些反動語言。他們在來往信函中，竟然將毛澤東《在延安文藝座談會上的講話》喻之為「圖騰」，將黨的文藝領導，諷刺為「馬褂」，而提到蔣介石時，用的卻是肯定的語氣……但，全國上下，報刊廣播，連篇累牘的揭發批判，竟然沒揭發出一點現行活動。

他又產生了不解：不管他們解放前幹過什麼，沒有現行活動，說明他們都改惡向善了。甲級戰犯起義後，同樣身居高位，北平起義的傅作義，不是當了水利部長嗎？怎麼可以僅僅根據以往的歷史，以及幾句不敬之辭，就定為反革命集團呢？共產黨難道也要效法歷代反動王朝，大興文字獄？

他的思想，又一次出現了反覆。

正在這時，又一個炸雷爆響，重重的冰雹朝他頭頂打來——停職檢查！隔岸觀火者，成了縱火犯！

他被打懵了。不知這空穴之風來自何處，只感到天旋地轉，眩暈欲倒……

五

支部書記矯敫和副主編夏雨回答了空穴之風的來處。

他們是特地找他談話的。

「東方主編，我們想向您瞭解一個情況，不知道您是否能夠如實地回答？」夏雨首先發話。

一開口就有審案的意味，他不快地答道：「這有什麼不能的？只要是我知道的事。」

「請問，您什麼時候認識胡風的？」夏雨單刀直入。

「我什麼時候認識的胡風？」

「是呀。」

「你們問這個幹什麼？」

「這是組織上的事。請問，你是什麼時候認識的？」

「本人根本就不認識胡風！」

「你不認識胡風？」

他提高了聲音：「要是認識他，用得著隱瞞嗎？」

「真是這樣嗎？」夏雨的細眼睛夾一夾，「東方主編，我們是代表組織跟您談話，可不是來閒聊大天的，希望你能認真對待今天的談話。」

「我也不認為這是閒聊。實話實說——我從來也不認識胡風，並非因為他現在出了問題，不敢承認。」他回答得很坦然。

「不過……」夏雨聲音低沉遲緩，字字如同鐵錘擊打鐵砧。「據組織的瞭解，情況不是這樣的。也許是時間太久忘記了。希望您能認真考慮一下。」

「用不著考慮！胡風不是個平平常常的小人物，有機會認識他，是不會忘記的。」

「東方旭，你的態度要放老實！」支部書記矯敫開口了，一雙美目瞪得滾圓。「到了什麼時候啦，你還在美化胡風。什麼不是平平常常的小人物，難道他是崇高偉大的大人物？呸，狗臭屁！他的一夥，都是十惡不赦的反革命！」見東方旭旁視不語，她不無譏諷地說道：「這也難怪，臭味相投嘛！」

「你！這話是什麼意思？」他瞪著她反問。

「難道，你不是胡風的同黨？」

他被激怒了，高聲反問：「你們有什麼根據？」

「我們要把一切都告訴了你，不就成了檢舉揭發啦？組織上希望你自己能夠坦白交代。爭取從寬……」夏雨解釋道。

他忿怒地打斷了對方的話：「東方旭清白一身，沒有什麼好坦白交代的，更不需要爭取什麼從寬處理！」

「哼，事實勝於雄辯，抵賴無用！你不交代，自有人揭發。」矯敫拍拍手中的文件包，「明白嗎？我們這裏拿著你的檢舉材料呢！」

「嘿嘿，胡風與我東方旭，風馬牛不相及。沒做虧心事，不怕鬼叫門！讓他們檢舉去吧，我何所懼哉？」

「東方主編，你是明白人，平白無辜，組織上不會來找你。希望你還是冷靜地考慮一下，爭取主動的好。不要把事情搞得不好收拾嘛。」夏雨仍然平靜地相勸。

「夏雨同志，請你們相信我的話，我與胡風素不相識，從無任何來往。我可以發誓。」

「老夏，不要跟他囉嗦啦。我就料到他會這樣的。」矯敫向夏雨一甩下巴，「你就宣佈吧。」

「東方主編，組織上決定，從今天開始，讓你停職反省。」

不等他作出回答，矯敫站起來得意地說道：「怎麼樣？跟著我們走吧？」

「去哪兒？」

「一會兒你就知道了。」

「我的工作是否要交代一下呢？」

「工作？那就用不著你操心啦。——走呀！」矯敫厲聲催促。

六

不准向親人說一聲，不准回家取行李，東方旭徑直被押進了隔離室。

《北方文藝》編輯部，設在一座陳舊的西式三層小樓上，一樓和二樓樓梯的轉角處，各有一間不足四平方的小房，只有向北一扇小門，並無窗戶。關上木板門，就成了一個黑盒子，往常是存放拖把、掃帚、垃圾桶的地方。現在騰出來作了臨時隔離室。屋內沒有電燈，門板上方，有一個半尺見方的小洞。從木板的茬口上看，是派上新的用場後，剛割出來的。既可以代替電燈採光，也是看守人員的瞭望孔，一舉兩得。

關押東方旭的是二樓那間黑盒子。他剛剛邁進門口，「嘩啦」一聲，門被從外面鎖上了。屋子裏頓時陷入一片黑暗。過了一陣子，方才看清周圍的一切。貼東牆放著一張單人木板床，占去房間的二分之一。床前橫放著一張兩屜桌，剩下的空間，橫豎不足一步半，僅僅可供一個人站立。室內再無長物，連一張木凳也沒有。被隔離審查者，要寫檢查交代，必須坐在床上斜著身子才行。桌子上有一摞稿紙，一個藍墨水瓶，還有幾張登滿聲討胡風反革命集團罪行的《人民日報》。桌子的一角，放著一個搪瓷碗，一雙筷子。不用說，這就是他的餐具了。木板床上鋪著一床再生布做成的薄褥子，上面蒙一床線毯子。還有一床髒兮兮的藍被子。他依稀記得，「三反」運動關押「老虎」，用的就是這樣的鋪蓋。三年後，竟然再次派上了用場。床上不見枕頭的影子，大概是怕他高枕無憂，忘記坦白交代罪行，所採取的革命措施！

當年的老虎們，除了自絕於黨、自絕於人民——畏罪自殺者，半年後，都是查無實據，回到了原來的崗位上。

自己何時能夠清清白白走出這間黑屋子呢？

歸國以來，他一貫是規規矩矩地做事，清清白白做人，怎麼會無端成了關進黑屋子的「罪犯」呢？他百思不得其解。就是懷疑一個人有問題，在沒有正式弄清罪狀之前，也不應該隨便剝奪人的自由呀。把人關進這樣的房間，如果可以稱之為房間的話，板門反鎖，與對待囚犯何異？他參觀過英國的監獄，房間寬敞，光線明亮，床鋪乾淨，桌椅齊全，甚至有許多讀物和收音機。囚犯們在隨便地喝咖啡，下象棋。跟眼前這間囚室相比，簡直無法同日而語。在這樣的房間裏關押久了，一個神經正常的人，也會發瘋的。怪不得，每次運動都有那麼多人自殺……

一想到自殺，他不由打了一個冷戰。不，不！不論到了什麼時候，也絕不能自殺。那不僅是不忍心撇下老婆孩子，賺個「畏罪自殺」的惡名，便宜了那些草菅人命的決策者。他要活著等候雲開霧散，等到無端製造冤案的人，失敗丟臉那一天到來。

樓梯上傳來一陣腳步雜遝聲，打斷了他的思緒。估計是工作人員下班了。

「東方旭，拿碗來——開晚飯啦。」門口傳來了吆喝聲。

扭頭一看，兩隻黑眼睛，一隻鷹鉤鼻子，出現在門洞上。

「我不餓。」他只覺得胸口發堵，毫無食欲。

「不餓也得吃飯——把碗給我！」來人命令道。

「怎麼？我連吃不吃飯的自由，都沒有啦？」他坐在床板上沒動。

「好哇，到了什麼時候啦，還他媽的拿大主編臭架子？呸！告訴你，不吃也得吃，沒有你的自由！」

話音甫落，一陣門環響動，推門走進一個年輕人。伸手拿過飯碗，回身鎖上門，蹬蹬地走了。他認識，這個青年名叫呂鍾，剛來不久，是本單位的公務員。平素日負責打水、掃地、跑郵局，現在成了監視他的看守。往常見了他，總是垂手立站，恭敬有加，現在卻像是進了牲口棚，在吆喝一頭牲口！

「咳！眨眼之間，人獸互移——連不吃飯的自由都沒有啦！」他覺得胸膛彷彿要爆裂。

又是一陣門環響，呂鍾打飯回來了。他一腳將門踢開，一手拿著兩個窩窩頭，一手端著半碗青菜湯，一步邁了進來。「嘭」地一聲將飯菜放到桌子上，指著他的額頭說道：「東方旭，都給我吃下去。不然，後果自負！」說罷，鎖上門走了。

他坐在床上一動沒動，雙眼緊閉，看也沒看那飯菜一眼。

自門洞上方爬進的那跟光柱，漸漸淡了下去。幾隻勤奮的蚊子，開始在頭頂上飛舞。輕鬆地哼叫著，彷彿在告訴他：「東方旭，你還是趕快地吃吧，吃飽了我們喝你的血水的時候，滋味更甘美呢。」

他木然坐在那裏，沒有理睬。一隻蚊子叮上了他的脖子，他也沒有伸手去拍死它。

樓下隱隱有聲音傳來。側耳細聽，是低低的哭泣聲。聲音就在自己的腳下。他忽然記起，被押上二樓時，看到一樓那間黑盒子門前有人往裏窺探，他猜測，那裏也派上了用場。但不知關的是哪一個胡風分子？仔細想想，十多天之前，編輯部有兩個人不見了。莫非他們跟自己一樣也出了事？那，樓下關押的會是誰呢？

「咳！自家的墳頭還哭不過來呢，還去想別人！此刻，妻子雅妮肯定正在等待他回家吃飯。要是她知道了自己被關起來，不知要震驚成什麼樣子。已經懂事的兒子肯定會大哭不止……唉唉，可憐的孩子喲！

一陣悲哀襲來，雙手掩面，熱淚滾滾而下……

當初，優厚的薪水，禮之如上賓的位置，倫敦朋友們的挽留，查理教授追到香港的苦苦相勸，統統打動不了自己，滿心嚮往的是光明，溢滿胸臆的是愛國。心猿意馬，執意北上。想不到，夢寐以求的新中國，竟然如此對待自己。一踏上她的土地，頭上便被扣上一隻糞筐，雙足陷進了泥淖：城市貧民的兒子，揀過煤核的苦伢子，竟然被改了階級，成了資產階級一分子！從此，身被騷臭，動輒得咎，無異於一堆臭狗屎。而唯一的罪愆，就是他有了知識！

孔夫子說：「唯上智與下愚不移。」莫非，不做「下愚」，就是有罪？在社會主義階段，有知識者皆成罪人，到了更高階段的共產主義社會，是否有頭腦、能思考的人個個在劫難逃，統統都該殺掉？追求光明，熱愛祖國的優厚報償，竟是萬劫不復的旋渦和泥淖！

這能怨誰？只怨自己不識事物，盲目輕信。這正應了那句古語：一失足成千古恨！

唉，一切的一切，統統追悔莫及……

又是一陣悲泣聲傳入耳鼓。他覺得，那是兒子小曉在嗷嗷啼哭，妻子雅妮在高聲哭罵。

這一夜，他和衣歪在床上，幾乎沒有合眼。

七

第二天早晨，呂鍾來打飯的時候，一看昨天晚上打來的飯原封未動，扭頭斥道：「東方旭，你為什麼不吃飯？」

「我問你話呢，你聾了？」又是一聲喝問。

「我告訴過你——不餓！」

「不餓就不吃，省了我的事。咬牙是心火——沒餓到時候！」說罷，呂鍾扭頭就走。

「呂鍾，等等。」東方旭喊道，「我要去廁所。」

「你不吃飯，哪兒來的屎尿？他媽的，盡屌搗亂——跟我來！」

呂鍾跟在他的身後下了樓。遠遠看到，編輯郝達剛從廁所裏走出來，身後跟著總務組劉會計。他忽然明白過來，郝達也落到了與自己同樣的境地。此人是共產黨員，原來是公安部隊的文化教員，因為愛好寫作，並且發表了不少作品，轉業後來編輯部詩歌組當了編輯，歷次運動都是積極分子。這樣一個大紅人，怎麼會成了胡風分子呢？使他驚訝的是，十多天不見，鐵塔似的壯漢子，變得彎腰曲背，臉色黃黑，使人幾乎不敢辨認。看樣子也是許久沒吃飯了。

「不准胡看，快走！」呂鍾在背後大聲呵斥。

他急忙低下頭，加快了腳步。心想，幾天不吃飯，鐵金剛就變成了蝦米腰！看來，一個人要想毀掉自己的性命，並非難事。

回到隔離室，他整整兩天不吃東西。

第三天上午，矯敫和夏雨找他談話來了。矯敫進到屋裏，夏雨倚在門框上。矯敫拿起桌上的稿紙，出聲地念了起來：

交代

我從來沒和胡風見過面。不論是口頭上，還是文字上，也絕對沒有任何來往。如果發現有，甘願受嚴厲的懲罰！

東方旭一九五五年六月十七日。

她把交代狠狠扔到桌子上，冷笑道：「哼！不多不少，四十三個字。東方旭，這就是你的所謂交代？」

「正是。」他歪在被子上閉目作答。

「你這樣頑固不化，只能是自取其禍。難道非到了專政機關，你才肯坦白交代？」

他反問道：「你們不是口口聲聲要實事求是嗎？難道實話實說還有罪？」

「東方旭！看來，你是不想爭取寬大處理咯。我告訴你，狡猾抵賴決沒好下場！」

他掙扎著坐了起來：「就是像當年的譚嗣同一樣，把我押到菜市口，也休想讓我按照你們的需要胡說！」

夏雨語氣平靜地說道：「東方，請你不要誤會，這絕不是我們跟你過不去。你想，你要是處在我們的位子上，手裏握著檢舉材料，能夠置之不理嗎？」見他重新躺下去，閉目不語，認為態度有轉機。夏雨繼續說道：「聽說你兩天沒吃飯啦，不吃飯能使問題解決嗎？你不愛惜自己的身體，還要為老婆孩子想想哪。夫子云：知過必改，德莫大焉。希望你好好想想我的話。」

話雖然說得入情入理，但因為是從情敵口中說出來的，他仍然很反感。一扭身子，憤然答道：

「請你們放心，我不會虛構，更不會指鹿為馬！你們願意搞莫須有，那是你們的事。實事求是，卻是我的事。」說罷，他不再開口。

「哼，與人民為敵，死路一條。自取滅亡，沒人同情。你自己看著辦吧。」

矯敫剛說到這裏，走廊上傳來吵嚷聲。東方旭聽清了，那是妻子雅妮的聲音。

原來，雅妮聽說，近來許多單位設了隔離室。三天不見丈夫，估計是被扣押了，便到單位要人來了。矯敫也聽到了吵嚷聲，急忙向夏雨說道：

「老夏，不必跟他廢話。走，我們去對付那個洋潑婦。」

談話人轉身離去，門被「嘭」地關上了。他重新坐了起來，本想高喊幾聲，讓妻子知道，他被關在這裏。又一想，看到自己眼前的處境，會把她嚇壞的。話到了口邊，他又咽了回去。很快，妻子的叫嚷聲低了下去。看樣子，不是被勸住，就是被嚇住了。

可憐的女人喲！拒絕了多少優秀英國青年的苦苦追求，偏偏嫁給個中國留學生，並毅然跟著他回國。來到中國之後，沒能過上一天舒心日子。雖然中國對於外國人禮讓三分，沒有逼著她改造資產階級思想，她也沒有受到嚴厲的批評和指責。但是，她的變成了「資產階級分子」的丈夫，卻是改造、懺悔，無了無休。心高氣盛的雅妮，看在眼裏，疼在心裏，憤懣不平之情溢於言表。動不動就罵上一句：「這鬼地方，真讓人受不了！」現在，要是知道丈夫遭遇不測之禍，被關進了黑屋子，睡在髒兮兮的板鋪上，吃著令人難以下嚥的飯菜，不知要驚訝、氣憤成什麼樣子！

「雅妮呀，雅妮！乾屎抹不到人身上，冤案總有一天會洗雪。你可千萬忍耐，不要有過激的行動呀。」他在心裏一遍又一遍地祝禱。

他忽然覺得，絕食雖可表示抗議，但並不能使當權者產生憐憫之心。而搞垮了身體，一朝還給清白，如何養活老婆孩子？是的，應該馬上停止絕食。飯菜再難吃，也要強迫自己吃下去。留得青山在，不怕沒柴燒。先保住身體健康再說。

使他不解的是，部長太太頤指氣使，盛氣凌人。而他恨之入骨的夏雨，那個強佔妻子的仇人，卻是話語委婉，明顯露著同情。他是在垂憐折罪，還是對運動不理解？聽他的口氣，似乎這無妄之災，事出有因，並非是空穴來風。那，問題到底出在什麼地方呢？一連好幾天，他陷入激烈的思考之中。

腦子想木了，下唇咬疼了，依然是迷茫懵懂，沒抓到一點線索。他睜開眼，望著方孔中那根灰濛濛的光柱，不由在心裏祈禱：

「照徹大地的天光呀，您能告訴我，這災禍的由頭，到底出在哪裡嗎？」

驀地，一個小白球，從方孔中飛了進來，悄然落到了床前。他認為是有人調皮，扔進了個煙蒂。坐起來一看，是個紙團。急忙爬下床，撿起來展開一看，是一塊二指寬，四指長的小紙條。對著門孔仔細端詳，上面寫著一行鉛筆字：

「有人檢舉：你在四川參加土改時，與胡風有來往！」

「血口噴人！」他將紙片重新揉成團，狠狠地扔到地上。「哼！我還認為是蒼天顯靈，投字開導於我呢，原來是有人搞惡作劇！」他長歎一口氣，爬回到床上。

轉念一想，立刻否定了自己的推測。眼下風聲鶴唳，草木皆兵，沒有人會搞這樣的惡作劇。而給有問題的人通風報信，要冒極大的風險，更沒有人會幹這種傻事。現在這個不避風險的人，拋進紙條，點明是在四川土改時認識胡風。莫非這場橫禍的源頭出在四川？紙條的字體很小，歪歪斜斜，像是小學生寫出的。顯然，這是怕被人認出筆跡。這更可證明，不是在搞惡作劇，而是好心人主動幫忙。想到這裏，他立刻到地上揀起紙團，找個牆縫塞了進去。

可是，胡風雖然也在四川參加過土改，自己並未與他有任何瓜葛呀。足見，所謂「檢舉」和掌握著「材料」，完全是猜測之辭。……

頭腦昏昏，胸口漲悶。太疲勞了，他不想再作折磨自己的無益苦想。索性閉上眼睛睡一會兒。

剛躺下不久，他忽然翻身下床，用拳頭擂起門來：「來人呀——」

「你幹什麼？」門洞外出現了一張憤怒的黑臉，「要造反嗎？」

「呂鍾，請您叫領導來一下。」

「你要幹什麼？」

「我有要緊的情況彙報！」

八

十分鐘後，矯敫和夏雨來到關押東方旭的房間。

「東方旭，聽說，你要找領導交代問題？是嗎？」矯敫和氣地問道。

「不，不是交代。我想起了一個重要情況，需要向領導說明。」

「你要交代問題可以，」矯敫的鵝蛋臉立即蒙上了烏雲。「要擺龍門陣，我們忙得很——沒時間！」

夏雨催問道：「東方旭，你要說明什麼問題？」她作出轉身要走的樣子。

「我在四川土改的情況。」

「那好吧——我們可以聽聽。」矯敫會意地望夏雨一眼，一抬屁股，坐到了桌子上，斜視著東方旭命令道：「東方旭，你要老老實實交代，不准耍花腔！」

夏雨坐到床上，點頭道：「是的，你應該幫助組織，趕快把自己的問題搞清楚嘛。」

東方旭緩緩說出了所說明的情況：他在四川土改時，上面來了檢查組，其中，有一位胡副隊長。有一天，他在山溪邊散步，二人偶然相遇，兩人坐在石頭上，閒談了一會兒。但沒有談任何違紀犯法的話。

「那姓胡的，叫什麼名字？」矯敫突然問道。

「我不知道。」

「真的嗎？」

「當然是真的。另外兩位隊長的名字，我也不知道。」

「不可能！難道，」矯敫厲聲問道，「有關黨的領導，土改政策等，會不加任何評論？」

「我曾談到組長包菜花要我寫檢討的事。她認為我在土改中表現『右傾』。但我卻認為是她『左傾』。她利用不當手段發動群眾，違反土改政策。我本人沒有錯誤。所以，不想寫……」

「那胡，」矯敫剛說了兩個字，突然改口道：「那姓胡的是怎麼說的？他讓你怎麼做？」

「他說，有問題就認真檢查，沒有問題，就堅持真理。」

「這就是問題！」矯敫一拍屁股下的桌子。「他是在教唆你對抗偉大的土改運動！這是……」

「老敫，讓他說完。」夏雨低聲阻止。

「他叫我實事求是，就成了問題，莫非勸我胡說八道才不是問題？」他粗魯地反問。

「東方旭，你好好想想，他還跟你說了些什麼？他所說的話，與你並沒有關係，你別有顧慮嘛。」夏雨語氣平靜地說道。

他如實回答：「別的沒有說。我曾經問過他，胡風在哪個工作團，我想有機會拜訪一下。都是搞文學的人嘛。不料，他不以為然地拿話岔開了。」東方旭正正身子，提高了聲音：「我經過一周的反覆思考，能夠跟胡風搭上界的就這麼一句話：我想拜訪他。但並沒有變成行動呀。此後，並沒有與胡風有任何聯繫。情況就是這一些。不信，你們可以去調查。」

「哼，這就是你要彙報的全部情況？」矯敫逼問道。

「是的。有一句假話，甘受嚴懲！」東方旭閉上了雙眼，不再說話。

「那，你把情況寫寫吧。」夏雨說道，「寫得越詳細越好。」

「態度要老實——不准避重就輕，狡猾抵賴！」矯敫厲聲叮嚀。

秦樓夢斷

一

東方旭前後寫了十多次檢查交代。不知是因為每份交代幾乎一字不易，「版本」雷同，使支部書記矯敫感到了厭煩，還是經過與胡風的口供對質，證明他的交代，算不上是狡猾抵賴，從此不再逼著他深挖細找，「幡然悔悟，重新做人」。看守呂鍾給他打來的飯菜，也換成了普通幹部都在吃的大灶。他預感到，矯敫們的誘敵聚殲方略，進入了死胡同。

唉！崇拜一個人，並想拜訪他，但卻沒有付諸行動，這算什麼？充其量是個思想崇拜者。自己思而未動，卻成了反革命集團嫌疑犯，隨便被剝奪了自由，關押起來！莫非這就是所謂的思想犯？原來，偶然的遐想，一閃的念頭，密不示人的日記，朋友間的信函……總而言之，一切個人的內心活動和隱私，在共產黨的治下，都能成為罪過！這樣以來，國人如果不換成一副木頭腦袋，休想過平靜日子，甚而遠禍免災！

不見天光月色，不聞妻吟兒唱。令人難以忍受的「隔離審查」！

心下憤然，欲哭無淚。他想像不出，關押他的人，怎樣使這出鬧劇收場。

終於出現了尾聲。有了「尾聲」，一場演出，便完美無缺了。這一次，只有矯敫一個演員登場。

「東方旭同志，吃過飯了嗎？」矯敫的瓜子臉上，露著慈祥的微笑。「想不到吧？我給你帶來了特別好的消息！」

「呦？不知是『虎踞龍盤今勝昔』，還是『天翻地覆慨而慷』？」他歪在床上沒動。

「什麼呀？是有關你個人的特大喜訊。你快坐起來，聽我跟你說呀。」

「鄙人會有什麼特大喜訊？」他慢騰騰地坐了起來。

「當然有！要不，我幹麼這麼急地來向你報告呢！」她眉飛色舞，一派討好的口氣。「經過組織上反覆調查，認真落實，終於給你把問題搞清楚了。」

「真的搞清楚了嗎？」他把「搞清楚」三個字，說的特別重。

「那當然啦。我就是來向你傳達組織結論的。」她的口氣嚴肅起來，「東方旭同志，你對反革命分子胡風，在思想上無比崇拜，不但跟他劃不清界限，而且決定要拜訪他，急於聆聽那個反動傢伙的教誨。錯誤是明顯的，性質是嚴重的。後來，在黨支部的反覆教育和認真幫助下，終於轉變了態度，交代了一些問題。黨支部抱著既往不咎、治病救人的原則，經過認真研究，並報上級批准，決定給予寬大處理：結束審查，恢復原來的工作。你聽明白沒有呀？」

「我聽的很明白！」東方旭的臉上，掛著一層冷霜。「您宣佈完啦？」

「完啦。你還有什麼意見，可以坦率地向組織談出來。」

站在面前的這個傲慢無理、裝腔作勢的女人，他早已不屑一顧。現在又聽到她一番高論：什麼對胡風無比崇拜、急於聆聽教誨，什麼態度有所轉變、交代了一些問題，什麼既往不咎、治病救人，什麼認真研究、寬大處理……簡直就像吞下了一把蒼蠅，真想大吐一場。完全是小題大做，文過飾非。恬不知恥，竟然到了此種地步。他不知道應該怎樣對待這樣的「組織」！

「怎麼不說話哪？莫非你對組織結論，有什麼不同的意見？」

「豈敢，豈敢！」他的眼睛望著別處，雙拳握得緊緊的，從牙縫裏擠出一句話：「謝謝黨組織的良苦用心！」

「那就好。你可以回家休息兩天，下星期一來編輯部上班。」矯敫分明沒有聽出對方話中帶刺，仍然面帶微笑：「如果事情處理不完，晚兩天來上班也可以。」

一九五五年七月十三日，東方旭終於走出了被關押三個月之久的黑屋子。

陰雨綿綿中，他大步向九道彎走去。

長別三個多月的家喲。愛妻嬌兒，不知怎樣望眼欲穿，盼望他歸來呢。

推開虛掩的大門，裏面靜悄悄。他顧不得細看庭院中親手栽種的花木，什麼花開放，枯萎死掉了多少。他直奔上房，急於看到妻子和兒子。

客廳和內室空蕩蕩，他焦急地喊了起來：「雅妮，小曉——你們在哪裡？」

「誰呀？」隨著問話，保姆劉媽從東廂房走了出來，「喲，是先生回來了！」

他顧不得寒暄，急忙問道：「劉媽，雅妮和小曉呢？」

「今兒個是禮拜天，小曉沒上學，找同學去了。」

「劉媽，太太呢，禮拜天她還上班嗎？」

「先生，自從您出了事，太太就沒上班。整天說，去打聽你的情況。先生終於回來了，這下子可好了。」

「唉，白跑腿喲，沒有人跟她說真話。急得病了這裏跑，那裏問，到處打聽您的下落。」劉媽雙眼殷紅，「唉，白跑腿喲，沒有人跟她說真話。急得病了一場，躺了一個多月才起床。唉——唉！好歹沒出大事。」

「她今天去哪兒啦？」

「先生，太太她……」劉媽兩眼含淚，欲言又至。

「劉媽，你快說呀，她怎麼啦？」

「太太，她……半個多月前，就回了英國。」

「啊？」他一屁股坐到石階上，久久愣在那裏。

妻子雅妮扔下他和兒子小曉，一個人回了英國！他所擔心的事，果然發生啦。過了好一陣子，他抬起頭，極力平靜地問道：

「劉媽，她沒有說什麼時候回來嗎？」

「沒聽她說。俺看她把自己的東西都帶上了，興許得回去住些日子呢。」

雅妮來到中國已經六個年頭。最初的嚮往、熱愛，漸漸被不解和厭惡所代替，早已露出「長鋏歸來」的念頭。但因捨不得丈夫和兒子，只得克制著難以忍受的痛苦和折磨，繼續留在中國。分明是他的無端被關押，使她徹底失望了，方才下定斷然歸國的決心。一個外國人，實在難以承受來到中國後所遭遇到的一切。他沒有埋怨妻子薄情寡義，只恨自己選擇了一條錯誤的人生路。雅妮這一走，不知自己的後半生如何度過？

抬頭望望兩鬢凝霜、面帶愁容的老保姆，他感激地說道：「劉媽，太太走啦，多虧你費心給照料這個家。我真不知道該怎麼感謝您！」

「先生，您說這話，折殺俺老婆子啦。俺來這兒，不就是照料這個家嗎？」劉媽站在他的面前，長歎一聲說道：「不瞞先生，您剛叫人家關起來的時候，俺不是沒下走的念頭。這些年，那麼多人出事，一個人承當倒也罷啦，不，全家人跟著受磨難！俺打心眼裏害怕呀。可是，太太不讓俺走。她叫俺留下來跟她做伴。她說，她也怕得要命，俺實在要走，等先生回來再說。沒成想，她自己倒先走啦。她這一走，俺更不能走啦，俺咋能扔下個念書的孩子不管哪。不管怎麼著，俺也得等到您回來。把孩子親手交給您，俺再走，才沒有心事呀。」

「劉媽，請您坐下來。」

「不用，先生。俺站著就行。」

「劉媽，請你過來坐下，我有話跟你說。別客氣，快過來呀。」等到她挨著他坐下，他繼續說道：「劉媽，我想求你一件事。」

「先生，有事您儘管說，咋用得著求呀。」

「我要求您繼續在我家裏幹下去。您願意吧？」

「先生，太太已經答應了俺，您一回來就放俺走。」

他淒慘地說道：「劉媽，雅妮已經走了。我要上班混飯吃。家裏還有個上學的孩子，你走了，這個家怎麼辦？劉媽，你就答應了我的要求，留下來吧。」

「先生，俺也不是不知道好歹，這山望著那山高，俺是不願意擔驚受怕。照說，先生和太太拿著俺那麼好，小曉也挺聽話，俺咋會願意離開呀？唉！好好的人家，怎麼也趟上了事呢？」劉媽拿袖頭揩起了眼淚。

「劉媽，這麼說，你答應了？」

「唉，先生，俺先留在這兒。您什麼時候叫俺走，俺再走。」

這時，兒子小曉大步走進院子。一見爸爸坐在石階上，撲上來摟著他的脖子，又哭又喊：

「爸爸，爸爸，你可回來啦！我跟媽媽都，都快——嚇死了！嗚……」

「小曉，小曉……」他淚流滿面，聲音哽咽。

「別哭啦。聽話呀，別哭啦。你看，爸爸不是好好地回來了嗎？」

小曉的哭聲終於低了下去，抽抽答答地問道：

「爸爸，是毛主席放你回來的吧？」

「毛主席？」突兀地發問，他一時不知如何作答：「怎麼會是毛主席放我回來的呢？」

「我們天天唱的《東方紅》，不是說，毛主席『他為人民謀生存，他是人民的大救星嗎』？」

「噢，是的。那歌是這麼唱的。毛主席——他是人民的大救星。」他吃力地答道。

「那，毛主席把壞蛋抓起來沒有呀？」

「什麼壞蛋？」

「媽媽說，你是叫壞蛋關起來的。毛主席放你回來的時候，為什麼不把那些大壞蛋，統統抓起來呢？」

「喔，那些壞蛋……早晚是會被抓起來的。」他只能隨口敷衍。

「爸爸，你告訴毛主席，叫他趕快把壞蛋抓起來。我恨死他們啦。」小曉看看他的兩隻手腕，又問道：「壞蛋給你帶手銬了沒有呀？」

「沒有。」

「壞蛋那麼壞，隨便關好人，怎麼沒給你帶手銬呀？」

他急忙轉移話題：「小曉，媽媽臨走的時候，跟你說過沒有，她什麼時候回來？」

「說了。媽媽說，除非爸爸去英國，她永遠不回中國啦！」

「媽媽沒說，為什麼不帶你一起走？」

「也說了。媽媽說，我是中國的孩子。再說，爸爸也離不開我。我要是也走了，害怕爸爸難過。」

「完啦，這一天終於來臨了。」東方旭雙手抱頭，淚流滿面。

「爸爸，你別哭哇。」孩子已是滿臉淚水橫流，「咱們趕快回英國去找媽媽吧。我多麼想媽媽呀。找到媽媽，不就一家人團圓了嗎？」

無知的孩子，哭著相勸。他哪裡知道，媽媽可以隨時回國，爸爸可是難以踏出國門一步！

「好不好呀？你說話呀——爸爸！」兒子搖著他催問。

「大衛——小曉！啊——」他摟緊兒子，放聲大哭。

二

上班之後，東方旭才知道，他被隔離之後，立即被宣佈免去主編職務，副主編夏雨成了主編，矯皦則成了副主編。這個一心想出人頭地的女人，終於如願以償。

主編職務雖然被撤掉，他的「中灶」待遇卻依然保留著，說明他仍然享受「縣團級」待遇。殊不知，就是「師局級」待遇，他也沒看在眼裏。區區薪俸不及他在國外的十分之一。他之所以毅然回國，不是為著高官厚祿，是想為自己的國家出力做貢獻。既然處處設防掣肘，事事不信任，免去那有名無實的撈什子「主編」，他求之不得。他再次去找卓然，鄭重提出去大學教書的請求，依然遭到婉言拒絕。理由是，他在文壇影響很大，長項是寫作，何況刊物很需要他。其實，當初拒絕他去學校教書，也是這些理由。他絕對想不到，措辭相同，內在含量卻有了質的變化。如果說，當初的拒絕，還有幾分真心挽留；現在的拒絕，完全是不放心。派一個頑固堅持資產階級立場、又十分崇拜胡風的人去傳道、授業、解惑，為人師表，年輕的學子們，豈不是要被引到資產階級的營壘裏去！

那就服從組織，心安理得地做一名普通編輯吧。他心境平靜地上了班。

不料，新的打擊接踵而來：在他被關押期間，經他介紹來編輯部工作的余自立，忽然被公安局來的人帶走了。很快，又傳來被正式逮捕，被關進監獄的消息。

他認為是自己連累了余自立。既然與胡風反革命集團的成員有來往的人，都可以遭到株連，自己成了「胡風分子」，他的朋友自然在劫難逃。他不理解的是，為什麼自己被證明不是胡風分子，獲得了自由，同案人卻仍然關押不放呢？他去向支部書記矯敫提出質問，得到的回答是：余自立在交清歷史時，其中有三個月說不清幹了什麼。後來從敵偽檔案中查到了他的名字，原來是個隱藏很深的國民黨中統特務！

這樣，他對別人的質問，成了對方對他的譴責：主動安插一個特務到重要的文藝陣地上來，政治責任，推卸不掉！

這時他才弄明白，在他被關押期間，轟轟烈烈的反胡風運動，又發展成了一場肅反運動。事情的起因與胡風可以說是有著直接的關係。

胡風那樣用心惡毒，組織龐大的反革命集團，居然在中華人民共和國，隱藏了六個年頭。怎能不使領袖憤怒，親筆定讞。國人驚詫，皆曰當誅。建國初期，已經進了全國範圍的、大張旗鼓的「鎮反」運動。一些敵對陣營裏的人，由於對蔣介石失掉了信心，相信解放軍能對他們寬大處理、給予出路，因而沒有跟隨蔣介石外逃，或者想外逃而沒有條件的人，遭到了比較徹底的鎮壓。誰能想到，還隱藏著胡風那樣一個大的反革命集團！警鐘長鳴。這說明，隱藏的反革命分子，遠遠沒有肅清。再開展一次「肅反」運動，不僅必要，而且急需。於是，一場普及全國的「肅反」運動開始了。除了內查外調，還搞了一場「交清歷史」活動。每個人都要將自己或長或短的歷史，逐年逐月，從頭至尾，當眾交代一遍。如稍有不銜接或者含糊，便是所等待的漏洞。於是緊追猛打，直到挖出暗藏的反革命分子為止。余自立就是在交代歷史時，露出了「當特務」的馬腳。

想不到，本人差一點成了胡風分子，唯一介紹來編輯部工作的人，竟然是個特務！往後，他的處境可想而知了。

不料，一年後，余自立無罪釋放。問題出在他的名字上。大學時代，他的名字叫余祥，而敵偽檔案中，則有個特務叫余翔。字雖異，音卻同，而且字形都帶著個「羊」字。於是，他被懷疑就是那個特務。最終查到了那個比他大二十多歲的真余翔，他的特務罪名，方才得到洗刷。晦氣的余自立，白白當了一年多的替罪羊！

不久後，東方旭從《人民日報》的社論中得知，「肅反」中全國有一百四十多萬人被隔離審查或逮捕，查出了反革命分子八萬一千多人，佔被審查人數的百分之五強。也就是說，一個反革命分子，就有十六個人陪綁。不用說，其中就包括著余自立。

後來，東方旭又得知，使自己大受其苦的名作家胡風，早在頭一年的五月十八日，經過人大常委會批准，撤銷人民代表資格，免去一切職務，被抓進了京郊秦城監獄。與他比鄰關押的詩歌編輯郝達，也早已被逮捕入獄。郝達因為迷信胡風，登門拜訪過兩次，請教寫詩三昧，並將本單位的情況，向胡風作了介紹。便成為胡風安插在《北方文藝》編輯部的「坐探」。這樣名副其實的胡風分子，自然是在劫難逃！

後來又聽說，受到胡風牽連的人，多達兩千一百餘人。其中，逮捕九十二人，隔離審查六十二人，停職反省七十三人，正式定為「胡風反革命集團分子」的七十八人（其中，共產黨員三十二人），定為骨幹分子的二十三人。大部分骨幹分子，度過了十年以上的鐵窗生涯。罪孽深重的主犯胡風，更是在劫難逃！直到一九六五年十一月二十六日，在妻子梅志的勸說下，胡風答應不再上訴，北京中級人民法院，方才對他進行了宣判：判處有期徒刑十四年，剝奪政治權利六年。這時，離胡風被捕入獄，已經過去了十餘年！

與此同時，骨幹分子賈植芳和阿壟，不知是態度特別惡劣，還是因為罪行特別嚴重，分別被判了十二年徒刑。其他所有入獄的胡風分子，則統統無罪釋放。

毛主席親自領導和發動的無產階級文化大革命開始後，出獄不久的胡風，被改判無期徒刑，再次被投入四川監獄。十多年縲絏之苦，使胡風患了恐懼症，身陷牢獄，仍然終日惶惶，時時聽到空中有人喊話，在審問他，要逮捕他。

十年浩劫結束，一九七九年一月十四日，四川省公安廳宣佈無期徒刑無效，胡風第二次走出了監獄的大門。

步履蹣跚，躬腰屈背的老人，上繳黨中央一紙

「意見書」，換來二十四年的鐵窗生涯，不知他對此作何感想？從後來的報導中得知，他在監獄中，從未低過頭，始終不承認自己有任何罪行，哪怕是一點一滴的錯誤。對於當初迫害過他，文革中同樣成了人民的敵人的人，胡風堅決拒絕落井下石，哪怕是向下面投擲一塊木片，一把沙子……

胡風出獄後，精神漸漸恢復正常。他並沒有沉浸在痛苦往事的回憶之中，立即投入了新的創作。他寫了呈送給中央的材料：《歷史是最好的見證人》，詳細回顧了當年在上海時，魯迅與周揚之間有關「兩個口號」之爭的詳情。

一年後，一九八〇年七月二十一日，《關於「胡風反革命集團」案件的復查報告》，送到了胡風手中。報告這樣寫道：

> 沒有事實證明以胡風為首組織反革命集團。也沒有證據證明胡風有反對社會主義制度、顛覆無產階級專政為目的的反革命活動。因此，胡風不是反革命分子，也不存在一個以胡風為首的反革命集團。胡風反革命集團一案應屬錯案錯判。

經歷了漫長的二十五個春秋，震驚世界的「胡風反革命集團」，原來是子虛烏有的錯案！

黨外人士東方旭，自然不可能猜測到，二十年後那些戲劇性的變化。他仍然為胡風等判刑的三個人，感到深深的惋惜。他們坐了一二十年的監牢，到頭來「無罪釋放」。把那麼長的美好歲月，寶貴生命，消耗在無辜的鐵窗之中，這是多麼大的人生悲劇！不知那些遭受大冤大屈的人，是在感戴冤案得到洗雪，還是哀歎生命的無端被浪費？自己僅僅被關押三個月，已經感到難以支持，思想到了崩潰的邊緣。不知那些活著走出監獄大門的人，哪裡來的勇氣，咬緊牙關，挨過了漫長的歲月？聽說有不少人，等不到「無罪釋放」便瘐死在監獄裏，不少人家妻離子散！不知有關部門，怎麼向人家交代？是否也像自己一樣，單位的支部書記，板著臉子宣佈：你的問題，是組織上花費了千辛萬苦搞清楚的，應該萬分感激黨的愛護與關懷！

臣罪當誅，吾皇聖明！在解放了的新中國，為什麼仍然是顛撲不破的真理？

三

卓然家裏遇到了難題。

夫妻間意見分歧，幾乎大吵起來。事情緣起於一位不速之客的深夜造訪。

這位不速之客，是卓然的堂兄卓歧。卓歧在上海上大學期間，即經常帶回一些革命書籍給上中學的堂弟看。許多革命道理，卓然就是這時候懂得的。卓然在清華大學讀書期間，是學生中的活躍分子，「一二九」運動中，是著名的學生領袖。就是在那次運動中，與骨幹分子白雪相識。共同的理想，滋生出深深的戰鬥友誼，直到結成終生伴侶。北平淪陷後，轉道重慶，夫妻倆一起投奔延安。卓然的早熟和進步，與堂兄的幫助密不可分。

卓歧戰前在南京國民政府交通部工作，他的數學特好，自己研究出一套破譯密碼的技術。抗戰期間，他厭惡國民黨的腐敗，要求已經是地下黨員的卓然帶他一起去延安。希望將自己的技能，貢獻給共產黨領導的抗戰事業。當初的領路人，現在提出要求要自己領路，卓然自然十分高興。立即向八路軍駐重慶辦事處的領導做了彙報，詢問共產黨需不需要這種人才？辦事處的領導人是中共中央調查部的負責人之一，一聽卓然的彙報，大喜過望，當即決定，卓歧打入到國民黨裏去，把破譯的情報交給他，比到延安貢獻大得多。卓歧同意了共產黨的決定。那位領導立刻接見了他，並將他發展為黨員。然後，當面佈置了任務，教授了傳遞情報的方式，技巧，以及與什麼人單線聯繫等事項。卓歧按照黨的佈置，進了軍統戴笠特務系統。每當遇到有價值的情報，立即秘密傳送過來。這樣一干就是七八年。他的破譯技術過人，偽裝的又好，不但始終沒有暴露身份，而且深得戴笠賞識，很快升到了少將。不料，單線聯繫人調離重慶後，不久去世，從此與黨組織失掉了聯繫。他不願意繼續為國民黨效勞，解放前夕伺機逃離，回到原籍隱藏起來。北平剛解放，即來找卓然，通過卓然找到當年發展他入黨的那位領導，要求給予工作並恢復組織關係。領導嘉勉了他十幾年矢志不逾、無限終於黨的堅定革命精神。當即介紹他去國防科委工作，並重新介紹他入了黨。孰料，好景不長。「肅反」運動一來，這位國民黨的特務少將，首當其衝，成了重點對象。逮捕不久，便被判了十年徒刑，送到勞改農場做苦役。他深知，那頂「國民黨少將」的白帽子，是遵照黨的指示混來的。他為抗日戰爭和中國人民的解放事業做出了應有的貢獻。現在全國解放了，卻成了十惡不赦的罪人，叫他如何甘心？如何安心改造？這一天，在傍晚收工時，趁著看守不在意，一頭鑽進高粱地，逃脫了追捕，來到北京上訴。趁著黑夜，悄然潛入了卓然的家。

卓然一向睡眠不太好。息燈已經許久，睡在身邊的白雪早已發出了鼾聲，他仍然未睡著。忽然，外面傳來輕輕的敲門聲。隔門一問，原來是堂兄卓歧。深夜不便大聲說話，急忙開門，將堂兄放進屋裏。進到屋裏方才看清，卓歧穿著一身無領的勞改犯衣服。此刻他才記起，堂兄足有一年之久沒來走動了，肯定是「肅反」中出了事。一問，果然是判刑十年，從勞改農場逃出來的！卓然一聽，不由倏地變了臉。低聲呵斥道：

「二……你，」「二哥」沒喊出，他急忙改了口。「你從那種地方逃出來，怎麼可以來我家？你不是給我惹麻煩嗎？」

「你是我弟弟，我有了冤枉，不來找你，叫我找誰去？」堂弟的粗魯對答，使卓歧動了氣。「何況，我的底細你最瞭解。」

「我瞭解什麼？我自從到延安之後，咱們沒有任何聯繫，我知道你在軍統都幹了些什麼？」

「我幹『軍統』，」卓歧的臉扭歪了，「是我自己願意的嗎？共產黨沒有責任，還是你這位『三弟』沒有責任？當初你們說，要我承擔的是『光榮的使命』，怎麼，現在不認賬啦？」

「我沒有時間跟你廢話。請你趕快離開這裏！」卓然憤怒地指著門口。

「這麼說，我的事，你不想管咯？」

「你的事，我們管不了。」

「那，我只有去連累那位領導了。」

「那不關我的事。不過，你最好別幹那種對自己，對別人，有害無益的事！」

「卓然，難道你把兄弟之情，幼年之誼，統統忘光了？」

「別囉嗦！你再磨蹭，我就打電話讓派出所來『請』你！」

「呸！你這膽小鬼！」卓歧吐了一口唾沫，轉身就走。

「二哥——等等。」妻子白雪，一面扣著扣子，從臥室走了出來。「二哥，你坐下，回答我一句話。」

「三妹，你要問什麼？」卓歧站下來，忿忿地問道。

「二哥，請你老實回答我，你究竟做沒做對不起革命，對不起人民的事？」

「三妹，我的歷史，你們最清楚。除了幹軍統，是黨的派遣，此外，沒做一點違法和對不起共產黨的事。」

「真的是這樣？」

「三妹——我發誓！」

「好吧，二哥，我相信你。你跟我到東房去，先在你侄兒黎明的床上休息一宿。」

「白雪！」卓然厲聲制止。

「你怕什麼？」白雪轉身往外走，一面向愣在那裏的卓歧說道，「二哥，跟我來。」

被捕前，卓歧是國防科委的研究人員，在一地工作，又是堂兄，常常到卓然家玩。卓然對於這位堪稱是革命指路人的堂兄，親切之外，還加上幾分敬重。雖然手頭並不寬餘，卻總是促膝攀談，熱情招待。什麼東來順的涮羊肉，全聚德的烤鴨，萃華樓的魯菜，新粵酒家的廣東名菜「紅燒貓公」，都帶他去一再品嘗過。可是，現在堂兄是從勞改隊逃出來，收留他就是窩藏逃犯，包庇反革命。幫助他上訴，就是替反革命分子喊冤叫屈。這怎不讓黨性極強的他，避之猶恐不及呢。

白雪給卓歧整理好床鋪，看著他躺下休息了，方才回到上房。一進門，卓然便憤然問道：

「你是怎麼搞的？難道自己經歷的事情還少嗎？公然將一個歷史反革命、逃犯，留在家裏過夜！你就是忘記了階級立場，也該顧忌受連累呀。」

「我的階級立場沒有問題。恐怕是你的階級感情出了問題吧？一個冒著生命危險為黨工作了許多年的同志，現在他遭冤案，受苦役，你就忍心袖手旁觀？」

「白雪，你怎麼能輕信他的自我辯護。他要是沒有做對革命有害的事，肅反會肅到他的頭上，會隨便便地逮捕他？」

「二哥在學生時期，思想就很進步。黨交給他的特殊的使命，容易嗎？可他總是出色地完成任務。這樣一個堅強的同志，我不相信他能作出對不起黨的事。」

「人不是一成不變的。你如此輕信，早晚還要吃虧！你還不相信胡風和他的同夥，會有政治問題呢，結果怎麼樣？一群兇惡的反革命！」見妻子一時語塞，他加重語氣說道：「你把這麼一個傢伙留在家裏。我看你怎麼收場！」

「我已經想好啦。天一明，你就給二哥要找的人打電話，告訴他卓歧對判刑不服。要他幫忙弄清問題。」

「哼，簡直幼稚得可愛，卓歧逮捕判刑，人家會不知道？知道了而不加干涉，足見他是罪有應得。」

「我就不相信，他會真的有罪。各單位的肅反對象，有幾個是真有問題的，不都是糊裏糊塗挨了整，

「坐了冤枉牢？有冤就應該訴，惹麻煩有我來承擔，不用你出面。」

「白雪！我不允許你胡來！」卓然厲聲斷喝。

「胡風反革命集團的被挖出，再次向我們黨和全中國人民敲起了警鐘：充分證明，『急風暴雨式的階級鬥爭已經過去』的估計，大錯特錯。要不然，從今年三月以來，到七月一號為止，不到半年的時間，黨中央和毛主席何必連續三次發佈指示，要對反革命分子和其他犯罪分子進行徹底的清查和嚴厲的打擊？這個科學的判斷說明，當前我國的階級鬥爭，不僅存在，而且還十分尖銳和激烈。你身為老黨員，難道可以對偉大領袖的指示置若罔聞，甚而倒行逆施，頂風而上？黨員不想當了，是吧？」

「那……你說怎麼辦？」白雪軟了下來。

「卓歧有罪無罪，不關我們的事。明天一早，就把他交給派出所。白雪，你別想不通，不是我膽小，在政治問題上，我們可以絲毫不能大意。連許多黨的高級幹部，都成了胡風分子，進了秦城監獄，你就敢說卓歧沒有問題？人家躲都躲不及呢，你竟敢主動找麻煩！」

想起多年來耳聞目睹的諸多冤獄，白雪不由打了一個寒噤。看看丈夫憂慮焦急的臉色，猶疑地答道：

「不管怎麼說，我們絕對不能幹那種事——親手將他送進監獄。我現在就讓二哥回去投案自首。」

卓然正不知該不該阻止，白雪已經走了出去。旋即轉回來說道：「壞了，人不見啦。」

「啊？我看看去！」

卓然快步去了東房。果然，兒子的床上空蕩蕩。他又找遍了廚房，院子和廁所，哪裡也不見卓歧的影子。他記得卓歧來時，他將大門重新關上了，此刻，門閂退出，大門虛掩，證明來人已經走了。他輕輕關上門，悄然回到屋裏，輕鬆地說道：

「可能我們剛才說的話，被聽了去，他知趣地走了。這樣也好。唉！」卓然長舒一口氣。他從床頭櫃上拿過安定，喝了一大口涼開水，服下了三片。然後，向坐在一旁低頭不語的妻子說道：

「你還愣著幹啥？快睡覺！只當什麼事也沒發生。喂，今天晚上的事，絕不能漏出一個字！」

「趕快睡你的覺吧——這，也用得著囑咐？」白雪的回答粗聲粗氣。

四

彎曲狹窄的胡同裏，一個高個子中年人踽踽獨行。他的左手裏提著兩小簍什錦鹹菜，右手不時地伸到腰後，用力搗幾拳。不用說，這人患有腰痛症。來到一個拐彎處，他在路北一個油漆剝落、多處裸露著木色的大門前，停下了腳步。略顯猶豫地上前敲了幾下門。過了好一陣子，「吱呦」一聲，大門閃開了一條縫，從裏面探出一個頂著一頭蓬鬆的亂髮的枯黃長臉。開門人看了敲門的來客一眼，立刻發出一聲驚呼：

「啊，是東方！你來幹啥？」

「我來看看您跟嫂夫人。」

「喔……」開門人仍然兩手扶著門。

「怎麼？不歡迎？」

「……你可別害怕。」

「害怕，我就不來啦。」

「那就進來吧。」

來訪的不速之客是東方旭，開門的是他的老朋友余自立。

自從獲得自由後，東方旭多次想來轆轤把子巷，看望老同學精神不健全的妻子。但因余自立身陷囹圄，與在押的反革命家屬來往，無異於引火焚身，他不敢造次。余自立的特務嫌疑，後來被證明是張冠李戴，一年多的縲絏之苦，換來一紙無罪釋放赦書，他才長舒一口氣。回到編輯部的余自立，一副瘦骨嶙峋的狼狽相，人老了少說有十歲。見了他總是低頭而過，彷彿是素不相識的路人。當初他介紹來編輯部工作的一共是五個人，只余自立一個人被選中。想不到，這個被認為歷史清白、值得信賴的人，竟比自己更不幸，冤案加身，鋃鐺入獄。余自立入獄後，老婆驚出了神經病，聽說至今瘋瘋癲癲，寢食無常。朋友的老婆嚇瘋了，自己的老婆氣跑了。兩人的遭遇，何其相似乃爾！天外飛來的無妄之災，不知造成了多少家庭的破碎和不幸。他哀歎自己多舛的命運，更為朋友的不幸而日夜憂慮：天天守著個瘋老婆，比之失掉老婆，恐怕還要痛苦若干倍。他想去探望老同學，對他進行一番安慰。但立刻又動搖了。雖然兩個人的問題，都被證明是子虛烏有，但是，一個接一個的運動，已經搞得風聲鶴唳，草木皆兵。一旦往還，難免引起別人的猜疑，不主動靠攏積極分子，卻與一個有反革命嫌疑的人勾勾搭搭，不是臭味相投，就是在一起發洩對黨的不滿！所以，一直拖了近兩個月，仍然沒有下定拜訪的決心。

今天是星期天。庭院中的菊花，五色斑斕，鬥霜盛開。碧徹的晴空中，一群鴿子在頭頂上盤旋，悠長的鴿哨聲，似乎極力向人們顯示，它們是如何地輕盈瀟灑，悠然自得。好天氣，沒有帶來好心境，他仍然感到百無聊賴。書看不下去，寫作早就沒了興致。索性鼓起勇氣，前去看望朋友夫婦。自己心地坦蕩，管他別人怎麼想。

進了一個四合院的大門，從殘缺不全的垂花門望進去，簡陋的油氈紙棚子，橫七豎八幾乎塞滿了院子。看得出，當年這裏住過一個考究的人家，現在卻成了大雜院。余自立的家，住在外院的兩間臨街南房裏。剛踏進屋門，東方旭不由「啊」了一聲，慌忙扭頭退了出去。余自立的老婆，正雙手叉腰，赤身露體地站在屋地當央，大瞪著兩隻眼，直直地瞪著他。

「你！快進裏屋！」余自立喝道。

「你把什麼人領到我家來啦？我要趕走他！」老婆大聲吆喝。

「快進去！不然我就揍你！」余自立揮著拳頭高喊。見她站在那裏一動不動，用力將她推進了里間，「嘭」地一聲將房門關上，又將門環掛了上去。扭頭向驚恐的客人解釋道：「東方兄，請原諒。這幾天她好了一些。剛才我去開門的時候，她還穿著衣服呢。想不到，一轉眼的工夫……唉！瘋成了這個樣子！」余自立雙眼滾動著淚水。

「放屁，放屁——你才是瘋子呢！」里間傳出了女人的大罵聲，「不是瘋子，你敢反對偉大光榮的共產黨？你敢反對偉大的領袖毛主席？你認為找人來，就能把我抓走？白日做夢，我有護身法寶，你們這些反革命做不到！」

「東方，你看，我不該讓你進來。」

「這……沒有什麼。我本來想安慰她幾句，不料……唉！我今天來的不是時候。」他把帶來的鹹菜放到爐臺上，「請你多多安慰嫂夫人，我改天再來看你們。」

「東方，你不能走。」余自立揩去雙頰上的熱淚，「走，咱們出去喝兩盅。」

「那……病人怎麼辦？」

「沒關係，我不是每天都上班嗎？走吧。」

「那我請你。」東方旭只得答應。

余自立將屋門反鎖上，兩人一起往外走，屋裏又傳出了罵聲：「好哇，你們害怕啦，想要逃跑？休想！老娘我饒不了你們這些害人蟲！」

走出胡同口不遠，路旁有一家小酒館，見裏面只有兩個客人在飲酒，兩人便走了進去。為了清淨，沿著吱嘎作響的狹窄樓梯，上了二樓「雅座」，要了半斤二鍋頭，四個小菜，默默對酌起來。兩人的酒量都不大，二鍋頭喝掉了不過一半多，便都成了無鬚的關老爺。余自立更是雙眼赤紅，舌根發梗，話漸漸多了起來。

「東方，你在海外待了那麼多年，有這種章程嗎？」余自立的話沒頭沒腦。「懷疑你有問題，不問青紅皂白，先關起來再說。等到問題搞清了，人早就有皮沒毛啦！而且大張旗鼓地抓，無聲無息地放。抓你的時候，臭名聲宣揚了滿天下；放人的時候，響屁不放一個！人雖然被放出來，可仍然像害了傷寒、鼠疫，人人側目而視，躲之猶空不及。你說，這叫啥社會呀？」

「是的。」他吃力地答道。「在海外，沒有定案之前，所有被懷疑有罪者，統統被視為犯罪嫌疑人。是不允許限制他的人身自由的。」

「就是嘛！像你這樣的名流，說抓就抓，更不要說我們這些平民百姓啦。媽的！還『人民的國家』呢，他們拿著人當人嗎？」

余自立的聲音越來越高。幸虧雅座裏沒有別的客人，不然，就憑上面的話，他也夠上「二進宮」的資格了。東方旭擺擺手，急忙轉移話題：

「自立，你最近聽到什麼新聞沒有？」

「新聞？有。」余自立仰頭乾了一杯，「大名鼎鼎的丁玲和《文藝報》的副主編陳企霞也遭上了。」

「遭上什麼？」

「反黨集團。」

「啊？他們都是文藝界的領導骨幹呀，怎麼可能呢？」

「不可能？聽說，內部批判會已經開了許多次。丁玲是因為處處表現個人，跟黨組織鬧獨立。陳企霞則因為跟丁玲關係密切，而且他寫過一篇犯忌的文章，對於文藝作品中，正面人物只准寫英雄模範，而且不能有缺點等蘇聯老大哥的妙論，不以為然。」

「那就成了『反黨集團』？」

「媽的，誰知道呢。聽說還有個馮雪峰，也成了他們的同黨。」

馮雪峰是魯迅的朋友和學生，當年黨曾派他從延安到上海做魯迅的工作。這樣的老革命、老黨員，怎麼能反黨呢？東方旭久久愣在那裏，簡直不敢相信自己的耳朵。過了許久，他壓低聲音說道：

「自立，你看，他們對於自己的人，不論是高幹高崗、饒漱石，還是文藝界的高官、骨幹，統統一視同仁，說明共產黨還是光明磊落的。我們這些黨外的白脖子，受一點委屈更不該有怨言了。你說是吧？」

「東方，我不是因為自己受了冤枉，意氣用事。我是不理解他們的鬥爭哲學。為什麼不把精力用到國家建設上，卻以整人為賞心樂事呢？這樣整來整去，中國還有好人嗎？」

「自立，適者生存。我們必須學會適應。」東方旭答非所問。

「我做不到！」余自立的聲音越來越高。

「你小聲點。」

「喂，東方，你聽說了嗎？金夢因為崇拜大作家丁玲，也成了一根繩上的螞蚱。」

「哦？是真的嗎？」

「我也是剛剛聽到的小道消息，不知道是真是假。」

五

余自立所聽到的「小道消息」，千真萬確。在批判丁陳反黨集團的大會上，金夢的大名被屢屢提到。眾口一詞，她是反黨集團的一名骨幹分子。

此刻，剛剛從批判會上回到家裏的金夢，正伏在床上無聲地流淚。眼淚鼻涕將枕頭打濕了一大片，她毫不理會。當年在延安被「搶救」，一個人被關在黑窯洞裏，長達半年之久的「隔離」，教會了她用無罪的懺悔和莊嚴的謊言保護自己。雖然最終成了清白者，但死神不止一次地撫摩過她的頸項。不是窯洞的四面牆壁光禿禿，找不到哪怕是一顆小釘子，掛上那根細腰帶，她會像許多輕生的人那樣，早已成了黃土窟中一名「死不回頭」的冤鬼！是被她詛咒千百遍的黑窯洞救了她一命。不然，此後的得意與輝煌，早已屬於他人。從此，她更加珍惜自己的生命，決心兢兢業業地做事，小心翼翼地做人。將黨的意志變成自己的意志，作一名熟練的時代大潮的踏浪者。讓齟齬與災禍遠遠滾開，讓業績和光榮永遠屬於自己。想不到，業績和光榮剛剛開了頭，災禍卻突然降臨到頭上，無緣無故成了一名「反黨分子」！

這到底是為什麼？

「嗚，嗚，嗚……」淚雨傾盆，也沖不盡滿腹的委屈和怨恨。

「老金，吃飯啦。」

夏雨提著飯盒，從外面走了進來，一進門便喊。沒聽到妻子答應，他放下飯盒，來到里間。一看妻子雙肩抖動，伏枕痛哭，急忙近前勸道：

「哎呀！又不是點你一個人的名，又沒叫你上臺示眾，用不著哭嘛！好啦，別哭啦。別像丁玲似的，大庭廣眾，站在臺上哭鼻子——連大作家的光輝形象也不顧啦！」

「可我是在自己的家裏！嗚……」

「在哪裡都要堅強嘛。運動一個接著一個，誰敢保證不被捎帶進去？有什麼了不起！」妻子依然不理睬，他坐下來拍著她的脊背相勸：「你一定要想得開，哪個運動不是這樣：一開始，泰山壓頂，氣勢洶洶；到後來，無聲無息，煙消雲散。」

「可這不是搞運動。反胡風，肅反已經過去了。這是大人物為了泄私憤，藉故整人。」金夢把頭扭在一邊，抽抽答答地說道。「就算是我對評史達林文藝獎有意見，就算我在《紅樓夢研究》問題上，壓制了小人物，就算是我在《北方文藝》工作時，請示報告不及時，那就成了『反黨』？不錯，我對丁玲是很崇拜，可跟她並沒有密切的交往呀。充其量是見了面，隨便打個招呼，不冷不熱地握握手。她反黨，與我何干？怎麼可以把我也扯進她的反黨集團呢？」

「金夢，問題最終會搞清楚的。眼下的當務之急是，不但要沉住氣，還要裝出一副痛徹悔悟的樣子，虛心聽取大家的批評。一定要經得住黨對自己的考驗呀。」

「什麼——考驗？隨便給無辜的人強加罪名，也叫考驗？」

「你應該牢牢記取當年的教訓。照你今天的態度，非把事情鬧大不可。」

「誰說我沒有記取？他們雞蛋裏挑骨頭，我有什麼法子？」金夢停止了哭泣，美麗的雙眼彷彿在噴火。「騷娘們，當心落到我的手裏！」

「你說的是誰？」

「還有誰？你的親密夥伴——官太太唄！狗娘養的，從《北方文藝》把我擠走不解氣，還要往死裏整我！」

「夢姐，你錯怪矯敫啦，她可沒有那麼大的權利。」

「她沒有，她的男人陸舟還沒有？枕頭風猛勁一吹，那燙麵耳朵，就得顛顛地遵命。捏造事實，上綱上線，把人往死裏整——什麼事幹不出來？」

「如果陸舟那麼聽老婆的話，絕不會讓我去接替你的工作。從老婆手裏把好位置奪過來，再給她的男人，天底下有這樣整人的嗎？可見，責任不在……」

「得了吧，誰知道你們私下裏搞的什麼交易。你得到好位置，恐怕是作了出色的貢獻得到的獎賞吧？」

「金夢！你這人，什麼都好，就是愛多心、瞎猜疑。」他滿臉委屈，急忙轉移話題，「眼下的當務之急，是正確對待組織的批評。怨天尤人，不但過不了關，還必然激化矛盾。因此，你要好好端正態度。」

「別跟我唱高調！」金夢兩眼怒視著丈夫，像看一個陌生人。「怪不得，今天在會場上，你給那些狗屁胡說八道，熱烈鼓掌。原來，你是站在那個不要臉的女人一邊，落井下石。心甘情願地承認，自己的老婆是反黨分子。她就應該挨整、受批判。是不是？」

夏雨忍住憤怒：「金夢，眾目睽睽之下，人們都把目光投向了我。要是我無動於衷，不是跟你沒有劃清界限嗎？」

「那又怎麼樣？沒骨氣的膽小鬼！人家往你的老婆頭上扣屎盆子，你不但不敢挺身而出保護她，還幫著往茅屎坑裏推，可真是個無私無畏的好黨員！」她又出聲地哭了起來。

「咳，老金，你怎麼幼稚得像個小孩子呢？一個老革命、老黨員，竟然說出這麼沒有水平的話。這樣下去，非壞事不可！」

「已經壞事了，還有什麼好怕的？嗚……」

「夢姐，古人云：識時務者為俊傑。你不是經常跟我說，要學會保護自己嗎？為了保護自己，不惜說違心的話，做違心的事。怎麼真的遇到事情，立刻亂了陣腳呢？難道，我們兩個一起被綁在十字架上，經受拷問，連個打飯、照顧孩子的人都沒有，就算是有骨氣？」等到妻子的哭聲漸漸低了下去，他繼續說道：「我雖然違心地熱烈鼓掌，還被私下警告：對你不揭發，保持沉默，搞溫情主義，是跟你劃不清界限呢。」

「那，你準備怎麼辦？」

「恐怕不發言是不行了。」

「那就發吧。批吧，罵吧，罵的越臭越狠越好。反正不講理了唄。」

「唉！除此之外，眼下沒有別的路。夢姐，你絕對想不到，我心裏多麼的難過喲！」夏雨的雙眼溢出了淚水。

「夏雨，」金夢被感動了，「為了我們的孩子，為了這個家，你覺得怎麼做合適，就怎麼做。來日方長，我相信，你永遠不會背叛我。」

「那當然！我們快吃飯。趁著午休，我要突擊寫一篇發言提綱，爭取在下午的會上發言。」

不料，發言提綱寫好了，突然接到通知，下午的會議延期舉行。「什麼時候再開，另行通知」。夏雨長舒一口氣，摘摘妻子說道：

「好極啦。我正嫌時間太倉促呢。這樣更好，我可以仔細推敲，爭取寫出一篇有事實，有理論，有份量，有著充分說服力的批判稿。不過，你聽了，可不要當真呀！」

捷報頻傳

一

「丁陳反黨集團」批判會，竟然無限期地拖了下去。

有人私下裏議論說，有位中央領導看了整理上報的批判材料後，說了一句話：「適可而止，不可以小眚掩大德。」結果，氣勢洶洶的批判圍剿，以和風細雨的勸慰而告終。

此事雖與自己無關，東方旭聽到傳言後，心裏仍然既興奮又感動。「不以小眚掩大德」！這話說得多麼入情入理噢。可是，在許多時候，掌權者們似乎忘了這個寬以待人的古語。運動一來，積極分子們個個像探喙舞爪的鬥雞，不把對方撕擰得毛飛翅折，鮮血淋漓，絕不肯甘休。人非聖賢，孰能無過？不看一個人的主流，大德，抓住某些缺點或錯誤，上綱上線，窮追猛打，攻其一點，不及其餘，必欲置之死地而後快。這樣的鬥爭哲學，與國家社稷，天良民心，有什麼好處？本來平靜和諧的人際關係，被搞得劍拔弩張，人人自危！人們把全部心思都用在算計別人，或者防範與偽裝上，哪裡還有關注國計民生的精力？哪裡還有積極向上的雄心壯志？哪裡還有人間真情？哪裡還有同志友誼？而自己，一天比一天變得沉寂，畏縮，慵懶，甚至違心說空話，假話，無不是緣之於缺乏寬容「小眚」的善心與大度。現在，終於有人站出來主持公道了，往後大概再用不著提心吊地過日子了。從說話的口氣判斷，站出來說話的人頗像是偉大領袖毛澤東。果真是他老人家開金口，啟玉牙，不僅是救了丁陳等人，所有被揪過小辮子，被往檔案袋子裏掖過小報告的人，統統可以睡個安穩覺了。喪失人性的「禮儀之邦」，魂兮歸來！

他從心裏感到慶倖。

接下來發生的一系列大事，使他因恐懼和憂慮而蹦緊的心弦，進一步鬆弛下來：

一九五六年八月五日，國務院舉行第十七次會議，聽取糧食部長章乃器的說明，決定：對農村糧食實行三定：定產，定購，定銷。這個措施，不僅可以緩解日趨緊張的糧食形勢，還可以充分保證城鎮居民的糧食供應，更重要的是能夠保證經濟建設的順利進行。

一九五六年九月十六日。中央舉行了隆重授勳典禮。授予一批軍隊高級將領元帥、大將軍銜。毛澤東等黨和國家的領導人親自出席授勳。這說明，中國不僅在政治上穩定，經濟上順利地進行著五年計劃，軍隊也在正規化的道路上大步邁進。

一九五六年十月四日至十一日，中共中央在北京舉行七屆六中全會，徹底清算右傾保守思想，通過了《關於農業合作化的決議》，爭取在一年左右的時間裏，實現農業合作化。並作出了《關於召開黨的第八次全國代表大會的決議》。

東方旭自幼生長在城市，對農村的事茫然無知。但他相信，黨中央的這些決策，肯定會對中國極端落後的小農經濟，帶來無限的光明和生機。尤其是即將召開的八大，肯定要作出意想不到的新決策，驅邪除祟，扶正糾偏，給新中國帶來光輝燦爛的前景和無盡的福祉。

一度離轍的車輪，又回到了正常的軌道。他的思想感情，又跟祖國的脈搏跳動在一起。

正在這時，他的家庭也發生了一件大事：不告而別的愛妻雅妮，從英國來了信。家書抵萬金！他雙手顫抖，急忙捧讀。信是用漢語寫的。

耀之：

我親愛的丈夫！得知你七月十三日，終於結束了監獄生活，恢復了自由。我大哭了一場。我的父母，也流著淚為你祝福。他們不明白，既然僅僅是一場誤會，怎麼可以把人關上三個多月？這是哪家的法律？這樣的冤案，要是發生在我們的國家，那些害人的人，要承擔誣陷的罪名，遭到法律嚴懲的！

你可能還在生我的氣，身為人妻，理應相夫教子，終生相隨。而我卻舍夫棄子，不告而別，回到了自己的祖國。按照你們中國的禮教傳統，這是極其違犯「婦德」的放縱。可是，我又不得不作出「放縱」的選擇。自從你回到中國後，彷彿是進了籠子的百靈鳥，夾緊了翅膀，失掉了歌聲。名教授不能教書，大作家不能寫作。你僅有的「權利」，就是沒完沒了的檢討，看不見盡頭的思想改造！這哪裡還有做人的尊嚴？心靈的痛苦，已經使人窒息難忍；身體的折磨更是與日俱增，黑面饅頭代替了鬆軟的麵包，清湯蔬菜代替了香腸牛排。看到兒子坐在飯桌前愁眉苦臉，你們兩個的身體一天比一天消瘦，身為母親和妻子，我的一顆心像浸在鹽水裏。用你們中國的成語「心如刀絞」來形容，一點都不誇張。如果僅僅是沒有法制和生活艱難，我還能夠忍受。最可怕的是，他們不明不白地把人抓起來，幾個月不告訴家屬、親人，為什麼抓人，人被關在哪裡。三番兩次去詢問，他們總是支支唔唔又蒙又騙！哪裡還有一點人道主義，連起碼的人性都喪失了！

耀之，在你「失蹤」的三個多月裏，我像一隻掉進狼窩的小羊，驚恐得六神無主。不但沒有一個人來安慰一句，恐嚇和威逼，倒成了家常便飯。連我們單位的人，也改變了對待「國際友人」的態度：不理不睬，冷眼相對。不知有多少個夜晚，我和兒子緊緊抱在一起徹夜痛哭。哭丈夫，哭父親，哭我們不幸的命運。萬能的上帝喲，我們的命運為什麼這樣苦呀？耀之，你想到沒有？我是一個脆弱的女人，怎麼經得住如此沉重的打擊？我不想在驚恐中死去，除了逃走，回到我的祖國，我還有什麼別的路可以選擇呀？

耀之，你肯定嫌我回信太遲，但這是沒有辦法的事。你的信，我是昨天才收到的。不知道為什麼，它竟在路上走了三個月之久？但願我的信，能早日到達你的手中。我回國後，只休息了幾天，查理教授即舉薦我到你原來的學校——牛津大學，講授中國文學。同事們像當初對待你一樣，對我極其友好。他們一致希望，你趕快回來工作。

耀之，你一定要千方百計，衝破困難，設法歸來。骨肉分離，天各一方的日子，我一天也忍受不下去了。我和我的父母，都無比焦急地期待著迎接你的到來。到那時，我們骨肉團聚，並肩攜手，你一定能再創使世人驚歎的輝煌。耀之，請原諒，我實在難以答應你的要求。你們的國家，已經使我望而生畏。繼續在那裏生活下去，我會窒息而死的。我不敢再踏上中國的土地一步。就是你不答應我的請求，我也無法改變我的選擇。

耀之，不用我說，你也能猜到我是多麼的孤獨。我尤其是想念我的兒子。大衛一定也十分想念媽媽。親愛的，你們趕快來吧。希望不久就能得到你們起程動身的好消息。

昨天晚上，我又一次失眠了。望著窗外皎潔團圓的秋月，我把枕頭都哭濕了……

萬能的上帝呀，成全我們一家人吧！

你的妻子雅妮

一九五五年十二月二十三日於倫敦

淚水幾乎將愛妻的來信濕遍，東方旭仍然一遍又一遍地捧讀。

「雅妮呀，只要有一線之路，我也會立即奔到你的身邊呀！啊——」將妻子的信，貼在胸口上，他痛哭不止。

二

正像俗話說的：「種田的盼下雨，曬鹽的盼晴天。」一場甘霖降下，農夫們焚香叩頭謝蒼天，鹽民則大罵蒼天混帳多事，毀了他銀屑鋪地好收成。

對於批判丁陳反黨集團中道而輟，不了了之，東方旭從心裏感到慶倖。他認為，這是禮儀要重歸，災難即將成為過去的信號。而有些人，卻像漁人的網罟中跑了大魚，獵人的槍口下逃走了獵物。不但認為這是黨的損失，還憋著一肚子惡氣。陸舟的妻子矯敫，就是這樣一位悔恨者。丁陳的批判會，突然中途休會，已經使她感到無比失落。今天聽到的消息，更使她氣憤異常，不僅批判會不再舉行，幾個地位很高的領導，還專門跟反黨集團的成員談了話，對於前段對他們的批判，作了解釋，並表示了歉意！她是在辦公室裏聽到這個消息的，差一點當著眾人的面，大罵上面糊塗。

對於丁陳，她並不熟悉，但對金夢可是瞭若指掌。金夢目無組織，目無群眾，高傲自滿，盛氣凌人，早已使她忍無可忍。金夢落入網罟，她欣喜莫名。正想狠狠修理她一番，一泄胸中的惡氣。不料，收緊的網繩突然鬆開，落網的魚鱉蝦蟹，輕而易舉地統統逃匿！這叫她怎麼不失落，怎麼不生氣？胸中懋悶，在辦公室裏強打精神裝老練，一回到家，躺到床上生悶氣。

哼，領導認真佈置，那麼多人鑿鑿可據的批判發言，即使有某些偏差，也不會都錯了呀。他們有那麼多反黨的言論和行動，個人的品質又那麼壞，簡直就是我黨健康肌體上的一塊塊贅疣。難道還不應該狠狠地批判，嚴肅地處理嗎？至少在黨內，應該給他們記大過，甚至留黨查看，開除黨籍！怎麼可以半途而廢，不了了之，使那些自外於黨，給黨造成極大損失的傢伙，逍遙法外呢？上面作出這樣錯誤的決策，簡直是亂彈琴！

她正在心裏詈罵，外面傳來丈夫陸舟的聲音：「矯敫，你在哪裡？」

她急忙扭轉身子面朝牆壁，裝作沒聽見。

「咦？怎麼躺起來啦？病了嗎？哪兒不舒服？」陸舟進到裏屋，來到了床前，俯下身子，對著臉，關切地詢問。

過了好一陣子，她才粗聲粗氣地答道：「……難受！」

他伸手摸著她的額頭：「不發燒呀——是怎麼回事？」

「心裏難受——用得著發燒？」

陸舟坐到床邊上，將妻子拉進懷裏摟著，左臉在她的右側香腮上輕輕地摩擦著，嬉笑道：「我明白啦，一定是我的小貓咪饞魚吃了。是不是呀？」

「壞死啦！你就知道拿我當小孩子耍！」她撲哧一笑，旋即掙出身子拉下臉。「你們辦的好事，讓人生氣！」

「咦？這是從何說起？」

「哼！手打鼻子眼前過，還不承認！」

「快說，到底是什麼事，讓我的小貓咪生這麼大的氣？」

矯敫把丁陳等有著嚴重問題，批判會卻半途而廢，許多人都想不通的事說了出來。末了，漂亮的大眼睛裏露著憤怒，恨恨地說道：

「對於有著那麼多缺點錯誤的人，群眾不但早已看不下去，而且忍無可忍！你們卻包庇慫容，愛護備至。這不是大瞪著眼，置我們黨的利益於不顧嗎？」

「矯敫，你的情緒太偏激。問題絕不是這麼簡單。」陸舟語溫而辭嚴地說道：「作為一個共產黨員，我們應該無條件地相信和服從黨的決定。知道嗎？暫停批判反黨集團，乃是黨中央權衡厲害之後，作出的正確決策。」

「都向那些傢伙賠禮道歉啦，怎麼能是『暫停』？我不明白。」

「你自然不明白。目前，反胡風，以及肅反運動，剛剛過去，人心甫定。不宜再搞什麼批判運動，應該集中精力進行社會主義建設和改造。這也就是毛主席所教導的：文武之道有張有弛。懂嗎？至於那些有問題的人，要是他們不幡然悔悟，繼續跟黨離心離德，一旦時機成熟，我們……我們黨，絕不會放過他們。」

「是不是因為他們都是知名的作家，甚至是大作家，就不忍心下手呢？」

「容忍錯誤和背叛，不是我們黨的性格。高崗、饒漱石，一個是政治局委員、中共中央組織部長。比之丁陳之流，他們的名氣更大，地位更顯赫。結果怎麼樣？一旦被認為跟黨鬧權力，搞陰謀，我們黨毫不手軟：開除黨籍，撤職查辦，成了不齒於人類的狗屎堆。你想呀，區區丁陳，還怕他們翻天嗎？只要時機成熟，我們同樣不會放過他們。」

「嘿嘿！那還差不多。」她在他的左腮上響響地親了一下。「喂，往後，在對那些傢伙使用的問題上，你可得多加小心呀。」

「那還用說。好啦，你該給我推拿啦。我這個討厭的腰，這些日子更差勁啦。是不是你給我累得呢？」

「得啦吧，你自己成了銀洋蠟槍頭，怨得著我！」

「今天，你要用力地給我多推拿一陣子，可不能應付公事。」

「哼，你這人真難打發。哪一回不是把人累個半死，你還嫌人家應付公事。我就不希望你的腰徹底好了，能夠跟別人一樣……」她差一點將「跟別人一樣有勁」說出口來。自覺失言，急忙改口道，「省得每次跟人家玩完了，哼哼呀呀喊腰疼，多麼煞風景！」

「唉，大概是年齡的關係吧？我畢竟比你大著二十多歲吶。」

「礙年齡啥事？人家不是說『三十如狼，四十如虎』嗎？」

「嘿，那是說的你們女人。何況，我已經五十三歲了。」

「哼！恐怕是生了外心，不愛自己的老婆了。是吧？要不……」她想起只比丈夫小十幾歲的情夫夏雨，依然「勁」大無比，每次都能使她飄然如仙，眩暈欲死。懷疑丈夫有了外遇「你跟我說實話，是不是把勁頭都給了別人？」

「你認為可能嗎？」陸舟不動聲色。

「怎麼不可能？你風度翩翩，絲毫不減當年。又是人人敬仰的理論家，高幹。不知多少人，對你垂涎三尺呢——你自己會不動心？」

「矯敫，你胡說些什麼呀！」他伏身躺到床上，「快來推拿吧。今天給我好好效勞，只要我的腰有好轉，往後，我一定好好慰勞你。好，用力，再用力點！」

「光叫我用力？」她的雙手在丈夫的背上點按著，「到時候，不給我用力，我可不答應？」

「唉！矯敫，你的癮越來越大，真有點叫人招架不了。你應該學會克制自己，把主要精力用到革命事業上嘛。」

「得了吧——大理論家就會唱高調。當初，那是誰？還沒舉行婚禮，就千哀萬求，猴急貓跳地逼著人家答應？現在，自己不頂用啦，卻來埋怨人家。」

「唉，你這人，最大的缺點，就是常有理！」

矯敫撅起漂亮的小嘴：「本來，真理就在我的手裏嘛。」

三

對於東方旭來說，一九五五年簡直黑煞星照命。長達三個多月的暗室關押，差一點成了胡風反革命集團的同黨。他介紹來編輯部工作的老同學余自立，陰差陽錯蹲了一年多的監獄，妻子嚇成了精神病。那怔忪驚恐、滿口胡言的慘相，那一絲不掛的女人裸體，一閉上眼睛就在眼前晃動。拜訪余自立已經過去了十多天，一直驅不散心中的惶恐與傷痛。雅妮的遽然離去，彷彿心頭被狠紮了一刀。半年多來，他沉默寡言，百無聊賴，做什麼事情也沒有興致。不料，郵差登門，萬里飛鴻。久別的妻子，來了分別後的第一封信。原來，她跟自己一樣，晝思夜想，離情更熾，痛徹肺腑地呼喚他速速歸去！這何嘗不是他的希望。一接到來信，他的魂兒即飛向了遙遠的英倫三島。

他恨不得埋名隱姓，不辭而別，晝夜兼程，飛到親人的身邊！

可是，剛想到這裏，他立刻頻頻搖頭，哀歎自己的想法太幼稚。他們根本不可能讓自己離去。硬要冒險，後果將不堪設想！一旦惹出麻煩來，再次失掉自由，不但得不到遠在天涯的愛妻，連身邊的兒子，也將成為流落街頭的乞兒。他不忍心連累親人。

不知多少次，他躺在床上，從枕頭底下摸出妻子的來信，一遍又一遍地捧讀。「昨天晚上，我只想哭……」失眠了。望著窗外皎潔團圓的秋月，我又一次每次讀到這裏，都是淚傾如雨，枕巾濕透。他害怕兒子和保姆聽見，索性用被子蒙上頭，放聲大哭……

東方旭畢竟不是一個斤斤計較一己私利的人。「致君堯舜上，再使風俗淳。」詩聖杜甫的抱負，是他一生苦苦追求的目標。為了國家的繁榮昌盛，為了人民的自由幸福，他甘願犧牲個人的利益，甚至不惜獻出寶貴的生命。當初他放棄理想的工作，優厚的待遇，毅然回到戰火未息的祖國，就是為了實現這偉大的報負。現在，如果真有為國獻身的機會，他仍然會毫不猶豫地挺身而出。即使因此使仍然愛著自己的妻子失望，甚而給幸福的家庭帶來危機，也在所不惜。

前一陣子，批判丁陳反黨集團，不了了之，給他帶來了希望。近來，又有振奮人心的好消息，接連不斷地傳來，更給他孤寂絕望的一顆心，注入了不少活力。

首先，在全國範圍內開展的農業合作化運動，發展迅猛，成績巨大。據說，原來預計一年完成的農業合作化的目標，將大大提前。中國是一個農業大國，農業的發展和興盛，無異是炎黃子孫的極大福音。他感到由衷地高興。

這年的十一月份，又傳來全國五十萬以上人口的城市，完成了私人資本主義工商業社會主義改造的喜訊。這些天來，北京市從早到晚，慶賀與報捷的鑼鼓聲此起彼伏，像是在慶祝一個盛大的節日。報紙上的通欄標題說，中國的私營工商業者，「敲鑼打鼓進入了社會主義」。好極啦！農業和工商業都走上了康壯發展的大道，新中國的經濟建設，必將棄牛車，換駿馬，追風踏雲，一日千里。

步入新年度的第一天，《人民日報》發表了元旦社論，給全國人民帶來了更大的振奮。社論在號召為全面完成和超額完成五年計劃而奮鬥的同時，肯定了上年的大好形勢，滿懷喜悅地告訴全國人民，在新的一年裏，將出現一個社會主義改造和建設的高潮。不僅如此，社論還提出了一個令人耳目一新的字眼——「總路線」。內容是：「又多，又快，又好，又省地建設社會主義。」東方旭反覆閱讀，仔細咀嚼這簡潔明瞭、引人入勝的總路線。不由連聲叫好，拍案讚歎：「既然『總路線』要多、快、好、省地建設社會主義，未來國家的形勢，肯定會出乎意料的大好。大概再也沒有精力和時間去搞那些人人過關，令人無比惶恍的政治運動大概不會再搞了。心情舒暢，無憂無慮，放心大膽地幹自己事業的時刻，終於盼到了！

事情的發展，證明了他的樂觀估計。元旦社論剛剛發表了半個月，一九五六年一月十五日，北京市各界群眾二十余萬人，在天安門廣場舉行盛大的慶祝會。毛澤東，劉少奇，周恩來等黨和國家領導人，登上了金碧輝煌的天安門城樓。北京市長彭真，揮著有力的臂膀，莊嚴宣佈：「我們的首都——北京，已經進入了社會主義社會！」

緊接著，天津，上海，以及全國許多省市競相宣佈，勝利地進入了社會主義社會！

站在會場的人海中，放開喉嚨，大喊「社會主義萬歲」的東方旭，喉嚨喊啞了，臂膀揮疼了，熱淚流上了雙頰，仍然歡呼跳躍不止。他不但滿心高興，而且被這個曠古未聞的好消息驚呆了：夢寐以求的社會主義社會，忽然成了現實。好一個始料不及的福音！全中國都進入了社會主義社會，每個人當然都成了社會主義的公民。

突然，他感到無比的慚愧。唉！這些年來，自己大部分時間，在痛苦迷茫中徘徊，並沒有幹多少為社會主義添磚加瓦的事。自己的「社會主義公民」稱號，無非是得利於坐在了革命的列車上，不知不覺被拖進了享福無比的理想境界。對個人來說，簡直是不勞而獲，坐享其成。往後，再不加倍努力，作出應有的貢獻，實在愧對「社會主義公民」這個光榮的稱號……

春天的腳步，雖然尚未邁動，繼之而來的好消息，卻給人們帶來和風拂面、暖透胸背般春的喜悅。一月中旬，黨中央召開了關於知識份子會議。出席會議的有中央委員，候補委員，各省市負責人，以及群眾團體，企事業單位，軍事機關，文藝團體等部門黨的負責人，共計一千三百人，可謂是規模空前。周恩來在大會上作了長篇報告，號召全黨正確解決知識份子問題。他語重心長地說道，充分動員和發揮知識份子的力量，為偉大的社會主義建設服務，已成為我們完成過渡時期總任務的一個重要條件。他特別強調，「除了必須依靠工人階級和廣大農民的積極勞動以外，還必須依靠知識份子的積極勞動。也就是說，必須依靠體力勞動和腦力勞動的密切合作。依靠工人，農民，知識份子的兄弟聯盟。」他還霹靂震頂般地宣稱：「我國知識份子的大部分，已是工人階級的一部分！」

會後，在全國範圍內，迅速掀起了向科學進軍的熱潮。十天後，中共中央又發出「關於知識份子的指示」，對於落實周恩來的重要講話，作了進一步的強調和部署。

聽傳達的時候，東方旭震驚得懷疑起自己的耳朵。「啊？依照周總理的說法，我們這些『資產階級知識份子』頭上的黑帽子，從此被摘掉了。不但成了『社會主義的公民』，而且躍身一變，成了『工人階級的一部分』！這是連做夢都不敢想望的大好事呀！難道這是真的？」

是的，他大瞪著雙眼，清醒得很。他也沒有聽錯。傳達人說出的每一個字，每一句話，統統敲擊著他的耳鼓，牢牢刻在腦子裏。坐在會場裏的一角，一面聽著傳達，他不顧眾目睽睽，不斷地掏出手絹，揩拭滾滾而下的激動熱淚。

四

五天後，來了兩位客人拜訪東方旭。一位是中國民主同盟的王副主席，另一位是民盟的組織部馬部長。東方旭在政治協商會議上，與王副主席有一面之識，點頭問候而已，並沒有深交。那位馬部長，則從未謀面。兩人專程來訪，必有所為。果然，幾句寒暄過後，王副主席將談話引入了正題。

「東方教授，您是海內外影響頗大的著名學者，教授，作家。我們十分敬仰。」王副主席亮出開場白，扭頭看看部下，繼續說道：「我們遲至今天才來拜訪，實在是晚了一些。」

「哪裡話。」東方旭禮貌地作答，「二位甭客氣，有什麼需要本人幹的，您儘管吩咐就是。」

「不敢。」王副主席答道，「我們今天來，是專程請您參加民盟。有了您的支援，會給我們的組織，帶來更大的力量和光榮的。」

組織部長接著說道：「東方同志，我們盟的領導同志，經過反覆研究，非常希望您能成為民盟的一員。相信您，一定不會使我們失望吧？」

「謝謝啦。多謝貴盟對鄙人的器重。」東方旭苦笑謙讓，「我這人不過是浪有虛名。歸國六七年來，除了給領導添了數不盡的麻煩，並沒有作出任何貢獻。鄙人深感思想改造的道路還很漫長，眼下不宜參加組織，以免給貴盟徒增麻煩。」

「東方同志，您對自己能有這樣清醒的認識非常好。」馬部長接過話頭，「我們知識份子，哪一個敢說自己的思想不需要進行改造？就是身為無產階級先鋒隊的共產黨員，也不敢說這話呀。何況，有了組織的幫助，更加有利於思想改造。您說對嗎？我們全體民盟成員，一齊舉雙手歡迎您呢，您就別客氣啦。」

「請二位原諒，我想等到鄙人的思想改造有所進步的時候，再考慮組織問題。」

組織部長用探詢的目光望著他，徑直問道：「東方同志，您莫非有什麼思想顧慮？」

「那倒沒有。」

「我們也希望您沒有。」馬部長出言爽快。「現在，外面有一種誤解，好象民主黨派無足輕重，『聯合執政』云云，名不副實。不過是民主的櫥窗，執政黨的附庸，舉手的機器。這不是大錯特錯的誤解，就是別有用心的屁話。其實，我們國家的民主黨派，還是很有影響的。尤其是我們民盟，不僅力量最大，優秀分子最多，威信也最高，堪稱是民主黨派的老大哥，手屈一指的排頭兵。不然，沈鈞儒、馬敘倫、章伯鈞、羅隆基、胡愈之、高崇民等等，許多著名的社會名流，怎麼會都往民盟裏面擠呢？現在，他們不是都擔任著人大，政協，甚至中央人民政府的重要領導職務嗎？這些年來，我們盟提出了許多有益的批評和寶貴的建議，我們黨……不，中共，無不十分重視，立即督促有關部門，做出認真的答復。東方同志，您肯定聽到過這樣那樣的狗屁流言，希望不會成為您參加組織的障礙。」

「我並不在乎流言。鄙人只是沒有參加組織的思想準備而已。」東方旭撒了謊。

「那是為什麼呢？」

馬部長已經洩露出他自己是共產黨員，卻一再吹噓民盟的重要性，似乎民盟天下第一，沒有別的黨派出其右。他的話，不但自相矛盾，而且聽著很刺耳。殊不知，他所罵的那些「流言」，也正是東方旭的觀點。他早就打定了主意，要麼參加執政的共產黨，要麼，作一輩子「無黨派民主人士」。有名無實的民主黨派，他沒有興趣介入。但這話不便出口。對於不熟悉的人，他不想盡傾肺腑，以免留下後患。

見他微笑不語，馬部長繼續勸道：「東方同志，希望您認真考慮我們的建議。現在形勢如此之好，我們知識份子的地位被中共提的這麼高。作為知識份子為主要對象的民盟，其地位和作用，將日顯其重要。您就是希望參加共產黨，還有個考驗的過程，在此之前，不妨先參加我們民盟嘛。」

許久沒開口的副主席，這時指指身邊的組織部長，說道：「馬部長說的極是，他就是由盟員而成為共產黨員的。現在不是擔任了我們的組織部長嗎？」

對於沈鈞儒等當初發起成立民盟的初衷，東方旭是理解的。但他對現在的民主黨派，從心裏不感興趣。

趣。見對方坐著不走，似乎不達目的不肯甘休。只得把拒絕「九三學社」的事，說了出來：

「不瞞二位，前幾天，『九三學社』也來過兩位同志，動員我參加他們的組織。同樣被我謝絕了。」

「噢——我們晚來了一步，太可惜了。」王副主席不無遺憾地搖頭。

「那有什麼關係！」馬部長用力的一揮手，「水往低處流，人往高處走。參加組織也可以自由選擇。拒絕了『九三』，照樣可以參加我們民盟嘛。」

「不可！」東方旭堅定地搖頭，「我拒絕『九三學社』的理由，是不想參加政治組織，現在馬上答應貴盟的要求，豈不是自食其言？這事，還是以後再說吧。」

「這麼說，您對我們的建議，還要繼續進行考慮？」兩人幾乎同聲問道。

「好吧。」東方旭站起來送客。

低頭走在兩個人的身後，他忽然覺得有一種失落感。一再拒絕人家的要求，被認為自視清高尚在其次。參加組織，也許是一步解困的妙棋，說不定在緊要關頭，還能使自己得到保護。自從回國之後，他一直像個沒娘的孩子。干涉整治的大有人在，真正關心、庇護的，卻了了無幾。妻子雅妮歸國之後，他更感到難以忍受的孤獨。一想到這裏，他把已經到口的話「二位走好」，變成了「二位請留步。」

客人已經走出門口。聽到他的話，轉過身來站住了。馬部長有些不耐煩地問道：

「喂，您還有什麼事？」

「我忽然覺得……」他枯澀地答道，「剛才給二位的答復，有些不夠慎重。」

「這麼說，您同意參加民盟啦？」馬部長的一雙細目瞪得大大的。

「盛情難卻。鄙人再不答應，不是太不識時務了嗎？」

「哎呀呀！那我們太高興啦！」王副主席上前握住東方旭的手，用力地搖著。「我就知道，閣下不會讓我們兩個無法回去交差的！」

「識時務者為俊傑！好！」馬部長得意地拍拍掖下的公事包，「東方同志，盟員登記表我已經帶來啦，是否現在就可以進屋填好呢？」

「……好吧。」

五

填寫了「中國民主同盟盟員登記表」的當天下

午，支部書記矯敫來到東方旭的辦公室。東方旭急忙站起來問道：「矯敫同志，您有事？」

「沒事，過來隨便坐坐。」

「請坐，請坐。」

「喲！你這裏的溫度這麼低？」

「溫度還可以。」

「可以什麼呀？我一進來，就凍得打哆嗦。」一面說著，她來到靠西牆的火爐旁，打開了爐蓋。「怨不得！快滅了個屁的。你呀，到現在還沒有學會整治爐子——不受凍才怪呢。」

「對，自作自受。好在我並沒有感到十分冷。」他冷冷地答道。

「八分就夠人受的——用得著十分嗎？」矯敫乒乒乓乓，掏著爐灰，又往鑄鐵爐子里加了幾鏟子炭塊，直起腰來，用教訓的口吻說道：「懂嗎？人心要實，火心要空。你讓炭灰把爐膛都塞滿了，要旺才怪呢。」

「好嘛，但願讓你一整治，它能旺起來。」他極力把話說的輕鬆。

不料，他的話音剛落，就聽到火爐裏發出了「嗚嗚」的叫聲。透過爐蓋的縫隙，看到了紅紅的火苗。

「你看，旺起來了吧？」矯敫得意地歪著頭，「再難弄的火爐，我都能把它整治得像煉鐵爐一般旺。怎麼樣，你服不服？」

他語意雙關地答道：「咳，我豈止是今天才服。」

「東方，你倒是會給人帶高帽子。」她分明沒聽出他的言外之意。

他回到辦公桌後，坐下來問道：「矯敫同志，你是個大忙人，怎麼有時間來我這裏閑坐呢？」

「找你大主編，閒聊聊還不行？」

「主編」這個稱呼，已經使他感到陌生，何況還加上了個「大」字。不由眉頭一皺。旋即問道：「有什麼事情，書記同志儘管吩咐就是。」

「你呀，老是那麼見外。」矯敫仰起頭，將一綹落到臉上的黑髮捋到耳後，掉轉話頭問道：「喂，你愛人雅妮離開中國，有兩三個月了吧？」

他意識到支部書記是來做自己的思想工作，極不情願地答道：「半年多了吧」。

「哎喲，還沒覺得呢，竟然半年多啦！不知她現在情況怎麼樣？」

「兩個月前，來過一封信，又回到牛津大學教書去了。」

「這麼說，她不想回來啦？她的思想情況怎麼樣？」

他搖頭敷衍道：「不瞭解。」

「東方同志，」矯敫坐正了身子，把談話引上了正題：「你回國六年來，各方面的表現，組織上都比較滿意。尤其是在去年的運動中，在接受組織的審查時，雖然開始有些抵觸情緒，隨著認識的提高，後來的表現也不錯。說明你在知識份子的思想改造大潮中，是站在前列的，思想改造是很有成效的。」

他覺得像是吞下了幾隻蒼蠅，極力平靜地答道：「矯書記，您不要謬獎啦。我自己最為清楚自己是個什麼樣子——離你們的要求，還差得很遠很遠！」

「咳！不要太謙虛嘛。你應當看到自己的明顯進步。也不要有顧慮，往後，還希望你仍然多關注一下全面的工作。也就是說，主編的擔子不能扔，還得繼續挑下去。」

「夏雨同志，有能力，責任心極強。他在主編的位子上幹的很出色。我衷心地要求維持現狀，作好一名編輯。」

「咳，逆水行舟，不進則退嘛。『維持現狀』怎麼行？東方同志，組織上希望，你能做更大的貢獻，有著更大的進步。難道你不希望這樣？」

「哪有不希望進步的人？」

「好！我們就希望你有這樣的覺悟。」矯敫眨眨長睫毛，「東方，我問你：你有沒有參加無產階級先鋒隊的要求？」

「我……」問題來得突兀，他一時不知如何作答。「這不是有沒有的問題，而是夠不夠條件的問題。你想，本人這麼個狀況，會做那種非非之想嗎？」

「咳，你呀，不但太看輕自己，上進心也太差。」矯敫一副教訓的口吻。「只要你自己，有著繼續改造思想的決心，有著強烈的進步要求，完全可以勇敢地把自己的要求說出來。」

「矯敫同志，你的意思是，連我這樣的人，也可以申請加入共產黨？」

「當然可以！」

他簡直不相信自己的耳朵：「矯敫同志，您找錯了人吧？」

「開什麼玩笑呀？我是代表黨支部正式跟你談話。我們希望你寫一份入黨申請。」

「寫一份參加中國共產黨的申請？」他又問了一遍。

「當然。參加別的什麼組織，用得著我來跟你談？」

「可我已經參加了民主同盟呀。」

「什麼時候？」

「你們上午去開會的時候，民盟來了兩個人。讓我填了登記表。」

「你幹麼要參加那些烏……」她差一點說出，「烏七八糟的組織」這句話。立即改口道：「不過，那也沒有關係──盟員也可以入黨嘛。你抓緊寫一份申請，好吧？」

不等他點頭答應，矯敫站起來扭著細腰往外走。走到門口，又回頭囑咐道：「東方，你可得抓緊喲。」

「他們怎麼會發展我入黨呢？」東方旭陷入五里霧中。

六

今天下午，夏雨裝做去矯敫辦公室找一個檔。見秘書不在辦公室，近前悄悄說道：

「晚七點，北海後門。」

矯敫臉浮紅雲，略一猶豫，立即瞟過一個理解的目光。夏雨立刻輕鬆地回到了自己的辦公室。

夏雨那句沒頭沒腦的問話，是他們約會的暗號。已經好幾年了，方便時，當面約定。心有靈犀一點通，就像剛才這樣，一句半截子話，言外之意對方洞悉。不方便時，偷偷塞過一個小紙團，便傳達了資訊。他們很少用電話，不得不用的時候，也要用只有兩個人聽得懂的暗語。

吃罷晚飯，夏雨跟老婆說，晚上有會議，可能回來晚一些。

「散了會，快回家，不准在外面玩撲克。」

「那是自然。」

老婆准了假，他坐上叮叮噹噹的有軌環行電車，直奔北海公園。來到北海後門，差一刻鍾不到七點。他隱到門外的陰影處等候，不一會兒，便見矯敫邁著急驟的小碎步，走了過來。他快步走出陰影，點頭示意。兩人並不打招呼，距離足有五六米之遙，一前一後，走進公園大門。夏雨花兩角錢買上兩張門票，徑直朝公園裏走去。矯敫遠遠跟在後面。走了一段路，方才快步跟上去，略微喘息地問道。

「去哪？」

「聽你的。」

「那就老地方──五龍亭。」

在北海漪瀾堂對面，碧波蕩漾的平湖北岸，有五座朱柱碧瓦、斗拱飛簷的亭子，一字擺開，臨水而立，人稱五龍亭。當年乃是帝王後妃們垂釣或者放生的地方。如今成了遊人徜徉，情侶約會的所在。因為五座亭子的位置極佳，裏面回欄環護，可以坐下休息，憑欄觀賞柳姿塔影。情侶們則可以相依相偎，低語纏綿。夏雨他們，白天從不在這裏逗留，遊人太多不安全。只有夜幕降臨之後，遠處微弱的路燈光，照不徹亭內遊人的真面目，他們方才敢於來這裏稍作停留。他們最喜歡去的地方，是景山，陶然亭，以及近郊野外。那裏能找到野樹深草、遊人罕至的角落，可以盡情地偷情玩樂。今天晚上沒有風，但冬的餘威並未減弱，矯敫穿著黑呢子外套，仍然抱緊雙肩，一副害冷的樣子。公園裏遊人稀少，除了東邊的兩座亭子裏有一二綽約人影。西邊的三座亭子裏空無一人。他們來到最西邊那座亭子裏，面朝湖水緊挨著坐了下來。過了好一陣子，兩人都不開口。

「夏雨，你是不是因為恢復了東方旭的主編，你這個『代理主編』，又要變成『副主編』，心裏不高興，在生我的氣？」

「已經過去的事了，不要說了。」

「不嘛，我偏要說。你今天晚上，不愛說話，就是對我有意見！」她靠在了他的身上，「你一定覺得，我沒有認真說服陸舟。你想，這是與我們兩個人有關的事，我能不盡力嗎？除了哭鼻子，我連吃奶的力氣都使上啦。要不是上面有人包庇那傢伙，陸舟能不聽我的話嗎？哼！崇拜胡風，目無組織，滿腦子自由主義，一個標準的反動資產階級知識份子！對於這樣一個沒有改造好的人，一些人卻對他慫恿姑息，推崇倍至。陸舟何嘗不是憋著一肚子氣，意見沒少提，可上面偏聽偏信，就是不採納他的意見。不但繼續保留那傢伙的主編，還要發展他入黨呢。我這個支部書記只得違心地去做工作，動員他寫入黨申請。你簡直猜不出我心裏有多彆扭。你說，這叫啥事呀？」

「矯敫，你知道不？是誰對他那麼感興趣？」

「我不太清楚。只知道，宣傳部黨組裏，就有他的同情者。」

「都有誰？」

「卓然是主要的一個，石堅也右得很。」

「這麼說，我們還得被壓在東方旭那塊大石頭下，翻不得身呀。」

「可不是嘛。」

「你就甘心忍受？」

「不忍受，又有啥法子？」矯敫敞開夏雨的棉大衣，鑽進他的懷裏。「好在，組織工作歸我管，業務工作有你抓，我們完全能夠架空他——把他當個牌位算啦。」

「我們當然不會把實權交給他。不過……」

「不過什麼？」

「商量、研究之類，總得顧個面子吧？他佔著位子礙手礙腳，我們怎麼放開手腳工作？」

「可也是。」

「矯敫，此路不通，走彼路——我們還應該想想別的辦法。」

「什麼辦法？你快說嘛！」她撒嬌地催促。

「我要是說出來，你能照辦？」

「當然能——別小看人。趕快說！」

「遵命。喲！」他被女人擰了一下，「既然陸部長也對那傢伙不感興趣，就馬上把他趕走。」

「也許老陸能支持將他趕走。不過，已經趕走了你老婆，再把他趕走，人家不會說咱們兩個人不團結人？」

「不怕。」夏雨已經成竹在胸。「只要使出『工作需要』這個法寶，《北方文藝》的主編，調走的再多，也影響不了你我的威信。你說是吧？」

「咦，好主意！夏雨，你真行！」她在他的左腮上響響地吻了一下。「不過，他要是賴著不走，上面又有人出面支援他，咋辦？」

「他不是一直想去教書嗎？幹麼不成全他？」

「你是說，來個順水推舟？」

「那當然。我保證，用不著費大力氣，就能讓那個大名人乖乖地讓位。」

「夏雨，什麼事也難不倒你這諸葛亮，我算是服了你。」

「喂，你還沒表態，幹不幹呢。」

「這話說的！今天晚上我就跟陸舟說。不過，等到大主編大權在握的時候，可別忘了是誰的功勞。」

「不但忘不了，我還會加倍地獎賞呢。」他戳戳她的私處，「保證使你滿意。」

「哼！反正呀，雙份的便宜，都叫你占了去！」她雙手摟緊他的脖子，一陣狂吻。「可別光賣嘴皮子。」

「我姓夏的，是那樣的人嗎？」

「那好。我現在就看看你的表現。」

「現在？不行，在這兒太危險。」他指指東面亭子裏的兩對情侶，「萬一那邊的人過來……」

「保證沒事。光他們自己的事夠忙活的，顧得上我們。」

「矯敫，不怕一萬，就怕萬一。我們想長期好下去，一定要做到萬無一失。」

「我都淌啦——你倒能沉住氣！」

「有了，咱們到船上去。」

「那怎麼行？搖搖晃晃怪嚇人的！」

「不但行，而且別具風味，保證讓你死來活去。」

「可不准把我弄到水裏去。」

「放心吧。」

「那就快走吧。」矯敫鬆開手，站起來，拉著夏雨向租船處快步走去。

幸好，租船處開著門，一個中年職工，坐在椅子上裹著棉大衣打瞌睡。聽說有人要租船，極不情願地說道：「這麼冷的天……快下班啦。」

「同志，您九點下班，現在才七點半，你就租一條給我們吧。我們白天工作太忙沒有時間。您就行行好吧。」矯敫甜甜地懇求。

租船人抬頭打量兩人片刻，似乎明白了什麼。起身來到岸邊，解開一條船的纜繩，用力扯著。說道：「快上吧，這條船最大。你們『搖』得再急，保證它也穩穩當當。」

「謝謝啦。」夏雨把三毛錢塞給看船人，這是一個鐘頭的租船費。「老同志，請您收下。我們用不到一個鐘頭准回來。」

「玩吧，玩吧。超過了一點鐘，也不再要錢啦。只要不耽誤我們九點鐘清園下班就行。」

「一定，一定，您就放心吧。」兩人幾乎同聲地作答。

船剛離岸，管船人又囑咐道：「二位當心點喲——別著了涼。」

「沒關係。謝謝您啦。」夏雨揚手答道。

遊船往前走了一陣子，矯敫埋怨道：「這人，話裏有話，不正經，你幹麼理他？」

「他越是懷疑，我們越要裝得自然。任他風浪起，穩坐釣魚舟嘛。哈哈哈！」

「小聲點——你瘋啦！」她搗了他一拳。

夏雨將遊船搖到靠近西岸不遠的地方，這裏燈光更加黑暗，船上人的一切行動，岸上根本不可能看見。他鬆開櫓，讓船停在水上，自由漂蕩。伸手將女人抱進懷裏，低聲催促道：

「快來吧，別讓那些寶貴的水兒乾啦。」

「怎麼弄？」她解著褲帶，仍然有些為難。

「跟在岸上一樣，你在上面，我坐在下面。」夏雨低聲作答，一面幫她調整姿勢：「背朝著我。降低重心，船更穩當。上下用力，不要左右晃。對，就這樣。好，把你的硃功，使出來吧。」

寒冷隱退，春風駘蕩。小船像嬰兒的搖籃，有節奏的上下搖著。當年，風流皇帝隋煬帝戀女色，寵臣獻給他兩件寶物：風流自在椅和任意自行車。據說，在風流自在椅上給處女開苞，沒有痛苦；而在任意自行車上玩女人，其樂無窮。現在，一對男女在小船上偷情，其樂趣大概也不亞於當年的隋煬帝……

遠處岸邊的路燈，在水下拖出長長的倒影。魚兒躍出水面的劈啪聲，與來自船上的喘息呻吟聲，合奏出一支奇異的靜夜曲……

一個鐘頭之後，他們回到了岸上。交了船，矯敫勇敢地挽著夏雨的胳膊往外走。一面走著，低聲說道：「夏雨，你聽說了嗎，最近有一件特大新聞！」

「哦？」夏雨放慢了腳步，「不知是什麼事？」

「原來你還不知道。那就別打聽，過些日子，自然就知道了。

「好麼，剛剛給她賣完了力氣，就拿著當外人。還說要好好報答我呢！」

「那是你說的，我可沒那樣說。說實話，現在什麼話，我都願意跟你說。只是害怕洩密。」

「那就算啦。」他加快了腳步。

「你呀，就知道耍小性子。」她抓緊他的胳膊，將他拉住了。「你知道了可千萬不能跟旁人說呀。」

「你把我當成了小孩子！」

她把嘴附上了他的耳朵：「『老大哥』家裏，出了大亂子。」

「啊？」夏雨不由打了一個寒噤。「這怎麼可能？」

百花齊放

一

細心的白雪發現，丈夫卓然的情緒有著明顯的變化。十多天來，這個堅強達觀的人，白皙的方臉上，不時露出憂鬱、恍惚的神色。語言明顯減少，常常呆坐一旁低頭沉思。往常，他喜歡在飯桌上跟兒子和女兒說些輕鬆的話題。近來卻只顧低頭吃飯，很少說話。有時吃著吃著，兩條修長的濃眉，忽然蹙到了一起。

「爸爸，你怎麼光吃飯，不說話呀？」連七歲的女兒卓彤，也發現了父親的變化。

「哦，爸爸餓啦。」

「以前，你怎麼不這麼害餓呀？」女兒繼續追問。「以前，你吃著飯，還給我們講故事呢。」

「卓彤，快吃飯——要耽誤上學啦。」白雪急忙轉移話題。

上中學的兒子雙手捧著飯碗，望著父親問道：「爸爸，我沒有惹您生氣吧？」

「黎明，別胡思亂想。我是正在思考一件事。」

白雪在一旁看得很清楚，丈夫在掩飾。這正說明他心裏有煩惱，甚至有著解不開的疙瘩。卓然性格內向，和許多高級幹部一樣，有著喜怒不形於色的自控本領。現在，彷彿陰晴無定的天氣，憂慮不時掛到臉上。毫無疑問，他遇到了非同尋常的難題。

也許是因為卓歧的事？

前些日子，他的堂兄卓歧半夜潛來，請他幫忙進行申訴。他當面拒絕了堂兄的要求，人家知趣地走了。白雪對丈夫的態度很不理解。明知人家有冤情，卻不肯一伸援手，實在是有負親人的信任，也有失仁者愛人之道。她為此難過了許多日子。卓然卻表現得很坦然。彷彿不問青紅皂白，冷酷地與蒙受冤屈的人劃清界限，才是一個革命者應有的黨性和立場。卓歧求告無門，不論是自己回到勞改隊還是被捉回去，都免不了一場災難，甚至要加長刑期。莫非卓然聽到了這方面的消息，良心受到譴責，因而心下不安？這些天來，堂兄難看的囚衣，枯黃憔悴的面容，悲憤痛苦的眼神，始終在她面前晃動。工作上的問題，丈夫向來不允許她過問。如果是有關堂兄的事情，不妨問問，一則，打消自己的懸念；二則，趁機勸勸他，以消除他心中的鬱悶。既而一想，即使是卓歧出了事，丈夫也不至於如此憂形於色。顯然，他是在為別的事情憂慮。

那又是為什麼事情呢？

驀地，一個念頭閃過腦際：他的憂慮，莫非是因為那件讓人吃驚不已的大亂子？幾天來，她一直想向他問個究竟，卻始終沒有勇氣開口。憂慮傷神。遲遲解不開心頭的疙瘩，他的健康也要受到影響的。不行，索性問個明白，大不了挨上一頓批評。

當天晚上上床後，丈夫又習慣地摸起了書本。那是一本放在床頭的列寧《論左派幼稚病》。她捅捅他，輕聲問道：「老卓，先別忙著看書，我想問你幾句話。」

「你問就是。」他的雙眼仍然停留在書本上。

「你可得跟我說實話。」

「該說的，我能不說嗎？」

「不該說的呢？」

「廢話——那還用問！」

「已經不是秘密的秘密啦，你總該說吧？」

「只要與保密無關，當然可以說！」

「哼，你呀！已經是家喻戶曉的事，還瞞著自己的老婆！這些日子，你一直情緒低落，肯定就為那件事——你說是不是？」

「你指的是什麼事呀？」卓然放下書本，扭過頭來。

「蘇聯老大哥出了亂子唄。」

白雪所說的「亂子」，跟矯敫在北海公園透給夏雨的重要新聞是一回事。

今年二月，赫魯雪夫在他主持的蘇聯共產黨第二十次代表大會上，作了一個報告。這個被中國上層稱為「秘密報告」的報告，在「反對個人迷信」的旗幟下，第一次公開揭露了史達林當權二十六年來，所犯的一系列嚴重錯誤，尤其是對於無辜者的大規模殘酷鎮壓，更是觸目驚心。秘密報告震撼了世界，特別是在社會主義陣營，不啻是一次十級地震，一場席捲大地的龍捲風！

「我說你們女同志呀，就愛打聽小道消息。打聽到了，就胡亂傳播。你們什麼都感興趣，就是不怕損害黨的利益，不怕犯政治錯誤！」

「已經傳得滿城風雨啦，你們還捂著蓋著，不是在掩耳盜鈴嗎？再說，只聽不傳，怕什麼？」

「在你們還沒有聽到正式傳達之前，不論聽到了什麼，都要保持沉默。懂嗎？」

「憋在心裏難受！你是十二級以上的幹部，肯定早聽了傳達。我認識不到的地方，你給我指點、糾正，不是比憋在心裏胡思亂想更好？」

見丈夫不再吱聲，從他手裏把書本抽出來，憂慮地問道：「卓然，你說，世界上第一個偉大的社會主義國家，怎麼能出那種事？那跟蔣介石、希特勒有什麼區別？我們一天到晚，把史達林和馬、恩、列並舉，神靈似的頂禮膜拜。偉大導師，英明領袖，喊個不停。把他當成蘇聯人民的大救星，中國革命勝利的指路人。想不到，竟是一個十足的瘋子，殘酷的暴君。他對德國法西斯缺乏警惕，對農民無情地掠奪，在發展工業化的問題上，不顧人民的死活，一味強調優先發展重工業。尤其是在肅反問題上，簡直是順我者昌，逆我者亡，疑神疑鬼，殘殺異類。連伏洛希洛夫大元帥，都能被安上竊聽器，更不要說別的人——簡直是無法無天！白天說一句不中聽的話，夜裏人就失蹤了。『失蹤』就是監禁、暗殺的同義語。我不理解，這樣一個人，怎麼能讓他大權在握，身居高位那麼多年？蘇聯共產黨人都幹什麼去了？」

「住口吧——一葉障目而不見泰山！」卓然擁被坐了起來，「白雪，你的思想方法片面得可怕！你怎麼可以把世界上第一個社會主義國家，看成一團漆黑呢？不錯，史達林是犯了不少錯誤，有些甚至是嚴重的錯誤，但我們絕不可以把他看成是胡作非為的暴君。你想過沒有？沒有史達林的長期領導，能有強大的蘇聯屹立於世界之上？沒有蘇聯的支持和幫助，我們中國的革命能夠這麼快取得勝利？偉大領袖毛主席悼念史達林逝世時寫的那篇文章《最偉大的友誼》，難道你忘記啦？他說：『從列寧逝世之後，史達林同志一直是世界共產主義運動的中心人物。我們圍繞著他，不斷地向他請教，不斷地從他的著作中吸取思想的力量。蘇聯共產黨過去和現在是我們的模範，將來也還是我們的模範。』莫非偉大領袖毛主席也錯了？」

她猶疑地反駁道：「不過，我聽說……毛主席對史達林也很有意見。」

「我倒要聽聽，你還有多少可怕的異端邪說。」

「你呀，老卓，跟自己的老婆，也總是包裹得嚴嚴實實，好象我能夠出賣你似的。你別打岔，讓我把話說完。」她活動一下，讓身子坐得更舒服一些。「難道你忘了？毛主席也說過這樣的話：第二次國內革命戰爭後期的王明『左』傾冒險主義，抗戰時期王明的右傾機會主義，都是從史達林那裏來的。史達林還懷疑我們戰不敗蔣介石。我們勝利了，他又懷疑是鐵托式的勝利。據說，他還逼著我們出兵抗美援朝……」

「白雪！」卓然凜然驚懼。「你可真是膽大包天！這樣的事情，怎麼可以說出來？你的立場站到哪兒去了？你別不服氣，你聽我說：不錯，蘇聯確實是發生了我們不願意看到的麻煩事。但是，我們應該辨證地對待，他們能夠正視自己的錯誤，並勇敢地進行自我批評，正說明他們的高度原則性和馬克思主義的偉大生命力。我們應該看到，這是他們進步。何況，以蘇聯為鑒戒，我們黨可以避免走彎路，少犯錯誤，將壞事變成好事。我們應該感到由衷地高興才是。身為共產黨員，怎麼可以說三道四呢？」

「既然應該高興，這些日子，你為什麼一直愁眉苦臉？」見卓然一時語塞，她繼續說道：「你整天皺著眉頭，一副食不甘味的樣子，難道我看不出來？你們高層領導都想不通。我們這些普通幹部，豈不是更糊塗？」

「不，我只是一度感到震驚。」

「卓然，我感到，我們黨在許多方面與老大哥異曲同工。比如，井岡山肅托，延安搶救運動，以及解放後的三反，五反，反胡風，肅反……總而言之，史達林一出事，擦亮了人們的眼睛。不但蘇聯共產黨的威信，在世界人民的心目中要一落千丈，中國人也會重新反思，中國共產黨人所幹的那些……」

「別說了！」卓然又一次打斷了妻子的話，「你怎麼可以懷疑我們黨的革命歷程呢？」

「難道中國共產黨所幹的那些蠢事，不是受史達林的影響？」

「白雪，不管我們黨，受沒受影響，身為共產黨員，你都不能這樣想。」卓然答所非問，「應該堅信，我們有了天才的領袖毛主席為中國的革命航船掌舵領航，中國的革命事業，一定能夠一日千里，從勝利走向勝利！」

二

余自立突然來九道彎訪問東方旭。這是極其難得的事。

近幾年來，運動一個接著一個。不知有多少人，上一個運動是響噹噹的骨幹、積極分子，下一個運動一來，卻成了運動對象。有的人的遭遇，更是富有喜劇意味：上午還在臺上氣勢洶洶批判、詈罵十惡不赦的壞蛋；下午卻成了千夫所指的過街老鼠，站到臺子上，低頭彎腰，接受別人的審判。不用說，他也被發現有問題。這樣一來，人人驚恍，個個心頭設防，生怕在哪個黑道忌日，運動光顧到自己頭上……

余自立因為特務嫌疑，蒙獄長達一年之久。無罪釋放以來，從未來過老同學家。儘管東方旭曾經專程去他家訪問過，他也沒有回訪。不是不想跟老同學多聚聚，是心有餘悸。俗話說，瘡好了，留下個疤。自己清白一身，尚且禍從天降、桎梏加身，險些將多病之軀扔在大牢裏。現在「無罪釋放」，證明純屬冤枉。但別人仍然像看到蠍子、蜈蚣等毒蟲一般，露出恐懼不屑的複雜目光。彷彿凡是蹲過黑房子的人，儘管是無端蒙冤，也統統成了咬人的毒蟲，毒菌的攜帶者。一向清白的歷史，也留下了洗刷不掉的污點。何況，東方旭也曾被關押過。兩個攜帶毒菌的人，經常聚到一起，說不定會交彙傳染，使毒性蔓延，殃及四鄰。多一事不如少一事，只得遏制暢敘的渴念。兩個人在一個單位上班，天天見面，卻點頭而過，從不交談。今天，他竟然一反常態，面帶喜色，步履輕快地來到東方旭家，用力地叩響了門環。

「同志，您找誰？」劉媽出來開門，門外無燈，她看不清來人的面目。兩手扶著門板，並不禮讓。

「劉媽，您不認得我啦？我是余自立呀。」

「您看，您看，我這眼神——原來是余同志！」劉媽敞開門，讓到一邊。「請進。先生在家。」

「東方，我來啦！」一面喊著，余自立大步走進了屋裏。

「喲！稀客，稀客！」東方旭從里間走出來，「今天，你怎麼有時間？」

「哪一天我沒有時間？」余自立徑直坐到了沙發上。「擔心你害怕呀。」

「彼此，彼此。」東方旭搖頭苦笑。「自立，你滿面紅光，遇到什麼高興的事啦？」

「嘿！久旱甘霖，盼都盼不來的大好事！」

「喲？有這樣的事？」一面說著，東方旭找來茶葉筒，給客人沏茶。「能不能告訴我一聲，讓我也替你高興，高興？莫非是嫂夫人的病，徹底好啦？」

「咳，我哪有那個福氣呀！」

「哪，還有什麼事值得你這麼高興？」

「我正要問你哪。」

「問我？你高興的事，與我有什麼相干？」

「怎麼？你也學會了保密？」

「自立，你越說，我越糊塗了。」

「只怕是裝糊塗吧？」

「你這人，怎麼也學會了這一套？這又不是搞運動，用得著繞圈子？」

「我問你，」余自立一雙細目盯著他，「昨天上午，你去懷仁堂聽報告沒有？」

「去啦。怎麼？」東方旭迷惘地問道。

「哪，為什麼還不想跟我說呢？」

「哎呀，原來是為這事。你開門見山地問，不就得啦，幹麼要故弄玄虛呀？你呀，莫非是從監獄裏學來的這套迂回戰術？」東方旭把茶端到客人面前，「科學家，醫學家，文學家，藝術家……那麼多黨內外人士參加的會議，又沒告訴要保密，我用得著不說嗎？」

「那就快告訴我，陸定一都講了些什麼內容？」

「喝茶。」東方旭坐下來，端起茶杯緩緩說道：「陸部長講了那麼多的內容，哪是三言兩語說得完的。」

「你不會扼要地說嗎？」余自立喝下一大口茶旋即吐了出來。「哎喲！好燙！」

「你這人，幹啥事也這麼急性子。」東方旭語意雙關。「過不了幾天，《人民日報》就要全文發表，你可以仔細去研究嘛。」

「不，先知為快。你馬上給我扼要地介紹一下。今天我一聽到消息，就按捺不住了。」

「你等一下。」東方旭進到里間取來了筆記本，翻開說道：「講話的題目是：《百花齊放、百家爭鳴》。為了不走樣，我選幾段最重要的，讀給你聽。好吧？」

「沒關係。全文念，我也有興趣。」

東方旭喝口茶，緩慢地念了起來：「『中國共產黨對文藝工作主張百花齊放，對科學工作主張百家爭鳴。這已經由毛主席在最高國務會議上宣佈過了。』」他停下來，插話道：「毛主席是五月二日，在最高國務會議上說這番話的。早在四月二十八日的政治局擴大會議上，他老人家就講了同樣的內容。」

「趕快接著往下念！」余自立急不可耐。

東方旭繼續念道：「『要使文藝工作和科學工作得到繁榮和發展，必須採取『百花齊放、百家爭鳴』的政策。文藝工作如果一花獨放，無論那朵花怎麼好，也是不會繁榮的。……我們的歷史證明，如果沒有對獨立思考的鼓勵，沒有自由討論，那麼，學術的發展就會停滯。反過來說，有了自由討論，學術就能迅速發展。……我們所主張的百花齊放，百家爭鳴，是提倡在文學藝術工作和科學研究工作中有獨立思考的自由，有辯論的自由，有創作和批評的自由，有發表自己的意見、堅持自己的意見和保留自己意見的自由。』」東方旭扭頭問道：「喂，你都聽明白了嗎？注意，下面的一句話，特別重要：『百花齊放、百家爭鳴』是人民內部自由，在文藝工作和科學工作領域的表現。』」

余自立一直側耳細聽，聽到這裏，一拍大腿站起來，接著又坐了下去，興奮地說道：「好傢伙，他們給了我們中國人四大自由呀！」

「哪來的『四大自由』？」東方旭一時不解。

「你剛才念的嘛。」余自立扳著指頭說道，「獨立思考的自由，辯論的自由，創作和批評的自由，還有發表自己意見、堅持自己意見和保留自己意見的自由。這不是四大自由是什麼？」

「嘿嘿，你到底是個有心人。我還沒在意是幾大自由呢。」

「東方，你不覺得，事情來得太突然？我感覺，這樣的政策，似乎不符合共產黨人的性格。你說，他們說的話能算數嗎？會不會出爾反爾呢？」

「不必多疑。」東方旭堅定地搖頭，「陸定一是黨中央書記處書記，宣傳部長。他是代表共產黨說話，並不代表他個人。何況，他在會上明確表示，是按照毛主席的指示精神講的，怎麼會出爾反爾呢？你就放心吧。」

余自立仍然不無疑慮：「那，這麼鼓舞人心的好政策，他們為什麼到現在才提出來呢？」

「這個問題，陸部長也說過。」東方旭再次翻著筆記本，「噢，在這裏。他說：『社會主義改造在全國基本地區內已在各方面取得決定性的勝利，剝削制度將在今後幾年內在這些地區被消滅。一切原有的剝削者將被改造成為自食其力的勞動者。我們即將成為沒有剝削階級的社會主義國家。』這說明，從前不具備開展四大自由的條件。」

余自立響響地咂了兩下舌頭，又刨根問底問道：「我們從懂事的時候起，就盼望著自由。可，國民黨不給我們。解放了，共產黨還是不給我們！現在，不知道為什麼，他們忽然變得開明起來了呢？」

「大概是，因為階級情況起了變化，當權者的政策，也要隨之而變化。」

余自立連連搖頭：「我認為不完全是。」

「哦？」

「只怕是史達林犯錯誤的前車之鑒，使他們有所收斂吧？」

「我不懂你的話。」東方旭佯裝不懂，「不管原因是什麼，開明、民主，總比專制獨裁好嘛。這確實是一件值得大書特書的福音。」

「我看你，一副無動於衷的樣子。似乎並不那麼高興——我說的對吧？」

「不。這是與我們切身利害攸關的大事，怎會無動於衷呢？咦，還有一件事，忘記告訴你。」東方旭故意轉移話題。「陸部長在會上，還當眾向因為《紅樓夢研究》受到粗暴批評的俞平伯老先生賠禮道歉呢。他說，俞在政治上是好人，只是犯了學術思想上的錯誤。人們對他的批判太激烈，有人說他壟斷古籍，也是毫無根據的推測之詞。」

「這麼說，共產黨確實有悔改之意啦？」余自立長舒一口氣，「看來，套在中國知識份子頭上的緊箍咒，可以鬆動一下了。唉，這些年，過的是啥日子呀！簡直是鐵柵重重，戒備森嚴，如臨深淵，如履薄冰：要寫，就得寫革命和階級鬥爭的題材；人物公式化、概念化，正面人物必得是無私無畏、崇高完美，光彩照人；反面人物，自然就得是，頑固不化，保守落後，以及伺機破壞的階級敵人！彷彿大千世界，浩蕩神州，除此之外，別無他物。長此以往，中國的文藝事業，不壽終正寢才怪呢。唉！現在總算熬到頭啦。烏雲散去，豔陽高照！往後，我們可以按照自己的意願，自由思考，放手創作啦！哈哈！東方，你那擱置已久的《炎黃之子》雜貨店，也該掃去灰塵，重新開張啦。」

「大概，這是沒有問題的。」

「怎麼還『大概』？莫非你還有顧慮？」

「顧慮倒沒有，只是不可忘乎所以。自立，我們要一步一步地走著瞧，切不可輕舉妄動。」

「東方，沒有創作自由時，你窒息得受不了。現在有了開明政治，你又裹足不前。恕我直言，你是不是太悲觀了？」

「自立，光顧著說話，你的茶涼啦。」東方旭顧左右而言他。

「咳！你還沒有回答我的問話呢。」

三

一九五六年九月十五到二十七號，中國共產黨第八次代表大會在北京隆重舉行。會議決定的主要問題是：一，我國社會改造基本完成，國內階級關係和主要矛盾有了新的變化，今後的主要力量是發展生產力；二，堅持既反保守、又反冒進，在綜合平横中穩步前進；三，繼續加強人民民主專政，同時進一步擴大國家民主生活，逐步健全國家的法制；四，加強黨的建設，堅持民主集中制和集體領導制度，反對個人崇拜，發展黨內民主和人民民主，加強黨和人民群眾的聯繫。

毛澤東在預備會議上講話說，「對史達林要三七開」。並強調要繼續學習蘇聯的先進經驗。他以幽默的口吻說道：「當然，是學習先進經驗，不是學習落後經驗。我們歷來提的口號是學習蘇聯先進經驗，誰要你去學習落後經驗呀？」

在此之前，國人可是把老大哥看成完美的楷模，學習蘇聯，就是學習先進經驗的同義語。那些不這樣看的人，無一例外地吃盡苦頭。

八大還對蘇共二十大，表示了堅定的支持。毛澤東在開幕詞中說：「蘇聯共產黨在不久前召開的二十次代表大會上，又制定了許多正確的方針，批判了黨內存在的缺點。可以斷定，他們的工作，在今後將有極其偉大的發展。」

劉少奇在政治報告裏，同樣特別強調，蘇共二十大「是具有世界意義的重大政治事件」，成功地「批判了在黨內曾經造成嚴重後果的個人崇拜現象」。

鄧小平在修改黨章的報告中，同樣說了類似的話。他說：「關於堅持集體領導原則和反對個人崇拜的重要意義，蘇聯共產黨第二十次代表大會作了有力的闡明，這些闡明不僅對於蘇聯共產黨，而且對於世界其他國家的共產黨，都產生了巨大的影響。」

足見，對於蘇共二十大，中共八大不僅持完全肯定的態度，對於它的積極意義和在世界範圍內的重大影響，也滿懷著信心。

早在解放前，餘自立即是個不關心政治，甚至對政治極其厭惡的人。在他的心目中，政治是虛偽奸謀的別名。政治與正直，風馬牛不相及。不過是裹著糖衣的毒鴆，美麗花布掩蓋下的戲法。為了集團的利益，為了孤家寡人的私欲，可以置人民的民主自由於不顧，可以睜著眼睛說瞎話。儘管人民的發言權，人民的一切人身權利和自由，已經被剝奪淨盡，仍然被推進虛幻的烏托邦之中。被說成是生活在最自由、最民主、最幸福的國度裏。聰睿的雄謀大略，偉大的政策舉措，一個接著一個，給人民帶來的卻是數不盡的災難，但統統被描繪成是救國撫民的回春良藥。政治家個個是技藝超群的演員，點石成金的魔術師。顛倒黑白，指鹿為馬，是他們的拿手傑作……厭惡產生恐懼，他決心終生作個遠離政治，無黨無派的精神貴族。

但是，自從作了新中國的公民，耳聞目睹的種種事實，以及自身的坎坷經歷，已經使他明白。生活在今日之中國，要想遠離政治，是絕對辦不到的。你想遠遠躲開政治，政治卻主動地來親近你。身邊的例子比比皆是：東方旭不相信自己單位有貪污犯、大老虎，自己卻成了「思想老虎」；他在土改時，跟一個姓胡的人作了一次閒談，差一點成了「胡風分子」。自己遠離政治，卻被政治棍子重重打了一頓：與「反革命」搭了界，鋃鐺入獄一年多。老婆被嚇瘋，自己成了人人懼怕的帶菌者。有的人，不過是私下裏說過幾句犯忌的話，便成了「現行反革命」！一部電影《武訓傳》，一本《紅樓夢研究》，多少文化界的人跟著遭殃「犯錯誤」……

這一切的一切，哪個不是政治的功勞！

適者生存，不適者滅亡。看來，這個生物進化的道理，同樣適合作為「生物」的人類。為了避免重蹈覆轍，自從出獄以來，他強迫自己關心政治。在此之前，他總是用閉目養神，或者在本子上畫動物，打發難耐的集體學習和無了無休的會議。對報刊社論或政治學習文件，總是嗤之以鼻，視同囈語。想不到，現在他突然像變了一個人，主動關心起政治來啦。聽說蘇共二十大清算了史達林的個人獨裁，他四處打聽具體內容。聽了陸定一講的「雙百方針」，他歡欣鼓舞，反覆學習，仔細咀嚼。

現在，報紙上登載了有關八大的文件，他認真學習了之後，更是欣喜若狂。一反常態，在工作時間，就迫不及待地來到老同學的辦公室，大吆小喝地叫喊：

「喂！東方！下了班，別回家吃晚飯——我請客。」

東方旭不由一楞：「咦？無事無非，請的什麼客呀？」

「哈哈，當然是值得慶賀的事啦！」

「莫非，嫂夫人的病，徹底好啦？」東方旭知道，他愛人的病情近來大有好轉。「那固然值得慶賀，但沒有必要破費呀。」

「這樣的大好事，破費也值得。」余自立並不說破，「今晚七點，在中山公園今雨軒。別遲到。」

「好吧，我回家告訴一聲，然後坐環行電車去。」東方旭只得點頭答應。忽然，他朝著轉身要走的余自立喊道，「喂，自立，你一定要回家將你愛人帶上呀。」

「那，你就別操心啦。」余自立遠遠答道。

可是，等到他來到今雨軒的時候，只有餘自立一個人坐在那裏喝茶等候。他近前坐下來，問道：

「喂，你愛人怎麼沒來？」

「本來就沒打算讓她來。」

「今天的聚會，不就是為她舉行的嗎？莫非她的病……」

「她的病，基本上好啦。」

「咳，怎麼搞的？讓她出來放鬆一下，對她的身體有好處嘛！」

「不，她的病情並不穩定。萬一看到什麼人，受了驚嚇，說不定還會再犯。再說，我們之間的談話，也沒有必要讓女人們知道。」

「咳，現在可不興大男子主義啦！」

這時，服務員開始上菜了。先端來四個小冷盤：豆腐乾，花生米，豬頭凍和醬牛肉。又端來兩個熱炒：苜蓿肉，暴炒蝦仁。轉身送來一瓶二鍋頭，兩個酒盅。望著余自立，大大咧咧地說道：

「二位先喝著，紅燒鯉魚和宮保雞丁，一會兒就得。」

東方旭皺眉說道：「自立，就咱們兩個人，你要這麼多的菜，半個月的工資泡湯啦。你愛人又不上班，就你一個人掙那點可憐的五十幾元錢，不是太浪費了嗎？」

「嘿，我還嫌厚太寒磣哪。這麼大的好事，就是把一個月的工資都花上也值得。今天我們要好好喝兩盅——來個一醉方休！」

「自立，你到底為什麼事請酒？你還沒有告訴我哪。」

「來，先幹了這一杯，我再告訴你。」

「乾杯總得有個說道呀。」

「那就為我們的再生乾杯。來，幹！」余自立率先仰頭乾了杯。

東方旭閉上雙眼乾了酒，咂咂嘴說道：「自立，你就喜歡誇大其辭，我們哪兒來的『再生』呀？」

「這還用得著我說？」余自立把一個大蝦仁扔進嘴裏有滋有味地嚼著，「中共八大的召開，不是我們的新生嗎？」

「我們又不是黨員，八大怎麼會成為我們的新生？」東方旭一時不解，忽然點頭應道：「噢，噢，不錯。也可以這麼說。」

「還是的！來，為中共八大的勝利召開，乾第二杯。」

「看來，今天我得捨命陪君子咯。」

「快幹上！」余自立舉著酒杯催促。「唔，這還差不多。來，吃菜，吃菜。」

余自立給兩人釃上酒，又端起了杯：「老兄，這第三杯酒，祝賀中共提出了英明的『雙百』方針，來呀，乾杯！」

「自立，我的酒量，你又不是不知道。再乾下去，我就要失態啦。」

「你就是出洋相，也得乾上這一杯。不然對不起『雙百方針』。快呀，乾了這一杯，後面就隨便喝，量力而行。如何？哈哈，這就對了嘛。」

余自立給兩人釃滿酒，把話拉上了正題：「東方，我認為，中共之所以向著開明政治邁進了一大步，完全是接受了史達林專制暴政的教訓。不然，他們沒有這份肚量。」

「自立！」東方旭警惕地看看周圍喝酒的人，低聲制止。「對於那些敏感的問題，我們弄不懂，不要亂說好不好？」

「好吧。」余自立從口袋裏掏出一張《人民日報》，意味深長地說道：「報紙上大張旗鼓地宣傳的，我們總可以說吧？」

「算啦。」東方旭瞥一眼報紙，「那上面的文章，我都讀過啦。」

「咳！這樣的好文章，百讀不厭嘛。你看，劉少奇關於「雙百方針」的重大意義和必要性說得多棒呀！」他低頭念道：「『為了繁榮我國的科學和藝術，使它們為社會主義建設服務，黨中央提出了「百花齊放、百家爭鳴」的方針。科學上的真理是愈辯愈明的，藝術上的風格是必須相容並包的。黨對於學術性質和藝術性質的問題，不應當依靠行政命令來實現自己的領導，而要提倡自由討論和自由競賽來推動科學和藝術的發展。』你看，這麼簡單的道理，他們今天才明白。」

「這不啻是天外福音！」東方旭以手擊案，「我剛讀了報紙的時候，激動得落下淚來。唉！我們總算盼到了這一天。」

「下面還有更重要的話呢。劉少奇對於國內的階級形勢，說的更棒：他說：『現在，革命的暴風雨時期已經過去了。……目前在國家生活中的一個重要任務，是進一步擴大民主生活，開展反對官僚主義的鬥爭。』注意，下面這幾句話，更是字字千斤：『必須使全國每一個人明瞭並且確信，只要他沒有違反法律，他的公民權利就是有保證的，他就不會受到任何機關和任何人的侵犯。』」余自立右手食指戳得報紙撲撲響，「媽的，要是早有這樣的規定，我們何至於平白無辜地就成了階下之囚！劉少奇還說：『各民主黨派同共產黨一道，長期存在，在各黨派之間也能夠起互相監督的作用。』這是不是說，民主黨派也能夠監督共產黨？」

「可能是這個意思吧。」

「這麼說，你這個民主黨派的成員，又多了一層保險？」

「豈止是一層，還有一層在等著我呢。你聽我說，我們的支部書記矯敖，動員我寫申請，爭取參加共產黨呢。」

「這可是本人連做夢都想的好事！你寫了沒有呀？」

「如果不寫，豈不是太不識抬舉？」

「哈哈！那更是值得慶賀。來，再乾 了這一杯。」

「不，不。說好了量力而行嘛。」東方旭想到老同學一直不被信任，內心頗為歉疚。長歎一聲說道：「自立，這些年來，我一直覺得對不起你。」

「這話從何說起？」

「當初，組建《北方文藝》的時候，我一共推薦了五個人。可是，他們只相中了你一位。想不到，你不但沒有得到重用，還無端蒙受了不白之冤。要是我不推薦你，也許……」

「不，不。」余自立眸子裏閃著理解的光芒，「這怎麼能怨你哪，你自己不也是一隻聾子的耳朵嗎？那些沒被他們相中的人，哪個有好下場？柳風因為給中央社寫過稿，肅反整了個燕子不吃食。沈從因為和胡風通過信，成了名正言順的胡風分子。杜君恒因為說了幾句對父親抱不平話，成了現行反革命。只有陳道總算是全尾全鱗，卻被安排在郊區一個中學裏教那乏味的地理，連他擅長的語文課都撈不到教。相比之下，本人能夠從事喜愛的文學事業，還不是多虧了老兄嗎？」余自立竟然落下淚來，「我還應該感謝你才是哪！」

「慚愧呀！我對你的幫助，實在是太少啦。」東方旭兩眼殷紅，聲音哽咽：「自立，我虧待朋友呀。」

「不，你就不要自責啦。這些年，你的日子並不比我好過。簡直是難兄難弟一對：我這小編輯被冷落，你這大主編則被挾制；我因為特嫌蹲大牢，你仰慕胡風被關禁閉；我的老婆嚇瘋了，你的老婆驚跑了……」

「自立，我有一個建議。」東方旭不願多談傷心往事。「咱們應該去看看尚惟仁老師。聽說，這些年來，他一直是閉門謝客，苦守陋室。他以眼睛有病為由，拒絕參加會議和政治學習。除了讀讀二十四史、資治通鑑啥的，把老本行——先秦文學研究，全丟開啦。像老師這樣的飽學之士，泱泱神州，能有幾人？我一直為他老人家的自暴自棄而惋惜。我們應該將目前國家的大變化，新氣象，及早告訴他，讓他也振奮起來，趁著身體狀況尚好，把他的研究繼續搞下去。再晚幾年，可是不可挽回的損失呀，而且不僅僅是他個人的！」

「不可挽回的損失多著哪，叫人想都不敢想。大名鼎鼎的沈從文，一部《邊城》，使得多少人傾倒？可是，解放以來不再著一字，跑到故宮博物院去鑽故紙堆。茅盾、巴金、老舍、曹禺等大家，哪一個解放後寫出過像樣的作品？中國文壇的損失，簡直無法估計！可惜，我一個也不認識他們，不然，挨家挨戶上門遊說一番。讓他們打起精神，揮筆上陣，迎接無比幸福的民主新時代的到來！」

「自立呀，做不到的事，就不要去想啦。我們還是做些力所能及的事吧。」

「那，咱們什麼時候去看尚老師？」

「這個禮拜天，如何？」

「我聽你的。」

四

「落日女牆頭，銅駝無恙不？看青山，白骨堆愁。除卻月宮花樹下，塵泱莽，欲何遊？」

在兩行梧桐樹夾峙、鵝卵石鋪成的曲徑上，一位雙鬢堆雪的老者，倒背雙手，低頭蹣跚。一陣勁風吹來，梧桐樹葉紛紛飄落。一片樹葉落到老者的肩頭上，停留了許久，他彷彿沒覺得，繼續高聲吟哦。他吟的是宋人劉辰翁的《唐多令》。落葉滿城頭，青山堆白骨，淒涼恐怖，不堪入目！故國還是原來的樣子嗎？除了月宮桂花樹下，這烏煙瘴氣的人世間，再也沒有地方去尋一方淨土咯。秋風掃落葉，傳送的不過是秋意。老者高吟如此傷心悲涼的詩詞，難道只是因為悲秋？

一高一矮兩個中年人向這邊走來。來到老者不遠處，聽到老者的吟哦聲，立刻駐足靜聽。老者吟聲甫停，便近前答話。方面修眉的高個子恭敬地說道：

「尚老師，您在這裏散步？」

「哦？」老者緩緩抬起頭，仔細辨認著說話的人。「你……噢，是東方旭呀。你看我這眼色！那……這位是？」

「我是您老人家的學生余自立呀。尚老師，您不認識我啦？」余自立搶先自我介紹。

「余自立？」尚惟仁仔細端詳著學生，「你就是那個愛寫浪漫新詩的小個子？」

「尚老師，是我呀。」

「請原諒，老師兩眼昏眊，連自己的學生都認不得。唉！廢物一個咯！」

「不，是學生失禮。多年不來看望老師，老師自然記不得啦。」

「唉！少來往的好。如今，親友之間來往，都心懷戒備，更不要說師生啦。」

東方旭接話道：「許久沒有前來看望老師，想不到老師的身體還是這麼硬朗。」

「老人家的興致也這麼好。」余自立說道，「剛才我們還聽到老師清亮的長吟呢。」

「怎麼？你們聽到了我的瞎嘟囔？唉，牢騷太盛，稟性難更，有啥法子？走吧，進屋裏說話。」一面向屋裏走著，老者又說道，「二位不忘故人，已是盛情可感，幹麼還提壺捧漿呢？區區幾十元薪水，哪裡經得起如此破費呀？」

「慚愧喲，老師。」余自立搶先作答。他指指東方旭手中的紙包，又舉舉手中的兩瓶酒：「我們不過是帶來一斤茶葉，兩瓶老師喜歡喝的竹葉青而已——算的啥破費喲。」

進到屋裏，見師母坐在小板凳上補襪子，兩人急忙上前問安。一看來了客人，師母急忙站起來打招呼。尚惟仁吩咐道：

「我的兩位高足來看我。你出去買點小肴，留他二位吃飯。酒就不要買了，就喝他們帶來的竹葉青。」

「你們想吃點什麼？」師母向二位學生問道。

尚惟仁搶先答道：「海參鮑魚、燕窩魚翅，咱買不起。他們不是外人，弄點豬頭肉，花生米，豆腐乾，小酥魚啥的。嘿，你看著辦就是嘛。」

「好吧。」

師母答應一聲，提上一隻玉米皮編的提兜，出門去了。三個人便坐在簡陋的書房裏漫談起來。東方旭關切地問道：

「尚老師，您的眼疾全愈了吧？」

老人搖頭答道：「咳！全好是不可能啦，多幸還沒有全瞎。」

「老師平時還讀書？」東方旭問道。

「本想不讀，可是劣性難更。借助放大鏡，讀一點無用的史書之類。」

「還動筆寫點什麼？」東方旭又問。

「寫給誰看？」老人失神的雙目緊盯著學生。

「我雖然眼色不行，耳朵卻不聾。這些年，僅僅親耳聽到的，就嚇破了膽：胡適，林語堂，梁實秋，蕭軍，王實味，沈從文，俞平白、朱光潛，陳仁恪，胡風，阿壟等等，他們即便稱不上是才高八斗，學富五車，總算是成就卓著的飽學之士吧？可是，一個個相繼成了撻伐的對象！用他們的革命詞句來說，都成了不齒於人類的狗屎堆！如果魯迅先生活到今天，以他的耿介氣節，你們想想，會怎麼樣？」老人忽然將話打住。沉吟半晌，掉轉話頭說道：「清人龔自珍寫的好：『木有文章曾是病，蟲多言語不能天！』老朽冥頑不化，思想改造對於我來說，無異於朱砂染鐵，木鑽攻石——毫無效驗。我幹麼還要自作多情，爭著，搶著，去做『狗屎堆』呢？」

東方旭的心頭隱隱作痛，極力平靜地勸道：「老師的感慨，學生能夠理解。不過，依學生之見，我們國家的形勢，正在發生很大的變化呢。」

「『此生欲問光明殿，知隔朱扃幾萬重？』」老人沒理會學生的話，繼續念起了龔自珍的詩。念罷，仰頭閉目，許久不語。

東方旭本想繼續勸解，不由想起魯迅在《孤獨者》中的一段話：「小心是一種忙的苦痛，因此，會百事俱廢。」冰凍三尺，非一日之寒。看來，老師心頭的疑慮，不是三言兩語所能解得開的。正不知該如何開口，余自立說話了：

「東方，你怎麼不說話呢？咱們不是說好……要跟老師好好談談嗎？」余自立望著尚惟仁，雙眼閃動著光芒。「尚老師，您老人家可能是不出門的緣故。對於目前的大好形勢，用冰消雪融，大地回春來形容，一點也不過分。蘇聯共產黨剛剛開過不久的二十大，清算了史達林的專制暴行。中國共產黨的八大，更是綻露了開明政治的曙光。老師所擔心的一切，即將成為過去。應該奮起……」

「自立，談話要注意分寸！」東方旭打斷了余自立的話，「中央文件和《論無產階級專政的歷史經驗》那篇社論，對於史達林可沒用『專制暴行』這樣的字眼。」

「哼！這是對他最大的寬容稱呼。我認為，他是一個典型的專制暴君，比之希特勒，有過之而無不及。可謂『前無古人，後無來者』！」

東方旭焦急地說道：「你呀，余自立。嘴上如此沒遮攔，要吃大虧的！」

尚惟仁搖手道：「東方旭，你讓他說就是。放心吧，在我這裏說什麼都不會出亂子。只要別在外面亂說就行。」

「好吧。還是說說與我們切身利害有關的事。」余自立興致未減，「我們國家形勢的變化，確實出人意料。可謂是春風拂面，喜人之極：今年五月，毛澤東提出了『百花齊放、百家爭鳴』的方針。緊接著，中共中央宣傳部長陸定一作了長篇報告，闡發『雙百』方針的意義，表示對貫徹這一方針的決心。剛剛結束的中共八大，不但對這一方針作了進一步的肯定，而且對於從前所不被重視的公民權利，作了進一步的保證。」他從口袋裏摸出那張磨得發毛的報紙，展開來念道：「『必須使全國每一個人明瞭並且確信，只要他沒有違反法律，他的公民權利就是有保證的，他就不會受到任何機關和任何人的侵犯。』老師，這話可是第二號人物劉少奇親口說的。您老人家聽明白了嗎？」

「我的耳朵還好」老人微微點頭。「唔。聽起來，端的是一篇華美的宣言。」

「那，老師還顧慮啥？」余自立把報紙折疊好裝進口袋裏，「尚老師，陸定一還在大會上，當眾給俞平伯正了名，說對他的批判有過當之處。他只是研究方法有缺陷，並不是階級立場問題呢。」

「好嘛，千番罵鬼，一朝稱人——金口開得不容易呀。」老人閉目點頭，似在自語。

「這說明，他們是有誠意的。」余自立並沒有聽出老人的弦外之音。「所以說，您老人家不必存芥蒂。放心大膽地作研究，寫文章。以老師的才學，用不了三年五載，必然能寫出一大批驚天地泣鬼神的錦繡華章。到那時，國家器重，人民景仰，我們作學生的也臉上有光。」

「哈哈哈……」不苟言笑的老人，忽然大笑起來，「余自立呀，你真不愧是個浪漫派詩人。你給我們描繪了一副多麼迷人的理想國圖畫呀。哈哈哈！」

「老師，這絕不是空想的烏托邦，報紙上白紙黑字，寫的明明白白，難道你連中共領袖們的話，都不相信？」

「始吾於人也，聽其言而信其行；今吾於人也，聽其言而觀其行。」老人用孔老夫子的話作答。「何況是對於政治家！」

「喲，滿室笑語！哪兒吹來的春風呀？」，師母買菜回來了，沒進門就高興地發問。「這可是多年沒有的事啦。你們二位，哪一位這麼有本事，讓沒嘴葫蘆高興地開懷大笑？」

東方旭指著余自立苦笑道：「師母，是余自立的本事。」

「哎喲！我可真得好好謝謝您哪——余自立。」師母從竹籃裏拿出酒肴，找出六個碟子把酒肴盛好，擺到桌子上，回頭興奮地說道，「我還給你們買來醬牛肉，炸蠶豆。難得今天你們師徒高興，一定要多喝幾盅。你們先喝著，我去炒兩個熱菜，回頭一起陪你們喝兩盅。」

「好哇，那就入席吧。二位請。」尚惟仁率先來到八仙桌邊。

東方旭緊跟著站起來，扭頭向坐在椅子上發呆的余自立說道：「自立，老師入席了。你還愣著幹麼？快過來呀！」

五

一陣接一陣的蕭瑟秋風，褪光了老槐樹上稀疏的黃葉。一夜淅淅瀝瀝的秋雨，更送來陣陣寒意。與天氣的驟冷相反，《青年文學》編輯部卻熱氣騰騰，如沐春風。

自從中共中央提出『雙百』方針以來，在中國的科技界和文學藝術界，引起了巨大的震撼。雪壓霜欺的神州大地，突然之間和風拂面，陽光明媚。高天是如此的碧徹，空氣是如此的清新，人們的心情是如此的舒暢。一向暮氣沉沉的《青年文學》，近來一反常態，變得異常活躍起來。這本以青年讀者為對象的刊物，終於像它的名字一樣，一掃沉沉暮氣，處處洋溢著熱烈奔放和青春的氣息。往常，編輯們總是哀歎稿源枯竭，巧炊無米。現在，在新方針的鼓舞下，各種各樣打破老框框的作品，有著新穎甚至獨立見解的文章，對於藝術進行探索的各種稿件，雪片似的紛紛湧來。編輯們手捧介紹信登門送笑臉，哀求人家「百忙中惠賜大作」的尷尬，一去不復返了。巧婦難為無米之炊的煩惱，永遠成為過去。對於一個出版物來說，實在是莫大的幸運。

主持《青年文學》已經三個年頭了，白雪從來沒有感到過如此地輕鬆。作為主編，稿源拮据，一直是她頭疼的問題。而把握稿子的思想內涵，即把穩政治方向，更使她絞盡腦汁。現在，「雙百」方針一頒佈，再不用終日忐忑，害怕犯這樣那樣的政治性錯誤了！

最近，一部短篇小說，引起了全國的關注，許多報刊紛紛轉載，並掀起了熱烈的討論。她更是興奮異常，領導著編輯們，投入到了這場大討論之中。這部小說的名字是《組織部新來的年輕人》，發表在本年九月號的《人民文學》上，作者是二十二歲的青年作家王蒙。作品以一個青年人的視角，批評了「組織部」內所存在的一些官僚主義作風。這本來是許多單位的通行病，人人深有所感，許多人深受其害，值不得大驚小怪。但因解放以來，中國的文藝作品的批判矛頭，一直是指向階級敵人或落後分子，對於官僚主義、宗派主義等司空見慣的壞作風，沒有人敢於觸及。王蒙開風氣之先，不但正面描寫了青年人勇敢地向官僚主義進行鬥爭，而且寫得極其真實、深刻和生動。

一石擊水，浪湧千層。文藝界的震動，可想而知。一時間，爭相傳閱，好評如潮。讚譽的稿件，雪片似的飛來編輯部。白雪儘量騰出篇幅予以刊載，並以「編者按」，「編後語」等形式，大加鼓吹。

不料，他們正在不遺餘力地為文藝界出現的新氣象，新作品，搖旗吶喊，擊鼓助陣。忽然傳來了異樣的聲音，而且那聲音如此高亢，旗幟無比鮮明。率先高舉批判旗幟的，是解放軍總政治部文化部的馬寒冰。他發表的批評文章認為，《組織部新來的年輕人》是「一部不真實的作品」。因為小說所批評的區委會是不存在的，純屬子虛烏有。至少，在中共中央所在地北京，不可能有這樣的區委會。如果真有，也不宜寫成小說，寫篇新聞報導批評一下足夠。三年前，因為批判《紅樓夢研究》而一舉成名的李希凡，緊步馬寒冰的後塵，拿起了批判的武器。他站在理論的高度，寫文章批判王蒙，說他在典型環境的描寫上，過分偏激。「竟至漫不經心地以我們現實中某些落後現象，堆積成影響這些人物性格的典型環境，而歪曲了社會現實的真實。……以至把黨的一切組織、人員、工作，都寫成了一片黑暗。」

白雪一時陷入了困惑。明明是一部真實深刻，大快人心的好作品，怎麼會有這樣一些異樣的聲音呢？兩個帶頭衝鋒陷陣的人物，一個是總政治部的要員，一個是因為勇敢地向權威挑戰而紅遍神州的理論新秀。他們的率先發難，該不會像當年批判《紅樓夢研究》那樣，是拿到了尚方寶劍吧？果真是那樣，又要像在《武訓傳》的問題上那樣，使許多報刊大栽其跟頭……

正在這時，理論組組長于興華來到了她的辦公室。

「來，興華同志。有事嗎？」她站起來打招呼。

「白總編，有個重要問題，我來向您請示。」于興華的方臉上露著迷惘。

「坐下來說。」她指指對面的椅子，等到對方坐下來她嬉笑道，「不知什麼問題，使你這老編輯滿面愁容？」

「白總編，我擔心，我們這一陣子對於王蒙小說的支持，要捅漏子。」

「興華同志，現在形勢這麼好，你怎麼會有這樣的想法呢？」

「還不是因為馬寒冰和李希凡的文章。這兩篇文章實在是出乎我的意料。一派教條主義老腔調，與『百花齊放』的方針，簡直是南轅北轍。而《人民日報》卻在顯著地位予以發表！您看，他們兩人的文章，我們是否也要予以轉載？」

「不理他們！」白雪脫口而出。說完之後，她自己都懷疑從哪兒來的這番勇氣。

「我也是這麼看。不過，我擔心他們的文章有來頭。」于興華雙眉緊縮。「萬一是奉上命而為，那就……」

白雪猛地一揮手：「根據毛主席在《延安文藝座談會上的講話》的精神，我們評價文藝作品，應該是政治標準第一，藝術標準第二。這才是『上命』。王蒙的小說之所以反映如此強烈，受到如此普遍地歡迎。就是因為它反映了真實的社會現實，在藝術上也是有水平的。完全符合毛主席提出的這兩條標準。我們尊崇的是真理，而不是什麼『來頭』。我們組織的討論要繼續下去，出了問題我一個人負責！」

「白總編，您看這樣好不好？」于興華仍在猶疑。「既然是討論，還是兩方面的文章都登的好，顯得我們哪一方也不偏袒。」

「也可以。不過，通過編輯手法，要把我們的傾向，鮮明地體現出來。」

「好的。」于興華高興地走了。

白雪同樣感到很興奮。參加革命十五六年以來，她一直在宣傳、文藝部門工作。不論做什麼事，除了遵從領導上的吩咐，就是極力琢磨上面的意圖，可謂是規行矩步，不敢越雷池一步。今天，她一反常態，作出了堅定的答復，一時間似乎把「上命」和「聖意」統統忘在了腦後。仔細一想，不由暗笑自己妄自尊大：要是沒有「雙百」方針的貫徹，自己決沒有這份勇氣。多麼及時正確的新方針，多麼值得歡呼的新形勢呦！往後，再也不用前怕狼，後怕虎，小心翼翼，奉命惟謹地工作啦。她這個主編，可以放心大膽地甩開膀子大幹了。

可是，她的滿腹喜悅持續了沒有幾天，又一場挾著冰雹的冷雨，澆了過來。一九五七年一月七日，《人民日報》又發表了陳其通、馬寒冰、陳亞丁、魯勒，四人聯名的文章：《我們對目前文藝工作的幾點意見》。不止是對王蒙的小說表示不滿，對於提出百花齊放方針以來，文藝界出現的情況，憂心如焚。文章對新方針進行了籠統地肯定之後，筆鋒一轉，大談新方針所帶來的消極現象：

「在過去的一年中，為工農兵服務的文藝方向和社會主義現實主義的創作方法，越來越很少有人提倡了。」「真正反映當前政治鬥爭的主題有些作家不敢寫了，也很少有人再提倡了，大量的家務事、兒女情、驚險故事等等，代替了描寫翻天覆地的社會變革、驚天動地的解放鬥爭、令人尊敬和效法的英雄人物和足以教育人民和鼓舞人心的小說、戲劇、詩歌。因此，使文學藝術的戰鬥性減弱了，時代的面貌模糊了，時代的聲音低沉了，社會主義建設的光輝在文學藝術這面鏡子裏光彩暗淡了。甚至使有些小品文失去了方向，在有些刊物上反映社會主義建設的光輝燦爛的這個主要方向的作品逐漸少起來了。充滿不滿和失望的諷刺文章多起來了。」

正像俗話所說的：「世事無兩全。」近幾月來，文藝界出現的新氣象，人人拍手稱快，戴著「左」色眼鏡的人，卻驚慌失措，如喪考妣，急忙跳出來為公式化、概念化的創作方法，為灰暗沉寂的文壇搖幡招魂。白雪讀完了四人聯名發表的文章，不由發出一陣冷笑。

笑聲甫歇，她忽然皺起了眉頭。唱反調的文章不但接踵而至，而且打頭署名的陳其通是總政治部文化部的副部長、馬寒冰的上司。也就是說，寫文章的人，不但由單兵作戰變成了集體上陣，而且級別也高了一截。他們為什麼這麼喋喋不休，一副前赴後繼的架勢？莫非真像于興華所擔心那樣頗有來頭，甚至是遵上命而為？事情的內幕，卓然也許能知道。必須趕快向他摸個實底兒。不然，盲目走下去，不定什麼時候就要掉進這個新的陷阱裏。

「這可是，大意不得的事！」白雪長長地歎了一口氣。

六

晚飯後，上小學一年級的女兒卓彤，像往常一樣，纏著媽媽講故事。自打女兒上幼稚園起，每天晚飯後白雪都要給女兒講一個故事。不然，女兒就不肯乖乖地睡覺。這已經是好幾年的習慣了。

見女兒賴著不肯走，白雪拍著女兒的肩頭，溫語相勸：「彤彤，今天晚上媽媽有工作，改天再給你講，好嗎？」

「媽媽說話不算數。」彤彤撅起了小嘴，「講好了每天晚飯後，給我講一個故事嘛。」

「媽媽今天不是有工作嗎。」

「你們上了班工作，下了班，不是休息的時間嗎，幹麼還要工作呀？」

「在班上沒有幹完的工作，不就得下了班繼續幹？。」卓然笑著插話，「如今的小孩子呀，只知道上班工作，下班休息。當年我們可把休息二字幾乎忘光啦。」

白雪往外推著孩子：「彤彤，快跟阿姨玩去。七歲的大姑娘啦，要像哥哥那樣懂事喲。」

「不嘛——哥哥多大啦？我要是上中學了，保證講故事給你們聽。」女兒搖著媽媽的胳膊扭麻花。「好媽媽，你給我講一個故事，再工作還不行嗎？」

「你就給她講一個嘛。」卓然給女兒說情。

「不行，我今天晚上沒有……」白雪想說沒有心緒，急忙改口道：「彤彤，媽媽今天晚上實在沒有時間，我有要緊的事要跟爸爸商量。明天晚上我保證給你講兩個故事。好嗎？」

「好吧。」彤彤極不情願地轉身走了。走了幾步又回頭叮嚀道：「媽媽說話可要算數喲。」

「當然，當然。」白雪連聲答應。

女兒剛出門，卓然即掩上門，回頭向妻子問道：「你有什麼大不了的事，連個故事都顧不上給孩子講？」

「當然是很嚴重的事。」白雪無力地坐到椅子上。「搞得我都無所適從啦。」

「白雪，你這人呀，就愛小題大做，虛張聲勢。眼下有什麼值得大驚小怪的事？」卓然點上一支煙，慢慢吸著。

「恐怕不是我小題大做，而是你政治上遲鈍吧？」

「好吧，就算是我遲鈍。你說給我聽，到底發生了什麼嚴重的事？」

「你呀，用得著我說！那四個人的文章，搞得人心惶惶，你還在穩坐釣魚舟呢！」

「哈哈，原來是為這個。」

「難道你不感到很意外、很嚴重嗎？」

「這有什麼意外的？毛主席早就說過，凡是有人群的地方，就有左、中、右。幾個持左派觀點的人寫兩篇文章，用得著大驚小怪？」

「我可不這麼看。」

「你是怎麼看？」

「根據多年來的經驗，所謂『左派』，幾乎無一例外是些看風轉舵的風派人物。如果沒有風吹草動，他們即使對當前的文藝形勢有看法，也不會跳出來說三道四。善觀風向的人，各個絕頂聰明，他們最關心的是自己的利益。現在他們一跳再跳，一副憂國憂民的架勢，彷彿為工農兵服務的文藝不存在了，社會主義現實主義的創作方法在中國要消亡了。你想，要是沒有背景，他們會如此喋喋不休、如此煞有介事嗎？」

「……」卓然輕輕點著頭，頻頻抽煙，許久不語。

「你怎麼不說話呢？難道我說的沒有道理？」

卓然語氣嚴肅起來：「其實，持懷疑甚至恐懼態度的人，不只是你。昨天，東方旭就專程來找我。請示該怎麼對待陳其通等人的文章。神情很緊張，一副大禍臨頭的樣子。前一陣子，《北方文藝》不但發了不少讚美王蒙小說的文章，也發表了一些比較輕鬆的作品。他擔心陳其通等人的文章，是搞運動的先聲。一旦運動來了，他又要像當年批《武訓傳》、三反，反胡風一樣，懵懵懂懂成了運動對象。」

「這就是左派文章的社會效應！」白雪憤然道，「哼！平靜的湖面，驀地扔進了大石頭；晴朗的天空，忽然烏雲罩頂，風雲突變——誰能不擔心呀？說實話，我比東方旭還緊張。因為我們刊物在王蒙的問題上，比他們更積極，態度更明朗。如果是辦錯了，我們捅的漏子最大。」

「夏雨和矯敘這兩個人，真夠……聰明的。」卓然繼續按照自己的思路說下去。「兩年多來，對一個老實人，竟然搞了一系列的小動作。先是要把人趕走，上面不答應，便架空人家，東方旭的主編形同虛設。現在出了棘手的事，便把責任全推到了東方旭身上。說人家『思想右傾，以致使《北方文藝》偏離了社會主義現實主義的方向』。這樣大的帽子，一個民主人士怎麼吃得消？」

「哼，東方旭這幾年簡直成了一隻猴子，叫他們耍完啦。怎麼可以那樣對待一個非黨同志呢？簡直是可恥！你身為他們的領導，總得過問過問，給老實人撐撐腰呀！」

「唉，盡力而為吧。東方旭的情緒極端低落，再繼續給他施加壓力，萬一出了事，影響太壞啦。別忘了，他的老婆還是英國人呢。所以，我極力地對他進行了安慰和鼓勵。」

「好啦，現在你應該對自己的老婆安慰鼓勵一番啦。我何嘗不是感到無所適從？何況，我跟東方旭不同，他是中了別人的圈套掉進陷阱，如果是陷阱的話。而我呢，卻是自己跳進去的。」

「白雪。」卓然將煙蒂用力地撚滅，兩眼望著妻子，語氣十分嚴厲。「你這人最大的毛病就是輕舉妄動。對待方針路線問題，可不是兒戲！既要敏感，又要遲鈍。別打岔，聽我把話說完。在把握方針政策上，越敏感越好；而在行動上，卻要遲緩一些。只有吃透了精神再動，才能永遠立於不敗之地。」

「那與風派人物有啥兩樣？」

「當然不一樣！風派人物是只看上面的眼色。我所說的是吃透黨的方針政策。我們是黨的一分子，永不生銹的齒輪和螺絲釘，所以……」

「得了吧！方針政策還不是出自幾個人，甚至是一個人的金口玉牙？」

「白雪，你這嘴上沒遮攔的毛病，什麼時候能改掉？」

「反正，那套中庸之道，我永遠學不會。」

「學不會也得學！還是那句老話：你這樣不理智，一味感情用事，吃虧早來！」

「生就的骨頭，長就的肉。你就別費勁開導啦。我要你回答我的問題是，陳其通等人的文章到底是否有來頭？『雙百』方針，是否會被扼殺在搖籃裏？」

「我想不會。連小孩子都懂得說話要算數，毛主席剛剛親口說過的話，就能朝令夕改？再說，十一月十五號剛剛閉幕的八屆二中全會，決定黨內要進行整風。重點整主觀主義，宗派主義和官僚主義。王蒙的小說，打響了反官僚主義的第一槍，怎麼會錯？陳其通等人不過是杞人憂天而已。」

「這只是你的估計。我是跟你要個實底兒——上面對四個左派的態度，到底是什麼？」

「這……我也拿不准。得想法打聽。」

「一定要抓緊喲！」

「注意，」卓然盯著妻子，神色嚴肅。「在沒有摸準確情況之前，你要儘量保持沉默。」

「辦不到——我們的刊物要按期出版呀。」

「那就不偏不倚。」

「唉，你的中庸之道又來啦！」

七

矯敫騎著嶄新的鳳凰牌坤車，從東單拐進長安街，向西急急馳去。兩隻圍巾下擺，在背後飄動著，宛如一隻鬧春的燕子，貼近地面，翩躚飛舞。來到天安門前，她放慢了速度下了車，站在金水橋上，久久注視著金瓦朱椽下方，那面巨大的畫像。畫像的雙眼一眨不眨，深情地注視著她。兩片抿著的嘴唇像要啟齒微笑，又像要開口跟她說幾句關切鼓勵的話。一股暖流，由心口向周身擴散開去，熱淚湧上了她的雙眶，不由一遍又一遍地低聲喊道：

「敬愛的毛主席，您好英明，好偉大呀！有了您這樣英明的領袖，中國人民多麼幸運、多麼值得自豪呀！」

喊聲引起了行人的注意，好幾個人停下腳步緩緩圍上來。他們疑惑不解地注視著這個騎著新式坤車，穿著講究的漂亮女人。不知她為什麼眼含熱淚向著領袖像喃喃自語？莫非是要在這裏尋短見？這些年，運動接著運動，不知為什麼，許多走投無路的人，喜歡向金水橋下黑黢黢的冰水裏尋求解脫。有人甚至是千里迢迢來到這裏，結束寶貴的生命。莫非這又是一個尋求自我解脫的輕生者？

見人們圍上來注視自己，矯敫低聲罵了一句「討厭」，跨上車子，往西飛馳而去。走了不遠，便隨口哼起了歌曲：「嗨啦啦啦，嗨啦啦啦，天空出彩霞呀，地上開紅花呀。中朝人民力量大，打敗了美國兵呀……」

一跨進自家大門，順手把車子交給迎上來的保姆，一面往屋裏走，一面高喊：

「老陸，我回來啦！」

「喲？今天刮的是什麼風，這麼興高采烈？」陸舟手裏端著茶杯迎了出來，「喂，莫非有什麼大喜事？」

「當然啦！」她挽著丈夫的胳膊往屋裏走，「特大喜訊！」

「哦，真的嗎？快說出來，讓我也高興高興。」

「你猜猜。」她拿過丈夫手裏的茶杯，喝下一大口茶。「要是猜對了，今天晚上，我給你來個高水準的推拿。」

「這可不好猜——因為這些日子並沒有什麼『特大喜訊』呀。」

「哼，還整天罵我政治上遲鈍呢。你更遲鈍的夠嗆！」

「不可能吧。」

「怎麼不可能？難道陳其通他們發表了那樣重要的文章，引起了那麼大的震動，對前一陣子文藝界出現的混亂和右傾勢力，拍案而起，當頭棒喝，算不得是特大喜訊？」

「原來你是為這件事高興。」陸舟坐下來低頭喝茶。

「這正是我久久盼望的事！這半年來，我整天在憋氣，繼續發展下去，非憋出病來不可。現在終於盼到及時雨。你想呀，多麼好的文藝形勢，讓王蒙的一篇胡說八道的狗屁小說，攪得昏天黑地。什麼反官僚主義的發軔之作呀，優美的語言呀，生動的人物形象呀，一針見血、鞭辟入裏呀——一派屁話，簡直捧上了天。那些沒有改造好的資產階級知識份子，反動家庭出身的子女，也聞風而動，跟著翹尾巴。我們那裏，東方旭，余自立，那個資產階級臭小姐文婕等等，一個個像起蟄的蛤蟆，趾高氣揚，哇哇亂叫，連說話的聲音，都興奮得像唱歌。」

「臭味相投——那是很自然的事情嘛。」

矯敫氣憤地說道：「原先，我要你們把東方旭調走，你們不答應。結果怎麼樣？好端端一個編輯部，一池平靜的湖水，被他們攪得一塌糊塗。我就料到，形勢不會這麼壞下去。這一下可好啦，陳其通、馬寒冰等同志，終於站出來代表偉大領袖說話啦。我們又可以心情舒暢地大幹特幹啦。」

「你怎麼知道，陳其通他們是代表偉大領袖說話呢？」

「這還用問嘛！沒有上面的指示，他們怎敢逆流而動？」

「他們的意見確實很有道理，可謂是擊中了當前文藝戰線的要害。可是，並不代表黨中央的意見。」

「真的嗎？不可能吧？」矯敫驚訝得張大了口。

「我能騙自己的老婆嗎？」陸舟連連搖頭，「矯敫呀，矯敫！你不承認在政治上遲鈍，也得承認在政治上幼稚。」

「反正呀，我在你的眼裏，永遠也不是個稱職的領導幹部！」

「矯敫，你還年輕，時刻把自己看成是領導幹部，並沒有好處，那會助長你的驕傲自滿情緒。」他把妻子拉進懷裏摟著，溫柔地用下巴蹭著她的臉頰，把話拉回到本題上：「你認為我這個宣傳口的領導幹部，就喜歡眼下出現的自由化傾向？不，小小的王蒙，跳出來說東道西，為黨組織抹黑，我會欣賞嗎？可是，事物的發展，並不以我們的好惡為轉移。八屆二中全會決定要整風，主要是為了克服黨內存在的主觀主義、宗派主義和官僚主義。王蒙的小說，正是針對官僚主義而發，我們能夠加以干涉嗎？所以說，我們幹任何事情，都要以中央的戰略部署為依據。絕不能由著自己的性子，想怎樣就怎樣。懂嗎？」

「唉！」矯敫長歎一口氣，閉目不語。過了好一陣子方才有氣無力地問道：「這麼說，陳其通、馬寒冰的意見，不是毛主席他老人家的戰略部署咯？」

「絕對不是。我自始至終列席了二中全會，壓根兒沒有聽到對『雙百』方針的批評，更沒有聽到要『收』的意思。」

「我們該怎麼辦？」

「我已經說得很清楚啦。支持王蒙，支持雙百方針。」

「倒楣！那些傢伙，更要囂張得難以駕馭啦。老陸，你還是把東方旭給我調開吧。」

「理由不充分，調開他影響不好。」

「他表面上和和氣氣，內心裏對我根本瞧不起。你不給我想辦法，我可受不了！」

「他的能耐再大，也是在我們的手心裏攥著。你怕什麼？儘管大膽地把擔子挑起來嘛。」

「那，陳其通、馬寒冰的文章怎麼辦，支不支持？轉不轉載？」

「你說呢？」

「先不理他們，看准了氣候再說。」

「嘿嘿，這還差不多。看來，長進還是有的。」

她在他的左腮上輕輕擰了一下：「哼，我本來就不像你說的那麼幼稚！」

早春天氣

一

「尋尋覓覓，冷冷清清，淒淒慘慘戚戚。乍暖還寒時候，最難將息。」

女詞人李清照這闋《聲聲慢》，連用十四個疊字，描繪了自己孤獨淒清、尋求解脫而不可得的悲苦心情。事移物換，歷經八百年之久，在這個多風揚沙的春天，女詞人的彷徨苦悶，仍然纏繞在許多知識份子的心頭。

如果說，像尚惟仁那樣，心如止水、不為善政所動的頑固派是極少數，余自立那樣歡欣鼓舞、聞風而動的樂天派也並不很多，而像東方旭這樣信疑參半，靜觀其變的懷疑派，恐怕代表了知識份子的大多數。

著名社會學家費孝通就是一個懷疑派。他發表在《人民日報》上的一篇文章《知識份子的早春天氣》，不僅傾吐了他對新方針的喜悅之情，還剖露了他的懷疑與擔心。「去年一月，周總理關於知識份子的報告，像春雷般起了驚蟄作用，接著百家爭鳴和風一吹，知識份子的積極因素應時而動了起來。周總理的報告對於那些心懷寂寞的朋友們所起的鼓舞作用是難於言喻的，甚至有人用了『再度解放』來形容知己的心情。知識份子在新社會的地位是肯定了，心跟著落了家，安了。心安了眼睛會向前看，要看出自己的前途，因此對自己也提出新的要求，有的敢於申請入黨了，有的私下計議，有錢要買些大部頭書，搞點基本建設。這種長期打算的念頭正反映那些老知識份子心情的轉變。不說別人，連我自己都把二十四史搬上了書架，最近還買了一部《資治通鑑》。

「百家爭鳴實實在在地打中了許多知識份子的心，太好了。知識份子的思想改造是從立場這一關改起的。劃清敵我似乎還比較容易些，一到觀點、方法，就發生唯心和唯物的問題。似乎就不簡單了。……百家爭鳴恰好解決當前知識份子思想發展上發生出來的這些問題。」

但是，對於這一方針的貫徹，費孝通並不那麼樂觀。他寫道：「對百家爭鳴的方針不明白的人當然還有，怕是個圈套，搜集些思想情況，等又來個運動時可以好好整一整。」

深諳社會學，而並不熟稔政治學的老教授，竟然把百家爭鳴理解為對知識份子改造思想、接受辯證唯物主義的途徑。自打解放以來，對廣大知識份子已經進行了七八年的思想改造，成就巨大，思想改造已經融化到了廣大知識份子的血液中。費孝通的思想，活畫出一個東方旭。東方旭何嘗不是又興奮，又懷疑；既想像余自立那樣，甩開膀子大幹一場，又怕是一個圈套，一旦留下把柄，便成為下一次運動的鐵證。餘悸尚在，豈敢輕舉妄動！其實，猶疑觀望的人，何止是東方旭一個人。吃過殺威棒，最知道棍子的厲害！儘管報刊上對「雙百」方針極盡鼓吹之能事，人們仍然懷疑是止渴的梅子，充饑的畫餅。加之陳其通等人半路跳出來，高喊不准右傾倒退，更增加了人們的疑慮。以致「雙百」方針提出半年之久，依然是「花」未齊放，「家」未爭鳴。應者了了，八方寂然！

喜歡一呼百諾、轟轟烈烈的毛澤東，可能是感到這沉寂和冷落有違他的戰略部署。便親自出馬，頒佈「求言詔」，以打破這沉寂，推動放與鳴。

一九五七年二月二十七日，他在最高國務會議第十一次（擴大）會議上，作了報告。他以「關於正確處理人民內部矛盾」為題，從下午三點到七點，整整講了四個鐘頭。他嚴肅地指出，人民內部矛盾，跟敵我矛盾不同，他不是不可調和的對抗性矛盾。解決這一矛盾的方法，是從團結的願望出發，經過批評教育，達到在新的基礎上的團結。

剛剛過去了十天，中共中央又在北京召開了全國宣傳工作會議。這個有四百八十餘人參加的會議，除了有各級黨的宣傳負責人，還第一次吸收了一百餘黨外人士參加。會上，不僅放了毛澤東在最高國務會議上講話的錄音。他還親自到會講話。指出，我國五百萬左右知識份子，百分之九十以上是愛國擁護社會主義的。大多數人願意學習馬列主義，抱著敵對情緒的是極少數，可能只有百分之一到百分之二，或者更少一點。要團結他們，一個不發達國家，沒有知識份子我們的事情就做不好。他同時又指出，大多數知識份子的世界觀基本上是資產階級的，所以要改造世界觀。知識份子的問題，首先是思想問題，解決思想問題，不能用粗暴的方法，只能是以理服人，耐心說服。他再次強調雙百方針的必要。這個方針，不但是使科學與藝術發展的好方法，而且推而廣之，也是我們進行一切工作的好方法。為了使他的「求言詔」深入人心，他還分別召開教育界，文藝界，新聞出版界等各界代表人士座談會，讓人們打消顧慮，大膽鳴放。並在閉幕式上發表了讓聽眾如癡如醉的講話。他的發言和講話，樸實平易，親切幽默，隨手拈來，皆成妙諦。

四月十日，《人民日報》發表社論：《繼續放手，貫徹「百花齊放，百家爭鳴」的方針》。社論根據毛澤東在最高國務會議上講話的精神，再次強調「雙百」方針不是一時的、權宜的手段，而是為發展文化和科學所必要的長期的方針。社論還對陳其通等四人的文章表了態：「他們對於目前文藝界狀況畫了一副嚇人的暗淡的圖畫。」

四月二十七日，中共中央發出「關於整風運動的指示」。要求把處理人民內部矛盾作為主題，在全黨普遍的、深入的反對官僚主義，宗派主義，主觀主義，提高全黨的馬克思列寧主義思想，改進工作作風，以適應社會主義改造和社會主義建設新形式和新任務的需要。三天後，毛澤東再次親臨動員。他在天安門城樓約集各民主黨派及無黨派民主人士座談，請他們打消顧慮，暢所欲言，知無不言，言無不盡，幫助共產黨整風……

自一九四九年建國以來，最高領導層如此不厭其煩地多方懇請，虛懷納諫，一副禮賢下士的姿態，這是沒有先例的。

春風化雨，煦陽融冰。五彩祥雲漫遊天空，一派祥和之氣在人們心頭迴蕩。聽著偉大領袖虔敬誠摯的呼喚，怎不使人欣喜若狂？人人拍痛了手掌，許多人流下了激動的熱淚。有了如此的領袖胸懷，有了這樣求賢若渴的執政黨。再以小人之心度君子之腹，豈不是太自私，太渺小了？

顧慮打消了，幹勁鼓足了。人人激奮，個個踴躍的鳴放局面已經形成了。

二

自從中共中央發佈指示，宣佈開展整風運動以來，金夢一直處於亢奮狀態。

報紙上連篇累牘報導各地召開鳴放座談會的情況。尤其是中央統戰部召開的各民主黨派負責人以及無黨派民主人士座談會，更是她關注的焦點。所有的報導，她總是一字不漏的仔細閱讀。黨外人士所提意見之多，態度之激昂，大出她的意料。想不到，他們竟然普遍感到不被重用，有的雖然擔任了一個部門的正職，表面被重用，實則是有職無權等等，使她感到十分震驚。彷彿建國八年之久，人們淤積於心的，除了不快，就是怨氣。仔細一想，事出有因，無可否認。她所負責的部門，從來就是這樣的。當初她給東方旭作副手，就始終給他帶上籠頭，勒上嚼子，把韁繩緊緊地握在自己手裏。如今到黨委宣傳部工作，清一色是黨員，如果手下還有幾個黨外人士，她仍然會握住韁繩不放的。使他驚訝的是，有些黨外人士，像是吃錯了藥，竟然指責黨員不學無術，宗派主義嚴重，擅長的就是打小報告。甚而提出取消學校黨委制由教授治校的錯誤主張。而主持會議的中共中央統戰部長，不僅不加反駁，還頻頻表揚他們關心共產黨的整風，鼓勵他們繼續暢所欲言，向「三害」發起進攻。當年在延安，毛澤東舉手敬禮，曾經向被錯誤「搶救」的同志賠禮道歉。這種虛懷若谷的領袖風範，再次出現在今天。輿論一律將成為過去，民主自由的熏風就將開始了。這些年來，動輒整人的歷史，將永遠結束了。是的，陸舟無端整自己的事，終於到了說個清楚明白時候了。

不料，她把自己的想法跟丈夫一說，夏雨的腦袋搖得像貨郎鼓：

「怎麼？高級機關的熱板凳坐膩味啦？又想去惹事？」

「你這人呀！」金夢斜睨著丈夫，「掉下樹葉害怕打破頭，膽子小得像隻兔子！」

「哼！不膽小行嗎？沒見過賊吃食，還沒見過賊挨打？胡風不就是忘記了自己吃了幾碗乾飯，認為共產黨真正拿著他當回事，想到就說，見到就批評。怎麼樣？盲目蠻幹，自找難看。反革命大帽子一戴，身陷縲絏之中，朝著鐵窗發威風去吧！」

「你怎麼能拿我跟胡風比？別忘了，我是共產黨員，延安老革命！」

「老革命咋的？潘漢年、高崗、饒漱石等，論資格，論貢獻，論地位，論權力，比你怎麼樣？照樣完蛋：自殺的自殺，進監獄的進監獄。當初何等威風，如今跪下磕頭，只怕人們也不屑正眼看一看。」

「他們是真有問題。我哪？自青年時代投身革命，白色恐怖時期，咱沒眨過眼，一貫高風亮節、兢兢業業，哪個人敢奈何於我？」

「得了吧，你！誰知道他們是真有問題，還是假有問題。」

「夏雨，你是說他們都是冤假錯案？」

「我哪有那分膽量？」夏雨自知失言，急忙掩飾。「我的意思是，你不要太自信，把自己看成一貫正確。」

「難道我不是一個毫無瑕疵的優秀黨員？」

「我沒有說你不優秀。問題是，許多事情的發生，讓人始料不及。你這優秀黨員能想到，成為延安被『搶救』的對象？當時的情景，該沒有忘記吧？」

「那簡直是一場噩夢，至今想起來後怕，怎麼會忘記呢！」

「不忘記就好。去年我們差一點被打成反黨集團，更不應該忘記吧？」

「我要控訴的正是所謂『反黨集團』的冤案。那是陸舟挾嫌報復，無端整人。這口惡氣我咽不下！」

「咽不下也得咽。何況，並沒有成為事實！」

「沒成為事實是形勢不允許，並不是他懸崖勒馬，有所悔悟。這次整風，重點整的，就是官僚主義，宗派主義，和教條主義。陸舟不看一個人的主流，抓住枝節問題大做文章，就是典型的教條主義和官僚主義。我承認，在《武訓傳》和《紅樓夢研究》問題上，有某些失誤，可是談不上是多大的錯誤，更談不上「反黨」。至於說我目無組織、搞獨立王國，更是誅心之論。我身為《北方文藝》的副主編，黨的負責人，在職權範圍內的事，自主決斷，有什麼錯的？要是事無巨細都向陸舟請示彙報，要各部門的領導人幹啥？很顯然，問題出在他自己身上。是他帶著宗派主義和官僚主義的有色眼鏡看人，才把許多人看得一無是處。試問，他專橫跋扈，大搞一言堂，不是官僚主義是什麼？順我者昌，逆我者亡——多少有能力的老同志他就是不重用，而對他自己的老婆，一個文工團出身的無知毛丫頭，竟然扶上一個全國性的文藝大刊的實際負責人！這不是宗派主義，又是什麼？他不從實際出發，時時拿大道理壓人，不是教條主義又是什麼？你看，在他一個人的身上，三大主義一條不缺。性質嚴重，不可原諒。不趁著整風，打掉他的威風，整掉他的壞作風，我們往後的日子，仍然是惶惶不可終日。你說，我哪一句說的不對？」

「我總覺得，」夏雨神色凝重，語氣遲疑。「這次整風，是希望黨外人士多提意見。我們黨員，主要是做自我檢查的問題。」

「不可能！對於三大主義，黨內同志何嘗不是深受其害。要想徹底解決問題，不聽取黨內同志的意見，是不可能收效的！」

「不過，凡事三思而後行，總不會吃虧的。」

「夏雨，你的嗅覺怎麼這麼遲鈍？現在我們的黨不同於延安時期，那時四面楚歌，八方受敵，神經過敏，草木皆兵是不可避免的。現在不同了，我們已經取得了全國的勝利，我黨已經是執政大黨。四海之內，莫非王土，率土之濱，莫非王臣。我們的政權穩如泰山。自然有勇氣面對一切批評。何況，我們的偉大領袖毛澤東親自出馬、反覆動員，何等誠摯，何等大度！不正是下定了整好黨的決心嗎？放心吧，絕不會像有些民主人士所擔心的那樣：提了意見，與我為善，本本記賬，秋後准算。放心吧，思想禁錮的時代，一去不復返了。「

金夢作出一個跳舞的姿勢，在地上轉了一圈兒，興奮地高聲吟道：「『我欲因之夢廖廓，芙蓉國裏盡朝暉』。」

果然，第二天，宣傳部便召開了整風座談會。

往常開會，主持人談完了會議的目的要求，總要冷場一陣子。往往是主持人一再催促，方才有人慢吞吞地回應。發言時也是語調低沉，措辭謹慎，吭吭哧哧，不時地瞅著主持人的臉色，生怕說出一字半句不合時宜的話。今天的會議，卻是出乎意料的活躍，人們爭先恐後地發言，語氣急切甚至慷慨激昂。他們或以自身經歷，或就觀察所及，直言不諱地揭露三大主義的各種表現，痛斥三大主義的種種危害。

金夢終於等到了發言的機會。她直入主題，勇敢地談了自己所經受的、三大主義對自己的迫害。她在擔任《北方文藝》支部書記兼副主編時，工作盡心盡力，刊物編得有聲有色，得到廣大讀者的熱烈歡迎。卻不但得不到領導的肯定與支持，數不盡的干預，無了無休的指責，打頭而來。組織觀念不強，階級嗅覺不靈等大帽子，一頂接著一頂。而且差一點被打成「反黨集團」。說著，說著，她竟然傷心地哭了起來。會場上不少人也都為之感歎唏噓。坐在不遠處的陸舟，面帶愧色，低頭認真記錄，還不時地點幾下頭。

散會之前，陸舟作了簡單的表態：「今天的會議開得很好，大家作到了暢所欲言，知無不言，言無不盡。而從擺出的許多問題來看，有的還是相當普遍甚至是相當嚴重的。」他環顧會場，略微提高了聲音：「這些問題，主要是發生在我的身上，這說明我身上的三大主義相當嚴重。大家的發言，起到了敲起警鐘、大喝一聲的作用。對我個人震動很大，幫助很大。我一定虛心接受大家的批評，做深刻的反省和檢查。今天先表個態，隨著運動的深入發展，我還要細找深挖，力爭在這次運動中，將我身上所存在的三害，徹底掃蕩，絕不辜負大家對我的期望。哪位還有話要說？沒有？好，今天的會議先開到這裏。」

「陸舟呀，陸舟，終於到了你低頭認錯的時候啦！」望著心虛話怯、滿臉虔誠的陸舟，金夢感到從來沒有過的喜悅和輕鬆。

三

「萬曲不關心，一曲動情多。」南朝詩人鮑照的詩句，不斷浮上東方旭的心頭，不由出聲地吟了起來。

近來，他和許多知識界的人士一樣，一直處於欲歌欲舞的興奮之中。

由中共中央統戰部負責人主持召開的民主人士座談會，連續召開了七次。參加會議的成員，按規定是各民主黨派的負責人，以及無黨派民主人士。東方旭雖然參加了民盟，但卻不是負責人，也不再是無黨派民主人士。論說，這樣的會議他已經沒有資格參加，但卻意外地接到了邀請。

這些年來，參加會議，集體學習，簡直跟吃飯睡覺一樣，成了人們每一天的生活必需。而這些開不完的會，學不完的習，什九是在說廢話、磨時間，浪費人們的寶貴生命。但是，人們不但不能表示出絲毫的厭倦與不屑，還要作出一副熱烈渴望的姿態。偶爾有一天不開會，無異於是重大的節日。可惜，這樣的節日，一年之中，碰不上幾回。東方旭本來不想應邀出席，但一則害怕被譏為不識抬舉；二則，是想開開眼界。近來國內政治控制鬆動，思想空前活躍，聽一聽民主人士們在說些什麼，弄清他們在想什麼，對於自己的行動，不無借鑒意義。於是，應邀而至。心想，會議有內容就多聽幾次，如果仍然空話連篇，或者一味是令人作嘔的歌功頌德，就參加一次為止。反正自己是「應邀參加」，而不是「必須參加」。

不料，第一天會議開下來，他便興奮得不想再離開。七次座談會，他竟然一次不漏地參加到底。

歸國七年多了，會議，文件，報刊，廣播，連篇累牘，鋪天蓋地，除了歌頌偉大的黨，偉大的領袖，就是讚美幸福美滿的新生活，謳歌偉大的建設成就。做夢也想不到，在座談會上竟然聽到了如此多新奇的聲音。人們發言之熱烈，語言之激動和直言不諱，是以前連想都不敢想的。而所提意見之尖銳，敏感，更使他於振奮之中，感到幾許驚詫。例如：黨員發號施令，民主人士雖有職而無權；外行做領導，內行被驅使；無視中國國情，照搬蘇聯經驗；一味誇大成績，掩蓋錯誤缺點等等。簡直是語語中的，痛快淋漓！他越聽越入耳，簡直就像當年站在天安門觀禮臺上觀禮時，那樣興奮與激動。

自己既然被邀請，就說明共產黨也希望自己慨陳忠藎，幫助他們整風。是的，絕不能辜負他們的期望，應該考慮幾條有建樹的意見貢獻出來，以盡自己的棉薄之力。

他拿出稿紙，打算列出一個比較詳細的發言提綱。剛剛寫下題目，余自立門也不敲，一推門，笑嘻嘻地走了進來。

「老同學，你今天滿面春風，莫非又碰到了什麼喜事？」東方旭問道。

余自立一屁股坐到他的對面，右拳重重地擊在桌子上，高聲說道：「可以毫不誇張地說，碰到了大喜事！」

「是嗎？能否說出來，讓在下也分享一二呢？」

「你不是正在分享嗎，幹麼用得著我說出來呀？」

「我又沒有什麼喜事，分享什麼？」

「東方，你呀！現在人人興高采烈，躍躍欲試，你卻穩坐釣魚舟。你是政治上遲鈍，還是裝糊塗？」

「咳，你越說我越糊塗啦。別跟我繞彎子，快說，發生了什麼大喜事？」

余自立身子往後一仰，眉飛色舞：「眼下，豔陽高照，春風駘蕩，百鳥爭喧，萬花竟放。莫非……」

「原來你說的是這事。」

「怎麼？這人人揚眉吐氣的鳴放氣氛，難道不是天大的喜事？」

「不錯，」東方旭連連點頭，「這樣的好形勢，我們確實是第一次碰上。」

「所以，我們不能袖手旁觀，置身事外，應該立即投入到鳴放的大潮中去。」余自立從口袋裏掏出一疊稿紙，遞到老同學面前：「明天文藝口也要召開座談會，我已經寫出了發言稿，請主編大人給審查一下，看看有無不妥之處。」

「嘿！刊物發稿子都用不著我拍板，你個人的發言稿，咋用得著我看呀？」

「我本來不想麻煩你，又害怕在政治上拿不准，捅出漏子。「

「我不過是參加了幾次座談會，你認為我就拿得准？」

「好嘛，求到您的門上來，立刻打起了退堂鼓，還口口聲聲老同學呢！」

東方旭輕歎一聲，伸手拿過提綱，低頭看了起來。看著，看著，忽然皺起了眉頭。

余自立不解地問道：「怎麼？我寫的不妥當？」

東方旭沒有回答，直到將七頁稿紙看完，又低頭思考了一陣子，方才抬起頭，神色嚴肅地說道：「自立，我覺得，我們應該就與國計民生有關的方面多進忠言，而不應該始終跳不出個人得失的小圈子。」

「這怎麼能說是個人的小圈子？許許多多個人的問題湊攏到一起，就是關乎國計民生的大問題。難道不是這樣嗎？」

「當然。」東方旭一時找不到反駁的字眼。「不過……」

「不過，個人問題還是不能說。是吧？」

「不是不能說，而是不宜多說。現在天天喊『胸懷祖國，放眼世界』，我們提建議也應該從大局著眼。如果一定要談個人的問題，在措辭方面，也必須多加些斟酌。」東方旭指著稿子說道：「像『唯我獨革，動輒整人，草木皆兵，運動接著運動』；『猜測臆斷，強加罪名，認友為敵，冤獄接連發生』等等，如此措辭，我認為太激烈，太刺激，有失忠恕之道。我們是幫助共產黨整風，應該和風細雨，與人為善。不能因為我們挨了整，就反過來整他們一通。所以……」

「主編同志，到了什麼時候啦，你還這麼小心翼翼？我這個提綱，不僅實事求是，而且給他們留了大面子！試問，自打解放以來，他們所搞的運動，哪一個不是盡整好人，株連無辜，大興冤獄，草菅人命？」余自立激動地站起來，揮著手臂。「他們整天大罵資本主義，說那裏的人民生活在水深火熱之中。可人家尊重人權，尊重人的自由，司法獨立，堅持無罪推斷。你在國外待了那麼多年，看到過沒有確鑿的證據，便隨意關押，捕人，批鬥，戴帽子嗎？」

「……」東方旭一時語塞。「自立，你小點聲。坐下說。」

余自立坐下來，壓低聲音說道：「在我們所謂的社會主義幸福國家可倒好，想整誰就整誰，想關誰就關誰，想給誰戴帽子，就給誰戴帽子。捕人時大會叫，小會嚷。整錯了放人時，無聲無息，屁也不敢放一個。這算得是民主政府愛人民？這生殺予奪大權，是誰給他們的？是你？是我？還是中國人民？法西斯希特勒不過如此吧？」

「自立！」東方旭臉色突變，「不論到了什麼時候，也不能嘴上沒遮攔！我們吃的虧還少嗎？怎可忘記話多有失的古訓呢？我正在寫發言提綱，也準備發言。」

「那，你打算怎麼發？」

「還是那句老話：和風細雨，與人為善。絕不能只圖一時痛快，毛毛失失，惹人生厭。」

「這麼說，我也得回去再把發言稿修飾、美化一番啦？」

「自立，我認為，只是修飾美化遠遠不夠。少談個人，多多關注我們的國家和人民，方才是我們應有的正確態度。」

四

「篤篤篤。」余自立剛走，傳來了輕柔的敲門聲。

「請進。」東方旭應一聲，伸手將只開了頭的發言提綱，收進抽屜裏。

推門而進的是小說組女編輯文娴。她來到東方旭的寫字臺前，拘謹地問道：「東方主編，您忙啊？」

「不忙，不忙。文娴同志，請坐。」等客人坐下，東方旭問道：「莫非喬治•艾略特又給閣下出了難題？」

這些年，一切向蘇聯老大哥學習，俄語成了一種需要和時髦。在中國，英語教學幾乎被取消。文娴是北京大學中文系畢業的高才生，在校學的是俄語，畢業後卻偷偷迷上了英語。她利用解放前在教會中學打下的英語基礎，業餘時間偷偷進修英語，並試著翻譯英國著名女作家艾略特的《弗洛斯河上的磨房》。遇到難題時，多次向東方旭請教過。

「我已經許多天，顧不上尊敬的艾略特啦。」文娴白淨的方圓臉上露出興奮的表情。

「哦？是譯不下去啦，還是因為天天熬夜吃不消？」

「都不是。是擠不出時間。現在報刊上那麼多引人入勝的好文章，看都看不完。把一點可憐的業餘時間都擠佔了去，哪有時間搞翻譯呀。」

「原來是這樣。我也有同感，近半年來，我國的報刊確實是大變了樣子。從前我讀報紙，往往是只看大標題，現在許多文章都讀的很仔細。我擔心要成為報紙迷啦。」

「現在，報紙上的許多文章，簡直棒極啦，看過之後恨不得翩翩起舞，放聲歌唱。百家爭鳴，百花齊放的春天終於來到了！」文娴細眉高揚，用探詢的目光望著上司，「主編，您讀了報紙上的文章，不感到很受鼓勵嗎？」

「豈止是受鼓勵，簡直是無比的興奮。」

「真的嗎？」她的臉上露著疑惑。

「怎麼？你不相信？」

「相信是相信。可是……」她欲言又止，「東方主編，有句話不知該不該問？」

「文嫻同志，你儘管問就是嘛。我們共事這麼多年啦，幹麼這麼客氣呀？」

「好，那我就直說啦。」她坐正了身子，雙手交叉在胸前。緩緩說道：「東方主編，您是著名的愛國民主人士，上面邀請您參加座談會，是希望聽取您的高見。您參加了那麼多次座談會，為何至今一言不發呢？座談會上的發言，報紙照登不誤，我一字不漏地都看了，就是找不到您的一個字。太遺憾啦！」

「遺憾？」

「不但遺憾，還十分不理解。」

「我一言未發，怎麼會使您不理解呢？」

「正是因為您一言不發，才使人們不理解呢！」

「哦？那是為什麼？」

「我們覺得，您應該搶先發言才是。」

「我應該搶先發言？文嫻，我不明白您的意思。」

「咳，主編！這有啥不明白的？」她的目光一直停留在他的臉上，「您在海外就是著名作家，學者。可是，自從歸國後，他們是怎樣對待您的？我聽說，您組織編輯部的班子，幾乎讓人家全否啦。您計畫寫長篇，他們也橫加阻攔……」

「這些事，您是怎麼知道的？」

「這是公開的秘密，誰不知道呀。」見東方低頭不語，文嫻繼續說道：「他們委任你當主編，可又不給實權，什麼事都得聽那位無知的太太擺揮。連我們局外人都為您抱不平吶！」

「我倒沒覺得有什麼，因為，我沒有多大的權利慾。」他在作違心之論。他不願意向一個沒有深交的女性剖露心由。「再說，下級服從上級，個人服從組織，是我們必須遵守的組織原則，任何人也不能違反呀。」

「原來您是迫不得已！」

「不。有無實權，我並不太在乎。」

「不太在乎，不等於一點不在乎，是嗎？」

「文嫻，我們換個話題好不好？」

「請願諒。我的話還沒說完呢。」

「好吧——請繼續說下去。」

「東方主編，您差一點被打成胡風分子，不知您有何感想？」

「已經過去的事，還提它幹啥？連自己都忘記啦。」

「那麼荒唐的事，您怎麼可以忘記？哼！人家一身清白，污衊人家是胡風分子！一關就是好幾個月，連夫人都給逼走了！他們有過認真的交代嗎？」

「他們放出我來，不就證明是抓錯了嗎？」

「說得倒輕巧！愛抓就抓，愛放就放，連賠禮道歉都不做，可真是『老和尚打傘——無法無天啦。』這一切的一切，證明他們的官僚主義和宗派主義是何等的嚴重！難道不值得大說特說？您怎麼可以至今保持沉默哪？您要是繼續不開口，我們大傢伙可要替您說啦。」

「不。我個人受點委屈，沒有什麼大不了的，大夥千萬不要為我費心。」東方旭連連擺手，「再說，我也正在準備發言。」

「真的嗎？」

他從抽屜裏拿出發言提綱，推到對方面前：「你看，我已經把發言提綱寫出來啦。」

「『發言提綱』。」文嫻念道，「主編，光一個題目，連一個字的內容都沒有，您怎麼發言？」

「有了題目，還愁沒有內容嗎？剛才我正在寫著，被你這不速之客打斷了呀。哈哈哈！」

「好。那就不打擾了。我們等著讀您的發言。」一面說著，文嫻站了起來。

「怎麼？不坐會兒啦？」

「不啦。別耽誤您的正事。」

東方旭不解地望著對方：「文嫻，就為這點事，值得你特地跑來找我？」

「多大的事呀，還這點事！」她又坐了下來。「主編同志，我來得不巧，耽誤了您不少時間，您就快寫吧。」

「怎麼？你也跟那位……」他差一點說出「那位太太」，急忙改口道：「你也學會了親自督陣？」

「豈敢豈敢。」她嬌嗔地瞥他一眼，「關心一下領導還不行？」

「不敢當，不敢當。文嫻同志，請你回去忙吧。請放心。我一定會在下一次會上發言。至於是否能讓大夥失望，可不敢說。因為我不想多談自己，我自己受點委屈不算啥，重要的是我們的國家和我們的人民別受委屈。你說對嗎？」

文嫻輕歎一聲，語意雙關：「東方主編，我服了您啦。」說罷，她站起來低頭走了出去。

「唉，難為她也記掛著我！」文嫻勻稱而俏麗的背影消失在門外，東方旭發出了一聲歎息。「一個二十八歲的大齡女青年，應該認真對待自己的終身大事啦，幹麼特地跑來關心一個不相關的人呢？是大家伙讓她來作說客，還是她自己的主動關懷？如果是後者，莫非是因為這些年在翻譯方面對她有所幫助，從而產生了憐憫之心？果真是那樣，堪稱是涓滴之恩湧泉相報了。在這運動連著運動，動輒劃清界限，朋友同事之間一轉臉便烏眼相鬥的年月，如此知情知義的人，是越來越難以遇到了。」

東方旭感到心頭一陣發熱，不由地長長歎了一口氣。

五

中共中央統戰部召開的民主黨派負責人和無黨派民主人士座談會，休會四天。主持會議的李維漢說，休會的目的是為了很好地整理大家的意見，以便向中央彙報。

復會之後，李維漢鼓勵大家更加起勁地大鳴大放。他說，前面七天座談會，開的很成功，大家提了許多很寶貴的意見，對全國的整風運動起了積極的推動作用。他號召全體入會者，繼續發揚知無不言、言無不盡的精神，打破顧慮，暢所欲言。如果心裏有氣，或者吃過苦頭的，盡可以出氣，訴苦。就是罵幾句也沒啥，因為我們黨的工作有失誤，使人家受了委屈嘛。

多麼樸實而誠摯的語言，多麼博大而寬廣的胸懷。東方旭覺得，前七次座談會上，有些人的言論，已經觸及到一些此前絕對沒有人敢說的敏感問題。如：黨不能直接發號施令，外行不能領導內行，有一些事情成績不是主要的等等。他認為中央得知後，一定會勃然大怒，立即停止開會，動手追查發言人的背景和動機。不料，代表黨中央說話的李維漢，竟然繼續熱情求諫。僅從這一點上來看，說共產黨偉大、光榮、正確，絲毫也不是溢美之辭！跟所有的入會者一樣，東方旭興致勃勃，心情激蕩。

入會的人，聽了中央領導的話，徹底打消了顧慮，爭先恐後，慷慨陳詞，各舒己見。

第一個發言的是農工民主黨主席、民盟中央副主席、光明日報社社長、林業部部長張伯鈞。他說，二十多天來，全國各地都在幫助共產黨整風，提出了很多意見，愈益提高了共產黨的威信。共產黨的領導是不可缺少的，黨是能從政治上領導科學的。但是，這種制度也是有缺點的，所以產生了宗派主義、教條主義和官僚主義。希望今後廣開言路，在這次整風中多聽一聽基層人民的意見。今後，有關國家的政策方針性的重大問題，多傾聽各方面的意見，以減少失誤。現在工業方面有許多設計院，可是政治上的許多設施，就沒有一個設計院。我看，政協、人大、民主黨派、人民團體，應該是政治上的四個設計院。應該多發揮這些設計院的作用。一些政治上的基本建設，要事先交給他們討論。三個臭皮匠，合成一個諸葛亮嘛。這位著名的民主人士又說，現在國務院開會常常是拿出成品要我們表示意見，這樣形式主義的會可以少開。

民主同盟副主席、森林工業部部長羅隆基發言時，眉飛色舞，聲音清亮。他說，有的老先生認為，現在的爭鳴氣候好像是「春眠不覺曉，處處聞啼鳥」。我又補上兩句：「一片整風聲，三害除多少！」通過這次整風，共產黨加強了，民主黨派也提高了。爭鳴是健康的，並沒有人反對馬克思列寧主義和社會主義。但仍然有不少人害怕打擊報復。他提出一個具體方案，解決這一問題：由人民代表大會和政治協商會議成立一個委員會，檢查過去「三反」、「五反」、「肅反」運動中的偏差。這樣，既糾正了過去運動中遺留的問題，又配合了整風。毛澤東在二月二十七日最高國務會議上談到肅反時，曾提出今明兩年應來一個大檢查。羅隆基的意見顯然是這一指示的具體化。

許多人熱烈鼓掌，對張伯鈞、羅隆基的意見，表示贊同和支持。會場的熱烈氣氛達到了高潮，人們紛紛舉手爭取先發言。對「三大主義」展開了尖銳的批評。

在最後一天會議上，儲安平被邀請發言。他是九三學社宣傳部長，民盟盟員、各民主黨派中央聯合機關報《光明日報》的總編輯。他站起來望著主席臺，語氣低沉地說道：

「自從鳴放以來，我一直沒發言，不是有多大的顧慮，而是沒有多少具體的意見可談。現在領導要我發言，我談一點不成熟的看法。」他從上衣口袋裏掏出發言稿，緩緩念道：「解放以後，知識份子都熱烈擁護黨，接受黨的領導。但是，這幾年來黨群關係不好，而且成為我國政治生活中急需調整的一個問題。據我看來關鍵在『黨天下』這個問題上。我認為，黨領導國家並不等於這個國家即為黨所有；大家擁護黨，但並沒有忘了自己是國家的主人。政黨取得政權的主要目的是實現他的理想，推行他的政策。為了保證政策的貫徹，鞏固已得的政權，黨需要使自己經常保持強大，需要掌握國家機關中的某些樞紐，這一切都是很自然的。但是，在全國範圍內，不論大小單位，甚至一個科一個組，都要安排一個黨員作頭兒，事無巨細，都要看黨員的顏色行事，都要黨員點了頭才算數，是不是太過分了一點？在國家大政上，黨外人士都甘心情願地跟著黨走，但跟著黨走，是因為黨的理想偉大，政策正確，並不表示黨外人士就沒有自己的見解，就沒有自尊心和對國家的責任感。黨這樣做，是不是『莫非王土』那樣的思想？從而形成了現在這樣一個一家天下的清一色局面。我認為，這個『黨天下』的思想問題是一切宗派主義現象的最終根源，是黨和非黨之間矛盾的基本所在。今天宗派主義的突出，黨群關係的不好，是一個全國性的現象。共產黨是一個有高度組織紀律的黨，對於這樣一些全國性的缺點，和黨中央的領導有沒有關係？最近大家對小和尚提了不少意見，但對老和尚沒有人提意見。我現在想舉一個例子，向毛主席和周總理請教。解放以前，我們聽到毛主席倡議和黨外人士組織聯合政府。一九四九年開國以來，那時中央人民政府六個副主席中有三個黨外人士，四個副總理中有二個黨外人士，也還像個聯合政府的樣子，可是後來政府改組，中華人民共和國的副主席只有一位，原來中央人民政府的幾個非黨副主席，他們的椅子都搬到人大常委會去了。這且不說，現在國務院的副總理有十二位之多，其中沒有一個非黨人士，是不是非黨人士中沒有一個人可以坐此交椅，或者沒有一個人可以被培植來擔任這樣的職務？從團結黨外人士、團結全國的願望出發，考慮到國內和國際上的觀感，這樣的安排是不是還可以研究？……」

儲安平的發言不過十來分鐘，但他把別人絮絮叨叨大半天的話，什麼溝深牆高，外行內行，傲慢特權，教條官腔等等，只用了三個字——「黨天下」，便作了形象生動的概括。真可謂是一言中的，語驚四座！這且不說，他竟然指名道姓向毛主席、周總理「請教」。這位地位不高、名氣也不太大的民主人士，端的是膽量不小。

發言人直陳忠悃、披肝瀝膽之情，溢於言表，使東方旭感到無比的驚訝與興奮。多年來，他從報刊廣播中所聽到、看到的，全是一派謳歌頌揚之聲。誤認為，有了共產黨的領導，周公吐哺，天下歸心。六億神州，興旺騰達，鶯歌燕舞，花團錦簇。借用報紙上的話就是，從勝利走向勝利！用不了多久，炎黃子孫就將過上社會主義以及共產主義的美滿生活。做夢也想不到，輿論與現實，竟然是如此的天差地異。原來，沒有權力制約和輿論監督的執政黨，已經受到了如此大的損害和腐蝕。執政不過七八年，竟然發生了如此多的失誤，積累了如此多的怨氣。幾乎到了人們忍無可忍的程度。據《人民日報》報導，鳴放中揭露出來的矛盾，激怒了廣大群眾，有的地方工人舉行罷工，學生集體罷課。不由使人擔心，中國也將發生「匈牙利事件」。抬頭看看坐在主席臺上的會議主持人，聽到如此尖銳的發言，不僅沒有惱怒，依然是面色平和，點頭頻頻，一副虛心求教的神態。足見黨中央虛心傾聽批評的氣度是多麼崇高，一定要整好風的決心是多麼的堅定。自己再不急起直追，勇敢鳴放，不但是自甘做整風運動的落伍者，簡直就是自外於黨的異己二臣！會議臨近結束的時候，再一次被點名發言時，他終於應聲站起來，怯怯地說道：

「我東方旭，不是不想發言，我恨不得盡傾肺腑，幫助黨整好風。一則，因為自己回國時間不長；二則，由於自己不太關心國家大事，害怕提不出有建樹的意見。既然領導上希望我發言，我只能說兩點。」他從口袋裏摸出發言提綱握在手裏，眼睛卻望著會場說道。「當年孫中山先生提出了耕者有其田的偉大革命目標，可是畢其一生的努力，他也沒能看到這一天的到來。這個偉大的目標，在中國共產黨的領導下實現了。其歷史意義不可低估。我有幸親身參加了偉大的土改運動，親眼目睹了分到土地的農民對共產黨的由衷感戴之情。可是，剛剛過去了一年多，他們的歡呼聲餘韻尚在，臉上的喜悅之色尚未褪盡，剛剛分到手的土地，便成了農業生產合作社的財產。試想，他們的失落和頹喪能是什麼樣子？我十分同情他們的失落。這樣快地從他們手裏將土地奪回來，不知對偉大的土改運動，是不是一個否定？對於農民的種田積極性是不是一次挫傷？」他剛說到這裏，有人鼓起掌來。等到掌聲停下來，他繼續說道：「另外，我對我們國家知識份子的政策也不太理解。我們強調階級觀念是對的。可是，不論一個人是什麼家庭出身，只要他是知識份子，就成了資產階級隊伍裏的人。而他的父母兄弟姐妹，卻仍然是貧農、貧民、或者是工人階級。馬列主義是根據財產劃分階級，我們國家對一部分人的階級劃分，卻不是根據財產多少，僅僅根據有無知識。有了知識，便成了剝削階級——知識成了罪惡的同義語。於是，廣大知識份子從此淪入無了無休的改造煉獄！人的尊嚴沒有了，東方旭的自豪感沒有了，剩下的只有自卑感，犯罪感。終日戰戰兢兢，如履薄冰，怎麼調動他們的積極性、創造性？這是何等不公平而又不合邏輯的事？如果我的話是謬論，請大家提出批評，幫助我提高認識。另外，我還想提個建議：現在，給每一個人都搞一個『檔案袋』，鎖在人事部門的櫃子裏。但誰也不知道那裏面盛的是什麼，給自己作了什麼樣的評價和結論。一個不厚不薄的紙袋袋，簡直就是一個鋼鑄的十子架，一個可怕的『潘朵拉匣子』！有了那個東西的存在，怎麼能使一個人輕裝上陣呢？有人會說，那裏面有領導對你的評價，怎麼能讓你本人知道？試問，領導作出評價是幹什麼用的？是為了整人，還是為了幫助同志進步？如果是後者，不讓本人知道，又有什麼用呢？我先談這兩點不成熟的感想，錯誤之處，請批評指正。我的話完啦。」

在雷鳴般的掌聲中，東方旭興奮異常：有了這樣一次毫無保留的鳴放，人們不再認為我對黨的偉大整風運動作觀潮派，無動於衷、置身事外吧？

頓時，他有一種熱血沸騰的衝動。不是坐在會場裏，他會跳起來引吭高歌的……

六

進入五月下半月以來，幫助共產黨整風的鳴放座談會，如雨後春筍一般，在各單位相繼展開。

今天上午，《北方文藝》編輯部全體成員在小會議室舉行座談會。人們從個人的辦公室裏，搬著自己的椅子，來到會議室裏環牆而坐。靠西牆是「主席臺」，兩張三抽桌並在一起，後面擺著四把椅子，此刻還沒有人坐。八點整，矯敫和夏雨陪著金夢走進了會議室。三人在辦公桌後面坐定後，支部書記兼副總編矯敫與金夢低語幾句後，站起來鄭重宣佈道：

「《北方文藝》編輯部全體人員，幫助黨整風座談會現在開始。」她伸出右手客氣地指指金夢，「這位是宣傳部分管文藝的金夢處長，大家都認識，用不著我多加介紹。金處長於百忙之中親自趕來參加我們的座談會，足見上級對我們的重視和支持。下面，請金處長給我們作指示。我們熱烈鼓掌歡迎啦！」

金夢在熱烈的掌聲中站了起來，神色幽雅地說道：「我們都是老熟人啦，何必客氣呢？今天領導派我來參加咱們單位的座談會，不是來作指示，而是來向大家學習的。所以我沒有什麼話要講。」她清清嗓子，揚起細眉，高聲說道：「自從去年下半年以來，我們國家的政治形勢，真可謂是一日千里，天翻地覆慨而慷。『春風如醇酒，著物物不知』，宋人程致道的這兩句詩，形象地刻畫了今天我們國家的大好形勢。同志們，我們可不能『潤物物不知』呀。前幾天，在中央統戰部李維漢部長親自主持下，連續召開了各民主黨派和無黨派民主人士座談會，報紙上作了詳盡的報告，同志們肯定都讀過了。他們對黨糾正三大主義的那種急切關懷態度，令人十分感動。他們積極發言，知無不言、言無不盡的大無畏精神，就是我們學習的榜樣。同志們，黨對於開展這次整風，是下了極大的決心的，這也是解放以來的第一次。我完全相信大家都能挺身而出，站到運動的前列，向三大主義猛烈開火。誰提的意見最多，最尖銳，最深刻，誰就能成為這次運動的積極分子。反之，就是有顧慮，甚至是跟黨不一心。」她停下來，喝了一口茶，繼續說道：「前幾年，我也在《北方文藝》負責了一個階段，在我身上所表現出的三大主義，肯定少不了，大家儘管暢所欲言，我不但不會心存芥蒂，保證舉起雙手歡迎。今天，你們的主編東方旭同志去參加中央召開的會議，不能出席我們的座談會。在座的兩位領導，我相信比我個人的態度更積極，姿態會更高。大家千萬不要有任何顧慮。同志們，向『三害』進攻的號角吹響了，大家躍出戰壕，一往無前地衝鋒陷陣吧！我急著傾聽各位的發言，先說這麼幾句。」

金夢的講話，激起一陣極其熱烈的掌聲。這時，人們才注意到，在金夢講話時，黨支部秘書柳煦坐到了矯敫身邊，正在奮筆疾書，做著記錄。

等到掌聲停歇，矯敫坐著宣佈道：「現在開始自由發言。誰發言，請舉手！」

話音甫落，有四五個人舉起了手。矯敫指著舉手的理論組副組長馬行遠說道：「馬行遠同志，請講。」

「我先談一個問題。」馬行遠站起來清清喉嚨說道，「我們的刊物一創刊，我就來到了編輯部。我深感我們這裏同樣存在著極為嚴重的宗派主義。有的同志，有能力，有水平，卻得不到重用，長期被放在不重要的位置上。有的人，表面上雖然放在重要的崗位上，可是給職不交權，使人家舉步維艱。試想，一匹被勒上籠頭的駿馬，怎麼能夠追風馳騁？」

「馬行遠同志，」矯敫插話道，「請你說的具體一點，好嗎？」

「我說的已經夠具體啦。難道還需要一一舉例說明？」

「為了幫助黨整好風，有例子大膽的舉出來，不是更好嘛。」矯敫扭頭答道。

「好吧。那我就舉一個最突出的例子。我認為，我們的東方主編就是典型的有職無權，他就是一匹被勒上嚼子的駿馬！」

掌聲熱烈爆響，有人在掌聲中高喊：「說得好——對極啦！」

「哼，根本就沒有拿著人家當主編待！」聽聲音，說這話的是文嫻。

「這種不公正的待遇，不光表現在東方主編一個人身上，在我們編輯部嚴重得很。」有人大聲附和。

「豈止是我們編輯部——全北京市，全中國，哪裡不是人家黨員吃得開！」

「反正呀，你不是黨員，就成了臭狗屎一脬，休想被當成人待！」

「同志們，同志們！靜一靜。你們不要亂插話，不要打斷別人的發言嘛！」矯敫不耐煩地高聲制止。「發言要按次序來，用得著搶嗎？我可以告訴大家，根據上級的指示，經支部研究決定，從今天起，改為半日工作，半日開會。想發言有的是機會，一定讓你們說個夠。馬行遠同志，請你繼續說。」

仍然站在那裏的馬行遠接著說道：「一方面，黨對非黨人士不信任，不重用。另一方面，對於自己的黨員，又不適當提拔重用。結果，被提拔的人，才有不及，力有不逮，給工作造成的損失是不言而喻的。我先談到這裏。」

馬行遠剛坐下，不等矯敫點頭，詩歌戲劇組副組長綠莽站起來說道：「我來補充幾句：剛才老馬同志只談了問題的表像，並沒有觸及問題的實質。我認為，這種任人唯親的現象，不僅表現了嚴重的宗派主義，而且造成了外行領導內行的荒唐局面。讓一些外行在那兒瞎指揮，事情不搞糟才怪呢。辦刊物可不同於扭秧歌、說快板書，得有真才實學！拿我們的刊物來說吧，為什麼讀者大量地減少？質量越辦越糟唄。長此下去，非關門大吉不可！難怪北京大學的老教授們提出了教授治校的要求。我認為這要求非常合理。不如此，中國的科學文化，休想能健康迅速的發展，所謂現代化只能是一句空話！」

「我來說幾句。」不經過主持會議的人點頭，余自立兀自站了起來。「我對共產黨的宗派主義深有體會。如果它僅僅是任人唯親，倒也罷了。人家不拿著自己的黨員親，能跟那些所謂的資產階級知識份子親？問題是，共產黨的宗派主義已經發展到了野蠻摧殘、無情打擊的可怕地步。自從解放以來，運動連著運動，運動的偉大目的就是整人。動輒懷疑一個人有經濟甚至政治問題。懷疑等同於證據，有了『證據』，便不問青紅皂白，亂鬭，亂鬥，亂抓，甚至亂殺。這不是我聳人聽聞，例子誰都能舉出一大堆。多少清清白白的無辜好人，被搞得身敗名裂甚而家破人亡。哪裡還有一點人道主義的影子呀？這與法西斯、希特勒有啥兩樣？我衷心地希望共產黨通過這次整風，徹底改……」他差一點說出「改惡向善」的話，急忙改口道：「徹底改正缺點，學會尊重人權，實事求是，徹底打掉宗派主義。」

余自立的話，同樣激起一陣熱烈的掌聲。

理論組組長單懷玉接著站起來說道：「我覺得，我們編輯部的宗派主義，雖然比較嚴重，不容忽視。但刊物質量降低的責任，我認為並不能完全由宗派主義來負。」

「不由宗派主義來負，難道由集體主義或者國際主義來負？」有人叫嚷起來。

「哈哈哈！」爆出一陣哄堂大笑。

「大家先別笑，聽我把話說完。」單懷玉漲紅了臉。「並不是因為我是黨員，就給宗派主義打掩護。我們國家和我們單位，宗派主義確實為害不淺，但要說刊物質量的降低，我認為宗派主義只是原因之一。最大的禍根，是被我們封為金科玉律的創作方法——社會主義現實主義。我把壓在心底若干年的話，當眾說出來，確實是離經叛道，連我自己聽著都害怕。儘管我所說的都是不容否認的事實，但至今還沒有人指出來。可是，作為一名共產黨員，我要是隱瞞個人的觀點，怎麼幫助我們黨整好風？如果我的觀點片面，我願意接受組織的批判。」

一時間，會場寂然無聲。有人甚至發出了長長的歎息。

「好！」金夢滿臉喜色，「單懷玉同志，請你繼續說下去。」

「同志們！並非是我聳人聽聞，這個從老大哥那兒取來的真經，已經成了繁榮文藝創作的枷鎖和藩籬。」單懷玉繼續擅發他的觀點。「這些年，我們的文藝作品，連篇累牘是吹噓、造假和粉飾，簡直找不到『現實主義』的影子？稱它為『歌德』主義，粉飾主義，或者烏托邦主義更貼題。所有作品中的正面人物，必須是不食人間煙火的英雄神仙，反面人物必定是兇惡的階級敵人。誰要是寫出第三種樣子，對不起，提倡寫中間人物。那些所謂社會主義現實主義的優秀傑作，無非是公式化、概念化的拙劣圖解。而真正反映現實人生的文藝作品，統統被看作是醜化和歪曲偉大時代是蛇蠍和毒草，圍剿之，殲滅之，尚嫌不足。它的作者也成了不可饒恕的叛徒和異類！長此下去，中國的文藝事業不被毀掉了才怪呢。我的話完啦。」

一陣熱烈而急驟的鼓掌聲，久久沒有停息。

矯敫扭頭問金夢：「該休息一會啦。」

「大家發言如此熱烈，還休息嗎？」金夢抬頭向會場問道，「同志們，我們是繼續發言，還是休息一會？」

「繼續開，繼續開！」入會者幾乎一口同韻。

「好吧，請繼續發言。」矯敫只得表示同意。

接著發言的是小說組組長高揚。「我對單懷玉同志的發言，做一點補充。」他慢條斯裏地說道，「我們天天唱『解放區的天是明朗的天，解放區的人民好喜歡』。但在明朗的天空中，也有灰沙飛揚、烏雲飄浮的時候。同樣，我們的工作，也有失誤甚至錯誤缺點很大時候。正像打仗沒有長勝將軍一樣，一點缺點沒有的工作也不多見。本人幹過戰地記者，這方面深有體會。要是五次反圍剿節節勝利，用得著進行二萬五千里長征？別的工作同樣如此。比如，『三反』運動中打出的老虎，百分之百都是假的；反胡風運動，錯抓錯關了的占百分之九十以上；就不能一概說成『成績是主要的』。可是，『成績是主要的』，卻成了我們的金科玉律。任何地區，任何單位，任何工作，時時，事事，永遠『成績是主要的』。這是典型的現實粉飾主義。驕兵必敗，這是顛撲不破的真理。我十分擔心，長此下去，我們黨的前途，是很危險的！」

「我們的讀者在一天天減少，我們的工作總結，卻永遠是『成績巨大而顯著！』」一個矮個子編輯，坐在牆角邊大聲插話。

「高揚說的好，整天在滿足的急流裏游泳，遲早要被驕傲的洪水吞沒。」插話的是綠莽。

人們七嘴八舌地插話，會場一時陷入了混亂：

「我們把蘇聯老大哥的一切，都看成是馬列經典，絕對真理，照學不誤。同樣是教條主義。」

「我們編輯部存在著那麼多的問題，宣傳部的領導，卻很少下來看一看，哪怕是給解決一個兩個問題也好。可是，『望穿秋水，不見伊人的倩影』，難道這不是嚴重的官僚主義？

「當然是！」是好幾個人的聲音。

一個尖細聲音吼道：「大概是因為有嫡系部隊在這兒鎮守，才特別放心吧。」

「哈哈哈——這話，說到了點子上！」一陣哄堂大笑。

「嘩嘩嘩……」掌聲爆響不止。

掌聲過後，人們爭先恐後地發言，話說的越來越尖銳，越激烈。主持會議的支部書記矯敫實在聽不下去了。她臉色通紅，低頭看看腕上的手錶，沒和主席臺上的另外兩個人商量，驀地站起來宣佈道：

「今天的會中間沒休息，現在提前十分鐘散會！」

「咚咚咚！」她率先走出了會場。

緊跟其後的，是幾個去廁所解決內急的人。

七

陸舟晚上下班回到家，見妻子矯敫俯身躺在床上，近前譏笑道：「咳，大白天壓床板，好一個大懶蟲！」

妻子一動不動，也不作回答，好象是睡著了。

陸舟伸手扳過妻子的頭，一看她滿臉淚痕，不由驚駭道：「矯敫，你病啦？哪兒不舒服？」

「我沒有病！」她粗魯地把頭扭了回去。

「那，你哭什麼？快告訴我，發生了什麼事？快說呀。咳，哭能解決啥問題嘛！」

「哼，我受了人家的欺負，你還不讓我哭？」

「不可能吧？什麼人好意思欺負我陸某人的愛人呀。」

「哼！人家指著鼻子，把你的老婆罵了個狗血噴頭，還不可能呢！嗚嗚嗚……」矯敫出聲地哭了起來。

「怎麼可能發生這樣的事情呢？好端端的，他們罵你幹啥？」陸舟坐到妻子身邊，掏出手絹給妻子揩淚。

「你讓金夢，跑到我們那兒，召開他娘的座談會，搞什麼大鳴大放。你說，你派誰去不好，單單要派那個破鞋去，不是成心給我惹事？」

「哈哈，我當是出了什麼大不了的事，原來是為這個。我跟你說，金夢是我特地派去的。」

「你為什麼要特地派她去，你不知道，她對我有成見嗎？」

「編輯部對你這個支部書記有成見的人，豈止是她一個？讓那些對你有成見的人湊到一起，發洩發洩有啥不好？」

「哼，站著說話不腰疼——沒讓你去聽聽試試，我的肺都氣炸了！」

「咳，不論他們說什麼，你都要硬著頭皮聽下去，懂嘛。」

「說的倒輕巧！他們把人罵得狗血噴頭，我也得硬著頭皮聽？」矯敫一把鼻涕一把淚。

「不可能吧？他們至多是罵共產黨，怎麼會罵到你的頭上呢？你不要神經過敏嘛。」

「放屁，放屁！」矯敫忽地坐了起來，「他們說任人唯親、宗派主義，外行領導內行……」

「咦，這類問題，在哪個會上沒有人這麼叫喊，用得著大驚小怪？北京大學和清華大學有一些利令智昏的教授，竟然提出民主黨派要跟共產黨輪流坐莊，甚至要求將中山公園辦成英國的『海德公園』呢。

可眼下，我們都得聽著。誰願意說什麼，讓他們說個夠。我們希望他們說的越多越好！」

「他們胡說八道，當然我不會大驚小怪。可是，他們雖然沒有指出名字，可是有許多話，我一聽就是在繞著圈子罵我。」

「他們怎麼說？」

她模仿著發言人的口氣：「編刊物要有真才實學，可不同於說快板書、扭秧歌那麼簡單。」

「哦，他們還說什麼？」

「還說，共產黨任人唯親，《北方文藝》編輯部就有嫡系部隊在坐鎮。露鼻子露眼，不是把矛頭指向了我，還有誰？」

陸舟給妻子揩揩淚，點上一支煙，猛抽幾口，然後俯身說道：「矯敫，你聽到那些烏龜王八蛋的污衊漫罵，不但不應該生氣，應該感到高興才是呀。」

「挨了臭罵還要高興？哼，我可沒有那麼高的修養水平！」

「我們的領袖就有。」

「至多是憋在心裏不說出來罷啦。我就不相信還有挨了臭罵，反而高興的！」

「又不懂了吧？坐起來，聽我好好給你解釋。」

他把妻子扶著坐起來，摟進懷裏。「他們自己跳出來，使我們認識了他們的真面目，是大好事嘛。」

「認識了又能咋樣？」

「咋樣？誘敵深入，聚而殲之。」陸舟脫口而出。

「聚而殲之？」矯敫迷惘地望著丈夫。

「那當然。」

「可，我們一再動員人家大鳴大放，幫助黨整風呀，怎麼又成了『誘敵深入』呢？」

「不錯，我們是希望他們從團結的願望出發，與人為善，幫助我們黨整風。可是，許多人趁機發起了猖狂的進攻。作起了親者仇、仇者快的事。這與階級敵人有啥兩樣？等著吧，有他們的好果子吃！」

矯敫的雙眼瞪得大大的：「老陸，這是你個人的看法，還是上面的精神？」

「唉！你這人呀，在政治問題上就是這麼不敏感！我什麼時候用個人的感情代替過政策？」他俯身向前壓低了聲音，「那幫傢伙的瘋狂嘶咬，已經把偉大領袖，大大地惹惱了。」

「真的嗎？他老人打算怎麼做？」

「你現在不要細問。還不到你這一級幹部瞭解詳情的時候。」他愛撫地拍拍妻子的臉蛋，彷彿在自語：「哼，悠悠眾口，竟如大河決堤。看來，民主這個口子，是絕對不能開的！剛剛開了一點縫兒，那幫傢伙就想造反！」他用力地一揮手，附耳說道：「矯敫，你要作好進行反擊的思想準備。」

「烏拉！」矯敫一躍而起，雙手摟緊丈夫的脖子，在他左頰上響響地親了一口。「偉大領袖太英明，太偉大啦！我就知道，他老人家不能讓那些烏龜王八蛋翻天胡鬧。好，明天我就組織反擊，一舉打跨他們的猖狂進攻！」

「不。現在還不到反擊的時候。現在還是繼續讓他們放毒，直到他們把毒素全部放完為止。」

「那……那得讓那些傢伙，罵到啥時候呀？」矯敫的鵝蛋臉扭歪了。

四月二十七日，中央發佈了關於整風運動的指示。只過了十多天，民主人士的發言，就使得毛澤東大變其臉，於五月十五日寫出了《事情正在起變化》的文章，作為絕密檔，發給了高級幹部。從動員鳴放，到改弦易轍，僅僅隔了十八天，整風的列車，便驀地掉轉車頭，向完全相反的方向馳去。足見，全面反攻的時機不會太晚。見妻子焦急欲泣的樣子，陸舟安慰道：

「我估計，多則半月，少則十天，一定會見分曉。」

「哎呦！還要等那麼久呀？我恨不得今天就動手，把那些反動傢伙打個落花流水，讓他們遺臭萬年！」

「矯敫！」陸舟態度嚴厲地阻止道，「矯敫，你一定要沉住氣，絕不能亂來，以免破壞了偉大領袖的戰略部署。我今天跟你說的話，你不但不能漏出一個字去，還要表現的比過去更謙虛、更耐心。回去找幾個寫字快的人作記錄，把他們的發言，一字不漏地都記錄下來！」

「放心吧，我們已經作了記錄。」

「要特別認真的做。記住，在關鍵問題上，一個字都不能漏下！那是我們大反攻的武器彈藥——懂嗎？」

「萬歲！」她轉身摟緊丈夫，一陣狂吻。

黑雲壓城

一

一九五七年六月八日，發生了一件震驚世界的大事件。

這一天，人們一覺醒來，驚奇地發現，當天的《人民日報》，來了個一百八十度的大轉彎：用異乎尋常的憤怒口氣，發表了一篇社論：《這是為什麼？》虛懷若谷的謙謙君子，突然變成了口噴火焰的黑臉判官！

社論寫道：「在『幫助黨整風』的名義之下，少數的右派分子正在向共產黨和工人階級的領導權挑戰，甚至公然叫囂要共產黨『下臺』。他們企圖乘此時機把共產黨和工人階級打翻，把社會主義的偉大事業打翻。……物極必反，他們難道不懂這個道理嗎？」

近一個時期以來，東方旭改變了不喜歡讀報紙的習慣。每天一上班，總要抓過當天的《人民日報》，粗略地流覽一下。有想看的文章，就等到處理完了業務，或者下了班帶回家去仔細閱讀。不料，今天拿過報紙，一眼瞥見設問式的社論題目，便不由一震。急忙流覽一遍，一顆心砰砰地跳動不止。他覺得這是病人的囈語，瘋子的狂言，絕不像堂堂黨中央機關報能夠說出的話。他甚至懷疑自己的眼睛出了毛病。可是，再仔細地讀幾遍，白紙黑字，鑿鑿可據！

像木雕泥塑一般，他久久待坐在椅子上，只覺得兩眼昏瞀，腦袋漲大，心口堵得喘不動氣，彷彿遭到了霜打雷擊！

「這是為什麼？」他以拳擊胸，發出了同樣的疑問。

社論的立論，來自一封匿名信。其實，這已經不是新聞。就在昨天的同一張報紙上，披露過這一消息：民革中央委員、國務院秘書長助理盧郁文，前些日子接到了一封匿名信，說他在座談會上的發言，是「為虎作倀、無恥之尤」。盧郁文在國務院黨外人士座談會上，宣讀了匿名信。想不到這樣一件小事，不但成了黨中央機關報發社論的根據，而且進行了「藝術」加工。昨天報導時，匿名信上的罵人話，只有「為虎作倀、無恥之尤」等字樣，到了今天的社論中，又多上了「揍你」，「宰了你」，「小心你的狗頭」，「勿謂言之不預也」等更加惡毒的字眼。這樣，匿名信便升格成為恐嚇信。

就算那是一封貨真價實的恐嚇信，難道就犯下了十惡不赦的大罪？把恐嚇一個黨外人士、區區國務院秘書長助理，說成是辱罵共產黨，豈不是無限上綱，牽強附會？很顯然，醉翁之意不在酒，社論是借題發揮！

共產黨不是下定決心要整風嗎？為何話音未落，倏地變臉，把矛頭對準了誠心誠意幫助他們整風的人呢？

東方旭從頭至尾，參加了各民主黨派負責人和無黨派民主人士鳴放座談會，認真聽取發言，積極作著記錄。但並沒有發現有向共產黨和工人階級領導權挑戰的人，更沒有聽到有想把共產黨和社會主義偉大事業「打翻」、甚至要讓共產黨「下臺」的膽大包天者。這篇社論豈不是空穴來風，無的放矢？這到底是為什麼？」

忽然，他把報紙狠狠往桌子上一摔，醒悟似地呻吟起來：「哼！這如其說是一篇「社論」，倒不如說它是一紙聲討「右派分子」的檄文。一再倡導的大鳴大放，僅僅過去了二十天，突然壽終正寢！毛澤東在最高國務會議上的殷殷求賢之心，鑿鑿求諫之論，統統成為泡影，演出了一出大手筆的鬧劇？。

「一個六億人口大國的執政黨，一個被視為比歷代任何君王聖明一萬倍的智者，一位口含天憲的偉大領袖，能像三歲孩童似的，出爾反爾、反覆無常？」他無力地仰靠在椅子上，閉上了雙眼。過了許久，痛苦地呻吟道：「但願，這一切不是真的。」

「這一切肯定是真的！」有人做了回答。

「啊！」東方旭一睜眼，余自立不知什麼時候站到了面前。「咳！自立，你嚇了我一跳。你剛才說的什麼？」

「我說，這一切肯定是真的。」余自立在他的對面坐了下來。

「你所說的『是真的』，指的是什麼？」

「那，您所說的『不是真的』，指的是什麼？」

「我什麼也沒有說呀。」

「嘿嘿，我聽到啦。」余自立模仿著他的腔調，「一個六億人口大國的執政黨，一個無比聖明的智者，一個口含天憲的偉大領袖，像三歲孩童似的，出爾反爾，反覆無常！——對吧？」

「剛才，我是睡著啦，可能是在說夢話。我有說夢話的習慣。」他急忙進行掩飾。

「得了吧！對老同學也打馬虎眼——你根本就沒有睡著。」

東方旭坐直了身子，神色慌張地說道：「自立，剛才我所說的話，你千萬不能漏出一個字去。」

「你幹麼這麼緊張，難道連老同學都信不著？」

東方旭神色肅然地指指面前的報紙：「自立，看到社論了嗎？」

「我就是為這事來向您請教呢。」

「我感到，事情不妙，非常糟糕！」

「怎麼？天要塌，地要陷，大禍臨頭啦？」

「雖然不能說已經大禍臨頭，可是，我們的希望，我們國家的前途，只怕……只怕，要陷入災難了。你先別笑，難道你認為不是這樣？」

「東方，在作學問方面，你是我當之無愧的老師，可在政治問題上，我可不敢苟同。你呀，怎麼老是神經過敏哪？我這樣說，你不會拿怪吧？」

「沒關係，你儘管說下去。」

「他們這是借臺階下驢。哼！剛剛聽到了幾句不順耳的話，就受不了啦，急忙找個藉口要收。而且口出不遜，一副罪臣當誅的架勢。媽的，他們不大會動員，小會苦勸，人家會跑到一起提意見？吃飽了撐的？既然不想聽取忠言，把良藥當毒鴆，使整風半途而廢，吃虧的首先是他們自己，關我們小百姓屁事？」

「自立，你覺得他們僅僅是要收，而不是要反戈一擊？」

「唔。也不排除進行反擊的可能。」余自立沉思一會兒，忽然冷笑道：「嘿嘿，讓他們反擊好啦。最終吃虧的不是我們，也不是中國老百姓，而是他們自己！肉食者鄙，古人的話對極啦。」

東方旭的眉心擰成一個疙瘩：「唉！問題沒有那麼簡單。只怕吃虧的，首先是我們小百姓！」

「屌！我們一片至誠，給他們提幾個意見，目的是治病救人，希望他們更完美。不成，他們以怨報德，把好心提意見的人當成『猖狂進攻』的敵人？」

「難道沒有這種可能？」

余自立沉思了一陣子，搖頭說道：「東方，你太悲觀啦。他們不是白癡，絕不敢冒天下之大不韙，像『三反』、『五反』、『肅反』、反胡風那樣，隨便整人、鬬人。解放以來，他們錯整了那麼多人，丟盡了臉皮，難道一點教訓也不接受？除非他們得了健忘症，否則，不至於遺忘的那麼快。況且，求賢納諫的聖諭，歷歷然在目，轟轟然在耳，話音未落，就不認帳？連起碼的威信和面子也不顧啦？東方，你就放心吧，他們不會如此『聰明』。充其量，把提意見的人繼續當異己分子『優待』。」

「唉，也難怪人家吃不住勁：政協召開的鳴放會，前後不過十三天，七十多個人發言，確有不少使他們耳朵刺痛，心頭發顫的話。」

「要不怎麼說『忠言逆耳，良藥苦口』呢！哼！想不到呀，他們諱疾忌醫到了這個份上！善良的人們啊，你們被人當猴子耍啦！」

「自立，我有一種不詳的預感，怕是要吃輕信的虧。」停了一會兒，東方旭自語似的咕嚕道：「一朝誤入白虎堂，無人能救林教頭！」

「哼！比我們高明多少的人都相信了他們的鬼畫符，何況你我！算了吧，權當我們放了一通不臭的屁！不過，你用不著那麼緊張，政協禮堂不會是白虎堂，共產黨不會那麼愚蠢，把好心幫助他們的人，當敵人整，不是自找孤立嗎？況且，我們既沒有胡說，又沒有犯法，其奈我何！老同學，你就把心放在肚子裏吧。」

「唉，但願這是我的杞憂。」東方旭像遭到霜打的莊稼，低頭長歎。

臨分手的時候，他附在余自立的耳朵上囑咐道：「自立，眼下風轉勢變，草木皆兵。千萬管住自己的嘴巴，事事多加檢點呀！」

「放心吧，老同學。吃一塹，長一智，往後，除了對真正的朋友，我再也不會輕易開啟心扉啦。」

二

正當兩位秀才惶恐顫慄地在猜政治謎語的時候，一道閃電掠過天空，頃刻之間，黑雲翻滾，大地戰慄，一場掀天揭地的暴風雨頃刻降臨。

人們做夢也想不到，在《人民日報》發表《這是為什麼？》的同時，中國共產黨中央委員會主席毛澤東，親自起草了一份黨內緊急指示。十萬火急，命令全國各級黨組織：《組織力量反擊右派分子的猖狂進攻》。正如東方旭所擔心的，這是一篇聲討右派分子的檄文。總指揮親自下達了總反攻的命令，浩浩蕩蕩的反攻大軍已經秣馬厲兵，磨刀試劍。東方旭和余自立還在心懷僥倖，虔敬地祈求，執政的大黨，英明的領袖，不要問過則怒，對應命進諫者進行打擊報復。

書呆子怎能理解政治家的胸懷。這再次應了那句古語：秀才造反，三年不成！

像一場掀天揭地、席捲一切的龍捲風，大反攻的號令到了哪裡，哪裡弓上弦，刀出鞘，時刻準備發起衝鋒。

戰前動員和戰鬥準備，同樣在《北方文藝》編輯部緊張地進行。

毛澤東緊急指示發佈的當天上午，宣傳部召開各單位黨的負責人會議，做戰前緊急動員。支部書記矯敫開會回來，沒有顧得上吃中午飯，便跟支部副書記夏雨作了研究。當天下午，立即召集全體支部成員開會。決心以最快的速度，將向右派分子進行反擊的最高指示，變成本單位的實際行動。不獲全勝，絕不收兵。力爭作出成績，向黨的三十六周年生日獻禮。

出席會議的共有五人：支部書記矯敫，副書記夏雨，組織委員畢崇禮，宣傳委員高揚，婦女委員向英。會議就在書記的辦公室召開。矯敫早已坐在自己的寫字臺後面喝茶等待。其餘的人來到後，搬把椅子圍桌而坐。大家剛坐下，矯敫見門沒有關嚴，下巴一甩，對向英吩咐道：

「去，把門關好。今天的會議很重要，不能讓外人聽了去。」

向英急忙去把門關嚴，並栓上插銷，回頭坐下來，神秘兮兮地說道：

「我去關門，看到有個人在外面鬼鬼祟祟，探頭探腦，不像是從門口經過，像是在偷聽。」

「哦，那是誰？」矯敫警惕地問道。

「沒看清，背影像是個女的。」

矯敫訓斥道：「你呀！應該追上去看明白是誰嘛——連這點警惕性都沒有！」

「我，思想太麻痹，沒想到……」向英紅著臉承認錯誤，「以後我一定注意。」

矯敫搖搖頭，目光轉向入會者：「同志們，你們看：我們剛要開會，就有人來偷聽，足見我們所面臨的，是一場尖銳而複雜的階級鬥爭！大夥都要提高警惕。以後發現有什麼異常的情況，要馬上向我彙報。」

「是！」向英搶先答應。

「好。現在開會。」矯敫的目光從入會者的臉上掠了一圈，極力讓尖細的聲音變得粗壯有力：「今天《人民日報》的社論，你們都讀過了吧？」

「讀過了。」大家一齊點頭。

「好。不過，漫不經心地流覽一下可不行，要認真地、反覆地、不厭其煩地讀，直到真正領會其精神實質為止。」

組織委員高揚答道：「我至少讀了三遍。」

「我讀了四五遍不止！」向英急忙附和。

「很好。這才是正確的態度。」矯敫兩條細眉高揚，「既然黨報的社論大家都讀過了，我就不念了。下面，我開始傳達檔。不，是傳達會議精神。都把筆記本收起來，不要記錄。」

等到入會者將筆記本放回口袋裏，她語氣嚴肅、用訓話的語氣說道：

「今天上午，我到部裏參加了一個非常重要的會，只有各單位黨的負責人參加。會上，卓然副部長傳達了中央的一個絕密檔——緊急指示，名字是：《組織力量反擊右派分子的猖狂進攻》。然後，陸舟部長又作了重要的講話和戰略部署。咳，簡直是太正確、太及時、太鼓舞人心啦！」

說到這裏，她略作停頓。見眾人露出迷惘的神情，方才繼續講道：「同志們，你們肯定想不到，前一陣子，那些所謂的民主黨派頭頭以及那些所謂的民主人士，在統戰部召開的座談會上，忘乎所以地滿口噴糞，胡說八道。當時，我們就感到非常痛恨和不能忍受，現在才明白，原來都是一些極端惡毒的反黨言論！是向我們黨發起的猖狂進攻，射出的一束束毒箭。他們利用我們黨整風之機，在幫助黨整風的幌子下，向我們偉大、光榮、正確的黨，發起了有計劃，有組織，大規模的猖狂進攻！妄圖推翻共產黨的領導，使我們偉大的社會主義祖國改變顏色！簡直瘋狂極啦！」矯敫停下來，飲一口搪瓷蓋杯裏的茉莉花茶，繼續說道；「我們至今記憶猶新：所謂『救國會七君子』之一的章乃器，竟然要跟我們共產黨輪流坐莊。那個一貫反動的章伯鈞，竟要成立什麼『政治設計院』，為我們國家作政治設計。緊跟其後的是他的政治夥伴羅隆基。他惡毒地攻擊各項偉大的政治運動，要成立什麼『平反委員會』。對於解放以來所進行的所有偉大政治運動，來一個一風吹、徹底的否定。那個清華大學的錢偉長，我們讓他當了校長，他還嫌權力不夠，竟然喪心病狂地支持教授治校！人民大學有個葛佩琦，自稱是「一二、九」運動的學生領袖、老地下黨員，其實是國民黨的反動少將，公然跳出來，要殺共產黨！還有一些烏龜王八蛋，我忘記了他們的名字，叫嚷說，一個上帝，九百萬清教徒，統治著五億農民，非造反不可。還有的說，中國不能讓許多小史達林統治下去。還有的說，以前是周公輔文王，現在……」

高揚糾正道：「是周公輔成王。」

「咳，有文王、武王，哪來的『成王』呀？」

夏雨插話道：「成王是文王的孫子，武王的兒子。」

「對，是周公輔成王。」矯敖立刻改了口。「他們說，以前是周公輔成王，現在文王長大成人，不對，現在成王長大成人，周公就該還政！你們聽聽，他們的野心多麼大，狂妄到了什麼程度呀？我們文藝界的情況同樣很嚴重：一些作家是黨培養起來的，卻吃紅肉拉白屎，掉回頭來反對黨。王蒙那篇《組織部新來的年輕人》，就把矛頭指向了我們的組織路線。劉賓雁的《本報內部消息》同樣是打著反官僚主義的旗幟，攻擊黨的領導。四川有個流沙河，更加可恨，他竟然用詩歌反黨。他寫了一組毒草叫什麼《草木篇》，指桑罵槐，反動語言一大摞。他還寫了一首歪詩，名字忘記了，我只記得幾句：『我把你的嘴唇，當作醇酒一杯，我捧起來吻到沉醉……』」

「嘻嘻！」夏雨、高揚和向英一齊發出了笑聲。

矯敖一雙秀目瞪的圓圓的：「笑什麼？你們應該感到氣憤才是。難道，這還不夠反動？同志們，他這是在拉攏腐蝕我們的年輕一代。你們想過沒有？我們的年輕一代都被他引誘腐蝕、拉攏過去，年輕人都走向墮落，甚而走上犯罪的道路，我們國家的前途多麼可怕呀？我們痛恨都來不及，你們怎麼還笑得出來呢？」見眾人神色嚴肅，她才停了下來。伸手去拿面前的茶杯。

「矯支書，等一下——水涼啦。」

向英眼快，伸手接過茶杯，從旁邊的桌几上，拿過熱水瓶，將茶杯續滿水，送到矯敖手邊。她端起來喝下一大口香茶，語氣嚴厲地繼續說了下去：

「對於我們單位，不知道大家是什麼看法？會前，我跟支部副書記夏雨同志交換了一下意見。我們回憶了前一階段座談會上的大量發言，一致認為，敵情同樣嚴重的很，那些壞傢伙，有的以反對宗派主義為名，惡毒攻擊我們的幹部政策，往黨的優秀幹部臉上抹黑；有的以反對官僚主義為名，攻擊黨的領導不經常來單位指導工作；有的以反對教條主義為名，惡毒攻擊社會主義現實主義的創作方法；甚至閉著眼睛說瞎話，污衊我們偉大的社會主義建設事業，錯誤很多，成績不是主要的！此可忍，孰不可忍？你們用不著感到驚訝。這叫樹欲靜而風不止，是毒草一定要破土而出！」

矯敫見支委們都在低頭靜聽，只有高揚的方臉上露著不安的神情。一興奮忘記了控制，聲音立刻又尖細起來：「同志們呀，這是階級鬥爭的規律，不以人們的意志為轉移的呀！開始，我也弄不明白。從上月初大鳴大放開始，我就感到奇怪，那麼多荒謬絕倫、臭氣衝天的狗屁驢屁，我們的報紙不但不加以反擊，反而連篇累牘地予以登載。不論他們放什麼臭屁，我們也都硬著頭皮聽了下去。現在才明白，原來是偉大領袖的戰略部署：引蛇出洞，讓他們把毒放完，誘敵深入，聚而殲之！現在，我們心中的疑問消除了。我們所盼望的時刻終於來到啦。同志們，英明領袖向我們發出了偉大的戰鬥號召。進軍的號角吹響了，讓我們勇往直前，接受黨的考驗吧！我先說到這裏。夏雨同志，你還有什麼需要補充的？」

夏雨鄭重地說道：「矯敫同志把中央的指示精神和部裏的戰略部署傳達的很透徹。我從心眼裏擁護，並且感到十二萬分的高興。我個人的態度是：一定要站在運動的前列，作一個打退右派分子猖狂進攻的英勇戰士。」

「好！」矯敫打斷了副書記的話，「既然夏雨同志再沒有補充的，我們就開始研究我們單位的具體行動部署。」

夏雨說道：「矯敫同志，您看，是否大家先討論一番，吃透了上面的精神，再研究下一步的行動部署？」

「也好。」矯敫點點頭，「只有大家統一了認識，才能有整齊統一的行動步伐。我們的隊伍才有戰鬥力！」

「我擁護。」向英和畢崇禮同聲回應。

「在正式討論之前，我談一點個人的看法。」夏雨補充道，「剛才矯書記講話時，指出了我們單位鳴放中的一些問題，也許某個問題，與在座的某位同志有關。但是，並不是說了某個問題，就是右派言論。那要看說話者的立場和出發點是什麼，更不是提意見的人都是右派。這一點，希望大家不要有顧慮。」他用徵詢的目光望著矯敫，「我的體會不知是否妥當？」

矯敫咬著下唇沒吱聲。過了一會兒才問道：「誰接著談？」

三

「我先談點認識。」說話的是高揚。「我聽了矯支書的講話，震動很大。比之讀社論時，思想認識更加提高了。我連做夢也想不到，前一階段的大鳴大放，竟是引蛇出洞。現在，毒蛇已經探出頭來，到了聚而殲之的時候啦。作為一個共產黨員，我絕不允許任何人，給共產黨抹黑，更不能聽任他們向黨發動猖狂的進攻。如果真的到了那一天，我會挺身而出，捍衛黨的利益！」說到這裏，高揚話鋒一轉：「不過，我有一點弄不明白，願意在支部會上談出來，請大家幫助我提高認識。」

「高揚同志，不論有什麼看法，都歡迎你大膽地談出來。」按照上面的部署，矯敫仍然是一副耐心聽取批評的架勢。只有她一個人知道，現在之所以不立即進行反擊，就是要讓尚未出洞的毒蛇，繼續往外爬，以達到除惡務盡的目的。她有個感覺，這位黨齡比自己長的多、從來不把自己放在眼裏的老黨員，近來思想急劇向右轉，離右派分子只是一步之差了。如果再讓他放一些毒，他就休想鑽出網去。於是，她笑眯眯地鼓勵道：「這是黨內會議，不必顧慮。盡可知無不言，言無不盡嘛。」

高揚不無憂慮地說道：「我們黨整風，是我們自己的事，本來與黨外人士無干。可是我們三番兩次地請人家來提意見，幫助我們黨整風。有人不想說話，就個別談話反覆動員人家。人家相信了黨的誠意，才談出了自己的一點認識。就算是其中有一些不中聽的話，卻是我們央求人家說的，不是人家主動罵上門來。解放這麼多年啦，為什麼以前沒有人這麼坦率地提意見？人家有顧慮呀。現在，剛剛聽到了一些逆耳之言，立刻笑臉變冷臉，說人家造謠誣衊，甚至是猖狂進攻，這不是設下圈套讓人家往裏鑽嗎？作為一個黨員，我真擔心，這樣做會失信於我們的朋友，並被天下人恥笑，說我們黨諱疾忌醫，甚至是在耍陰謀詭計。」

「不，這不是陰謀詭計，而是陽謀！」矯敫脫口而出。

「什麼？『陽謀』？好新鮮的字眼——沒聽說過！不知這是哪位諸葛亮的發明？」高揚露著冷笑。

「高揚，你說話注意點！『陽謀』這個詞，可不是我矯某人造出來的，而是我們偉大領袖毛主席親口說的。只有他老人家高瞻遠矚，無比崇高偉大，才能說出這樣的話。這也是他老人家對馬克思列寧主義的偉大發展！懂嗎？」

高揚驚訝得張大了口：「這話是毛主席他老人家親口說的？真的嗎？」

「嘿！這樣重大的政治問題，我敢瞎編？」矯敫淡然一笑，「不知者不怪罪，情有可願。老高，你繼續說下去。」

「我……沒有什麼要說的啦。」興致勃勃的高揚，立刻蔫了下去。

「老高，你幹麼呀？明明有話沒說完，卻不說了。吞吞吐吐，膽小如鼠！剛才還說我們黨沒有誠意，你這叫有誠意？有顧慮了，是吧？」

「我從來沒有說過犯忌的話，更沒有越軌行動，我有啥顧慮？」勸將不如激將，高揚被激怒了。「堯舜以仁義治天下。我們時時以堯舜盛世自居，豈可忘記信義二字？現在這種做法，我認為有失忠厚仁義之道！」

「你這話是什麼意思？」矯敫厲聲追問。

「你應該把話說清楚！」向英急忙幫腔。

「我已經說的很明白啦。如果我們一定要向提意見的人開刀，我們一再強調的『言者無罪，聞者足戒』，怎麼解釋？」

「這……」矯敫一時語塞。

夏雨只得出來解圍。他語氣緩和地說道：「我的理解是，我們要反擊右派分子的進攻，就是要對他們的錯誤言論進行批判，不准他們再胡說下去。鳴鼓而攻，不等於圍剿問罪。不錯，我們黨向來倡導言者無罪。可是，言者無罪，不等於言者無過。有過就要批判糾正嘛，這有什麼不好理解的？」

高揚又問道：「那，說了什麼樣的話，就算是右派分子呢？」

「那些污衊黨，給黨抹黑的屁話唄。」矯敫麻利地答道。「凡是不懷好意，說了這樣的話，就是右派分子。」

「如何界定，是善意幫助，還是不懷好意的進攻呢？」高揚又問道。

「……」矯敫再次語塞。

「其實，這也沒有什麼奇怪的。」夏雨再次給支部書記解圍，「毛主席早就教導我們：凡是有人群的地方，就有左、中、右，我認為，所謂『右派』，就是這個『右』。」「至於誰右，我的理解，主要是看前一階段，他發言的動機是否純正，言論的性質是不是嚴重。」

「那？什麼樣的話，才是嚴重的呢？」高揚又問。

夏雨答道：「我的理解是，在一些重大原則問題上，是與黨中央保持一致，還是背道而馳。是懷著不可告人的政治目的，還是維護黨的威信和領導權。」他兩眼望著矯敫，「不知道我的理解對不對？」

「很對，很對。」矯敫目光中露著感激。

高揚不再吱聲。向英接著發言。

她的聲音清脆，節奏急驟，如同熱鍋爆豆：「矯書記的講話，很深刻，很全面，對我的教育和幫助很大很及時。那些右派分子，利令智昏、喪心病狂。他們竟然敢將我們光榮偉大的黨，說的一無是處，甚至要跟我們黨輪流坐莊。我們流血流汗打下了天下，能叫他們來掌權？簡直是喪心病狂之極！是可忍，孰不可忍？現在，黨中央發出了戰鬥號召，太英明了，太及時了，我舉雙手擁護！我與右派分子勢不兩立。一定要站在鬥爭的最前列，黨指向哪裡，我就打到哪裡，不獲全勝，絕不收兵！」

「說的好！」矯敫細眉高揚，連連點頭。「都有向英同志這樣覺悟，我們單位的反右鬥爭，一定能取得偉大的勝利！誰還接著說？」

畢崇禮接著作了發言。他說：「聽了傳達，震動很大。感到自己的思想大大落後於形勢。本來，我也在挖空心思搜集意見，準備發言，害怕被說成對幫助黨整風不積極。矯支書的傳達，起了大喝一聲的作用。一定要懸崖勒馬，迷途知返。努力加強學習，跟上前進的隊伍，不做運動中的落伍者。不過……」他欲言又止，「我先談到這裏吧。」

「老畢，有話就說完，不要吞吞吐吐嘛。」矯敫皺起了眉頭，「你也應該像高揚那樣爽快嘛。」

畢崇禮小心翼翼地說道：「為了我們黨的利益，我希望在這次運動中一定要注意掌握政策界限，實事求是。不要像往常搞運動那樣，大膽懷疑，斷章取義，牽強附會，無限上綱。結果，傷害了許多好同志，給運動留下了後遺症。」

「老畢，說的具體一點！」矯敫質問道，「你這樣說的根據是什麼？」

「我也沒有多少根據，只是有一點擔心。譬如：報紙上說，葛佩琦要殺共產黨。這話夠反動的。可是，我聽《人民日報》的一位同志講，人家根本沒說這樣的話。原來發言記錄上也不是這樣記的。是人民大學在整理材料上報時，給人家推理上去的。人家葛佩琦氣得找到了《人民日報》，逼著給他調查落實，進行糾正呢。」

「為什麼沒給他糾正呢？」矯敫問道。

「那就不知道啦。」

「還是的！這就證明葛佩琦出爾反爾，胡攪蠻纏！老畢，你可不能相信那些流言蜚語。」矯敫突然站起來宣佈道：「今天的會先開到這裏。什麼時候再開，聽我的通知。散會。」

支部書記當機立斷中途結束會議，是她考慮到，下面的內容，不適合讓高揚瞭解。她需要向上面請示，下一步該怎麼做。

果然，晚上繼續開會時，高揚沒有接到通知。矯敫在會上解釋道：「鑒於高揚在前一階段的一系列錯誤表現，已經有失一個共產黨員應有的立場。上面決定暫停他支部委員職務。對於他的問題，下一步我們要繼續搞，一定要搞清楚。」接著，她說出了會議的議程：「今天晚上我們要研究兩個問題：第一，對於我們單位的敵情，進行摸底排隊，以便明確進攻的目標，進行有步驟的反擊。第二，確定左派名單，以便發動他們，作好批判右派的準備。」

四

自從五月十五日，毛澤東大筆如椽寫出雄文《事情正在起變化》以來，在全國範圍內，一方面繼續深入地發動鳴放，以便把所有的毒蛇引出洞來；一方面暗暗部署，積極進行備戰。

現在，備戰階段已經結束，全線出擊的時刻已經到來。左派積極分子們，按照六月八日以來《人民日報》社論的導向，收起虛懷的微笑和響亮的掌聲，挺身而出，鳴鼓而攻。

但許多自認為吃透中央精神的黨外人士和普通黨員，並不知道偉大的戰略部署已經改弦易轍，認為報紙上出現的不和諧調子，不過是和諧交響中的一隻濫竽，滔滔大潮中的幾股細流。說不定會像陳其通、馬寒冰等一樣，回頭要遭到批判。偉大領袖曾經當眾親口說過：心裏面有氣，罵幾句都沒有什麼。有著如此博大胸懷的領袖的許諾，即使不慎說錯了幾句話，又有什麼關係？不少人甚至認為，是積極分子們的自我感覺太好，左傾頑疾難改，以至認友為敵，草木皆兵。違背了偉大領袖毛主席的初衷，他老人家絕不會聽之任之，肯定會像去年那樣，對於攻擊《組織部新來的年輕人》的理論家，進行批評甚至譏笑。有恃便無恐。許多已經被內定為「右派」，進了「白虎堂」的傻秀才，還認為真理在手，勝券在握，依然滔滔不絕，放言高論。言之猶感不足，揮動筆桿，著文論辯。豈不知大網已經張開，只是網口尚未收緊而已。結果，紛紛落入「陽謀」的網罟之中，再也掙扎不出。

進攻者腳步趑趄，防守者理直氣壯。一時間，戰爭處於相持階段。

這場殲滅戰的總指揮毛澤東運籌帷幄，選擇著大舉反攻的最佳時機。他自然知道，右派防守的武器，就是二月間他在最高國務會議上的講話，和三月間在全國宣傳會議上的講話。一部因缺油而停轉日久的機器，一旦注滿燃料，引上火種，便會轟然一聲飛速旋轉起來。如火如荼的大鳴大放，正是這兩篇文章注滿燃油並送上火種點燃起來的。尤其是他在最高國務會議上所作的《如何處理人民內部的矛盾》的講話，簡直就是驚蟄的春雷，催芽的及時雨。遍及神州的百花競發、百鳥齊鳴局面，不論是悅耳的鳴囀，還是刺耳的刮噪，無不是這篇講話所引發。右派分子們從中摘章引句，為猖狂進攻找到了理論根據。講話成了他們防身的鎧甲，進攻的銳利武器。顯然，要想摧枯拉朽、勢如破竹，一舉降伏猖狂的右派，必須將他們據以反抗的堡壘和武器，變成埋葬和絞殺他們自己的墳墓和絞索！

為了達到這一偉大的目標，必須對講話進行全面的校勘，只要能改成一個為我所用的「欽定本」，改頭換面，自食其言在所不惜。毛澤東希望國人統統患上健忘症，將他一百天前那場神采飛揚、振聾發聵的講演，深入人心、鞭辟入裏的內容，忘個一干而淨。希望全世界的輿論，不再揪住他的講話不放。無奈，健忘的中國人還沒有健忘到這個程度，人人在心裏犯了嘀咕。國外的輿論界也不在意共產黨人的臉色，繼續搞他們的「真相揭露」。

但是，這一切難不倒智謀超群的毛澤東。什麼「出爾反爾」，什麼「食言而肥」，什麼「敢冒天下之大不韙」，統統見鬼去吧。為了目的，何須顧忌手段？偉大政治家的頭腦，有的是取勝的絕招。他輕揮鵝毛扇，創造出一個亙古未見的新詞——「陽謀」。不錯，我是說過那樣的話，但那是假話真說。你不辯真假，誤以為真，只能埋怨你們自己是傻瓜，怨不得那篇講話！金蟬有了可以脫掉的殼，一切迎刃而解：現在正式出版的欽定本，才是以前說過的原話。其餘的，統統沒說過——一筆勾銷，全部不認帳！什麼？白紙黑字，你們都記在了本子上？那統統是你們的捏造和歪曲，不是原意。誰再加以引用，就是惡毒的篡改和造謠污衊！

六月十九日，講話重新在報紙上發表，這篇聲稱是「當時記錄經本人整理補充」的文章，題目改為：《關於正確處理人民內部矛盾的問題》。

新版本除了技術性的變動，自然要作大量的刪削和補充。如：原來說，民主是目的，又是手段。現在改為，「民主實際上只是一種手段」。原來說，這麼多人六億人口，少生一點就好了。要計劃生育。發表時改為：「我國人多是好事。」發表本還增加了這樣的內容：「階級鬥爭並沒有結束。無產階級和資產階級之間的階級鬥爭，各派政治力量之間的階級鬥爭，無產階級和資產階級之間在意識形態方面的階級鬥爭，還是長期的、曲折的，有時甚至是很激烈的。……社會主義和資本主義之間誰勝誰負的問題還沒有真正解決。」而一年前的「八大」政治報告卻寫明：「革命的暴風雨時期已經過去了」，「目前在國家工作中的一個重要任務，是進一步擴大民主生活，並開展反對官僚主義的鬥爭。」

新版本最重要的補充是六條政治標準：「（一）有利於團結全國各族人民，而不是分裂人民；（二）有利於社會主義改造和社會主義建設，而不是不利於社會主義的改造和社會主義建設；（三）有利於鞏固人民民主專政，而不是破壞或者削弱這個專政；（四）有利於鞏固民主集中制，而不是破壞或者削弱這個制度；（五）有利於鞏固共產黨的領導，而不是擺脫或者削弱這種領導；（六）有利於社會主義的國際團結，和全世界愛好和平人民的國際團結，而不是有損於這些團結。這六條標準中，最重要的是社會主義道路和黨的領導兩條。」

當初，人們不止一次地聽了這篇講話的錄音或者傳達。無不認為，共產黨在執政八年之後，不僅為自己權力的鞏固和成就的巨大而欣慰，而且看到勝利後自己身上滋生出嚴重的官僚主義、宗派主義和教條主義。於是，決心來一次整風，以剷除那些不利因素，使自己更加強大，更加光榮和正確。痛割惡瘤雖然會疼，但換來的卻是一個健康的肌體。孰料，時間剛剛過去了三個多月，披肝瀝膽的忠諫，成了「無恥誹謗」，「猖狂進攻」；招賢榜，求言詔，變成了宣言書，討伐令！一切的一切，跟當初天差地異，南轅北轍！目前，區別善惡的唯一尺度，就是六條政治標準。哪個敢闖入這明確劃定的禁地，哪個便是被討伐的異己！

那些相信上憲誠意，披肝瀝膽進忠言的人，一看到赫然在目的六條標準，個個驚愕得目瞪口呆。捶胸頓足，叫苦不迭。做了一百多天的黃粱美夢，被當頭一棒，打醒過來。原來，前一階段積極分子們喋喋不朽的橫挑鼻子豎挑眼，並非是他們諱疾忌醫或者是患了左派幼稚病，而是謹奉上諭，悄無聲息的佈陣，銜枚禦環的反攻！

此刻，他們方才明白，逆潮流而動、違反偉大領袖教導的，不是左派積極分子們，而是一幫不識事物的理想主義者！

東方旭剛看到當天的《人民日報》，簡直不敢相信自己眼睛。可是，白紙黑字，歷歷在目。他越讀越惶恐，雙手瑟瑟抖動，一顆心揪得越緊。不由聲聲歎息：唉唉！怕當落後分子，方才搜索枯腸，提了兩條意見，想不到卻撞在了槍口上。說合作化把農民剛剛分到手的土地又要了回來，這不是攻擊合作化運動嗎？合作化運動是社會主義改造必不可少的步驟，這不就是「不利於社會主義改造」的右派言論嗎？自己說過，共產黨不信任知識份子，那不就是想「削弱共產黨的領導」嗎？天哪，六條政治標準，自己至少違反了兩條！如果他們認真對照一番，那就不止是當落後分子，而是足斤足兩的右派分子咯！

厄運正在向自己發出微笑，誤入白虎節堂的林教頭，想脫身已經來不及啦。那林沖野豬林中死裏逃生，全仗著魯提轄的一柄禪杖，自己又到哪兒去找那行俠仗義的花和尚呢？

既而一想，也許是自己嚇唬自己。共產黨一向主張實事求是，自己絕對沒有攻擊社會主義建設和共產黨領導的思想動機。恰恰相反，那次發言的出發點，完全是為了使執政黨更加完美，更加強大。只要不是望文生義，而是全面分析當時的發言記錄，絕對得不出「反黨」的結論。看來，自己對形勢估計的太悲觀，純粹是在嚇唬自己！

不料，出現在他面前的，卻是另一副情景。在民主同盟中央召開的批判會上，許多慷慨激昂的批判者，不但疾言厲色，口沫橫飛，而且絲毫不考慮提意見人的動機，枝解甚而篡改發言者的原話，斷章取義，無限上綱。被歪曲者當場站起來辯理，卻被響成一片的斥責聲壓了下去。

對等的言論自由是沒有的……

罪證惟恐不多，罪狀惟恐不重。必欲使之聲名狼藉，置之死地而後快！這就是批判會給東方旭留下的、脊背陣陣發冷的可怕印象。語言，能夠使人產生如此大的震撼和恐怖，他平生第一次體驗到。

難道這是與人為善、和風細雨的氣度？難道這是口口聲聲強調的治病救人？他相信，有著政治家博大胸懷的毛澤東，絕不會允許他們打著正義的旗子，蠻橫胡來！

很不幸，東方旭又一次估計錯了。

不久，毛澤東在上海的一次幹部會議上，正面回答了他的疑問。毛澤東輕鬆而幽默地說道：「右派最喜歡急風暴雨，最不喜歡和風細雨。我們不是提倡和風細雨嗎？他們說，和風細雨，黃梅雨天天下，秧爛掉就要鬧饑荒，不如急風暴雨。……你們上海不是有那麼一個人寫了一篇文章叫《烏『晝』啼》嗎？那個『烏鴉』他就提此一議。他們還說，你們共產黨就不公道，你們從前整我們就是急風暴雨，現在你們整自己就要和風細雨了。……現在右派還要挖，不能鬆勁，還是急風暴雨。……這個時候右派才曉得和風細雨的好處。他看見那裏有一根草就想抓，因為他們要沉下去了。好比黃浦江裏將要淹死的人一樣，哪怕是一根稻草，他都想抓。我看，那個『烏鴉』現在是很歡迎和風細雨了。」

「大局已定，一切全完了！」東方旭以拳擊頭，「凡是希望和風細雨的人，恐怕一個逃不脫，都要落到那個「烏鴉」一樣的命運。我自己恐怕也在劫難逃了！」

出乎他意料的是，講話重新發表的第二天，領導民盟反右的馬部長，找他個別談話了：

「東方旭同志，反右運動進行了二十多天，你多次參加批判會，可是，至今一言不贊。不知道你對右派分子，是什麼看法？」

「說了錯話，當然應該受到批判。」他含糊其辭。

「不！這不僅僅是說幾句錯話的問題，他們是猖狂進攻，蓄謀反黨！閣下作為一個追求進步的知識份子，剛剛加入民盟組織的新黨員，竟然守口如瓶，置身事外，你不覺得已經落後於偉大的運動嗎？」

「唔唔，是的，我表現得不夠積極。」他因為只準備著挨批，從來沒有批判別人的想法，一時不知道該如何作答。「馬部長，我沒有發言，並不是對運動不積極，實則是擔心自己的水平太低，說出的話沒有什麼力量。硬要濫竽充數，不但對被批判的同志沒有什麼幫助，反會佔用批判大會的寶貴時間，甚至給大會添亂。就像一個不會打槍的戰士，硬要荷強上陣，豈不是要貽誤戰機？」

「不。這不是個水平問題。不論水平高低，你只要積極發言，就有大造聲勢、給右派分子施加巨大壓力的作用。袖手旁觀，漠不關心，可是個政治態度問題。東方旭同志，你是個有社會影響的人，怎麼可以不表態呢？要知道，不表態，就等於是表了態呀。」

「這……」他不得不實言相告，「馬同志，說實話，我不表態，還有更重要的原因。」

「哦，什麼原因？」

「我正在反省自己所作的錯誤發言，準備虛心接受大家的嚴厲批判。」

「咳，你這不是庸人自擾嘛？用不著擔心，沒有人說你有什麼值得大會批判的錯誤。你應該放下包袱，輕裝上陣，槍口一致對外，在運動中接受黨的考驗呀！你說是不是？」

「這麼說，我也應該發言？」

「不但應該發，還要猛打猛衝，火力無比猛烈。

我來找閣下，就是為的這件事。明天批判的對象是羅隆基，你準備怎麼辦？」

話說到這個份上，再推辭就是不識時務。東方旭恭謹地點頭應道：「馬部長，請放心，明天我……我一定發言就是。」

「哈哈，這就對啦！」

五

一九五七年七月一日，《人民日報》發表了毛澤東親筆撰寫的社論：《文匯報的資產階級方向應當批判》。文章旗幟鮮明，慍而不怒，語調鏗鏘，直指要害：

「民盟在百家爭鳴過程和整風過程中所起的作用特別惡劣。有組織、有計劃、有綱領、有路線，都是自外於人民的，是反共反社會主義的。還有農工民主黨，一模一樣。這兩個黨在這次驚濤駭浪中，特別突出。風浪就是章羅同盟製造出來的。……整個春季，中國天空上突然黑雲亂翻，其源蓋出於章羅同盟。」

緊接著，文章筆鋒一轉，指向了更加要害的部位：

「《文匯報》在春季裏執行的是民盟中央反人民反社會主義的方針。」很顯然，這裏把「民盟中央」和「章羅同盟」，視為同義語！

讀罷社論，整個民盟上下，像遭遇了龍捲風，大地震。其驚駭的程度，比之十天前看到的、原義盡改的「六條標準」，有過之而無不及！

民盟成員們被泰山壓頂般的轟擊，震懾得失魂落魄、目瞪口呆：

「怎麼？數十年追隨共產黨、堂堂中國民主同盟，新中國第一大民主黨派，竟然實在名換，成了反動猖狂的『章羅同盟』！難道真是這樣嗎？」包括東方旭在內的許多盟員，都持有這樣的『腹誹』。

「我們民盟中央，什麼時候制定過『反人民、反社會主義』的方針？」民盟的頭頭們一疊聲地搖頭歎息。互相咬著耳朵竊竊私語：「就是真有那樣的方針，又有哪個狗膽包天者，敢冒天下之大不韙，命令文匯報去執行呢？這明明是空谷來風、欲加之罪嘛！」

「利令智昏，以勢壓人！」

「果真像社論說的那樣，我們全體民盟成員豈不都是『黑雲亂翻』的罪魁禍首？真真的豈有此理！」

驚恐轉成了不平，不平激起了憤怒。

「莫須有，莫須有！做夢也想不到，這樣荒唐的事情，竟然發生在成立八年之久的新中國！」有人憤怒地喊了起來。

「哼！民盟絕不能默認這欲加之罪。真理不可侮，廣大民盟成員不可侮，我們必須立即向《人民日報》提出抗議！要其承認錯誤，公開在報紙的同樣版面，同樣位置，給我們民盟賠禮道歉！」有的人向頭頭們提出質問，對他們的默默忍受表示不理解。

「唉，唉！……恐怕事情不像諸位想的這麼簡單。」頭頭連聲長歎。「《人民日報》既是『黨的喉舌』，『黨中央的機關報』，這樣的誅心之論，絕不會是總編輯鄧拓的心血來潮。誰不明白，共產黨報紙的總編，不過是個聽命於主子的大管家，有何自主辦報可言？敢於標新立異予取予奪的。只怕除了今上，哪一個人也沒有這份膽量。」

「不可能！不可能！」有人大搖其頭，「今上的馬列主義是達到化境的，隨手拈來，皆成妙諦，而其中的玄機，往往隱而不露。今天中共如此露骨地強詞奪理，出爾反爾，不可能是他老人家的龍廷囈語。說近一個時期的《人民日報》社論都是他老人家的御筆云云，肯定不足信！他絕不會昏聵到這個程度，輕易地給一個作為老朋友的大黨，大噴狗血，橫加罪名。」

「說的好極啦。如此動輒變臉、輕率轉轍的行經，說成是英明領袖的『戰略決策』，說的天上掉下龍來，鄙人也不會相信！要是你們當頭頭的不敢向《人民日報》提抗議，我就以個人的名義，給毛澤東上書。哼！清平世界，朗朗乾坤，我就不信沒有個伸張正義的地方！」

「朋友，這已經不是攔轎投狀，擊鼓喊冤的年代。這是共產黨領導的國家。」

「那就更不應該發生這樣的事。哼，連專制獨裁的蔣光頭，我們民盟都能跟他對著幹，現在，怎麼膽小如鼠，前怕狼後怕虎到這個程度呢？」質問變成了譴責。

「老兄，不要太天真，太自信嘛。別打岔，聽我把話說完。歷史的教訓豈可忘記？魯迅的戰友、著名作家胡風等一大幫子人，為什麼鋃鐺入獄？不就是因為那份自我辯護的御前上書？歷史的經驗多次證明，凡是重大的決策，重大的轉折……」說話人的聲音低的像耳語，「像胡風從『反黨集團』變成『反革命集團』；知識份子從資產階級變成勞動人民，轉眼之間又重新加冕，再次變成資產階級等等，那麼多朝令夕改，自食其言，甚而是出爾反爾的大騙……」說話人突然打住，急忙重新措辭，「那麼多的大變化，哪一項不是偉大領袖他老人家親自作出的英明決策？你到哪兒告狀去？硬要告也不是不可以，只要作好了進油鍋、下地獄的思想準備！」

譴責者一聽這話，像跑了氣的皮球，蔫蔫地說道：「這麼說，我們民盟面對的是聖旨金牌——在劫難逃啦？」

「差不多吧。唉——」答話人又是一聲尾音極長的歎息。「根據那種舉重若輕、縱橫捭闔皆成妙理的文章風格，絕對可以斷定，這篇社論是他老人家的御筆親撰。至少也是親筆勘定。老兄，請仔細想想吧，倘若你所要告的御狀中的被告，恰巧就是那個下達降罪詔的人，官司不但不會贏，能有您的好果子吃嗎？」

語重心長，事理昭然，不平者立刻變成了啞巴。過了好一陣子，方才顳顬地問道：「那……我們就甘受誣衊，任人宰割？」

「咳，幾隻蛆壞了一缸醬！誰叫咱們民盟出了那麼多認死理的傻瓜蛋呢？你認為只是閣下一個人忿忿不平？人同此心，心同此理呀。」

「這麼說，尚方寶劍已經架上了脖子，沒有別的辦法啦？」

「唉，難哪！」

世上無難事，只怕有心人。「別的辦法」終於被聰明的秀才想出來了。兩天之後，民盟秘書長胡愈之，在主持批判羅隆基的會議上，率先把「章羅同盟」說成了「章羅聯盟」。「章羅同盟」是民主同盟的同義語，而「章羅聯盟」，成了與民盟無干的個別人。金蟬脫殼！巧妙的一字之改，把民盟從泥淖中拯救了出來，彌天的罪責輕輕推到了章伯鈞和羅隆基兩個「傻瓜蛋」頭上！

民間俗稱變戲法為「耍藏掖」。高明的戲法，人人都知道是假的，卻沒有人能看出假在哪裡——耍的就是「藏掖」。胡愈之領頭變的這個戲法，堪稱用心良苦。無奈，沒有「藏掖」到地方：人所共知，章羅兩人，早在四十年代即因盟內人事問題，發生過齟齬。此後許多年，就像一碗油和一碗水一樣，始終融和不到一起。兩人同是民盟中央的副主席，卻是面上春風，心懷冷冰。休說根本不存在什麼「聯盟」，就是和諧的工作配合，也難以做到。多年來，都要民盟主席在當中苦苦協調。現在，既然共產黨把不在一座山上吃草喝露水的兩隻螞蚱栓到了一根繩上，說他們同生反骨，共謀毀天。順水推舟，再加上一根繩，不但無妨，而且一箭雙雕：既有積極回應號召，孤立右派之功，又可把民盟洗刷乾淨，何樂不為？此後，幾乎所有民盟領導人在講話或者著文時，都運用了「聯盟」這個提法。至於是自發效仿，還是有所協議，至今無人得知。

箭靶子已經樹起。目標昭彰，拉滿硬弓，瞄準了把心放箭就是。民盟反擊右派進攻的第一階段戰役的攻堅對象，就是把中國搞得浪激風險、黑雲翻滾的「章羅聯盟」——章伯鈞和羅隆基。

章伯鈞已經被連續批判了三天，得到了深刻的教育，有了明顯的轉變。今天，會議的重點，便移到了聯盟第二號人物羅隆基身上。

會議在民盟的大會議室召開。主持會議的民盟秘書長胡愈之語氣略顯遲疑，開宗明義地說道：

「我們民盟反擊右派進攻的重點，是章羅聯盟的問題。我們已經連續開了三天會，重點批判了右派急先鋒章伯鈞。章伯鈞已經受到了極大的震撼，表示，經過大家的批判幫助，思想認識提高很大，願意繼續做檢查。我們讓他回家做深刻的反省，寫出令人滿意的檢查。如果他的檢查不深刻，甚而避重就輕，妄圖蒙混過關，他的批判會還要繼續開下去，直到他徹底繳械投降為止！」主持人的話越來越流暢，「在過去三天的會議中，同志們義憤填膺，踴躍發言，不但爭先恐後，而且非常深刻，可以說是句句打中了右派分子的要害。批判會議開的很好，獲得了很大成功！希望大家繼續發揚這種勇敢戰鬥精神，開好後面的批判會。大家必須作好思想準備，這樣的批判會，還要召開許多次，直到所有的右派分子徹底繳械投降為止。今天我們重點批判『章羅聯盟』的第二號幹將——羅隆基。在大家發言批判之前，我要首先問羅隆基幾個問題。」

主持人扭頭望著遠遠坐在右側的羅隆基，一字一頓地問道：「羅隆基，請你回答我：你是抱著什麼樣的態度來參加今天的會議的？」

「我的態度很明確，十六個字。」羅隆基面色蒼白，神色坦然，彷彿在替別人回答。

「十六個字就是：虛心聽取，認真檢查，有則改之，無則加勉。」

「這是你的真心話嗎？」主持人問道。

羅隆基粗魯地答道：「不是我的真心話，我說它幹啥？」

「但願你說的是真心話。」主持人把「是」字說的很重。「不過，聽說你在私下裏散佈了不少怪話，發了不少牢騷。你這樣破罐子破摔，可要……」

「請會議主席考慮說話的措辭！」羅隆基粗魯地打斷了對方的話，「首先，我不認為自己是該摔的『破罐子』；其次，『牢騷太盛防腸斷』。這是偉大領袖的教導，我不會吃飽了沒事幹，自己跟自己過不去，四處去找牢騷發。」

主持人被噎得半晌說不出話。喉結上下遊動了幾次，面帶冷笑，緩緩說道：「你能端正態度就好！請你首先向大家「交代四個問題：一、如何通過蒲熙修控制《文匯報》；二、如何事前與儲安平研究他那份極其反動的發言稿；三、搞小集團活動的問題；四、勾結章伯鈞組織聯盟的問題。」

強弓銳弩，四箭齊發。指揮員發出了戰鬥號召，一場鏖戰即將展開。全體入會者的目光，都集中到了一個目標身上——看你羅隆基如何招架得了！

六

「怎麼？就這四條？」羅隆基左手按著筆記本，右手舉著鋼筆，斜睨著主持人，眼露譏諷：「恐怕不止四條吧？會前跟我談話的人，可是說，我的問題不但特別嚴重，而且十分複雜。區區四個問題，能算是『十分複雜』嗎？」

「羅隆基，你要端正態度！」會場有人在喊。

「這四條罪行，難道還不嚴重嗎？」有人在附和。

「還不夠你認真交代一番嗎？」又一聲尖利的質問。

「快交代，快交代！」好幾個人一齊叫嚷。

「羅隆基，問題多少，你自己最清楚，用不著別人給你統計！」主持人揮手讓會場平靜下來，以命令的口氣說道：「你先交代清楚這四個問題，再考慮別的。」

羅隆基拿著筆記本站了起來，準備發言。

主持人一揮手：「羅先生，你可以坐著交代。」

羅隆基沒有理睬主持人的話，站著說道：「既然主席說，我的問題用不著別人統計。那麼我就按照自己的統計次序，一個問題，一個問題地來說明。」

「什麼，什麼？你要作『說明』？說的好輕巧。我們要你交代問題！」有人大吼起來。

「對，對！不允許你做所謂的『說明』，我們要你交代罪行！」

「不准耍花招，趕快交代！」一片呼喊聲，彌漫在會場上空。

喊聲甫歇，羅隆基微笑著說道：「好吧，我先來交代所謂『章羅聯盟』的問題。我百思不得其解，這個名詞是從哪兒來的，根據是什麼？經過多日的反省，我的良心告訴我，這個罪案對我來說，絕對對不上號，充其量，是『莫須有』。試想，兩個十餘年積怨在胸，面和心不和的人，怎能跑到一起，結成聯盟呢？那豈不是天方夜譚，冬雨夏冰？」

羅隆基並沒有撒謊。他六月三日出國，去科倫坡出席世界和平理事會。自己能為世界和平而建言效力，是極大的光榮。他深深感到榮幸。對於安排自己在中央機關擔任一個部長而感到安慰。當年，國民黨用經濟部長和交通部長作釣餌，讓他自己挑選，妄圖拉他就範。他以要幹就幹外交部長，把「誠邀」頂了回去。他知道，國民黨絕不會把外交大權交給一個「二臣」。共產黨獲得全國勝利後，他打消創建第三種政治勢力的設想，心安理得的在共產黨的領導下，為祖國發揮一份力量。不料，頭頂上的美麗光環，突然幻化成了飛旋而下的魔圈。他永遠記得魔圈向他飛來的時刻。當時，他正站在吉隆坡高級賓館的陽臺上，扶著光潔玉潤的雕欄放目遠眺。熏風輕柔地撫摩著他的面頰，西斜的太陽將遠樹庭花映襯得分外妖嬈。夕照中的異國山光水色，酷似一幅散點透視的中國山水長卷。他被陶醉了，不由拍欄擊節，引吭高歌……

歌罷一曲，他拿出放在中山服口袋裏的袖珍收音機，輕輕打開了開關。

前一陣子，他忙於會議和種種宴請和應酬，沒有顧得上聽國內的廣播。今晚沒安排應酬，他想仔細傾聽出國十多天來，國內大鳴大放的大好形勢。不料，剛剛聽了不幾句，他不由一哆嗦，手中的收音機差一點掉到樓下！

中央人民廣播電臺正在播放一篇批判文章，批判「章羅聯盟」。他一時猜不透「章羅」是何人，他跟誰組織「聯盟」？很快，他便聽明白了，文章批判的不是別人，竟是章伯鈞和他本人！難怪他驚得差一點將收音機掉到地下。他不由得拍欄暗罵：

「好一個混帳的章伯鈞！你心懷異志，缺少坦誠，多年來，我睬都不肯睬你，誰跟你結成了聯盟？你個信口雌黃的投機分子！」他「啪」地一聲關死收音機，扭頭奔進室內，拿起電話搖通了北京章伯鈞的家。

接電話的是章夫人。

「喂！快給我把章伯鈞找來，我要他聽電話！」

他拿耳機的手劇烈地顫抖著。等到章伯鈞過來接電話，他對著耳機大喊：「章伯鈞，我問你：你根據什麼造出了『章羅聯盟』這個詞？……怎麼？你也不知道？胡說！我出了國，而你留在國內，不是你造的，難道能找著別人？……你自己不承認，他們會強加到你頭上？這不是騙人的鬼話嗎？好吧，我不跟你廢話：今天你可以矢口抵賴，看我回去不跟你好好算帳！」「乒」！他把耳機摔了下去。

六月二十一日，他一回到北京，回家放下行李，水也沒顧上喝一口，到臥室牆角摸過備而未用的手杖，直奔章伯鈞家。

來者不善，章伯鈞急忙泡上茶，好言勸慰。申明自己同樣驚詫莫名，確實不知道，從哪兒刮來一股妖風，硬把他們兩人說成是「章羅聯盟」。

他用手杖搗得地板咚咚響，大叫大嚷：「章伯鈞！就算是別人強加罪名，你也不能保持沉默呀。因為，沉默就是認同，認同就是有罪。有罪，你自己檢討去，與羅某人無干！」

當章伯鈞告訴他，把他們兩人捏在一起的，很可能是『今上』時，他仍然大吼：「不可能！現在不是南宋，我就不相信會再來個善搞『莫須有』的秦檜，導演一出新編『風波亭』！」

越說越氣，他失去了控制，將手杖高高舉起，猛地向地上砸去。「喀嚓」一聲，手杖齊嶄嶄地斷成了三截。他拿著手杖柄，指著主人的鼻子大吼：

「章伯鈞，我告訴你，從前，我沒有和你聯盟；今後，也永遠不會和你聯盟！從今天起，這手杖就是你我。如果說，以前我對你還委屈求全，一再禮讓，從今往後，我羅隆基再也不認識你！」說罷，他把手裏的手杖柄，狠狠摔到章伯鈞面前，氣急敗壞地走了出去。

這剛剛發生的一幕，就是兩位「聯盟」成員間，一段真實的插曲。

魯迅先生說過：「墨寫的謊言，掩蓋不了血寫的事實。」在今天的羅隆基看來，墨寫的謊言，是可以掩蓋鐵一般的事實的。現在，會場上憤怒的叫喊聲，就是例證。

「怎麼不說了？理屈詞窮啦？」

「羅隆基在狡猾抵賴！負隅頑抗！我們絕不答應！」

「與人民為敵，死路一條。」

「……」

吶喊聲低了下去，他繼續說道：「同志們，說良心話，我很想使你們滿意，對章羅聯盟說出個一二三。可是，很遺憾，那樣做，我就得違心地說假話欺騙大家。所以，我寧願得罪在座諸位，也不想當騙子手。今天在座的有哪個能夠舉出哪怕是一點事實，證明我與章某人，有一絲半縷的瓜葛，我就甘認那個『聯盟』，甘心當罪魁禍首。在座的有很多知情人。希望大家幫個忙，提醒我一下，本人不勝感激。」

「你們是秘密勾結，怎麼會讓別人知道？」會場上又有人呼喊。

「羅隆基在放煙幕——妄圖趁機溜掉！」

「羅隆基，你一再強調，你跟章伯鈞有矛盾。不錯，你們平常是有一些矛盾衝突，但這絕對掩蓋不了你們在政治利益一致時的緊密聯合。一言一蔽之，你們的衝突是為個人野心而起，自然可以以個人野心家的需要而重新聯合。這有什麼奇怪的！」

巧妙的回答與揭露，激起了一片歡呼聲：「對呀，對呀。你們是個人野心家的聯盟。」

「你們是臭味相投，猖狂的反黨聯盟。」

「狼狽為奸，一丘之貉！狐狸尾巴已經露了出來，想藏也藏不住了。」

既然不是以理服人，而是以勢壓人。多說何宜。羅隆基索性坐下來，點上一支煙，慢慢抽著，不再吭聲。

為了打破僵局，主持人說道：「同志們，羅隆基強詞奪理、拒不交代問題，說明他最害怕的就是『章羅聯盟』這個要害問題。這也難怪，因為這是一個最為嚴重，也是最為重大的問題。我想，我們可以給他一些時間，讓他進行反思，認識提高後繼續做交代。現在先讓他交代別的問題。羅隆基，請你交代儲安平發言稿的問題！」

羅隆基仰頭吐出滿嘴的煙霧，笑道：「好，這個更容易回答：儲安平的發言稿，我從未見到過，如果他有發言稿的話。他說了什麼犯忌的話，事先和事後，都沒有跟我談過。一句話歸總：他的發言與我風馬牛不相及。」他把頭扭向主持人，「請問，這樣如實的回答，你們滿意吧？」

「哼，不是要你進行解釋，而是老實交代問題！」有人叫喊著替會議主持人作了回答。

「主席，叫他把小集團活動如實地進行交代！」

羅隆基低頭看看筆記本，抬起頭來望著會場，嘴角露出譏笑：「我不知道剛才會議主席所說的『小集團』，指的是什麼？如果指的是三朋四友間的聚會，像喝茶談天啦，一起吃飯喝幾杯啦，則不僅有，而且還不少。因為根據工作需要，有許多必不可少的應酬。如果指的是政治組合，對不起，我要再一次使大家失望：那樣的小集團，我從來沒有參加過！」

「一派胡言！既然經常聚會，難道僅僅是酒肉朋友。你們在酒酣耳熱之時，能不對黨的方針，國家大政進行評頭論足？鬼才相信呢！」

「不錯，就我個人來說，確有談論國是的癖好。」羅隆基高聲說道，「早在解放前，我就多次在《新月》月刊上，抨擊過國民黨的黑暗統治。我說他們以黨治國，就是以黨員治國。他們所說的『黨外無黨』，毋寧謂之『黨外無民』。我們這些無黨派的小民，哪個不是被剝奪公民權的罪犯？小民除了納捐，輸稅，當兵，供差，享受到了哪一種權利？談談人權就是反動，談談人權，就是人妖，如今的黨治，在政治上是以黨治國……」

「不准羅隆基借陳年舊賬來美化自己！」他的話，被吼叫聲打斷了。

「對不起，我說的雖然是陳年舊賬，但都是事實。不信有刊物在，你們盡可以查去。不過，我說的是解放前的情況。因為那是在黑暗的統治下，不得已而為之的苦苦掙扎。解放以來，我們幾乎無一例外地改變了議政的癖好。朋友間聚會，談的最多的，不過是哪家孩子考上了大學，哪家生了孫子之類。再不就是，談談參觀工廠的心得體會，逛琉璃廠掏到了什麼寶貝。你們盡可以向別的朋友瞭解，如有半句假話，本人甘受國法制裁！」

「羅隆基，你囂張之極！你竟敢以檢查交代之名，行繼續放毒、反黨之實。你所說的解放後幾乎無一例外地改變了議政的習慣，就是繞著彎子誣衊我們國家沒有言論自由！你這個反動洋博士，搖動三寸不爛之舌，借機造謠污衊，是可忍，孰不可忍？」

羅隆基並沒有理睬這質問，他繼續說道：「既然大會主席，把私人間的交往，也列為需要交代的問題之一，這一次，我可以充分地使大家滿意。」他清清嗓子提高了聲音：「本人自四十年代起，就把蒲熙修視為同道和朋友。我們常常在一起討論中國的前途……」

「天下優秀的女人那麼多，為什麼你單單選中了反動的蒲熙修作朋友？」有人又提出了質問。

他不無憤然地答道：「不錯，天下優秀的女人確實很多，但是具備她，我指的是蒲熙修那樣許多優點的女性，只怕是鳳毛麟角。她，正直，勇敢，熱情，智慧。當年在重慶，面對國民黨的屠刀，她不顧生命危險，作了那麼多真實而大膽地報導。她的業績有目共睹！試問，那樣的業績，中國有幾個女人做得出來？說實話，她的漂亮有風度，也是使我喜歡的原因之一。」

「羅隆基又在耍花招。你所喜歡的，根本不是這些所謂的優點。」

「那是喜歡她什麼呢？」

「我們要你老實交代，幹麼問我們？你說，你是怎麼要她控制《文匯報》的？」

「蒲熙修今天就在會場上，你們可以問她，是否跟我談過《文匯報》的事。」

人們注意到，坐在最後排的蒲熙修，頭低得幾乎抵上了前排聯椅的靠背。

「你們常常晝夜泡在一起，都幹了些什麼？」

「談友誼，也談愛情……」

「這也好意思說——不知道害臊！」是一個尖細的女人叫聲。

「這有什麼害臊的？難道一個寡婦和一個鰥夫，就不可以談情說愛？說實話，不是她的子女反對，她早就成了我的妻子啦。」

「這也不奇怪——臭味相投嘛。」

「也許是吧。」

「羅隆基，你太囂張啦。你要與人民為敵到底嗎？」

「本人一貫愛祖國、愛人民。這話與羅某風馬牛不相及。」

「同志們！」一個瘦高個子站起來做批判發言。「同志們，我們不能上羅隆基的當，把寶貴的時間，浪費在他個人的私事上面。我要提幾個特別嚴重的政治問題，讓羅隆基來回答。羅隆基：你一貫地反共反人民，美化敵人，結交反動派，這說明了什麼？」

「閣下的話，雖然嚇死人，可與我羅某無干。」羅隆基嘴角露著冷笑，「幾十年來，我唯一擁護的就是共產黨。這是許多高級領導都當面承認過的。只怕閣下推翻不了這個鐵的事實吧？」

「羅隆基，你竭力美化自己，枉費心機！」高個子語調鏗鏘，「第一，你說，美國雖然富者很多，但貧者愈窮卻不是事實。這是明目張膽地給美帝國主義塗脂抹粉，動搖中國人民的愛國熱情。你的居心何其毒也！第二，當全中國人民在中國共產黨的領導下，跟日寇浴血奮戰，付出重大犧牲的時刻，你卻跑到峨眉山，拜倒在蔣介石腳下，稱兄道弟，臭味相投。他對你又是密談，又是宴請，又是請你給他的嘍羅作報告。蔣光頭對你如此青睞，優禮尤加，難道這是偶然的嗎？你必須向大家交代清楚，你們都做了哪些勾結！」

羅隆基昂頭答道：「不錯，我確實說過美國富人很多，而窮人卻不是越來越多的話。可是，不這樣說，你叫我怎麼說？今天在座的，有不少是從美國回來的，請他們說句公道話，如果事實不是這樣，我就承認是造謠污衊。至於說，抗戰時期我上峨眉山去勾結蔣介石，更是天方夜譚。人所公知，他兩次暗殺我都沒有得手，才採取了另一招——拉攏。」

「他為什麼不拉攏別人呢？」高個子咄咄逼人。

「那要請您去問蔣介石本人，我無法回答。」

「你心裏明白得很，休想狡猾抵賴！……怎麼不說話呢，理屈詞窮啦？」批判者步步緊逼，「我再問你：毛澤東主席，是中國人民的大救星，我們心中升起的紅太陽。你狗膽包天，竟敢對他老人家極盡污衊之能事：用最為惡毒的語言，咒罵他老人家。同志們，請你們原諒，在這裏我不便於把他的惡毒攻擊和污衊說出口來。羅隆基，你老實交代，有這事沒有？」

「快說，有沒有呀？」一石激起千重浪，污衊偉大領袖可是天人共忿的大罪過。會場沸騰了，憤怒的冰雹，一齊擊打在四面楚歌的被批者頭上。

「好一個反動透頂的傢伙，竟敢污衊我們心中的紅太陽——我們絕不答應！」

「狗膽包天，喪心病狂之極！」

「美化美帝國主義」的大帽子，沒有使羅隆基產生絲毫恐懼，因為他所說的都是事實。而「污衊偉大領袖」的罪名，卻是他所不敢承擔的。他知道這罪名的份量。然而，他又確實當眾說過類似不敬的話。

「有，不過……」他第一次畏縮了，語氣顫顫地辯解，「大家誤解了我的原意。」

建國前夕，羅隆基一到北平，毛澤東和周恩來立即接見了他，氣氛親切，談話十分融洽。會見後，他跟幾個好朋友私下說：「毛澤東這個人，很厲害，很狡猾，比歷代統治人物都凶。」想不到，附耳之談成了賈禍的根源！想不到，一朝成了眾矢之的，他的私房話，也被好朋友端了出來，引起如此的震動和憤怒。一時間，他成了千夫所指的罪魁禍首，人人喊打的過街老鼠。老鼠尚有鼠洞可鑽，他連一條可供藏身的地縫都找不到！

「羅隆基！你休想用裝死狗蒙混過關。你的健談本領，和三寸不爛之舌哪裡去啦？你不徹底交代，我們絕不答應！」

斥責聲討之聲，轟響如驚雷，豈容落水狗低頭縮頸「裝死」。羅隆基心一橫，站起來略顯遲疑地答道：「我這人，從來，有口無心，嘴上沒遮攔。加之受西方文化影響太深，誤以為，既然人家不論對總統，還是對國王，都可以像對待普通公民那樣，隨意說出自己的觀點或印象，我們對於自己的偉大領袖，也可以是這樣。所以，大概在八年前，我確實是說了一句對於偉大領袖毛主席的評論……」

「哼！你有什麼資格評論偉大領袖？」

「什麼『評論』？你是在胡說八道，污衊攻擊！」此起彼伏的叫喊聲，打斷了他的話。

他急忙解釋道：「不錯，我的話，確實有錯誤，不該說。不過，當時只是隨便一說，並非深思熟慮之言。」

「我們不會被你的花言巧語所迷惑。你從來都是以罵國民黨為掩護，骨子裏仇恨的是共產黨。你要老實交代你的反動思想根源！」

「不准耍花招，趕快老實交代！」會場一片怒吼聲。

羅隆基咬了好一陣子下唇，抬起頭來說道：「我在解放前，確實一度期望走第三條道路。我不諱言，直到今天我也沒有成為一個真正的共產主義者。但是，這並不等於我懷有貳臣之心。自從北上以來，我一貫服從共產黨的領導，奉公守法。這是有目共睹的事實。當年，在不經意間，所說出的那句輕率之言，也並不是有意污衊，我所說的『厲害』，就是了不起的意思。儘管這樣，我今天也願意對當年說過的話，做深刻的檢查。請同志們……」

他的話再一次被打斷了。

「羅隆基狡猾抵賴，毫無悔改之意！」

「不但毫無悔改之意，他還在繼續猖狂反撲！」

「羅隆基反黨反社會主義，決無好下場！」

「對羅隆基這樣的頑固不化分子，一定要全黨共討之，全民共誅之！」

劈頭蓋腦的詈罵，無情的指責，像滔天巨浪劈頭打來，將羅隆基打得昏頭昏腦。直到會議主席宣佈休會，他才拖著沉重的雙腿，最後一個離開了會場。

七

在《北方文藝》編輯部黨支部召開的批判會上，出現的是另一幕景象。

會議一開始，支部書記矯敫作了精彩的開場白。由於經歷過多年唱歌演戲說快板書的鍛煉，她的嗓音不僅高亢響亮，而且委婉動聽。她從坐位上站起來，往後一甩齊耳短髮，面露驕矜的微笑，目光敏銳而不乏威嚴地說道：

「同志們，現在全國範圍內，展開了聲勢浩大的反擊右派分子猖狂進攻的運動。運動的形勢好得很，好極啦。反黨反社會主義的右派分子們，一個個被揪了出來，他們已經陷入了人民戰爭的汪洋大海之中。現在，擺在這幫反動傢伙面前的道路只有一條：繳械投降，取得黨和人民的諒解，洗心革面重新作人；如果頑抗到底，自絕於黨和人民，最終只能徹底葬送他們自己！」

矯支書極力使說話的聲音變得厚重些，以便產生更大的震懾。她銳利的目光，久久注視著坐在第一排的余自立，宛如一位凱旋的將軍，審視匍匐在地磕頭求饒的戰俘。過了好一陣子，方才繼續說道：「今天，我們編輯部打退右派分子猖狂進攻的戰役，正式拉開序幕。我可以明白地告訴大家，這樣的戰役，還要進行許多次，直到全體右派分子繳械投降為止。同志們！你們一定要作好連續作戰的思想準備。今天的批判大會，批判的重點，首先是余自立。大家看的很清楚，余自立自從來到我們編輯部，一貫吊兒郎當，自由主義嚴重；目無組織，與黨三心二意。最近，更是原形畢露，竟然趁著我黨整風之機，打著幫助黨整風的幌子，伸手要權，一副取而代之的架勢。不僅如此，他還向我們黨發起了猖狂的進攻，散佈了大量的毒素。是可忍，孰不可忍？為了給他提供一個低頭認罪的機會，我現在先不給他具體指，看他自己的覺悟程度。路，我已經給他指的很明白，就看他走不走。余自立！你要老老實實地向全體同志交代你的反黨罪行。懸崖勒馬，爭取重新做人！如果一意孤行，拒不認罪，那就是自絕於黨、自絕於人民！余自立，你聽清楚了嗎？」

支部書記「一貫吊兒郎當」、「目無組織」的話，早已使余自立滿懷憤懣，現在又聽到要他「交代反黨罪行」，更是怒不可遏。他忽地從座位上站起來，斜睨著會議主席問道：

「我想首先向矯支書請教三個問題，不知道是否可以？」

矯敫一時摸不著頭腦，極不情願地答道：「別囉嗦！你要問什麼，就趕快問——別耽誤了會議議程！」

余自立瞪大雙眼，臉色通紅，吵架似的問道：

「第一，自從整風以來，我在什麼地方『散佈了大量毒素』？那些『毒素』都是什麼？請你給我說清楚！第二，我什麼時候犯了『反黨的罪行』？您張口要我『懸崖勒馬』，閉口要我交代『罪行』？請問，我的罪行在哪裡？第三，既然對我的問題，你們至今還沒拿出證據來，我單位的批判會還未開，我怎麼就成了『右派分子』？是哪位權威，在什麼樣的時間地點，給了我這麼大的榮譽？」

余自立自然不會想到，在矯敫主持的《北方文藝》編輯部支部會議上，他第一個被內定為右派分子，並且已經得到上級批准。但他的尖銳反問，仍然讓矯敫愣了一陣子。待她回過神來後，冷笑著反問道：

「余自立，你的罪行，你自己清楚，不要故意給我們裝糊塗。至於什麼時候把你定成了右派分子，這是組織的事，用不著你來過問。現在只要你把墮落成右派分子的根源和罪行作忠實的檢查交代！」

「請問矯支書：我壓根就不知道自己所謂的反黨罪行在哪裡，怎麼交代呀？」

「好吧，那我就先給你指出一條：你污衊解放以來的各項政治運動搞糟了，不是反對社會主義是什麼？」

「對不起，我從來沒有說過任何一場政治運動不該搞的話。我只是說，搞運動應該小心謹慎，實事求是，儘量不要傷害無辜。一旦發生了偏差錯誤，應該立即進行糾正。試問，這樣說有什麼不對的？『三反』運動中打了那麼多的老虎，如今都在哪裡？反胡風運動中抓進去的人，不是大部分都放出來了嗎？肅反中關了那麼多『反革命』，到頭來，又有幾個是真的？這是人所共知的事實，想掩蓋也掩蓋不了。為什麼已經做錯了的事情，還像阿Q頭上的癩瘡疤似的，不准人家說一句呢？古人云：吃一塹，長一智。我是希望共產黨接受以往的教訓，少犯或者不犯錯誤。想不到，好心被當成驢肝肺，成了十惡不赦的彌天大罪！真是天大的……」

「住口！余自立，我們絕不允許你繼續放毒！」畢崇禮帶頭高喊起來。

「余自立，你斗膽包天，好猖狂呀！」發出尖細叫喊聲的是積極分子向英。

「余自立頑抗到底，決沒有好下場！」會場上傳來一片指責聲。

等到喊聲靜下來，矯敫激忿地說道：「余自立，我再問你：你說我們黨不重用黨外人士，黨群之間有溝有牆。你這不是挑撥黨群關係，鼓勵群眾反對黨，妄圖取而代之又是什麼？你倒是回答我的話呀！」

「嘿嘿！」被鬥對象居然冷笑起來，「難道這還需要我來回答嗎？你們不是一貫都是這麼做的嗎？你可以問問今天在座的黨外群眾，他們有幾個不是陪著笑臉，提心吊膽地過日子？嘿嘿，此地無銀三百兩，對門王二不曾偷。矯支書，你這樣紅口白牙賴帳，我都替你臉紅！」

「余自立，你敢繼續放毒，我們對你絕不客氣！」矯敫暴怒地猛拍桌子，「誰不知道，你這個資產階級的孝子賢孫，一貫堅持反動立場。」

「喲？好哇！請問：本人什麼時候成了光榮的『資產階級孝子賢孫』？」

「余自立，你不要自作聰明，認為隱瞞得十分巧妙！你的老子是一個極其反動的資本家，我們早就掌握了！」

「可惜呀！我父親是一個串街走巷，賣糖葫蘆、捏面人的小販，是個正南把北的城市貧民。這誰也改變不了！」

「余自立！」矯敫一聲斷喝，「肅反運動中，組織上為了對你負責，對你進行了幾天審查，你就懷恨在心，讓你的老婆不顧廉恥、裝瘋賣傻，造成了極壞的社會影響，處心往我們黨的臉上抹黑——你的用心何其毒也？」

「放……」余自立怒不可遏，差一點罵出「放屁」二字。「我老婆是讓你們逼瘋的，你們還有臉反誣好人，真是恬不知恥！」

「余自立頂風而上，決沒有好下場！」向英帶頭呼起了口號。

「我們絕不允許余自立繼續放毒！」

「好吧，既然實事求是地說話，是『繼續放毒』，我可以使你們滿意：從此不再『放毒』。」說罷，余自立重重地坐到聯椅上，任憑怎麼喊，怎麼問，始終不再開口。

沒奈何，主持會議的矯書記，只得宣佈暫時休會。

陰謀陽謀

一

《北方文藝》編輯部召開批判右派分子大會的同時，宣傳部也召開了同樣的會議。批判的對象是文藝處長金夢。這位頭頂耀眼延安光環的老革命，全國知名作家，在會上的表現，竟然像個沒經世面的小女子，她跟余自立迥然不同，一站到眾人面前，面色蒼白，頭低得下巴抵在胸膛上，雙眼望著地面，彷彿要找個地縫鑽進去。

「我懷著十二萬分憤怒的心情，揭露金夢不可饒恕的反黨罪行！多年來，她披著延安老革命的外衣，幹的儘是個人主義和損害黨的事業的罪惡勾當！」

第一個登臺批判的人剛剛說了個開場白，她便感到眼前一陣黑，幾乎栽倒到地上。等到聽完兩個人的批判，她竟然雙手掩面，嗚嗚痛哭起來。主持會議的陸舟，幾次喝斥「不准哭，休想用眼淚瓦解革命同志的鬥志」。她忍住了聲音，卻抑制不住眼淚，依然雙肩抖動，熱淚滂沱，面前的紅漆地板被打濕了一大片……

發言的人繼續踴躍上臺批判，但氣氛冷卻了不少。就像熊熊燃燒的火盆，被潑上了一碗冷水，漚煙代替了冒火。散會時，金夢被主持人用詩一般的語言警告道：

「用眼淚瓦解左派同志的鬥志，這是一切偽裝者的慣用伎倆。不過，右派分子金夢運用得更加純熟，她企圖用眼淚修築的堤壩，阻擋浩浩蕩蕩的討伐大軍。簡直就像她的名字——白日做黃金夢！金夢，我忠告你：如不迷途知返，低頭認罪，繼續向著危險的道路上滑，後果不堪設想！」

金夢一回到自己的家，一頭撲在床上，大哭不止。似乎在會場上沒有能夠盡興流淌的淚潮，能夠消散籠罩在頭頂上的烏雲，將橫在前面的陷阱填平。

「哎呀，我的夢姐呀！」丈夫夏雨來到床前低聲勸慰。「要是痛苦的眼淚能將倒楣的冤案洗刷乾淨，我情願陪著你大哭上三天三夜！你今天在會上，就……就有些失態。」

「憑空捏造，小題大做。借著運動搞報復、泄私憤——你叫我怎能不傷心？」

「再傷心，也不能當眾哭鼻子呀！我們可不能忘記了自己的形象。」

「他們一手遮天！望風撲影，顛倒黑白，簡直成了整人狂！」金夢忽地從床上坐了起來，「夏雨，你說，他們今天批判的所謂『罪行』，哪一條不是舊話重提？在延安寫文章擁護丁玲的反黨文章《三八節有感》；個人主義膨脹，寫文章離不開個我字；處處以青年人的導師自居，跟黨爭奪年輕一代等等，哪一條不是陳芝麻、爛穀子？」

「不，還有新的罪行。有人批判說，你在《北方文藝》獨斷獨行，跟黨鬧獨立。難道你只顧了哭鼻子，沒聽到這一條？」

「那還不是那位太太的憑空捏造！」

「恐怕掌權的，並不這樣認為。」

「得了吧！就算這些都是真的，就成了罪過？就能構成不可饒恕的反黨罪行？」金夢用手抹一把臉頰上的淚痕，「哼，當初拿這些所謂罪行，整我的反黨集團，怎麼樣？竹籃打水一場空，被上面否定了，他們仍然不甘心。」

「時下，全國的形勢不同了。可以毫不懷疑地說，已經從團結一切可以團結的力量，變成了全面打擊異端邪說。」夏雨憂心忡忡，「我有個不詳的感覺，似乎他們不達目的絕不肯甘休。」

「哼，不能讓他們的陰謀得逞。我要上告！」

「你往哪兒告？」

「黨中央，毛主席。下面不講理，毛主席他老人家會給我們做主的。」

「金夢呀，金夢。從延安時代起，我們吃的就是天真的虧，你怎麼到現在還不接受教訓呢？」

「你老練！那你說，我們該怎麼辦？」金夢粗魯地質問，「不但一門子拿屎盆子往自己頭上扣，而且伸出脖頸，任憑他們宰割？」

「唉！」夏雨無辭可答，搖頭長歎。「誰能料到，他老人家會忽然發動一場反右派鬥爭哪？」

「他們正是趁火打劫，想往右派堆裏推我——

用心何其毒也。妄想！我就不信，幹屎能抹到人身上！」

「金夢，咬牙是心火。他們高明得很。抓住這個大氣侯整人，如魚得水，誰也不會持異議。這樣，一則，可以吐出窩在心裏多年的惡氣，挽回上次整人不成失掉的面子；二則，賺個反右態度積極，捉出的右派多，成績顯著的好名聲。一箭雙雕，何樂不為？」

「這麼說，我是撞進密扣網裏的大頭魚，死死無救啦？」

夏雨一時無話。咬了半天下唇，肯定地答道：

「我看，眼前唯一的辦法，就是搞緩兵之計。」

「怎麼個緩法呢？」金夢急切地追問。

「第一，到了批判會上，不論人們怎麼批，怎麼罵，就是狗血噴頭、毒箭如蝗，不但不能有一絲一毫地反駁或不快，還要裝出一副虔誠悔罪的樣子。不讓批判會無了無休地開下去——先減少痛苦和折磨，保住身心健康。等到上面發現事情鬧得太大，連累的好人太多，肯定會改弦易轍，那時，事情便有了轉機，一切謊言一風吹。歷史的經驗，難道能忘記？許多轟轟烈烈的政治運動，哪一次不是報捷之聲未歇，便來了糾偏命令？第二，我想到了一條路不知是否可以……」剛說到這裏，夏雨忽然把話咽了回去。

「你想到了什麼路，倒是快說呀。」金夢瞪大雙眼焦急地催促。

「第二，我想……」夏雨吃力地答道，「我想求求矯敫，請她跟陸舟疏通一下。在人屋簷下，怎敢不低頭？不妨多說一點小話：由於你的政治水平太低，以致對他有許多不敬甚至冒犯之處，現在後悔莫及。以後堅決改正，求她寬恕這一遭。只要我們的態度誠懇，估計矯敫會幫忙。」

「哼，不要說求，她就是主動幫忙，我也不用她！我恨不得抽她兩巴掌。」金夢把頭扭到一邊。「媽的，我從來就沒有冒犯過他，是他嫉妒我的才氣，我的成就，仗勢欺人，處處算計我。這口氣，早晚我是要出的！」

「那……我們只好引頸就戮了。」

金夢早就懷疑夏雨跟矯敫的關係非同尋常，屢次想發作，只是抓不到證據。加之夏雨一再指天為誓，說他與矯敫的關係，絕對沒有超出一般同志關係，只不過是考慮到她的背景，不得不委曲求全多作笑臉而已，希望她不要多心。現在，在這樣重大的事情上，夏雨居然提出求她，再次證明他們的關係非同尋常。但是，想到眼前的處境，她已經沒有心緒追究下去。有病亂求醫，不妨借助那個女人的「法力」，度過眼前的危機。不然，萬一被推進右派的陷阱，即便不是萬劫不復，等到爬上來，她這名作家，也在世人面前丟盡了面子。上面一再強調，右派是資產階級，而且是它的右翼，比之從前的「反黨小集團」，更讓人不寒而慄！一想到這裏，她不由打了一個冷戰。扭回頭望著丈夫，語氣緩和地說道：

「夏雨，你認為我願意做無謂的犧牲？你知道，是她把我趕出了《北方文藝》，這口氣，我咽不下。如果，她能真心幫忙，也是有所悔悟的表現，我可以原諒她以前對我的傷害。」

「聽聽吧，到了這個節骨眼上，還忘不了擺你的大作家架子！求人幫忙，能用這樣的態度？」

「那，你就磕頭作揖去！我不相信魔鬼能變成慈善家。她是個一貫善於落井下石的人，別想她會對我搞溫情主義。」金夢口硬心虛。

「別把人看得那麼壞。為人之道，應該嚴以律己，寬以待人嘛。說實話，這幾年她對我……對我的工作，還是滿支持的。」

「既然是那樣，你就快給她下跪去。她不肯幫我的忙，能把你一個人保護下來也好。免得有一天我坐了大牢，連個探監送寒衣的人都沒有。」熱淚再次滾下了他的雙頰。

「別說些沒有用的。要想求菩薩，不跪下磕頭能行？」見妻子不再言語，他半是商量，半是請求地說道：「既然你不反對，今天晚上，我就約她深談一次。不過，要是回來晚了，可不准像往常那樣，審囚似的，沒完沒了地追逼。」

「你看著辦吧。就是通宵不回來，也累不著我。」她又說了一句雙關語。

二

一隻狹小的獨木舟，在洶湧澎湃的波峰浪穀間，激烈地顛簸搖晃。不定什麼時候，一個巨浪劈頭打來，頃刻之間便會檣傾舟毀，葬身在汪洋大海之中！東方旭目前的處境，正像這只獨木舟。

兩年前，他被懷疑為胡風分子，關進隔離室與世隔絕，長達三個月之久。昏暗的白天，漫漫的長夜，他捶壁叩天，想知道自己身犯何罪。但白壁聾啞，蒼天無言，始終不知道橫禍加身的原由。直到走出黑房子，方才被告知是一場誤會。

「但願這一次，仍是一場誤會！」他在痛苦地企求。

話剛出口，他便淒然搖頭：他被扔進鐵窗的那次運動，似乎還有幾分尊重事實的誠意，一些與胡風在思想或行動上並無直接聯繫的人，最終都得到了解脫，還給了清白之身。往常搞運動，開始階段望風撲影，大膽懷疑。沒等抓到真憑實據，便關進黑房子，揪鬥審問，車輪大戰。往往想要什麼，就有什麼，報捷慶功，熱鬧非凡。直到定案階段，方才記起應該調查取證。這一次，情況完全不同，是以言，甚至以思論罪。無須顧及歷史上有無政治問題，與經濟是否有接觸。一開始便施出一副鐵案已定，只需量罪加刑的架勢。檢舉揭發，代替了假設懷疑。座談會上的某句逆耳之言；朋友間的一次閒談，通信中的幾字牢騷，甚而是日記上的幾行「腹誹」，便足以把一個人送上審判台。斷章取義，無限上綱，舌尖輕輕一搖，便是「確鑿的罪證」！於是，渾身利刃的狼牙棒，包著橡皮的鋼筋，劈頭蓋臉打來。不容反駁，不准解釋，除了伏地請罪懇求寬恕，決無別的選擇！許多昨天還禮之如上賓的著名人士，一夜之間成了千夫所指的罪魁禍首，人人喊打的過街老鼠。一個個被拖上真理的祭壇，低頭躬腰，聽取唾沫橫飛的批判。他身邊的一些同事和朋友，多年來積極工作、埋頭苦幹，轉眼間成了毒液四濺的蛇蠍蟲豸！異思邪念皆可殺，忠言勸誡不可恕！按照這樣的「偉大邏輯」發展下去，說不定下一個批判會就輪到了自己。小船將傾，在劫難逃！他作好了蛻化成反動派的思想準備。更為已經被拖上祭壇的人們，憂心如焚。

「唉！不知那些我所敬重的名流學者，那些我所親善的同事朋友，在遭受粗暴蠻橫的批判和斥罵侮辱之後，如何消解心頭的憤懣和委屈？但願不再像歷次運動那樣，在怒不可遏，或者辯解無效時，以自戕尋找解脫喲！」自身難保的書生，竟然為別人擔起心來。「最讓人擔心的是余自立，他在批判會上態度竟然那樣強硬，焉知他悲憤之極，不會走極端？萬一走上了輕生路，妻子的瘋病必然復發，一家人可就完啦！」

他本想把余自立約回家裏好好勸勸。既而一想，在這風聲鶴唳、草木皆兵的時刻，兩個有問題的人私下裏約會，難免有陰謀勾結、破壞運動之嫌。但是，余自立不僅是他的老同學，而且是他唯一親自介紹來《北方文藝》編輯部工作的親密朋友。不是自己將他拉到身邊，也許不至於落到這步田地。他覺得，余自立陷入這場災難，自己有著不可推卸的責任。因此，絕不能眼看著老同學身陷泥沼而袖手旁觀。

今天下午下班的時候，他故意與余自立走在一起，趁著人們不注意，偷偷塞給他一個紙團，上面寫著一行小字：「今晚八點，景山公園東坡見。切切。」景山公園白日遊人稀少，夜間更是無人光顧。趁著暗夜前去密談，肯定不會被人發現。東方旭想的很周到。

夜色昏朦中，兩人從不同方向按時來到約定地點。他們一聲不響，來到一棵大樹下，東方旭指指樹下的兩塊方石，兩人相對坐了下來。他掏出香煙遞一支給老同學，給他點上，自己又點上一支，慢慢抽著。

余自立大口吸著煙，吞雲吐霧，久久不語。東方旭抬頭望著枝葉扶疏的樹冠，思考著該如何開口。望著望著，不由驚呼起來：「喲！這不是當年崇禎皇帝懸掛「龍體」的那棵老槐嗎？咱們怎麼坐到了這麼個鬼地方？走，換個地方！」

「怕什麼？」余自立坐著未動，「這才是難尋難覓的風水寶地哪。連皇帝老官的災難，都能在它身上輕易地得到解決，其他的問題，豈不是小菜一碟？」

他們絕對想不到，現在兩人落坐的地方，不僅是一朝人王地主引頸殞命枉死城，而且是野鴛鴦消魂的風水寶地。他們的上司夏雨和嬌敫，就不止一次地來到這裏，喘息聲聲，熱汗淋漓，行雲布雨，盡情歡愉。老槐樹以及它腳下的數尺之地，竟派上了如此多的用場，立下了如此不朽的「功績」：可以讓人從大難中解脫，可以供人在寂寞時偷歡，也可以讓落入網罟的人來這裏尋求破網而去的妙計。好一棵功德無量的寶樹！

「自立，你肯定能猜到，今天晚上我約你出來幹什麼。」東方旭把談話引上了正題。

「那還用得著猜嗎？」余自立大口地吐著煙。

「那好。我就直說啦。」

「這裏，夜間肯定不會有人來——有啥話，你儘管大膽地說。」

「自立，你不覺得，你在批判會上的態度，太，太出格嗎？」

「太出格？連你也這麼看？哈哈！莫非，要我對強權惡棍們，來點文質彬彬、君子之風？講究點仁義禮智信？」

「老弟，今天晚上，我可不是特地找你來抬杠的。如果你對我的話也反感，聽不進去，視為是隨聲附和、強加於人，那我就什麼也不說。」

「不不——你說！」余自立的口氣軟了下來，「這些日子，我的情緒壞透啦。老兄，冒犯之處，敬請原諒。」

「自立，眼下四顧茫茫，只有你我兄弟，堪稱是知已咯。當初，悔不該費盡心機將你拉進編輯部，本以為是幫了你的忙，想不到將你拖進了災難不斷的是非之地。我後悔莫及，後悔莫及，實在是十二萬分地對不起你！」

「東方，你胡說些什麼呀？我的不幸與你有什麼關係，你本人的處境，比我好多少嗎？」

「謝謝啦！」他伸出右手將余自立的左手用力握住，激動地說道：「謝謝你對我的理解。我也希望你能靜靜地聽完我的進言，並且認真想一想，其中有沒有道理。」

「好好，我在洗耳恭聽吶——你快說。」

「古人云：識事物者為俊傑。眼下的形勢，已經越來看得越清楚。什麼幫助黨整風，什麼提的意見越多，越是對黨的愛護和關心。全部收回去了，不認帳啦。」

「食言而肥——大大的騙局！」

「請你別打岔。本來，他們只想洗個溫水澡，想不到遇上了冷冰雹。叫人家怎麼不惱怒？結果，不但翻臉不認帳，反說提意見的人早有預謀，看到時機已到，急忙跳出來猖狂進攻。朱筆輕輕一搖，所有積極提意見的人，立刻成了毒蠆蛇蠍——在劫難逃啦。」

「哼，竟然厚顏無恥地說，這是『引蛇出洞』！一個堂堂執政黨，一個萬萬人尊敬的領袖，可以這樣出爾反爾嗎？試看報紙上遭到批判的人，真正懷著反黨之心的，能找出一個來嗎？人們之所以推心置腹，披肝瀝膽，不都是為著共產黨好嗎？不料想，竟然恩將仇報！讓人寒透了心。解放前，我們痛恨國民黨一黨專政，蔣光頭搞獨裁，哀歎沒有自由，沒有民主。現在已經『解放』了八年之久，整天高喊成了所謂國家的主人。可我們在哪一件事情上行使過『主人』的權利？你身為主編，不要說是國家的主人，刊物的主人，你做過主嗎？一個傀儡牌位而已！」

余自立的話，句句刺痛東方旭的心。他極力平靜地說道：「自立，不管怎麼說，紛至遝來的許多意見，確實是惹惱了共產黨，惹惱了他老人家。他們進行反擊，純屬意料中事。」

「他們反擊也好，圍剿也好，總得抓到人家的真憑實據呀！章乃器說資產階級的兩面性，是積極和落後不是進步和反動，有什麼不對？章伯鈞要搞政治設計院，集思廣益，讓共產黨少犯錯誤、少走彎路，有什麼不妥當？羅隆基主張成立平反委員會，並不是空穴來風，建國八年來，共產黨一手製造的冤案還少嗎？明明中國的一切顯赫和要害位置，都被共產黨員所佔據，儲安平說了一句『黨天下』，就成了大逆不道！葛佩奇勸共產黨不要脫離人民，免得有一天人民起來反對他，這不是未雨綢繆的肺腑之言是什麼？『水能載舟，亦能覆舟』的古語，人們說了幾千年，今天說一說反而成了犯罪。好一個自由的國家，民主的社會！」余自立忿忿地站起來走到老槐樹旁，用拳頭敲著粗糙的樹幹說道：「他們如此諱疾忌醫，總有一天，要步崇禎皇帝的後塵，等到李闖王進了紫禁城，只能哀求老槐樹幫助救他。」

「自立，你又在胡說八道！」東方旭急忙制止。

「耀之，你也跟他們學會了說假話。我認為，那些名流學者們所說的話，幾乎每一句都是千金難買的對症良藥，都是從愛護共產黨出發，憂國憂民的剖心之言。而當權者，不但沒有絲毫悔過之心，反而視同洪水猛獸，臉一變，把人家統統打成了反黨反社會主義的右派分子！報紙上連篇累牘地痛斥辱罵不解恨，還揭人家的隱私，刨人家的祖墳……」

余自立越說越激動，聲音越高，東方旭急忙打斷他的話：「自立，小點聲。這些話，如果讓別人聽了去，我們可就萬劫不復了。」

「哼，死豬不怕開水燙，盡著他們收拾好了。」余自立坐回到原處，氣咻咻地說道：「作為萬物之靈長的人類，卻有口不能言，只能像帶上籠頭的牲口一般，聽憑鞭子的驅使，那還算個人嗎？這樣屈辱的活著，能趕上死了痛快嗎？」

「自立，你吃虧就吃在受資產階級民主的毒害太深。此一時，彼一時也。」

「那也不能僅僅說了幾句大實話，就成了惡毒攻擊呀！你在西方待了很久，德國法西斯能混賬到這個份上嗎？」

「自立！幹麼盡說這些沒用的廢話呀！你知道不知道？那些人之所以犯下不可饒恕的錯誤，正是因為他們所說的話太真，太與事實貼近，這才捅了大漏子哪！」

「這話我不懂。」余自立茫然搖頭，「難道那些說假話，阿諛奉承甚至造謠誣衊的，反而成了好人？」

「從某種程度上說，說實話，較之說假話阿諛奉承，甚至造謠污衊更可怕。」

「咳，你越發把我說糊塗了。」

「你想呀，造謠誣衊的話，人們一眼就看得清清楚楚，沒有幾個人會被迷惑，上當受騙。而直刺痼疾、一針見血的真話，卻大不相同：或者許多人並沒有看到那痼疾，或者有人看到了，卻長期窩在心裏不敢說出來，即所謂雖然心裏有，但卻嘴上無。現在，真相一旦被人道破，不但啟發了大多數人的覺悟，也傳達了少數人的心聲。老一套戲法再也耍不下去了，神像頭上的靈光失去了耀眼的光芒，一貫英明偉大的神話不攻自破。這怎麼能讓人家不痛恨、不害怕呢？而那些說了實話的人，個個捅了大漏子，還像盜書的蔣幹似的，認為立下了大功勞，你說可悲不可悲？」

「娘的，我怎麼就沒想到這一層呢？老兄，你知道嗎，那些大右派現在都是什麼態度？」

「我參加了政協和民盟召開的許多次批判會，幾乎沒看到有一個人像你似的，連連反擊，暴跳如雷。聽說章伯鈞已經寫出了比較深刻的檢查。就連桀驁不訓如羅隆基者，不但有相當的克制，而且一再表示要做深刻的檢討。洪濤齊天，勢不可擋。敢於頂風而上的有幾人？真正的聰明人，誰不想明哲保身？像你這樣，以牙還牙，不過是匹夫之勇。到頭來只能是螳臂擋車，以卵擊石。除了毀掉自己，沒有別的出路！」

「照你這麼說，只有作個口是心非、見風轉舵的偽君子，才是明知的選擇？」

「留得青山好砍柴。除此之外，別無他途！」東方旭彷彿在自語。「我已經想好了，等到批判我的時候，不駁一句，照單全收。不為自己，也得替我那失掉媽媽的兒子留條活路呀。唉，誰會想到，中國的知識份子，會成了納粹治下的猶太民族！」

「我聽說，我們那位紅書記，決心多貢獻出幾個右派，在文藝部門爭當模範標兵呢。你作好思想準備非常有必要，以免被弄得措手不及。」

「自立，你不必替我操心。我已經作好了充分的思想準備。我不放心的是你。你太感情用事。這年月，由馬信韁非壞事不可。因此，千萬不可忘記一個字——忍。嫂夫人的病情剛剛好轉，再給她增添恐懼，後果不堪設想哇！」說到後面他的聲音哽咽了。

「他娘的，這是啥世道呀！」余自立煩躁地站起來，狠狠地一拳，打在老槐樹的粗幹上。

三

「解放區的天，是明亮的天。解放區的人民好喜歡。民主政府愛人民呀，共產黨的好處說不完呀。呀呼嗨嗨一個呀嗨。呀呼嗨，咦呼嗨，嗨嗨，呀呼嗨嗨一個呀嗨！。烏拉——」

一隻歡樂的小喜鵲，唱著眼下風行神州的頌歌，飄然飛進了胡同深處的四合院。她一進門，見丈夫陸舟在書房裏低頭看報紙，跳著顛步近前問道：

「老陸，你猜，我今天又遇到了什麼高興的

事？」

「嘿，近一個時期以來，你不是天天都這麼高興嗎？」陸舟兩眼盯在報紙上，並未抬頭。

她伸手奪過他手中的報紙，扔在一邊，撒嬌地問道：「可我今天特別高興。你猜，這是為甚麼？」

「司空見慣，猜不勝猜。」陸舟盯著愛妻的容光煥發的俊臉，不動聲色。「因為你太容易激動，芝麻粒大小的事，就能使你哭鼻子，也能讓你樂得蹦高兒。」

「幹麼呀？人家跟你說正經話哪，又來這一套！」矯敫伸出右手在他左腮上輕輕地擰了一下。蹶起小嘴佯怒道：「哼，幼稚呀，輕佻呀，總是拿老眼光看人，一點都看不到人家的進步，還目光銳敏的大理論家呢——我就不服氣！怎麼，我說的不對？」

「矯敫，客觀地講，這幾年你的確有了不小的進步。」陸舟拉過妻子坐在自己腿上，撫摩著她濃亮的黑髮。「可是，你必須認識到，離黨和革命事業的要求還差的很遠，很遠。有了一點成績，就飄飄然，忘記自己吃了幾碗小米乾飯，實在是讓人不敢恭維。譬如……」

「反正呀，我在你眼裏永遠也不是個成熟的領導幹部。」她打斷了丈夫的話，「哼，除了打擊人家的情緒，沒有別的能耐！」

「這叫對症下藥。」

「得了吧，我有什麼病？」

「政治幼稚病。哼，你病得還不輕呢。別打岔，聽我把話說完。譬如今天，一個猖狂的右派分子，不過是在口頭上認了輸，值得高興成這個樣子？」

「咦？你怎麼知道我是為余自立的繳械投降而高興？是誰告訴你的？」

「用不著別人告訴，我就知道。」

「你不是說猜不著嗎？」

「嘿嘿，禿子頭上的蝨子明擺著，還用得著猜嘛。」

「別放煙幕彈！肯定是有人搶先向你彙報了。哼，磕磣！要彙報由我，用得著別人充假積極？快告訴我，是誰這麼嘴快、獻殷勤？你快說麼！」她搖著丈夫追問。

他斜睨著妻子：「除了你自己，還有誰！」

「我剛進家門，還沒開口哪——你瞎說什麼呀？」

「嘿嘿，你昨天晚上，就把一切都告訴了我。」

「瞎說。昨天一整天，余自立那個傢伙還氣勢洶洶，一肚子情理哪。直到今天下午才低頭認罪，我怎麼會在昨天晚上說今天的事呢？」

「唉。」陸舟輕歎一聲，將妻子攬進懷裏，右手探進她的衣服內，握著她一隻鼓蓬蓬的乳房揉著，語氣幽幽地：「連這點事都解不開，還不承認自己幼稚呢。」

「咦，這就怪啦！」矯敫推開他的右手，「快告訴我，你是怎麼知道的？不說實話，我不讓你摑……」

「矯敫，你呀！」陸舟搖頭輕歎，一面把手又伸到原處。「昨天晚上，你氣得轉著圈兒跺地板，大罵余自立氣焰囂張、頑固不化。今天忽然像換了一個人，不是為他，還能為誰？這麼簡單的問題……」

「怨不得人家罵你是老狐狸——真狡猾！」她捶著他的胸膛打斷他的話，有意轉移話題：「老陸，你絕對想不到，為了教育那個頑固不化的反動傢伙，我費了多少口舌呀。整整大半個上午，說服，誘導，警告，恫嚇，費了九牛二虎之力，好歹打掉了他的囂張氣焰。這才表示，不再猖狂反撲、頂風而上，一定要低頭認罪，做深刻的檢查。你看，咱輕揮羽毛扇，搖動三寸不爛之舌，便攻下了那個反動堡壘，取得了偉大的勝利！怎麼樣？你不服我的攻心戰術高明？」

「所以你就這麼興高采烈？」

「難道不值得高興？」

「高興可以，可不能像你這樣，眉飛色舞，得意忘形！」

「誰得意忘形來嘛！」

「你還嫌詐狂的不顯眼嗎？又是跳，又是唱，像個中學生似的。別忘啦，你已經是縣團級領導幹部，不是文工團裏的小演員啦，怎麼可以連一點穩重氣都沒有呢？」

「這不是在你跟前嗎？在單位，別說是講話，連走路的時候，我都沒有忘記自己是個領導幹部。」

「哼，學會深沉穩重，可不是一朝一夕之功。絕不僅僅是時刻裝出一副領導幹部相，而是將領導幹部應有的姿態風範，談吐習慣，化成自己十分自然的習慣。」

「哎呀，難死啦。不特意地裝，我可做不到。」

「所以你需要虛心學習，長久的磨練。彆扭歪，聽我說：首先，要學會隱藏自己的觀點，不論說話表態，所依據的，不是事實，而是需要；明明是一清二楚的事，可以裝成『根本沒聽說』；已經決定要辦的事，可以回答『還沒來得及研究』；其次，要作到喜怒不形於色。永遠不要讓對方知道你在心裏想些什麼，支持什麼，反對什麼；對於同情的人和事，可以表現的漠然冷對，而對於討厭的事和人，可以作出一副親切關注的姿態。聽到逆耳之言，要作到溫和平靜。聽到阿諛奉承，當心說話人的私心。得到無由的饋贈，警惕加倍的索取。……」

「咳！你還說不能裝哪，這不都是裝嗎？要照你說的去做，跟文工團演戲有啥區別？」

「也許開始是這樣。功夫不負有心人，只要事事處處留心，火候一到，也就隨心所欲啦。」說到這裏，陸舟把話拉回到正題上：「那個余自立，下午在會上的態度還可以？」

「嘿！」矯敖眉飛色舞，「出乎意料的老實。不但揭露什麼，承認什麼，表示要痛改前非，重新做人。而且，像死了親媽似的，一把鼻子一把淚，一副活不下去的模樣。哈哈哈……」

「矯敖，你別高興得太早啦。」陸舟搖著右手，「那只是初戰的勝利，還要繼續對他施加壓力，以防止他中途翻案，給運動帶來不應有的麻煩。」

「我知道。」她撫摩著丈夫的胸膛，充滿自信。「喂，老陸，我聽說，別的單位上報的右派分子名單，越來越多。我們只報了兩個人，余自立和小說組組長高揚。余自立的情況我已經跟你詳細說過。那個高揚，不僅一貫瞧不起我，而且不同意我們的成績是主要的這個顛撲不破的真理，是個極其反動的右派。報上這兩個人，占總人數百分之七不到，是否太少了些？我想再將詩歌組組長綠莽和理論組組長單懷玉補上。那個綠莽，鼓吹外行不能領導內行；單懷玉不但污衊宗派主義危害刊物的質量，而且攻擊社會主義現實主義的創作方法，一味吹捧和粉飾現實，只能將文藝引向死胡同。不但如此，他們兩個人跟我貌合神離，雖然沒有公開散佈反對我的話，但是我能感覺出來，他們跟我不一心。你看，再補報上他們兩個可不可以？」

「那不是把你們編輯部各部門的頭頭一網打盡了嗎？再說，不到四十個人的單位，打出四名右派，占到了百分之十多，怕是比例高了些。」

「比例高怕啥？我就是要爭上游，何況他們都有反動言論。將他們一個不漏地揪出來，不但說明我們單位敵情嚴重，而且證明我們的戰績輝煌！缺幾個組長沒有什麼大不了的，再提拔幾個就是，上面盡可以放心。只要領導層中有我和夏雨在，《北方文藝》的大權就穩穩地掌握在無產階級左派手裏！」

「怎麼，那夏雨，你也認為是個左派？」陸舟問道。

「那當然——響噹噹的。」

「黨外人士東方旭，應該算是個什麼派呢？」陸舟又問。

「也就是個中間派吧。」

「麻木不仁！」

「怎麼？」她不解地瞪大了雙眼。

「那東方旭，在政協會上，對於我黨的知識份子政策，進行了十分惡毒的攻擊。剛剛發生的事，你們也忘記啦？」

「怎麼會忘記呢？他的發言確實不太妥當。我們認真研究過，覺得他不像桀驁不訓的余自立，平時規規矩矩，比較服從領導，對於我的工作，也比較配合。所以，上次沒有上報他。」

「那只是表面現象，這人對我們黨的政策，一貫陽奉陰違。是個地地道道的偽君子。這種人，比余自立危險得多。根據你平常跟我談話所提供的材料，給他個右派當當，綽綽有餘。」

「我都提供了什麼材料？」矯敫有個習慣，單位裏發生的大事小事，差不多每天都要向丈夫傾訴。枕邊風天天吹，叫她怎麼能記得都說了些什麼。

「自己說過的話也忘了？足見你是個有口無心的人。」

「那……東方旭都有啥問題？」

「僅僅根據你的話，我給他綜合了一下，至少有四條罪狀：首先是在政協會上的發言。他跳出來當眾攻擊黨的知識份子政策，挑撥知識份子與黨的關係，性質十分嚴重；第二，你多次說過，他經常美化西方社會，用西方的所謂民主自由，映襯我們國家沒有人權；第三，他一貫崇拜胡風，土改時還直接拜倒在胡風腳下，一副忠實信徒的架勢；第四，你們都知道，他跟余自立經常來往，兩個右派分子暗室勾結，不但不可能幹好事，也不可能說出對黨有利的話，很有可能是一個陰謀勾結的反黨集團！」

「我的媽呀！他的罪行這麼多，我怎麼就沒想到呢？」矯敫虔誠地望著丈夫，「老陸，你真行，不愧是大政治家，看問題真尖銳！明天我就把東方旭報上來。」

「還有一個更重要的人，也要一塊整理材料上報。」

「還有？那……是誰呀？」

「你所謂的『響噹噹的左派』——夏雨！」

「什麼，什麼？」矯敫懷疑自己聽錯了。

「《北方文藝》的副主編夏雨！」陸舟又重複了一次。

「別胡扯！」矯敫目瞪口呆，「老陸，你看錯人了吧？」

「矯敫，看錯了人的，不是我，而是他的搭檔，你這個黨支部書記！」

四

聽到丈夫說出要將自己的情夫補報為右派分子，矯敫震驚得亂了方寸。

「老陸，老陸！」她焦急地盯著丈夫，「你怎麼，怎麼能，能算到夏雨頭上呢？老陸，我知道，這些年他的老婆金夢，嫉妒你的地位比她高，懷疑你嫉妒她的才華和名氣，因而處處壓服她。在背後說過你不少的壞話，你討厭她，我理解。她一貫瞧不起我，我也恨透了她。早就盼著你們狠狠修理修理她。可夏雨對你一直很尊重，忠心耿耿，你可不能土豆地瓜一鍋煮呀。」

「矯敫，這並不是我公報私仇。搞夏雨，不是我一個人的意見。他的問題很嚴重，他和他的妻子金夢一樣，是兇惡的右派分子！組織上已經研究決定啦，明天抓緊把他和東方旭補報上來。」

「東方旭馬上可以報。可是……夏雨不行。」

「為什麼？」

「他不但沒有問題，而且是積極分子，骨幹。毫不誇張地說，他還是我的左膀右臂呢，憑什麼整人家？」矯敫焦急地拍著大腿，「要是搞人家老婆，非得連帶上她的男人，那不是封建社會搞株連那一套嗎？」

「不對。是他自己罪有應得。」陸舟疾言厲色。「金夢為什麼超凡脫俗，搞上個比自己小五六歲的男人？臭味相投！老婆不是個東西，男人也好不了哪兒去。這不是邏輯推理，而是被許多事所證明了的。」

「老陸，不管怎麼說，你不能不考慮影響。一人做事一人當。夏雨這幾年表現的非同一般，對我的工作一直協調地配合。說實話，沒有他的大力支持，我的工作也不會取得這麼大的成績呀。」

「真是這樣嗎？」

「那還有假嘛！」

「好！這正說明，那傢伙是個極其高明的兩面派。矯敫，你被他迷惑了，欺騙了。根據金夢的交代，她的許多反黨行動，都有夏雨在後面出謀劃策。你想，我們已經揪出了金夢，還會讓夏雨溜掉嗎？」他把嬌小的愛妻拉進懷裏，愛憐地揉搓著她豐滿的胸脯，充滿了幸福和喜悅。「嘿，時候終於到了。一條繩上的兩個螞蚱，哪個也跑不掉。這一回，只怕是誰也救不了那對狗男女咯！」

「不行，絕對不行。老陸，我不同意！」矯敫在丈夫的懷裏扭動著，「夏雨對黨忠心耿耿，一貫奉公守法，你可不能大瞪著眼睛冤枉好人。老陸，不看僧面看佛面。我求你啦，為了我今後的工作，你就放過他吧！」

「想不到……那夏雨，在你的心目中竟是如此的重要！」陸舟若有所思，不由望著屋笆自語：「看來，那都是真的啦？」

「當然都是真的——我什麼時候跟你說過假話呢？」矯敫不知道丈夫另有所指，「老陸，我就求你這一回。你放過夏雨，往後，你叫我咋的，我咋的。保證一千個順從，一萬個順從。」

她在他的懷裏扭起了麻花。「好不好呀，你倒是說話呀。」

「好嘛！一聽說要搞夏雨，你便焦急得如喪考妣。作為丈夫，實在讓我感動。不過，」陸舟口氣突變，「你能否告訴我，夏雨替你立下了什麼汗馬功勞，你對他如此地傾心庇護？」

「因為……因為，他思想進步，工作積極，樂於助人，總而言之是個大好人。」問話太突然，她回答得有些語無倫次。

「但願是這樣！」陸舟似在自語。

「怎麼？你不信？」

沉默有頃。陸舟忽然用力推開妻子，站起來伸出右手：「矯敫，把你寫字臺上的鑰匙給我！」

「你要我的鑰匙幹什麼？」她把「我的」二字，說的很重。

「自然是有用——快給我！」

「我不給！」矯敫氣呼呼地站了起來，「你不是說，允許有個人的隱私嗎？而且，你一向都是尊重我的。」

「那要看是什麼情況。現在，右派分子和別人的通信，我們還要一律進行檢查呢！」

「豈有此理——你把我也看成懷疑對象啦？」矯敫的態度硬了起來，她從列寧服的口袋裏掏出鑰匙，狠狠摔在地下，鼻子翹得老高：「你搜去吧，查去吧。不過，要是搜不出矯某人反黨的證據，你可要考慮後果。」

陸舟一聲不響，大步進了妻子的臥室兼書房，不一會兒，擎著一摞稿紙走了出來。來到矯敫跟前，伸過去問道：

「這是什麼？」

「好哇，終於找到了反黨證據——是不是？」矯敫看著丈夫手中的稿紙，嘴角掛出了冷笑，「快拿去上報呀。能夠親手把自己的老婆打成個右派，肯定功勞不小！」

「回答我——這是什麼？」陸舟沒有理睬她的譏諷，厲聲喝問。

「難道你不識字，用得著問我？這不是我的詩稿嗎？你瞪大眼睛仔細看看，上面除了歌頌黨，歌頌社會主義，還有什麼？要是能從裏面找出你所需要的政治問題，我姓矯的甘願當右派。」

陸舟臉色鐵青，彷彿沒聽到她的話：「我問你：你的詩稿，為什麼是別人的筆跡？」

「嘿嘿，這有什麼值得大驚小怪的，我找人抄的唄。」矯敫故做鎮靜地答道。

「找誰抄的？」他緊追不捨。

「很久以前的事情啦，我怎麼會記得！老陸，正經事就夠你管的啦，你問這些雞毛蒜皮的狗屁事，幹啥呀！」她伸手接過稿紙，轉身要回自己的房間。

「等等，你還沒有回答我的話呢。」陸舟重新將稿紙奪回到手中，指點著問道：「你必須回答我，這是誰給你『抄寫』的。這麼大的貢獻，你絕對不會忘記。即使真的忘記了，也能認得出筆跡。好好看看——到底是誰的筆跡？」

她裝模作樣地在稿紙上看了一陣子，顯出一副無可奈何的樣子：「老陸，你就別逼我啦，我真的認不出來。」

「撒謊！連我都能認出來，你會認不出？」他的目光咄咄逼人，「你給我說實話，這是不是夏雨的筆跡？」

「即便是他的，那又怎麼樣？一個單位工作，我忙不過來，請誰幫忙抄抄稿子不可以？難道這就有了問題？」矯敫反而平靜下來。

「哼，說的倒輕巧——『抄抄稿子』！沒廉恥的東西，馬腳已經露出來啦，還在掩飾！怪不得，一說報夏雨，你就喊天呼地，彷彿天要塌下來，原來是觸動了心肝寶貝呀！」

「老陸，你別胡亂猜疑，冤枉好人！」矯敫瞪大了雙眼怒視著丈夫，一副受到大冤大屈的架勢。

「哼，色厲內荏，也掩蓋不了你的醜行。」他斜睨著妻子，「你的這些詩歌發表時，夏雨還沒到《人民文藝》編輯部來，你又當作何解釋？當初我就懷疑，你的那些所謂的詩作，是別人越俎代庖。現在謎底終於揭開啦，原來是背後有槍手！」

「老陸，我白跟你作了十多年的夫妻！早知道你這樣不信任我……」

「我從來都是很相信你的，可是，你的所作所為，能叫人家相信嗎？」

矯敫深知，陸舟一旦懷疑自己的老婆被人佔有，夏雨在劫難逃。她絕對想不到，自己情急地給夏雨求情，反倒弄巧成拙，幫了倒忙。她一向對運動十分感興趣，宛如小孩子盼著穿新衣過大年。衝鋒陷陣，辱罵呵斥，面對面地將唾沫星子噴到被整的人臉上，感到十分快意。今天她一反常態，對夏雨大施仁慈，自然要使陸舟產生懷疑。沉睡許多年的記憶，驀地蘇醒了……

五年前的一天，她正在抄一份東西，陸舟有事來到她的身邊，見她慌忙將稿紙鎖進抽屜裏。過了不久，妻子的詩作，便接連出現在報刊的版面上。他知道妻子的文化水平，灌不滿兩水壺，當時就懷疑是別人越俎代庖。後來，又發現她的行為有些異樣，如經常晚回家，追問起來，語言支吾，而且常常繞著圈子給夏雨說好話。這更使他懷疑兩人的關係不正常。曾經派人暗暗盯過兩人的梢，但並沒有捉住把柄，誤以為是自己多心，加之工作忙，便把這件事拋在了腦後。矯敫今天的行動，再次使他記起了那件往事。於是，來個突然襲擊，想找出證據驗證他當初的懷疑。

果然不出所料，夏雨為她代筆作詩的原稿，仍然藏珍在抽屜裏的牛皮紙袋裏！

將自己用心血寫成的作品，拱手送給他人發表，不是等閒之舉。除了至親好友、熱戀情侶，絕對做不到。而她不遺餘力地給夏雨辯護，更加證明了兩人關係非同尋常。足見，這對狗男女，早已鬼混到了一起。想到這裏，陸舟極力克制著憤怒喝問道：

「矯敫，剛才我還告誡你，『得到無由的饋贈，警惕加倍的索取』。你說，那個流氓給你作出了那麼大貢獻，讓你一眨眼這工夫，從一個半文盲變成了『詩人』，你拿什麼報答他？他都向你索取了些什麼？」

「老陸，你別多心好不好？」矯敫滿臉熱淚乞憐，「你說，我們這些老革命，赤條條的一個人來到革命陣營裏。有什麼讓他索取的？」

「說的對極啦——他索取的正是你這個赤條條的『人』！」

「你的話，我不懂。」

「你裝糊塗！」

既然已經掩飾不住，她索性撕破了臉皮：「哼，我可不象有的人，見了年輕漂亮的女人，就打人家的主意。」

「放你娘的狗臭屁！」陸舟被激怒了，飛起一隻腳，將矯敫踢倒在地上。「王八蛋，還在這兒狡辯！叫你們兩個一塊當右派，也解不了我的心頭之恨呀！」

「好嘛，堂堂宣傳部長，能大義滅親，親手將自己的老婆打成右派。絕對是空前絕後的大新聞，至少在全黨、全國，能引起巨大的轟動。我祝賀你的成功！」矯敫伸開兩腿，癱坐在地上，一副威武不屈的架勢。

「哼，一人做事一人當，你臭不到我身上！」

「是嗎？『老婆不是東西，丈夫也好不到哪兒去』，這話是誰說的？有種的趕快把我揪出來，你也好無牽無掛地去領導偉大的反右派運動呀。」

聽到這樣的話，陸舟立刻像個泄了氣的皮球，一屁股坐到椅子上呼哧呼哧喘粗氣。

「幹麼不說話呀？我都不怕，你怕什麼？」矯敫以攻為守，「放心吧，不論當初跟我說了多少犯忌諱的話，我當了右派之後，絕對不會給你捅出一個字去。」

「還不給我滾起來。」陸舟泄氣了。

矯敫坐在地上不動：「滾起來也白費。黨的一貫政策是坦白從寬，抗拒從嚴。我一個字沒交代，怎麼就得到寬大處理呢？」

「狗東西，你想把我氣死呀！」

「踢人的要是被氣死，被踢的，是不是該舒坦死呢？」

「你……嘿嘿！」陸舟被氣得撲哧笑了，近前伸手拉老婆。「我不是叫你氣糊塗了嘛。無緣無故，我什麼時候捨得摑你一根手指頭？快起來，起來呀——有話慢慢說嘛。」

「都是你當大官的有情理，一個不值得正眼看的低等幹部，小娘們，有什麼說話的權利，只配挨打受統治！我不起來，你把我踢死好啦！」她掙扎著不肯起來，「沒良心！你那些花花腸子新聞，落到這些人手裏的時候，給你張揚過嗎？踢過你嗎？打過你嗎？不是照常對你好？恩將仇報！嗚嗚嗚——」她雙手捂臉，坐在地上大哭不止。「想不到呀，參加革命是為了求解放，還要像舊社會的女人那樣，受壓迫，受虐待！這樣活著受罪，還不如死了好。嗚嗚嗚……」

「矯敫，別要你的小孩子脾氣好不好？你這樣大哭大嚎，叫鄰居們聽到，影響多不好？你不考慮自己的面子，也該考慮到我的形象呀。」

「哼！你的形象與我有什麼相干？人都要被虐待死啦，還有什麼面子不面子的？媽呀……嗚嗚嗚……」

「矯敫，矯敫！我不是已經原諒了你嘛。既往不咎，我一如既往地對你好，總該行了吧？快起來。咳！地上涼，得上關節炎，可不是鬧著玩的！」陸舟彎腰把老婆抱到了床上。

五

一九五七年的春末夏初，正像易安居士在《聲聲慢》詞中所歎息的那樣，春意闌珊，夏日腳步遲遲，「乍暖還寒，最難將息」！

近一個多月以來，白雪始終陷入痛苦迷惘之中。彷彿兜頭挨了一悶棍兒，被打得暈頭轉向，辨不清是非善惡，南北東西。

信誓旦旦，要借助整風以消匿錯誤缺點，完善自己。一時間，邀朋友，請賢人，清茶笑臉，請求幫助割除肌體上毒瘤。順乎國情民心的大鳴大放，像春風吹拂之下的原上之草，破土而出，青翠茂密，一望無際。不料，一場冰雹霰雪劈頭打來，轉瞬之間，東倒西歪，奄奄一息。手段高明的魔術師，手腕一抖，鮮花變成了匕首。克盡忠悃的獻策，變成了「有計劃，有預謀」的惡毒進攻。善良的人們，此刻方才從迷魂陣中醒悟過來。原來，虛懷納諫、兼聽則明的旦旦誓言；登門禮請，拜神求佛似的殷殷堅邀，不過是誘魚上鉤的釣餌，引蛇出洞的「陽謀」。自認為被請來祛病攘災的杏林回春妙手，一個個成了噴射毒液的眼鏡蛇——資產階級右派分子！

自從閱讀了五月十五日發表的《事情正在起變化》那篇雄文之後。白雪一直心存疑竇，覺得不可思議。她甚至懷疑，是《變化》的撰稿者一時欠思考，方才作出如此違反常識的荒唐判斷。等到煦煦拂面的春風，忽然夾帶著冷雨冰雹，劈頭蓋臉打來。寒氣凜然，竟如三冬。她打了幾個寒顫，方才意識到，《變化》一文的作者，並非是一時心血來潮。等到閱讀了毛澤東親自起草的黨內指示：《組織力量反擊右派的猖狂進攻》，以及同一天《人民日報》發表的社論《這是為什麼？》她才如夢方醒，斷定整風運動已經出現了逆轉：由黨外人士幫助黨整風，變成了全黨共討之的反擊右派運動！此時她才得知，雄文《變化》也是毛澤東的手筆！

朝令夕改，一百八十度的大轉彎！

彷彿得了怔忪之症，她終日惶惶然，不知如何跟上運動的步伐。從延安來的老革命，又一次遇到了新問題。茶飯無味，憂煩不已，不知是自己的思想有了問題，還是決策人的神經出了毛病？但又只能在心裏嘀咕，不敢跟任何人說起。卓然工作忙，已經十多天沒回家了。能跟最為親近的人傾吐心中的疑慮，肯定能解開心中的迷惘和疙瘩。

她擔任主編並兼任支部書記的《青年文學》，為了貫徹「引蛇出洞」的戰略決策，仍然繼續組織「鳴放」時，她一言不贊，強打精神坐在那裏，往本子上胡寫亂畫。上面來了指示，要立即報批右派分子的名單，她更是抓耳搔腮，如坐針氈。她覺得，在自己的部門裏，無一例外地，都是善意的批評，焦急的規勸，沒有一個是懷有二心的攻擊者，叫她到哪兒找右派去？無奈，上命難違，「右派分子不可能低於百分之五」的論證，在耳邊轟響；限期上報右派名單的檔，放在面前。身為支部書記，她，遲遲不知道該如何完成這偉大的政治使命。結果，別的部門引蛇出洞階段已經結束，進入了全面反攻階段，她主持的編輯部，仍然靜如一潭死水。各單位的日常工作，幾乎全部停止，全力投入了反右派運動。她的單位自然不能例外。可是，部下們看得很清楚，雷厲風行的女書記，忽然一反常態，推拖敷衍起來。為此，支部副書記盛勇找她個別談話，勸她不要忘記「三反」的教訓。當初，那些不承認本單位有貪污分子的領導幹部，無一例外地成了「思想老虎」。雖然後來煙消雲散，沒給什麼處分，可是，大會小會點名，數月被晾在一邊，就是沒有自殺，至少也得掉幾斤肉。盛勇憂心忡忡地直言相勸：

「白書記，咱們再不趕快跟上運動的步伐，我們都得當思想右派呀！你自己是地下黨員，老延安，根子硬，膽子壯，不害怕，也該給部下們考慮考慮呀！」

「老盛，說實話，我比你還急哪。可是，我不知道兇惡的右派分子在哪兒呀？既然你這麼著急，一定胸有成竹那就痛痛快快地告訴我，咱們該報幾個，都報誰——好嗎？」

「我也拿不准呀！」

「還是的！」

「所以，我才找您研究呀！」

「難道右派是『研究』出來的？」

「不研究，怎麼知道該提留誰呢？」

「右派應該是客觀存在。有，你不研究，他也擺在哪裡；沒有呢，研究也白搭。你說是不是？」

盛勇兩手一攤：「可是，上面催得這麼緊，我們硬頂著不報，一旦追查起來，那責任，咱們負不起呀！」

「老盛，上面又是立什麼六條標準，又是定百分之五的比例，我也擔心頂不住。實在拖不過去，我倒想到了一個辦法。」

「你快說，什麼辦法？」盛勇急不可耐地催促。

「只有我們支委挺身而出……」

「怎麼，我們硬著脖頸子硬抗？」

「唉，我們哪有那份硬抗的膽量呀。」

「這我就不明白啦：既要挺身而出，又不敢硬抗，你到底想出了什麼絕招？」

「什麼絕招？」白雪搖頭苦笑，「這叫逼上梁山：既然我們單位沒有所謂的右派，上面又不答應。我的意見，把我報上。咱們單位不到三十個人，報一個，離百分之五也差不多。如果上面仍嫌比數太低，再把你也算上。老盛呀，我知道，你心裏很矛盾。可是，不這樣我們過不了關呀。況且，我們身為黨員，寧肯我們受委屈，也不能讓那些好心的黨外同志受冤枉呀。你說是不是？」

盛勇拍案而起：「老白，我還認為你真的有什麼絕招呢，原來你想胡鬧！」

「我考慮過了，反正大家都在胡鬧，也不差我們這一家。」

「白雪同志，俗話說，隨大流不挨打。我勸你還是顧全大局的好。不然，別人不與你合作，甚至單獨採取行動，可就悔之晚矣！」

「隨他們去，我不在乎。」她聽不進盛勇的勸解，「研究」不歡而散。

現在，她兩臂撐在辦公桌上，茫然地望著擺在面前的《人民日報》出神。這份黨中央的機關報，一向都是她每天必讀，奉為圭臬的精神食糧和寵物。近來卻使她產生了無比的恐懼。她已經坐在那裏足足有半個多鐘頭，卻沒有勇氣去翻一翻。驀地，桌上的電話鈴「嘩嘩」響了起來。她拿起聽筒，生硬地問道：

「哪位？」

「白雪，你到我辦公室來一趟。」答話的是丈夫卓然，聲音同樣生硬。

「有什麼事，下了班回家談不好嗎？到辦公室去……」

「叫你過來，你就馬上過來！」語氣嚴厲，不容商量。接著傳來重重摔下電話的聲音。

卓然從來沒有在工作時間，要她到他辦公室談話的情況，不論有什麼事情都是回到家再談。今天一反常態，肯定是有什麼緊急情況。她只得急忙收拾一下桌面，蹬上自行車，往宣傳部趕去。

六

一踏進卓然的辦公室，白雪向著低頭看文件的卓然，大聲調侃：「喂，有啥急事？催命似的，連中午回家談也等不到，莫非鬼子進村啦？」

「哼！頭頂火炭不覺熱！」卓然神色嚴肅地抬頭望著妻子。

「喲！晴轉多雲——是哪個大膽的，又惹得老天爺翻臉啦？」平常日，每當丈夫臉色不好，她總是喜歡用調侃使他轉怒為喜。

卓然彷彿沒有聽見她的話，伸手指指對面的椅子，等她坐下，徑直問道：「白雪，我問你，對於目前的運動，中央一再下檔，三令五申；《人民日報》天天發社論，你對形勢的認識，總該有所變化吧？」

「我沒有以不變應萬變的本事。形勢千變萬化、撲朔迷離，不變能行嗎？」她斜靠在椅子上，用探詢的目光望著丈夫。

「那……你是怎麼變的？是往好處變，還是往壞處變？」

「你說我能怎麼變？」

「我要你回答我！」他聲色俱厲。

「哼！我正想要你回答我呢！」白雪針鋒相對，彷彿她的一肚子不理解和不滿，皆因丈夫而起。她壓低聲音，氣咻咻地說道：「三番兩次，動員人家大鳴大放、幫助黨整風，一聽到逆耳之言，馬上翻臉，說人家是誹謗污衊、惡毒進攻。把當初的甜言蜜語、反覆誘哄，恬不知恥地說成是『陽謀』。簡直是無恥之尤，滑天下之大稽！古今中外有這麼霸道的混帳邏輯嗎？一個口口聲聲光榮偉大的執政大黨，如此地出爾反爾，玩弄權術，難道就不怕貽笑於……」

「白雪！」卓然低聲怒喝。「你越滑越遠啦。」

「這是鐵一般的事實，誰也否認不了。」

「怪不得！《青年文學》把你列入頭名右派報了上來。看來，一點也不冤枉你！」

白雪一聽，瞪大雙眼迷惘地問道：「這話從何說起？我們還沒有召開會議研究，怎麼會把右派名單報了上來，而且把我列為頭名狀元呢？」

卓然從抽屜裏拿出一份文件，狠狠摔到她的面前：「你自己看吧。」

這是一份以《青年文學》反右領導小組名義上報的《關於我單位確定右派分子的請示報告》。檔報了兩個人，頭一個是白雪，緊隨其後的是理論組組長何魯。她茫然地問道：

「咦，這就怪啦：從哪兒來了個『反右領導小組』呢，我這個支部書記怎麼一點也不知道呀？」

「你自己公開對抗偉大的反右派運動，三番兩次說服不通，能怨得旁人單獨採取行動？」

她一聽明白了，一定是盛勇等人背著自己打了小報告，並得到向陸舟任命，方才有了這個「反右領導小組」。好，這樣以來，用不著自己親手給清白的同志製造罪名咯。所要承受的良心譴責，要輕得多。她反而感到幾分欣慰。

這時，卓然發話了：「怎麼樣？這會兒，你該清醒了吧？」

「是的。這正是我所希望的。他們不報，我也會把自己報上。」

「什麼，什麼？」卓然倏地從座位上站起來，「你真的說過要把自己上報的話？」

「咋不真？我跟盛勇商量過，既然找不出右派來，只有我們兩個挺身而出，以免……」

「白雪，你瘋啦！」卓然狠狠一捶桌子，「你難道不知道，右派分子的帽子一戴上，立刻就成了資產階級反動派，站到了革命的對立面。那就……」

「那也沒有什麼了不起。」她打斷了丈夫的話，「我父親就是個資產階級分子，女兒繼承香火，理所當然。要是能被打成帝國主義分子才好呢。當初聽信了革命的宣傳，退掉了去美國的船票，去了所謂的革命勝地延安。想不到，作了半輩子被帶上嚼子隨意驅使的高級牲口。要是現在能將我驅逐出境，趕到美國去，我跪下磕響頭！」

「白雪！你跟我使氣沒有用！」卓然一屁股坐了下去。「告訴你，報告一批下去，那就鐵板釘釘。不僅反動派、黨的敵人等大帽子，壓得你半死；降級，降職，丟黨票，甚至勞改、勞教，隨之而來——令人不寒而慄。哼，你還在頭頂火炭不覺熱呢！」

「覺熱又有什麼辦法？我主動投進網羅，至少可以減少一個無辜蒙冤者。」

「好一個自願獻身的英雄好漢！」卓然再次站起來，來到妻子面前，焦急地攤開雙手：「白雪，你好了瘡疤忘了痛。當初在延安，我遭到『搶救』，被關進黑窯洞，你抱著吃奶的孩子，哭天天不應，叫地地不答。我要是晚放出來幾天，只怕你們母子也活不到今天！莫非，你想讓我們父子再次重溫當年的噩夢？」說到後面，卓然的話，已經帶著淚音。

一提起當年延安那一幕幕慘像，白雪不由打了一個冷戰。看到丈夫驚恐痛苦的樣子，她的口氣不由軟了下來：「既然已經被報了上來，後悔也沒有辦法啦。」

「我無能，連自己的老婆也勸不住，以至弄到無法收拾的地步。」卓然在地上轉了兩圈，仰天長歎：「唉，現在沒有別的辦法，只有死馬當成活馬醫——覥顏求助啦。」

「你想求誰？」

「唉！」他一聲長歎，「求得動的人，未必管用；管用的人，未必求得動。我反覆考慮，這次運動，彭遠翔分管文藝部門。他是你『一二九』運動時的入黨介紹人，平時見了面，經常問起你，對你挺關心，估計肯幫忙。」他指點著妻子說道：「白雪，謀事在人，成事在天。不論辦成辦不成，你都要夾緊尾巴，嘴上貼封條。當然，該跟著起哄裝積極的時候，絕不能保持沉默。聽明白了沒有？」

見她低頭不語，他又加了一碼：「你要是再不接受教訓，繼續盲目蠻幹，我可受不起連累，只有徹底跟你劃清界限——離婚。不過，醜話說在前面：當你待在黑房子裏面壁飲泣時，可別後悔！實話告訴你，我不能沒有老婆，孩子們更不能沒有娘。保證不出三個月，上我床的將是另一個謙虛克己、年輕漂亮女人。那是你自己堅持實事求是、追求真理的下場，怨不著我見異思遷！你聽到我的話沒有哇？」

「我又不聾！」話說的要多刺耳有多刺耳。她本想厲聲反譏幾句，卻借臺階下驢，低聲咕嚕道：「我要是知道，有個既年輕又漂亮的女人瞅著我那半張床，我早就給她倒地方啦，犯不著叫人用政治壓著，拿大氣哈著。」說著，說著，她的眼眶中竟然滾出了熱淚。

「你呀，又在胡說八道！」卓然心軟了，溫語勸道：「回去裝做什麼也沒有發生，跟誰也不能漏出一個字。這樣，一旦彭老的遊說成功了，別人會以為是你的條件不夠，上面沒批准呢。」

「我明白。」她摸出手絹揩揩熱淚，起身走了出去。

七

《北方文藝》編輯部批判右派分子大會，已經進行了九次。今天繼續舉行大會，批判新揪出來的右派分子。支部書記矯敫講話，回顧前一階段的運動的進行情況。她聲音鋼脆地說道：

「同志們，我們編輯部今天再次秣馬厲兵、披掛上陣，展開大規模的進攻，一定要徹底打退右派分子的猖狂進攻。我們在第一階段的戰鬥中，一舉揪出了極右分子余自立和右派分子高揚，取得了輝煌的戰果，得到了上級的多次表揚。」她志得意滿，柳葉眉下一雙漂亮的大眼睛，朝著台下瞟來瞟去。「但是，戰鬥正未有盡期，擺在我們面前的戰鬥任務，仍然很繁重，很艱巨。一些狡猾無比的傢伙，仍然隱藏在陰暗的角落，向我們親愛的黨噴吐著毒液。我們必須深挖細找，讓他們一個不漏地暴露在光天化日之下，得到應有的懲罰。在這裏，我要警告那些故作鎮靜的傢伙，你們的狐狸尾巴已經被革命群眾捉住了。你們休想跑掉。擺在你們面前的唯一出路，只有痛痛快快地站出來繳械投降。不然，余自立就是你們的前車之鑒。那個余自立，不僅向我們黨發起了惡毒的進攻，而且態度極其惡劣。不是他後來有所轉變，絕不僅是個『極右』的問題，還是個貨真價實的『現行反革命』！

她忽然想到，凡是被揪出來的人，只要有點歷史問題，立刻可以從右派升級成反革命。而余自立並沒有什麼歷史問題，這樣說，有欠考慮。於是急忙改嘴道：「至少呀，也要再給他加個碼。坦白從寬，抗拒從嚴，是我們黨一貫的政策。你們要是執迷不悟，余自立就是你們的前車之鑒——右派和『極右』的帽子有的是，隨你們挑，隨你們撿！何去何從，你們自己選擇吧。」

會場上悄然無聲，人們都在期待序幕結束，正戲趕快開場。因為除了幾個積極分子，誰也不知道今天揪出來的階級敵人，會不會是自己。已經做了許多年領導的矯敫，深諳講話藝術中的張弛之道。她講到節骨眼上，故意略作停頓，就像行文中的刪節號。以便使後面的「包袱」更具有爆炸效果。她極其誇張地把齊肩短髮向後連甩兩甩，見全體入會者都把目光投到自己身上，方才盯著坐在前排的東方旭，森森然，一字一頓地說道：

「今天，我們要批判的，是剛剛挖出來的資產階級右派分子——東方旭。同志們！這是一個極其善於偽裝的傢伙。許多人被這個所謂的名教授，大作家，民主人士，忠厚長者，欺騙了許多年。現在，我們要撕下他精心繪製的美麗畫皮，看看他的反動真面目！同志們，這個骨子裏浸透了資產階級毒液的洋博士，對我們黨充滿了階級仇恨，今天我們要徹底清算他的所有反黨罪行，絕不讓他滑過去。東方旭！你要老老實實向大家交代你的所有反黨反社會主義罪行。你——開始吧。」

近一個月來，東方旭參加了不下幾十次各式各樣的批判會，民盟的，政協的，加上自己單位的。內容之荒唐，方式之粗暴，絕不亞於審判布魯諾的宗教裁判所。想不到，二十世紀五十年代的中國，又回到了西方的中世紀。他已經充分領略，所謂批判，無非是歪曲、污衊、譏訕、漫罵的同義語。不准說明真相，不准據理反駁，不准低眉飲泣，更不敢橫眉嗔目。斷章取義、無限上綱，是馬列主義顛撲不破的真理；無中生有，狗血噴頭，是華佗神醫救人的靈丹妙藥。人，一旦被揪上審判台，無異於被拖上砧板的牛羊雞鴨。撕心裂肺的呻吟，痛斷肝腸的哀號，不過是庖廚高手們，切，削，剁，剮的助興曲，潤滑劑……

隨著勝利戰果的不斷擴大，他越來越感到，砧板和菜刀已經在向自己微笑。那就伸長脖頸，等待行刑的號令吧。就像前幾天勸余自立低頭認罪那樣，認鹿為馬，視辱為愛，忙不迭地拿屎盆子往自己頭上扣，誠惶誠恐地大罵自己是洪水猛獸。不論刀子多麼銳利，絕不喊一聲冤，不哼一聲痛。他覺得，這樣做，並非是期望從煉獄進入天堂而避免下地獄。而是不相信，在這方土地上還有所謂的天堂。儘管余自立因為態度有所轉變，榮膺「極右」，沒被升格。他毫無興致去弄明白，『極右』與『反革命』，到底有什麼質的區別。古人云：兩害相權取其輕。他不想乞求憐憫，避重趨輕。他感到太累了。但他仍然告誡自己，一定要克制自己的暴躁脾氣，聽憑雷霆風暴打頭，狗血污水澆身。只求及早結束那無了無休的宗教審判。他心如死灰，不抱任何爭回清白的希望。既然自己撞進了狼窩，那就心安理得地作惡狼的美餐吧。……

可是，一旦聽到會議主持人對自己所下的那些政治斷語，立刻恚忿不已。特別是聽到自己一貫披著美麗的畫皮，骨子裏浸透了資產階級毒液等等「讚譽」，像被蠍子螫了一蝳子，不由渾身一顫。他的心被深深刺痛了，只覺得胸膛憋悶，血往頭上湧。恨不得指著那位黨領導的腦殼大罵一通，甚至當胸一拳，將她擊倒在地，使她永遠爬不起來，無法再信口雌黃糟踐好人！

可是，他的右手還沒有抬起來，耳畔便響起了另一個聲音：此事與一個部門的領導何干？她不過是一名接受差遣的走卒而已。讀書人，條條大路通羅馬的話，不過是止痛散，麻醉劑。只有忍耐，才是你的唯一天堂……是的，對牛彈琴何益？乞求憐憫，無異於與虎謀皮！於是，他鬆開咬緊的下唇，開始了他的交代：

「同志們，剛才矯書記所指出的，我的那些嚴重罪行，如：用畫皮迷惑群眾，腦子裏浸滿了資產階級的毒液，以及一貫充滿了對黨的仇恨等等，都是無可否認的鐵一般的事實。深刻之極，正確無比，我全部接受。我一定虛心檢查，爭取……」剛說到這裏，他的話，被夏雨的高聲插話打斷了。

「東方旭！你這個老奸巨滑的傢伙！你想在大帽子底下開小差？告訴你，辦不到！」一向溫文爾雅的副主編，凌言厲色。「東方旭，我先問你三個問題：第一，你說過，剛剛把土地分給農民，又被合作社收了回去。農民狗咬尿脬——一場空歡喜。這是不是明目張膽地誣衊偉大的土地改革運動，和農業合作化運動？第二，你誣衊黨的知識份子政策，說中國知識份子，不但不被信任和重用，而且，每人給弄上個名叫『檔案』的紙袋袋，而本人並不知道裏面裝著多少使人參不透、猜不著的催命符。這是不是惡毒污衊和攻擊我們的人事制度？第三，你一貫鼓吹西方資產階級民主自由，說什麼，在西方，只要有理有據，上至總統，下至警察都可以罵，而在中國卻只能呼萬歲，說好話。這是不是惡毒攻擊社會主義民主，美化資產階級和帝國主義？第四，你一貫……」夏雨剛說到這裏，門外有人向矯敫招手。她急忙走出去，旋即轉了回來，走近夏雨低聲說道：

「老夏，你先停下——外面有人找。」

「我還沒說完呢，是誰這麼不看火色？讓他等一下嘛，我很快就批判完了。」

矯敫臉色慘白，連忙搖頭：「不，事情緊急，你馬上就得去！」

「壞事啦！」夏雨暗叫一聲苦，低頭走了出去。這一去，許多天沒有回來。後來人們才知道，他也在劫難逃，成了資產階級右派分子，被揪到老婆的單位一起接受批判去了。

趁著批判暫時中斷，東方旭誠惶誠恐地說道：「剛才，夏雨同志所指出的，我的一系列反黨罪行，同樣十分正確，萬分深刻。我虛心接受，深刻反省！」

像巨石投進了水潭，會場上傳來一陣「哧哧」的笑聲。

矯敫瞥一眼會場，扭頭斥責道：

「東方旭，你這個老奸巨滑的傢伙，到了這個地步，還在嘩眾取寵，你的態度可真夠端正的！」

「矯矯同志，我全部接受批判，低頭認罪，還不算態度端正，請問，怎麼樣才算『態度端正』呢？」

矯敫一時語塞。正不知如何回答，向英替她解圍了。

「矯支書，我接著夏總編的批判往下談。」她的聲音比之矯敫更加高亢響脆。一面伸出右手食指，指點著批判對象：「東方旭，你揮起耳朵好好聽著：

前三條夏總編已經批判了，我不再重複，我接著往下批。第四，你一貫消極怠工，對抗黨的領導，妄圖取消黨的領導而代之。你的狼子野心何其歹毒耶？第五，你美化胡風，把那個老反革命當成你的指路明燈和導師，分明是要步那壞蛋的後塵，做反革命的急先鋒。你說，你有多麼的反動？第六，你與極右分子余自立，臭味相投，沆瀣一氣，秘密勾結，陰謀結成反黨聯盟，使我們偉大的國家改變顏色。你的反革命野心，何其毒哉！東方旭，你說，這是不是事實？」

東方旭一副虔誠的神色：「向英同志，你的所有批判，不但句句是事實，而且句句是真理，太尖銳、太深刻啦。本人非常感謝你的大力幫助。為了表示我的衷心感謝，我向您三鞠躬啦！」

說罷，他整整身上的中山服，向著向英深深三鞠躬。他的奇怪行動，引起一陣更響的笑聲。不知道是因為「老好人」的人緣好，還是他不挑不揀，照單全收，使人們一時無法將事先部署好的吼叫和憤怒，施展出來。會場沉靜了好一陣子，畢崇禮站起來大聲喊道：

「同志們！東方旭這是在做假檢討，毫無誠意可言！他是想裝死躺下，趁機滑過去。我們能答應嗎？不，絕不能答應！」

一個高個子接著站起來，說道：「矯支書，既然東方主編已經低頭認罪，承認了全部錯誤，叫他寫出深刻的檢查好了。」

「對對！為了防止他金蟬脫殼，趁機溜掉，讓他寫出詳細的檢查。白紙黑字，掐在我們手裏，爾後他想翻案也辦不到！」畢崇禮大聲符和。

夏雨被中途揪走這個突發的事件，正搞得矯敫心緒繚亂。一聽這話，頭一仰，頭髮一甩，趁機答道：「東方旭，根據同志們的要求，限你在明天早晨上班之前，寫出一份詳細而深刻的檢討交給我。如果繼續放煙幕、耍花招，作假檢討，當心你的下場！」

矯敫正想宣佈散會，忽聽會場後排傳來了清晰的哭聲，她向後排望著，厲聲喝問道：

「是誰在哭？」

沒有人回答。她近前一看，詩歌編輯溫嫻正伏在聯椅靠背上，抖動著雙肩，低聲慟哭。矯敫厲聲怒斥道：「溫嫻，你在批判會上哭什麼？」

「我……」溫嫻滿眼淚水，緩緩抬起頭。略一憂鬱，低聲說道：「我也不知道。也許是高興的吧？」

矯敫近前兩步厲聲喝道：「胡說！我們今天上午的批判會，取得了偉大的勝利，大家無不歡欣鼓舞，而你，卻在傷心痛哭！這就足以證明，你跟你的資產階級家庭，根本沒有劃清界限！所以，我們勝利地批判資產階級右派分子，你便難過得痛苦流涕。你說，是不是？」

啼哭人拿出手絹揩去臉上的熱淚，提高了聲音反問：「難道在高興的時候，就不興流淚？」

「別騙人！」想到平時溫嫻對東方旭崇拜尤加，矯敫脫口而出。「我知道你的眼淚是為誰而流的！」

「好嘛。請你告訴我，我是為誰而流淚？」

「為東方旭！我們揪出了那個老狐狸，你心疼得不行，是不是？」

溫嫻倏地站起來，輕蔑地答道：「親愛的書記同志，您說錯了。我是為我們單位反右運動所取得的偉大勝利，而大流高興之淚！」

「你……」

物傷其類

一

在批判反動派的大會上，居然有人痛哭流涕，這可是新中國成立以來破天荒的大新聞。

原先預料，像東方旭這樣深藏不露，名氣很大的洋博士，一定是個難剃的刺兒頭。為了不打無把握之仗，力求旗開得勝，一鼓作氣打一場漂亮的攻堅戰，戰前作了充分的準備。得到陸舟密授技藝的矯敫，多次召集積極分子開會，仔細搜集匯總東方旭的所有罪惡，認真梳理，反覆推敲。先揭發什麼，後揭發什麼，誰第一個發言，誰第二個批判，誰中途喊口號，誰呼應造聲勢，都作了明確的分工。這就不難理解，當夏雨正發著言，突然被揪走，儘管引起人們的紛紛猜疑，但並沒有影響批判會的正常進行。積極分子向英立刻沿著夏雨打開的缺口，揮戈上陣，以更加奮勇的姿態，猛衝猛打。

大大出乎人們意料的是，那個「狡猾的老狐狸」，「披著畫皮的偽君子」，不知是為形勢所迫，還是有意裝死躺下，竟然不戰自潰，拱手舉起了白旗。戰鬥的第一個回合，不費吹灰之力便大獲全勝。戰鬥的指揮者矯敫，更是欣喜莫名，不是考慮到自己的領導身份，差一點當眾舒臂高跳，大呼「烏拉」。

而在這歡呼勝利的美好時刻，居然有人奏出了極不和諧的調子——當眾啼哭！這可不是雞毛蒜皮的小問題，更不是幾句搪詞可以掩飾過去的。對於個人的事情難過，用不著到會場上流淚。況且，啼哭者的態度，明顯露出氣憤和不滿。對於批判右派不滿，就是對偉大的反右運動仇恨。了得嗎？這可是難以容忍的大是大非問題！

滿院子、滿走廊批判揭發右派分子東方旭的大字報，墨蹟未乾。當天中午，新一輪大字報，便鋪天蓋地而來。連當天早晨才貼上的、揭發東方旭的大字報，也被蓋上了許多張。

「資產階級臭小姐溫嫻，必須徹底交代：為什麼在革命同志歡呼勝利的時刻，抱頭痛哭？」拳頭大的字，在憤怒地質問。

「溫嫻為揪出右派分子傷心流淚，這是剝削階級感情的大流露。溫嫻必須向廣大革命同志交代清楚！」這是嚴厲的命令。

「兔死狐悲，物傷其類！」這無異於咒罵。

「在尖銳的階級鬥爭面前，保持沉默便是退卻，同情啼哭，更是明目張膽地瓦解革命營壘的鬥志！」這是法官在作審判。

「溫嫻的眼淚，是為右派分子樹起的一支招魂幡！」又是一行罪狀。

「用眼淚瓦解革命同志的鬥志，其不可告人的目的，就是保護右派分子蒙混過關。不僅是個嚴重的立場問題，而且是對於運動嚴重的干擾和破壞！」罪名已經被定下了。

「我坦率地提請同志們注意：溫嫻的同情之淚，是階級鬥爭的新動向！必須引起我們十二萬分的警惕！」溫嫻被敲起了警鐘。

「對於公然破壞運動的階級異己分子，我們絕不能將她輕輕放過！」這是聲討的動員令。

「溫嫻必須低頭認罪！」溫嫻在劫難逃了。

「……」

一散了會，溫嫻直奔宿舍，一頭撲到炕上，用枕頭蓋著臉暗暗抽泣。同宿舍的劉娣勸她一起去吃午飯，她說頭疼不想吃。劉娣一走，她出聲地痛哭起來。不知是為東方旭的不幸命運，還是為社會的不公正，也許是為潛意識裏自己浪擲青春、年近三十而一事無成……

下午上班時，她才發現，滿院子、滿走廊，甚至連自己辦公室的門口，都貼滿了喪榜似的、白花花的討伐檄令。

在會場上的片刻飲泣，竟然構成了一系列上綱上線的罪行！她只看完了幾張大字報，便扭頭逃回宿舍。木雕泥塑一般，坐到床上出神……

剛坐定不久，向英推門走了近來。

「溫嫻，上班時間早到啦，你怎麼還坐在這裏？」向英冷冰冰地發問，「去！矯書記叫你馬上到她的辦公室去一趟。」

「向英，請你告訴矯書記，我病了——頭痛得厲害，去不了。」

「你什麼時候能去？」

「病好了就去。」

「你的病——」向英把「病」字拖了個長長的上翹尾音。「到什麼時候能好呢？」

「我怎麼會知道？」

「那好吧。反正我把話傳達到了。裝病不去，惹出麻煩，是你自己的事！」向英轉身要走。

「向英！你把話說清楚：是誰裝病？」

「誰裝病，誰知道唄！」向英轉身走了。

真是閉門家中坐，禍從天上來。她怎麼也想不到，在會場上悄悄流了幾滴眼淚，會惹出這麼大的麻煩！天津沒解放，她就秘密跑到華北解放區參加了革命。由於出身資產階級家庭，參加革命快十年啦，她處處嚴格要求自己，始終夾著尾巴做人。雖然工作樣樣出色，發表的報導、小說和散文，比誰都多，仍然是個普通文藝編輯。入黨申請寫了若干份，至今仍是接受考驗的「積極分子」。個人的事，同樣不順利。頭幾年，不斷有人給介紹對象，但沒有一個讓她眼明心熱的。心想，索性等到事業有成、入黨之後再考慮個人問題。不料，黨像一隻賽狗場上的誘餌兔，無論她怎樣用盡力氣，仍然絲毫沒有縮短距離。一晃過了三十歲，仍然是個無黨無派的單身女人。雖然有一些明顯不如自己的人，紛紛入黨提拔。像人們所說的，是宗派主義在作祟。大鳴大放以來，她幾次想把窩在心裏的話，「放」出來，轉念一想，重用自己的成員是每個黨派的通病，提幾個意見，休想讓它改變。與其滿腔熱情惹得人家皺眉頭，何如省心省力做個清醒的觀潮派。因此，任憑怎麼動員勸說，要她站在運動前列，表現對組織的忠誠，她始終守口如瓶，不「鳴」一詞。對那些篤信納諫誠意而滔滔不絕、肺腑盡傾的人，她甚至認為是幼稚輕信，徒勞無益。可是，等到那些天真的輕信者身陷泥淖，一個個成了過街老鼠時，她不僅為失算者抱不平，而且對玩弄權術者心生恚忿。會議不能不參加，慷慨激昂、以勢壓人的批判發言，越聽越噁心。會上不敢偷著看小說，索性找個角落坐下，低頭想自己的心事。一時間，電閃雷鳴的批判會場，退到了很遠的地方。

不知為什麼，她今天一反常態。對東方旭的批判發言，始終側耳細聽。一字字，一句句，鐵錘似的，重重地敲擊在她的心窩上。等待挨刀的綿羊，尚且哀叫不止，而學富五車的東方旭，竟然不辯一辭，不叫一聲屈——溫順得令人難以置信。有口不能開，有理不能辯！使她感到無比的氣憤和難以忍受的悲哀，不知不覺竟流下了熱淚。不料，竟然被眼尖的矯敫當場發現，當眾被質問，比被揪出來的右派分子，更惹人注目。一次粗心大意，竟招來如此大的麻煩，真是始料不及！她後悔莫及。矯敫要找自己談話，不知將擺出什麼陣勢，給按上什麼罪名……

她打定主意，要是他們再不給留面子，甚至胡亂給扣大帽子，絕不能像東方主編那樣，俯首貼耳，全盤接受。他要據理力爭，絕不讓步，就是和他們鬧翻啦也在所不惜，至多永遠入不上黨，有什麼了不起！轉念一想，眼下運動正處在高潮中，抓右派抓紅了眼。萬一被趕進右派堆裏，要想洗淨被塗滿全身的污垢，決非易事；而眼前的當眾辱罵、「臭賣」，也難以忍受……

她不由打了一個冷戰。

二

向英去了不久，門外傳來了腳步聲。溫嫻急忙躺到床上。剛才情急之下，隨口說自己頭疼。現在只好將計就計，把病裝得像一些。

支部書記矯敫和新提拔起來的反右領導小組成員畢崇禮，推門走了進來。來到她的床前，注目觀察好一陣子。冷冷地問道：

「溫嫻，聽說你病啦？」

「我頭疼。」她面朝牆壁躺著，沒動身。

畢崇禮問道：「上午你不是還好好的嗎？」

「上午她不但好好的，」矯敫譏諷道，「還『高興』得流淚呢。」

她翻身坐了起來，口氣生硬地說道：「我這頭疼，正是高興得太厲害的緣故。」

「哦——是這樣嗎？」矯敫的目光，在她的臉上掃來掃去。

「要不怎麼會頭疼？」

「嘿嘿嘿……」矯敫大聲笑了起來。「溫嫻，你的戲，演的不錯呀！」

「我又沒幹過文工團，哪兒會演戲呀。」她反唇相譏，忘記了擺在面前的危險。

「哼，你比誰演的都好！」矯敫最忌諱人家記住她的出身，是一個蹦蹦跳跳的文工團員。她顯然被激怒了。「我問你：大字報你都看過了沒有？」

「看了一部分。」她極力使自己平靜下來。

「為什麼不全部看完？」

「因為，頭疼得厲害。」

「我希望你馬上去把全部大字報，一字不漏地看完。然後，寫出深刻的檢查交上來。」

「等我的病好啦，一定去仔細地看完。」她又躺了下去。

「不行，現在你就得去看。這是反右領導小組的決定！」矯敫厲聲吩咐。

「官還不踩病人哪，你們反右領導小組就這麼霸道？」

「因為你用裝病，對抗運動。」

「矯書記，您過獎啦——我可沒有那份膽量。」

「溫嫻！你對抗運動決沒有好下場！」矯敫一屁股坐到對面的床上。

「這是欲加之罪！要是因為身體不舒服流了幾滴眼淚，就要犯錯誤，背罪名，成了對抗運動的罪魁禍首。那些住在醫院裏的病人，是不是都該拉出來當右派分子批鬥？」

「溫嫻，你冷靜點！」始終站在床前的畢崇禮開口了。「矯矯書記苦口婆心地，親自來勸你，目的是從危險的泥淖中，將你挽救出來。你這樣執迷不悟，到頭來只能害了你自己。矯書記上午就尖銳地給你指出來，你這是反動的階級立場大暴露。具體一點說，就是和右派分子坐到了一根板凳上。在大是大非問題上，想用頭疼云云來掩蓋，是絕對辦不到的。你必須深挖自己的思想根源，給大家一個滿意的交代。不然，同志們是不會答應的。你聽明白了我的話沒有？」

她的身子動了一動沒吱聲。

「老畢，你不必跟她浪費口舌。」矯敫恨得咬牙切齒，「她是明目張膽地為東方旭那個老狐狸招魂號喪。為什麼批判別人她不哭，單單在批判東方旭時痛哭流涕？一丘之貉，臭味相投！還不知道他們背後勾結的多麼密切，在一起幹了多少不可告人的勾當呢？」

「你！」她倏地爬了起來，「怎麼可以這樣猜疑人？」

「猜疑？哈哈哈！」矯敫清脆的笑聲傳的很遠。「恐怕不僅是政治勾結吧？一個老姑娘，一個老光棍，攪合到一起，鬼才知道能幹出些什麼呢。」

「你血口噴人！」她怒不可遏地吼了起來。

三

溫嫻在宿舍裏整整躺了三天。

第四天上班時，忽見辦公室院子裏光景突變，宛如一夜西風吹梨花，那些攻擊批判她的、鋪天蓋地的大字報，統統被批判揭發綠莽的大字報覆蓋。這說明，又一個倒楣的同事落入了網罟。她的心隱隱刺痛。揪吧，揪吧，稍有獨立見解的人一個不漏地都成了異端邪祟，禁聲的寒蟬，從此也就天下太平，千秋萬載穩如泰山啦。到那時，萬木蕭疏，蜂死蝶傷，白花花的大地才叫乾淨呢。

十幾年來，她一直小心翼翼、夾著尾巴做人。想不到，藏在會場的一角，偷偷流幾滴眼淚，會犯了大忌諱：同情右派的禍首！只恨自己不會偽裝。如果能將愛憎深藏心底，裝出一副歡呼勝利的假像，何至遭到積極分子圍攻，支部書記的當眾侮辱？

既而一想。她又感到惡作劇般的慶倖：不經歷這次流淚事件，她對無妄之災這個成語，絕對沒有如此深刻的理解，也絕對不敢當面向噴狗血者進行抗爭。

偶然的不幸，增加了她面對生活的勇氣。

使她疑惑的不解是，凡是大禍臨頭者，都是以大字報造聲勢開始，緊接著，便是泰山壓頂般的批鬥，無了無休地折騰。大字報是苦難臨頭的先聲。可是，為什麼自己能從大字報的海洋裏遊上岸，只經歷了一次帶有圍攻性的談話，便悄無聲息呢？是無聲流淚，構不成反黨大罪，還是放長線釣大魚，繼續搜集自己的材料，新賬老賬一起算？

不料，剛剛過了兩天，她就接連聽到了好幾個比自己的「蠢行」有過之而無不及的大「蠢行」：《北京日報》有一位名叫徐鍾師的老編輯，平時沉默寡言，兢兢業業，從不顯山露水。鳴放以來，守口如瓶，一言不贊。前幾天，突然被挖了出來。他第一天走進批鬥會場時，人們不約而同地發出一陣驚呼。頭一天，他還穿著一件髒稀稀的四兜中山服，臉上鬍子拉茬，一頭濃髮凌亂地披撒在額頭上。現在，昂首站在審判席上的，卻是個亮晶晶的光葫蘆頭，沒有鬍鬚的光嘴巴。身上穿一套蜈蚣扣絆的中式藍布褲褂。精神抖擻，一副士可殺不可辱的架勢。等到人們的驚愕過去，暴風雨般的聲討詛咒，劈頭而來。在一片「嚴懲」、「打倒」聲中，此人竟然面露微笑，抱拳施禮，連稱「多多關照」。說罷，仰頭望天，旁若無人。任憑人們如何叫喊，恐嚇，再也不吭一聲。以致會議開不下去，中途夭折。後來聽說，他之所以被挖出來。是因為私下裏說過一句，儲安平所說的「黨天下」，不無道理。等到處理時，他的花崗岩腦袋得到了應有的獎賞，右派的最重處分——勞動教養。

今年春天，《中國青年報》的劉賓雁，發表了一篇《本報內部消息》，率先向官僚主義發起進攻。一時間，好評如潮，譽滿全國。孰料，一轉眼成了大毒草。在批判他的右派罪行的大會上，粗嘎的男低音和尖利的女高音，正腔起聲落，一浪高過一浪，忽然從座位上站起一個高個子男人。只見他，臉色青紫，一聲不吭地向大開著的窗戶走去。人們還沒反映過來他要幹什麼，他已經像個高臺跳水運動員似的，從四樓窗臺上一躍而下。「噗」地一聲鈍響，摔到胡同當央。頭開腦裂，鮮血濺紅了一大片土地。一位跨著竹藍出街買菜的老太太，恰好走到這裏，忽見一個龐然大物從天而降，落到自己面前，嚇得一屁股坐到地上，暈了過去。如果她前行兩步，跳樓人肯定要砸到她的身上，兩人就會一起奔向黃泉路！這位輕生者，據說是劉賓雁的同事和崇拜者。他看到好朋友無端被凌辱，氣憤不過，便用噴薄而出的鮮血和自己寶貴的生命，對蠻橫無恥的人格侮辱，進行無聲的抗議！

溫嫻認為，自己的當眾流淚，不僅不能跟用生命抗議的勇敢者相比擬，比之用冷笑對咒罵的老編輯也是小巫見大巫。

當天下午下班後，她蹬上自行車，跑到王府井百貨大樓，買了一斤芝麻酥糖，一斤什錦果脯，一支金星鋼筆。繞道去了九道彎東方旭家。

東方旭正伏在家裏的桌子上，左手揪著頭髮，寫那永遠不深刻的檢查，劉媽進來稟告，門外來了個女同志求見。他認為一準是矯敫來催要檢查。急忙起身迎了出去。來到門口一看，原來是詩歌編輯溫嫻。不由驚問道：

「溫嫻同志，您，怎麼來啦？」

「怎麼，主編同志不歡迎？」客人的臉上掠過一陣紅暈。

「哪裡話。不過，我已經停職檢查，您應該……」站在大門裏，他一時不知道如何措辭。

「我應該跟你劃清界限。是吧？」

「溫嫻同志，人言可畏，您可不能再授人以柄呀。請原諒。」他想伸手關門。

她伸手把門撐住：「破頭不怕扇子扇。我都不怕，您怕什麼？」沒等到他鬆開把著門的雙手，她頭一低，一側身子走了進來，徑直往上房走去。

東方旭只得跟在客人後面，進了客廳。神色惶恐地說道：「溫嫻同志，恕我直言：要不是在批判我的會議上，他們絕不會把您的流淚，跟我扯到一起。您無端受到冤枉和委屈，我有推卸不了的責任。實在對不起。」

「不，他們並沒有冤枉我。」她回答的很平靜。「我正是為你的無辜蒙怨而傷心。」

「啊？」他驚訝得倒退一步。看到她肯定的目光，急忙轉移話題：「溫嫻同志，今晚光臨寒舍，莫非有教誨之處？」

「小女子豈敢教育大主編呀。」為了緩和緊張的空氣，她故意調侃。「怎麼？客人來啦，連個座位也不讓？」

「噢，您請坐。」

「主編，您也請坐。」她把手裏的提兜放到桌子上，望著主人，不無歉意地說道：「東方主編，我知道來的不是時候。眼下，同志互攻，親友反目，黑雲壓城，人人自危。通信私語，走親訪友，尚且招來橫禍。沒有充足的理由，我是不敢來打擾的。」

「哦？」東方旭在客人的對面坐了下來，觀察著對方的臉色，猶疑地問道：「莫非，您是奉命而來……」

「咳，眼下哪有人信得著我們呀。」她把「我們」二字說得很重。見主人茫然地望著自己，她輕鬆地答道：「我行我素，並非是奉別人的差遣。我冒昧打擾，一來是看望你們父子，二來呢，也是為了一件不大不小的事！」

「哦，那是什麼事？」

「唉！」她長歎一聲，像在自語。「我就知道，泰山壓頂般的圍攻，無了無休的檢討，會把一個人壓得思維混亂，忘卻一切的。」

「還不至於……」

「這麼大的事請都給忘乾淨啦，還說不至於呢。今天是令郎東方曉的生日呀，您忘記了不是？這樣重要的事情，難道我不應該來祝賀？」

「哎呀呀！」他一拍桌子站了起來，「今天是六月十八，是小曉的十三歲生日呀！糟糕，我忘得沒影兒啦！溫嫻，你怎麼知道今天是小曉的生日？」

「因為我沒把攻擊誣蔑放在心上。」

「謝謝啦。謝謝您啦！」他響響地拍著額頭。

「天這麼晚啦，怎麼給孩子買生日禮物呀。」

「沒關係，我帶來一點東西。聊勝於無，你們別嫌棄。」一面說著，她從提兜裏往外拿禮品。「別跟孩子說你忘記了他的生日，就說食品是我送的，鋼筆是您托我買的。」

他急忙上前按住客人的右手：「這可不行，我們素無來往，怎好讓你破費。」

「溫嫻伸出左手，將他的右手按在自己的手背上，面色蒼白地問道：「東方主編，難道你連這一點面子都不肯給？」

「哎呀，不是不肯給。是，不應該呀。」他抽出手，向裏屋喊道，「小曉，快來呀。溫阿姨給你帶來了生日禮物！」

小曉從裏屋嗖地跳出來，沒看清禮物在哪裡，高興地嚷道：「謝謝溫阿姨。爸爸，我還尋思，你叫他們整的，忘記了我的生日呢。」

「小曉，」溫嫻搶先答道，「爸爸再忙，也不會忘記了你的生日呀。爸爸太忙沒有時間，昨天就讓我替他給你買生日禮物哪。你看，爸爸給你買了金星鋼筆，好好學習，天天向上。這點糖果，是阿姨給你買的，祝你生日快樂。」

孩子來到溫嫻跟前，深深一鞠躬：「謝謝溫阿姨。」又轉向父親，鞠了一躬：「謝謝爸爸。」

東方旭眼含熱淚，撲上去摟緊兒子，在他額頭上連連吻著。語無倫次地說道：「小曉，請原諒，爸爸實在太忙啦。今天多虧了溫阿姨。」

「謝謝溫阿姨，謝謝溫阿姨！」孩子又給客人鞠了一個大躬：「阿姨，您今天晚上，在我們家吃飯吧。」

「噢，噢。」她含糊地應著。

這時，東方旭拍拍兒子的肩頭，低聲說道：「小曉，你先回房間去，我跟阿姨還有話說。」

兒子抱著禮物高高興興地回了房間。東方旭坐下來，雙眼閃動著淚光，充滿感激地說道：「溫嫻，您給我彌補了一個不可原諒的錯誤。非常感謝，非常……」

「主編，如果您不拿我當外人，希望以後不要對我這麼客氣。好嗎？」

「謝謝啦！溫嫻，請您以後也不要稱我『主編』，好嗎？我再也不會是你們的主編咯。」

「不，在我的眼裏，您不但永遠是我們的主編，而且是我的最好的老師。」

「不敢當，不敢當——您謬獎啦！」他的臉色忽然嚴肅起來。「溫嫻同志，眼下是非常時期，我又是待罪之身，我對您的連累已經沒法彌補。希望您……」

她知道他要說什麼，急忙攔在前面：「東方主編，我要求您一件事。希望您不會拒絕。」

「您說吧，只要我能做到的。」

「請您允許我，經常來看望令郎。」剛才她注意到小曉的腳上的力士鞋，腳跟已經開綻啦，準備下次給他帶雙新鞋來。但她沒有把這話說出來。「孩子的母親不在跟前，您一個老爺們家……」

東方旭像讓毒蜂著了一下似地，雙眼殷紅，連連搖頭：「溫嫻同志，為了您的安全，我求您，千萬不要再踏這是非之地。」

「東方主編，我不是已經說過了嗎？——我不在乎！」

「溫嫻同志，有關前途命運的事，怎麼可以不在乎呢？余自立受到我的連累，在劫難逃！怎麼再忍心讓您無故受連累？」

溫嫻面色慍怒：「不！現在是知識份子共同遭劫，有正義良心的，哪個逃得脫？」

東方旭急忙轉移話題：「溫嫻同志，本來應該請您吃便飯，可是，一點準備沒有。」

「您就是有準備，也不是留我吃飯的時候呀。」說罷，她起身告辭。

把客人送到大門口，東方旭伸出手準備握手告別，忽然縮回手，低聲囑咐道：「溫嫻同志，非常感謝您來祝賀孩子的生日。這事，希望不要說出去。好嗎？」

她沒加可否，從提包裏摸出一個封信，遞到他手裏，轉身騎上自行車匆匆走了。

東方旭回到屋裏一看，封信上寫著「面呈東方主編」。內有一紙短箋，娟秀的小字寫道：

東方主編：

您對一個弱女子的深夜造訪，肯定會感到驚恐與不快。您在展讀這封短信時，更會埋怨我不顧忌當前的形勢，冒失行事。這是我早已預料到的。不經邀請的不速之客，理應給主人帶來愉快和驚喜，而我的拜訪恐怕是恰恰相反。我之所以冒昧打擾，實在是身不由己的選擇。退回三天前，我自己也絕不會相信，會有今天晚上的冒昧之舉。因為沒有這份膽量和勇氣。能夠按照內心意願決定自己的行止，參加革命以來，這是第一次。應該感謝那些給了我信心和勇氣的積極分子和領導們。

尊敬的主編，溫嫻在您手下工作了將近八年。您對她各方面的情況，應該是瞭若指掌。繁瑣的表白和自我介紹，都是多餘的。但她的一點個人隱私，似乎有必要向您袒露：早在大學時期，她即經歷過一次熱戀。但因政治觀點的鴻溝難以彌和，不得不忍痛分手，各奔東西。他隨蔣幫南逃，她則去了華北解放區。失敗留下了消褪不掉的傷痕，教訓嚇退了尋求幸福的自信。十多年來，歲月更替，單位變換，經人介紹或自投闖門者，不知凡幾，包括幾個身居高位的佼佼者在內，竟然卻沒有一個，給予她開啟心扉的力量。

不料，自從得知尊夫人雅妮去國不歸，愛巢另築，不自量的小女子，竟然萌生奢念——投到先生的門下，執箕帚，奉餐飲，照料不幸失掉母親呵護的可愛兒子。可是，轉念一想，自己才疏學淺，醜陋鄙俗，豈可奢望如此的幸福？暗笑自己不知天高地厚，急忙將奢望拋於腦後。孰料，風雲突變，天降飛災。國人仰止的文學大家，竟在污水腥臭中忍辱掙扎。為您的不幸，她偷偷流下幾滴眼淚，竟然成了一樁大罪。不僅口誅筆伐，當面辱罵，而且懷疑與您暗通情愫，早有勾搭。她敬佩他們的革命警惕性，卻不敢相信自己能有這個福分。三人成市虎。既然謠言已經造得紛紛揚揚，何不坦然承受，讓謠言變成現實？明目張膽地「勾結」在一起？如果，您不認為這是高攀甚至是玷污的話。

尊敬的主編，這封短信，希望不至於給您帶來更大的惶恐。拳拳之心，由衷之言，絕不是一時的非非之想。但願不至於落下癡心妄想的笑柄，甚至被看成是強加於人的廉價推銷！如果五天之內接不到回音，則認為，一廂情願的乞求，得到了默許。那時，她將徑直地搬進九道彎，盡一名主婦的義務。

一個志不可奪的弱女子

一九五七・七・九深夜匆筆

四

意想不到的突發事件，將東方旭驚呆了。

他簡直不敢相信自己的眼睛。從頭至尾將信再讀一遍，白紙黑字，清晰明白。一腔情愫盡在短短素箋之中。前來祝賀兒子生辰的不速之客，原來是舞劍的項莊——意在沛公呀！

奇怪，奇怪呀！她怎麼會產生這樣的想法？一個年輕美貌的知識女性，怎麼會對一個落魄的中年人顧盼心儀呢？莫非是聲勢浩大的政治圍剿，使她失掉了清醒的思考，以至憤而走極端？細看信的內容，又不像是貿然的抉擇。原來，早在雅妮歸國不久她即萌生「奢望」，說明不是一時的心血來潮。可是，此前自己竟然一點都沒有察覺！

唉，那是個多麼令人敬重而歆羨的姑娘呀。高挑的身材，端麗的面容，儀態大方，文筆清新，在眾多女編輯中，簡直是傲立雞群的鳳凰，灌木叢中的一株白玉蘭。這樣一位幾乎無可挑剔的佳麗，怎麼會主動請求作「九道彎的主婦呢」？

東方旭感到心頭一陣熱，兩行熱淚，潸然滾下臉頰。捧著書信的雙手，劇烈地顫抖著。

自從雅妮一去不歸，愛巢另築。他剛剛步入中年，為了孩子，也為了自己的生活，何嘗不想找一個既能照料孩子，又能安排自己生活的女人。可是，見面者多，滿意者少，有的是搔首弄姿的半老徐娘，有的年紀輕輕並長著一張俊臉，卻是淺薄無知，虛榮輕佻。雖然對方情義殷殷，但見過一兩次面，他便沒了興致。以致三個年頭過去了，依然是閨闈少主，扶孤無人。孰料，在華蓋星照命的倒楣時刻，忽然從天上掉下個林妹妹！這真像辛稼軒在一闋詞中所吟的：「夢裏尋他千百度，驀然回首，那人卻在，燈火闌珊處。」

「這樣無可挑剔的姑娘，到哪兒去尋，到哪兒去找呀！」突如其來的追求，使他茫然不知所措。不由向自己發問：「我東方旭，能有這個福分？」

「這太荒唐啦，絕對不可能！」以拳擊案，他出聲地喊起來。「如果說，我們之間的結合是奢望，那麼奢望以求的，不是可愛可敬的姑娘，而是自己！」他漸漸冷靜了下來。

「是的，這是損人利己的自私選擇。且莫說，我是個離婚的人，年齡比她大將近二十歲，還帶著一個兒子！就是年齡相當，情投意合，現在也不是考慮個人問題的時候呀。儘管她的態度如此堅決，語言如此懇切。可是，我已落入陷阱中，厄運正在頭頂上方盤旋，哪有心緒考慮個人的私事！她為我的不幸，僅僅流下幾滴同情之淚，便遭到口誅筆伐，無情的折磨。不要說她想委身於我，就是兩人之間的偷偷往還，一旦被別人知道了，也是具有爆炸性的新聞，無異於把她向火坑裏推。自己上當受騙，落入了難以脫身的密眼網罟，怨自己頭腦簡單，誤將釣餌當成了美味的糕點。再讓一個清白豪俠的無辜者跟著自己一同受難，簡直就是犯罪！是的，必須立即表態，打消她的邪思，謝絕她的顧憐，不再給她帶來任何傷害。明天就當面跟她談，請她徹底打消那不現實的念頭！」

轉念一想，流言已經滿城風雨，再約她當面交談，豈不是讓流言火上加油，更加授人以柄？不可，不可！還是寫個紙條悄悄遞給她，感謝她的好意，申明自己追求幸福之心已經死亡。並痛陳厲害，請她另覓可以寄託終身的進步男子。是的，這才是完全之計。他抬步要回書房去寫紙條。一轉身，發現兒子小曉不知什麼時候站到了身後，正用探詢的目光望著自己。

「你不在自己的房間裏寫作業，站在這裏幹什麼？」他板起臉粗魯地問道。

「作業已經完成啦。」兒子仰頭回答，臉上露著半是驚喜、半是疑問的表情。

「那就去讀書！你不是要把莎士比亞的《哈姆雷特》背熟嗎？」

「是的。」

「那就快去。」

「爸爸。」兒子指指他的手裏的信箋，站著沒動。「誰給你的信？」

「大人的事，小孩子不要多問。」他下意識地將拿信的右手別在背後。

「爸爸，您不說，我也知道——是溫阿姨寫給你的。」

「你怎麼知道的？」話剛出口，他才意識到，剛才他在讀信時，一定是念初中一年級的兒子悄悄溜出來，站在背後看了信的內容。不由生氣地斥責道：「我跟你說了許多回，不該小孩子關心的事不要多問，你就是不放在心上。事事分心過問，將來能有什麼出息？」

「爸爸，難道這樣大的事情，我也不該關心？」

「多麼大的事——你又在瞎猜！」

「幹麼呀？爸爸！我都十三歲啦，還什麼事情都瞞著我，難道我不是你的親兒子？」見他一時語塞，小曉繼續說道：「溫阿姨要求嫁給你，給我做媽媽。這樣跟我關係密切的大喜事，用得著瞞我？可真是的！」

他心慌意亂，滿面尷尬，一時不知如何作答。

滿臉喜色的兒子卻大聲嚷道：「爸爸，這是天大的喜事呀，你幹麼不高興呢？」

「孩子，因為這是不可能的。」

「為什麼？」

「因為，」他急忙措辭，「她那麼年輕，而我已經老啦，而且……」

兒子打斷了他的話：「爸爸，別瞎謙虛。你一點也不比小青年老。我們班上的同學都誇獎說，你是我們班上最漂亮，最帥的爸爸。要不，溫阿姨怎麼會喜歡你哪？我有好幾個同學，媽媽像個大姑娘，爸爸卻是滿臉皺紋的糟老頭子。有的長得難看的很，簡直像個黑李逵，人家不是照樣過日子？」

他痛苦地搖頭答道：「孩子，年齡是一方面，我們兩個人的性格，恐怕，恐怕也合不來。再說，」他差一點說出自己正在挨整受難的話，急忙改口道：「再說，溫阿姨，那麼年輕有為，咱們也不能太委屈人家不是？」

「這是溫阿姨自己願意的，又不是你強逼著叫她愛你，你幹麼那麼多的顧慮呀？」

「小曉，這事很複雜。你還小，一時跟你說不清，以後再跟你詳細談。好嗎？」

「爸爸，你用不著再跟我談，我已經想好啦。我非常喜歡溫阿姨。我覺得她也喜歡我，她到咱們家裏來最合適。」兒子轉身離去時，又回頭補了一句：「爸爸，我真的希望溫阿姨來我們家，給我做媽媽。你要是不答應，肯定要後悔的。」

「唉，這孩子！」他發出了一聲長歎。

他沒有聽從兒子的勸告。當天晚上，便草草寫了一個紙條。既無上下款，也無日期，只有短短二十四個字：

承蒙錯愛，不勝惶恐。我心已死，無緣高攀。
回報無期，唯望珍攝。

剛寫完，便發現字條已經被淚水打濕，只得另寫一份。第二天上午，來到辦公室，他無心幹別的事，雙眼緊盯著窗外，思考著如何送出紙條又不被別人發現。九點過一分，機會終於來啦：溫嫻提著竹殼暖水瓶去了開水爐。他急忙端著桌上的搪瓷茶杯，尾隨而去。來到開水爐旁，兩人裝做誰也沒有看到誰。當溫嫻轉身要離去時，他將握在手中的紙團麻利地放進了她的列寧服右側下口袋裏。打回開水，他在辦公室坐了許久，仍然像做了一次賊，一顆心咚咚跳個不止。

溫嫻回到辦公室放下暖瓶，急於看看紙條上寫的是什麼。她裝做拉開抽屜找東西，悄悄將紙條放進抽屜裏，展開一看，不由長歎一口氣，在心裏歎道：「我就知道，他會這麼回答。唉！他被政治運動，嚇得變成了膽小鬼！」

神不知，鬼不覺便完成了需要溝通的資訊。東方旭認為自己做的很巧妙。殊不知，道高一尺，魔高一丈。他的「巧妙傳遞」，早被躲在暗處專門監視他的人看在了眼裏。

兩個當事人卻還蒙在鼓裏。

五

僅僅過了十多分鐘，入黨不久、剛剛補上支部委員的女編輯向英，推門進來，向東方旭傳話：支部書記矯敫要他到支部辦公室去一趟。

來到支部辦公室，矯敫已經端坐在寫字臺後面。

新當選的支部委員畢崇禮坐在矯敫的左側。向英則坐到了她的右邊。矯敫指指臨時放在寫字臺對面，約兩米處的一把椅子，嘴巴一撇，狠狠地說道：

「東方旭──你坐下！」

這使東方旭想到了京劇舞臺上的《三堂會審》。從電影中看到的公安局審案，也是這副架勢。往常，他慨歎自己缺乏不慍不怒的涵養功夫。經過一個多月的大會批，小會鬥，威脅辱罵，污水澆頭。一開始，他感到羞愧難當，義憤填膺。後來，雖然漸漸習慣，仍然做不到處之泰然。他多麼希望變成一隻伏首垂耳的綿羊，一頭套在軛下聽憑呵斥鞭打的牲口。沒有橫眉瞋目，沒有據理抗爭，只有馴順和服從。有人說，「兒子罵老子」的阿Q精神，是一副有效的鎮疼劑。他覺得精神勝利法，無異於掩耳盜鈴，自欺欺人，十分可笑。他只能用在劫難逃安慰自己。既然滿河裏的魚，都逃不出這張密扣大網，何必做徒勞無益的反抗，更不必獨獨為自己悲傷……

他正在勸慰自己冷靜順從，支部書記矯敫開口了：

「東方旭，你對自己極其惡劣的反黨罪行，交代的怎麼樣啦？」她的聲音陰森，兩眼一眨不眨地盯著面前的罪人。「我們三個人代表黨組織，特地來聽聽你的看法。」

「我對自己的所有罪行，已經作了徹底的檢查和交代。」他的回答像在背書。

「是這樣嗎？」矯敫又問。

「是的。」

「東方旭，你這個老奸巨滑的傢伙，少跟我們耍滑頭！」向英向前探了探身子，聲音尖利。「你拉攏勾結溫嫻的罪惡勾當，為什麼一字不交代？」

想不到，今天審問的主題，竟然與溫嫻有關。他不由一驚，略顯猶豫地答道：「我跟溫嫻……從無來往，更談不到勾結。」

「狡猾抵賴！」畢崇禮提高聲音怒喝，「難道非要我們給你揭發出來嗎？」

「可以。如果三位不嫌麻煩的話。」他抬起頭望著主審官。

「東方旭，你要放明白：聰明反被聰明誤。你要是認為，我們並沒有掌握你新的犯罪事實，在這裏敲山震虎，你就大錯特錯了。我們是給你留一條坦白從寬的路！」矯敫一副勝劵在握的得意神色。「你認為右派分子挨過幾次批判，就萬事大吉啦？嘿嘿，那不過是你們的一廂情願！告訴你：中央很快就要下達對右派分子的處理決定，到那時，從寬從嚴，就看你們最後階段的態度。」她把從丈夫那裏聽來的內部消息捅了出來。一想不妥，急忙掩飾道：「當然啦，這只是我個人的猜想。不過，組織上對待你們怎樣，完全取決於你們自己的態度。東方旭，命運掌握在你們自己手中——懂嗎？」

畢崇禮接過話頭道：「東方旭，矯書記已經給你講的再明白不過，你要爭取主動，坦白交代你的新罪行。」

「趕快交代你與溫嫻的秘密勾結！」向英尖聲催促。

東方旭最害怕的，就是連累溫嫻。自己成為魑魅邪祟已經一個多月，日日伴隨著的追逼、訓斥、恐嚇以至辱罵，已經使他的神經處於麻木狀態。再怎麼辱罵威脅，也能泰然處之。可是，一想到要連累無比同情自己的純潔姑娘，便有大罪難赦之感。於是，急忙裝出誠懇的樣子掩飾道：「我明白黨的政策，更願意爭取寬大處理。所以，凡是該交代的，已經全部作了交代。」

「東方旭！你的狐狸尾巴已經被抓住了。想從我們的手中溜掉——休想！」向英疾言厲色。

「在……」他差一點說出「在劫難逃」，急忙改口道：「我從來也沒有溜掉的想法。」

畢崇禮說道：「你想溜，辦得到嗎？我們是幹什麼的？」

他無言以對。低頭望著地板，恨不得找個縫兒鑽進去。

「東方旭！看來，你是不想走坦白從寬的路啦。」矯敫虎視眈眈地望著神色慌張的對手。

「怎麼會不想呢？不為我自己，還為我十三歲的兒子呢。」一想到沒娘的孩子，兩行熱淚倏地滾下臉頰。他急忙低頭揩淚。一面嘟嚕道：「只要不是白癡，誰會不想爭取寬大處理？」

「好，算你說對啦！」矯敫露出了喜色。「我問你，昨天晚上八點的時候，溫嫻到沒到你家？」

簡直賽過一聲驚雷，兩耳被震得「嗡」的一聲。他做夢也沒想到，不僅自己的一舉一動在人們的視線之中，連無辜者溫嫻的行動也受到了監視。想到這裏，不無憤然地答道：

「怎麼，誰到我家串個門，支部也要過問？」

矯敫彷彿沒有聽到他的話，凜然問道：「黑更半夜，她溜到你家裏去，你們幹的什麼勾當？」

「你們說，我們能幹什麼勾當？」他感到受了極大的侮辱。

「東方旭，你的態度放老實——我們要你回答！」畢崇禮怒喝一聲。

「我想給三位留下充分想像的餘地。」他不屑地把頭扭到了一邊。

憤怒是一劑壯膽藥，他已經感覺不到絲毫的畏懼。

「東方旭，我問你。」性急的向英，甩出了第二張王牌：「就在半個小時前，你給溫嫻口袋裏塞的什麼？有人親眼看到，看你還敢抵賴！」

這些口口聲聲是代表黨組織和真理正義的人，不但敢於明目張膽地侵犯一個公民的人身權利，視堂堂憲法如廢紙，而且面不改色，振振有辭，簡直是無法無天，恬不知恥，跟他們還有什麼道理可言！想到這裏，他抬起頭，昂然答道：

「溫嫻去沒去我家，我有沒有給她的口袋裏塞東西，都是我們之間的私事。我沒有義務回答三位的質問。」

「什麼？你沒有義務回答我們的質問？哈哈哈！」矯敦發出清脆的笑聲，「笑話！你以為這是在你那英國主子的地盤上，可以任意放毒，無人過問？這是在偉大的中國共產黨領導下的人民中國。對於一個反黨反社會主義的右派分子來說，只要我們願意，我們什麼權利都有。不管是監視，拆信，還是查日記……」

「什麼？我的英國主子？矯矯支書，你說話要負責任！」他怒目而視，打斷了對方的話。「這簡直，簡直是，信口開河，無法……」他把後面的話咽了回去。

「我們就是老和尚打傘——無法無天。這話可是偉大領袖毛主席他老人家說的，你敢怎麼樣？」向英搶先做了回答。

面對強權，無話可講。東方旭突然變成了啞巴——任憑三位黨代表怎麼吼，怎麼叫，拍桌子瞪眼睛，他扭頭閉目，一言不答。

六

半個小時之後，同樣題材，同樣主題的戲劇，在原地再次開場，不同的是，反派主角換成了溫嫻。

「溫嫻同志，你一定會料到，我們為什麼現在找你談話。」

主審官矯敦的開場白，口氣比較溫和而且用了「同志」二字。剛才東方旭被審問，自始至終沒有享受到這個待遇，因為東方旭已經成為敵我矛盾——正式批准的右派分子。誰對他以「同志」相稱，誰就是階級立場不穩。溫嫻雖然經歷過一場猛烈的大字報圍剿，但不了了之，至今仍在「人民」的行列。

見她低頭不語，矯敦繼續說道：「自從運動開始以來，你就給人們留下了畏縮不前的印象。在批判右派分子的大會上，你竟然痛哭流淚，更是同情右派分子的鐵的事實，對運動是極大的干擾。但是，我們仍然寬大為懷，沒有向上面反映你的嚴重問題。不然，恐怕你早已不是我們的同志，而是反黨反社會主義的右派分子了。」矯敫說這話時，臉不紅，心不跳。其實，溫嫻在會場上流淚的當天，矯敫即向上級請示，將溫嫻劃為右派分子。上面認為溫嫻沒有任何言論，也許是因為個人問題流淚，沒有批准。現在竟然成了矯敫的一件恩德。

她面不改色地問道：「經過大家的批評教育，不知道你的思想認識有沒有提高？」

「我想不會沒有吧。」溫嫻回答的含糊其辭。

「好。那就請你如實地向組織，交代你的思想提高的具體表現。」

「表現嗎，」溫嫻狡黠地眨眨眼。「首先，我們單位對右派分子的批判聲討，我持完全擁護的態度。」她挖空心思搜索對答的理由。

「怎麼不說話啦？『其次』呢？」向英急忙催促。

畢崇禮見她不吭聲，接著說道：「溫嫻同志，我們三個在百忙之中找你談話，目的是為了幫助你。希望你端正態度，忠誠老實地向組織交代一切問題，包括自認為極其秘密的活動。」

「是的。我們對你不僅僅是幫助，而且是及時的挽救。」矯敫神色莊重，「溫嫻同志呀，據瞭解，最近一個時期以來，你有著一系列與組織的要求相違背的言行，與組織上對你的期望與培養，背道而馳。不客氣地說，你已經走在一條極其危險的路上，正在一步步邁近深淵。我們感到很焦急，很難過。絕不忍心看著你毀滅前途而袖手旁觀，不加挽救。希望你能向組織靠攏，配合我們的工作。你都聽懂了嗎？」

「矯矯書記，你們張口危險、深淵，閉口焦急、挽救，莫非我做了什麼大逆不道的事，讓你們如此焦急難過？」

「我不是已經說的很清楚了嗎？」

「可我仍然不明白，自己到底做了什麼值得你們如此急於『挽救』的事。」

「溫嫻——你別裝蒜！」向英憤然了，「你偷偷摸摸幹的那些勾當，你自己明白，我們更明白。莫非你想蒙混過關？」

這語氣，跟批判右派分子沒有什麼兩樣。溫嫻被激怒了。她斜睨著坐在上面的三個人，聲音堅定地答道：「我沒有做任何違法犯罪的事，不需要別人替我著急操心。更不存在過關的問題！」

「你敢說沒有？」向英尖聲問道。

「沒有就是沒有，有什麼不敢的！」

「溫嫻同志，你是個聰明人，敬酒不吃吃罰酒，可不是明智的選擇。等到我們一件一件地給你揭出來，那可不是你自己的主動交代。」畢崇禮引而不發。

「好呀——請便吧。」她望著三位審判官，冷漠地答道。

向英迫不及待地問道：「昨天晚上，你黑更半夜，溜到右派分子東方旭家，幹什麼勾當去了？」

她猛地吃一驚，想不到自己的行動已經受到了監視，不由憤怒地答道：「我可以毫無保留地告訴你們，我去幹的是什麼勾當：他的兒子小曉過生日，我去表示祝賀。怎麼，你們費心費力跟蹤監視，所得到的情況，不是這樣？」

矯敫得意地望望兩位部下，緊追不捨：「溫嫻，你說實話：一個小時前，東方旭往你的口袋裏塞了一張字條，上面寫的是什麼？」

原來東方旭悄悄遞給自己一個字條，也被人看了去！她本想照實回答，一想，沒有必要對監視自己的人那麼誠實溫順。立刻搖頭笑道：「他勸我，以後不要再到他家去關懷他的兒子，以免有人疑心生暗鬼！」

「溫嫻，你這種態度，只會害了你自己。」矯敫得意中露出慍怒。「如果僅僅要你不再到他家去，用得著像敵特似的鬼鬼祟祟遞紙條？」

溫嫻昂然答道：「怎麼？連公民的通信自由，憲法都加以保護，遞個字條還犯法？」

「溫嫻，你要老老實實的回答，字條上寫的什麼？」矯敫說這話時，下意識地指了指面前的筆記本。

溫嫻忽然意識到，看過字條之後，她並沒有及時毀掉。後來他去了一躺廁所，一定是監視她的人趁機將字條偷去，並立刻交給了支部！她一面恨自己粗心大意，一面暗罵：「卑鄙無恥。你們偷去字條，卻在演貓耍老鼠的鬧劇！」她抑制住心頭的怒火，冷笑著問道：

「還有這個必要嗎？」

「當然有！我們就是要聽聽你自己的交代，看你對組織是不是忠誠老實。」向英露著勝利的微笑。

「可惜呀。我就是想對組織忠誠老實，也辦不到咯！」

「為什麼？」三位審判官幾乎同聲發問。

「因為字條已經被竊賊偷了去，無法為我的誠實作證啦。」她把「竊賊」二字說的很重。

「溫嫻，你放老實點！」矯敫一聲怒喝，「大敵當前，你認為我們有時間哄著你磨牙消遣嗎？你大錯特錯了。我們是誠心誠意地來挽救你，你怎麼可以以怨報德呢？」

「好吧，你們一定要問，我就告訴你們。雖然字條被賊偷了去，無憑無據，我說的卻句句是實話：我向東方旭求婚，他堅決拒絕了我。怎麼樣，你們還有什麼要我坦白交代的？」

「哼，同流合污不算，還要結成夫妻，攜手反黨！你們的如意算盤打的不錯呀！哈哈哈！」向英得意地大笑起來。

她騰地從椅子上跳起來，厲聲反駁：「向英，你雖然覺悟高不可攀，可惜忘記了男婚女嫁是人生不可或缺的需要。我，一個未婚姑娘，難道不可以向一個光棍求婚？如果這是為了『攜手反黨』，試問，那些已經結了婚的人都是在同流合污、攜手反黨嗎？你將來找男人，是否也是為了同流合污、攜手反黨呢？」

「我……你……」向英滿臉通紅，一時語塞。

「我怎麼能跟你一樣？多少好人你不追，卻去追一個反黨反社會主義的右派分子，不是司馬昭之心路人皆見嗎！」

憤怒使她忘了顧忌，只想把傷害自己的人打敗：「哼！污水惡名可以由別人惠賜，品德智慧可是天生的。我所喜歡的男人，只怕有的人還不配被人家正眼看一看呢。」

「你配？你配，人家為什麼不睬你？」向英針鋒相對。

「我把自己看高了唄。本來嘛，連個積極分子都不是，哪配……」

「溫嫻，你，你太放肆了。你忘記了這是什麼場合，也忘記了是對什麼人說話！」矯敫大聲呵斥。

她揚頭斜視，不再吭聲。

「溫嫻同志，你今天的態度很成問題。」畢崇禮試圖打破僵局。「我記得你在好多年前就遞了入黨申請，為什麼遲遲沒有吸收你？覺悟問題。想不到，時至今日，你的覺悟還這麼成問題。我真為你感到遺憾呀。現在，組織上苦口婆心地幫助你，是為了你的進步和前途。希望你收回固執，迷途知返。要知道，現在各單位都在力爭突破上面分給的右派指標。要是執迷不悟，硬要往右派堆裏鑽，右派帽子現成得很，不過是我們一句話的事！所以，我們衷心地希望你懸崖勒馬，不要一誤再誤，辜負了組織的一番苦心。」

「謝謝組織上的好意。請你們放心，我已經不是小孩子，知道什麼是正確的道路！」說罷，她扭身往外走。

背後傳來了響亮的笑聲。不知是譏笑自己不識時務，還是歡呼這場交鋒大獲全勝。

七

這天晚上，早已被批倒批臭的余自立，忽然來到了東方旭家。沒敲門，也不打招呼，推門而入，徑直來到上房。坐在桌前望著屋樑出神的東方旭，聽到腳步聲，抬頭一看，低聲驚呼起來：

「哎呀，自立！你怎麼來啦？」

「怎麼？連老同學，也跟我劃清了界限？」

「咳！什麼界限不界限！」他想到溫嫻來訪造成的被動與尷尬。「我這裏，早已是是非之地，你怎麼可以這麼冒失呢？」

「聽信兔子叫，不敢種豆子。」農村出身的余自立說了一句民間諺語。「我知道你會害怕。可是，我有要緊的話要跟你說，又不敢去辦公室找你，不來府上怎麼辦？」

「哦？」東方旭緊皺雙眉，極不情願地指指對面的椅子。「坐下。有話快說。」

余自立屁股剛坐穩，就急迫地說道：「老兄，我真想不到，你會傻到這個份上。不，不僅是傻，簡直變成了膽小鬼！」

「自立，你先別忙著給我定性。有什麼話，你就痛快地說嘛。」

「我問你。」余自立一副審判官的架勢。「你真的寫字條拒絕了溫嫻？」

「怎麼？你也知道啦？」

「滿城風雨近重陽，我怎麼會不知道！」余自立右手食指戳得桌子篤篤響。「老兄，你聰明一世糊塗一時呀。多麼理想的佳偶喲！不說是沉魚落雁，也是光彩照人，百裏挑一。待人接物穩重大方，小說散文優美動人，可以說是難覓難尋。人家一片赤誠，主動求上門來，你竟然忍心將人家拒之門外！知道嗎？你這樣冷酷無情，對人家姑娘的傷害有多大？你簡直就是不認識自己。空心的穀子——頭仰得高。」

東方旭望著情急的老同學，哭笑不得：「自立，你認為是我心高眼酷，看不上人家？老同學，你大錯特錯了。我知道自己的斤兩——根本配不上人家。」

「謙虛太過是十足的虛偽！」余自立一拍桌子站起來。「憑心而論，除了再婚這一條，可以勉強算作缺點，別的，你哪方面也是出類拔萃：品質，相貌，學養，成就，一切的一切……」

「嘿嘿！愛屋及烏，這不過是你個人的偏見。」

東方旭搖頭苦笑。「我不過是個……」

「不，這是大夥的公論！」余自立又激動地坐了下去。「你別打斷我的話，乖乖地聽我的忠言相告，馬上寫一封回信，收回成命，並向人家賠禮道歉。放心，我給你們傳書遞柬，保證不會再讓人看出破綻。」

「自立，你抽支煙，聽我把話說完。」東方旭遞給他一支煙，劃了火柴給他點上，然後說道：「就算你對我的評價有幾分真實，可那是過去的事。如今我們已經成了『不齒於人類的狗屎堆』。我再拉上個無辜者，叫人家跟著一起倒楣下地獄，不是作孽嗎？」

「老兄，你當初勸我別頂牛時，你是怎麼說的？低頭認罪，盡拿屎盤子往自己頭上扣，目的是為了順利過關，少受侮辱折磨。我聽信了你的勸，拼命把自己罵成魔鬼猛獸。可是，金子掉進毛屎坑裏，也變不成黃銅。我知道，自己的品德勝過他們一百倍。老兄，你怎麼可以相信誹謗污衊是真理，盡往賤裏看自己呢？我們不做流浪者拉茲，不能因為他們罵我們是『賊』，就用實踐證明他們的預言是真理。首先碰上絆馬索的是捷足的龍駒！古人說的好：木秀於林風必催之，堆出於岸流必湍之。我們之所以倒楣，除了輕信謊言，還因為我們生著一副仁愛的肝腸。別打岔，聽我把話說完。什麼叫反動？粉飾廟堂，謳歌創痍！是那些隨風吹氣，指鹿為馬、顛倒黑白，只會喊吾皇萬歲的軟骨小人！他們不但反動透頂，而且卑鄙無恥，狗彘不如。我們比他們純潔高尚一千倍，一萬倍！讓那些扔石頭，吐唾沫，下絆子，打黑錘的英雄好漢們神氣去吧。用不了多久，事實便會證明，他們是一群禍害國家民族的聰明白癡！」

「仁兄呀，別做你的黃粱美夢啦。你可能還沒聽說，他老人家最近在青島說過：『資產階級右派和人民的矛盾是敵我矛盾。是對抗性的不可調和的你死我活的矛盾。』你看，我們不僅成了階級敵人，而且是你死我活的關係。簡直令人毛骨悚然！不瞞老弟，我聽到這個消息之後，整整兩夜沒合眼。我們已經是被判了政治死刑的人，還有什麼人格，家庭，愛情可言？」

余自立瞪大了雙眼：「毛澤東真是這麼說的？」

「絕對準確！」

「可我聽說，」余自立猶疑地搖頭。「七月九號，他在上海說，對右派不要一棍子打死。並說，我們並不準備把他們趕到黃浦江裏頭去，還是用治病救人的態度。他們是知識份子，有些是大知識份子，爭取過來，讓他們多做一點事。這些話，跟你剛才說的，可是大相徑庭。如果把所有說過逆耳之言的人都當成階級敵人，不是一棍子打死是什麼？我覺得不太可能。所以說，你不要太悲觀，就是丟了政協委員，撤了你的主編，不是照樣可以寫你的作品，做你的研究？」余自立壓低了聲音，「丟掉委員，少個緊箍咒；丟掉有名無實的主編，省卻許多笑臉，減少多少『關注』——豈不是求之不得的大好事？」

「自立，你在盲目樂觀。我說的是文件原話，一字不差，絕對準確。而且，我聽到的消息，還是毛澤東離開上海之後說的。根據以往的經驗，前面說的話，立刻可以否定不認帳。所以，我們只能根據後面的話，理解上面的意圖。」

「你說的有道理！」余自立跌坐在椅子上半晌無語。過了許久，自語似的咕嚕道：「那……我們就徹底完啦！」

「自立，你也不要那麼悲觀。說不定後面還有改變。」他極力安慰老同學。「這不是常有的事嗎？」

「唔，是會變。可總是往壞處變！你別搖頭，我有事實：剛剛說過，知識份子『已經是工人階級的一部分』，八大的決議上也堂而皇之地寫著，『把民族資產階級的知識份子同民族資本家區別開來』。結果怎麼樣？翻臉不認帳。今年三月十二日，毛澤東在全國宣傳工作會議上又將知識份子定性為資產階級知識份子。他說：『我們大多數知識份子是從舊社會過來的，是從非勞動人民家庭出身的。這些人即使出身於工人農民的家庭，但是在解放前受的是資產階級教育，世界觀基本上是資產階級的，他們還是屬於資產階級的知識份子。』看，知識份子一會兒姓無，一會兒姓資。信口雌黃，翻雲覆雨，統統出自他的金口玉牙。不根據財產多寡，而根據知識多少劃分階級，這是哪家的馬列主義？這裏還有一點唯物主義的影子嗎？哼！連五百萬知識份子的階級成分都可以搖搖舌尖隨便改變，更不要說別的啦。五五年反胡風，我們不是親身享受過一次鐵窗『挽救』嗎？開始說是『反黨集團』，一眨眼，卻變成了兇惡的『反革命集團』！變化之神速，用迅雷不及掩耳來形容，也不為過呀。」

「自立，你到現在仍然沒有接受教訓，如此想問題太危險啦！」東方旭變了臉色。「我們現在唯一應該做的是，不停歇地深挖自己的資產階級思想，努力改造自己，以求不被時代的列車甩掉。」

「那也不能睜著眼說假話呀。你能否認，我說的是事實？」

他低聲咕嚕道：「『知識份子是工人階級一部分』的話，他老人家沒說過。是周恩來在《關於知識份子的報告》中說的。」

「老兄天真的可愛極了。在中國，六億人民只長著一個腦袋。至尊不點頭，誰敢放個歪歪屁！」

「唉！但願這一次，是往好處變，而不是相反。」東方旭的回答的有氣無力。「不過，不管怎麼變，有一條不能變：我們這些落伍者，首要的任務是改造自己的思想。」

「他娘的——天地良心！」余自立沒頭沒腦地狠罵一句，站起來往外就走。走了幾步，又扭回頭說道：「老兄，我今天晚上發了昏，竟然來勸你。你也只當我放了一通歪屁！」

東方旭自然不會聽他意氣用事的勸告。他感到老同學的言行太冒失，心中暗暗給余自立念佛，希望他凜然驚懼，不再有犯忌的言行，以免再惹出不必要的麻煩。

古人云：「禍福無門，惟人自招。」東方旭深信，謹言慎行，能夠避禍免災。殊不知，這已經是不再靈驗的老皇曆！

正當他們翹盼著，決定他們命運的政策「往好處變」時，新的決定頒佈了：他們被「變」出了編輯部，「變」出了北京城，「變」到了北大荒，鹽鹼灘，變成了刺刀底下的勞教犯……

迢遙鴛夢

受難的書呆子們，幾乎人人痛哭流涕、反覆自責，信誓旦旦地作出保證：決心加速思想改造，緊跟革命的洪流，以免被時代的列車所拋棄。

與此同時，最高當局正在運籌帷幄，考慮著如何把他們趕下時代的列車，將他們押送到能夠醫好他們的黑心，割掉他們腦後反骨的地方。

一

一年前，中國共產黨第八次代表大會政治報告中，對於中國的現狀，作了這樣的樂觀分析：「我國社會主義和資本主義誰戰勝誰的問題，現在已經解決了。」而在今年十月初召開的八屆三中全會上，毛澤東卻作出了南轅北轍的結論：「無產階級和資產階級的矛盾、社會主義道路和資本主義道路的矛盾，毫無疑問，這是當前我國社會的主要矛盾。」他還說，「八大決議上有那麼一段，講主要矛盾是先進的社會主義制度同落後的社會生產力之間的矛盾。這種提法是不對的。」

毛澤東的每一句話，每一個新的理論闡發，毫無例外地被認為是對馬克思列寧主義的偉大發展。他對八大決議的改變，自然是英明正確，放之四海而皆準的真理。既然兩條道路的矛盾是社會的主要矛盾，那麼堅持走資本主義道路的右派先生們是些什麼東西，他們應該有怎樣的下場，就不言而喻了。

莊嚴隆重的黨代表大會決議，通常被認為是顛撲不破的真理，不是法律的法律。時間僅僅過去一年，毛澤東便作出如此天差地異的修改，使人們於驚詫的同時，紛紛猜測個中原因。也許，這原因，既有國際方面的，也有國內方面的。波蘭和匈牙利發生了動亂，堂堂社會主義國家，突然之間，火山劇烈爆發，政府癱瘓，首腦易人。這說明，無比優越的社會主義國家，人民的不滿積蓄到一定程度，就會像衝破地殼的熾烈岩漿一般，破地而出，使得看似十分鞏固的政權，一個早晨完蛋！這怎能不使管轄著一貫社會主義大國的人憂心忡忡？所幸，那是由於史達林錯誤造成的。加之那些國家沒有一個威儀天下的領袖，發生九級地震，便是意料中事。而在偉大的人民中國，不僅史達林的影響輕微，而且有著當之無愧的天才領袖。他英明偉大，睿智聖明，縱橫捭合，舉重若輕，氣吞山河，前無古人。因此，驚詫儘管驚詫，可是有險無驚。

不料，國內刮起了一場右派進攻的十級颱風。警鐘轟然敲響，驚醒了甜蜜的酣夢。原來，人們對於剛剛建立的新中國，和他的執政者中國共產黨，懷有不少的意見，甚而是大量的積怨。隆隆的春雷在滾動，地下的岩漿在翻騰。說不定，劈頭而來的暴風驟雨，噴薄而出的烈焰，會將輝煌無比的事業燒成灰燼。冷水澆頭，如夢方醒。毛澤東驚詫了，憤怒了。急忙伸出一雙巨手，猛轉破浪前進的舵輪。輪船倏地掉回頭，離開八大確定的航線，朝著以階級鬥爭為綱的航標，飛快馳去……

一個國家的主要矛盾變了，陣營的構成變了。微笑團結的對象，成了無情打擊的目標。

反右派，成了中國歷史的分水嶺！

要不間斷地進行階級鬥爭，必須分清敵我營壘。黨中央不失時機地公佈了八屆三中全會通過的《劃分右派分子的標準》。

第一部分規定，凡有下列性質者，得劃為右派分子：

「一，反對社會主義制度。反對城市或農村的社會主義革命。反對共產黨和人民政府關於社會經濟的基本政策（如工業化、統購統銷等）；否定社會主義革命和社會主義建設的成就；堅持資本主義立場，宣揚資本主義制度和資產階級剝削。

「二，反對無產階級專政、反對民主集中制。攻擊反帝國主義的鬥爭和人民政府的外交政策；攻擊肅清反革命份子的鬥爭；否定『五大運動』的成就；反對資產階級份子和資產階級知識份子的改造；攻擊共產黨和人民政府的人事制度和幹部政策；要求用資產階級的政治法律和文化教育代替社會主義的政治法律和文化教育。

「三，反對共產黨在國家政治生活中的領導地位。反對共產黨對於經濟事業和文化事業的領導；以反對社會主義和共產黨為目的而惡意地攻擊共產黨和人民政府的領導機關和領導人員、污衊工農幹部和革命積極分子，污衊共產黨的革命活動和組織原則。

「四，以反對共產黨和反對共產黨為目的而分裂人民的團結。煽動群眾反對共產黨和人民政府；煽動工人和農民分裂；煽動各民族之間的分裂；污衊社會主義陣營。煽動社會主義陣營各國人民之間的分裂。

「五，組織和積極參加反對社會主義、反對共產黨的小集團；蓄謀推翻某一部門或者某一基層單位的共產黨的領導。煽動反對共產黨、反對人民政府的騷亂。

「六，為犯有上述罪行的右派分子出主意、拉關係，通情報，向他們報告革命組織的機密。」

這個檔的第二部分規定，有下列情形之一者應劃為極右分子：

「一，右派活動中的野心家、為首分子、主謀分子和骨幹分子。

「二，提出反黨反社會主義的綱領性意見，並積極鼓吹這種意見的分子。

「三，進行反黨反社會主義活動特別惡劣、特別堅決的分子。

「四，在歷史上一貫反共反人民，在這次右派進攻中又積極進行反動活動的分子。」

有了上述兩個規定，對於已經被揪出來、並鬥倒鬥臭的，可以分別歸類。而對於那些隱藏的很深、至今仍然跟著人們高喊「打倒」的偽裝者，也有了深挖細找，揪出來示眾的權威依據。不過，儘管全中國所有的部門，都高喊堅決執行中央劃分右派的標準，後來的事實證明，實際執行起來簡直是天差地異，五花八門，無奇不有！

有一所中學，右派指標實在無法完成，心急火燎的支部書記只得向一位新分配來的女大學生求援。鼓勵她，「積極作貢獻，幫助組織排憂解難——頂替一個右派指標。」並信誓旦旦地許諾：「只要能經得起這次考驗，過一兩年後回到學校，首先發展你入黨。」這位積極要求入黨的姑娘，一聽支部書記的許諾，二話沒說，愉快地接受了組織的考驗，勇敢地當了右派，並去農場進行改造。出乎動員者和勇敢承擔者意料的是，打右派任務。學校輕輕鬆鬆地完成了姑娘有去無回，一年後傳來消息說，人瘋了，赤身露體四處跑。不久凍死在荒郊野外。

有個單位的領導，不願意讓不相干的人遭受無妄之災，便動員在自己手下工作的外甥「受點委屈」，完成上面下達的指標。外甥不能違背舅舅的意願，乖乖地當了二十多年階級敵人。

有一位生著一顆菩薩心腸的領導，將部下一遍一遍地排隊、過篩子，仍然失望地發現，這個人工作離不開，那個人身體不好，這個人家庭負擔重，那個人家有八旬老母。把誰拋出去都對工作不利，於心不忍。萬般無奈，咬咬牙給自己製造了幾條罪狀報了上去，很快得到了批准。本部門的右派指標勝利完成了。這位救人的菩薩，卻沒能活著回來——大饑荒的年月，吃野菜中毒死在勞改農場。

有一個小單位的領導，實在找不出右派，便獨出心裁讓大家推選一名右派，以完成下達的指標。眾目睽睽之下，誰也不願意開口得罪人。會議開了大半天，仍然沒有結果。直到有一個人因「內急」去了廁所，大夥趁機推舉了他。等到他「方便」回來，才知道已經成了另一個營壘的人。

有的頭頭更聰明：抓鬮確定右派。當然，鬮由他做，他自己是抓不著的。

不斷加碼的右派指標，給一些黑心腸的負責人提供了公報私仇、打擊報復的好機會。那些平時不聽話，肯提意見的愣頭青，終於得到應有的報應：幾乎無一例外地榮登右榜。

……

就這樣，偉大的反右派運動便以五十五萬兩千八百七十七人的輝煌成績，宣告結束。這只是當時的統計數字。等到二十二年後為右派改正時，右派的數目竟超過一百余萬，其中冤案高達百分之九十九點九九！但運動是「正確」的，只是「擴大化」了。這是誰也奈何不得的權威定論！不少地區，還有許多不在冊的右派——被單位挖出來，卻沒有經過上級批准。他們大多數是不識事物的眼中釘，當權者恨不得食其肉，寢其皮，但可以上綱上線的話卻找不出來，無法上報，或者上報了上面沒批准，宣佈撤銷又不解恨，便請來「甄士隱」（真實隱）。反正輿論早已造足，只要不正式聲明糾偏，誰也認為是鐵板釘釘。可憐，這些當了臭名昭著階級敵人的倒楣鬼，二十二年後落實政策時，才發現自己竟然是「編外」的黑右派——政策落實不到他的頭上！叫天天不應，叫地地不答。他們的命運，絲毫不亞於正式登記在冊的右派……

二

金夢病了。

連續兩天，茶不思，飯不想，徹夜失眠。原因就出在報紙上登載的，中共中央關於《劃分右派分子的標準》！

自從被「揪出來」之後，除了參加批判會，就是呆在辦公室裏寫那永遠不深刻、不徹底的檢查交代。她已經無公可辦，但辦公室依然保留。辦公桌成了寫檢查的專用桌。每天的報紙也照舊送到她的辦公室。上班先翻當天的報紙，已經成了她多年來的習慣。不料，前天在《人民日報》頭版頭條看到了驚心動魄的《標準》。她懷疑自己的眼睛出了問題，急忙從頭再看，六條標準，四條附加，白紙黑字，鐵板釘釘。這些模糊模棱的標準，解釋起來，卻有極大的伸縮空間。她當過多年的領導幹部，熟諳瞞天過海、斷章取義的技巧。且不說這個標準所規定的是那樣原則，那樣具有覆蓋力，就是規定的十分詳盡，落到不同執行者的手裏，其結果也是天差地異。她參加過太行山的土改，農村劃階級成分的唯一標準，應該是有無剝削和剝削多少。可是，根據她的深入觀察，許多窮村子劃出的地主，連富村子的上中農也不如——實際上是矬子裏面拔將軍。他們所依據的如其說是標準，倒不如說是需要。而現在公佈的劃分右派標準，簡直像一張密眼拖網，所到之處，絕無孑遺，無論大魚巨鱉，小蝦小蟹，休想從它的細孔中逃出去。看來，自己這條落入密網中的魚兒，休想逃脫厄運了。

兩手瑟瑟抖著將報紙推開，她幾乎窒息過去。過了許久，方才流著淚，囈語般地斷斷續續呻吟：「匪夷所思……匪夷所思！天哪，完啦！……這一回非徹底毀在鄉願們的手裏不可！」

夏雨下班回到家，見妻子躺在床上，雙眼紅腫，臉帶淚痕，不以為然地說道：

「夢姐，你怎麼又犯了脆弱的老毛病？用得著出這個糟模樣嗎？自己折磨自己，跟自己過不去，正是那些傢伙求之不得的。」

「什麼，我脆弱——自己折磨自己？我就像你說的那麼個水平？」她有氣無力地反問。

「那就應該拿出你當年的氣魄：面對國民黨的欺騙、淫威，威武不屈，視死如歸。魯迅先生說的好：『怒向刀叢覓小詩』。我們應該像關漢卿老前輩所寫的那樣：做一粒『蒸不爛，煮不熟，炒不爆，錘不扁，響噹噹一粒銅豌豆』！」他坐到床前的椅子上，一臉不屑的神氣。

「得了吧！現在是泰山壓頂，萬箭鑽心，你還跟我唱浪漫詩人的臭高調！」

「這怎麼是唱高調？這是全身安命之道。不就是斷章取義、強詞奪理，拿狗屎盆子往好人頭上扣那一套嗎？哼，笑罵由他，豈能玷污我清白半分！寫作由我，不給發表就先存起來。總有一天會證明誰是文壇的佼佼者，響噹噹的左派，誰是真正的右派！」

「夏雨呀，夏雨！你的政治幼稚病什麼時候能治好呀？」

「這不是幼稚，這是藏鋒之道。」見金夢閉上眼不再答話，他催促道：「夢姐，有什麼話你就痛痛快快地說，別跟我捉迷藏好不好？」他搖著她的手催促，「到底發生了什麼了不起的大事？」

她伸手拉過手提包，從裏面摸出一張報紙，擲給他說道：「拘命符來啦。你自己看吧。這一回，他們可就有了為所欲為的根據啦。」

夏雨拿起報紙一看，順手扔到一邊：「我當是什麼事，原來是公佈了狗屁『標準』呀。嘿，這是意料之中的事，有什麼值得大驚小怪的？」

「意料之中的事？」金夢瞪大了雙眼。

「難道不是嗎？」

「夏雨，你叫我說你什麼好呀！」她又坐了起來，「這一次來勢洶洶，跟以往的運動大不一樣！」

「往死裏整人唄，有啥不一樣的？」夏雨攤開兩手，「你想想，『三反』、『五反』、反胡風、『肅反』，哪一次所謂的偉大運動，不是先緊後松：前面雷激風烈，後面偃旗息鼓、銷聲匿跡？就說『肅反』吧，一百三十多萬『反革命』幾乎一風吹。真的反革命剩下了幾個？」

「不錯，以前的運動確實是如此，前年整我們反黨集團，也是如此。雷聲震天，卻沒有灑下幾個雨點，到後來不了了之。可是這一次，勢頭不對，完全是一副打殲滅戰的架勢，絕對不像是在翻老皇曆。這個『標準』的發佈，就等於頒下一張追命符，能逃過厄運的幸運兒，只怕沒有幾個！」

「我的估計正相反，恐怕是上面發現打擊的面太廣，為了不冤枉好人，少株連，才急忙發佈具體的標準，加以規範。所以，我看了標準，反倒放了心。我仔細對照了一番——我們哪一條也挨不上邊。他們想把我們打入右派隊伍，還不大容易呢！」

「夏雨，你呀，不但害了嚴重的幼稚病，而且患了政治色盲。你既然仔細地看了標準，怎麼還做逃脫出去的美夢呢？」

「我總覺得，咱們哪一條『標準』也不符。就是他們不講理，上面總得實事求是嘛。」

「我跟你的看法正好相反：現在，在極力推行一種宗教——謊言教。眼前的事實是，人人都在極力用謊言批判明知準確無誤的大實話，用憤恨甚至暴怒的表演，斥責無辜者的耿耿忠心，會單單實事求是地對待我們？做夢去吧！」

「這麼說，在劫難逃啦？」

「夏雨，」她展開報紙，伸出右手食指指著說道。「你先看第三條：『反對共產黨在國家政治生活中的領導地位。反對共產黨對於經濟事業和文化事業的領導。』鄉願們抓住不放的，不就是污衊我們反對他們對於文化事業的領導嗎？再看第五條：『組織和積極參加反對社會主義、反對共產黨的小集團；蓄謀推翻某一部門或者某一基層單位共產黨的領導。』這一條更對茬口：正是他們一直想給我們按到頭上的罪名。唉，誤入虎穴難脫身！上一次他們的陰謀沒有得逞。這一回，他們手裏握著生殺予奪的尚方寶劍，能輕饒了我們？你想要他們刀下留人，到哪兒去討那道皇恩浩蕩的聖旨？」

「……」夏雨久久無語。過了許久，喃喃說道：「你的分析有道理。」

「豈止是有道理，這一回我們是網中的魚兒，只等著上砧板，挨剁啦。想不到呀，連『陽謀』這樣的千古奇談都說得出，連起碼的廉恥都不顧了！古人說的好：『道之不足以治則用法，法不足以治則用術，術不足以治則用權，權不足以治則用勢。』現在是無道，無法，赤裸裸，連『術』也顧不上用，只有用權勢壓人。口口聲聲，幾十幾百萬知識份子『墮落』成了右派，他墮落成了什麼？——秦始皇，法西斯？」

「不。人家是對馬列主義的偉大發展。了不起呀，空前絕後，亙古一人……」

「別廢話！」她揮手打斷了他的話，「寡廉鮮恥，流氓行經，倒是空前絕後！要是這也算是『發展』，那指鹿為馬的趙高就更是千秋至聖！等著瞧吧，那些患了整人癖的傢伙，當初想整人而沒有達到目的，現在聞聲而動，緊跟偉大戰略部署，豈不是意料中事？你還在想入非非，希望他們立地成佛呢！」

夏雨被說服了。咬著下唇低頭無語。忽然抬起頭來問道：「老金，你估計他們會怎麼對付這些倒楣蛋？」

金夢無力地躺下去，喃喃說道：「我估計，黨籍是報銷啦，烏紗帽也保不住。能給我們保留『五斗米』，就是高抬貴手啦。」

「你是地下黨員，坐過國民黨的監牢。我們都是延安老革命，對革命沒有功勞還有苦勞，他們能一點不加考慮，一味子往狠裏整？」

「哼，又來了你的幼稚病！馮雪峰比之你我，功勞小還是苦勞小？怎麼樣？不是照樣被罵得狗血噴頭，惶惶然如喪家之犬？我有預感，不信走著瞧！也許胡風的遭遇，就是我們的前車！」

「媽的，那我們就徹底交代啦！」滾滾熱淚流下了夏雨的面頰。

「你也用不著學小女人哭哭啼啼，」她反過來勸開了丈夫，「大不了到鄉下種地，當一輩子掘黃土的農夫。」

「可，你會種地，還是我會種地？」

「那就由不得自己咯——逼到什麼路上，就得走什麼路！」

「媽的，我恨不得……」夏雨兩眼圓睜，狠狠一拳敲在床背上。

三

一九五八年的元旦和春節，是在反擊右派運動的偉大勝利聲中度過的。而對那些用政治生命或者血肉之軀，堆成了勝利大廈的一百多萬右派分子，（包括更多的不戴帽子的准右派——「中右」）來說，卻是個涕淚交加的黑色節日。他們無不是在極度焦急、惶恐中乞求在新的一年裏，別像被丟棄的老皇曆那樣，被從熱愛的崗位、熟悉的專業趕走。他們知道，隨著鐵冠加身，冤案的鑄定，接踵而來的將是組織處理。

「這是為什麼？」像《人民日報》的社論題目一樣，蒙冤的書呆子們，無一不提出同樣的疑問。難道我們的言行，真的是構成了不可饒恕的罪惡？有人不過是抒發了一點對歷次運動的感慨，有的提了一些改進工作的建議，有的對領導提出了幾點批評，也有的談出了靈魂深處的無產階級思想……但無不心地坦蕩，一派血誠。結果，忠諫成了放毒，治病成了兇殺。懵懵懂懂，落入『陽謀』的藩籬，成了資產階級營壘中的右派——階級敵人，與反革命結成了盟友。當初，「人民」，這個天天掛在嘴上的普通字眼，並沒有引起他們重視，也沒有激發出多少自豪感。現在一旦被趕出『人民』的行列，突然感到珍貴萬分，可望而不可及。正如俗話所說的，失掉了的，才更感到寶貴。

所幸，早在一九五七年十月十三日，偉大領袖毛主席，在最高國務會議上所說的話，至今人們仍然牢牢記在心頭。他說：是不是要把右派分子丟到海裏頭去呢？我們一個也不丟。我們採取不捉人，又不剝奪選舉權的辦法，給他們一個轉彎的餘地，以利於分化他們。具體到人，他說：章伯鈞的部長恐怕當不成了。丁玲就不能當人民代表了。比如錢偉長，恐怕教授還可以當，副校長就當不成了。還有一些人教授恐怕暫時也不能當。……

這無異於一紙其言可惡、其罪可恕的特赦令，一道皇恩浩蕩的免罪聖旨。

飛快旋轉的碾盤底下，哪裡去尋完整無損的大豆高粱？將近半年之久的批判鬥爭，用剃光頭或者跳樓進行反抗的，個個都是不識時務的蠢貨。生存的本能，迫使人們忘記自尊和人格。倔漢子的暴烈性格，嬌女人的強烈自尊，統統扔到了爪窪國。噴著唾沫星子譏諷挖苦，指著鼻子痛斥臭罵。在他們聽來，雖然不是琴箏合奏、鳥雀鳴囀，充其量是蚊陣嗡鳴，池蛙刮噪。

現在，倒楣蛋們所擔心的，只剩下一件事：他們這些「毒草」和「垃圾」，將被怎樣處置？偉大領袖曾經說過，「毒草鋤掉可以肥田」。但是，究竟怎麼個「鋤」法，扔到哪裡去「肥田」，哪個心裏也沒有底。當他們跟家人一起「歡度」佳節時，為了成功地做出使親人寬心的輕鬆狀，只有向偉大的許諾乞求法力。據過來人說，那簡直是一劑聖丹妙藥，一想到「肥田」的許諾，彷彿吞下一顆拳頭大的定心丸，身上立刻便注入一股意想不到的力量。唉，不當部長、教授，算什麼？，何況只是「暫時不能當」。不就是扔掉烏紗，換一把支撐屁股的椅子嘛？一個落水的人，赤身裸體從急流裏揀回一條性命，還會去痛惜沉入深淵的財物嗎？更值得安慰的許諾是：選舉權沒有被剝奪。有選舉權的人，不就是「公民」嗎？公民的權利還在，還有什麼可怕的？等到成功地「轉彎」之後，（毛澤東他老人家說過只需要五至七年！）一切原舊復初。經過磨練的人，豈不是更能施展出激蕩於心的本領，釋放出積蓄日久的能量？

就這樣，新年春節期間，竟然很少像在批判階段那樣，出現那麼多「自絕於人民」的「花崗岩腦袋」。要是人們此刻就知道，等在他們前面的，是無窮無盡、難耐難熬的非人折磨，而且一等就是二十二年，只怕有勇氣活下去的人是鳳毛麟角！

一九五八年，鑼鼓震天的新春「勝利佳節」是他們從人變成鬼的分水嶺，邁向地獄的鬼門關！

春節剛過，右派分子既企盼、又恐懼的組織處理，相繼在各個單位展開。

二月十五日下午，文藝部門的右派分子處理大會，在市委禮堂隆重舉行。這既是一次對右派分子的宣判，也是一次反右運動的祝捷大會。《北方文藝》屬文藝部門，全體人員一個不缺地準時到會。

東方旭找一個最靠後的座位坐了下來，兩眼呆呆地盯著前方的主席臺。他沒有勇氣四顧人頭擠擠的會場，連挨肩而坐的同類，他也不敢打一聲招呼，看一眼。

會議開始了。主持人首先宣佈，今天的大會特別重要，有著非同尋常的重大政治意義。他再次強調了會前宣佈的命令：非因特殊情況經過領導批准，一個不准缺席。各單位要再清點一次人數，無故缺席者，立即派人找來。

等到各單位相繼報告人數全部到齊，主持人方才請今天會議的主角宣傳部長陸舟講話。

陸舟從主席臺上站起來，嘴角掛著得意的微笑，犀利的目光，環視會場一周。細心的人注意到，他的目光在禮堂的右側——右派坐席區，停留了好一陣子。然後用清亮的男中音開始了講演。

「同志們：我們今天召開這次大會，是一次慶祝反右派鬥爭偉大勝利的大會，也是對右派分子罪行的一次清算大會。出席今天大會的，有文藝部門全體幹部。當然啦，不包括文藝部門所有反黨反社會主義的右派分子，儘管他們也一個不缺地來到了會場。」他再次瞥一眼禮堂右側的右派席，聲音提高了至少三度。「同志們，自從今年春天以來，與國際上的反革命暴亂和修正主義思潮相呼應，在我們國家，從中央到地方，從內地到邊疆，爆發了一場規模浩大、具有反革命性質的政治動亂。這就是右派分子以幫助黨整風作幌子，向我們偉大的黨，偉大的社會主義祖國所發動的全面進攻。他們利令智昏，認為時機已經到來，洶洶然不可一世。妄圖一舉推翻共產黨的領導，推翻一日千里的社會主義建設事業。他們自認為，登高一呼，應者如雲，偉大的中華人民共和國，頃刻之間就會改變顏色！不幸，螳臂撼大樹，可笑不自量——右派先生們錯估了形勢！我們的偉大領袖早就察覺了他們的狼子野心，故意作出虛懷納諫的姿態，使毒蛇全部爬出洞穴，以便聚而殲之。經過近半年的努力，右派分子的猖狂進攻被徹底打退。我們的社會主義江山，依然傲然屹立。毛主席的偉大戰略部署，取得了劃時代的勝利！這是馬克思列寧主義的勝利，也是毛澤東思想的偉大勝利！讓我們熱烈歡呼這個來之不易的偉大勝利吧！」陸舟帶頭鼓起掌來。

「嘩嘩嘩！」雷鳴般的掌聲，在禮堂內久久迴響，直到主持人揮手，方才停下來。陸舟繼續他的講演：

「同志們，現在向我們猖狂進攻的敵人，全部做了我們的俘虜。儘管有人還沒有從思想上放下武器。我們黨的政策一向是優待俘虜。對右派也是如此。我們仍然伸出溫暖的手，來挽救他們。前一階段對他們的批判鬥爭是挽救；現在要對他們進行處理同樣是挽救。為此，中央下達了關於右派分子處理的六條辦法。採取的是嚴肅和寬大相結合的政策，只要不是死不回頭的死硬派，一不按反革命處理，不關不殺；二不剝奪公民權；三，大部分不開除公職，給工作做，給飯吃。但是，要殺共產黨的葛佩奇，又當別論：他是國民黨的少將，老反革命。對於這樣極其反動的傢伙，我們已經叫他去了應該去的地方——監獄。我們對大多數人如此地寬大，目的是為了積極地幫助他們改造。」他臉朝右方加重語氣繼續說道：「你們大部分人都比較年輕，來日方長。只要洗心革面，還會回到幹部隊伍中來，為人民做一些有用的事情。」

接著，陸舟宣讀了六條處理辦法：一類，勞動教養；二類，勞動改造；三類，自謀出路；四、五類，降職降級；六類，免於處分（仍要戴右派帽子）。對於文藝學校學生右派的處理，則分為四類：一類，勞動教養；二類，勞動改造；三類，開除學籍，留校查看；四類，免於處分（仍要帶右派帽子）。

陸舟傳達完六條處理辦法，主持人宣佈了各單位右派的歸類處理名單。這個名單，長達三百餘人。在此之前，其中的黨團員，已經一個不剩地被清除出去，純潔了黨團組織。東方旭側起耳朵仔細聆聽，在他熟悉的人中，一類處分的有：夏雨，余自立；二類處分的有：金夢，高揚，綠莽等。至於去哪兒勞動改造，會上沒有宣佈，只說要他們作好隨時出發的準備。他自己的名字就出現在二類當中。這大大出乎他的意料！原來以為，充其量撤銷主編，降幾級工資，繼續做一名普通編輯。想不到，被掃地出門，一腳踢開！等待他的，不知是到什麼荒涼的地方進行「勞動改造」。工資沒有了，每月只發二十六元生活費！有了「生活費」，他自己餓不死，但上初中的兒子怎麼養活？

他感到頭腦漲大，兩眼發花。恨不得放聲大哭一場。扭頭看看四周的同類，臉上什麼表情都有：有的低頭蹙眉，有的挺胸瞪眼，有的咬著下唇眼含熱淚，有的身子顫抖扭歪了臉……也就是說，驚訝，憤懣，痛苦，麻木……什麼表情都有。坐在他前一排的金夢，大概是跟自己一樣，聽到要去勞動改造，震驚得支持不住，癱軟在椅背上，雙肩抖動，抽泣不止。

已經得知自己「品級」的右派，顧不得關心別人的歸屬。宣佈人仍然不緊不慢地往下念：三類處分的只有一個人。四、五類降職降級處分的，卻幾乎占了右派人數的一半。但職務一律被削去，工資至少被降二到三級，工資高的甚至降五、六級之多。得到六類處理的只有少數幾個人。後面的宣佈，東方旭幾乎一句沒有聽清楚，只聽到一個熟悉的名字：他的同事，《北方文藝》編輯部理論組組長單懷玉也登上了右榜，受到了六類處分。

散會之後，東方旭沒有回家吃飯。而是回到已經不再屬於自己的辦公室，收拾自己的東西。兩手機械地歸攏著本子底稿之類，心裏不住地喃喃自語：「滿腹含冤憑誰訴？只恨當初信神巫！

蒼天呦！要是當初聽信朋友的勸阻，不被甜言蜜語所蠱惑，哪會有今天的悲慘下場！早知如此，當初就是不回英國，一頭紮進維多利亞灣的深淵中，也比之今天的遭遇好得多！作一名階級異己分子，儘管得保留著「選舉權」，何如死去乾淨？雅妮可以帶著兒子回英國。她就是改嫁他人，小曉也有媽媽照顧！可是，如今一切都晚啦……

我還有什麼面目活在世上？

他的目光落到了臺燈上，伸手將燈泡扭下來，併攏右手食和中指向燈口伸去……

「爸爸，您不能扔下我不管呀！」耳畔傳來了兒子的呼喊。

他急忙縮回手，扭頭四顧。辦公室的門依然掩著，哪裡有兒子的身影？頹然地坐到椅子上，痛苦地呻吟起來：

「死，是目前最為有效的解脫之路。可，我連死的權利也沒有——這太自私。兒子已經失去了母親，我要再死了，他怎麼活下去？

可是，自己是個肩不能挑，手不能提的廢物，只怕「勞動改造」這一關也過不去，又怎能救兒子呢？他覺得沒有勇氣回家見兒子。兩條腿像灌滿了鉛，一步也邁不動。本想叫一輛三輪車拉回家去，忽然想到自己已經是判了「勞動改造」的人，哪有資格再讓勞動人民拉自己？無奈，只得強撐著往回走。回到九道彎，已是上燈時分。

他悄悄推開大門走進去，見堂屋裏有一個女人，正指著一本展開的書，與小曉低頭談著什麼。看背影很像向英，不由在心裏暗罵：「害人精，跑到我家裏搞什麼鬼名堂！」想到這裏，他裝作沒看見，高聲向兒子喊道：「小曉，爸爸回來啦！」

「爸爸，你看是誰來啦？」小曉歡快地叫起來。

他沒好氣地答道：「怎麼？我們家還有客人來？」

「喲，主編回來啦！」站起來答話的是溫嫻，「哪有什麼客人——您連我也不認得啦？」

「啊？是溫嫻！」他一聲驚呼。「溫嫻，你怎麼還到我家來？我不是已經謝絕您了嗎？」

「那是您的態度。」溫嫻打斷了他的話。「我來府上打擾，自然有打擾的理由。」

「什麼理由？」

溫嫻到暖瓶裏倒了一杯水，遞到他手裏，望著他蒼黃地臉色，神秘地一笑：「您先喝杯水，聽我慢慢跟您彙報——行吧？」

四

滿腹漲悶，嗓子裏像在冒火。東方旭咕嘟咕嘟喝乾杯中水，將玻璃杯重重地放到桌子上，克制著不滿說道：

「溫嫻同志，不，我已經沒有資格再稱呼您『同志』。」他頹然地坐到身旁的椅子上。「不管有什麼理由，您都不應該來我家。我上次就跟您說過，這裏是是非之地，人家躲都躲不及呢。莫非您今天下午沒有去參加文藝部門的處理右派大會？」

「一個人、一個人地點卯，我哪兒敢缺席呀。」

「那就該聽到對我的處分。」

「怎麼會沒聽到？——無異於發配充軍！」

「既然知道，你為什麼還到一個就要去勞動改造的階級敵人家裏來？上一次的教訓難道還不沉重？一個姑娘家，被他們糟踐的……您怎麼還這麼不顧忌影響？實在是……」

「實在是不可理喻——對吧？」

「在我們國家，誰要是沾上點政治腥臭氣，要想洗掉難於搬動一座大山。溫嫻，您不應該自己往泥坑裏跳！」他盯著對方粗魯地訓斥，「這是什麼時候呀，風聲鶴唳，人人自危！人家躲都躲不及，您怎麼一點恐懼之心都沒有，莽撞得像個不懂事的孩子呢。溫嫻，一失足成千古恨，事要三思而後行。難道這些濫熟於耳的古訓，你都忘乾淨啦？」

「耀之！我希望您允許我這樣稱呼您。」見他焦急得連連搖頭，她繼續說道：「一個在所謂革命陣營裏混了十幾年的人，怎麼能不明白你所說的道理呢？我今天來，不是要跟你商量什麼，研究什麼，而是來懇求，求您答應我的要求。」

「你不要說了。」他意識到她會說什麼，「我也懇求您，請您趕快離開這裏，當心有人盯梢。」

「我倒是很希望像上次那樣，今天也被盯上。」

「奇怪，您還嫌受的連累不大嗎？」他站起來作出送客的姿勢。

「怎麼，連讓我提個要求的權利都不給？」

「好好，請您快說。」他只得讓步。

「其實呀，我不說你也猜得到，答應我留在你家裏。」

「耀之，這話應該由我來說。配不上的是我，而不是你。請原諒我先斬後奏。」她伸手向牆角一指：「請看，我把東西都帶過來啦，您還忍心趕我走嗎？」

他這時才注意到，南牆角上躺著一個大柳條包和一個小箱子。驚得渾身一哆嗦。「溫嫻！您太……莫說我沒有理由答應，就是有理由，婚姻大事也得經過領導批准呀！您怎麼可以這麼性急呢？」

「婚姻是每個人自己的事，用不著旁人批准！」

「領導不批准，開不出介紹信，能領到結婚證嗎？那不是故意犯法嗎？」

「犯法？哈哈哈……」她又是一陣大笑。「在這個國度裏，還有『法』可言嗎？什麼憲法、法律，廢紙一堆！生殺予奪，完全是一個人的好惡。請問，你們不過是說了幾句觸及創痍的話，就犯下了不可饒恕的彌天大罪，說誰勞動就勞動，叫誰勞教就勞教。簡直比法……」看到他驚恐的變了臉色，她把後面的話咽了回去。「破頭不怕扇子扇，你用不著怕成這副樣子。既然別人給的儘是災難，自己再不追求幸福，只有在苦難的禍水裏淹死！耀之，我已經想好了，你不答應跟我結婚也可以。但是我仍然要住在你家裏，因為小曉答應我留下來陪他。耀之，你想過沒有，你一

「胡鬧！」他狠狠一拍桌子，「那更是跳進黃河洗不清。人言可畏。溫嫻，一個姑娘，怎麼可以住到一個光棍漢家裏呢！」

「正因為我是一個姑娘，才有著選擇伴侶的自由呢。」

「溫嫻——你！你這是往火坑裏跳——自毀前程。」他一屁股坐了下去。

「前程？我有什麼前程呀？哈哈哈！」她仰天大笑，「您，以及數不清的眾望所歸的人物，他們美好的前程，不是統統被他一揮手，一搖舌頭，就毀掉得乾乾淨淨嗎？比起你們來，我算個啥？一粒沙子，一棵小草。毀掉了絲毫也不影響偉大的社會主義事業。耀之，我吃了秤砣鐵了心——你就是下逐客令，我也不會服從！」

「溫嫻，這是兩相情願的事，你怎麼可以強迫我呢？」他站起來搓著兩手。「這太不合適，簡直是天差地異。我從來就沒有這種想法。」

「爸爸不說實話！」一直在一旁靜聽的小曉，這時開口了。「你跟我說過，溫阿姨人才好，心眼好，文章寫的也好。為什麼又不讓溫阿姨來咱們家呢？」

「咳，小孩子懂什麼？對一個人的印象好，不等於要跟她結婚呀。我怎麼能配得上你溫阿姨哪？」

走，誰來照顧一個十三歲的孩子？」

「謝謝您的關心。我這裏有劉媽照料。她人很善良，我相信她不會因為我的不幸，離我們而去。」

她突然問道：「你給劉媽多少錢工資？」

「供飯，每月四十元。」

「還是的！往後，他們每月只給你二十六元活命錢，付保姆的工資都不夠，您拿什麼養活你的兒子？」

他一時語塞。過了好一陣子，方才有氣無力地說道：「溫嫻，你今天先回去，讓我好好想想行嗎？」

他想出了緩兵之計。

「不，那就來不及啦。勞改的，一經宣佈，連回家拿東西都不讓，裝上汽車就押走。勞動教養的，被送走也不會太遲，怕是朝暮之間的事。我要親眼看著小曉，不讓他在你離開家的時候太難過。小曉，你願意阿姨留下來嗎？」

「爸爸，我求您啦，您讓溫阿姨留在咱們家吧。」兒子淚流滿面地央求。「爸爸，你幹麼不能雄赳赳，氣昂昂，勇敢一點呀？你要是不答應溫阿姨留下來，我就跟溫阿姨走。把我自己留在家裏，我害怕。爸爸，你就答應了吧。」

東方旭張口結舌，一時不知如何作答。

五

東方旭上床已經很久，卻絲毫沒有睡意。他擔心這又是一個失眠的長夜。

「我不下地獄，誰下地獄？」

義大利中世紀著名詩人但丁的話，又在耳邊迴響，不是用豪言壯語嘩眾取寵，更不是閑極無聊的無病呻吟。直面中世紀殘暴的宗教統治，詩人投出去的鋒利匕首和投槍，是時刻準備著為自己的信仰而犧牲的政治宣言！

時間過去了漫長的五百多年，物是人非，天道往還。他覺得，今天自己的遭遇，竟然比之但丁當年的悲慘處境，有過之而無不及。但丁敢於當眾抗議，敢於大聲疾呼。自己呢？輕輕呻吟一聲，都擔心隔牆有耳。只能將痛徹肺腑的一腔哀怨，暗暗埋在心底，發自無聲的浩歎……

窗外傳來了滴滴答答，雨打花樹的喧鬧聲。清人納蘭性德的《蝶戀花》，不由浮上心頭：

「不恨天涯行役苦。只恨西風，吹夢成今古。明日客行還幾許，沾衣況是新寒雨。……」

自從昨天宣佈了對自己的處分，心頭像被猛地捅了一刀。他做夢也想不到，大半生謹慎做人，會惹下如此深重的禍端，受到如此嚴厲的懲罰！雖然出身貧寒，歸國之前，從來沒有參加過任何體力勞動。歸國後，偶爾參加義務勞動，不過是拔拔草，搞搞衛生之類。而且總有無數雙熱心關懷的手，為他代勞，生怕他累著。現在，卻要讓一個從來沒有接觸過鎬頭鋤把的人去「勞動改造」，簡直是打著鴨子上架，強人所難！無異於讓賈寶玉揮戈上陣，命黑旋風拈針繡花。要想「通過勞動，改造好靈魂」，豈不是緣木求魚，癡人說夢！可是，他卻不敢說出半個不字，叫一聲屈。從今以後，他將遠離陪伴自己大半生的鋼筆和稿紙，告別心愛的文學事業，到農村或者礦山去「戰天鬥地」。只怕靈魂沒有改造好，肉體已經化為泥漿煙塵！如其筋骨累斷，臭汗流盡，仍然逃不脫災難的桎梏，何必多此一舉？索性在被押走之前，讓靈魂飛升，臭肉化煙，結束這多災多難的人生，豈不是容易省力得多？

他再次想到了自戕。

不料，溫嫻再一次出現在自己面前！

「大難臨頭，活命乏術，幸福歡快是屬於他人的事。她突然闖入自己的生活，肯定凶多吉少！自己已經是山窮水盡，再連累人家，端的是自作孽，不可贖？」他揩著熱淚，反覆叨念。

平心而論，這位女性，漂亮，深沉，高雅，大方，風度翩翩，光彩照人。在自己的內心中何嘗不是贊許有加。但那不過是對於一個與自己不相干的人物的讚美。就像看過一出戲劇，一部電影后，對一個出色女演員的誇讚一樣。兒子當面「揭發」他說謊，也是情理中事。上次，溫嫻貿然來過九道彎之後，確曾當著兒子的面，讚美過她，而且用了頗為誇飾的辭彙「無可挑剔」之類。但那並不等於愛上了她。共事多年，天天見面，卻沒有直接的接觸，主編和編輯之間，隔著主任一級。見了面，不過是點頭問候，作到禮貌待人而已。不僅從來沒有產生過高攀之思，也從沒有任何偏愛的表示。那，她為何一再地主動找上門來呢？對於一個莊重的女性來說，這是出乎常規的不慎之舉。時下，刮不完的政治妖風，把許多人的人性扭曲了：勇敢者變成了膽小鬼，健談的人變成了啞巴，賣友求榮者成了立場堅定的左派，落井下石的人成了愛憎鮮明的勇士……

不料，溫嫻的變化，卻是與人迥異：一個倒楣的中年漢子，一個帶著孩子的鰥夫，一個爬行在崎嶇悔罪路上的罪人，有什麼值得同情和留戀的？莫非她的神經發生了嚴重的病變？還是她的癡情，她的執著，遮蔽了她明亮的雙眼，模糊了她正確的判斷？

歷歷往事，像一幕幕電影鏡頭，交替映顯在他的眼前……

早在大學時代，有一個舊官吏家庭出身的漂亮女同學，對自己一往情深。在長達一年多的時間裏，追形隨影，幾乎寸步不離。他去圖書館，她也去借書；他去閱覽室，她也喜歡那兒清淨。並且多次誠邀到她家裏去玩，目的無非是讓她的父母審視，為她的進一步追求鋪平道路。但他總是以各種藉口巧妙謝絕。不是因為自己出身寒微，自慚形穢；而是缺少作為終生伴侶的基礎。他知道，她對自己的傾心，無非是因為他「人長得帥，文章寫的漂亮」，而不是性格相合，志趣相投。所幸，學業很快結束，他不告而別南下謀生，擺脫了她的糾纏。

在上海，做一名窮職員，為填飽肚子奔忙，尚且自顧不暇，哪有興致考慮個人的終身大事。不料，一位不速之客闖進了他的蝸居。前去躲難的金夢，竟然不忘男女間事。彷彿自己是解決饑渴的美味快餐。耐心的糾纏，巧妙的挑逗。他無力抗拒，終於乖乖地作了她胯下的戰利品——駄馬。至今想起來愧悔莫及。

出國後，主動追求自己的女性，至少兩三人。但因窮留學生手頭拮据，加之學業未成，都被他用禮貌包裹的冷漠拒之門外。直到他的學生，勇敢的雅妮，向他發出更加強烈的信號。他被她的一往情深，和單純熱烈所打動，竟然將突然爬上床的異國女子，勇敢地擁在了懷裏。他成了有家室的男人……

不料，甜蜜的愛情生活過了不到十年，一場反胡風狂飆，劈頭打來。使本來已經對中國產生厭倦的雅妮，徹底失去了希望。驚恐之下，悄然離去。從此勞燕分飛，天各一方。不久便成了別人的妻子！

兩年來，雖然常常有好心人領著異性上門，幫他重組愛巢。但，一則，心靈的創傷未愈；二則，見面的人離自己的理想太遠，重組家庭的事一直擱置未辦……

回顧自己大半生的「愛情史」，不論是成功的結合，還是短時間的接觸，無一例外的都是對方的主動追求，而且都有幾分身不由己的成份。不料，在大難臨頭的時刻，又出現了一位想不到，勸不退的勇敢者。莫非這就是所謂命運註定，身不由己？

不！東方旭不配有這樣的福分！豈敢自私作孽，去連累純潔無暇的姑娘！

可是，她卻像當年的雅妮一樣，貿然追上門來。任憑再三苦勸，就是不走……

「上帝呀！我該怎麼辦呢？」他出聲地呻吟起來。

「照我的主意辦！」一個聲音來自身邊。

「啊！」他認為遇到了鬼魅，一聲驚叫，一骨碌爬了起來，急忙拉開床頭燈。床邊上果然端坐著一個衣衫單薄的女人。定睛一看，原來是溫嫻！

「這不已經是我的家了嗎？」

「溫嫻，你嚇死我啦——你到這兒幹什麼？」

「咳，你呀！我還沒答應呢！」對方望著他不做回答。他又問道：「你是什麼時候過來的？」

「有一會子啦。」

「你不好好睡覺，過來幹麼呀？」此刻他才記起，赤裸著上身，慌忙拉上被子蓋嚴。

「睡不著。想過來跟你聊聊，不料你睡的那麼香。」

「我何嘗睡著呀。」他伸手去摸床邊的衣服，打算整裝對客。

可是，他的手被按住了：「躺好，不許動。」

「……好吧。既然我們都沒有睡意，那就談談吧。」

「怎麼？你讓我凍在外面？」

「啊？」這時他才注意到，已經是深秋了，她身上只穿了單衣單褲。「那，你把我的衣服披上，千萬別凍著。」

她把他遞來的上衣接過來，順手扔到一邊，掀開被子鑽進了被窩。「這樣不是更暖和嗎？」

他驚得急忙往床邊上閃：「溫嫻，溫嫻！絕不能這樣！」

「你這人！怎麼變成膽小鬼啦？我都不怕，你怕什麼？」她伸出雙手要摟他。

「那你回答我，」他握住她的雙手，「你為什麼早不來，晚不來，但等到我被整到非人非鬼的時候，才來呢？肯定是跟整你的人賭氣。才做出如此荒唐的舉動，你說是不是？」

「也是，也不是。」她回答的很冷靜。

「為什麼？」

「因為，我對大博士高山仰止般的崇敬，不是一年兩年的事。你妻子在的時候，我當然不敢有此奢念。你妻子離你而去，回國嫁了別人，我仍然沒有這個勇氣。」

「那又是為什麼？」

「我最瞭解自己……怕遭到你的拒絕唄。」兩行熱淚滾下她慘白的臉頰。「直到你落了難，遭受這無妄之災。我才鼓起勇氣。誤以為，您再也不會那麼心高氣傲。想不到仍然遭到拒絕！」

「不是我拒絕，我是擔心你……」

她打斷了他的話：「擔心我是乘人之危，是吧？」

「溫嫻呀！你錯怪我啦！」他把她緊緊摟進懷裏，淚如雨下。

「嗚嗚嗚……」她伸手將燈拉滅，偎在他的懷裏啼哭不止。

一對早已心心相印的愛慕者，一旦擁抱在一起，竟然用眼淚和哭聲，作了新婚之夜的前奏曲……

直到牆上的掛鐘重重地敲了三下，她像從夢中醒過來似的，舔著他臉上的淚水，柔柔地說道：

「親愛的，今天是我們的洞房花燭夜，難道我們只用淚潮，沖洗我們的喜房？」

他驀地醒悟過來：「是的，是的。我們要用幸福的歡笑，熱烈的……相愛，度過這個千金一刻的良宵——我們的新婚之夜。不然，我一被押走，要想見上一面，可就難了。溫嫻，我始終覺得，自己不配有這樣的幸福。太委屈……」

話沒說完，他的嘴已經被滾燙的嘴唇壓上了。

六

出乎他們意料的是，溫嫻住進九道彎，以及他們的偷偷結合，似乎沒有引起任何人的注意。也許是宣佈了對他的處分，已經撤走了盯梢的人？

連續兩天，在平靜中渡過了。既沒有找去個別談話，也沒有開會批鬥，彷彿一切都沒有發生。他們暗暗高興。打算在他被押走之前，偷偷維持這種局面。

不料，他們高興的太早了。

第三天一上班，便見，在《北方文藝》編輯部前牆的醒目處，貼出了一張十多個人署名的大字報。題目是：「請看！溫嫻要滑到哪裡去？」上面寫道：

小說組編輯溫嫻，最近一個時期以來，像一隻浮上水面的美人蛇，做了一系列精彩的表演！

自從大鳴大放以來，這位反動資產階級家庭出身的臭小姐，始終守口如瓶，一言不贊，隔岸觀火，表情漠然，對我們黨健全完美自己的整風運動，置若罔問，毫不關心。可是，等到右派分子向黨發動猖狂進攻時，她一反常態，欣喜莫名。挺胸昂頭，笑容洋溢，嘴裏哼著讚歌，腳下滑著舞步。一副興高采烈的張狂相，為右派分子的惡毒進攻，暗暗喝彩，積極鼓氣。誤以為，天下大亂，大廈將傾，江山易主不過是朝暮間事——資產階級的好日子就要來臨了。等到右派的嘴臉暴露無遺，一個個被揪上歷史的審判台，她咬牙切齒，捶胸頓足，惶惶然如喪家之犬。在批判右派分子東方旭的大會上，她一反常態，撕下美麗的畫皮，如喪考妣一般，當眾痛哭流涕，為反動派的滅亡而號喪招魂。更為惡劣的是，多少思想進步、積極有為的青年，她不理不睬。卻急不可耐地跑到極右分子東方旭家，獻忠心，表慰問。甚而主動貢獻她對反動分子的階級情愛。她的荒唐行經被組織及時察覺後，對她進行了仁至義盡的幫助與挽救。可是，她不但不思悔改，竟然變本加厲。趁著風雨飄搖的暗夜，偷偷鑽進右派黑窩裏，與右派分子無恥地姘居起來。娼婦破鞋的可憎面目，暴露無遺。反動猖狂之狀，登峰造極。而那個罪惡累累的右派分子東方旭，對她的反動行經，不但不加以拒絕，反而臭味相投，一拍即合。此可忍，孰不可忍？

偉大領袖毛主席教導我們：「宜將剩勇追窮寇，不可沽名學霸王。」對於這兩個反動傢伙，我們要求重新進行處理：將隱藏得很深的右派分子溫嫻挖出來，給她帶上右派分子帽子，送去勞動改造。將頂風而上、公開對抗的右派分子東方旭，「官」升一級——送去勞動教養。打一驚百，為不思改悔的反動分子，樹一個反面樣板！一九五八年二月十七日。（後面是不同筆跡的簽名）

東方旭和溫嫻知道，他們的「姘居」，比之溫嫻要求嫁給他，錯誤嚴重的多。左派們之所以不再當面交鋒，而採取所謂「背靠背」的大字報方式，大概是考慮到他們不會當面認錯。於是，以大字報造聲勢打頭，積極採取懲罰措施。

果然，第三天上午，他們兩人被同時叫到支部辦公室，聆聽支部書記矯敫訓話。

矯敫聲色俱厲地說道：「由於你們在運動中繼續犯錯誤，頂風而上，不思悔改。經革命群眾檢舉揭發，並經過上級組織批准，對你們加重處分：東方旭由在城裏文聯大樓工地搬磚篩沙子，改為去西北郊「一擔石溝」開山砸石子。溫嫻是個隱藏得很深、險些漏網的右派分子。所幸，被群眾挖了出來，這是反右運動的又一偉大勝利。經上級批准，給予帶上右派分子帽子，調離原崗位，留在機關監督勞動。」

「我什麼反黨言論都沒有，你們根據什麼劃我右派？」溫嫻當即提出質問。

「你有行動——比言論還惡劣。」矯敫昂然作答。

「什麼行動？一個姑娘找對象也有錯誤，也犯法？」

「我沒有必要對你解釋——你們回去吧。」

東方旭扯了扯她的衣襟，她跟隨著走了出去。走到路上，低聲問道：「我真怕你跟她辯理，一旦吵起來，怎麼收場呀？」

「哼，豈止是辯理。我想扇她兩個耳光。可是，我沒敢——萬一再給咱們加加碼，我們兩個都被趕出北京，誰來照顧咱們的兒子和家庭？」

「溫嫻，我謝謝你。」走了幾步，他又自語似的補充道：「謝天謝地，這是我所企盼的最好結局！」

第二天，東方旭便接到通知，背上鋪蓋卷，來到集合地點，等候被發送到他所不知道的什麼地方。

煉獄淨火

一

西北風奔騰呼嘯，高粱粒大的霰雪，像從一隻大手上猛地摔過來一般，向行人的臉上狠狠地打來，打得人臉頰生疼，幾乎睜不開眼睛。

東方旭蜷縮在敞口車廂一角，脖頸用力縮進拉起來的棉大衣領子裏，刺骨的冷風仍然不停地往裏灌。他不由連連打起了寒噤，牙巴骨「哆哆」地響了起來。

今天早晨，他和文藝界二百多名右派一起，像運送牲口一般，被裝上運貨的卡車，徑直向西開去。出了西直門，他回頭遙望工作了八年之久的北京城，在心裏呼喊：「再見吧——北京。再見吧，可憐的兒子。再見吧，為我犧牲的溫嫻。但不知何年何月，咱們才能重新見面！」

義大利中世紀偉大的詩人但丁，在他不朽名著《神曲》中，描繪了人死之後靈魂的三個去處：德行高尚者去天堂；罪孽深重的壞蛋下地獄；有罪孽，但相對較輕者去煉獄。經過淨火燒煉後，還有機會進入天堂。

「自己還能夠進入「天堂」嗎？」他一遍又一遍，在心裏向烏沉沉的天空發問。

兩行熱淚滾下了他的臉頰。車上人太擠，他無法掏手絹，急忙用袖頭將淚水揩去。扭頭看看身邊幾個熟悉的人，左側是全國知名的青年作家王茂，右側是曾經開過畫展的著名國畫家、漫畫家李冰石。上車之時，誰也不打招呼，彷彿都是素不相識的路人。此刻，個個垂頭縮脖，像遭了嚴霜的莊稼。

汽車向西，再向西……大約一個小時後，離開了柏油馬路，拐進了一條沙石鋪成的土路。卡車之間的距離很近，前面卡車揚起的咖啡色塵土，混合著霰雪一個勁地撲進後面的車廂裏。到達此行的目的地——一擔石溝時，每個人都像剛從地底下鑽出來一般。

這是一條人煙稀少的高山深谷。舉目四望，全是灰白色的石頭。豈止是「一擔」，簡直是無邊無涯。「一擔石溝」的名字，不知因何而起？這一百多名帶罪者，就是為著挖石頭造石子而來。光禿禿的山坡上，散落著兩座紅磚房子，十幾個土褐色的棉布帳篷，匍匐在紅磚房的旁邊。管理幹部住到紅磚房子裏，帳篷就是老右們的住處。

進了帳篷才知道，裏面沒有床鋪，沒有爐火。佔據帳篷三分之二地方，是一道磚頭壘成、約半尺高矮牆，裏面鋪著一層麥秧——地鋪。不用說，這就是他們度過寒冷長夜的溫床。

要想在這四面透風的帳篷裏，安穩地睡上一覺，只能靠個人的鋪蓋和體溫。東方旭的鋪位恰好跟作家王茂挨著。這位臉色蠟黃，身材瘦削、眼圈發烏的名作家，不但帶來一床防寒的狗皮褥子，而且帶來一床出國訪問時帶回的鴨絨被。東方旭感歎這位作家有遠見，早知如此，他會不顧「影響」，把從國外帶回來的狐皮大衣和俄羅斯毛毯也帶上。

當天的晚飯和午飯併到了一起。一人兩個大屁眼窩窩頭，一勺上面漂著油花的蘿蔔湯。飯後是集體訓話。內容無非是，深刻悔罪，積極改造，不得耍奸磨滑，繼續與人民為敵等等。使右派們牢記於心的是下面幾句鼓勁的話：只要是勞動表現好，思想改造好，很快就能回到人民的隊伍——摘掉右派帽子，安排合適的工作！

睡覺的時候，東方旭在從未見過的地鋪邊上，雙手托著下巴枯坐。那難以下嚥的窩窩頭和蘿蔔湯，他害怕別人說缺乏改造決心，咬著牙吃了下去。但他不知道如何在這潮濕寒冷的地鋪上入睡。直到息燈哨響過許久，才合衣躺了下去。

憂思凝心，愁腸百結。被窩冷得像冰窖，他把棉帽子、口罩都武裝上，仍然沒有多少暖和氣。被頭上已經凝結成厚厚的一層白霜，他仍然沒有睡意。緊挨著的王茂，呼吸平靜，一動不動。溫衾幫助睡眠。顯然，這位有著先見之明的作家，已經進入了甜蜜的夢鄉。正在這樣想著，一隻溫乎乎的扁玻璃瓶，貼到了他的臉上。他猛地一驚，急忙扭過頭去。緊接著，傳來王茂的耳語聲：

「來，喝一口——驅驅寒。」

「謝謝，我不喝。」他伸手往外推小瓶。

小瓶又推了回來：「喝口吧——我知道您凍得沒

睡著。」

「謝謝。」患難之中，有人關注。他覺得兩眼一陣熱，接過小瓶咕嘟了兩口。用關懷表達他的謝意：「您，還寫嗎？」

「『加冕』之後，徹底洗手了。我打報告要求自謀生路，去賣冰糖葫蘆啥的，人家不批准。」

「唉，職業病很難改——我也有創作衝動呢。」

「老兄，別自作多情啦——從此以後，再也不會有人需要我們的『作品』啦。爭取作個合格的地球修理工吧。」

王茂說的未必是心裏話。根據他自己的體會，災難更能激發創作衝動。不然，那些在黑暗狹窄的鐵窗內，寫作，翻譯，譜曲，繪畫的「怪物」，怎麼解釋？但他能理解王茂的回答。以言獲罪的反右運動開始以來，人人都本能地蒙上一層保護色。就像狡兔的皮色像枯草，知了的顏色似樹皮一樣。他自己交給編輯部的改造保證書，不都是竭力謳歌毀掉自己的反右運動如何偉大正確，自己的罪過如何嚴重得不可饒恕，思想改造的決心多麼堅定嗎？不過，他覺得王茂的包裝，比自己更嚴密，一副來到這大山深處徹底改造，重塑自我的神氣。要不，一個從前不愛酒的人，為什麼要借酒消愁？

有一天，他弄到一瓶瀘洲二曲，先在被窩裏往肚子裏灌了個夠。然後把瓶子偷偷遞給王茂。他一聲不吭，伸手接過去，仰頭咕嘟了好幾口。見他精神很好，故意悄悄問道：

「喂，魯迅先生有一首詩，老兄還記得嗎？」

「記那個幹什麼？徒費精神！」王茂警惕地看了看四周，一副絕望的口氣。「放心吧——誰也救不了駱駝祥子！」

東方旭卻耳語般地背誦起來：「運交華蓋欲何求，未敢翻身已碰頭。破帽遮顏過鬧市，漏船載酒泛中流。……」

「老兄，樹林子大，什麼鳥都有！」王茂用力推了他一把。說罷，扭頭睡覺，不再答話。

東方旭理解，這正是王茂的大徹大悟之處。他貌似閉眼睡覺，其實大睜著眼，盯著周圍的一切。他分明對這個冷酷的世界有著十分的警覺。

後來的一些情況，果然證明他的猜測不錯。王茂身體瘦弱，抬著滿滿一筐石頭，壓得滿頭大汗，趔趔趄趄，彷彿要一頭栽倒，永遠爬不起來。可是，到了休息的時候，卻自告奮勇，領頭高唱《歌唱祖國》。有一天，他突然詩興大發，寫了一首《一擔石溝之歌》：

一擔石溝石頭多，滿溝滿山坡。激流拍石泉水好，石徑入雲起戰歌。

這首豪邁的戰歌，馬上被一個右派作曲家譜成曲子，成為老右們打發苦悶日子、鼓幹勁的流行歌曲。

右派們的改造熱情是十分高漲的，除了連軸轉——白天幹到深夜，還常常組織競賽。山路彎彎，扁擔顫顫，人人害怕落在別人後頭。天上刮著五六級的西北風，有人扒得只剩下汗衫背心，快步如飛，生怕落個磨洋工的罪名。王茂身體不如別人，卻找到另一條表現改造決心的途徑——寫詩。有一天，休息的時候，他高聲朗誦了他的即興之作：

狂風呼嘯似尖刀，
雪花紛飄繪白袍。
巨石裂嘴長哀號。
老樹低頭怕折腰。
三九隆冬恨天熱，
赤背如飛把石挑。
汗水澆開冰雪道，
一路戰歌一路笑。

這首表現王茂改造決心堅貞與虔誠的打油詩。後來，經過領導批准，在聯歡晚會上進行了朗誦。右派們身背沉重的十字架，頭上戴著無形的緊箍帽，肩頭抬著超出人體正常負荷能力的石筐，竟能唱出如此抒情而豪邁的戰歌！東方旭感到十分驚異和不解，難道這是發自心底的歌吟？恐怕，表演得越真誠，越暴露出他們血液中知識份子的遺傳基因越濃烈。他恨自己不能來幾首即興之作，更缺乏表演才能，不能像人家那樣，隨時隨地獻出一片「血誠」。

所幸，不久後發生的幾件事，使他的悔意減輕了許多。

二

大躍進的狂浪席捲全國，偏僻的山溝頓時成了鬧市。「一天等於二十年，不超英美心不甘」震驚寰宇的豪言壯語，用灑上石灰水的石頭擺成巨大的美術字鑲嵌在周圍的山坡上。幾十裏地之外就能看到。

「天上沒有玉皇，地下沒有龍王。我就是玉皇，我就是龍王。喝令三山五嶺開道——我來了！」大詩人郭沫若主編的《紅旗歌謠》中，這首廣泛傳唱的經典之作，正表現了這種改天換地、大無畏的革命英雄主義。

深山溝沸騰了。開山的打釬聲，油錘的破石聲，從凌晨到午夜，不絕於耳。大批判，促進大奮戰。在工地上短暫休息，或者拖著沉重的雙腿回到帳篷裏，往往還要召開批判會，批判那些不思悔改、甚而是繼續放毒污衊的頑固分子

準備下充足的利箭，就要有靶子。滿懷希望的改造者，沒有一個人願意成為批判會上的對象。但每天仍然不乏低頭挨利箭的「靶子」。使東方旭頗感意外的是，王茂竟然列名其中。

他那首受到普遍喝彩的「鬥寒詩」，被明眼人用春秋筆法一剖析，完全變了樣子——滿篇充滿了惡毒的污衊和攻擊。於是，滿懷改造誠意的王茂，遭到了高明者誠意的強姦。他被揪上批判台時，臉色蠟黃，人縮成了一隻小耗子。發言批判的人爭先恐後，義憤填膺。最為轟動的發言，是一個右派「積極分子」，鞭辟入裏的精彩剖析：

「王茂！你這個抗拒改造的右派分子，賊心不改，猖狂之極！」發言人的長手指幾乎戳上王茂的額頭。「你竟然用歌頌的盾牌，掩藏著猖狂進攻的利箭！你竟然要拿起『尖刀』，像呼嘯的北風那樣，刺向我們親愛的黨！使廣大人民都穿上戴孝的『白袍』，無了無休地伏地『哀號』！你這個傢伙，平時裝出一副頗有改造誠意的樣子，原來，你的暫時低頭，不過是怕『折腰』！目的是保全自己，以便尋找時機，一求一逞。你的『恨天熱』更加惡毒：那是痛恨熱氣騰騰地大躍進。你寫的『赤背挑石頭』，是攻擊我們的領導極其殘酷，不人道。所以，你才要用仇恨的汗水，『澆開』資本主義之道。到那時，自然是『一路歌聲一路笑』啦。」

王茂的腰彎得像蝦米，比他所虛構的老樹的腰還要低得多。聽著慷慨激昂的批判，他急得臉紅脖子粗，卻一句不敢辯解。從頭至尾只說了一句話：「我真的是一心想歌頌。可是，由於立場反動，寫出來就成了惡毒的攻擊了。」

畫家李冰石，奉命幫助附近一個村子畫宣傳畫，歌頌農村的大好形勢。不料，被那位已經升為「班長」的右派看到了。回來一彙報，馬上在山坡上召開了批判會。給東方旭留下印象最深的是下面的精彩對話：

「李冰石，你利用手中的黑畫筆，給總路線，大躍進，人民公社，這三面紅旗抹黑，犯下了一系列的新罪行。你要老老實實一件一件地作出交代！」

「對不起，我從來都是懷著一顆虔誠的心，歌頌我們的新社會，歌頌無比美好的三面紅旗，我不知道哪來的『一系列新罪行？』」

「狡猾抵賴！你為什麼把老黃牛畫的那麼瘦？難道老鄉的牛，是那麼瘦嗎？」

畫家知道，他所看到的人民公社的牛，個個瘦骨嶙峋。他已經讓它們「胖」了許多倍。但是，一想到報紙上登出的那些使人瞠目結舌的宣傳畫：小孩坐在稻穗上，畝產超過了十萬斤，蘋果比西瓜大，花生殼拿來當船划……便知道自己的錯誤有多大。他吭吭哧哧地答道：

「老鄉的老黃牛，確實比我畫的胖一些。」

「你這就是大睜著兩隻眼進行污衊。」

「我堅決改，我知錯。」

「你這傢伙，為什麼在宣傳欄上把向日葵的葉子畫成黑色的？老實交代，是不是存心污衊紅心向著共產黨的廣大群眾？快說！」有人提出了新發現。

「是……不是。我不敢。用不同的墨色畫花葉，不是我的創造。齊白石老人……」

「胡說！齊白石老兒不死，也是個老右派。你還敢狡猾抵賴！」

「我，不敢，我真心想好好改……」

一片「打倒」，「低頭」聲，淹沒了畫家後面的話。他只能彎腰面地，任憑指責漫罵，再也不敢吭一聲。

參加過幾次批判會，東方旭真的是「觸及了靈魂」，思想有了極大的提高。他想不到，在右派群體中，竟然有那麼多為了仙升，不惜用自己的「虔誠」，詆毀別人虔誠的「猶大」。知識份子整起知識份子來，竟是如此地「巧妙、深刻」，如此的「有水平」。他們的「批解法」，比之歷史上的文字獄，有過之而無不及！

此後，這種窩裏鬥的鬧劇，幾乎天天在這裏搬演。在此之前，他自己也是挖空心思地唱讚歌，處心積慮地罵自己，但從來不把倒楣的同類，作為自己獻虔誠的祭品。眼前的現實，使他既厭惡，又不勝惶恐。看看周圍，一心想用別人的鮮血洗滌自己身上污垢的的傢伙，竟是如此之多，真是不寒而慄。跟他們在一起改造，只怕等不到脫胎換骨，人已經被踐踏成了肉泥！

果然，過了不幾天，貼出了一張大標語：「右派分子李冰石自絕於人民，死有餘辜！！！」。原來，李冰石獲准回城裏處理跟妻子的離婚事宜，一去不歸。單位派人去查看，已經進了醫院裏的太平間。他在離婚書上簽完了字，便跑回家，用刮臉刀抹了脖子。被鄰居發現後送進醫院，好歹搶救過來，他又進行絕食。三天後拋開一切人間煩惱，撒手西去，從此掙脫了淨火熊熊的煉獄……

東方旭欲哭無淚，只能在心裏暗暗詛咒。後悔當初的改造決心，是多麼的天真和無知。從此，無論是吃飯，開會，還是幹活，統統提不起興致。思想彙報也是一遍又一遍地逼著才寫。半年後，他成了反「改造分子」，對他的處分升了級——勞動教養。與他一起升級的有三十多人。他們離開待了一年多的一擔石溝，被押送到和勞改犯為伍的「四路通」。

三

第二天，開來了一輛大轎車，獲得「晉升」的右派，點完名後排隊上了車。車旁站滿了荷槍實彈的武警。不遠處，還架著一挺機槍。當初來一擔石坐的敞口卡車，不知為什麼，現在車子也跟人一樣，「升了級」。車子開動之前，高個子虎背熊腰的押送隊長先進行訓話。他聲色俱厲地宣佈說：

「我是接你們去改造的隊長。聽說，你們一直在心裏打鼓，害怕去寒冷遙遠的黑龍江興凱湖。我先出一張安民告示，我不是送你們去那兒的。至於你們去哪裡，到了地方就知道了。我只告訴你們一點：那地方離北京不近，也不算遠。」隊長由撫變成了警告：「你們要放老實，不准開車窗。現在是冬天，開窗要感冒。誰要是擅自打開車窗，哪怕是一條小縫，一律按逃跑論處。我告訴你們，我們不怕個別壞蛋逃跑。你們跑得再快有槍子快嗎？聽明白了沒有？好，都給我牢牢記住！」

原來升級坐「轎子」，是怕他們逃跑。等到汽車開動之後，前後有卡車護衛，上面都架著準備隨時扣動扳機的機槍。

還沒動身，東方旭便領略了「升級」的味道。不過，「安民告示」卻給了他極大的安慰。萬幸啊，此行的目的地，不是去興凱湖。那兒離北京數千里，溫嫻和兒子要去探望，談何容易？光路費就夠他們籌措的……

同車的難友分明也受到「喜訊」的鼓舞。一個個探頭望著窗外，猜測著要去的地方。車過居庸關，人們斷定目的地是營門鐵礦。人們早已聽說，那兒新建了一個勞改鐵礦。東方旭一聽這話，剛剛萌生的一點安慰，跑得無影無蹤。在一擔石溝抬石頭，兩個肩膀已經壓出了高高的硬疙瘩。到鐵礦去掄大錘，握鋼釬，開山挖石，對自己來說，無異於讓綿羊挽車，不知該怎麼應付？不知什麼時候，熱淚流下他的臉頰，他怕被人看見，急忙低頭擦掉。扭頭看看窗外，不知什麼時候起了風，大風搖撼得八達嶺上的枯樹，東倒西晃。穆桂英點將台蒙在一片黃塵之中。隱約可見的烽火臺，屹立山頭。它像個歷史見證人，漫長歲月裏，看征人出關，看犯人遠徙。今天，它又冷漠地看著腳下的汽車緩緩爬行。但它絕對想不到那裏面裝運著的，是一些無罪的罪人。

進北京長達八年之久，盤山踞嶺，逶迤升騰的長龍雄姿，他竟然沒有領略過，更沒有兌現對兒子一再許諾。今天總算看到了嚮往已久的長城，卻是沒有春色，沒有詩情遊興，只有蕭蕭萬木，滾滾黃塵……

俗話說：不到長城非好漢。他今天終於到了長城。但「好漢」們卻都是出關服勞役的囚徒……

他又一次想落淚。

風勢小了一些，是對面的一座高山，擋住了風路。汽車喘息著，吃力地往山上爬，終於在一排排依山而建的紅瓦房前停下——他們發配的終點到了。這裏四周建有崗樓，上面有荷槍實彈的大兵。抬頭看上一眼，他便連打幾個寒戰。往後，他要天天在刺刀和槍彈的監視下討生活了。

古人曰：塞翁失馬，焉知禍福。這裏的待遇，大大出乎他的意料。勞改礦山的壯勞力，每月定糧是五十二斤，此外還要發工作服和柳條工作帽。曾幾何時，「吃飯不要錢」，「一天多吃幾頓飯」等豪言壯語，在耳畔鏗鏘地迴響。眨眼間，饑餓的黑手已經扼上了每個人的脖頸。聽說，不少地方，幹部的定量已經降到了二十三斤。一個勞教犯吃的定量，竟然比「幹部」高出一倍多，不能說不是天外飛來的福分。可惜，副食太少，打回來一勺湯菜，清得像刷鍋水，上面只漂著幾滴油花。對於握鋼釺、掄大錘的開山者來說，仍然擺脫不了饑餓的威脅。

家屬來訪時帶來的一點可憐的食品，成了賊們光顧的對象。批鬥盜食品賊，就成了這裏的一道風景。東方旭一向飯量小，「墮落」前，三十斤定量吃不完。抬石頭的時候，才知道饑腸轆轆難以入睡的滋味。現在，營門鐵礦的高定量，雖然不能阻止肚子一天天往裏癟，畢竟不像有些人，摸到什麼往嘴裏塞什麼。他不敢找到什麼食物，便忙不迭地往饑餓的布袋裏填。他本來有便密的毛病。這裏吃的最多的是高粱面窩頭，常常三四天大便不通，憋極了，只得用手摳。肛門被摳破了，鮮血直流。他的後褲襠裏經常凝著血污，同類們譏笑他是個患了婦女病的娘們，不然，為何天天來「例假」？

讓他最為頭疼的，有另一件事——新的勞動技能。開礦石，用的是大錘和鋼扡。他的雙手一握上鋼釺，就嗦嗦地地抖個不止，生怕鐵錘打到胳膊上。叫他掄大錘，更是左搖右擺，誰見了誰往後趔。結果，沒有人願意跟他掰對兒。多虧一個姓尤的右派，看到他可憐，主動和他結對。這人是音樂學院的講師，著名的音樂家。有著一個耐人尋味的名字——尤恭謹。不由使人懷疑，他的尊長曾經吃過疏忽大意的大虧，才給他起了這麼一個猛擊一掌的名字，讓他不忘老子的教訓。不料，這位恭謹先生，還是糊裏糊塗地進了「陽謀」的網罟。這位好心人跟他一樣，同樣是個打錘扶釺的雛兒。兩個人心下忐忑，小心翼翼地擊打。人家休息，他們仍然不敢停下，打出的放炮眼，總是最差最少。於是，幾乎天天被「關注」，管理幹部一再當眾「表揚」他倆磨洋工。死豬不怕開水燙！他們已經麻木了，不覺得登「黑榜」，多麼丟人現眼。

礦井裏一片幽暗。幾盞照明燈懸在支柱上，把人的影子拉的長長的，彷彿鬼魅在地獄裏活動，更增加了幾分陰森恐怖。這裏的礦石是紅褐色的，堅硬如鐵。鋼釺打去，紅粉飄飛，蹦出一束束四濺的火花。進洞時臉是白的，出洞時人人成了紅臉關公。有一天，炮眼的角度需要鋼釺自下而上傾斜，大錘也要自下而上地擊打。這是一種高難度動作。本來徑直往下打，東方旭也只是初步掌握。現在姿勢一變，他十分小心地一錘打下了去，劉恭謹低頭扶著綱釺，十幾磅的鐵錘從他的額頭邊，嗖地蹭了過去。他的右額頭，頓時鮮血直流，他兩手一伸，倒在了地上。慌忙之中，東方旭急忙摘下帽子給他堵上傷口。招呼同伴們把傷員抬到了衛生室。他自己卻癱坐在石頭上，許久站不起來。驚魂稍定，不由念了一聲佛：發生這樣嚴重的事故，批評處分是小事。但願劉恭謹，不要有性命之憂。要是大錘再多偏一點，他的腦袋就開了花，同伴的一條命，頃刻葬送到自己手裏！

他正在考慮怎麼去向隊長主動請罪。劉恭謹一步三搖的，自己走回來了。

「啊？你怎麼回來了？你傷得這麼重，他們也不給開休息條？」東方旭扶著他坐下來。

「給開——我不要。」

「胡鬧，你不休息怎麼行！」

「我要是休息，誰給我五十二斤活命糧？」礦裏規定，病號、傷號定糧是三十斤。

「可你需要休息養傷呀。我去跟隊長請罪去。」東方旭扭身望外走。

「回來！你還嫌麻煩少嗎，自己去找？」

「可，這事捂不住呀。」

「只要我們不耽誤幹活——怕什麼？」

東方旭只得服從。

自從發生了這次僥倖事故，更加深了兩人的友誼。幹活的時候，常常傾吐各自的心事。好在洞裏的打釬聲特別響，數步之外，別人即聽不到他們談話內容。他們不是咀嚼回味各自的專業，感歎人生命運的蹉跎，就是叨念家人的安危。劉恭謹擔心妻子跟他離婚，又害怕愛女落到繼父手裏受虐待。為了減輕難友的苦悶，隊長不在近處時，東方旭勸他唱支歌解解悶。他便順從地唱起古老的俄羅斯民歌：

> 草原望無邊，路途遙又遠。路上一車夫，饑寒快死去。
>
> 告訴我老婆，再不能相見。結婚的戒指，請你送還她。

礦井攏音，歌聲雄渾高亢，久久在坑洞中回蕩。

東方旭靠在濕冷的井壁上，潸然淚落。他不由想起愛人溫嫻瘦削的面龐，兒子小曉天真無邪的笑靨。政治的壓力，同事的白眼，該不會使她產生悔意吧？小曉的日子也不好過，同學的譏諷，老師的冷落。一個十四歲的孩子，怎麼承受得了哇。他多麼想飛到他們身邊，向他們賠罪，對他們溫語撫慰。可是，那要等到哪一天呢？

兩年之後，終於等來了這一天。一九六一年五月末的一天上午，全體成員集合在大操場上，由場長宣佈犯罪分子的改造期限。

平時開會，喧囂不止，今天會場上鴉雀無聲。人人都在伸長耳朵，聆聽上面的政策。勞動教養，本來是最高行政處分，與法律無關。可是，這裏刺刀、崗樓、鐵絲網，形影不離。跟勞改犯毫無二致。犯人進監要蹲下，他們照樣不能站著；犯人要稱代號，東方旭的代號是二一三；犯人見戰士要喊「報告班長」，他們同樣鸚鵡學舌；犯人監號裏夜間不閉燈，他們的燈也是長明的……他們與勞改犯的唯一區別，是不強制剃光頭，每月的零用錢多十幾元。但犯人的被子衣服是供給制，勞教犯的衣物零用全是自己解決。難怪老鄉們稱他們是「二勞改」。儘管如此，人們仍然希望教養期限短一些。

他們終於等到了宣判。勞教的期限，從半年到三年，半年為一類，總共是六類。「又是一個六類！」東方旭在心裏叨念。可是，右派的勞教期，竟然沒有一個在一年之內，最少的是一年半。而且時間是「自公佈之日算起」。有人已經勞教了兩年多，東方旭也已勞教近一年，統統不算數了！這樣以來，他的勞教期限實際上是三年！

右派們面面相覷，欲哭無淚。三年前，他們被陽謀欺騙了一次。想不到現在又被權法合一的「法律」強姦了。有人立刻編出了順口溜：

好好幹，瞎扯蛋。你有千變萬化，不如政策一變。

在這悲憤難抑的時刻。東方旭不由想起遠在興凱湖的老同學余自立。聽說那兒不但艱苦無比，而且常常發生凍死人的慘劇。但願那個強漢子，能百依百順、堅強地活下去。

四

余自立一行勞教分子，是從前門車站登上東去的列車，被押送到北大荒的。同時登車的還有中央各部及北京市被判勞動教養的右派。

剛剛登上列車，他不由想起了杜甫的《兵車行》：「車轔轔，馬蕭蕭，行人弓箭各在腰。爺娘妻子走相送，哭聲直上幹雲霄。……」當初，他總是極力調動自己的想像力，推想親人灑淚哭別的場面，領悟詩聖對戰爭給人民帶來的離別之苦的詛咒和鞭笞。現在，他親眼目睹了撕心裂肺的傷別場面。車廂裏，站臺上，涕泣連著涕泣，淚眼對著淚眼，除了直上幹雲霄的哭聲，什麼祝福惜別的話也聽不清楚。不知有多少雙手，鐵鉤一般緊緊握在一起，不肯鬆開。開車的鈴聲響了，仍然拉扯著往前走……據說，這一次造成了極壞的影響。以後右派「出征」，再也不准親人送行。

「喀噠噠——喀噠噠！」列車開始加速了。一個約有十八九歲的小右派，仍然木然地望著窗外，淚下如雨。

人們剛剛揩幹了眼淚，不知什麼人又帶頭唱起催人淚下《共青團員之歌》。許多人隨聲唱了起來：

再見吧，親愛的故鄉。勝利的星在照耀著我們！

再見吧，媽媽：別難過，莫悲傷，祝福我們一路平安吧……

彷彿，右派們是在「勝利的星照耀」下，奔向目的地。據說，早在建國之初，就有數萬解放軍官兵，開進了那塊未開墾的處女地。當這些勞教分子到達時，十萬官兵已經在那裏安家落戶。由於那裏遠隔內地，逃跑不易，許多勞改犯也在那裏服刑。他們在那裏已經建立了十二個農場，從八五〇到八五一一，百里荒原上，勞改點密部，炊煙嫋嫋，人影晃動，煞是壯觀。

出發五天後，余自立所在的勞教隊到達了中蘇邊境的饒河縣。聽說丁玲，吳祖光，聶紺弩等著名作家，已經先期到達，被分配在八五三農場。余自立滿心希望自己也能分到那個農場，朝夕相處，有機會見識見識名作家的風采。但他被分到了八五〇農場屬下的雲山畜牧場。

到達畜牧場不幾天，威名赫赫的王震將軍，竟然專程來看望他們。余自立知道，他這個勞教分子是占了前來勞動改造的右派分子的光。

果然，將軍一開口，竟然是一句他們自己都幾乎忘光了的稱呼——同志們！他用清亮的男中音高喊道：「同志們，你們辛苦了。」

接著，將軍鼓勵說，你們雖然都犯了一點錯誤，但還是國家幹部，是不可多得的人才。希望你們經得起艱苦困難的考驗，將來為國家繼續貢獻自己的才華。最後，他提高聲音說道：

「同志們，我歡迎你們！」

身為異類，居然被戰功顯赫的將軍稱為「同志」；喪家之犬，農場的最高領導竟然表示「歡迎」。這是何等的器重與獎賞，是連做夢都不敢想像的事！他們的驚喜，賽過奪得金牌的運動員，擊落敵機的高炮手。許多人落淚了，更多的人嗓子喊啞了。像被注射了無數支強心針，發配蠻荒之地的懊喪與頹唐一掃而光。還有什麼個人的不滿？還抱什麼私心雜念？北大荒的第一首長對我們如此親切關懷，如此滿懷希望，再不努力改造自己，真正是自外於人民了……

余自立正是懷著這樣的激揚心情，來到改造地的。他們住的地方叫「五間房」。當初這裏只有五間房子，因而得名。

最初的勞動，是人力播種。十個人一組，拉拽二十四行播種機播種小麥。駿馬能歷險，播種不如牛。但是，不僅拖拉機不足，連能播種的牛也不足。於是，兩條腿的「老黃牛」便派上了用場。他們爭先恐後，幹勁很高，一口氣足能拉上一千多米。吃的是玉米麵窩窩頭，大餷子粥，熬大蘿蔔。有時也能吃上黑面饅頭。那是連麩皮都磨在裏面的「一條龍麵粉」。俗話說：餓了甜如蜜，飽了蜜不甜。連續十五六個小時，拉著播種機播種，雖然兩條腿像灌了鉛，但吃什麼都香的很。使人不習慣的，是用土坯壘起的「臥房」。每到雨天，外面下大雨，裏面下小雨。人人都把雨衣、油布等防水之物，平吊在鋪位上，頭頂上便頂著一座小水庫。

播種完畢，余自立又被調到「五一水庫」工地修大壩。據說，大壩攔住完達山淌下的涓涓細流，可以養魚，放鴨，改善他們的生活。掄大鎬，揮鐵鍬，用碗口粗的柞木杠子抬沙土。經過幾個月的晝夜苦幹，水庫大壩修完了，他又調到了水利工地。在沼澤大草原上，開鑿八米寬、四米深的大幹渠。幹渠修成後，可以灌溉數萬畝良田。壯勞力全部上陣，一切實行軍事化管理。紅旗漫捲，軍號嘹亮，你追我趕，氣勢頗為壯觀。指導員劉文提出口號：「大幹一冬，苦幹一春，為爭取重新回到黨的隊伍而奮鬥。」

聽到這激動人心的口號，誰能不歡欣鼓舞，幹勁倍增？

草原上已是天寒地凍，白雪茫茫，氣溫降到了零下三四十度。誰也不肯落後，人人都使出吃奶的力氣，爭取「放衛星」。每天一上工，先用大鐵鎬鑿開兩尺多厚的凍土層，然後一口氣用鐵鍬甩出下面的軟土，不然一會兒又凍硬了。如果完不成每人每天七到十方的定額，深更半夜也不能收工。不論收工多麼晚，第二天天不亮，軍號一響，急忙鑽出被窩，奔赴十幾裏外的工地，直到送飯的馬車來了才能吃早飯。每天的睡眠時間，不超過四小時。就這樣，還每天「放衛星」。三天小衛星，五天大衛星。所謂放衛星，就是不睡覺，連軸苦幹多挖土方。余自立最多的一次，連續幹了五十六個小時。他身上只穿著棉毛衫褲，依然大汗淋漓，口裏呼呼噴白氣。一聽到「歇口氣」——休息，雖然只有五分鐘，急忙披上棉衣，站到溝裏拄著鐵鍬就睡著了。

後來，為了節省下走路的時間，他們奉命把行李挑到了凍透了的沼澤地。割幾把枯草，墊在窩棚裏透明的冰層上，做成「暖床」，連夜苦幹。早晨軍號聲一響，戴著棉帽的腦袋，常常鑽不出被窩。因為被臥口被呼出來的氣體打濕了，凍成了冰殼兒。被面和大衣上也是一層冰霜。大頭棉靴凍得硬邦邦伸不進腳。有時候，窩窩頭凍成了冰疙瘩，只得用鎬頭將它敲碎，塞進嘴裏，融化著，嚼著，慢慢往下嚥。就這樣，也聽不到有人叫一聲苦……

不久，指導員劉文突然「失蹤」了。據說是因為同情右派被趕走了。繼任者是一個姓朱的麻子。此人人高馬大，以出怪點子整人為能事。常常人們剛剛鑽進被窩，他便吹哨子緊急集合訓話。訓話的內容，無非是指責和漫罵，大家給他丟了臉，被插了黑旗云云。為了懲罰這群「不識相」的傢伙，有一天他竟然不讓人們住下吃中飯，直到天快黑了苞米餷子凍成了冰豆豆，午飯仍然擱在那裏。懲罰的理由是沒有完成上午的定額。人們心裏明白，上午的定額跟往常一樣，已經完成了。他的憤怒，無非是因為不時射到他身上的憤怒的目光。落在這種人手裏，不幸便跟影子一樣跟定了這群倒楣蛋。

凍土層越來越厚，七八個人排在一起猛打「排子鎬」，凍土依然紋絲不動。朱麻子心眼快，決定放炮爆破，但事先並不向大家講明注意事項。一位姓王的外文編輯奉命去給炸藥上雷管。他剛回答一聲「安上了」，還沒有來得及跑開隱蔽好，遠處，一個歸過華僑，就奉命按下了電閘。「轟隆」一聲響，王編輯戴著他的滿腹外文飛上了天空。大家急忙奔過去搶救。哪兒還有死人的影子，只在凍土中找到他的一條腿。如此草菅人命，人們被驚得目瞪口呆！

那個華僑被判了刑。王編輯的一條腿悄悄埋掉，彷彿一切都沒有發生。

這時，其他右派連隊也不斷傳來不幸的消息。有的在掄排子鎬時，被蹦起的凍土塊打瞎了眼，有的被放炮時飛到天空中的土疙瘩落下來砸到頭上，當場斃命。有的夜戰後往回走迷了路，凍死在荒草棵中……

余自立目睹了王編輯的慘死，又聽到一連串悲慘的「故事」，不由義憤填膺。一天夜裏，鄰鋪的沙仁靜悄悄跟他談心。談到最近連續死人，沙某頗為不滿。余自立也說出了心中的憤恨：「草菅人命，慘無人道！」不料，這話立刻被沙仁靜彙報上去。第二天，余自立就被開了鬥爭會。

指導員朱麻子咬牙切齒地訓斥道：「余自立這個壞傢伙，是我們連隊的一匹害群之馬。他不但對來北大荒改造不滿，還常常挑動別人抗拒改造。現在竟然狗膽包天，污衊我們改天換地的偉大事業是『草菅人命，慘無人道』！反動氣焰甚囂塵上。余自立是一個地地道道的抗拒改造分子。是可忍，孰不可忍？告訴你余自立，你再不懸崖勒馬，有你的好果子吃——勿謂言之不預也！」

此時，余自立才明白，一向頗為關心他的「芳鄰」，原來是個奸細：套出他的話來彙報上去，鋪設他的「正果」之路！他恨不得揪過沙仁靜，狠揍一頓。轉念一想，吃「小報告」飯的何止一人，就是把這個人打死，還有他的繼子、繼孫。非人的待遇，惡劣的環境，蠶食掉了許多人身上的人性，獸性卻在飛快地膨脹。讓人躲不及躲，防不勝防。數不盡的事實證明，許多人的「表現好」，並不是幹出來的，什九得利於小報告。他只有忍下憤怒，靜待報復降臨。

朱麻子果然言而有信，三天後，「好果子」來了。他被調到了新成立的伐木隊，那是既艱苦又危險的活。而且，當天就得去完達山南麓的原始森林裏伐木。

儘管伐木隊是個沒有人願意去的地方，但余自立爽快地去了。只要能躲開朱大麻子的火眼金睛，他寧肯去凍死，累死，讓倒木砸死。

不料，越是困難的地方，越離不開黨的堅強領導，朱麻子緊跟腳來到了伐木隊。

五

在大躍進的熱潮中，首都北京正在熱火朝天地興建北京火車站、人民大會堂、民族文化宮、軍事博物館、民族飯店等「十大建築」，向建國十周年獻厚禮。伐木隊挺進完達山，就是為這些建築供應木材，為「厚禮」作出一份貢獻。

他們中的大多數人從沒見過原始森林，更不用說拉大鋸、揮大斧，向大樹開戰了。為了避免傷亡，畜牧場領導請來伐木師傅傳經送寶，講授伐木經驗，以及注意事項。並給他們講了許多被大樹砸死砸傷的事故。這是性命攸關的大事，人們聽得很認真。余自立還作了筆記。

可是，老師傅剛剛講完，朱麻子便左手叉腰，右手用力地揮著，訓開了話：「你們不要忘記，你們是來認罪服法的，不是叫你們到大森林野遊、采蘑菇，捉兔子吃的。誰要是調皮搗蛋、耍奸磨滑，我姓朱的會讓他知道馬王爺是三隻眼睛！我這話可是代表黨說的，不信，走著瞧！」一頓訓斥，給大家當頭一棒。誰也猜不透，這位口口聲聲代表黨組織的傢伙，為什麼對右派如此的仇恨？

第二天凌晨，天剛濛濛亮，大家匆匆吃過早飯，便結隊上路，向著野草、荊棘沒膝的山坡爬去。余自立肩抗大鋸，腰上系著粗草繩，別著小斧頭，走在隊伍的中間。他們的腰上都掛著飯盒水杯，走一步，叮噹作響，宛如一隊帶著鈴鐺的馬幫。

進入林區後，各班散開，兩人一幫，開始伐木。跟余自立軋對的是著名電影演員于波，此人剛過四十歲，卻兩鬢班白，滿臉皺紋，牙齒大部落光，看上去像個花甲老人。他們選定了一棵兩人合抱粗的紅松，看清樹的倒向，用鐮刀和小斧頭，清除了樹下的灌木和雜草，一來一往拉起大鋸。鋸了「下口」，再掉過身來鋸「上口」。他們正鋸著，林子裏便傳來「順山倒」、「迎山倒」或者「橫山倒」的呼喊聲，以提醒周圍的人注意，趕快閃開。呼叫聲甫歇，便傳來大樹倒地的轟隆聲。余自立兩個，把大樹伐倒後，去掉樹杈，鋸成六米長的樹段，然後用皮尺量出立方量，記上小本本，一棵樹的採伐工作宣告完成。接著去尋找另一棵合格的殺伐對象。獻禮的木材，必須是良材，絲毫馬虎不得：首選的是紅松，黃鳳梨，水曲柳等也不放過，總之，什麼木材好伐什麼。

為了比賽進度，他們幾乎顧不得休息。吃飯的時間也只有十五分鐘。於波牙齒不好吃得慢，苞米餷子飯沒等吃到一半，就凍成了冰豆豆。他只得幾粒幾粒地往口裏填，等到在嘴裏融化了再吃，結果常常耽誤了上工時間。指導員朱大麻子幾乎天天罵他「磨洋工」！他不理不睬，照樣細嚼慢嚥。朱大麻子氣得翻白眼，卻奈何不得。有一天，改善生活吃黑面饅頭。他多拿了兩個，掖進自己的被窩裏。結果，被積極分子告了密。朱大麻子這一下抓住了把柄。他把全連集合到窩棚外面，讓積極分子進去搜出了饅頭。他一手擎著饅頭，一手指點著於波，大聲怒吼：

「於波，你給我站出來！」于波聞聲急忙站到了佇列前。朱大麻子繼續吼問：「於波，你為什麼偷集體的饅頭？」

「指導員，那不是『偷』，是明著拿——大夥都看到的。」

「別人為什麼不藏，偏偏你藏？」

「準備留著明天中午吃。因為我牙口不好，害怕誤工。」

「哼！牙口不好的人有的是，卻只有你這個傢伙鬧特殊。你不是抗拒改造，是什麼？」

對於勞教的右派分子來說，一句「抗拒改造」，簡直像挖祖墳一般，令人恐懼。那意味著「升級」，或者改造遙遙無期。

於波卻用滿不在乎的口吻答道：「我咋敢鬧特殊呀，我是為了工作……」

「屁話！都像你這樣『為了工作』，豈不是要天下大亂？我讓你在隊前『照照像』（罰站）」看你還敢狡辯！」

「那就照吧。反正大夥都知道我是個『無齒（恥）之徒』，會原諒我的。」畢竟是名演員，到了這個地步，還忘不了來點幽默。

指導員被激怒了：「好哇，你自己承認是『無恥之徒』。足見，已經不知羞恥為何物。去！把饅頭送回伙房，回來給我在這裏站著。看你是不是連害冷也不在乎？」

於波不敢違抗，送回饅頭後，在外面一直站到深夜，等到獲准進窩棚睡覺，已經凍得不會說話了。

俗話說，禍不單行。於波受凍的第四天上，余自立跟他伐一棵挺拔的大榆樹。下口鋸好了，他們從容地鋸起了上口。倆人還沒鋸到上下口的交會處，忽然，一陣勁風刮來，只聽到「喀嚓」一聲響，樹身從鋸口處裂為兩半，朝斜刺裏倒了下來。于波演電影時知道，任何情況下，戰士不能丟槍，人在，槍在。他想拽出大鋸再跑，可是來不及了，榆樹頭把他狠狠砸在了下麵。等到難友們慌忙鋸斷樹頭把他拖出來，已是腦殼破碎，腦漿流了出來。保護武器的戰士，為武器獻出了生命！他們把死者抬到山下的一間破草房裏，余自立和一名叫施崇仁的研究員，奉命留下來看守，以防屍體被野狼吞食。第二天，運來了一口薄皮棺材，把為公而死的於波裝進去。沒有親人的痛哭，沒有任何儀式，草草掩埋了事。

由於資訊不靈通，於波剛被埋掉，山下又送來一口難友們親手做的、極其粗糙的棺材。施崇仁不無感歎地說道：「這不是好兆頭——多了一口棺材，不知是給誰留著！」

不幸，被施崇仁言中了。過了不幾天，他和夥伴一起伐一棵紫椴，樹皮上結著冰霜，特別滑。樹倒時，底部猛地向後一彈，不偏不倚，正好撞上了他的胸口。他仰面倒地，口鼻竄血，顯然是受了嚴重的內傷。難友們用樹枝綁成擔架，抬著他往山下走。人們知道，眼下老婆正跟他鬧離婚，他留戀三歲的小女兒。問他有什麼話要說，他眼角掛著熱淚，斷斷續續地說道：「我，特別……想念，小女兒。希望……」後面的話沒說完，頭一擺，咽了氣。不用說，那口餘下來的棺材，成了他的安息冥屋。

由於天天要放衛星，奪紅旗，人人身上壓著沉重的產量包袱。為了表示改造的誠意，往往忘記了自身的安全，加之缺乏伐木技術，此後，接連發生了多起死人傷人事故。僅余自立親眼看見的就有兩起：一個是斷口裂開，低部往上猛一翹，恰好擊中了他的下巴，臉和後腦勺頓時裂成兩部分，當場死去。另一位是被倒下的大樹的枝杈，打中了腦袋，再也沒有爬起來。至於受傷的，致殘的，更是數不勝數。

連續不斷地發生傷亡事故，嚴重地打擊了大家的改造積極性。看來，要想獻真誠，勢必要先獻出性命。余自立感到既恐怖又憤恨，擔心不定哪一天，死神就會來光顧自己。

這一天終於來到了。

一個月後，他和一些體格最棒的難友奉命組成了運輸隊，往山下運送他們的勝利果實。老右們知道，他們親手砍伐的堅硬而紋理漂亮的木頭，是給北京人民大會堂用的。這是一件十分光榮的任務，大家都鼓足了幹勁。他們先打掉沼澤地的塌頭墩，坑坑窪窪的地方鋪上冰雪，修成一條十幾米寬的扒犁道，然後開始運木頭。他們爬上山半坡的木材堆積場，連翹帶架，將臉盆粗、六米多長的原木裝到扒犁上，碼成高寬各一米的長方型木垛，兩邊插上擋木杠，用粗麻繩絞緊，便可以上路。

余自立這個班由他駕轅。其餘人分在兩邊用繩子拉。個個上身前傾，兩腿後蹬，像伏爾加河縴夫一樣，使出全身力氣，向十公里外的公路邊拉去。儘管體力消耗很大，他們仍然爭先恐後。每趟拉一立方——三千斤，就達到規定的指標，他們每趟拉兩方多，約有七八千斤。

一九五九年二月一天的上午，余自立架著轅吃力地往前走著。爬上一個高坡，扒犁快速地向百米之外的底部衝去。余自立大步奔跑，忽見不遠處的路中央，停著一架滿載的扒犁，人卻不知去了哪裡。坡陡路滑，扒犁的下衝力很大，想停下跟本不可能！慌急之中，他大聲叫喊：

「快閃開——快閃開，到後面拉倒纖！」

可是，扒犁的衝擊力太大，同伴們閃到兩邊「拉倒纖」，已經沒有多大的作用。余自立使出全身力氣控制著飛快下衝的扒犁，想跟停著的扒犁擦身而過。走近了才突然發現，那扒犁底下探出一根二尺多長的墊木，正好擋住了他們的去路。晚了！已經來不及使扒犁轉向，他拉的扒犁，像一匹脫韁的野馬，「喀」地一聲，撞上了停在路上的扒犁。余自立恰好被擠在當中！只聽他「哎呀」一聲叫，暈倒在地上。夥伴們將他拖出來許久，他才蘇醒過來。他們急忙卸下扒犁，將他送到山下連部衛生室。

連部的「醫生」，俯身看了看，捏了捏，漫不經心地說道：

「外面沒流血，裏面也沒有碎骨頭響——沒有傷筋動骨。沒關係，吃點消炎藥，塗點松節油就行了。」

在同去的人苦苦要求下，醫生才勉強給開了三天病假條。人們都說余自立命大，被扒犁擠死壓死的不只一個。他不但保住了一條腿，還揀回了一條命。但是，當天在評比流動紅旗大會上，他卻挨了狠批。

「哼，狗改不了吃屎！余自立這個傢伙，改不了反動的本性。」朱麻子聲色俱厲，「駕轅，可以閉著眼不看路嗎？顯然，這是人為的事故，不是粗心大意，就是故意造成的。余自立對這個嚴重的事故，要負全責！」朱麻子仍不解恨，又補了一句：「余自立，你這樣蠻橫胡來，是對大躍進的肆意干擾。我們是不會忘記的！」

「不忘記」就不忘記吧。大難不死，余自立仍然感到萬分幸運。

不料，新的打擊，接踵而來。剛剛過了五天，他從母親寄自老家的來信中得知，他發配到北大荒後，妻子精神病復發，而且比前幾次更嚴重，不久便走失了，至今不知去向。估計已經不在人世……

舊恨新痛，哭訴無門。他跑到林子深處大哭一場……

六

北大荒的春天來了。空氣清新，野花盛開，身邊不時有麅子和野兔出沒。五彩繽紛的蝴蝶在野花叢中翩翩起舞。但春天已經不屬於列於另冊的罪犯，余自立不僅沒有心情去欣賞周圍的一切，甚至感到，砭人肌骨的嚴寒絲毫沒有消滅。

扒犁道已經翻漿，不能再往山下運木材，余自立又被調到燒炭連。燒出的木炭運去賣錢，解決場部的經費困難。大躍進，放衛星的牛皮已經吹破，他們的定量也由原來的六十斤，降到了三十斤。一天干上十五六個小時的超體力勞動，三十斤糧外加清湯蘿蔔水，怎能補充所消耗的熱量？饑餓，像一隻無形的大手，擠壓著每個人的心房。

余自立渾身浮腫，黑瘦的面龐，變成了蠟塑的大臉。渾身軟弱無力，麻木的雙腿走路直打顫。許多人連他的情況也不如，走路拄著木棍，東搖西晃，像個小腳女人。窩棚裏沒有了笑聲，沒有了愉悅麻木神經的下流笑話。人們的脾氣似乎突然變壞了，無聊的爭吵時常發生，誰不小心碰了誰的腳，誰起夜碰醒了臨鋪的人，誰把別人烤在火塘邊的鞋子挪了地方……都是大吵一架的好由頭。

已經不斷傳來餓死人的消息。余自立不知道自己什麼時候會倒在上工的路上……

想不到，饑餓的死神還沒來得及光顧，他差一點把性命扔在木炭窯邊。

半年後的一天傍晚，他去炭窯旁大便，站起來還沒有系好褲帶，突然暈到在自己的糞便上，不省人事。多虧被同伴發現，不然，夜裏准會凍成「冰乃伊」。第二天，他從山坡上扛著一塊臉盆粗的木頭往炭窯走，再次暈到在中途，木材正正當當壓在他的脖子上，氣不能喘，人不能動。不是被後面來的人發現救出來，一條命准打發了。連續兩次摸了閻王鼻子，卻是有驚無險，人們讚歎他的命大。

俗話說：「大難不死，必有後福。」不幸的是，許多危險的事，偏偏叫這個有「後福」的人攤上！

為了拔紅旗，放衛星，燒炭隊紛紛「搶窯」：多加柴，加速燒，不等到出窯的時間，就爭著出窯。結果，燒壞衣服，燙傷手臂，中毒窒息的事，時有發生。一天下午，余自立在炭窯裏往外出炭，他在下面往上遞，同伴在上面接著，送到一邊碼垛。可是，有一趟返回來，不見他舉炭的雙手，連喊幾聲「老餘」，也沒有人答應。急忙探頭一看，見他倒在冒著煙的木炭旁。急忙喊人把他抬出窯外，先往他臉上潑涼水，接著進行人工呼吸。折騰了好一陣子，他才慢慢蘇醒過來。不是難友們搶救及時，這一次肯定見了閻王爺……

饑餓在蔓延，不得浮腫病的人，已經是鳳毛麟角。而各連的頭頭們，似乎認為很正常，眼裏只盯著奪到手的紅旗，心裏想的是怎樣繼續放「高產衛星」。長期的饑餓，加上超常的體力勞動，體質差的人一個個相繼死去。大部分是餓死的，也有是吃了毒蛇、老鼠、癩蛤蟆或者有毒的野菜毒死的。到了一九六〇年的秋天，幾乎天天聽到死人的消息……

余自立完全喪失了改造的信心。他拖著兩條腫腿，等待死亡的來臨。有一天，他用樹枝在地上寫了一首順口溜，以發洩心中的痛苦和怨憤：

天高地闊野茫茫，遣戍大荒苦難當。身臥冰雪天際望，陰曹地府是故鄉！

不料，他還沒有來得及把「詩作」抹掉，被一個積極分子看在眼裏，立刻彙報了上去。這一下不得了，順口溜升格成反動詩。他被揪到全連大會上，整整批鬥了一個晚上。批鬥大會的主持人朱大麻子在總結會議「開得很成功，打掉了反動分子的囂張氣焰」之後，指著余自立的鼻子狠狠地下命令：

「你既然喜歡『陰曹地府作故鄉』，我滿足你的要求：從明天開始，不要隨大隊出工，你和張勇修那個反改造分子一起，去西草崗挖墳坑。每天定量是四個，挖不完不准收工！」

近來不斷死人，而氣溫已經降到零下，開墳已經有困難。等到地凍三尺，死了人勢必要埋進冰窟窿裏，等到明年挖坑重埋。不但費力，野狼吞噬死屍的場面，也有礙觀瞻。朱指導員想出的這個竅門，可以說是有備無患。會場上的人不得不佩服黨代表的機智和預見。他的英明決策，既懲罰了反動分子，又解決了死了人無處掩埋的難題，如果挖出的墳坑自己的連隊用不完，還可以支援別的連隊，得一杆「共產主義風格」紅旗，可謂是一箭三雕。

這樣，余自立跟張勇修便成了專業挖墳隊員。一直挖了兩個多星期，才被制止。據說是被上面知道了，認為右派的思想已經很浮動，再提前挖下那麼多墳坑，影響不好。

出乎「上面」意料的是，春節沒過，墳坑告急——預備下的墳坑都用完了，死的人卻源源不斷。只得把硬邦邦的死人，用大板車拉到低窪的地方，先用冰雪埋上，等到明年春天再說……

奮力挖坑的張勇修，在春節的前一天，餓死了。可憐他挖了那麼多墳坑，自己竟然沒有撈到一個！生命頑強的余自立果然有「後福」，竟然活了過來。等來了大換防的命令：全體右派回關內。

一時間，右派們被搞糊塗了。聽說關內的「災情」，包括雲南、新疆在內比關外更嚴重。朱大麻子經常罵他們是一群「浪費糧食的傢伙」。把他們弄到關裏，豈不是更增加糧食恐慌？人人感到凶多吉少。余自立同樣懷著忐忑的心情，被押上了西去的列車……

七

北京南郊有個南苑，俗稱「海子」，也叫「行宮」，方圓數十裏，四周有高牆圍繞，嚴禁閒雜人等闖入。這裏是遼金直到元、明、清帝王家的獵場。每年春秋二季，皇室成員要來這裏騎馬馳騁，開弓射獵。一則，活動一下閑膩了的筋骨，透一透胸中的悶氣；二則，顯示「以武立國」的尚武精神。一九五八年大躍進時，農村男女勞動力齊上陣大煉鋼鐵，行宮附近的大片土地荒蕪了。於是，屬於公安局系統的「地方國營團河農場」，應運而生。農場建有三個大隊：一大隊崗哨，望樓，鐵絲網，探照燈林立，關押的是勞改犯，從事種水稻。二大隊是勞改釋放和解除勞教的就業人員，負責種葡萄。三大隊是不滿十八歲的少年犯。

團河農場以盛產玫瑰香葡萄聞名，年產六百萬斤高質量葡萄，與當時北京的人口相等，平均分配的話，每人可以分到一斤。就是在這個香飄四野的地方，正在上演著一出出悲喜劇……

一九六〇年十月「升級」的東方旭，被押送到天津通東的清河農場勞動改造。一年後又被押送到團河農場。從興凱湖畔押送回來的余自立，也緊跟腳來到了這裏。兩人是在排隊打飯時，偶然遇到了一起。

東方旭一見老同學、老部下，不由大吃一驚。分別不過四年多，已經變成了另一個人。方圓臉變成了長條臉，皺紋遍佈，鬍子拉碴，像個標準的勞改犯。他輕輕喊了老同學一聲。余自立聽到有人喊自己的名字，抬頭看一眼，低頭打飯，裝做不認識。東方旭兩眼一陣熱，急忙扭回頭去偷偷揩淚。有一天出工時，偶然見到了余自立。看看四周沒有人，急忙說了幾句話。余自立告訴他，《北方文藝》的右派，詩人綠莽自殺，單懷玉一年前餓死了。高揚一直不服，公開喊冤叫屈，升級成了「現行反革命」，被判了十年徒刑。金夢兩口子都去了北大荒，夏雨成了改造積極分子，一年前摘掉帽子，回到了北京。金夢在養豬場當豬官，可能是偷吃豬飼料的緣故，雖然添了不少白髮，人卻沒怎麼瘦。不像是得過水腫的樣子……

「唉！」聽罷簡短的敘述，東方旭閉目搖頭，許久無語。腳一跺，絕望地說道：「我還認為，在那種人煙稀少的地方會好一些呢。」

「他媽的！無產階級專政，到了哪裡不是一個樣？我在北大荒，說了一句『草菅人命』，差一點被整死！事實難道不是這樣嗎？右派的命值幾個小錢？」余自立憤然地略微提高了聲音，「耀之，這話，我一直憋在肚子裏，我知道跟您說了沒有危險。」

東方旭急忙掉轉話題：「自立，我們能活下來，是天大的幸運。可不能再拿著雞蛋往石頭碰噢。」

新來團河農場的右派，二百三十多人，全部編在二大隊七中隊。地點在農場的最北邊，以前這裏有個小村子叫「三余莊」，現在成了七中隊的代號。

來到以後他們才聽說，之所以把北京市所有沒有解除勞教的右派分子，一律集中到團河農場。是因為中蘇關係緊張。自從赫魯雪夫全面否定了史達林，中蘇兩個親密的兄弟黨，反目成仇。老大哥成了「蘇修」，邊境局勢一天比一天緊張。興凱湖臨近蘇修，可能是怕右派們集體越境「叛國投修」，而採取了遠遠撤離的措施。使他們不解的是，為什麼撤退的只是右派分子，其他的人，包裹勞改犯在內，卻不撤一人？莫非有知識的罪犯，是更加危險的敵人？也有人說，將右派分子集中到一起，是中央政策有變，準備為他們甄別平反……

果然，傳言不久就得到了證實。一天集合訓話時，一位姓韓的隊長，微笑著說道：「你們都好好幹，有意想不到的好事在等著你們哪！」

這真是一則一憂，一則一喜。莫非中國一百多萬無辜落難的知識份子，終於熬到了盡頭？當局要網開一面，給大家摘掉帽子，安排適當的工作？經過四、五年的思想改造，數不盡的事實證明，靠自己努力永遠也別想「改造好」，那些摘掉帽子的「積極分子」，什九是偽裝能手，小報告專家。既然幹得好也出不去，不如索性不幹。於是，磨洋工，泡病號，成了對抗改造的有利武器。有人甚至公然說，如其出工累死，還不如到病號隊裏餓死。當年那種奪紅旗、放衛星的熱烈場面再也看不到了。現在，聽到「甄別」的「喜訊」，彷彿給瀕臨死亡的人打了一支強心針，一張張枯黃的臉上，居然漾出了春風蕩漾般的喜色。

不幸，「喜訊」像孩子們吹出的肥皂泡，在燦爛的陽光下，五彩繽紛，眩人眼目。可是轉瞬間消失得無影無蹤！有人猜測，政策突然轉向，是因為中蘇關係緊張。有人振振有辭：與中蘇關係無關，是因為毛澤東提出了「千萬不要忘記階級鬥爭」的緣故。既然階級敵人有長期存在的必要，給右派甄別幹什麼？提出這個意見的人，自然是犯了「階級鬥爭熄滅論」的錯誤。

重返社會的希望落空，人們只能把希望寄託在按期解教上。可是，沒有一個人能料到，他們直到一九七八年才摘帽，一九七九年才走出大牆。創造了改造二十二年，教養二十一年的「吉尼斯世界紀錄」！

在後來的改造中，又增加了對付「反改造分子」的措施：「拔白旗」和「蹲小號」。誰幹活不積極，或者發牢騷，一旦讓積極分子告發，立即「拔白旗」——批判鬥爭。如態度不老實，則鎖進小號「歇幾天」。不打不罵，每天只給兩餐——每餐一碗棒子麵粥。用不了幾天，人便餓得半死不活，乖乖地服輸認罪。於是，生活又恢復到原來的軌道……

不料，一場史無前例的風暴，突然刮進了三余莊。風暴的源頭，是《人民日報》的一篇社論，通欄大標題是：《橫掃一切牛鬼蛇神！》

聽罷廣播社論，人們心驚肉跳，不知什麼時候，就要遭到「橫掃」。

不久，指導員訓話時宣佈：團河農場所在的大興縣，改成了「紅旗縣」。不論地名、工廠名，還是個人的名字，只要有封建迷信色彩，統統改掉！這也是表示你們改造決心的一次機會。

會後，積極分子劉佛生首先回應，把名字改成了「劉複生」。當眾誇耀說，這一改，不但去掉了迷信色彩，還表示自己有重心做人（複生）的決心。另一個積極分子吳祖德，把名字改成吳左德。積極分子們不但自己踴躍改名，還強迫別人改。

改名風勁吹，東方旭首當其衝。

「東方旭，你為什麼叫這麼個反動名字？」積極分子盯著他質問。

「我的名字……怎麼是反動的呢？」

「還他媽的裝蒜：東方紅是歌頌偉大領袖毛主席他老人家的！你自稱是東方的旭日，不是想跟東方紅相媲美嗎？你狗膽包天，狂妄之極！」

「好吧，」東方旭不想置辯。「我改名叫東方黑。」

「什麼？你竟敢污衊『東方紅』是『東方黑』——簡直是反動透頂！」

吉利的字眼，跟「東方」連到一起是狂妄，倒楣的字眼跟「東方」連到一起是污衊。他恨不得不再姓「東方」。低頭想了一陣子，抬頭問道：「我請求改名叫『東方牛』，與我這牛鬼蛇神的身份庶幾相合。不知可不可以？」

「唔，這還差不多！」積極分子們點頭笑了。

隊裏有個人叫史鎮華的。積極分子威脅說：「右派分子還要『震中華』，囂張之極，必須改掉！」史鎮華不買帳：「我的名字是家父起的，從小叫到今，一直叫了幾十年，我無權改！也不能改！」

積極分子說：「現在連天安門廣場都改成了『東方紅廣場』，什麼不能改？你必須改！」

「什麼也能改嗎？我的臉就不能改！」史鎮華瞪著眼反駁。

他的話被打了小報告。指導員在點名時，譏笑說：「臉型怎麼就不能改呢？照樣改！不信，等紅衛兵來到，看看能不能改！」

果然，很快就傳來紅衛兵給人改臉型的消息。

八

所謂「改臉型」，並不是給人做改容手術。而是在走資派和黑五類臉上塗墨汁或者剃陰陽頭，脖子上再掛個大牌子遊街示眾。這使東方旭想到了舊時代的黥刑——給犯人的臉上刺字並塗上墨。有的也給士兵刺字，以防止他們逃跑。想不到早已死掉了的野蠻刑法，今天又起死回生。那種人格侮辱，如果輪到自己身上，他會摔掉牌子一頭撞死的。

外面的消息，不斷傳到農場裏來。

一個女中學生穿了一條長裙子，被拖到大街上一頓飽打。北京市的紅衛兵，拿著尖刀候在交通要道上，見了紮長辮子的姑娘，揪過來就剪掉。市民家裏的古瓷，古畫，被燒掉和砸掉了。屋頂上的「壽」字瓦，門樓上的浮雕，一概無一倖免……

更使東方旭震驚的是，他所敬仰的許多老作家、老藝術家，雖然逃過了五七年的災難，卻沒有逃過「史無前例」：作家老舍被鬥不過，跳進太平湖自殺了；冰心被掛了牌子在大街上整整跪了兩天板凳；巴金遊了上海的大街；他所喜愛的京劇演員周信芳，馬連良，進了牛棚。還有許多他熟悉的作家、畫家，音樂家、演員……統統成了「黑幫」——牛鬼蛇神，被關進「牛棚」。因為他們販賣過「封、資、修」的貨色，罪在不赦。更使他不解的是，一些抱著熾熱的愛國之心，放棄理想的工作、優厚的待遇，回到祖國的愛國知識份子，幾乎無一例外地成了「帝國主義的奸細」，「裏通外國」的「特務」。他們僥倖逃過了「丁酉之災」，肯定逃脫不了這場劫難！

史無前例的文化大革命，原來是在大「革」文化之「命」。剪除文化，掃蕩文明，決心使中國回到野蠻的洪荒時代！正如魯迅所說的：「流氓一得勢，文學就要破產！」莫非處心積慮地使文化破產的人，都是魯迅所說的得勢的流氓？東方旭被弄糊塗了。他不由想起了勇敢的溫嫻。一個因為同情自己，勇敢地愛自己，成了「黑五類」的弱女子，性格爽快執著，疾惡如仇，現在一定正處於危難之中！但願她能忍辱負重，咬緊牙關忍受，不至於發生意外。他留在家裏的長篇書搞《炎黃之子》，不知是否已經化成了「破四舊」的煙塵……

他的心越收越緊，可怕的消息卻不斷傳來。

聽說四川萬縣一幫紅衛兵，衝進勞改隊，把勞改幹部集中起來，飽打一頓。說他們包庇牛鬼蛇神。犯人們有的暗暗高興，有的迷惑不解。哪知打完了幹部，安上機槍把犯人統統「突突」了。美其名曰「除五害」……

遠方的消息，已經使人膽戰心驚，近在眼前的慘劇，更使他們毛骨悚然：京郊大興縣大辛莊村，紅五類出身的紅衛兵，把地、富、反、壞、右所謂「黑五類」，不分男女老幼，統統扔進了一口廢井裏——斬草除根，消滅反動剝削階級！據事後公佈的數字，大興縣十三個公社四十八個大隊，一九六六年八月的幾天之內，便殺掉五類分子及其家屬三百二十五人，有二十二戶人家被殺絕，其中有八十多歲的老人，也有出生僅三十八天的嬰兒……

復仇的火焰，在神州大地上滾動。很快就燃燒到了勞教分子的身上。八月末的一天，一群紅衛兵衝進了團河農場。多虧管理幹部事前都帶上造反的紅袖章，紅衛兵對革命戰友比較客氣，只要求懲罰最反動的傢伙。關在小號子裏的人，自然首當其衝，一個個被打得半死。余自立因為寫「反動詩」，關進小號，被打得爬不起來。幾天後，「病死」在小號裏。

東方旭藏在被窩裏寫了一首詩，以傾吐他的悲憤，表達他對死者的懷念與哀悼。他把詩寫在一張小紙上，藏進箱子底部的衣服口袋裏。心想，這樣萬無一失。

誰知，紅衛兵的「掃蕩」，啟發了農場的紅袖箍。他們的覺悟彷彿在一個早晨放了衛星，對右派的專政更加嚴厲。而右派們由於看不到出路，大部分失掉了信心，不聽話，甚至頂撞積極分子的事時有發生。於是，管理幹部便仿照著外面的樣子，來了一場「破四舊」。許多人又一次成為了「橫掃」的對象。

東方旭做夢也想不到，這一次又「橫掃」到了自己頭上！

這一天臨近中午收工時，隊長突然宣佈中午留在工地上吃飯，飯票晚上一塊交，飯後就地休息，誰也不准亂走！

這裏離宿舍不過二三百米，不准回去吃飯，必有特殊的原因。但誰也猜不透，原因是什麼？

很快，有人作出了判斷：劉複生等四名積極分子，今天沒有隨隊出工，一定是在幹部的帶領下，在宿舍裏突擊「破四舊」——搜查！

人們面面相覷。東方旭的心裏更是打起了鼓。他沒有私藏武器，沒有寫反動日記。可是，他寫的那首悼念余自立的詩，卻藏在箱子裏。萬一被搜去，用他們的「索解法」一上綱，被扣上什麼罪名都可以。下午收工回到宿舍一看，屋裏被翻的亂七八糟。包袱被揭開了，鎖著的小箱子被撬開了，零碎對象狼藉在鋪上。他裝做整理東西，急忙檢查箱子，掏遍了所有的口袋，哪裡還有小紙條的影子！其實，早在許多天以前，一位姓汪的難友就曾提醒過他，有危險的東西，及時處理掉！可是，他不願意毀掉有紀念意義的文字，也覺得不會出危險。不料，果然出了事！

這裏流行著一句順口溜：「思想是氣體，言論是液體，文字是固體。」思想千遍不要緊，說出來就有被批判的可能，要是黑字落到白紙上，那就麻煩了。古語說：「一字入公門，九牛拉不出！」現在，證據落在人家手裏，只有任憑宰割了。

像嚼蠟一般嚼著窩窩頭，他思緒翻飛想對策。後悔無濟於事，是主動請罪，還是置之不理？偷眼看看積極分子劉複生，正瞪著三角小眼，不無譏諷地瞟著他。彷彿在說：「看你小子還神氣！」

他記得很清楚，那首悼念余自立的詩，是這樣寫的：

長逝何必多餘悲。
我欲效君恨有畏。
饑饉無奈縮魔手，
苦役從此離彎背。
罵聲不嚎鞭聲遠，
陽間如同陰間黑。
刀山油鍋何所懼，
閻羅能不聳惡鬼！

初冬時節，天氣陰冷。鉛灰色的天空，像一口倒扣的大鍋，憋得人喘不過氣來。東方旭的心情，也像鉛一般沉重。樹木的葉子大部分已經落光。幾隻烏鴉從頭頂上飛過，發出刺耳的「哇哇」叫聲，分明在告訴他，災難就要降臨！

可是，不知為什麼，他的詩已經被抄去了四天，至今毫無動靜。根據以往的經驗，打擊反動氣焰不過夜。莫非這次大搜查，沒有得到犯忌的證據，他們沒有從那首詩裏看出問題？妄想！他立即否定了自己的空想。他們連雞蛋裏都能挑出骨頭，寫得那樣露骨的東西，他們會看不出問題？這年月，沒有任何問題的文字，都能上綱成十惡不赦，何況自己寫的那麼義憤填膺。那，他們遲遲不採取行動，又是什麼原因呢？

這些年，勞動已經成為習慣，儘管看不到茫茫改造長路的盡頭，但是過度的勞動卻可以麻痺人們的神經。拖著疲憊已極的身子，鑽進又潮又濕、散發著黴臭味的被窩，往往很快就能去見周公。今天的週末，照例晚上不開會學習。東方旭想早早鑽進被窩，仔細分析一下，這是暴風驟雨來臨之前的短暫平靜，還是那個小紙條被他們不在意，弄丟了？不料，吃晚飯時來了通知：今晚不放假，開批鬥大會。

批鬥大會在大飯廳裏舉行。首先講話的胡中隊長，他神色嚴肅地先念了一段毛主席語錄：「偉大領袖毛主席教導我們說：『凡是反動的東西，你不打，他就不倒。這也和掃地一樣，掃帚不到，灰塵照例不會自己跑掉！』」接著說道：「前幾天，我們對宿舍裏進行衛生大檢查時，無意之中發現了一些反改造分子的新罪證：有反動日記，反動詩詞，反動小說，反動標語，甚至還有殺人的兇器——偽裝成水果刀的鋒利匕首。經過我們認真研究並經過上級部門批准，從今天晚上開始，要一一進行清算！」胡中隊長的目光射向了東方旭。「我們首先要清算的，是一貫堅持反動立場，不肯交心，不肯與別人劃清界限的東方牛。這頭反動透頂的黑牛，寫了一首極其惡毒的古體詩，對我們非常人道的改造農場，進行了猖狂的詛咒和惡毒的攻擊。說我們這裏是受苦、挨餓、挨罵、挨鞭子的『陰間』，管理幹部和積極分子都是『惡鬼』！是可忍，孰不可忍！今天晚上，我們要狠狠打擊東方旭的反動氣焰。鬥爭方式不能像過去那麼客氣。他不老實，就給我狠狠地……教育！因為這是你死我活的階級鬥爭。這也是檢驗你們每一個人是站在擁護毛主席、擁護政府的一邊，還是站在反改造分子一邊的試金石。你們要用實際行動表明自己是站在哪一邊！」

胡隊長所說的一字一句，都是在暗示：誰想「表現好」，今晚就要拿出真格的。紅衛兵痛打犯人的場面，余自立臨死時的慘相，交替在眼前浮動。東方旭知道，自己的大限到了。

當初，他之所以屈辱地活著，是為了兒子和同床共枕只有三天的溫嫻。兩年多了，她既不來探望，也不來信。而北京市的「清汙」，卻一浪高過一浪，首善之區的五類分子和他們的家屬，雖然沒有被從肉體上消滅，卻從戶口本上註銷了——趕到了不知什麼地方。不知他們母子二人去了哪裡，是死是活？估計凶多吉少。此刻，他甚至希望他們已經走了絕路。那樣以來，自己就可以無所牽掛地走自己的路。不是有人把火爐的煙筒挪開，讓全家人飲煤氣而死嗎？活在這非人的社會上，何如死了痛快！當初想學余自立沒有勇氣，今天該拿出勇氣來面對死神的挑戰了……

當他聽到「東方牛滾出來」的吼聲時，步履從容地來到飯廳的中間。

「革命不是請客吃飯，不是做文章，不是繪畫繡花，不能那樣雅致，那樣從容不迫，文質彬彬，那樣溫良恭儉讓。革命是暴動，是一個階級推翻一個階級的暴烈行動。」劉複生帶頭念起了語錄。念完了，厲聲問道：

「東方牛，你寫那首惡毒的詩，咒罵我們可愛的農場，和我們親愛的領導，你的罪惡用心，要如實地交代出來！」

「可以。」東方旭已經無所畏懼，「我的同事余自立死了以後，我的心裏很難過，稀溜糊塗就胡謅了那麼幾句。主要是表達對死者的哀悼。」

「一個反改造分子死了，你兔死狐悲，可見你也是個無可救藥的反改造分子！你低頭認罪！」一個姓胡的積極分子把他的頭狠狠按了下去。不料，一鬆手，他又站得筆直。

「他媽的，我叫你不低頭！」劉複生照準他的臉狠狠一耳光。轉身按著他的頭，拼命往下按。「跪下！」

東方旭掙扎著拽出頭，仍然筆直地站在那裏。劉複生在他的背後，照著他的腿彎處猛蹬一腳。他撲通跪到了地上。四五個積極分子走上來，一頓拳打腳踢。劉複生解下皮帶接連猛抽，一面喊著「打掉你的反動氣焰」！有的人也學著他的榜樣，拿起了拖把、木棍……

蚊子盯住了鮮血，惡狼看見了人肉，堅硬的木頭，皮帶，親吻著滲血的皮肉……

兇狠的目光露出驚喜。凝固的空氣彷彿被撕裂了，倒地的羔羊在痛苦地抖動掙扎……

東方旭沒有一聲乞求，一聲哀號，彷彿遭到毒打的不是他的軀體。

大概估計「氣焰」打得差不多了，胡隊長重新出現在飯廳中央。他看看一動不動的獵獲物，一揮手，打手們上前將東方旭拖到了一邊。緊接著，又揪出一個名叫楊路的小個子。他的老婆來看他，說在隔斷北海公園和中南海的玉帶橋上，每天都有人跳下去自殺人。他把這事寫在了日記本上，成了他今晚被拖上祭壇的罪證。

直到午夜，被「教育」的人，已經有四五個之多。

東方旭沒有傷筋動骨，卻是皮開肉綻，遍體鱗傷。十多天沒法下地幹活。「抗拒改造」，讓他再次付出了代價：他被調到了更加艱苦的冬季水利隊……

當年帝王狩獵的園場，如今它的功能又有了偉大的發揮，成了二十世紀六十年代的獵物屠宰場。

這一段團河史，記錄著他們的喜怒哀樂、生死存亡。這是由汗水與眼淚，痛苦與悲哀，艱難與熬煎，頹廢與墮落，誠實與欺詐，人性與獸行所構成的奇特的歷史。這部歷史可以寫成千百萬字的煌煌巨著。

東方旭的遭遇，不過是滄海一粟而已……

尾聲

一九五七年，農曆丁酉，是中國歷史的分界線。

在此之前，長幼有序，進退有儀，世風典雅，民情淳樸，人們以誠實的學習、工作，去開創自己美好的未來。天空中鳴響著鐵捶和鐮刀的交響曲，共和國的列車，放射著理想與創造的光芒，在全世界人民的眼中，前進的速度並不緩慢。然而從一九五七年起，運動便以巨大的震撼力，搖撼著共和國的四面八方。使中華民族，尤其是知識份子，經受了劇烈的戰慄之後，越發感到刺骨的寒意。運動的頻繁，宛如原子彈爆炸後厚重灼熱的蘑菇雲，蒸發掉了人性中那些傳統的寶貴養分。道德淪為欺詐，善良退化為殘忍。學貫中西的文化巨擘，著作等身的作家詩人，輕則蓬頭垢面、忍辱偷生，重則長期摧殘，九死一生。甚而橫加罪名，慘遭殺戮。運動以貪婪的血舌，吞噬著道德的詞典。它像一列剎車失靈的火車，顛簸著，呼嘯著，向著史無前例的浩劫之轂飛快馳去。在歷史的禪機裏，橫起一道不管你怎麼虔誠，都無法逾越的苦難門檻……

一九五七年，是一場沙飛石走、掀天揭地、毀滅知識份子的龍捲風，一場橫無涯際、濃似血漿、窒息海底生物的赤潮！

一九六六年的文化大革命，則是東方封建主義與西方法西斯交媾的一個怪胎。是人類歷史回到中世紀的返租現象。

一九七八年九月十七日，中共中央下達了一個被稱為五十五號的「檔」，命令給全部右派摘掉帽子，錯劃的人，則給予改正。

這等同於一紙大赦令。東方旭等僥倖活下來的落難知識份子，度過了二十二年沒有徒刑期的徒刑，終於從「煉獄」裏蹣跚爬出來，回到了人間。

這年的最後一天，東方旭結束了在團河農場的改造，回到了北京九道灣的舊居。

自從全家被掃地出門後，他的家，變成了一個大雜院，總共住進了五戶人家。他回來的前夕，這裏的住戶才被打發到了別處。可是，迎接他的是成堆的破磚爛瓦，遍地的垃圾便溺。除了屋門西邊的那株石榴，擎著光禿禿的枝幹在寒風中鬥索，沒有一點有生氣的東西。他辛辛苦苦一手開闢的小花園，一家三口融融安居的「竹梅居」，成了一座荒廢了的廟宇！

他整整花了五天的時間，好歹將垃圾贓物清理出去。正想坐下來喘口氣，門外傳來了敲門聲。開門一看，一位頭髮花白的村婦和一個衣衫藍褸的中年漢子站在面前。

「你們二位……找誰？」他不解地問道。

「耀之，你不認識我們啦？我是溫嫻呀。」村婦開口了。

「溫嫻？啊——果然是溫嫻！」他驚呼起來，「這位是……」

中年男子點頭說道：「爸爸，我是小曉呀。」

「你是小曉？」中年漢子身上沒有兒子小曉的任何痕跡。他驚愕地瞪大了雙眼：「這是真的嗎？」

「是呀。爸爸。」

「你們從哪兒來，怎麼知道我回來啦？」

溫嫻往門裏一指：「進去談吧。」

進屋以後，溫嫻詳細敘述了別後的經過。文化大革命一來，她和兒子就被趕出了北京。天津老家不敢回，她隱姓埋名，到東北山溝裏投靠一個遠方親戚，母子二人僥倖活了下來。三個月前，聽說右派都摘了帽子，娘兒兩個便跑回來打聽他的下落，想不到，竟然在老地方見了面……

長別二十二載，歷經九死一生，今朝忽然活著相見，一時恍如夢中。聽罷母子的哭訴，東方旭心如刀絞，唏噓說道：

「溫嫻，小曉，都是我連累的你們呀。啊——」他以手掩面啜泣起來。

「耀之，耀之。我們一家三口都健健康康地回來了，你應該高興才是呀。苦難過去了，幹嘛還傷心呀！」溫嫻拍著他的肩膀，在一旁苦勸。

想想也是。而今大難不死，舊地重逢。妻子健在，而且在苦苦等著自己。兒子長成了一條漢子，這無疑是人生一大幸事。而另一件僥倖事，更出意外：當初埋在石榴樹下、未完成的長篇書稿《炎黃之子》，昨天被他挖了出來，由於無人發現，竟然安然無恙。當時，他捧著泛黃的書稿，眼含熱淚向蒼天暗暗祝禱：「在有生之年，我一定要將它完成。這二十多年的血淚苦難，也要一一補充進去。」想不到今天遇到了更大的喜事——闔家團聚！

接下來的幾天，東方旭忙不迭地拜訪了丁酉罹難的同事和朋友。大難不死僥倖活下來的，先後回到了北京。但是，《北方文藝》的同事中，有幸重見的只剩下了高揚和夏雨。余自立、綠莽、單懷玉等，都把一堆枯骨留在了改造的聖地。身體一向單薄的金夢，聽說也安全地回到了她的舊居。不幸的是，早已摘掉右派帽子的夏雨，浩劫期間又被趕到農場當了十幾年的地球修理工。與金夢團聚的當天，高興得喝多了酒，突患腦溢血，雖然保住了性命，從此臥床不起……

他本來也想去看望金夢，這位當年的領導，積極無比，卻同樣成了右派。不料，她卻先來拜訪自己了。劫後重逢，她彷彿一切都沒變。胖胖的圓臉上，充滿了自信與朝氣。見面的第一句話，仍然是當初的長聲拉調：

「東方呀，今天能在京城重見，說明我們有著鋼筋鐵骨，堅強的意志。當然，我們的健在，也是蒼天見憐，分外保佑。不然……唉，往事如煙，我們都忘記好啦。當務之急是，我們應該振作起來，放眼未來，不辜負黨的期望，蒼天的垂憐！」

「金夢同志，你的興致真高。」他苦笑著岔開話頭，「怨不得，經歷了這麼多磨難，你還這麼胖，面容也不顯老。」

「老了，老了呀。你看，我這頭白髮。」她掀開紗巾，指指頭頂，「不過，多虧了我不那麼傻，不然只怕也活不到今天。」

「哦，這是為什麼？」

「我一到北大荒就傻了眼：有技巧的活兒學不會，稍重的活兒拿不起。人家氣極了就叫我去喂豬。好嘛，老娘因禍得福：豬子比人好對付，都得聽我吆喝，沒有一個敢跟我吹鬍子瞪眼睛的。更大的幸運是，挨餓那幾年，我依靠偷豬食，天天吃個肚兒圓。雖然咽著不順溜，可總比餓死強。不然，哪兒來的這身肉呀！」

「唉，你可真是大大的幸運者。我卻差一點……也把這百十斤扔在農場裏！」

「喂，東方，你為什麼到現在還愁眉不展呢？你獲得了新生，老婆孩子也來到身邊，慶倖還來不及呢。真的，我們都應該為黨的英明決策而歡呼雀躍才是呀！」

「就因為他們橫刀、豎刀，剁過來，剮過去，最終卻沒有斬斷我們的脖子？」

「東方旭同志，你這種想法很危險，將來還會犯錯誤的。」金夢的臉色嚴肅起來。「憑著我們三十多年的交情，我可不能置惹罔聞。」

「……」

「東方旭同志，黨中央不考慮每個人的表現如何，給全體右派一律摘帽，並給那些錯劃的人進行改正，『有反必肅，有錯必糾』，證明我們黨實事求是，光明磊落。」金夢再次揚起兩道細眉：「你可能不知道，連中宣部長陸定一，在病床上都寫信向被冤枉的同志道歉。周揚副部長不僅在許多場合指名道姓向右派致歉，而且深深鞠躬，熱淚橫流。他見了我，當面緊握著我的手，向我反覆道歉。這是多麼感人至深的事？難道我們還不應該感激涕零嗎？」

東方旭斜睨著客人：「金夢同志，我真得好好向你學習呀。」

「老朋友嘛，客氣什麼？」金夢回答得很坦然。

接著，金夢告訴東方旭，他們的上司，當初親手把他們打成「異類」並送進大牆、響噹噹的左派陸舟和矯敫，也沒有逃過浩劫的鐵掃帚。陸舟因為是「中宣部閻王殿裏」的一名幹將，被請進了秦城監獄。矯敫立刻跟他離了婚，改嫁了一個跟前夫同級別、但年齡大得多的老革命。不料，那位老革命誤登「四人幫」的賊車，也乖乖地駛進了同一所監獄。富有諷刺意味的是，他跟陸舟竟然隔壁而囚。矯敫失望之極，一頭鑽進昆明湖，結束了她高傲氣盛、追求幸福的一生。介紹完了，金夢長籲一口氣說道：

「你看，陸定一、周揚、巴金、冰心、老舍、吳晗等著名人物，以及整我們的陸舟等所謂左派，不是關牛棚，被逼死，就是蹲了大牢。都跟右派一樣，沒有逃脫橫掃的鐵掃帚。這就好比兩個孩子打架，被當娘的拉過來，都打了幾巴掌，就是打錯了，還有什麼值得耿耿於懷的？我們除了不遺餘力地感謝母親的愛護，還能做什麼呢？你說是吧？」

「也許是這麼個理兒。」話不投機，他只能敷衍。「金夢同志，你今天光臨寒舍，到底有什麼指示，開門見山地說就是嘛。」

「不敢，不敢，我現在還沒有具體職務，只恢復了個政協委員，哪有資格下什麼『指示』？今天我來，是專程邀請大駕出山，我們攜手合作，幹一番事業。」

「哦，還有什麼事業，需要我們幹的？」

「當然有！我已經考慮好了，趁著眼前的大好形勢，放開手腳大幹一場：辦一個大型刊物。月刊，每期二百個頁碼，名字也想好了，叫《神州風》。我要讓文學的熏風吹遍神州，進一步把它辦成世界第一流的文學大刊。」

「好呀，我祝賀你們。」

「什麼呀，其中也有你的一份呀。怎麼？還不明白？我今天來，就是劉備拜諸葛——請你出山，擔任刊物的副主編呀。」

「多蒙不棄。不過，在下本來才疏學淺，加之二十多年的荒廢，焉敢當此重任？閣下還是另請高明吧。」

「東方，你不必自輕自賤，當初你還是《北方文藝》的主編呢。怎麼……」

「我就是因為不稱職才成了右派嘛。對不起，您還是另請高明吧。」

「不，我看中的人，是不會失眼的。老朋友，你還是好好考慮考慮吧。我走了。家裏有病人，阿姨沒請到，時刻離不開我。過幾天我還會來叩拜的。」金夢扔下一句話，悄然離去。

東方旭久久陷入迷惘之中。他不知道，應該繼續夾起知識份子的臭尾巴，小心做人，還是像金夢那樣，意氣風發，甩手大幹。

三天後，他終於鼓起勇氣，前去拜訪當年的頂頭上司，現在當了顧問的卓然。

前來開門的，是扶著手杖的女主人白雪。

東方旭近前問道：「請問，這是卓然部長的家嗎？」

「是呀。請問您是？」她上下打量著不速之客。

「白雪同志，你不認識我啦？我是卓部長的老部下，原來《北方文藝》的東方旭呀。」

「哎呦，東方旭同志，我差一點認不出你來。你可是稀客呀，快快屋裏請。」

進到屋裏坐下之後，東方旭解釋道：「回到北京之後，本來應該早來看望老領導。可是，又要整理房子，又要給兒子找工作。溫嫻『失蹤』了這麼多年，不想恢復原來的身份。可是，不當幹部不要緊，沒有戶口怎麼生活？我動員了好幾天，她才勉強去原單位報到，申請改正。所以一直耽擱到今天，才來看你們，實在不應該。」

「咳，眼下最重要的事情，也就剩下吃飯活命咯。不安排好老婆孩子，您也沒法活不是？老卓買菜去了。我告訴他，山珍海味我們吃不起。多買點骨頭、雞背啥的，補補身子。」白雪打滿皺紋的瘦臉上，浮上了一層陰雲。沒頭沒腦地說道：「東方，你說，我們怎麼遇上了這麼一位，為人民謀幸福的大救星呀？」

「……」東方旭驀地一愣，一時不知該如何回答。

「他是個政治狂人！」白雪一開口就帶氣：「打擺子，發瘧疾，就是他的痼疾。建國三十年來，中國的知識份子，有幾個沒在水裏煮過，油裏炸過？洪洞縣裏沒有好人！不說舊社會過來的，海外歸來的首當其衝，一貫整人的左派也在劫難逃。那個被稱為紅色沙皇的周揚，紅錦裹身，袖裏藏刀，何其了得。到頭來也跟他的獵物胡風一樣，差一點把秦城監獄坐穿。我們家老卓，抗戰時期毀家紓難，一生小心謹慎，在延安被『搶救』。浩劫一來，更是九死一生。因為解放前坐過牢，就成了『叛徒』，再加上與「閻王殿」有牽連。便成了叛徒加修正主義分子——雙料反革命。在秦城監獄，一待就是八年。我被發配去了江西「五七幹校」，種水稻。插秧，薅草，天天在水裏浸著。一雙好腿，改造成了今天這個樣子，舉步離不開拐杖，買菜都得靠老卓。」

「老部長的身體還好嗎？」東方旭關切地問道。

「多虧坐了八年秦城監獄，要是去了勞改所，就他那份傻勁，只怕難以活著回來！」

東方旭怎麼也想不到，寬厚待人的卓然，竟然做了八年囚犯。使他不理解的是，同樣是來自延安的老革命，白雪與金夢的觀點，竟是如此南轅北轍。

見對方沉默不語，白雪換個話題問道：「喂，東方同志，你的『改正結論，沒有留尾巴吧？」

「那倒沒有。不過……說實話，心裏仍然疙疙瘩瘩。」

「是因為工作沒有安排？」

「不，我對『改正』二字，百思不得其解。既然把人家劃錯了，為什麼不給『平反』？我聽說，全國打的右派一百多萬，只剩下九十六人未改正，連百萬分之二都不到。中央一級大右派，只剩下章伯鈞、羅隆基、陳仁炳、彭文應、以及活不見人，死不見屍的儲安平。但堂堂黨中央檔，還說運動是必要的：『偉大領袖和導師毛主席親自領導和發動的反右派鬥爭，是一場政治戰線和思想戰線上偉大的社會主義革命。』這是哪個星球上的邏輯？哪裡還有半點實事求是之意？一貫標榜的唯物主義哪兒去了？」他停下來平靜了一陣子，繼續說道：「自古欠賬還債，殺人償命。殺一個人尚需償命，無數的右派，家破人亡、荒野埋骨，不但連一點經濟賠償得不到，更沒有一個人承擔一點責任。這是哪個星球上的規矩？反右運動，實際上是執政黨一手製造的一次大規模的殺戮，是一場集體犯罪。哪怕有個人站出來承擔罪責，哪怕說一聲『我們錯了』，我們也不會耿耿於懷呀。我就不明白，文化大革命也是偉大領袖和導師親自領導和發動的，為什麼文革能徹底否定，對反右運動卻死死抱住不放，不承認是從根本上錯了呢？」

白雪不無氣憤地說道：「其實，豈止是反右。胡風錯在哪裡？憂國憂民的彭德懷又錯在哪裡？為什麼不給人家徹底平反，公開承認錯誤？一九五八年的大躍進，經濟損失不下一千二百億。一九六〇年，中國國民生產總值，與日本相當。到了一九八〇年，只相當於日本的四分之一。這責任誰來負？緊接著而來的大饑荒，餓死的人，最保守的估計，也有半個多億——煌煌然登上了吉尼斯世界紀錄。時至今日，不但沒有哪個人站出來承擔罪責，而且恬不知恥地把罪責推給「百年不遇的特大自然災害」和「蘇修掐我們的脖子」。如果有一項最無恥的吉尼斯世界紀錄，恐怕非這幫豪傑莫屬！唉，東方同志呀，這是人人心裏有，卻在人人嘴上無的謎底呀。不知什麼時候，那只鐵皮黑匣子才能打開！我的同志，你怎麼還不明白呢？」

「哼！這與黑暗的封建社會、歐洲的中世紀，有何區別？」東方旭仍然忿忿不已。

「有區別。哥白尼受了教會的懲處，仍然可以研究天文。司馬遷受了宮刑，照舊寫出了不朽巨著《史記》。在共產黨的治下……」

「白雪，你吃虧沒吃夠——改不了胡說八道的毛病！」不知什麼時候卓然買菜回來了。他們只顧說話，沒聽到他的開門聲。

「呦，卓部長買菜回來啦？你好。」東方旭急忙站起來上前問好。

「好，好。我們大家都好。」卓然坐到客人的對面，點上一支煙，猛吸一口，然後緩緩吟道：「『牢騷太盛防腸斷，風物常宜放眼量。』都過去了的事，還說他幹什麼呀？還是往前看吧。東方同志，您下一步有什麼打算？」

「本來打算把那部未完成的長篇《炎黃之子》完成，金夢同志又約我辦一個名為《神州風》的大型刊物。我覺得那是超出我的政治水平、業務能力的事，當場就回絕了。」

「回絕了好。那金夢至今也沒有改掉她那浪漫主義的毛病。」卓然重重地點頭。

「東方，您的長篇也不能寫。」白雪在一旁插話了。

「為什麼？」卓然首先發問。

「我們國家現在還沒有容納一部說真話的作品的

空間。」見二人一時沉默不語，白雪繼續說道：「如其粉飾吹捧，何如閉口不言？所以，我什麼也不想寫。要寫，就寫一點回憶錄。」

「那不但沒有人給你出，只怕還得惹亂子。」卓然迎頭頂了回去。

「那也不怕，我把它交給兒女，傳之後世！」

「你住口吧。」卓然扭頭向客人說道：「東方同志，我有一個意見，可以供你參考。」

「卓部長，您快說。」

「你的英語水平，在國內，不是首屈一指，也是數得著的……」

「不敢，不敢。」

「我說的不是客氣話。現在，有許多西方名著，包括哲學的，文學的，或者沒有翻譯過來，或者不盡人意。如果您能把這副擔子挑起來，不失為一件有利後代子孫，而又安全的事。」

「不是卓部長提起，我幾乎忘記了還會英文。唉，將近三十年不動，只怕要忘光了。」

「不妨事，原來的基礎好，坐下來用不到半年六個月，就會找補回來的。咳，我要是有那麼好的外語基礎，至定做你的徒弟。可惜呀，幹了大半輩子革命，其他都忘在腦後，等到發現幾十年都是在瞎折騰，甚而是集體犯罪，一切都晚了。這兩隻無用大手，除了澆澆花，遛遛鳥，恐怕什麼也幹不了咯。」說罷，卓然閉上雙眼，久久無語。

「卓部長還有重任在身——還擔任著顧問嗎？」

「嘿！」卓然苦笑搖頭，「那不過是聾子的耳朵。『顧問』，『顧問』，人家顧得了才來問哪。」

見老領導心情不佳，東方旭只得告辭。回到家裏，跟溫嫻談了訪問卓然夫婦的經過，溫嫻一拍手，高聲說道：「多虧了卓部長，不然，你還要走彎路，甚至犯錯誤。」

東方旭像在自語：「人不能無所事事，那就做個老來出家的翻譯者吧。」

目擊中國09　語言文學類　PG1065

天吟
—丁酉引蛇記

作　　者 / 房文齋
責任編輯 / 林千惠
圖文排版 / 彭君如
封面設計 / 秦禎翊

發 行 人 / 宋政坤
法律顧問 / 毛國樑　律師
出版發行 / 秀威資訊科技股份有限公司
114台北市內湖區瑞光路76巷65號1樓
電話：+886-2-2796-3638　傳真：+886-2-2796-1377
http://www.showwe.com.tw
劃撥帳號 / 19563868　戶名：秀威資訊科技股份有限公司
讀者服務信箱：service@showwe.com.tw
展售門市 / 國家書店（松江門市）
104台北市中山區松江路209號1樓
電話：+886-2-2518-0207　傳真：+886-2-2518-0778
網路訂購 / 秀威網路書店：http://www.bodbooks.com.tw
國家網路書店：http://www.govbooks.com.tw

2013年11月　BOD一版
定價：640元

國家圖書館出版品預行編目

天吟：丁酉引蛇記 / 房文齋著. -- 一版. -- 臺北市：秀威資訊科技, 2013.11
面；　公分
BOD版
ISBN 978-986-326-182-7(平裝)

857.7　　102016583

讀者回函卡

感謝您購買本書，為提升服務品質，請填妥以下資料，將讀者回函卡直接寄回或傳真本公司，收到您的寶貴意見後，我們會收藏記錄及檢討，謝謝！

如您需要了解本公司最新出版書目、購書優惠或企劃活動，歡迎您上網查詢或下載相關資料：http:// www.showwe.com.tw

您購買的書名：____________________

出生日期：________年________月________日

學歷：□高中（含）以下　□大專　□研究所（含）以上

職業：□製造業　□金融業　□資訊業　□軍警　□傳播業　□自由業

□服務業　□公務員　□教職　□學生　□家管　□其它_____

購書地點：□網路書店　□實體書店　□書展　□郵購　□贈閱　□其他

您從何得知本書的消息？

□網路書店　□實體書店　□網路搜尋　□電子報　□書訊　□雜誌

□傳播媒體　□親友推薦　□網站推薦　□部落格　□其他__________

您對本書的評價：（請填代號　1.非常滿意　2.滿意　3.尚可　4.再改進）

封面設計____　版面編排____　內容____　文／譯筆____　價格____

讀完書後您覺得：

□很有收穫　□有收穫　□收穫不多　□沒收穫

對我們的建議：____________________

____

____

____

請貼
郵票

11466
台北市內湖區瑞光路 76 巷 65 號 1 樓

秀威資訊科技股份有限公司 收

BOD 數位出版事業部

（請沿線對折寄回，謝謝！）

姓　　名：____________　年齡：________　性別：□女　□男

郵遞區號：□□□□□

地　　址：____________________

聯絡電話：(日) ____________ (夜) ____________

E-mail：____________________